LES ACCOUCHEUSES

Tome I

Anne-Marie Sicotte

LES ACCOUCHEUSES

Tome I

roman

www.quebecloisirs.com

UNE ÉDITION DU CLUB QUÉBEC LOISIRS INC.
Avec l'autorisation de Anne-Marie Sicotte et de VLB ÉDITEUR.
© 2006, VLB ÉDITEUR et Anne-Marie Sicotte
Dépôt légal – Bibliothèque nationale du Québec, 2007
ISBN Q.L. 13: 978-2-89430-786-1
(Publié précédemment sous ISBN 10: 2-89005-951-0)
(Publié précédemment sous ISBN 13: 978-2-89005-951-1)

Imprimé au Canada par Friesens

*À toutes les matrones, accoucheuses
et sages-femmes de l'histoire... et de l'avenir.*

CHAPITRE PREMIER

Un frôlement insistant sur sa joue tire Léonie de son sommeil. Elle cligne des yeux dans l'obscurité et murmure :

— C'est toi, Simon ?

Son mari, assis à côté d'elle, répond avec amusement :

— Étais-tu en train de rêver à quelqu'un d'autre ?

S'agrippant au bras de son homme, Léonie se redresse et s'assoit sur sa paillasse, repoussant la lourde courte-pointe.

— Je ne rêvais pas, articule-t-elle d'une voix pâteuse. Quand les enfants étaient petits, j'étais capable de m'éveiller comme si je n'avais jamais dormi. Mais maintenant, je plonge…

Simon détache doucement les doigts de sa femme noués autour de son bras et se relève en disant :

— Le serviteur de Mme Lefebvre t'attend en bas.

— Les choses se présentent bien ?

— Le travail vient de débuter et progresse vite.

— Il est quelle heure ?

— Quatre heures. Je commençais le pain. Je retourne en bas.

Parfaitement habitué à se déplacer sans lumière, Simon se dirige vers la porte et sort de la petite chambre. Léonie se lève et saisit à tâtons ses vêtements posés sur une chaise. En s'habillant, elle récapitule l'état de sa patiente. La grossesse s'est déroulée aisément, à part un peu de langueur vers la fin. Le bébé est en bonne position, tête en bas, et il donne de vigoureux coups de pied qui coupent le souffle de sa mère. Le temps de l'accouchement est arrivé. La délivrance devrait venir rapidement.

Léonie saisit sa valise de sage-femme, déposée dans un recoin de la pièce. Elle traverse ensuite le corridor et pénètre dans la chambre d'en face. Comme elle l'a fait si souvent depuis leur naissance, elle s'arrête pour écouter la respiration régulière de ses filles, Cécile, treize ans, et Flavie, seize ans. Elle est émue en songeant au geste qu'elle s'apprête à poser : réveiller cette dernière pour qu'elle assiste à son premier accouchement. Pendant un très bref moment, elle se revoit, au même âge, à la fois excitée et pleine d'appréhension à l'idée de suivre sa tante dans son travail.

Sachant qu'elles doivent se presser, Léonie se penche au-dessus de sa fille aînée et lui presse l'épaule en murmurant :

— Habille-toi vite, on nous appelle.

Léonie tourne les talons et Flavie se dresse sur son séant. Elle reste ainsi un moment, un peu étourdie, puis elle réalise qu'elle va enfin commencer son apprentissage. Si, depuis son anniversaire, un mois plus tôt, elle a accompagné sa mère chez quelques dames enceintes, elle n'a encore jamais vu une délivrance. La crainte sourde qui l'habitait depuis quelques jours se transforme en une véritable appréhension. Ce n'est pas pour rien qu'on éloigne normalement les enfants des femmes dans leurs douleurs, n'est-ce pas ? À cet instant précis, Flavie a une envie quasi irrésistible de se recoucher près de sa sœur et de s'abîmer dans le sommeil, pour retrouver le bonheur simple d'être une fillette sans soucis.

Puis, elle reprend contact avec sa grande curiosité du métier et, peu à peu, l'excitation remplace la frayeur. Depuis des années, elle écoute les récits de sa mère, la pressant de questions auxquelles, parfois, celle-ci est incapable de répondre. Récemment, à sa demande, son père a emprunté, à la bibliothèque de l'Institut canadien, deux ouvrages de médecine dont elle a trouvé la lecture très ardue mais passionnante. Le moment décisif arrive enfin. Si elle conserve le goût du métier après avoir assisté à une délivrance, Léonie va diriger son apprentissage.

La jeune fille se glisse en bas du lit aussi silencieusement qu'une chatte, s'accroupit au-dessus du pot de chambre, puis s'habille. Laissant glisser ses mains contre le mur pour s'orienter, elle sort dans l'étroit corridor. Une faible lueur, en provenance du rez-de-chaussée, la guide vers l'escalier dont les hautes et étroites marches de bois craquent à chaque pas. Flavie débouche dans la grande cuisine où sa mère, longue silhouette mince, verse un gobelet d'eau à un homme assis à la table et qui bâille à s'en décrocher la mâchoire.

Sans dire un mot, Flavie attrape son bonnet suspendu à un crochet près de l'escalier et en couvre ses deux longues tresses brunes. Léonie passe ses doigts dans ses cheveux châtains mêlés d'un peu de gris avec des gestes très rapides, puis les sépare en deux couettes qui deviennent de petits chignons enroulés derrière l'oreille. Elle se coiffe ensuite de son bonnet et toutes deux se couvrent les épaules d'un long châle coloré.

Assoiffée, Flavie saisit le pichet posé au milieu de la table et le porte directement à ses lèvres. Pour cette fois, distraite, Léonie ne la disputera pas… Simon pousse la porte qui donne sur la cour arrière et entre dans la cuisine, les bras chargés de bois qu'il dépose bruyamment sur le sol à côté du poêle de fonte. En digne fils de boulanger, Simon se lève avant l'aube une fois par semaine pour pétrir le pain.

— À plus tard, lui lance Léonie.

De taille moyenne, Simon est mince comme un poteau mais très vigoureux. Ses yeux d'un bleu foncé et ses cheveux gris et abondants, coupés court, adoucissent ses traits séduisants quoique plutôt sévères. Il vient à sa femme et lui donne un léger baiser sur la joue. Il fait de même pour Flavie et l'encourage :

— Hardi donc !

Flavie attrape une pomme parmi celles qui sont posées dans un grand bol, sur la desserte, puis elle suit sa mère qui pousse la porte qui sépare la cuisine de la vaste salle de classe de Simon qui occupe tout le reste du rez-de-chaussée. Pour les vacances d'été, les pupitres et les chaises ont été entassés contre le mur, et l'espace ainsi libéré, autour du poêle, est devenu un petit salon avec quelques berçantes. Léonie débarre la porte avant et, suivies par le serviteur d'Alice Lefebvre, toutes deux sortent sur la galerie, puis empruntent le court sentier qui mène à la clôture de bois. Il fait encore très noir, mais Flavie devine, par un coup d'œil aux étoiles et au croissant de lune très bas sur l'horizon, que le jour est sur le point de se lever.

L'air de cette nuit de septembre 1845 est froid et Flavie enroule étroitement son châle autour d'elle. L'homme les invite à monter dans la charrette qui attend le long du trottoir. Au passage, Flavie flatte les naseaux du cheval qui dodeline de la tête pour la remercier. Un fanal accroché au bout d'une perche éclaire faiblement la chaussée sous les pas de l'animal. Dans le faubourg Sainte-Anne, la rue Saint-Joseph est l'une des seules qui soient recouvertes et munies de caniveaux pour l'écoulement des eaux de ruissellement. Flavie adore le son des fers à cheval sur le macadam, plus feutré que sur les pavés.

La charrette s'ébranle vers la vieille ville et adopte rapidement une belle allure. C'est la première fois que Flavie est dehors à cette heure et elle observe avec une intense curiosité la rue bordée par des maisons de bois entourées de grandes cours. L'épicerie est fermée, de même que l'atelier du forgeron et la cour à bois. Le coq d'une basse-cour voisine, réveillé par le bruit de la charrette, lance faiblement son chant. Couché en travers du trottoir de bois, un cochon grogne à leur passage.

— Encore le porc du vieux Loiselle, grommelle Léonie. Il sait bien, pourtant, que les animaux ne doivent pas se promener dans les rues !

— Il ne répare jamais sa clôture, répond Flavie d'une voix flûtée qui trahit son excitation.

Parfois, une lueur filtre à travers les volets clos. Flavie imagine une femme en train de préparer le repas du midi de son mari qui quittera bientôt la maison pour se rendre à son travail, un atelier voisin, l'entrepôt d'un marchand en gros ou peut-être un des chantiers de construction des alentours. La jeune fille croque machinalement la pomme qu'elle a tiédie entre ses mains. Dans la lueur de l'aube naissante, elle observe le visage de sa mère, son menton aigu d'une forme triangulaire, ses lèvres minces mais bien dessinées et son nez large. De fines rides soulignent maintenant ses yeux bien étirés vers les tempes. Généralement de couleur marron, ils sont parfois d'un vert sombre, selon l'intensité de la lumière.

Croisant le regard de sa mère, Flavie lui offre un large sourire, auquel Léonie répond par une pression sur son bras. Elles sont en train de traverser l'extrémité nord de Griffintown, le quartier irlandais. À cette heure, les *pubs* sont fermés et Flavie remarque plusieurs hommes profondément endormis, couchés le long des murs des maisons. À côté des maisonnettes bien entretenues, entourées d'un petit jardin propret, sont érigées des cabanes délabrées où vivent de pauvres familles irlandaises récemment immigrées. L'activité est maintenant plus intense ; un fiacre les croise et des hommes pressés, leur casquette rabattue sur les yeux, filent à longues enjambées vers le port. La journée de travail commence tôt pour les débardeurs.

Quelques minutes plus tard, la charrette débouche au coin de la rue McGill, éclairée de lampadaires à gaz que Flavie ne se lasse pas d'admirer. Déjà, perché sur son échelle, l'allumeur est en train d'éteindre la flamme. Des voitures attelées à de solides chevaux les croisent, chargées de barils ou de sacs de marchandises, tandis que de jeunes garçons, déjà à l'ouvrage, encouragent leurs chiens qui tirent de toutes petites charrettes transportant des biens plus fragiles ou légers. La rumeur du port parvient à Flavie, grincements des coques des navires ballottés par la houle, claquement des voiles et cris des matelots qui se préparent au départ...

— Si jamais tu te sens mal, dit subitement Léonie, fais-moi signe et sors doucement de la pièce. Dans un accouchement, il y a des liquides, du sang, parfois même la mère ne peut s'empêcher de faire ses besoins...

— Maman! proteste Flavie avec une réelle indignation. Tu m'as déjà tout raconté ça plusieurs fois!

Léonie esquisse une moue d'excuse. C'est vrai qu'elle a rebattu les oreilles de sa fille, dernièrement, de plusieurs récits de délivrance, ne lui épargnant presque aucun détail. Mais comment décrire adéquatement ce moment si charnel, si plein d'odeurs et de cris? Après quelques centaines de verges dans le dédale des rues de la vieille ville de Montréal, la charrette s'immobilise dans une ruelle derrière les bâtiments de la rue Saint-Paul. Mère et fille gravissent deux marches de pierre et entrent dans la maison par une porte étroite. Elles empruntent un corridor obscur qui débouche dans une cuisine où une femme corpulente se lève à leur arrivée.

— Bien le bonjour, Angèle.

— Prenez le temps de vous déshabiller et de boire un thé, offre la cuisinière.

Flavie et sa mère enlèvent leurs châles tandis qu'Angèle leur sert un bol de thé et une tranche de pain. Flavie sent que sa mère bride son impatience; pour sa part, la jeune fille n'est pas fâchée de s'octroyer quelques minutes de repos dans la douce chaleur d'un poêle qui ronronne. La cuisinière considère Flavie avec curiosité et Léonie explique de sa voix basse et mélodieuse:

— Je vous présente ma fille, Flavie. Elle veut apprendre le métier.

— Bonne idée, commente la domestique. Des matrones, on n'en a jamais de trop.

Après une gorgée de thé, Léonie dit gentiment:

— Il y aura toujours des femmes disposées à en aider d'autres. Vous-même, Angèle, vous assisteriez votre maîtresse si tout le monde disparaissait autour, n'est-ce pas?

Devant cette terrible perspective, la cuisinière se signe et répond avec émoi :

— Plaise à Dieu que cela n'arrive jamais, parce que je suis restée fille et que je ne saurais que faire !

— Bien sûr que vous sauriez. Lui faire boire de la bonne tisane, la soutenir, l'encourager…

Toujours curieuse, Angèle s'enquiert de l'âge de Flavie, qui répond :

— Maman m'avait promis que je commencerais mon entraînement à seize ans.

La femme fait entendre un rire malicieux.

— Il va durer longtemps, ton entraînement ! Une si jeune matrone, ça ne s'est pas vu souvent !

— C'est vrai que la plupart des sages-femmes sont des femmes mariées ou des veuves, qui viennent au métier assez tard, concède Léonie avec sérieux. Ici, nous n'avons malheureusement pas d'écoles comme en Europe. Flavie manifeste beaucoup d'intérêt, et je suis très heureuse de l'initier. Bien entendu, son apprentissage sera long. Une femme qui n'a pas accouché elle-même peut difficilement comprendre ce qu'une autre femme ressent dans de telles circonstances.

Flavie retient un sourire devant les yeux ronds d'une Angèle éberluée par le discours de Léonie et qui se demande si elle a vraiment tout compris.

— Je dois aller voir ma cliente, déclare Léonie en se levant. Tu viens, Flavie ? Merci beaucoup pour le thé, Angèle.

Flavie saisit la petite valise de sa mère, heureuse de sentir sous sa main le cuir usé de la poignée. Elle en connaît le contenu par cœur, pour l'avoir examiné souvent sur la table de la cuisine, avec Cécile, sa jeune sœur.

Elle a déjà manipulé les ciseaux et les pinces, elle a humé les herbes, les fioles remplies de différents liquides et le savon à l'odeur forte.

Les deux femmes s'engagent dans l'escalier de service. Flavie a accompagné sa mère ici il y a trois semaines, mais elle s'émerveille encore des élégants meubles vernis, des tapis moelleux et des grandes fenêtres à carreaux ornées de jolis rideaux. Le marchand Lefebvre, qui possède un grand magasin de matériel nautique, rue des Commissaires, est un homme à l'aise.

Léonie cogne à la chambre des maîtres, dont la porte est grande ouverte, en annonçant sa présence à voix forte pour couvrir le bavardage de voix féminines qui leur parvient. Sans attendre, Flavie sur ses talons, elle entre dans la grande pièce vivement éclairée par deux lampes à huile. Une femme bien en chair, au ventre monumental, est assise sur une chaise droite près de la fenêtre aux volets clos. Vêtue d'une chemise de nuit et les épaules couvertes d'un châle magnifique, soyeux et coloré, elle est entourée de trois dames qui se sont visiblement habillées et coiffées à la hâte. L'une a boutonné sa robe en jalouse et une autre a simplement noué ses cheveux sur sa nuque avec un ruban.

Intimidée par les regards fixés sur elle, Flavie fait quelques pas dans la pièce et s'adosse au mur, tandis que Léonie marche allègrement vers le petit groupe.

— Vos douleurs ont commencé quand, Alice?
Elle répond, le souffle court :
— Vers deux heures du matin. J'ai marché presque tout le temps, mais là, je suis un peu fatiguée.
— Alice n'a presque plus le temps de reprendre son respir, précise la plus jeune des trois femmes qui l'entourent. Pour moi, ce bébé-là est sur le point de sortir.

– J'étais pareille, intervient la plus âgée des trois. Seulement le premier a été long, les autres ont déboulé, je vous assure, comme on tombe d'une échelle mal accrochée après un pommier!

Souriante, Léonie lance à cette dernière, très maigre et très voûtée, mais qui se déplace néanmoins avec une agilité surprenante:

– Bon matin, madame Thompson. Il y a certainement quelques années que nous nous sommes croisées…

Un gémissement d'Alice, laissée seule sur sa chaise, sème l'émoi parmi le petit groupe. La future accouchée arque le dos, haletant sous une forte contraction qui précipite sa respiration. Toutes les femmes se pressent autour d'elle. Sa mère, Mme Thompson, l'évente pendant que les deux autres lui flattent la main en murmurant des paroles réconfortantes. Léonie, qui se tient à quelques pas, observe sa patiente, notant la goutte de sueur qui roule sur sa tempe, ses traits détendus malgré la douleur et la tenue générale de son corps, qui s'affale de nouveau mollement sur la chaise à mesure que la contraction s'efface.

Flavie remarque avec surprise qu'une petite pierre de forme ovale est posée sur le ventre d'Alice. C'est la première fois qu'elle peut observer d'aussi proche une pierre d'aigle, ainsi nommée parce que, selon la légende, les aigles vont la chercher très loin pour protéger leurs petits des intempéries. Vendues en Europe par les apothicaires, elles se transmettent de génération en génération dans les familles fortunées, comme un talisman pour protéger les femmes en travail. Il paraît que cette pierre, de la grosseur d'un œuf de pigeon, en contient une autre, plus petite, qui ballotte comme une noix séchée dans sa coque.

Alice s'exclame, mi-figue, mi-raisin:

— Il est temps que ce bébé-là sorte! Il commence à être diablement lourd… Il faut dire que je n'ai pas perdu la chair de mes deux autres grossesses. Les servantes, c'est bien utile, mais l'oisiveté, ça ne fait pas maigrir!

Sa mère fait les présentations: sa sœur Louise Saint-Amant, toute de noir vêtue, mis à part une collerette mauve, et sa deuxième fille, Azelda Lajoie, venue des Trois-Rivières spécialement pour accompagner sa sœur dans ses douleurs. Léonie se tourne ensuite vers Flavie et lui fait signe d'approcher. La jeune fille croise enfin le regard de la femme en couches:

— Bonjour, madame Lefebvre.

— Bienvenue, petite. Tu sais, je ne le croyais pas vraiment, que tu viendrais à mes douleurs.

— Vous y voyez un inconvénient? se hâte de demander Léonie. Pourtant, nous en avons parlé à plusieurs reprises et…

Alice Lefebvre lève la main pour la faire taire, puis elle s'abandonne à une nouvelle contraction et Flavie observe la scène en ouvrant de grands yeux. Elle a déjà vu des femmes à ce stade de l'accouchement, entre autres ses tantes qui se promenaient dans la cuisine de Longueuil et qui s'appuyaient sur un mur ou sur le dossier d'une chaise lorsque la contraction passait. Elle est fascinée par cette douleur qui prend la forme d'une longue pulsation et dont sa mère lui a expliqué l'utilité à plusieurs reprises: l'utérus pousse le bébé vers le bas et le col s'agrandit à chaque fois.

Léonie pose plusieurs questions à sa patiente, lui demandant de décrire ses sensations le plus précisément possible. Elle n'insiste pas: Alice en est à son troisième accouchement et elle sait parfaitement distinguer les fausses contractions, comme celles qui surviennent parfois pendant les dernières semaines de gestation, des vraies, dont la fréquence et l'intensité croissent au fil des heures. Alice sait également que le besoin animal de pousser se manifestera de lui-même, comme par magie, à la fin de la contraction qui aura suffisamment élargi le col.

Sa mère, Scholastique Thompson, lance gentiment à Léonie :

— C'est donc bien vrai ? Vous initiez votre fille au métier ?

Tout en vérifiant le pouls de sa patiente, Léonie acquiesce en silence. Détaillant Flavie du regard, la vieille dame poursuit de sa voix légèrement chevrotante :

— La rumeur avait déjà circulé. Au conseil des dames de la charité, l'une d'entre nous racontait vous avoir croisées, toutes les deux.

— J'ai visité madame votre fille, déclare Flavie, bravant sa timidité, et puis deux autres clientes de maman…

Azelda Lajoie intervient avec raideur :

— Je suis fort étonnée que le curé de votre paroisse soit d'accord avec cette… nouveauté. Aux Trois-Rivières, ce serait impensable.

Accroupie devant Alice, Léonie est en train de palper son ventre au travers de sa chemise. Elle se tourne vers Flavie et lui fait signe d'approcher. Flavie pose ses mains à côté de celles de sa mère. Pendant que Mme Lefebvre respire à petits coups précipités, elle sent le muscle utérin se durcir, au point de ne pas céder sous une forte pression.

— Voilà, Alice, celle-là est terminée. Touche ici, Flavie, ce sont les pieds. Ne te gêne pas pour peser.

Flavie sent vaguement quelque chose de solide, mais elle est bien incapable de deviner de quelle partie du corps du bébé il s'agit. Elle se relève et Mme Thompson la questionne avec gentillesse :

— Le métier te plaît ?

— Je crois, oui, balbutie-t-elle. Avec tout ce que maman m'a raconté…

Louise Saint-Amand, qui éponge les tempes de sa nièce, jette, d'un air pincé :

— Les jeunes filles pourraient refuser de se marier en voyant ce qui arrive réellement aux femmes en couches !

Sans réfléchir, Flavie réplique :

— Toutes les filles savent déjà comment une délivrance se déroule.

— On ne peut pas comparer la mise bas d'une truie ou d'une chatte avec les douleurs d'une femme ! proteste énergiquement Azelda Lajoie, l'expression outragée.

— Ce n'est pourtant pas si différent, commente Léonie, qui est en train d'évaluer la forme du ventre et d'effectuer quelques pressions du haut vers le bas.

La sœur d'Alice reprend avec condescendance :

— Pour sûr, les filles du peuple voient tout et entendent tout. Cela n'arrivera pas à mes quatre filles, je vous assure ! Elles seront chaperonnées jusqu'à leur mariage.

Sa mère lance avec dérision :

— De nos jours, dans les bonnes familles, on isole les jeunes filles dans une belle grande chambre ou dans un dortoir de couvent !

— C'est troublant comme le monde change, intervient Léonie. Quand j'étais petite, on s'inquiétait beaucoup moins de la vertu des jeunes filles.

Azelda Lajoie réplique avec brusquerie :

— La rue devient tellement dangereuse, avec tous ces hommes venus d'on ne sait où…

— Tu me fais rire, avec les dangers des Trois-Rivières ! se moque Mme Thompson. Va te promener dans les petites rues du faubourg Québec, au crépuscule, et tu m'en diras des nouvelles !

— Vous avez très mal, Alice ? demande Léonie à sa patiente qui se cabre et qui halète.

— Beaucoup moins qu'à mon premier, souffle-t-elle.

Léonie va chercher un onguent dans sa valise et, s'agenouillant devant la parturiente, elle glisse ses mains sous sa chemise. Flavie devine, au visage plutôt réjoui d'Alice, que sa mère est en train de lui masser la vulve pour assouplir les tissus en vue du passage du bébé. Tout en procédant ainsi, Léonie remarque, d'une voix pensive :

— Il est fini le temps où les femmes devaient accepter les souffrances de l'accouchement, en se disant qu'elles les avaient méritées et qu'elles seraient récompensées au ciel. Grâce aux découvertes de la science, il est maintenant beaucoup plus facile d'intervenir au bon moment et de soulager non seulement la mère, mais aussi son enfant.

Scholastique Thompson déclare un peu pompeusement :

— Léonie, je vous connais depuis votre arrivée en ville. Elle ajoute, pour le bénéfice des autres auditrices :

— Est-ce que je vous ai déjà raconté ?

Sa sœur et sa fille hochent vigoureusement la tête, mais la vieille dame fait mine de n'avoir rien vu. Elle poursuit :

— C'était une journée glaciale du mois de février. En tant que dame de la charité, je faisais ma tournée des secteurs les plus pauvres de la ville, là où les immigrants s'installaient le premier hiver, dans des cabanes que même un fermier dédaignerait pour ses vaches et ses cochons. J'y ai trouvé une femme, seule, dans ses douleurs. Vous décrire son dénuement… Alors je suis ressortie…

— Après l'avoir couverte de votre manteau, précise gravement Léonie.

— Et je suis allée cogner à une maison voisine, puis à une autre. Tous leurs occupants étaient absents. Heureusement, un monsieur a fini par répondre, un Irlandais très gentil qui connaissait Léonie parce que son fils fréquentait l'école de son mari…

— Vous parlez de Daniel Hoyle? s'étonne Flavie.

— Le père s'appelle Thomas, intervient Léonie de nouveau.

La vieille dame ajoute avec orgueil, comme si elle y était personnellement pour quelque chose:

— J'ai tout de suite compris que Léonie Montreuil n'était pas une sage-femme comme les autres. Elle possédait non seulement une formation pratique de plusieurs années auprès de sa tante, mais elle avait lu de nombreux livres et elle avait suivi plusieurs des enseignements offerts par les plus célèbres médecins de notre métropole. Depuis, je n'ai pas cessé de la recommander à toutes mes amies.

— Votre appui m'a été précieux, reconnaît Léonie. J'ai pu me constituer une clientèle beaucoup plus vite. Voilà, Alice, c'est suffisant. Votre ovale n'a pas besoin d'être étiré plus longtemps, il est déjà très souple!

Flavie ignorait que, au début de la carrière de sa mère, leur ami Thomas Hoyle avait joué ce rôle d'entremetteur. Contente, elle songe à lui et à ses deux fils, Jeremy et

Daniel, débarqués à Montréal plusieurs années auparavant après un éprouvant voyage en mer. Leur première année en tant qu'immigrants avait été difficile, mais Thomas, qui savait un peu lire et écrire, avait pu se trouver un meilleur emploi que beaucoup de ses concitoyens illettrés. Seul Daniel avait fréquenté l'école de Simon et il était devenu, au fil des années, un habitué de la maison. Mais sa dernière visite chez eux remontait à si longtemps…

— Avant que mes douleurs aux articulations augmentent, poursuit Mme Thompson, je visitais chaque hiver les quartiers pauvres pour le compte des messieurs de Saint-Sulpice. J'ai vu des gens très pauvres dans ma longue vie… Mais il y avait toujours un membre de la famille ou une voisine du village pour les secourir. Même les quêteux étaient accueillis dans toutes les maisons. Tandis que ces étrangers…

Elle se mord les lèvres et se penche vers sa fille en prenant un air enjoué :

— Assez de sombres pensées, il ne faudrait pas troubler la délivrance !

Léonie se tourne vers Flavie :

— S'il te plaît, ouvre les volets. Il fait tout à fait jour maintenant et Alice a besoin d'air frais.

— Ouvrir ? s'étonne Louise Saint-Amant, toujours debout derrière sa nièce. Mais les courants d'air sont si dangereux…

— Beaucoup le croient encore, répond Léonie. C'est de coutume d'accoucher dans une pièce close. Mais on dit maintenant que l'air stagnant est plutôt malsain. L'important, c'est qu'Alice reste bien couverte.

Se penchant vers sa nièce, Mme Saint-Amant la presse avec inquiétude :

— N'est-ce pas que tu n'as pas chaud, Alice ?

— Et comment que j'ai chaud ! Tu me connais, je transpire à rien ! Obéis à ta mère, petite. J'ai une grande confiance en elle.

La fenêtre de la chambre donne sur la rue Saint-Paul, où une belle animation règne malgré l'heure matinale. Les roues des charrettes et des fiacres résonnent sur les pavés, et les marchands commencent à ouvrir les volets des devantures de leurs commerces. Il y a un cordonnier à gauche et un tailleur en face. Plus loin, Flavie déchiffre l'enseigne d'une modiste et celle d'un notaire. La rue est très étroite et les maisons qui la bordent, aux toits mansardés, sont hautes et frileusement serrées les unes contre les autres. Elle entend une voix masculine dire d'une voix forte :

— Bon matin, mademoiselle !

Sans croire que la salutation lui soit adressée, elle en cherche néanmoins l'auteur et découvre un jeune homme, de l'autre côté de la rue, qui vient d'ouvrir les volets d'une fenêtre en lucarne et qui la regarde franchement en souriant.

— Bonjour, monsieur.

— Mme Lefebvre se porte bien, ce matin ?

Scholastique Thompson vient s'accouder à côté de Flavie et répond :

— Elle est en travail, jeune homme. Vous en aurez des nouvelles plus tard.

— Oh ! Excusez le dérangement, mesdames. Dites-lui qu'Henri lui souhaite du courage !

Alice Lefebvre, qui a tout entendu de la chaise où elle est installée, laisse échapper un rire et répond d'une voix sonore :

— Bonne journée, Henri!

Flavie se retire de la fenêtre, qu'elle laisse entrouverte. Elle s'assoit par terre, le dos contre le mur, appuyant son menton sur ses genoux relevés. Mme Saint-Amant quitte la pièce, l'expression contrariée, au moment où Mme Thompson s'assoit sur une chaise tout près de sa fille et qu'Azelda Lajoie, debout derrière elle, lui humecte le front avec un linge mouillé. Léonie s'installe non loin, sur un tabouret. Alice subit maintenant les contractions en étreignant convulsivement la main de sa mère. Flavie savoure la soudaine tranquillité qui règne dans la pièce quand tout à coup la tante de la patiente revient en coup de vent et lance d'un ton alarmé :

— Alice! Tu as toujours ton amulette?

Avec précipitation, Alice porte la main à sa cuisse droite et tâte à travers sa chemise. Son visage se détend et elle marmonne :

— Elle est là, bien attachée.

— C'est mon mari qui avait capturé les couleuvres, se souvient Scholastique Thompson, avant que j'accouche de ma première. Depuis, toutes les femmes de la famille s'en servent.

— On accorde bien des vertus à la peau de serpent, commente Léonie, plongeant son regard dans celui d'Alice qui halète sous une contraction.

— De nos jours, soupire la vieille dame, on se moque, en certains milieux, de ce qu'on qualifie de mirlifichures…

Jusque-là, se concentrant sur sa patiente, Léonie avait réussi à rester détachée de la conversation générale. Même les allusions d'Azelda Lajoie aux mœurs des milieux populaires, qui, en une autre circonstance, auraient soulevé son indignation, avaient glissé sur elle comme l'eau sur les plumes d'un canard. Mais elle ne peut rester indifférente à ce que Mme Thompson vient d'évoquer, la présence croissante de médecins-accoucheurs au chevet des dames de la haute société. À plusieurs reprises, Léonie a été ainsi délaissée par des clientes qui n'avaient pourtant aucun besoin d'un médecin à leur chevet. En ville, il est de bon ton de préférer la présence de l'accoucheur, que l'on croit plus savant et mieux outillé pour parer à toute éventualité.

Avec effort, Léonie ravale la sourde colère qui l'envahit devant cette évolution des mœurs et elle reporte son attention sur sa patiente, en proie à des contractions dont la fréquence augmente. Lasses et enfin silencieuses, les femmes vont et viennent langoureusement dans la pièce, pour donner à boire à Alice, pour l'éventer ou pour lui faire la conversation pendant quelques minutes. Une servante entre, apportant une pile de linges propres et une bassine d'eau qu'elle pose par terre contre le mur. En bas dans la rue, des hommes s'interpellent et des enfants crient en jouant. L'église Notre-Dame sonne sept heures du matin.

Léonie demande à Alice si son mari revient d'Europe le soir même comme prévu ; à sa réponse affirmative, elle lance joyeusement :

– Un beau cadeau que vous lui faites là !

Lors d'une contraction particulièrement puissante, Alice ressent une envie irrésistible de pousser. Aidée de sa sœur et de Léonie, elle s'installe dans la position qu'elle préfère pour se délivrer : à genoux sur le plancher, se tenant au dossier d'une chaise. Sa chemise la recouvre jusqu'à terre. Azelda Lajoie s'assoit à califourchon sur la chaise, face à elle, et la soutient de son mieux. Léonie place un linge sous Alice et s'installe face à son dos, assise sur le tabouret, après s'être lavé les mains avec son savon fort.

Flavie a souvent entendu les halètements et les cris des femmes au moment de l'expulsion, mais elle est impressionnée par le spectacle de cette femme qui semble littéralement dominée par un instinct animal. Elle comprend que, pour Alice, à cet instant précis, seule existe cette grande force musculaire qui a pris possession de son corps et qui, contractant sa matrice, la fait grimacer et gémir. À la deuxième poussée, on entend un bruit sec. Flavie sursaute, mais Léonie, qui a glissé, de nouveau, ses mains sous la chemise, reste imperturbable.

— La poche des eaux a crevé. Ça va être intense maintenant.

Une odeur chaude et doucereuse envahit la pièce. La contraction qui suit semble particulièrement forte et Alice exhale une longue plainte en arquant le dos, étreignant la main de sa sœur avec tant de vigueur que cette dernière grimace.

— Ne poussez pas trop fort pour ne pas déchirer. Respirez lentement. Comme moi, faites comme moi. À la prochaine contraction, laissez le petit descendre comme vous le sentez, mais sans trop forcer.

Alice s'accroche à la fois au regard de sa sœur et aux mains de sa mère et de sa tante. Flavie sent que ces liens lui sont vitaux et que, sans eux, l'intensité des sensations l'affolerait.

— Ça brûle! se plaint-elle.

— Il est presque paré à sortir. S'il te plaît, Flavie, va refermer la fenêtre.

La jeune fille y court, puis elle revient vers le groupe en quelques pas rapides. Hésitant un moment, elle finit par s'agenouiller tout à côté de sa mère. Comme Léonie soulève la chemise avec ses bras, Flavie ne peut résister à son intense curiosité et, faisant fi de l'expression outragée d'Azelda Lajoie, elle se penche. Elle aperçoit d'abord les deux jambes de la dame, blanches et grasses, et, entre elles, par terre, les linges en bonne partie souillés par le liquide expulsé quelques minutes plus tôt. Courbant encore un peu plus le dos, elle constate que Léonie a glissé ses doigts un peu à l'intérieur, tout contre le crâne du petit, maculé et plissé, recouvert d'un duvet brun. Fascinée, elle reste ainsi, tandis qu'une autre contraction agrandit encore l'ouverture de la vulve et que sort davantage la tête que Léonie semble doucement guider au moyen de légères pressions.

Alice pousse un grand cri et, avec un bruit mouillé, la tête sort complètement.

– Un dernier effort pour les épaules, dit Léonie de sa voix calme et apaisante. Voilà, votre petit garçon est né. Reposez-vous un instant.

Flavie reste saisie à la vue de ce petit visage boursouflé et visqueux. Léonie dépose doucement sur les linges humides et chauds le bébé maculé de mucus et de sang, l'installant sur le flanc tout en prenant garde de compresser le cordon ombilical. Elle l'observe intensément pendant que sa grand-mère s'approche pour le contempler. Il semble parfaitement formé, remuant un bras, puis une jambe. Du coin de l'oeil, Flavie voit la tante glisser une main sous la chemise de l'accouchée, dénouant d'un geste preste l'amulette en peau de serpent qu'elle fait disparaître. Selon la croyance, si on ne la retire pas rapidement après l'expulsion, la mère peut succomber à une hémorragie foudroyante.

Après une minute ou deux, le bébé ouvre les yeux et jette sur le monde qui l'entoure un regard étonné. Léonie sent, dans un élan familier, son cœur se gonfler de tendresse avec une intensité telle que cette émotion se diffuse ensuite, par la voie d'un très long frisson, dans son être tout entier. À chaque naissance, elle est bouleversée comme au premier jour.

Caressée par le regard tout neuf du nouveau-né, elle s'efforce de faire rayonner sur son visage l'immense bonheur qu'elle éprouve à le contempler, minuscule être humain si fragile et si démuni et qui a tant besoin de la protection de sa mère. À chaque délivrance à laquelle elle assiste, Léonie ressent jusqu'aux tréfonds d'elle-même l'élan charnel qui l'a envahie à la naissance de ses propres enfants, un attachement spontané et jaloux, total et magnifique.

Ensuite, comme toujours, cette joie sans mélange reflue lentement, remplacée par un chagrin d'abord diffus, puis de plus en plus vif. Pendant quelques secondes, Léonie refuse de tout son être de placer cette âme radieuse entre des mains adultes, trop souvent aveugles et maladroites. Elle voudrait tenir ce bébé tout contre elle aussi longtemps que nécessaire, pour cuirasser son cœur si tendre contre la brutalité et l'indifférence. Elle le prémunirait contre la parole des hommes d'église qui aiment impressionner les jeunes enfants avec leurs phrases incisives sur le démon et l'enfer. Elle l'accompagnerait lors de sa première confession, ce moment tant redouté qui oblige l'enfant à s'inventer des péchés. Elle empêcherait ses parents de le retirer de l'école et de l'envoyer à l'ouvrage, lui si petit et si vulnérable. Plus tard, comme une bonne fée, elle l'encouragerait à s'abandonner sans arrière-pensée aux plaisirs charnels…

Après un profond soupir, Léonie approche son visage du bébé et fixe intensément ses yeux qui clignent. Elle murmure :

– Bienvenue parmi nous, petit. Je te souhaite beaucoup de joie.

Le petit garçon, toujours relié à sa mère par le cordon ombilical, rosit à vue d'œil. Soudain, il inspire en poussant un cri léger qui semble le surprendre lui-même. Mme Lefebvre, maintenant assise sur ses talons, se met à rire avec soulagement. Comme si elles répondaient à un signal, les autres femmes félicitent Alice, l'embrassent et se congratulent.

Flavie ressent soudain une forte bouffée de chaleur. Surprise, elle reste accroupie encore un instant, puis elle se relève lentement. Ses premiers pas sont incertains et elle doit s'appuyer aux meubles. Par bonheur, dans l'animation générale, son trouble passe inaperçu. Il lui faut de l'air frais, du silence. Elle quitte la chambre et se retrouve dans le corridor faiblement éclairé par la lumière du jour. D'en bas, des voix qui transmettent la bonne nouvelle de l'heureux dénouement lui parviennent.

Des images de l'accouchement tournoient dans sa tête et Flavie se laisse tomber sur une vieille chaise, prodigieusement étonnée par ce processus souverain qui entraîne tant de changements dans le corps d'une femme. Malgré toutes les allusions de sa mère, malgré le nombre de fois qu'elle a vu un animal mettre bas, elle n'avait pas réalisé qu'une femme devait ainsi se transformer en femelle... Elle est sous le choc, pénétrée par la beauté grave de cet acte pourtant conduit par la nature, mais quasi surnaturel.

Après un long moment, de légers vagissements attirent de nouveau Flavie dans la chambre. Alice Lefebvre est en train de s'installer dans son lit, le dos soutenu par plusieurs oreillers. Sa tante lui remet le bébé et Alice ouvre sa chemise. Flavie craint soudain qu'un bébé si petit ne puisse jamais tenir un si gros mamelon dans sa bouche, mais, à son grand soulagement, le nouveau-né s'y accroche et se met à téter maladroitement. De plus en plus amusée, elle observe le bébé poser ses poings fermés sur le sein et ouvrir de grands yeux vers le visage de sa mère, qui le contemple avec tendresse.

Un mouvement du côté de la fenêtre attire l'attention de Flavie. Une servante, munie d'une vadrouille, est en train de laver le plancher où Mme Lefebvre a accouché. Sur le linge posé au sol, Flavie remarque une masse veinée et brunâtre.

– Le délivre, murmure Léonie en posant une main sur l'épaule de sa fille. Je vais l'examiner, tu viens?

Flavie secoue la tête et sa mère la suit du regard tandis qu'elle s'éloigne pour admirer le bébé qui tète encore. Elle imagine très bien ce que sa fille ressent, un mélange de plaisir et de dégoût, de bonheur et de révolte. Soudain, elle s'en veut beaucoup d'avoir entrepris son initiation. Elle a cru déceler en elle les signes d'un intérêt véritable, mais peut-être est-elle encore trop jeune, peut-être a-t-elle l'âme trop sensible. Simon lui en voudra longtemps si Flavie reste marquée par la peur des accouchements, lui qui a souvent insisté pour repousser à dix-sept ou dix-huit ans le début de son apprentissage… La mort dans l'âme, Léonie se relève et fait signe à la servante qu'elle peut disposer de l'arrière-faix. M. Lefebvre l'enterrera dans un coin du jardin, près d'un jeune arbre.

Deux heures plus tard, Flavie et sa mère se retrouvent rue Saint-Paul, sous un chaud soleil de fin d'avant-midi, après avoir avalé un copieux repas. C'est l'estomac bien plein et l'allure ralentie par la fatigue que les deux femmes s'en retournent à pied vers le faubourg Sainte-Anne. Elles cheminent de longues minutes sans parler, croisant des marchands qui vont dîner à l'auberge, des femmes qui reviennent du marché en poussant une petite brouette pleine de provisions et des enfants qui courent avec leurs chiens en plein milieu de la rue. Elles sont parvenues dans Griffintown lorsque Flavie dit, à brûle-pourpoint :

— Ce n'est pas très difficile, accoucher une femme.

— Je ne l'accouche pas, corrige Léonie vivement. Une femme s'accouche toute seule. Je suis là pour l'accompagner et pour l'aider si nécessaire. Les femmes ont besoin d'être rassurées et de se savoir bien entourées.

— Qu'aurais-tu fait si le bébé était resté coincé en dedans ?

— J'ai plusieurs choix, répond Léonie. Mais je n'ai pas le courage de t'en parler. On a travaillé une longue escousse !

— Quand on est sage-femme, il faut être parée nuit et jour !

— C'est exigeant, admet Léonie. Mais ça ne m'a jamais trop contrariée.

— Moi, je t'espérais, le matin, quand tu n'étais pas là…

Étonnée, Léonie dit :

— Tu ne m'as jamais raconté ça…

— Ou la nuit, parfois je me réveillais toute bizarre, ce n'était pas vraiment un mauvais rêve mais… j'avais le pesant. Alors, j'appelais papa, mais il dormait tellement dur qu'il fallait que je me lève pour aller me coucher avec lui. Je lui racontais mes frayeurs pendant que lui, il ronflait!

Flavie rit à ce souvenir, puis elle aperçoit son amie d'enfance, Agathe Sénéchal, longue silhouette mince à la tête couronnée d'une épaisse chevelure noire, et elle se met à courir. S'arrêtant un moment, Léonie lève les yeux vers le ciel où passent de jolis nuages blancs. Elle vient, une nouvelle fois, d'accueillir la naissance d'un enfant, ce qui l'emplit, fugacement, d'une grande frayeur rétrospective. Sur le coup, en plein travail, n'envisage jamais le malheur si aucun signe ne l'annonce. Mais après, comme elle tremble en songeant à ce qui aurait pu arriver...

Reportant son regard vers l'horizon, Léonie voit son mari qui approche à grands pas. Lorsqu'ils se rejoignent, elle dépose sa valise par terre et lui étreint les deux mains, se retenant tout juste de se jeter dans ses bras. Simon sait depuis longtemps à quel point elle est fragile après un accouchement. Alors, il entoure ses épaules de son bras et, la serrant étroitement contre son flanc, il la ramène lentement vers la maison. Il est à peine plus grand que Léonie, mais elle se sent contre lui merveilleusement petite.

CHAPITRE II

L e lendemain de l'accouchement, les nuages déversent une pluie abondante et obstinée. Léonie demande à sa fille aînée si elle veut l'accompagner chez Alice Lefebvre pour la visite de routine, vers la fin de la matinée. Assise à la table en compagnie de Cécile et de Simon, Flavie regarde, sans répondre, par la fenêtre en direction du jardin. Encore une fois, la contemplant, Léonie est émerveillée d'avoir fabriqué cette jeune fille aux formes rondes et appétissantes, si avenante, physiquement très différente de sa mère... Encadré de longs cheveux fournis, son visage conserve encore les rondeurs de l'enfance et ses yeux, d'un brun tirant sur le vert, sont surmontés de longs sourcils épais et bien arqués qui se rejoignent finement. Elle a hérité du nez des Montreuil, criblé de taches de rousseur, un peu fort et légèrement busqué. Du côté gauche de sa mâchoire, une fine cicatrice qui va du creux de sa joue jusqu'à l'amorce de son cou est l'héritage d'un ancien accident avec un outil tranchant.

— Moi, je ne pourrais jamais faire la sage-femme, dit soudain Cécile. Je ne suis pas assez patiente. J'aurais envie de tirer sur le bébé pour qu'il sorte! Et puis faire des minouches aux dames...

Flavie ne peut s'empêcher de pouffer de rire tandis que Simon, qui récure les parois de son bol de gruau, demande de sa voix forte et bien timbrée d'instituteur :

— Alors, ma fauvette, le métier te tente encore, malgré la présence de commères superstitieuses et bavardes ?

— Ne te moque pas ! réagit vivement Léonie, à la fois suppliante et fâchée. Si tu savais ce que j'entends ! Les jeunes médecins ne se cachent même pas pour narguer les matrones ignorantes qui, selon eux, veulent soit précipiter la délivrance, soit la laissent durer pendant des jours par paresse !

Flavie annonce subitement :

— Les parents de Fleurette lui ont interdit de m'adresser la parole.

— La fille du tailleur ?

— D'après Agathe, sa mère est sûre que le curé sera fâché de mon apprentissage.

Cécile réplique :

— De toute façon, elle n'est même pas ton amie !

— Ce n'est pas une grosse perte, remarque Simon. Sa mère l'a retirée de la classe avant la fin de sa troisième année parce que certaines discussions ne lui semblaient pas très catholiques.

Bien que Flavie soit totalement indifférente à l'amitié de la fille du tailleur, une telle réaction l'inquiète fort. Comme Léonie l'en a bien avertie, plusieurs seront choqués qu'une jeune fille force la porte de la chambre des accouchées. Au Bas-Canada, selon les prêtres, Dieu commande à la femme de garder la maison pour y remplir ses devoirs d'épouse et de mère, y vivre dans le recueillement et s'entretenir avec le Créateur. C'est là, selon eux, que par une grâce spéciale que Dieu lui accorde elle se sanctifie. Mais Flavie n'a aucune envie de sacrifier son propre destin au bien-être de son futur mari et de leurs enfants. Dotée d'un très grand appétit pour la vie, elle refuse de végéter en attendant la vie éternelle.

Quelques mois plus tôt, au début de l'été, Flavie a terminé ses études dans la classe de Simon. Intelligente et douée, encouragée par ses parents, elle a épuisé tout le savoir de son père. Elle est ainsi devenue l'une des jeunes filles les plus cultivées du quartier, non pas dans les arts d'agréments inutiles qu'enseignent les religieuses, mais dans des matières pratiques comme la tenue de livres, la géographie et la rédaction française.

Avant de se marier, Flavie voudrait bien engager tout son être dans une occupation exaltante, qui la fasse voyager par l'esprit et qui l'oblige à étudier encore. Institutrice ? Son expérience de tutrice dans la classe de Simon l'a laissée insatisfaite. Que lui reste-t-il comme choix ? Toutes les positions de clercs, de comptables et de rédacteurs sont réservées aux hommes. Quant à étudier la science médicale… aucun médecin n'accepterait une femme comme apprentie, et aucune école de médecine n'admettrait une femme comme élève.

Si peu d'occupations sont accessibles aux femmes instruites ! Pendant l'été, Flavie a beaucoup jonglé avec tout cela, en plus d'en discuter avec ses parents. Montréal est en train de devenir la métropole du Canada-Uni et cette entrée dans la vie moderne ouvre de nombreuses avenues dans les métiers et professions, comme les emplois reliés au travail de bureau, au commerce, aux activités industrielles et aux sciences. Mais on réserve ces emplois aux hommes seulement !

Bien entendu, comme Simon s'est empressé de le faire valoir à sa fille, la plupart des femmes sont limitées par le fait qu'elles doivent se marier et avoir des enfants, ce qui complique beaucoup la poursuite d'une carrière. Mais Flavie l'avait immédiatement contredit : sur la ferme familiale, à Longueuil, les femmes reprenaient rapidement leurs occupations après une délivrance, et n'y avait-il pas toujours une grand-mère ou une jeune sœur disponible pour s'occuper des poupons ?

— Tu compares des pommes et des haricots, avait répliqué Simon. Le rythme sur une ferme n'est pas du tout le même que celui dans un bureau, par exemple, où les employés ne doivent être dérangés par aucune distraction.

— Élever des enfants est une occupation suffisamment absorbante, avait ajouté Léonie. Les jeunes mères obligées de travailler s'épuisent.

— Mais après, quand les enfants sont plus grands ? C'est ce que tu as fait, maman : Cécile avait à peine un an quand tu as commencé !

— La première année, j'ai fait seulement cinq ou six accouchements. Les voisines avaient eu vent de mes capacités.

— Ta mère n'avait pas vraiment le choix, avait précisé Simon d'un air désolé. Mon salaire suffisait tout juste à nous assurer le strict nécessaire.

— N'empêche, avait riposté Flavie avec entêtement, des tas de mères travaillent quand les enfants grandissent, comme toi, maman ! Pourquoi on refuse qu'elles occupent les positions les plus intéressantes et les plus payantes ?

Simon avait encore argumenté :

— Prenez une femme avocat, par exemple. Ce métier exige de fréquents déplacements. À chaque fois, la dame devrait se trouver un chaperon pour l'accompagner! Une femme respectable ne peut tout simplement pas prendre seule la diligence ou le bateau, pas plus qu'elle ne peut sortir la nuit!

Selon son père, songe Flavie en observant sa sœur qui émiette consciencieusement son quignon de pain avant de le déguster, le monde moderne est de plus en plus dangereux pour les habitantes des villes, et tout homme normalement constitué exige une grande prudence de la part de son épouse et de ses filles. Tout de même, Simon a bien dû reconnaître que, depuis qu'il s'est installé en ville, vingt ans auparavant, cette volonté de protéger les femmes des dangers du monde moderne est devenue obsessive. On enferme la victime dans la prison de sa maison plutôt que de tenter d'apporter des solutions aux problèmes sociaux! Léonie estime que cette attitude correspond aux mœurs nouvelles des riches bourgeois. Dans les maisons des beaux quartiers, on donne aux jeunes filles une éducation poussée, mais aucunement pratique. On les habille joliment mais d'une manière très incommode! Leur seule occupation est de séduire un futur mari… tout en faisant leurs dévotions à l'église.

Du plus loin qu'elle s'en souvienne, Flavie est fascinée par le métier de sa mère. Ces dernières années, Léonie a pris l'habitude de raconter à sa fille ses histoires de cas et de s'interroger tout haut, devant elle, sur certaines situations plus problématiques… Déjà, plusieurs jeunes femmes célibataires, surtout anglaises ou irlandaises, pratiquent le métier contre rémunération, soit chez les bourgeoises ou les femmes d'artisans, soit au Lying-In, le refuge pour femmes indigentes.

Après son apprentissage, Flavie peut donc envisager de gagner honnêtement sa vie en étant sage-femme. Un seul aspect de la pratique la rebute encore, et c'est d'une voix altérée qu'elle demande à sa mère :

— Tu sais, parmi tous les accouchements que tu as faits… combien sont morts ?

Léonie se penche au-dessus de la table et couvre de sa main celle de sa fille. Elle répond doucement :

— J'ai fait plus de cinq cents accouchements depuis le début de ma pratique. J'ai dû faire venir le chirurgien seulement deux fois. Une de ces deux femmes est morte, ainsi que les deux bébés.

Flavie, qui avait craint un nombre beaucoup plus élevé, se détend légèrement. Léonie baisse les yeux un instant, puis elle reprend :

— Je ne te le cache pas, ma fille, c'est la partie la plus difficile du métier. Mais l'important, c'est de savoir que l'on a fait tout son possible pour la mère et pour l'enfant.

Flavie pense aux enfants qu'elle a vus mourir, des cousins, des voisins, puis à tous ceux dans leur entourage, bruyants et remuants, et une belle douceur coule en elle. Tout en suivant des yeux Simon qui se lève et se rend dans la salle de classe, elle murmure à sa mère :

— La pluie faiblit un peu. Nous pourrons y aller bientôt sans être trempées comme de la soupe.

— C'est un dur métier, mais passionnant ! affirme Léonie en serrant la main de sa fille. Mais tu le sais, tu m'as entendue en raconter des choses !

— Sans compter tante Sophronie, soupire Cécile. Ce qu'elle est bavarde quand il s'agit de ses femmes ! Parfois, c'est trop horrible, je suis obligée de me boucher les oreilles !

— Petite nature! se moque Flavie. Tu t'épouvantes dès qu'on prononce le mot sang ou organe!

— Il faut suivre sa voie, interrompt Léonie. Surtout dans le cas du métier de sage-femme. Il faut sentir que c'est le seul chemin.

Laurent fait son entrée, en provenance de la cour arrière. Il suspend son manteau sur le dossier de la chaise placée à côté du poêle, puis il frotte sa tignasse brune plaquée par la pluie. Flavie sent, mêlée d'humidité, son odeur d'homme encore nouvelle pour elle. Il n'y a pas si longtemps, son grand frère était un garçon avec une voix qui cassait et de longs bras qui semblaient l'encombrer. Il est devenu un homme plutôt grand et fort et qui fait tourner la tête des femmes dans la rue.

— Il faudra réparer l'abri à bois, déclare-t-il. La neige pourrait crever le toit cet hiver.

— Et les poules, demande Cécile, elles vont bien?

Laurent lui jette un regard étonné.

— Depuis quand tu t'intéresses aux poules? Tant qu'elles te fournissent de bons œufs…

— Tu sais bien que j'adore les poules. Chaque matin, je me réveille en pensant à elles.

— Vraiment? La rousse a bien dormi cette nuit, mais elle s'est levée avec un léger rhume: je l'ai senti quand je l'ai entendue roucouler à mon arrivée. La brune et blanche…

— Laurent! proteste Flavie. Laisse-nous tranquille avec tes poules!

— Il va falloir commencer à se préparer pour l'école, soupire Simon en entrant dans la cuisine. Les vacances sont déjà presque finies!

Cécile jette un regard furieux à son père en protestant :

— On le sait que l'école recommence ! Fais-moi pas grincher des dents !

— Tu as tort de te plaindre, reproche Laurent en se coupant un morceau d'une meule de fromage posée sur le coin de la table. C'était la belle époque.

Il y a deux ans que Laurent, un élève presque aussi doué que Flavie, a quitté les bancs de la classe de son père. Depuis, il fait les cent métiers : commis pour un marchand, aide-charretier, homme à tout faire chez les sulpiciens et, actuellement, éclusier au canal de Lachine. Tout en sachant que son instruction lui ouvrira de nombreuses portes lorsqu'il se décidera à s'engager dans un métier peut-être plus sage, mais plus lucratif et mieux accordé à ses compétences, il préfère pour l'instant travailler à l'air libre et, prétend-il en se moquant de lui-même, observer comment fonctionne la mécanique du vaste monde.

— J'aurais voulu m'affairer dans le jardin aujourd'hui, soupire Cécile en se plantant devant la fenêtre. Hier, j'ai récolté un beau panier de patates et de carottes. Puis j'ai arraché les plants de tomates et je les ai donnés aux cochons.

— Il n'y avait plus rien ? demande Flavie.

— Seulement quelques petits grelots encore tout verts. Comme il est à la veille de geler la nuit…

— Et des haricots, il en reste ?

— Oui, les dernières fleurs ont bien produit.

— Simon, demande Léonie, tu voudrais monter les paniers de prunes qui sont dans le caveau ?

— Tous ?

— Oui, c'est la journée des confitures !

Laurent pousse un cri de guerrier se lançant dans la bataille et fonce vers l'escalier qu'il monte en courant. Cécile hurle :

— Attends-moi, j'arrive !

— Moi aussi ! crie Flavie en se précipitant à son tour dans l'escalier.

— Bande de fainéants ! s'exclame Léonie. Laissez-moi donc toute seule !

Saisissant sa femme par l'arrière et l'embrassant sur la nuque, Simon murmure :

— Mais moi, je suis là…

Léonie sourit, se retourne et l'embrasse légèrement sur la bouche. Puis, d'un air malicieux, elle lui indique le chemin du caveau.

À la fin de l'avant-midi, Flavie et Léonie quittent la maison pour se rendre chez Alice Lefebvre, laissant Cécile s'occuper de la préparation des fruits. De temps en temps, elle met une prune dans sa bouche et crache le noyau par terre à côté d'elle. Autour de la table, le plancher de bois bien ciré est couvert de jus.

Quand elles reviennent, deux heures plus tard, une grande marmite de confiture mijote sur le poêle. Même si les fenêtres et la porte qui donnent sur le jardin sont grandes ouvertes, il fait très chaud dans la pièce. La pluie a cessé et une légère brise fraîche fait onduler les rideaux. Deux assiettes contenant des crudités, du fromage et du pain attendent les deux femmes, qui ne se font pas prier pour se servir, en plus, un bol de soupe aux légumes et aux haricots. Pendant qu'elles mangent, Cécile somnole dans la chaise berçante, tandis que

Laurent et Simon se penchent sur des livres dans la salle de classe.

Dès qu'elle a terminé son repas, Flavie va prendre le frais dans le jardin. Elle s'assoit sur les marches de bois encore humides et contemple la grande cour où trône, en plein milieu, le puits entouré de sa margelle de bois. La brimbale, une grande perche qui sert à puiser l'eau, est fièrement dressée vers le ciel. Ils ont beaucoup de chance d'avoir ce puits d'eau claire et abondante. Dans les alentours, de nombreux puits de surface offrent une eau si dure qu'elle est parfois impropre à la consommation.

Ceux qui se construisent à neuf dans le faubourg doivent généralement compter sur l'eau des sources et des petites rivières qui descendent du mont Royal. Lorsque ces rivières, qui servent aussi de décharges publiques, sont trop polluées, il reste l'eau du fleuve, ce magnifique et impétueux Saint-Laurent. Mais les autorités publiques interdisent maintenant de puiser dans le port et à ses abords et les porteurs d'eau doivent se rendre de plus en plus loin pour s'approvisionner.

Leur jardin est parmi les plus grands du voisinage. Leur cour, très ensoleillée puisqu'elle est orientée au sud, s'étend en longueur jusqu'à un ruisseau qui vient des marécages, plus loin au sud-ouest. Clôturée sur les deux côtés, elle abrite deux pruniers et deux pommiers, ainsi qu'un grand potager divisé en plusieurs carrés. Au fond, contre la clôture, il y a le poulailler, le tas de fumier et de compost pour le jardin. De l'autre côté, en face, Simon a fait installer la fosse d'aisances.

Lorsque, à la fin des années 1820, Léonie et Simon, alors jeunes mariés, cherchaient à s'établir à Montréal, ils ont déniché cette ancienne maison de ferme, que le propriétaire vendait pour aller vivre à Sainte-Geneviève. Dans le faubourg Sainte-Anne, tout juste à l'ouest de la vieille ville, la terre valait beaucoup moins que son prix d'aujourd'hui. Néanmoins, le couple a mis dans cet achat toutes ses maigres économies. Tous deux vivaient pauvrement alors, avec le seul salaire de Simon, et la viande était rare sur leur table. Pour se rendre à l'école de la ville où il enseignait, Simon marchait pendant plus d'une heure.

Il n'y avait alors, rue Saint-Joseph, que de grandes maisons assez espacées les unes des autres. Depuis, de nombreuses autres, plus petites, se sont construites, sous le regard ébahi de la petite Flavie qui observait le spectacle des longues et lourdes pièces de bois, hissées avec effort les unes sur les autres avec des treuils. Simon a pu enfin réaliser son rêve : ouvrir sa propre école, une seule classe, dans la maison. De son côté, tout en élevant ses jeunes enfants, Léonie s'est mise à accompagner quelques femmes du quartier. Peu après le troisième anniversaire de Cécile, elle a ouvert sa pratique, annoncée au moyen d'une belle enseigne de bois qui pend toujours au-dessus de la porte de la salle de classe.

La corvée de la mise en pot des confitures se termine en fin d'après-midi. Une fois la cuisine rangée et le plancher lavé, Léonie et ses deux filles vont s'asseoir dans le jardin, à l'ombre du pommier, parmi les guêpes qui viennent se nourrir aux fruits tombés par terre. Simon y a installé deux bancs de bois. Cécile ramasse une pomme fraîchement tombée, piquée mais ferme, et la mord à belles dents. La récolte sera meilleure cette année, estime Léonie en observant tous les fruits dont l'arbre est encore chargé. La chenille qui, l'année précédente, avait fait de lourds ravages a été cette année beaucoup moins vorace.

— J'aimerais que tu arrêtes de manger, dit mollement Léonie. Nous allons souper dans pas longtemps.

Cécile marmonne son accord, la bouche pleine. L'appétit de la jeune fille déclenche invariablement bien des moqueries lors des réunions de la famille élargie. Flavie se souvient d'avoir eu très faim à cet âge, mais jamais autant que sa sœur, encore impubère, mais solide et de grande taille. Cécile proteste qu'elle grandit à vue d'œil, ce qui n'est pas loin de la vérité, et qu'elle est forte et travaillante, ce que personne ne peut nier non plus.

La cour est magnifique sous le soleil de la fin du jour. Aujourd'hui, Flavie est particulièrement sensible à la variété des couleurs et à la richesse des odeurs. La couronne des deux grands érables, sur le côté de la maison, est déjà rouge et, la contemplant, la jeune fille se sent emplie d'une joie sauvage. Elle lance allègrement :

— La nature est très belle, n'est-ce pas ? Il faut oublier tout le travail qu'on y fait. Se dire seulement que c'est beau et regarder.

— Manquait plus que ça, grommelle Cécile en jetant son trognon de pomme. Ma sœur est poète.

— Si on avait plus de poésie dans nos vies, soupire Léonie, on aurait moins besoin de religion.

Les deux jeunes filles pouffent de rire.

— Mais oui, pensez-y ! Le paradis, c'est autre chose, un autre monde. Les gens ont besoin de croire parce que Dieu les sort de leur vie quotidienne. La poésie fait la même chose. Elle nous entraîne vers une autre réalité.

— On n'a pas besoin de croire, grogne Flavie, on y est obligé ! Suivre le catéchisme, faire sa première communion, se confesser, communier… Les prêtres nous emmènent quasiment de force à la messe, parce qu'ils ne peuvent pas supporter de nous laisser vivre dans le péché!

Jetant un regard circulaire autour d'elle, Cécile dit d'une voix rêveuse:

— Il paraît que Dieu, d'une seule parole, aurait formé le monde. Ce bel univers, toutes ces merveilles qui poussent pour notre seul contentement, on ne les devrait qu'à Lui, qui ordonne et dispose.

D'un ton docte, Flavie déclare à son tour:

— Ensuite, Dieu a tiré Adam du limon de la terre et il a soufflé sur son visage pour lui donner une âme. Puis, il lui a donné le Paradis terrestre.

— Des arbres pleins de fruits, des sources claires… un peu comme notre jardin, n'est-ce pas, maman?

— À la différence près que nous devons y travailler dur pour le faire produire, soupire Léonie.

— Mais Adam aussi! proteste Cécile. On nous l'a répété bien souvent: la terre donnait toute seule et Adam n'avait qu'à tendre le bras, et pourtant Dieu lui a ordonné de travailler!

Pouffant de rire, Flavie raconte:

— Un jour, je crois que c'était pendant notre préparation à la première communion, Cécile a demandé au curé à quoi Adam pouvait bien s'employer si la terre produisait d'elle-même. Quel air outragé il a fait!

— Il nous a donné une sacrée leçon sur l'oisiveté. La paresse est opposée à la volonté de Dieu. L'homme ne trouve son bonheur que dans l'activité!

Toutes trois se laissent envelopper par le silence. La religion est l'un des grands sujets de conversation dans leur famille. Simon prétend qu'elle a été inventée pour rendre le peuple soumis et docile. Selon lui, l'Église catholique règne en despote, véritable gouvernement monarchique avec le pape sur le siège du roi, les évêques comme princes de divers royaumes et les curés comme intendants féodaux… À son corps défendant, il doit enseigner à ses élèves que la doctrine religieuse est la seule valable, leur faisant apprendre par cœur les grandes « vérités » d'une religion qui ne supporte pas les remises en question. Les croyants sont tellement susceptibles, quand il s'agit de Dieu. Il est devenu si difficile de discuter de liberté morale et de la place que chacun entend donner à la religion dans la conduite de son existence !

Contaminé par la pensée des Lumières, Simon est un fervent démocrate qui croit qu'avec une solide instruction dénuée de toute superstition et ouverte aux grands courants philosophiques, chacun est capable de se forger sa propre opinion sur toutes les matières. Au fur et à mesure des découvertes scientifiques futures, le monde s'expliquera rationnellement et le progrès conduira inexorablement à l'harmonie et au bonheur universels.

Quelques années auparavant, des prédicateurs itinérants avaient prononcé, dans la paroisse, des sermons retentissants. Léonie avait entraîné Simon à l'un d'entre eux et tous deux avaient été ébahis par ce nouveau style, très théâtral et beaucoup plus spectaculaire, et qui avait un tel effet sur les foules que beaucoup qui, jusque-là, avaient pratiqué avec tiédeur se précipitaient au confessionnal. Sur le chemin du retour, Simon n'avait pas décoléré, outré par cette manipulation des peurs humaines devant la souffrance et la mort.

— Tu te souviens, quand les enfants étaient jeunes, et quand les Patriotes parlaient haut et fort ? Toutes sortes d'idées circulaient, sur la démocratie, la liberté de penser et de parler. Mais on dirait que toutes ces idées modernes sont oubliées au profit de la religion. Les gens préfèrent endurer, en croyant dur comme fer ce que les curés enseignent! Une fois qu'ils ont eu la révélation du salut éternel, ils deviennent comme des moutons qu'on conduit à l'abattoir!

— C'est plus facile, avait murmuré Léonie avec lassitude. C'est plus facile de souffrir et d'endurer que d'essayer de changer.

Au moment de son premier passage au confessionnal, à l'âge de huit ans, elle avait dû se creuser longuement la tête pour s'accuser d'un quelconque péché véniel. Comme elle tremblait en s'agenouillant, dans la crainte que le curé lui impose une pénitence ou, pire, ne lui pardonne pas son péché et la condamne à brûler éternellement si jamais la mort la surprenait en état de faute!

Léonie a perdu sa mère à l'âge de onze ans et c'est sa tante Sophronie qui a pris la relève. Comme elle, Léonie s'était très tôt rebellée devant certains rituels qui lui semblaient de l'abus de pouvoir. Malgré ce que les hommes de robe répétaient depuis des siècles, prétendait Sophronie au cours de ses discussions avec Léonie, l'esprit de Dieu ne se trouvait pas seulement dans l'église, le «sanctuaire du Dieu vivant», véritable «maison sainte qui est la demeure du Très-Haut», comme l'affirmaient les prêtres dans leurs sermons. Sophronie refusait d'admettre que le péché originel ait fait fuir l'esprit de Dieu, qui jusqu'alors résidait sur la terre entière, dans quelques temples seulement où il honorait les humains de sa présence corporelle et s'y faisait victime, laissant son sang véritable couler sur l'autel. Au contraire, la tante de Léonie était sincèrement convaincue que le Créateur habitait les moindres recoins de cette planète qui les nourrissait si généreusement et qui les comblait de ses beautés. Si son Dieu à elle n'avait pas de forme précise et ne communiquait pas avec les êtres humains, il orchestrait avec bienveillance le grand mouvement céleste.

Très attachée à sa tante qu'elle admirait, Léonie en avait bien volontiers adopté les croyances. Toutes deux suivaient néanmoins le rituel : quelques messes à chaque année, la confession et la communion annuelles et la participation à quelques processions. Écoutant attentivement les sermons et les instructions, observant l'influence de la morale religieuse dans son entourage, la jeune Léonie avait réalisé que la liste des péchés n'avait pas été dressée par une quelconque divinité, mais par des hommes de robe qui s'imposaient, depuis deux millénaires, de véritables mortifications corporelles! Elle en tenait pour preuve l'importance démesurée du péché d'impureté dans l'échelle des vices, importance qui la révoltait. Cette détestation de tout ce qui concernait le corps et ses plaisirs venait tout bonnement de la chasteté obligée des membres du clergé!

Léonie jette un coup d'œil à ses deux filles, s'amusant un bref moment du regard plein de convoitise que Cécile lance aux fruits tombés au sol. Par bonheur, ses trois enfants demeurent relativement insensibles aux enseignements si troublants sur l'existence de Dieu, sur sa présence parmi les humains et sur les actes nécessaires pour être dignes de son amour. Il est si facile de se laisser entraîner sur cette pente, de réconforter son âme émue du malheur humain par la perspective du bonheur éternel plutôt que de demeurer stoïque et rationnel devant les souffrances et la perspective de la mort! Elle a toujours craint que l'un ou l'autre ne soit touché par la révélation. Mais de nombreuses discussions et la lecture de quelques livres les ont rendus très méfiants. Le simple fait que la foi du croyant résiste à toutes les évidences contraires, parce qu'elle s'appuie sur des phénomènes invisibles et intangibles, suffit à stimuler leur esprit critique.

Léonie étire ses jambes et remue longuement ses orteils, puis elle se relève tout en lançant à sa fille cadette:

– Cécile, tu pourrais cueillir des betteraves? Je rentre préparer le souper.

Flavie passe quelques minutes seule, puis elle se lève à son tour et plutôt que de se diriger vers la porte qui ouvre sur la cour, elle se rend sur le côté de la maison. S'appuyant sur la petite clôture de bois qui ferme leur terrain, elle contemple la rue ombragée par de grands arbres. Mme Bonenfant, suivie par ses quatre enfants, sort de l'épicerie d'en face. Une fois ses achats déposés dans une petite voiture tirée par deux chiens, le convoi s'ébranle vers leur maison, située à quelques centaines de verges. Au passage, les enfants, qui fréquentent l'école de manière intermittente, saluent Flavie à grands cris.

La charrette du commerçant émerge de la cour arrière. Marquis Tremblay, un gros homme chauve et cousin de Simon, soulève son chapeau en apercevant Flavie. Quelques années auparavant, Simon l'a convaincu de venir tenir magasin dans le faubourg Sainte-Anne, lui promettant la prospérité. Fort heureusement, il ne s'est pas trompé, et Marquis et son épouse Appolline lui manifestent une reconnaissance sincère en fournissant à la famille de nombreuses marchandises au prix du gros.

Se dirigeant vers Montréal, Marquis croise l'attelage du fermier Vollant qui s'en revient du marché Sainte-Anne. Sa journée terminée, le fermier fait aller son cheval au pas, agitant sa clochette s'il a encore quelques denrées à écouler. C'est le cas aujourd'hui, et l'homme immobilise son cheval lorsqu'une ménagère, qui vit dans une pauvre maison de bois, lui fait signe. Pendant longtemps, à chaque fin d'hiver, cette immigrante irlandaise devait s'acheminer presque quotidiennement vers les organismes de charité de la ville. Maintenant, son mari travaille à l'élargissement du canal de Lachine, tout près. Son maigre salaire, additionné à son revenu à elle de blanchisseuse et femme de ménage, leur permet de se procurer des légumes et des patates en bonne quantité pour passer tout l'hiver.

Flavie rentre dans la maison par l'entrée principale qui donne sur la rue Saint-Joseph. La salle de classe occupe, au rez-de-chaussée, le corps principal de la maison. La cuisine est installée dans l'annexe d'un seul étage qui prolonge la maison vers l'arrière, ce qui leur fait une cuisine assez vaste pour contenir, en plus de la table et du poêle, plusieurs chaises berçantes, des penderies, une dépense et plusieurs petits meubles comme une desserte et une encoignure.

Simon est assis à son pupitre de maître, dos au tableau noir. Quelques livres sont rassemblés devant lui, mais il a le regard perdu au loin. Les quarante pupitres sont actuellement empilés pêle-mêle, mais lorsqu'ils seront déployés, il restera si peu d'espace entre eux que les élèves peineront à se déplacer sans se cogner les genoux. Certains élèves sont moins assidus que d'autres, mais le mouvement vers l'instruction est tangible ; les parents aiment que leurs enfants apprennent l'écriture, la lecture et le calcul, en plus de quelques notions de géographie, d'histoire… et de catéchisme, la première matière que Simon confie à ses jeunes assistants. Loin de se plaindre de cet achalandage, Simon en est ravi. Les parents, constatant qu'il réussit à mener ses pupilles assez loin sur le chemin du savoir, l'apprécient grandement.

Le souper, composé d'un bouilli de légumes et de viande et d'un gâteau aux prunes, se déroule à la lueur des derniers rayons de soleil. La marmite encore à moitié pleine est couverte et transportée dehors, dans le caveau; les restes constitueront le souper du lendemain soir. Flavie allume une bougie et Laurent saisit sa veste suspendue à un crochet en annonçant:

— Je vais veiller chez Jérôme. Je serai de retour avant neuf heures.

— Si vous allez vous promener, avertit Simon comme à chaque fois, faites attention aux maraudeurs…

S'étirant, il propose ensuite à Léonie:

— Je trouve que tu as l'air fatiguée. Tu ne crois pas qu'on devrait monter se coucher?

Flavie jette un coup d'œil au visage de son père. Même s'il tente de paraître détaché, ses yeux sont étonnamment chaleureux et son expression, légèrement suppliante. Léonie y résiste très rarement, alors elle hoche la tête en retirant son tablier.

— Je te rejoins.

— Bonne nuit, mes grandes filles.

— Bonne nuit, vous deux.

Tandis que l'escalier craque, les deux sœurs s'installent pour veiller jusqu'à ce que leur frère revienne. Cécile allume une lampe à godet et Flavie s'assoit dans la chaise berçante placée à côté du poêle.

– J'ai du reprisage à faire, marmonne-t-elle sans conviction.

– Moi aussi. L'autre dimanche, pendant le pique-nique, j'ai déchiré le bas de ma jupe.

Cécile pousse un profond soupir en s'installant à table et répète pour la centième fois :

– J'aimerais bien porter des pantalons, comme les garçons. Ce serait bien commode, parfois.

Derrière le ton badin de sa jeune sœur, Flavie devine l'ampleur de son amertume et de son sentiment d'impuissance. Elles ont bavardé si souvent, dans le secret de leur chambre, de l'immense et injuste avantage des garçons sur les filles. Ils peuvent aller où bon leur semble, apprendre le métier qui leur plaît et même refuser d'accomplir n'importe quelle tâche domestique normalement dévolue aux femmes sous prétexte qu'ils refusent de s'abaisser ainsi ! Laurent et Simon, lorsque c'est nécessaire, font sans broncher une bonne part des travaux ménagers, mais Flavie connaît plusieurs ménages où le père encourage ses fils à lever le nez sur le frottage, même si la mère est épuisée ou malade !

– Les garçons sont plus fins que nous, répond Flavie d'un ton qu'elle espère léger. Ils portent une robe quand ils sont petits et ils comprennent vite que ça les empêche de faire toutes les folies qu'ils veulent.

Un attelage passe dans la rue.

– J'espère que personne ne viendra veiller ce soir, fait remarquer Cécile. Il faudrait les mettre à la porte sans explication.

– On ne peut pas dire que nos parents sont couchés et qu'ils ne veulent pas être dérangés, n'est-ce pas ?

Les deux jeunes filles pouffent de rire. Même si Léonie et Simon tentent d'être discrets, le lit craque et les rires, les gémissements et même les cris fusent…

Léonie savoure la profonde détente qui, progressivement, apaise sa respiration et les battements de son cœur. Blottie dans la chaleur de son homme, la tête dans le creux de son épaule, sa main posée sur son ventre, elle contemple la nuit, les yeux grands ouverts. Pendant quelques minutes, après l'amour, elle se sent pleine d'énergie, comme régénérée… alors que Simon, depuis longtemps, s'endort immédiatement après la jouissance. Au début, Léonie en était plutôt vexée, jusqu'à ce qu'elle réalise que, même endormi, il est toujours présent, prenant soin d'étreindre sa main ou de caresser doucement son flanc tandis que ses yeux se ferment…

Elle étend le bras et tire la courtepointe sur eux. Plus tard dans la nuit, tour à tour, l'un et l'autre s'éveilleront pour boire une gorgée d'eau, se soulager au-dessus du pot de chambre et enfiler leur vêtement de nuit. Il est toujours plus confortable d'accumuler les épaisseurs de tissus entre leur peau et la paille du matelas… Mais pour l'instant, Léonie se laisse glisser paresseusement dans l'engourdissement, friande de la peau nue de son mari contre la sienne.

Il a si peu changé depuis sa jeunesse. À quarante-sept ans, son corps est encore souple et musclé et la maturité se devine seulement par quelques petits signes attendrissants. Cependant, les grossesses ont marqué son corps à elle. Elle n'a plus la taille fine ni les seins ronds et fermes de ses vingt ans! Mais Simon n'est pas homme à se laisser distraire par les apparences. Il a aimé son corps de jeune fille, il s'est réjoui de son ventre bombé et de sa poitrine gonflée, et maintenant, il caresse avec une gourmandise tranquille la mère de ses enfants, celle qui a sacrifié des parcelles de sa fraîcheur pour mettre au monde les enfants auxquels il est si attaché.

Il existe des hommes qui délaissent leurs épouses uniquement parce qu'ils ne supportent pas ces changements, préférant se tourner vers des femmes intactes. Ils refusent d'admettre que l'ardeur amoureuse ne cesse pas parce qu'une femme est mère, songe Léonie, et surtout que la plus intense jouissance n'est pas suscitée par l'admiration du regard, mais par l'avidité de tous les autres sens…

Flavie sursaute, réveillée par le dodelinement de sa tête. Cécile, la tête calée au creux de ses bras, est également en train de s'endormir. Incapables d'attendre le retour de leur frère, les deux jeunes filles montent pesamment, la bougie à la main. Tout est silencieux lorsqu'elles entrent dans leur chambre. Cécile se déshabille en un tournemain. Leur fenêtre, qui donne sur le côté de la maison ombragé par l'érable, est grande ouverte, et Flavie la laisse ainsi, puisqu'il ne fera pas trop froid cette nuit. Elle ôte ses vêtements à son tour, les posant soigneusement sur la petite chaise à côté de celle de sa sœur.

Cécile est déjà endormie, couchée en chien de fusil, couverte de sa seule chemise. Flavie installe la courtepointe sur elle, puis elle souffle la bougie et s'assoit de son côté de lit, celui qui est près de la porte. Après une minute ainsi, à écouter les bruits du voisinage, la famille Roy qui placote dans sa cour, un mouton qui bêle, un fiacre qui passe dans la rue, elle s'allonge sur le dos et tire la couverture jusqu'à son menton.

Cécile tressaille en dormant, comme il arrive souvent dans les premiers moments du sommeil. En même temps que ses yeux s'alourdissent, Flavie éprouve une curieuse sensation au creux de son corps. Depuis le début de l'été, elle aime se laisser aller à une douce rêverie avant de s'endormir. Elle imagine, à la place de sa sœur à ses côtés, un homme au visage imprécis mais au corps vigoureux et bien sculpté...

CHAPITRE III

Deux jours plus tard, alors que Léonie est seule dans la cuisine, en train de préparer des herbes médicinales pour le séchage, elle reçoit la visite du jeune fils de Charlotte Duquest, une des dames les plus pieuses du voisinage. Léonie fronce les sourcils. Rodolphe est souvent le messager du curé de la paroisse et, avant que le garçon ouvre la bouche, elle lance avec raideur :

— Tu as un message pour moi, petit ?

— Oui, madame Léonie. Notre curé aimerait vous voir cet après-midi au presbytère.

— Il t'a dit pourquoi ?

— Non, madame. Seulement que c'est urgent et qu'il compte sur vous.

— Ça va, petit. Tu peux rentrer chez toi. J'y serai.

Sans bouger, il lui jette un regard plein d'espoir, mais Léonie n'est pas d'humeur à se laisser attendrir. Elle dit brusquement :

— Le curé t'a donné un petit quelque chose pour ta peine ?

Dépité, il hoche la tête et tourne les talons. Léonie marmonne, surtout pour elle-même :

— Parfois, on transporte des nouvelles pas très bonnes. Alors, les gens nous en veulent un peu.

Le garçon sort et Léonie reste pensive, les yeux fixés sur les herbes à l'odeur envahissante qui encombrent la table. Lorsque Philibert Chicoisneau la convoque ainsi, à quelques heures d'avis, c'est qu'il doit trouver une solution à une situation délicate et qu'il compte sur elle pour l'aider. Léonie est sans doute la plus fière de toutes les sages-femmes qu'il a acceptées dans la paroisse, et elle sait très bien qu'il la préférerait davantage pieuse et soumise. Mais les plus scrupuleuses ne sont pas les plus discrètes…

À deux reprises, Léonie a tiré M. Chicoisneau d'un fort mauvais pas. Elle a d'abord accompagné la délivrance d'une jeune fille de bonne famille et trouvé une nourrice pour ce bébé dont le père était un vicaire. Quelques années plus tard, elle a examiné et interrogé une domestique qui affirmait avoir été forcée par trois séminaristes, puis elle a servi de médiatrice pour assurer un dédommagement minimal à la jeune femme qui, à l'évidence, disait la vérité.

Lorsqu'elle a établi sa pratique, Léonie a dû solliciter, comme l'exige la coutume au Bas-Canada, la permission et l'appui du curé de Notre-Dame. Elle était munie d'une lettre de recommandation du curé de Longueuil, qui non seulement faisait l'éloge de ses qualités morales, mais qui détaillait ses cinq années d'apprentissage auprès de sa tante Sophronie Lebel, la sage-femme attitrée de tout le canton, héritière d'un impressionnant savoir transmis de génération en génération depuis que son aïeule était devenue l'apprentie de la dernière accoucheuse engagée par le roi pour assister les femmes de la Nouvelle-France.

Mais c'était en particulier sur sa soumission aux valeurs religieuses que son nouveau curé l'avait interrogée.

Si, par pur respect des convenances, Léonie s'obligeait à assister à la messe une fois par mois et à se confesser pendant le temps pascal, elle n'était membre d'aucune association pieuse. Néanmoins, son style de vie semblait, aux yeux de M. Chicoisneau, suffisamment respectueux des valeurs chrétiennes. Il y avait dans les faubourgs un grand besoin de sages-femmes et, déjà, la rumeur lui était parvenue que l'épouse de l'instituteur Simon Montreuil était fort appréciée du voisinage.

En accompagnant sa tante Sophronie dans sa pratique, Léonie n'avait pas été lente à remarquer que, si les curés n'étaient généralement pas admis auprès des femmes en couches, ils tenaient à ce que les sages-femmes de la paroisse leur soient toutes dévouées. Ils accordaient au rituel du baptême une importance capitale et, en cas de délivrance difficile, seules les sages-femmes pouvaient accomplir ce rite, quitte à introduire une main à l'intérieur de la mère afin de toucher le fœtus prisonnier tout en prononçant les paroles sacramentelles. Les curés insistaient même pour que, advenant le décès de la mère, les sages-femmes ouvrent son ventre et en tirent le bébé, mort ou vif… Mais comme la plupart des sages-femmes qu'elle connaissait, même les plus pieuses, Sophronie n'avait jamais pu s'y résoudre et de même, Léonie refusait d'accomplir ce qui lui semblait une véritable boucherie.

Mais il y avait davantage que la seule volonté de soustraire les jeunes âmes à l'emprise de Satan dans l'intérêt que le clergé portait aux sages-femmes. À leur première rencontre, le curé de Notre-Dame avait répété à Léonie, à demi-mot mais de façon très claire, les interdits religieux formels concernant l'aide à l'avortement et à l'infanticide. Même si les théologiens se disputaient sur le moment où le fœtus acquérait son âme, aux yeux des hommes d'église, toute interruption de la vie, même dans ses balbutiements, était un crime.

Léonie contemple son décor familier, les murs lambrissés de grandes planches de bois et décorés de quelques images pastorales, les étagères avec les pots et les ustensiles de cuisine, le vieux bahut donné par son père lorsqu'il a cassé maison… La convocation pourrait-elle être liée à l'apprentissage de Flavie ? M. Chicoisneau est peut-être fâché que Léonie n'ait pas sollicité son avis auparavant… Une vive colère la traverse lorsqu'elle songe à la manière dont ils tentent tous de s'introduire dans la chambre des accouchées : les époux, les médecins, les curés, même l'évêque ! Les médecins toléreraient-ils de se laisser dicter ainsi leur conduite auprès de leurs patients ? Bien sûr que non : certains d'entre eux sont même en train de s'organiser pour fonder une corporation professionnelle. Pourquoi réserve-t-on aux sages-femmes un traitement si différent ? Et surtout, pourquoi s'attend-on à ce qu'elles courbent l'échine sans mot dire ?

Pendant un moment, Léonie ne peut s'empêcher de craindre que son curé ne soit contaminé par le comportement si excessif de l'évêque de Montréal. Pour l'instant, la chose semble quasiment impossible : l'hostilité ouverte qui règne entre Ignace Bourget et les messieurs de Saint-Sulpice, curés de l'immense paroisse de Notre-Dame de Montréal, fait circuler de nombreuses plaisanteries parmi la population. Le premier voudrait avoir autorité sur les seconds, qui se cabrent à juste titre. L'évêque voudrait que la paroisse soit divisée pour que les fidèles n'aient pas une trop grande distance à franchir pour se rendre à la messe. Les sulpiciens préfèrent, et de loin, établir dans les faubourgs et dans les côtes des petites chapelles où se déroulent quelques cérémonies… Ces derniers sont les seigneurs de Montréal depuis l'arrivée des premiers colons en Nouvelle-France et ils sont fort réticents à céder quelque parcelle que ce soit de leur pouvoir religieux.

Mais si Mgr Ignace Bourget réussit un jour à asseoir son autorité et à étendre son influence sur Montréal, qui sait ce qu'il exigera de ses ouailles? Il a déjà de nombreux appuis parmi la population et il tente par tous les moyens d'augmenter l'influence des communautés religieuses. Après avoir réussi à faire venir de France quelques Frères de l'instruction chrétienne pour ouvrir des écoles de garçons, il encourage la création de nouvelles communautés enseignantes, comme celle des Sœurs des Saints Noms de Jésus et de Marie, à Longueuil. Non seulement s'immisce-t-il dans la rédaction des règlements de la constitution d'organismes charitables fondés par des femmes laïques, qui recherchent tout naturellement sa protection et son appui, mais il leur impose un conseiller spirituel qui assiste à toutes leurs délibérations!

Avec surprise, Léonie a réalisé que l'évêque souhaitait ardemment que ces sociétés se transforment en communautés religieuses. Dans un cas, il a réussi: les dames patronnesses qui ont mis sur pied l'Asile de la Providence ont pris le voile. Bientôt, il en sera de même pour les sages-femmes laïques de l'hospice Sainte-Pélagie, qui offre un havre aux femmes enceintes démunies ou qui doivent accoucher en secret. La très dévote et peu instruite veuve Rosalie Jetté, fondatrice de l'hospice, semble favorable aux projets de l'évêque…

Refusant d'un mouvement d'épaules de se laisser distraire plus longtemps, Léonie se replonge dans la tâche de lier les gerbes, qui seront ainsi prêtes à être suspendues pour le séchage. Ces messieurs de Saint-Sulpice, en tant que seigneurs de Montréal, ont des choses beaucoup plus importantes à régler que l'apprentissage d'une future sage-femme du faubourg Sainte-Anne. La veille, Léonie s'est approvisionnée dans les jardins des sœurs grises et des sulpiciens. Plusieurs recettes lui viennent de sa tante, qui les tenait elle-même de sa mère ; d'autres lui ont été données par l'apothicairesse des sœurs grises, une religieuse d'une très vaste culture. Léonie pourra ainsi fournir à ses patientes, tout au long de la grossesse et pendant l'accouchement, plusieurs tisanes médicinales ayant diverses propriétés.

À la fin de la matinée, Simon et les trois enfants reviennent de la ville, discutant avec animation. Ils ont fait le tour des librairies pour repérer quelques nouveautés dans les manuels scolaires. Laurent dépose sur la table une besace de cuir, qu'il ouvre pour en sortir quatre livres qu'il transporte dans la salle de classe. Comme à l'accoutumée, ses sœurs et lui s'assoient serrés les uns contre les autres pour feuilleter, page après page, les précieux ouvrages.

Simon jette un regard circonspect à sa femme, s'attendant, comme toujours, à une remarque concernant la cherté des livres et la difficulté qu'elle aura, ce mois-ci, à joindre les deux bouts après une telle dépense. Mais Léonie, envahie de sentiments contradictoires suscités par la visite qu'elle aura à faire cet après-midi, reste coite. Après le repas, se couvrant les épaules d'un châle, elle s'empresse de se mettre en chemin, mais le temps est si lourd qu'elle l'enroule plutôt autour de sa taille, heureuse que septembre soit encore si prodigue de chaleur. Par-dessus sa chemise, elle porte un corsage de couleur grise dont les manches évasées s'arrêtent tout juste en bas du coude. Autour de son cou, pour faire une tache de couleur, elle a noué un petit foulard orange qu'elle a taillé, il y a de nombreuses années, dans une vieille robe que lui a donnée une bourgeoise. Son bonnet, qui laisse tout le haut de son front dégagé, est dénoué ; elle l'enlève même pendant quelques minutes pour le plaisir de sentir la brise effleurer ses cheveux réunis en une tresse fixée en place au bas de sa nuque.

La place d'Armes est très animée, comme à toute heure du jour, et les épouses des avocats et des marchands du quartier, aux robes froufroutantes, y croisent les messieurs sombrement vêtus qui, l'air préoccupé, vont brasser des affaires à la Banque de Montréal. Après avoir jeté un coup d'œil à la haute et impressionnante silhouette de l'église Notre-Dame, Léonie entre dans la cour du vaste bâtiment de pierre qui abrite à la fois le séminaire des sulpiciens et le presbytère. Répondant à la cloche, un jeune prêtre la conduit dans un petit salon, attenant à l'entrée, qui compte au moins trois portes. Quelques minutes plus tard, l'une d'entre elles s'ouvre et le sulpicien Chicoisneau, curé de la paroisse, entre dans la pièce, vêtu de sa traditionnelle soutane noire.

Âgé d'une soixantaine d'années, le cheveu blanc plutôt rare, il arbore la maigre silhouette des ascètes. Son visage pâle, au nez court et large et aux lèvres minces, est naturellement grave. Sans sourire, il tend la main à Léonie qui doit, à chaque fois, surmonter le dégoût que lui inspire cette main molle incapable d'une poigne vigoureuse. Il fait signe à Léonie de le suivre et tous deux pénètrent non pas dans son bureau, mais dans un salon sommairement meublé, où trois personnes assises, richement vêtues, leur jettent un regard défiant. Sans tarder, Chicoisneau lui présente Félix Parisot et son épouse Céleste, ainsi que leur fille, Marie-Anne, enceinte d'au moins huit mois. Léonie connaît le couple de réputation : lui est un homme d'affaires et elle défraie les chroniques avec ses réceptions courues.

La jeune fille, qui doit tout au plus avoir vingt ans, semble harassée et rétive comme un animal sauvage. Léonie lui dit plaisamment :

— Vous avez atteint une belle taille, mademoiselle. Votre bébé n'est pas trop lourd ?

Saisie, Marie-Anne la considère d'un air alarmé et le curé intervient très rapidement :

— Je vous ai fait venir pour trouver un refuge à cette jeune fille jusqu'à sa délivrance.

Interloquée, Léonie promène son regard sur chacun. La déranger pour cacher une jeune bourgeoise jusqu'à sa délivrance ! Pendant ce temps, comme il arrive si souvent, on est peut-être venu cogner à sa porte pour lui demander de soulager une mère de famille affligée de douleurs internes depuis son dernier accouchement… Elle répond froidement :

— J'ai l'habitude d'aider les femmes grosses de bien des manières, monsieur le curé, mais pas de celle-là.

Le curé insiste :

— Mademoiselle avait été conduite à l'hospice de la veuve Jetté. Mais elle n'a pas pu supporter… la promiscuité.

— J'ai été deux semaines avec ces prêcheuses ! s'écrie soudain Marie-Anne. Elles parlaient toujours de Satan, de l'enfer et de toutes ces horreurs ! J'allais devenir folle !

La regardant droit dans les yeux avec une expression extrêmement grave, le curé lui lance, sans ménagement :

— C'était le prix à payer pour avoir péché ! Vous savez aussi bien que moi que l'impureté est le plus tyrannique de tous les péchés parce qu'il contient tous les autres : l'orgueil, la dureté, et même l'idolâtrie qui fait prodiguer à la créature des hommages qui ne sont dus qu'à l'Être suprême !

La semonce fait monter des larmes aux yeux d'une Marie-Anne complètement désemparée. Léonie se retient à grand-peine d'intervenir, devinant dans le cœur de la jeune fille une incompréhension et un chagrin qui la touchent profondément. Un péché que cet acte délicieux de se donner à un homme ? Soudain, de tout son être, Léonie hait Chicoisneau et ce qu'il représente.

Plus gentiment, mais de manière tout aussi incisive, le sulpicien reprend :

— Dieu a placé les femmes dans la maison, aux côtés de leur mari. Ces épouses doivent offrir au Créateur de nombreux descendants pour le vénérer et répandre sa parole. L'acte de chair, qui souille l'âme, n'est acceptable que dans la situation d'un mariage légitime.

Mme Parisot se lève et va se placer debout derrière sa fille, lui caressant doucement le front et les tempes. Elle informe sèchement le curé :

— M. Foisy, le père de cet enfant, avait promis le mariage à Marie-Anne.

— Une promesse, tonne le curé, n'est pas un sacrement !

Poussant un profond soupir, Chicoisneau vient s'agenouiller devant la jeune fille, qui le considère avec crainte.

— Un prédicateur ne devrait qu'annoncer les vérités les plus saintes, mais il lui faut parfois dénoncer de toutes ses forces le crime de l'impureté, cet horrible monstre. On nous a souvent reproché d'apprendre aux âmes simples et innocentes ce qu'elles ne savent pas, mais mon dessein, en usant de toute la circonspection imaginable, est de vous en faire concevoir une horreur éternelle. Le péché d'impureté nous réduit au rang des bêtes et il constitue la perte du genre humain !

Refusant d'écouter davantage ces exhortations, Léonie fixe la mère :

— Et que pense le cavalier de votre fille de tout cela ?

— Il vient de commencer sa cléricature, répond Félix Parisot avec lassitude.

Des années d'apprentissage devant lui et aucun goût pour un mariage hâtif et les responsabilités paternelles : les parents du garçon ont dû offrir une forte somme d'argent pour faire disparaître l'enfant. Léonie demande encore :

— Votre fille ne peut pas rester à la maison ?

— Je voudrais tant ! s'exclame la mère en lançant un regard désespéré à son mari.

Chicoisneau intervient :

— Au presbytère comme à l'évêché, nous jugeons beaucoup plus sage de confier les jeunes filles aux bons soins de la veuve Jetté, qui fait tout en son pouvoir pour ramener les pécheresses dans le droit chemin.

Le silence s'installe dans la pièce et Léonie se mord les lèvres. La pureté des jeunes filles est devenue dans certains milieux si importante ! La virginité est une fabuleuse parure, et sans elle, même la plus intéressante jeune fille ne vaut plus rien... Mais les femmes ne sont pas des marchandises! Léonie ne peut s'empêcher de penser à haute voix, en regardant alternativement les trois membres de la famille Parisot:

— Les mœurs ont tant changé. Avant, quelle importance si une femme avait un ou deux enfants hors mariage, tant qu'elle était vaillante, en santé et, de surcroît, chaleureuse?

Se tournant d'un seul élan vers Léonie, Chicoisneau lance avec force:

— Madame Montreuil, vous blasphémez! L'accouplement hors mariage est strictement défendu par la religion et si la pécheresse refuse de dissimuler aux yeux du public le résultat de son comportement véritablement criminel, elle persiste de manière impie dans sa conduite honteuse!

Léonie soutient le regard du prêtre, qui poursuit avec un mépris à peine dissimulé:

— L'élite de notre population a parfaitement compris qu'une jeune demoiselle doit se conserver intacte pour son mari. C'est ce qui la distingue des femmes du peuple qui, elles, ne savent pas dominer leurs instincts.

Très froidement, Léonie réplique:

— Notre belle ville compte maintenant une bonne maternité, le Lying-In de l'École de médecine de McGill…

— Impossible, intervient Céleste Parisot avec hâte. Marie-Anne refuse de retourner dans un refuge.

— Nous pensions à un hébergement chez une veuve, précise le curé. Non pas celles qui tiennent pension, mais quelqu'un de la bonne société, une femme discrète et compatissante.

S'adressant à Céleste Parisot, Léonie indique sèchement:

– Votre sage-femme pourra vous conseiller.

– Mon cousin médecin sera l'accoucheur, décrète le père avec une certaine condescendance.

Céleste jette à son mari un regard effrayé, mais reste coite. Léonie tourne les talons et se dirige vers la porte.

– À la revoyure, messieurs dames.

Le curé se hâte derrière elle et la suit jusque dans l'antichambre. Lui saisissant le bras, il la presse sans pouvoir dissimuler son anxiété :

– Je compte sur vous pour me proposer une dame, n'est-ce pas, madame Montreuil ?

– J'y songerai, grommelle-t-elle en se dégageant d'un coup sec.

Elle veut battre en retraite, mais le sulpicien change de sujet abruptement :

– J'ai ouï dire que votre fille commence à apprendre le métier. J'aurais préféré que nous en discutions auparavant. À un pareil moment, selon les principes les plus élémentaires de décence et de pudeur, une jeune fille n'a pas sa place dans la chambre d'une femme. Le péché d'impureté se commet d'abord en pensée et les jeunes filles sont des êtres si influençables, dont il faut surveiller la conduite nuit et jour...

Léonie se lance dans la tirade qu'elle a soigneusement répétée tout à l'heure, en marchant :

– Vous savez comme moi, monsieur, à quel point les besoins dans ce domaine sont immenses. La population de la ville augmente si rapidement. Non seulement les Irlandais viennent chaque année de plus en plus nombreux, mais les Canadiens arrivent en masse des campagnes !

Ignorant la main que le curé lève pour l'interrompre, Léonie continue :

— Rien n'est aussi important, pour une société comme la nôtre, que de posséder un grand nombre de sages-femmes compétentes. Malgré leurs bonnes intentions, plusieurs d'entre nous ont une formation vraiment approximative. Même les médecins prétendent qu'ils sont capables de faire des accouchements! Je n'ai rien contre ces messieurs, ils sont parfois nécessaires. Mais je me méfie comme de la peste de tous ces jeunes qui terminent leur apprentissage sans avoir même vu une femme accoucher! J'ai entendu, monsieur Chicoisneau, des histoires à faire dresser les cheveux sur la tête.

Prenant à peine le temps de souffler, Léonie conclut:

— Voilà pourquoi j'ai cru bon de commencer la formation de ma fille. Dans plusieurs grandes maternités des pays d'Europe, on forme depuis longtemps des jeunes femmes célibataires au métier, et je vous assure que personne n'a quoi que ce soit à leur reprocher.

Avec une satisfaction secrète, Léonie remarque que son interlocuteur semble avoir de la difficulté à retrouver le fil de ses idées. Il passe à plusieurs reprises la main sur ses cheveux coupés très court et dit enfin :

— Je sais, chère madame, que vous êtes très dévouée à votre travail et qu'il vous tient extrêmement à cœur de voir ce métier se développer à sa juste mesure. Mais…

— Je vous remercie de votre appui, monsieur, l'interrompt Léonie. J'étais sûre que vous me comprendriez. Veuillez m'excuser, mais je dois partir, des affaires pressantes…

Elle se précipite à l'extérieur, dévale les escaliers et s'empresse de traverser la cour intérieure de crainte que son curé ne la rappelle. Après quelques minutes de marche à lutter contre le vent chaud qui soulève la poussière,

Léonie prend une décision subite et elle oblique vers le nord, descendant la côte qui mène au faubourg Saint-Jacques, de l'autre côté du ruisseau Saint-Martin, presque asséché en cette période de l'année et qu'un petit pont de bois permet de franchir.

Elle pénètre alors dans un autre monde, un des quartiers les plus riches, avec le faubourg Saint-Antoine, de la ville. La tranquillité qui y règne et les habitations nouvelles aux formes inusitées la déroutent chaque fois. Sous prétexte de la cherté du terrain, on y a construit des maisons en rangées, hautes de plusieurs étages et accolées les unes aux autres. L'ensemble ne manque pas de charme, mais chaque unité est si chargée de décorations que Léonie, les contemplant avec un étonnement renouvelé, songe que la richesse pourrait être mieux dépensée que pour ces ornements ostentatoires…

Parvenue devant la maison de son amie Marie-Claire Garaut, rue Sainte-Élisabeth, Léonie frappe à la porte au moyen du heurtoir. Une femme petite et rondement tournée vient ouvrir, qui lui saute au cou et l'embrasse avec effusion sur les deux joues. Pendant les premiers temps de leur amitié, Léonie n'en revenait pas de ces effusions si peu caractéristiques d'une dame, mais elle a vite compris que Marie-Claire n'était pas conventionnelle. À preuve, elle tient encore à répondre elle-même à la porte, contrairement aux usages chez les bourgeois.

Marie-Claire entraîne son amie vers le petit salon qui, meublé d'un vaste secrétaire, lui sert de bureau. Se laissant tomber dans un fauteuil, Léonie se débarrasse de son châle et de son bonnet et s'adosse voluptueusement, les jambes allongées devant elle. Elle adore venir se plonger dans cette atmosphère douce comme de la ouate. Pour une femme de sa condition, le décor dont s'entoure Marie-Claire est simple et modeste : quelques beaux meubles et de jolies gravures, un ou deux tapis finement tissés et des tentures légères. Mais il représente pour Léonie le meilleur de cet autre monde, celui des riches. Elle déteste les maisons sombres et surchargées dans lesquelles elle pénètre parfois pour accompagner une femme dans ses douleurs. Au lieu d'orner les fenêtres à carreaux de lourds rideaux opaques, Léonie enlèverait tout ce qui fait obstacle à la lumière du jour. Au lieu d'accumuler les objets et les meubles au point d'avoir de la difficulté à circuler, elle aurait de grandes pièces presque vides où les enfants pourraient courir !

— Tu es seule ? demande Léonie.

Marie-Claire fait un bref signe de dénégation tout en rassemblant les papiers épars devant elle. Son mari notaire, bien entendu, ne rentrera pas avant sept ou huit heures du soir, ses deux grands fils sont pensionnaires au collège, mais sa plus jeune fille, Suzanne, est en haut, dans sa chambre. Marie-Claire fait claquer un gros registre en grommelant qu'il est temps que le bazar annuel de l'Asile de la Providence survienne. Le refuge pour dames âgées et sans ressources a les coffres vides.

— Que de détails à régler ! soupire-t-elle. Il ne reste que quelques semaines, mais j'ai l'impression d'avoir une montagne d'ouvrage devant moi. S'il fallait que les dames patronnesses commandent un salaire pour toutes les heures travaillées… nous serions millionnaires ! Tu crois que Flavie accepterait de tenir une table, en compagnie de ma Suzanne ? Elles sont grandes à présent, et responsables, et je t'avoue que j'aurais bien besoin d'elles… J'ai enrôlé les demoiselles du couvent pour la confection de poupées et de serviettes de table, les religieuses adorent qu'elles consacrent leur temps libre à de pieux ouvrages de couture.

Souriante, Léonie observe les allées et venues de son amie, sachant fort bien que sa grogne n'est que superficielle et qu'elle tire de son travail au conseil d'administration de l'asile un orgueil légitime. Son visage rond au teint pâle est lisse comme un lac au clair de lune, sa surface à peine dérangée par l'arête longue et fine du nez. Ses cheveux foncés, parsemés de mèches blanches, sont négligemment arrangés en un chignon dont l'équilibre semble très précaire. Quant à sa tenue, comme de coutume, elle est à peine plus élaborée que celle de Léonie. Marie-Claire est une femme sans fatuité aucune qui déteste perdre du temps à s'attifer, ce qui est l'une des raisons pour lesquelles Léonie l'apprécie autant.

À l'âge de trente-quatre ans, pour l'accouchement à l'issue tragique de son quatrième enfant, Marie-Claire avait préféré faire appel à Léonie, alors débutante sage-femme. L'entente avait été immédiate et profonde entre les deux femmes. Léonie avait eu l'impression de retrouver ce lien si solide et si plein d'indulgence et d'empathie qu'elle avait entretenu pendant son enfance avec ses deux sœurs, et qui s'était rompu à l'âge adulte. Marie-Claire et elle peuvent tout se confier, même les sentiments les plus excessifs et les pensées les plus folles. Malgré la différence de classe sociale, Marie-Claire a tenu à inclure Léonie dans son cercle d'amies, faisant fi de la différence d'éducation et de langage, ce qui n'a pas nui, au contraire, à la pratique de Léonie: la connaissant et l'appréciant, plusieurs femmes du monde n'ont pas hésité à faire appel à ses services plutôt qu'à ceux de leurs cousins ou de leurs voisins médecins.

D'abord réticente à pénétrer dans un milieu si différent du sien parce qu'elle sait d'expérience que les personnes riches, et surtout celles dont la fortune était subite, ont le jugement prompt, Léonie a pu s'initier aux mœurs et coutumes des classes privilégiées. Avec désarroi, elle a constaté que les femmes riches qui aspirent au statut de bourgeoises s'emprisonnent dans une existence oisive et vaine. Elles se laissent aveuglément mener par ce que la société exige d'elles : être uniquement préoccupées par des frivolités, comme leurs toilettes extravagantes, tandis que leurs époux s'occupent des choses sérieuses.

Même si elle commence à s'accoutumer à ce style de vie, Léonie demeure incrédule devant un tel gaspillage de temps et de ressources. Son amie fait partie du groupe de plus en plus nombreux des dames mariées à des hommes pouvant leur offrir une existence déchargée de la moindre corvée domestique. Lorsque Léonie était petite, de telles situations étaient fort rares, réservées aux épouses des seigneurs et de quelques riches commerçants. Et même alors, ces femmes devaient s'astreindre à plusieurs travaux essentiels à la bonne marche de la maisonnée.

Mais depuis que des richesses considérables s'amassent en un clin d'œil grâce à la spéculation et au développement de l'industrie, les nouveaux bourgeois s'enorgueillissent de ce que leurs épouses n'ont aucune responsabilité autre que celle de bien paraître dans les nombreuses réceptions auxquelles ils s'astreignent ! Tandis que Marie-Claire bavarde, Léonie observe son maintien d'un œil critique. Pour bien paraître, une dame doit maintenant s'emprisonner dans un corset à armature de bois et de métal, et dans les ateliers et les boutiques des couturières, les mannequins exhibent maintenant une taille d'une finesse impossible à atteindre. Cette forme de sablier, insensée pour quiconque connaît l'anatomie féminine, est en train de devenir un modèle de beauté idéale!

En personne sensée, Marie-Claire se méfie des corsets lacés trop serrés, mais elle se plaint parfois de douleurs aux côtés ou dans le dos. Elle ne peut plier la taille à sa guise et, Léonie en est persuadée, les baleines qui la compressent exercent une pression indue sur ses organes internes, surtout ceux de l'abdomen qui ne sont pas protégés par la cage thoracique ou la chair des hanches.

— Mais dis-moi, chère Léonie, que fais-tu en ville aujourd'hui? Une de mes voisines qui a eu besoin de tes services?

Léonie lui relate sa rencontre avec le sulpicien Philibert Chicoisneau et la famille Parisot, dont elle tait cependant le nom. Elle ne peut s'empêcher de s'élever contre cette obsession grandissante des milieux bourgeois au sujet de la modestie féminine, une autre excentricité des mœurs qui la rend profondément perplexe. Pour protéger leur innocence, les jeunes filles sont couvertes de parures encombrantes à souhait, ce qui est, selon Léonie, déraisonnable et contre nature!

— Tu imagines, Marie-Claire, comme elles grandissent dans l'ignorance des choses que toute femme doit savoir?

— Si j'imagine? répond Marie-Claire avec une surprenante amertume. Et comment, que j'imagine!

— Elles ignorent tout des menstrues et elles passent de longs mois dans l'angoisse, croyant être atteintes d'une maladie mortelle! Plus d'une m'en a fait la confidence. Elles ne savent rien parce que même leur mère n'ose pas prononcer ces mots! Qu'y a-t-il de mal à admettre que les femmes ont un corps qui a, comme celui des hommes, ses exigences?

Légèrement mal à l'aise, Marie-Claire l'écoute néanmoins avec une expression qui trahit son envie d'approfondir le sujet. Habituée à ce mélange d'inconfort et d'intérêt chez son amie, Léonie n'en fait plus de cas.

— Tu sais quoi, Marie-Claire? Plusieurs femmes passent leur vie à subir les abus de leurs maris, et c'est une honte! Comme si elles étaient obligées de tout accepter de celui qui se considère comme leur maître! J'en ai vu et entendu des choses depuis que j'accompagne les femmes! On dirait que, pour être vraiment féminine, pour s'attirer un mari, il faut être fragile et naïve!

Pendant la dernière phrase de Léonie, Marie-Claire s'est dressée d'un bond et, le visage soudain empourpré, les traits déformés par une grimace, elle déclare d'une voix altérée par le ressentiment:

— Ma nuit de noces a été si horrible! Je savais à peu près comment ça se passerait, mais quand j'ai vu…

Levant brusquement la tête vers le plafond, les poings contre son flanc, elle s'écrie avec désespoir:

— Quand j'ai vu cette grosse chose entre les jambes de mon mari!…

Partagée entre la compassion et l'amusement, Léonie se mord les lèvres, et c'est avec gravité qu'elle considère son amie encore si vivement secouée par cette ancienne douleur, celle d'avoir été prise de force par son époux. Elle serre affectueusement le bras de Marie-Claire, qui baisse vers elle un visage tout désemparé de cette confidence. Léonie murmure avec gentillesse:

– J'espère que les choses n'en sont pas restées ainsi…

Marie-Claire souffle en se laissant retomber dans son fauteuil :

– Non, par bonheur… Mais uniquement grâce à l'effet du hasard.

Dès leurs premières rencontres, Léonie a compris que Marie-Claire possédait un tempérament de feu, néanmoins étouffé par le poids des conventions et par une piété qui lui a été inculquée dès l'enfance. Périodiquement, de hauts geysers, mais presque aussitôt retombés, jaillissent d'elle : éclats de colère, joies intenses, mouvements de rébellion…

– Richard en a d'ailleurs été tout à fait étonné et même plutôt troublé, poursuit Marie-Claire avec détachement. Dans son esprit, les épouses doivent garder un digne maintien même au plus creux de leur lit.

Lançant à Léonie un regard presque machiavélique, elle glisse :

– Depuis, il se désintéresse tout à fait de moi… Mais je ne m'en plains pas du tout. Il m'indiffère totalement.

Si affable et si poli avec des étrangers, Richard Garaut devient, dans l'intimité de sa famille, autoritaire à l'excès, ne supportant pas la moindre contradiction sans y réagir avec colère. Il a même réussi à imposer à son épouse la présence d'un médecin pour ses trois premiers accouchements, jusqu'à ce qu'elle lui fasse croire que l'homme de l'art la faisait rougir par des attitudes irrespectueuses ! Marie-Claire a appris à courber l'échine et à louvoyer, déployant des trésors de diplomatie pour lui faire entendre raison. Mais elle est visiblement usée, de moins en moins conciliante devant la rigidité de ses comportements et l'intransigeance de ses attitudes, comme devant la valeur qu'il accorde à l'opinion de quiconque au détriment de la sienne… À sa place, Léonie aurait explosé depuis longtemps.

La regardant d'un œil neuf, Léonie s'étonne de nouveau de voir à quel point le mensonge et la dissimulation sont monnaie courante dans les maisonnées bourgeoises. Elle a rencontré bien peu de couples se respectant et s'estimant mutuellement ; la plupart du temps, un jeu de cachotteries se joue entre le mari, la plupart du temps absorbé par son travail et trop souvent par une maîtresse, et son épouse, qui constate, avec les années, que son univers domestique n'est qu'une prison dorée…

Léonie se risque à dire :

— Ton mari n'est pas différent de beaucoup d'hommes de sa qualité. On lui a répété à l'envi qu'il était le maître sur terre après Dieu. J'imagine que sa mère lui a passé tous ses caprices ?

Marie-Claire ne peut réprimer un sourire et Léonie ajoute :

— Trop gâté, trop imbu de lui-même, il aime s'asseoir sur son trône pour régenter sa cour.

— Madame, comme vous parlez bien ! se moque gentiment Marie-Claire.

Puis, incapable de masquer un subit désarroi, elle balbutie :

— Tu es si chanceuse…

— De quoi ? demande Léonie avec lassitude, sachant parfaitement bien ce qui va suivre.

— De ton métier, de ton mari, de tes enfants… Je t'envie d'être si indépendante, si décidée…

Léonie sourit gentiment sans répondre. Fronçant les sourcils, Marie-Claire reprend avec hésitation :

– Ces jours-ci, je pense beaucoup à tout ce que Simon raconte sur la religion.

De nouveau attentive, Léonie se redresse et se penche vers l'avant.

– Que veux-tu dire?

– Il soutient que la loi divine est une invention des hommes d'église, n'est-ce pas? Et que la peur de l'enfer est seulement un moyen de cultiver parmi les masses la crainte et le respect de l'autorité.

Léonie hoche vigoureusement la tête, tandis que son amie poursuit:

– C'est tellement fort, la peur de l'enfer… Toi, tu n'as jamais vraiment cru à toutes ces sottises, mais moi… Au couvent, chez les ursulines, les sœurs les plus pieuses nous faisaient peur. Seule la vie religieuse pouvait nous sauver de l'influence du démon!

– Les religieuses ne sont pas méchantes, évoque Léonie, mais elles voudraient que leurs pupilles deviennent aussi bigotes qu'elles! Tout ça à cause de la peur de l'enfer! Les curés et les bonnes sœurs craignent tellement leurs propres péchés qu'ils en voient partout…

Visiblement bouleversée, Marie-Claire raconte:

– Quand une religieuse mourait, elle était exposée, et nous, les couventines, nous devions faire des prières devant son corps. Quelques-unes d'entre nous se sont même trouvées mal, mais les sœurs se moquaient… Quelle horrible coutume…

Un pas léger descend un escalier et Léonie est incapable de deviner à qui il appartient jusqu'à ce qu'une jeune fille habillée à la dernière mode, blonde comme les blés, le visage criblé de taches de rousseur et les yeux d'un brun clair, pénètre dans la pièce. Dans cette robe parfaitement ajustée qui souligne des formes plantureuses au galbe impressionnant, Léonie peine à reconnaître Suzanne Garaut, la remuante jeune fille qui a fréquenté l'école de Simon pendant cinq ans et qui avait l'habitude de courir au lieu de marcher, de crier au lieu de parler et de mettre ses coudes sur la table!

La plupart des demoiselles sont placées, pour leurs études secondaires, dans l'un des pensionnats tenus par les religieuses, mais Suzanne, qui aimait beaucoup la compagnie des jeunes Montreuil, a mené une lutte épique pour faire fléchir son père. Heureusement pour elle, Simon était réputé dans toute la ville pour être un instituteur de grande qualité, ouvert aux idées modernes, ce qui ne déplaisait pas à son père… qui a pourtant jugé, lorsque sa fille eut fêté ses quatorze ans, qu'elle n'était pas suffisamment versée dans les arts d'agrément et que sa tenue manquait de cette modestie devenue si chère aux bourgeois. Pendant les deux années suivantes, jusqu'en juillet dernier, Suzanne a fréquenté un couvent des dames de la congrégation.

Avec une chaleur manifestement héritée de sa mère, la jeune fille se précipite vers Léonie, qui se lève pour l'embrasser en s'exclamant:

— Il y a bien une année entière que je ne t'ai pas vue. Quel changement!

Rosissant, Suzanne s'assoit avec la grâce d'une dame du monde, le torse bien droit, les jambes parfaitement soudées l'une à l'autre. Marie-Claire lance, avec un soupçon de moquerie:

— Il semble bien qu'au couvent les jeunes filles n'ont qu'un seul sujet d'intérêt: la dernière mode!

— Ces robes noires étaient tellement affreuses! riposte sa fille, indignée. Mais dites-moi, Léonie, qu'arrive-t-il à Flavie?

Après une courte conversation sur l'apprentissage entrepris par sa fille, Léonie saisit son bonnet et en noue les rubans sous son menton. Marie-Claire lui propose de partager un léger goûter, mais elle préfère retourner dans le faubourg Sainte-Anne avant la noirceur. Cheminant vers la rue Saint-Joseph, elle songe avec nostalgie à l'ancienne Suzanne, celle qui s'épivardait dans la rue avec ses enfants pendant les récréations et qui, parfois, grimpait au pommier en déchirant sa jupe...

CHAPITRE IV

Debout devant la table de la cuisine, un samedi matin d'octobre, Flavie est en train de faire rissoler patates, panais, topinambours et oignons dans la grande poêle. Avec quelques œufs durs, cela composera leur repas du midi. En même temps, elle prépare le dîner de Laurent, qui, maintenant que les journées raccourcissent, ne travaille plus que les fins de semaine, en remplacement du maître éclusier qui, lui, assure la semaine.

Dans la besace de son frère, elle place une pomme et une tranche de gâteau ; elle y ajoutera, dans un pot en terre cuite, le mélange d'œufs et de racinages. Le soleil, bas sur l'horizon, pénètre à profusion par la fenêtre et la porte qui donnent sur la cour. Bientôt, songe Flavie, bien réchauffée par la chaleur du poêle, elle pourra ouvrir pour faire sortir l'odeur de la graisse.

Il a fallu quelques semaines à la jeune fille pour réaliser à quel point le cours de son existence avait changé depuis la délivrance d'Alice Lefebvre. Elle a l'impression d'être entrée d'un seul coup dans l'âge adulte. Elle se sent importante ; elle a maintenant un but dans la vie, un idéal qui l'anime et lui donne envie d'embrasser le monde entier. Cette sensation la maintient dans un état d'euphorie constant et la porte à rire pour des riens et à parler haut et fort.

Les membres de sa famille ne la perçoivent plus de la même manière. Simon s'inquiète davantage de savoir si elle dort bien et se nourrit convenablement, et derrière le ton moqueur de Cécile et de Laurent, Flavie note une admiration réelle. Quant à Léonie, elle lui témoigne une considération accrue. Flavie n'est plus seulement une jeune fille qui vaque à diverses occupations avant de trouver un homme à marier, mais une étudiante en train d'apprendre un métier exigeant.

La voix sonore de son père lui parvient de la salle de classe. Tout en préparant les légumes, Flavie a écouté les leçons d'arithmétique et de géographie. Puis il y a eu un long moment de silence, parfois entrecoupé de chuchotements. Flavie imaginait la classe penchée sur les devoirs, avec les plus jeunes élèves en avant et les plus âgés vers l'arrière… sauf les myopes et les turbulents. Son père, secondé par Frosine et Agathe, ses deux meilleures élèves, se promenait sans doute entre les rangs pour répondre aux questions et surveiller l'application.

Soudain, un vacarme de raclements de chaises et de voix d'enfants se fait entendre. La classe est terminée pour la semaine. Flavie écarte la poêle du feu, s'essuie le front avec sa manche, lisse quelques mèches de ses cheveux et ouvre la porte de la salle de classe. Les élèves déferlent dans la rue et une agréable brise rafraîchit l'atmosphère lourde de la pièce. Les moins studieux sont déjà dehors, en train de courailler et de se chamailler, mais quelques autres traînent, surtout les plus grandes filles qui se murmurent des secrets. Cécile bouscule Flavie pour entrer dans la cuisine. Le grand Mathieu, sur le pas de la porte, envoie la main à la jeune fille en lui lançant:

— Je peux venir voir ton frère avec toi après le dîner ?

Flavie hoche la tête et le garçon de quatorze ans saisit la main de son petit frère qui saisit, à son tour, la main de son jumeau. Ainsi reliés, tous trois s'éloignent et bientôt, il ne reste plus dans la classe qu'Agathe et Frosine, qui entourent Simon, assis à son bureau.

— Voilà ! dit-il, en faisant une pile avec les feuilles éparses devant lui.

Il en donne quelques-unes aux deux jeunes filles.

— C'est pour mardi, leur annonce-t-il. Merci beaucoup, et bonne fin de semaine.

Remarquant Flavie, il lui sourit en s'adossant à son siège et en croisant ses mains derrière sa tête.

— Tiens, ma grande fille ! On dirait bien qu'elle s'ennuie un peu de la classe…

Du tac au tac, Flavie répond :

— Pas de toi, en tout cas ! Je te vois assez autrement…

Se rendant à leurs pupitres pour ramasser leurs affaires, Frosine et Agathe s'esclaffent tout en jetant un regard légèrement inquiet à leur instituteur. Elles sont habituées à la liberté de parole encouragée par Simon, mais, comme les choses ne se passent pas ainsi dans leurs propres familles, elles s'étonnent encore de la réaction bonasse de leur maître. Contrairement à leurs parents, Simon tolère le manque de respect et la moquerie. De plus, il adore les discussions vives au cours desquelles les idées sont retournées en tous sens. Contrairement à beaucoup d'autres, Simon ne peut supporter les phrases toutes faites, surtout en ce qui concerne la religion.

Frosine part la première et Flavie s'approche d'Agathe, sa meilleure amie, une jeune fille grande et élancée à la chevelure d'un noir intense.

— Tu sais quoi ? murmure cette dernière d'un ton excité. Ton père va me nommer son assistante officielle. Il va me payer pour le travail que j'accomplis dans sa classe !

— Quelle bonne nouvelle ! s'exclame Flavie en la gratifiant d'une brève accolade.

— Je deviendrai institutrice, pour sûr. Tu le sais à quel point le métier me va.

Fourrant un cahier et les devoirs à corriger dans sa besace, elle ajoute avec précipitation :

— Il faut que je me dépêche. Maman a plusieurs chapeaux à faire et elle compte sur moi cet après-midi.

— C'est dommage, ne peut s'empêcher de répondre Flavie. C'est moi qui vais voir Laurent…

Agathe affiche un air indifférent, mais Flavie la connaît trop bien pour être dupe. Elle sait que son amie, malgré tout, est encore enamourée de son frère. Agathe a un jour avoué à Flavie que son sentiment était né trois ans auparavant, l'année de ses quatorze ans, et qu'il durait depuis, sans fléchir. L'année précédente, après qu'Agathe eut fêté son seizième anniversaire, Laurent avait découvert l'agréable jeune femme qu'elle était en train de devenir. Ils s'étaient fréquentés jusqu'au printemps. Les yeux brillants, Agathe avait raconté à Flavie, en rougissant, qu'ils avaient savouré ensemble quelques délices qu'elle ne pouvait pas vraiment décrire sans choquer la pudeur… La regardant, encore frémissante et alanguie, Flavie avait eu envie, pour la première fois, de goûter à ces plaisirs.

Puis Laurent avait délaissé la jeune fille, lui expliquant que, malgré l'affection sincère qu'il lui portait et le plaisir qu'il tirait de sa compagnie, il préférait, pour l'instant, conserver sa liberté. Il l'évitait depuis, pour ménager non seulement ses sentiments à elle, mais aussi, Flavie en était persuadée, les siens propres. Cet été, Agathe s'était promenée en compagnie d'un ou deux jeunes hommes du voisinage et Laurent avait fait mine, mais sans tromper personne, de ne pas les remarquer.

— Je meurs de faim! déclare Simon en tenant la porte ouverte pour Agathe. Bon appétit, fillette.

— Au revoir, monsieur. À bientôt, Flavie.

Aussitôt la dernière bouchée du repas avalée, Cécile et Flavie, cette dernière portant la besace de Laurent, sortent de la maison en direction de l'écluse de la rue des Seigneurs. En chemin, plusieurs de leurs amis se joignent à elles: Mathieu, bien sûr, mais également Ursule, qui est la meilleure amie de Cécile et dont la mère est cordonnière, et Rosette, la fille du cousin de Simon, l'épicier Marquis Tremblay. Comme Mathieu s'occupe des jumeaux et que Rosette fait de même pour ses trois petits frères et sœurs, ils sont toute une troupe à trotter rue Saint-Joseph, indifférents à la poussière soulevée par les attelages, donnant des coups de pied dans le crottin de cheval et s'amusant avec les chiens errants qu'ils croisent sur leur passage.

Bientôt, ils tournent vers le sud, délaissant les espaces habités pour emprunter un sentier qui traverse une prairie verdoyante. Ils débouchent alors sur la rive du canal. Le fréquentant depuis leur enfance, ils en connaissent les abords par cœur: le sentier de halage arpenté par les chevaux qui tirent les lourdes barques et le talus couvert de hautes herbes qu'ils descendent parfois pour tremper leurs pieds. Depuis deux ans, une grande animation se déploie le long du canal, que l'on est en train d'élargir et d'approfondir. Plusieurs entrepreneurs installent à chaque été leurs baraques, leurs écuries et leur machinerie, et une armée de manœuvres s'y livre à un harassant travail de creusage.

Les enfants, suivis par les plus calmes jeunes filles, se dirigent vers l'écluse dont l'eau est en train de se vider. Chaudement vêtu et coiffé d'un chapeau de paille à large bord, Laurent se tient debout près du treuil qui lui permettra d'actionner l'ouverture des lourdes portes de bois. Les enfants se précipitent vers lui et l'entourent en le suppliant de les laisser tourner la manivelle à sa place. Après s'être fait prier un moment, le jeune homme cède sa place à l'un des jumeaux.

Flavie examine la longue barque qui descend tranquillement dans le sas de l'écluse. Les voyageurs qui ont pagayé depuis les Grands Lacs sont restés à Lachine et elle est presque vide, à part quelques barils bien scellés. La petite voile carrée est enroulée autour du mat taillé court pour passer sous les ponts du canal. Flavie dépose la besace aux pieds de Laurent, qui se retirera à l'intérieur du petit abri de bois d'où il surveille le trafic, puis elle va rejoindre ses amis, assis au bord de l'écluse, les pieds pendants.

Les soirs d'été, plusieurs copains de Laurent se joignent à lui, leur journée de travail terminée. Ces grands jeunes hommes aiment taquiner les filles, au grand amusement de Laurent qui intervient cependant rapidement lorsque l'un d'entre eux incommode l'une des jeunes filles par une trop grande attention. Plusieurs voisines ont déjà avoué à Flavie à quel point elles étaient rassurées quand leurs filles étaient en compagnie des enfants Montreuil. Ces derniers sont reconnus dans le quartier pour leur honnêteté, leur franchise et leur comportement réfléchi.

Pour en avoir discuté à plusieurs reprises avec leurs parents, ils savent que, pour l'instant, à cause des conséquences possibles, la promiscuité ne doit pas dépasser une certaine limite. Léonie a mis ses filles en garde contre les abus. Personne ne pouvait les toucher sans qu'elles y consentent et si quelque chose leur arrivait en ce sens, elles devaient lui en parler aussitôt. Selon elle, les femmes victimes de violence en restaient marquées jusqu'à la fin de leurs jours. Même Laurent a été prévenu que les jeunes garçons couraient des risques.

Pendant que les enfants s'éparpillent dans les hautes herbes à la poursuite d'un animal qu'ils ont cru entendre, les quatre jeunes filles, assises bien serrées les unes contre les autres, se racontent les derniers potins du quartier. Dame Michaud, qui tient une auberge et une maison de pension, vient d'obtenir une séparation de biens d'avec son mari, ce à quoi toutes les femmes du coin, même les plus dévotes, ont applaudi. Même si l'Église considère le mariage religieux comme indissoluble, il ne faut pas exagérer : une femme peut légitimement refuser de donner ses biens et le fruit de son travail à un mari volage, fainéant ou ivrogne. Lorsque l'intervention de la famille, des amis et du curé auprès du mari n'a servi à rien, il est temps que les tribunaux interviennent.

Rosette relate ensuite la disparition de Sophia Sweeney, dont le père est un commerçant en gros du quartier. Il paraît que la jeune fille de dix-huit ans, occupée à faire l'inventaire dans l'entrepôt de son père, s'est évanouie. Ses parents prétendent qu'elle avait un urgent besoin d'un repos prolongé et qu'elle a été envoyée en séjour à la campagne. Mais, selon une rumeur tenace, elle avait cédé aux avances d'un des hommes de confiance de son père, déjà marié, qui a d'ailleurs été congédié depuis…

Rosette et Ursule se tournent vers Flavie. Cécile a déjà exprimé son avis, mais elles ont besoin de celui de sa grande sœur, qui en a vu et entendu d'autres. Flavie explique :

— Ma mère pense que ses parents ont envoyé Sophia aux États-Unis, dans sa famille éloignée, pour qu'elle y finisse sa grossesse et qu'elle y accouche.

Cécile ajoute, pour le bénéfice de leurs amies :

— Vous devriez voir notre mère quand elle entend parler de ça ! Elle pique une de ces colères ! Elle ne comprend pas d'où ça vient, ce besoin de cacher les femmes enceintes qui ne sont pas mariées. Quand on va à la campagne, elle en cause avec la grand-mère de papa. Elle lui demande : « Mémé, dites-moi : qu'est-ce qu'elles faisaient, les filles enceintes, dans votre temps ? » Et mémé répond toujours : « Elles accouchaient, c't'affaire ! »

Elles s'esclaffent et Flavie précise :

— Mémé dit que les filles restaient chez elles et que toute la famille prenait soin des enfants qui naissaient, jusqu'à ce que la jeune mère trouve un homme à marier. Il y avait bien quelques curés qui protestaient, quelques paroissiens qui jasaient, mais après, on oubliait…

Cécile donne un coup de coude à Flavie, qui suit la direction de son regard. De l'autre côté de l'écluse, un jeune homme approche à pas lents. Aveuglée par le bas soleil d'octobre, Flavie est incapable de distinguer son visage, mais elle croit reconnaître la longue silhouette maigre et la démarche à la fois pressée et hésitante.

— On dirait que c'est Daniel, constate Cécile avec émotion. Tu crois que c'est lui ?

– On dirait bien.

Le jeune homme s'engage sur les portes fermées de l'écluse. Elles sont dotées d'un garde-fou, mais il les franchit sans s'y appuyer, aussi à l'aise qu'un équilibriste sur une planche étroite. Les deux jeunes filles se lèvent et vont à sa rencontre. Après avoir enlevé sa casquette qui révèle de longs cheveux blonds ébouriffés, Daniel Hoyle embrasse Cécile sur les deux joues, en riant de la voir si grande, presque autant que lui. Excitée, la jeune fille gambade, puis elle se plante devant lui.

– Tu es déjà revenu de Beauharnois ? La saison de travail est terminée ?

– Mon père est venu me tirer de là, grimace-t-il. Lorsqu'il a su comment nous étions traités, il a refusé que je reste une minute de plus.

Impressionnée par son nouveau timbre de voix, grave et masculin, Cécile gonfle ses joues, puis souffle l'air d'un coup, les yeux ronds. Daniel se tourne vers Flavie, plutôt intimidée par les changements survenus chez le jeune homme depuis l'hiver dernier. Il a encore ses joues creuses et ses yeux d'un vert superbe, ses longues mains et ses vêtements qui semblent toujours trop courts, mais il est plus grand et plus large et les traits de son visage se sont virilisés : un nez fort, une bouche large et un front immense…

Flavie rougit parce que, à son tour, Daniel la détaille de pied en cap. Elle avance brusquement vers lui et pose une main sur son bras.

– Bonjour, Daniel. Je suis contente de te voir.

Son visage s'illumine d'un large sourire et il la saisit entre ses bras, plaquant sur ses deux joues un baiser sonore.

– Belle Flavie! J'avais oublié comme c'était joli, comment tu prononces mon nom!

Les enfants, qui s'étaient attroupés autour, attirés par la scène inusitée, repartent en chantonnant le prénom du jeune homme avec un fort accent irlandais. Lorsqu'il la délivre, il faut un moment à Flavie, troublée par l'étreinte, pour reculer. S'arrachant à sa contemplation, Daniel se racle la gorge et se tourne vers la logette de l'éclusier.

– Laurent n'est pas là?

Comme pour lui répondre, le jeune homme en émerge, fait un grand signe des bras, puis s'éloigne dans la direction opposée. En même temps, Cécile se met à donner à Daniel des petits coups de poing amicaux.

– Tu ne pensais pas nous trouver ici, n'est-ce pas? Allons, avoue! Tu ne voulais pas être obligé d'expliquer pourquoi tu n'es même pas venu nous voir après ta maladie de l'hiver dernier ni même avant de partir pour Beauharnois! Je m'en souviens, la dernière fois que tu es venu à la maison, c'était l'année passée, à la première neige!

Daniel proteste en riant, puis il emprisonne les poings de Cécile entre ses mains. Lorsqu'il a commencé à fréquenter leur maisonnée, Cécile l'a rapidement adopté comme son deuxième grand frère, devenant même sa tutrice personnelle en langue française. Thomas, son père, avait appris que les instituteurs, pour être financés par l'État, étaient tenus d'accueillir gratuitement un certain nombre d'enfants. Il souhaitait pour son fils une école française où la religion occupe une place secondaire, ce qui n'était pas facile à dénicher. Daniel est arrivé à l'école à l'âge de onze ans, alors que Cécile y commençait sa première année; ils ont donc appris la lecture et l'écriture ensemble. Comme il venait de perdre sa petite sœur, morte du choléra sur le navire qui les transportait en Amérique, il s'est laissé chérir avec délice.

Malgré son air gouailleur, Cécile a les larmes au bord des yeux. Flavie reproche gentiment au jeune homme, en le regardant droit dans les yeux :

— Cécile a eu beaucoup de peine de ne plus te voir pendant si longtemps.

Soutenant son regard, il répond :

— Seulement Cécile ?

Indignée par une réplique aussi bête, Flavie lui lance un regard furieux, puis elle se détourne et marche rapidement vers Ursule et Rosette, qui observent la scène, toujours assises au bord du canal. Elle se laisse tomber à leurs côtés, sans parler, suivant du regard une feuille morte qui vogue en direction du port. Elle entend Daniel expliquer à Cécile, tout en s'approchant des jeunes filles assises, qu'il est venu exprès ici pour les rencontrer parce qu'il s'ennuyait beaucoup d'elles et parce que Laurent était excédé de se faire interroger par ses sœurs sans pouvoir vraiment expliquer de manière satisfaisante le mutisme prolongé de son ami. Après un silence, Flavie entend, tout proche :

— Bonjour, Ursule et Rosette.

— Bonjour, Daniel, répondent-elles en chœur.

— Excusez-moi, mesdemoiselles, mais je vous vole vos amies quelques instants.

Forçant Flavie à se lever, le jeune homme glisse ses mains sous le bras des deux sœurs et les entraîne en marchant lentement sur le chemin de halage. Attendrie, Flavie se coule dans un bonheur d'un goût tout neuf, celui de s'appuyer contre le flanc du jeune homme, qui raconte :

— J'ai pensé à vous très souvent. Là-bas, à Beauharnois, la journée de travail finissait à la brunante, alors, après avoir soupé, je n'avais qu'une seule envie, c'était de me laisser tomber sur ma paillasse. La cloche du matin sonnait tôt, quand il faisait presque encore noir...

Au printemps, Daniel s'est engagé pour les travaux d'agrandissement du canal de Beauharnois. Il croyait qu'à la suite de la grève des manœuvres, en 1843, les conditions de travail s'étaient améliorées, mais il se trompait. Les travailleurs sont encore victimes d'abus répétés : gages ridicules pour le travail qu'ils abattent, baraquements insalubres et obligation de s'approvisionner aux magasins des entrepreneurs où les prix sont outrageusement élevés. Les agriculteurs des environs, déjà rendus amers par la façon dont les négociations se sont déroulées pour le rachat de leurs terres, se plaignent toujours que les ouvriers leur volent de la nourriture.

— Il paraît que les contracteurs vous traitent comme des bêtes de somme, dit Cécile avec anxiété. C'est bien vrai ?

Daniel hoche gravement la tête.

— J'ai de la chance, parce que je ne suis pas obligé de rester, mais tous ceux qui n'ont pas le choix...

— Papa n'en revenait pas, intervient Flavie à son tour, que le gouvernement ait confié ces travaux publics à l'entreprise privée sans fixer des règles précises pour régir le travail. Il dit que, dans ce temps-là, les contracteurs essaient par tous les moyens possibles de se remplir les poches !

— Certains sont pires que d'autres. Moi, j'étais dans une bonne équipe. C'est bien pour ça que je suis resté si longtemps, malgré tout...

— Pauvre Thomas, l'interrompt Cécile, quand il venait souper, il tempêtait et te traitait de tête de pioche!

— Il le fait depuis que j'ai quitté l'école, répond le jeune homme avec philosophie, depuis que j'ai commencé à travailler sur les chantiers. J'aime travailler dehors.

Souriante, Flavie se laisse bercer par la musique de son accent chantant. Elle s'ennuyait beaucoup de sa façon si amusante de parler français… Cécile le morigène :

— Tu disais pareil, l'année passée, quand tu faisais l'homme à tout faire sur les chantiers de construction. Mais quand les froids sont arrivés, tu es tombé malade.

— J'ai été vite guéri et je me sentais très fort. J'étais paré à recommencer à travailler. C'est étrange, mais cette maladie, au lieu de me décourager, m'a prouvé que j'étais capable. J'étais mieux qu'avant.

— Ton père n'aime pas que tu travailles sur les chantiers à cause de ton instruction, reproche Flavie.

— Je sais, soupire le jeune homme. Mais je n'ai pas envie de m'encabaner encore. Je ne prévoyais pas aller à Beauharnois, mais…

Il hésite et, sentant son malaise, Flavie lui porte une grande attention.

— Mon frère est très fâché que mon père ne se remarie pas.

La mère de Daniel a péri en mer, en même temps que sa sœur, et Thomas Hoyle n'a jamais fait mystère de sa profonde réticence à reprendre femme. Cécile s'ébahit :

— Tu t'es engagé au canal à cause de ton frère?

— Pas seulement, répond-il en rougissant. Mais… Jeremy est vraiment en colère quand c'est moi qui cuisine ou qui lave son linge. À vrai dire, il est tout le temps bête avec moi. Je n'aime pas être à la maison avec lui.

— C'est lui qui a besoin d'une femme, constate Flavie.

Daniel dégage ses mains et s'ébroue, le visage fermé. Se tournant, il fait face aux jeunes filles et prononce d'un ton sans réplique :

— Pour tout dire, je me suis engagé à Beauharnois surtout pour ramasser de l'argent. Mon père a accepté que je parte aux États-Unis cet hiver.

Saisie, Cécile le regarde avec stupéfaction. Il ajoute rapidement :

— Seulement pour deux ou trois mois. Je reviendrai au printemps.

Flavie dit tout haut ce que Cécile pense sans oser l'exprimer :

— Nous en connaissons plusieurs, des jeunes gens qui ont promis de revenir, mais qui sont partis pour toujours. Le fils de Marquis, le cousin de papa, et celui du forgeron, qui est monté bûcher dans le nord et qui n'a jamais donné de nouvelles depuis six ans…

Cécile tourne les talons et s'éloigne rapidement en direction de l'écluse. Daniel la suit du regard avec un air navré. Flavie voudrait pouvoir observer longuement son visage, sans qu'il le sache, pour découvrir ce qu'il y a d'ancien et de nouveau dans ses traits et surtout pour les graver dans sa mémoire. Il balbutie :

— Quand j'ai été guéri, l'hiver dernier, je m'ennuyais beaucoup de vous tous, mais en même temps… je ne pouvais pas venir. Quelque chose me retenait… J'avais peur d'être trop bien chez vous. Je trouvais ma vie si moche… Pas seulement à cause de Jeremy. Mon père est très sombre, parfois. Et si triste…

Sa pomme d'Adam monte et descend dans son cou, à plusieurs reprises. Touchée, Flavie se dresse sur la pointe des pieds pour l'embrasser sur la joue. Il a le réflexe de la prendre dans ses bras, mais elle recule très vite en disant plaisamment :

— Tu viens à la maison ? Tout le monde serait content.

Elle glisse sa main sous son bras et ils reviennent sans parler vers l'écluse. Les trois jeunes filles sont silencieuses et figées. Flavie lance avec une gaieté forcée à sa sœur :

— Cécile, nous avons un invité pour le souper ! On pourrait peut-être cuisiner le dessert que vous aimiez tant tous les deux, tu te souviens ? Le plat de pommes au sucre d'érable !

Levant la tête vers eux, Cécile leur offre un pauvre sourire. Elle a les yeux rouges, essuyés à la hâte. Daniel lui tend la main pour l'aider à se mettre debout, puis il l'attire contre lui en murmurant des paroles de réconfort. D'un geste enfantin, Cécile essuie son nez contre son épaule, puis, se dégageant, elle lance, d'un ton vindicatif :

— Ce n'est pas juste ! Moi aussi, j'aimerais bien voir du pays, quand j'aurai fini l'école. Mais tu sais ce qu'on va me répondre ? Une jeune fille ne peut voyager seule, c'est beaucoup trop dangereux !

— C'est parfaitement vrai, réplique Daniel. Tu n'as pas besoin d'aller loin pour le vérifier. À Montréal seulement, c'est risqué.

— Je me déguiserai en garçon, poursuit Cécile d'un ton boudeur. De toute façon, c'est tellement encombrant, ces jupes longues !

— Tu m'emmènes chez toi ? demande Daniel en la prenant par l'épaule. Tout d'un coup, je ne peux plus attendre !

Ursule et Rosette, qui ont fini par comprendre qu'elles étaient de trop, sont en train de rassembler la petite troupe qui jouait en amont. Flavie fait signe aux deux autres qu'elle les rejoindra et elle marche jusqu'à Laurent, accroupi au bord de l'écluse, en train de vérifier l'état d'un bollard au bois pourrissant. En quelques phrases, elle le met au courant de la situation, ajoutant pensivement :

— Daniel ne semble vraiment pas heureux. Je crois qu'il a encore beaucoup de chagrin et qu'il est très seul.

Se relevant, Laurent hoche la tête en suivant du regard Cécile et Daniel qui s'éloignent.

— Son frère est vraiment méchant avec lui. Il le critique tout le temps.

— Les premiers temps, quand Daniel venait chez nous, tu te souviens ? Il avait l'air égaré comme s'il était perdu en plein milieu d'une foule.

— Un navire approche, remarque Laurent. Va, retourne à la maison. Je vous verrai ce soir.

Flavie fait d'abord un arrêt derrière un buisson, puis elle poursuit son chemin par la rue des Seigneurs. Elle n'est pas pressée de retrouver les autres. Sa rencontre avec Daniel a suscité, tout au creux de son être, une faim nouvelle. Avec un frisson, elle comprend que l'homme aux formes viriles qui occupe parfois ses pensées, le soir, et dont elle désire la présence à ses côtés, aura désormais son visage.

Ainsi absorbée, elle ne remarque pas le petit groupe de jeunes qui, après l'avoir croisée, rebrousse chemin et la suit à quelque distance parmi les passants. La rue Saint-Joseph, qui traverse le faubourg Sainte-Anne de part en part, est encore bordée par quelques fermes isolées où le calme n'est rompu que par les attelages qui passent. C'est à cet endroit que les quatre jeunes se portent à la hauteur de Flavie, qui entend une voix narquoise l'apostropher :

— Si ce n'est pas Flavie l'apprentie… Il paraît que mademoiselle Montreuil a décidé de retourner à l'école ?

Surprise par cette voix féminine qui lui est familière, Flavie relève la tête et reconnaît les trois jeunes filles, qui ont fréquenté la classe de Simon pendant quelques années et qui ont dû cesser pour des raisons diverses, soit pour s'occuper de leurs jeunes frères et sœurs, soit tout bêtement parce que leurs parents les estimaient suffisamment instruites pour la vie qui les attend… Celle qui l'a interpellée, Fleurette, la fille du tailleur, la couve d'un regard moqueur et légèrement méchant. Quant au garçon, qui doit avoir environ quatorze ans et qui, visiblement gêné, détourne les yeux lorsque Flavie croise son regard, elle ne l'a encore jamais vu dans le quartier.

Feignant d'ignorer le sarcasme de Fleurette, Flavie répond gentiment :

— Bon après-midi, Olive, Marie-Cléophie et Fleurette. Vous vous promenez ?

— Il faut profiter des belles journées d'automne, répond Marie-Cléophie prudemment, mais sans animosité. Bientôt…

Fleurette l'interrompt aigrement :

— Nos parents nous ont interdit de bavarder avec Flavie.

Accusant le coup, Flavie reste un moment sans voix, puis elle surmonte son désarroi pour répliquer doucement :

— C'est toi, Fleurette, qui m'a adressé la parole la première.

Grande, longiligne et plutôt jolie malgré quelques dents gâtées, la jeune fille siffle :

– Voyez-vous ça! Mademoiselle Je-sais-tout a parlé… Flavie qui nous faisait bien sentir qu'elle était bien *induquée*, savante comme un livre!

L'accusation est injuste et Flavie a envie de se défendre avec véhémence, mais elle y renonce aussitôt, sachant très bien qu'un tel échange ne mènerait à rien. Ce n'est pas la première fois que Fleurette lui fait de tels reproches! Elle accélère légèrement le pas, mais, si les trois autres se laissent distancer de bon gré, Fleurette lui colle aux talons.

– Ce n'est pas Notre Seigneur qui vous guide, ta mère et toi, c'est le démon! Parce que Notre Seigneur n'a pas pu t'indiquer le chemin de ton apprentissage! Notre Seigneur impose aux jeunes filles une modestie et une fierté qui leur interdisent la fréquentation des femmes en douleurs!

Flavie réprime un sourire parce que Fleurette reproduit exactement les intonations de sa mère. À la fois ambitieuse et dévote, Émérine Brouillère impose à ses deux filles, Olive et Fleurette, un maintien de bon aloi. Couturière, elle se perfectionne assidûment dans l'art difficile de la confection des corsets, de plus en plus populaires auprès des femmes des faubourgs qui soupirent après cette parfaite tournure. Quelques-unes caressent sans doute l'espoir que leur allure à la mode attire l'œil d'un riche monsieur… Depuis quelques années, Fleurette s'initie à ce travail en fabriquant et en portant fièrement ce sous-vêtement en taille jeune fille.

Emportée dans une envolée, Fleurette s'exalte en affirmant que Dieu a fait les humains à sa ressemblance et que chacun contient en soi l'adorable Trinité, le Père, le Fils et le Saint-Esprit. Cette image de la divinité façonnée par le Père éternel avec tant de soin, ceux qui s'abandonnent à des passions honteuses la plongent dans la boue ! S'arrêtant brusquement, Flavie se tourne vers Fleurette, qui trébuche légèrement, et lui rétorque sans ménagement :

— Notre Seigneur a fait de la charité une vertu capitale. Cette charité nous impose d'aller porter secours aux femmes qui accouchent. Tous ceux qui s'imaginent autre chose ont l'imagination très fertile, comme ta mère et toi, n'est-ce pas, Fleurette ? Ne sais-tu pas que, d'après les enseignements de Notre Seigneur, les mauvaises pensées sont un péché dont il faut se confesser pour avoir l'âme tranquille ?

Sur ce, Flavie se met à courir. Elle sait que, encombrée par son corset qui l'empêche de prendre de larges respirations, Fleurette ne pourra jamais la rejoindre… Parfois, Flavie ne peut s'empêcher d'admirer ces femmes à la taille si fine et si gracieuse et qui s'attirent immanquablement les regards allumés des hommes qui les croisent. Pendant quelques mois, à l'âge de quatorze ans, l'envie la consumait de porter un corset, elle aussi, sous l'une de ces jolies robes…

L'été dernier, dans le secret de sa grande chambre, Suzanne lui a fait essayer l'un de ses corsets. Littéralement médusée, Flavie a réalisé à quel point cette invention la comprimait et l'empêchait de bouger librement ! Elle en a fait la remarque à Suzanne, qui aussitôt s'est déshabillée et a dénudé sa généreuse poitrine, exhibant avec une fierté malsaine les rougeurs qui ornaient son torse. Flavie a perdu d'un seul coup toute envie de se torturer de la sorte pour ressembler aux femmes des images de mode.

Flavie aperçoit, au loin, le groupe constitué par sa sœur, ses amies et Daniel, qui dépasse les fillettes d'une bonne tête. La cherchant sans doute, il regarde en arrière, mais Flavie a gagné les espaces habités et elle se fond parmi les passants. Elle ira bientôt les rejoindre, mais elle veut réfléchir seule quelques minutes. Même si elle aimerait rester insensible aux remarques de Fleurette, elle ne peut s'empêcher d'en être chagrinée. Elle n'arrive pas à comprendre par quel détour bizarre de l'esprit des personnes plutôt bien intentionnées en viennent à la juger ainsi, confondant sa volonté légitime d'acquérir un si beau et si nécessaire métier avec la perversité. La religion refuserait aux jeunes filles le droit d'accompagner des femmes dans leur délivrance uniquement pour protéger leur innocence et leur vertu ? Elle ignore qui a bien pu inventer cette absurdité, mais jamais elle ne l'empêchera de devenir sage-femme ! Flavie sent sa détermination grandir encore davantage et, lorsque Daniel, de nouveau, se retourne, elle le hèle joyeusement d'un grand mouvement du bras.

CHAPITRE V

Juchée sur une haute branche du pommier, Cécile cueille une pomme, puis la laisse tomber vers Flavie, qui l'attrape et la dépose délicatement dans un petit baril de bois. Cécile s'est habillée d'une vieille jupe déchirée, qu'elle a retroussée sur ses hanches pour pouvoir grimper commodément. Avant, les deux sœurs se disputaient pour savoir laquelle se percherait, mais Flavie y tient moins maintenant, depuis que son statut d'apprentie sage-femme lui confère une nouvelle dignité.

Lassées par la monotonie de la tâche et par la chaleur de cette première journée de l'été indien, elles travaillent en silence jusqu'à ce que la forte voix de leur père les fasse sursauter.

— Flavie ! Viens ici, il y a une urgence !

Simon se tient sur le pas de la porte de la cuisine. Tandis que Flavie approche rapidement, il s'enquiert avec impatience :

— Où est ta mère ? Je suis en train de faire la classe, moi !

— Je m'en occupe.

Flavie essuie ses pieds nus dans l'herbe haute, se gratte le mollet où une mouche noire l'a piquée, puis elle entre tandis que Simon referme la porte de la classe derrière un homme assez âgé et barbu, bien vêtu, qui enlève son chapeau et qui met en quelques mots la jeune fille au courant. Flavie lui indique un siège en lui demandant de patienter. Elle ressort de la maison, traverse le jardin au pas de course, franchit la clôture en se faufilant entre deux planches disjointes et se retrouve dans le jardin de la famille Roy, leurs voisins d'à côté. Léonie et Philomène, cramoisies, sont penchées au-dessus d'un large chaudron où de l'eau bouillonne. Flavie informe sa mère que les douleurs de Josette Fortier ont commencé au cours de la nuit.

– Déjà ? s'exclame Léonie d'un air préoccupé. Pourtant, son terme était encore loin !

Mc Fortier est un avocat dont la renommée s'étend déjà dans toute la ville. De faible constitution, les joues pâles et sans énergie, son épouse se lève très tard, passe plusieurs heures à se faire belle, puis elle va prendre le thé chez l'une de ses amies, avant de revenir se changer pour un souper tardif… Josette Fortier a mis cinq ans avant de concevoir et ses deux premières grossesses se sont terminées par des fausses couches.

Une dizaine de minutes plus tard, les deux femmes prennent place dans un joli fiacre. Depuis le début de son apprentissage, Flavie a fait plus de voyages en voiture à cheval que jamais auparavant. Elle se sent comme une grande dame qui peut promener sur le monde un regard hautain, puisqu'elle ne mettra jamais les pieds dans la boue, les déchets et les crottes de chien !

– Deux ou trois semaines d'avance, réfléchit Léonie à voix haute, ce n'est pas encore trop grave. S'il est costaud et qu'il est gardé bien au chaud, le bébé a beaucoup de chances de survivre.

– Ça fait pas mal de si…

— Il peut avoir de la difficulté à téter. Et sa mère est frêle et très nerveuse.

Vingt minutes plus tard, Léonie et Flavie mettent pied à terre, rue Dorchester, devant une belle maison de pierre à deux étages. Une femme de chambre les fait entrer dans le hall. Flavie se perd encore en conjectures sur la fonction de cette pièce, dont elle va finir par croire qu'elle ne sert qu'à impressionner les visiteurs à leur arrivée ! Léonie s'étonne : une canne et deux chapeaux d'homme sont accrochés au portemanteau. Fronçant les sourcils, elle se hâte vers les escaliers. Sur le palier de l'étage, un grand jeune homme se tient adossé au mur du corridor et Léonie reconnaît Bastien, l'apprenti du docteur Provandier. À la fois soulagée et inquiète, elle lui lance, en gravissant les dernières marches :

— Bien le bonjour, monsieur Renaud. Y aurait-il un problème ?

— Pas à ma connaissance, madame, répond-il d'une voix au timbre profond.

Sans vergogne, il jette un regard curieux à Flavie et Léonie fait de rapides présentations. Placé en apprentissage auprès de Marcel Provandier, le jeune Bastien est le fils du marchand Renaud et de sa femme, dame Prévost. Flavie considère un instant son visage aux joues trop pleines de garçon de bonne famille, puis sa taille qui remplit si bien sa veste que le tissu, sous la redingote ouverte, en est distendu, et elle se détourne pour cacher son expression dédaigneuse.

Léonie frappe vigoureusement à une porte fermée et, presque immédiatement, un homme rondelet et de taille moyenne, le crâne presque complètement dégarni, vient ouvrir. Antoine Fortier, qui semble ne plus se contenir d'inquiétude, étreint si fort les mains de Léonie qu'elle en tressaille.

– Je guettais votre arrivée depuis une heure! Venez, vite! Josette semble souffrir beaucoup! J'étais parti au bureau à pied ce matin, vous savez, mon étude est au coin de Saint-Jacques. J'étais en train de dîner avec un client quand Joseph est arrivé en fiacre… Je vous remercie d'être venue si vite. Pour plus de sûreté, j'ai également mandé monsieur le docteur, que vous m'aviez si chaudement recommandé…

Le médecin est assis au chevet de Josette Fortier, à moitié étendue sur le sofa de son boudoir, dont le ventre se devine à peine parmi tous les plis soyeux de son négligé. Âgé et chauve, le menton dissimulé par un collier de barbe blanche, Provandier se lève et lance d'un ton jovial:

– Chère Léonie, comment allez-vous? J'ai bien tenté de raisonner notre ami, mais toute once de bon sens semble l'avoir quitté!

– Que se passe-t-il? interroge hâtivement Léonie. Des saignements? Des douleurs intolérables?

– Rien de tout cela, la rassure le médecin. Disons que M. Fortier est extrêmement prévoyant…

Se tournant vers lui, il ajoute:

– Madame Montreuil est une sage-femme de très grande valeur, vous savez. Je fais équipe avec elle depuis plusieurs années!

– J'en suis fort aise, répond l'interpellé en s'inclinant légèrement vers Léonie. Mais vous, les médecins, vous maîtrisez une science moderne et, de plus, vous manipulez des drogues et des instruments qui peuvent grandement aider la délivrance.

D'un ton grave, le docteur rétorque :

— Ces instruments et ces drogues doivent être utilisés avec parcimonie parce qu'ils peuvent causer plus de tort que de bien.

Il s'incline légèrement devant Flavie en disant avec galanterie :

— Mademoiselle, votre mère m'avait vanté vos qualités et je suis ravi d'avoir enfin le bonheur de vous rencontrer en personne !

Fort intimidée, Flavie balbutie quelques paroles inaudibles, puis le docteur se tourne vers Josette et la prie de les excuser un moment. Sans préciser davantage, il les entraîne à l'extérieur, refermant la porte derrière lui. Intégrant dans le cercle son apprenti et Flavie, il dit à Antoine Fortier :

— Cher ami, peut-être avez-vous remarqué que les douleurs de votre femme ont cessé depuis mon arrivée ?

Fortier considère le médecin d'un air interdit, tandis que Léonie marmonne :

— Je m'en doutais…

— Vous voulez rire, docteur ? bredouille Bastien Renaud, incrédule.

— Ce n'est pas rare, explique pensivement Léonie. De fortes émotions provoquent parfois ce phénomène.

Oubliant sa gêne, Flavie s'étonne à son tour :

— Quel genre d'émotions ?

— Dans ce cas-ci, je crois que la présence du docteur auprès d'elle…

— Impossible ! s'exclame le jeune Renaud. C'est complètement ridicule !

Provandier rétorque avec un regard sévère à son apprenti :

— Jeune homme, Mme Montreuil a parfaitement raison. Ne la sous-estimez pas, ce serait une grave erreur ainsi qu'un bien mauvais départ dans la profession.

Visiblement mortifié, l'apprenti se renfrogne. Provandier se tourne vers Antoine Fortier :

— Mon cher, votre épouse est mal à l'aise en ma compagnie. Pour l'instant, il est beaucoup plus sage de la débarrasser de ma présence.

— Cependant, monsieur Provandier, je vous prie instamment de demeurer jusqu'à la naissance. Mes voisins et amis font tous appel à leurs amis médecins pour les délivrances et je préférerais qu'ils ne sachent pas…

Sa voix meurt et il jette un regard à Léonie, qui le considère d'un air à la fois moqueur et exaspéré. Il marmonne :

— Je vous offre un digestif ?

Sans plus attendre, il fait passer le docteur et son apprenti devant lui et tous trois descendent l'escalier. Flavie chuchote à sa mère :

— Les douleurs vont-elles reprendre bientôt ?

— Généralement, ce n'est pas très long, mais j'ai entendu parler de cas où il avait fallu des jours et même des semaines… Dans le fond, la présence du docteur a peut-être été salutaire ! Si les douleurs de madame pouvaient cesser pour une escousse…

Dès qu'elles font leur entrée dans la pièce, Josette s'exclame plaintivement :

— Je ne voulais pas voir le médecin, mais Antoine a tellement insisté ! Sa présence m'indispose, j'ai l'impression qu'il sent la maladie ! Je ne veux pas qu'il approche de moi !

S'assoyant à côté d'elle, Léonie demande à Flavie de descendre à la cuisine faire préparer de la tisane.

— Ma cuisinière est partie au marché, précise faiblement Josette, mais ma mère est en bas.

Dès que Flavie est sortie, Josette reprend :

— Ces hommes me font peur avec leurs horribles instruments ! À chaque grossesse, Antoine insiste pour que nous engagions un médecin-accoucheur, comme l'ont déjà fait plusieurs de mes amies.

— Elles sont satisfaites de leurs services ? s'enquiert Léonie en feignant le détachement.

— Si les médecins demandent des honoraires si élevés, c'est qu'ils possèdent un grand savoir, n'est-ce pas ? Comme dit Antoine, pourquoi payer pour une sage-femme et un médecin si on peut payer pour un médecin seulement ?

Le sang de Léonie ne fait qu'un tour, mais, refrénant son indignation, elle objecte gentiment :

— Je pourrais lui renvoyer la question : pourquoi payer pour un médecin quand on peut payer seulement une sage-femme ? Vous savez comme moi que presque toutes les délivrances se déroulent parfaitement bien. Provandier ne remontera pas de sitôt, faites-moi confiance. Pour l'instant, racontez-moi ce qui s'est passé depuis cette nuit.

Une quinzaine de minutes plus tard, Flavie revient, portant un plateau, suivie par la mère de Josette, une femme encore jeune, mais d'un poids imposant, et qui grommelle en soufflant :

— Je ne déboule plus en bas de la côte avant la fin, pour le sûr !

Réalisant qu'elles sont maintenant entre femmes, Célina Barbeau lance :

— Bon débarras ! Les hommes n'ont pas leur place dans la chambre d'une accouchée. Déjà qu'Antoine, avec sa mine à cracher dessus…

Elle s'interrompt et fait un clin d'œil à Flavie. Léonie laisse tomber quelques gouttes du contenu d'une fiole dans la tisane avant de la faire boire à Josette, mais le résultat escompté ne se manifeste pas : bientôt, la jeune femme se cabre sous l'arrivée d'une contraction et Léonie, soutenant son regard, l'encourage à garder son calme et à contrôler sa respiration.

Écartant délicatement le haut de son négligé, Léonie lui fait de gros yeux :

— Vous portez encore votre corset !

— Je l'ai beaucoup desserré ! riposte craintivement la jeune femme. Comment j'aurais pu me promener en ville, si je l'avais ôté ?

Sa mère grommelle entre ses dents :

— C'est rendu honteux de montrer son ventre de femme enceinte ! Comprenez-vous ça, madame Montreuil ?

Léonie secoue la tête avec un sourire contraint. Il semble bien que les femmes respectables doivent être capables de contrôler en tout temps la forme de leur corps, y compris pendant la grossesse ! Avec des gestes bourrus, faisant semblant d'être inconsciente de la gêne de sa patiente, elle force Josette Fortier à ôter son négligé, sa chemise et, finalement, son corset. Prenant garde de ne pas l'examiner ouvertement, Flavie ne peut s'empêcher d'observer avec curiosité la jeune femme maigre, dotée de très petits seins mais d'un ventre fort volumineux en comparaison. Avec un serrement de cœur, elle note les marques rouges mais heureusement peu profondes incrustées sur sa peau à intervalles réguliers, surtout sur le haut de son abdomen.

Pendant que le rythme des contractions de Josette Fortier s'accélère tranquillement, Flavie visite à la dérobée toutes les pièces de l'étage, puis elle descend aux latrines, passant sans bruit devant l'entrée de la bibliothèque où les hommes sont rassemblés. Lorsqu'elle revient sur ses pas, Provandier et Fortier sont debout, un verre à la main, en train de discuter, tandis que l'apprenti examine un livre. Le mouvement de Flavie attire son attention et leurs regards se croisent un très bref moment.

En haut des marches, elle tombe en arrêt devant la valise bien bombée du docteur, posée près de la porte de la chambre. Elle est si belle, songe Flavie avec une pointe de jalousie. Elle imagine sa mère portant fièrement un tel bagage au lieu de la valise que tante Sophronie lui a donnée, usée jusqu'à la corde… Flavie flatte un moment le cuir luisant, si doux au toucher. Que peut-il bien y avoir à l'intérieur ? Après un moment d'hésitation, dévorée par la curiosité, elle fait sauter le fermoir et la valise s'ouvre d'elle-même. Elle distingue des fioles, de grosses seringues et quelques instruments, dont un forceps.

— Ça t'intéresse ? demande une voix masculine derrière elle.

Sursautant, elle découvre le jeune Renaud, qui a monté silencieusement. Irritée par son tutoiement trop familier et par son ton légèrement condescendant, Flavie reste muette.

— Je peux te montrer, si tu veux. Viens, on va s'approcher de la lampe.

Il saisit la valise et la dépose sur une petite table. Avec hésitation, Flavie le suit à quelques pas.

— Prends ce que tu veux, offre-t-il. Fais attention de ne pas échapper les flacons.

— Ma mère aussi a une valise avec des bouteilles précieuses, réplique vivement Flavie.

Elle plonge sa main et sort le forceps, murmurant :

— J'en avais vu en croquis dans un livre.

— Parce que tu lis des livres ? plaisante-t-il en souriant.

— Mais d'où sortez-vous ? rétorque Flavie furieusement. Ce n'est plus comme avant : il faut comprendre la science médicale pour être une sage-femme de qualité !

Abasourdi, il ouvre la bouche, puis la referme sans rien dire. Flavie tourne le forceps entre ses mains, examinant attentivement les extrémités en forme de pince arrondie et concave qui enserre la tête du bébé. D'un ton plus circonspect, Bastien Renaud dit avec précaution :

— Je n'ai pas encore vu Provandier s'en servir, mais j'avoue que c'est impressionnant. Il permet de délivrer des femmes dont le bébé, autrement, serait mort à l'intérieur. Tu vois, le forceps est introduit par le conduit…

Comme s'il prenait subitement conscience qu'il ne se trouve pas en compagnie d'un confrère de classe, mais d'une jeune fille, il s'interrompt en rougissant jusqu'à la racine de ses cheveux. Devant son trouble, Flavie ne peut retenir un sourire moqueur. Puis, elle s'imagine en train d'accoucher et, soudain, un médecin s'approche d'elle, tenant cet instrument dans la main… Cette image lui donne la chair de poule et un frisson la parcourt de la tête aux pieds. La voix altérée, elle proteste :

— C'est si dangereux ! On peut faire un grand mal au bébé et à la mère !

En même temps, elle ouvre et ferme les deux branches de l'outil, comprenant immédiatement à quel point, malgré son aspect menaçant, il peut dans certains cas être utile. Elle songe à ce qu'elle a lu dans le petit carnet de sa mère. Un des deux fœtus n'aurait-il pu être sauvé et la mère n'aurait-elle pas survécu si Léonie avait su utiliser cet instrument ? Comme s'il lisait dans ses pensées, le jeune homme dit, avec un sourire suffisant :

— Jamais une femme n'aurait la force de s'en servir. Je me suis déjà exercé sur un mannequin. Il faut une grande vigueur et surtout beaucoup de précision dans le geste pour ne pas déchirer les tissus. Je doute fort qu'une sage-femme, même formée par un obstétricien…

Il s'interrompt de nouveau, impressionné par le regard meurtrier que Flavie lui jette en replaçant brusquement le forceps entre ses mains. Depuis qu'elle est petite, elle entend partout ces idées toutes faites sur la prétendue faiblesse des femmes, répétées par le curé aux fillettes, colportées dans le voisinage, reprises à voix haute par de doctes conférenciers et même imprimées dans les journaux !

Au début, Flavie était indifférente à tout cela. Aucune des fillettes de son quartier, sauf, peut-être, celles dont les mères, dévotes, aspiraient à grimper dans l'échelle sociale, ne s'empêchait de courir les champs. Son père enseignait à tous de la même manière et il se rengorgeait des succès scolaires de ses élèves, garçons ou filles. Sa mère pratiquait un métier qui lui conférait une grande liberté, celle d'aller et de venir à sa guise, à toute heure du jour et de la nuit.

Mais, comme toutes les jeunes filles, Flavie avait compris très vite que le fait d'être née femme la privait d'une série de libertés. Pourtant, elle sentait une telle énergie courir dans ses veines ! Elle s'exaltait de la somme de connaissances contenues dans les livres et il lui semblait qu'avec un peu de concentration et de volonté elle arriverait à comprendre les sciences les plus compliquées ! Elle aurait aimé parcourir le monde entier pour en découvrir toutes les curiosités…

Flavie lance très sèchement au jeune apprenti, légèrement empourpré :

— Les médecins sont très jaloux de leur savoir, surtout si leur élève est une sage-femme. Pourtant, Mme Boivin savait très bien manipuler les instruments de fer, comme Mme Lachapelle, d'ailleurs…

— Mme Boivin ?

— Vous connaissez sûrement la sage-femme en chef de la maternité Port-Royal de Paris ? Elle a écrit un livre célèbre, une véritable somme documentaire sur son expérience auprès des femmes en couches…

Retrouvant son sang-froid après un moment d'égarement, Bastien Renaud affirme :

— Je m'en souviens, bien sûr. L'année dernière, justement, j'étais à Paris, où j'étudiais la médecine dans l'une des meilleures écoles de la capitale.

Impressionnée malgré elle, Flavie reste silencieuse un moment, puis elle demande avec ironie, appuyant fortement sur le premier mot :

— *Tu* es en apprentissage depuis combien de temps ?

Il écarquille les yeux, puis il lance un éclat de rire vers le ciel, sans moquerie cette fois. La porte de la chambre s'ouvre et Léonie demande :

— Tu es là, Flavie ? Viens, j'ai besoin de toi !

Lorsque l'église Notre-Dame sonne six heures du soir, alors que la femme de chambre se promène pour allumer les lampes à huile, Antoine Fortier entre dans la pièce. Abasourdi, il regarde successivement les quatre femmes, puis il se tourne vers Léonie, assise sur une chaise, et s'écrie :

— Mais que se passe-t-il donc? Il y a des heures que vous êtes arrivée et ma femme est encore dans les douleurs!

Sans se démonter, Léonie répond patiemment:

— L'enfant n'est pas encore paré à sortir. À un premier accouchement, la délivrance peut parfois prendre douze ou quinze heures…

Fortier marche jusqu'à Léonie, qui se lève pour lui faire face. Un peu hors de lui, maîtrisant difficilement sa nervosité et son angoisse, il s'écrie:

— Mais l'enfant est peut-être en danger! Vous vous rendez compte, madame, cet enfant sera mon seul héritier, il faut absolument que tout se passe le mieux du monde!

— Bien entendu, monsieur. Pour l'instant, il n'y a pas lieu de s'inquiéter.

Fortier pivote brusquement sur lui-même et observe sa femme qui halète sous l'effet d'une contraction, s'appuyant sur le bras de sa mère. Il décrète:

— Je fais monter le docteur Provandier.

— Le docteur? balbutie Josette. Il est encore ici?

— Le docteur est un savant en qui j'ai une grande confiance, intervient Léonie, fixant sur sa patiente un regard intense. Depuis que j'accompagne les femmes, j'ai dû faire appel à lui à plusieurs reprises et j'ai toujours été satisfaite de ses interventions. Il fait rarement des saignées et il fait montre d'une grande patience, ce qui n'est pas le cas, je vous assure, de plusieurs de ses confrères! Alors vous n'avez rien à craindre avec lui.

— Ma chérie, supplie l'avocat, laisse-moi faire montrer notre bon ami le docteur Marcel!

— Vous n'imaginez tout de même pas que j'en suis rendue à la toute dernière extrémité?

– Bien sûr que non! C'est de l'histoire ancienne, tout ça! La science médicale a beaucoup progressé depuis le début du siècle et les médecins peuvent maintenant hâter une délivrance ou soulager des souffrances inutiles! Je veux que le docteur Provandier soit présent. Vous aussi, vous souhaitez, n'est-ce pas, ce qu'il y a de mieux pour notre enfant?

– Antoine! s'interpose soudain sa belle-mère, excédée par son comportement. Vous troublez ma fille! Les frayeurs sont tout à fait déconseillées aux femmes enceintes! Le corps de l'enfant peut porter les marques des tourments de sa mère!

Fortier fixe Célina Barbeau avec des yeux hagards. Avec autorité, elle poursuit, indiquant la sortie de son bras tendu:

– Mme Montreuil et moi, nous sommes parfaitement capables de décider quand il faudra faire appel au docteur!

Mme Barbeau se concentre ensuite sur sa fille haletante, qui se laisse aller contre elle de tout son poids. À la fin de la contraction, Josette pousse un gémissement particulièrement profond, puis elle ouvre de grands yeux étonnés, s'exclamant:

– Mon bébé veut sortir!

– La poussée commence! se réjouit Léonie. Laissez-nous, monsieur Fortier! Je vous tiendrai au courant.

Débarrassée de sa robe à froufrous, vêtue seulement d'une légère chemise de nuit, Josette Fortier s'assoit sur une chaise très basse pourvue d'un dossier et d'accoudoirs et dont le siège prend la forme d'un croissant. Léonie n'apprécie pas beaucoup ce meuble transmis de génération en génération dans les familles, estimant que la position assise ne favorise pas aussi bien l'expulsion. Pour plus de commodité, elle enjoint à Josette de relever les jambes de chaque côté et de s'appuyer fermement sur sa mère, assise au pied du lit derrière elle.

Une demi-heure plus tard, Léonie reçoit dans ses mains un bébé bien formé, mais petit et maigre. Après les soins d'usage et ayant constaté qu'il respire et crie tout à fait normalement, elle le place sur sa mère, peau contre peau. Lorsque l'arrière-faix est expulsé, Josette se lève avec l'aide de sa mère qui, d'émotion, pleure et transpire abondamment. La jeune accouchée s'installe dans son lit, le dos soutenu par des oreillers. On ne distingue de sa fille, sous la couverture, que le haut de la tête. Souriante, Léonie se tourne vers Flavie.

— Il est temps de faire venir monsieur. Tu veux bien aller le chercher?

Un quart d'heure plus tard, lorsque Antoine Fortier et le docteur Provandier émergent de la chambre de l'accouchée, Flavie, qui est assise dans le corridor, sur la première marche de l'escalier, entend l'avocat confier au médecin, à voix basse:

— Mon bonheur serait total si cet enfant était un garçon…

Apercevant la jeune fille, il s'exclame avec exubérance:

— Le repas est servi, petite, et tout le monde est invité!

Interloquée, Flavie balbutie:

— Merci bien, monsieur…

Tandis que les deux hommes descendent, Flavie retourne dans la chambre. Josette repose, bien couverte, son bébé toujours contre elle. Tandis que Léonie s'affaire à ranger son matériel, Alice Barbeau, sur le pas de la porte, s'informe si elle descend bientôt souper.

— Dans quelques minutes.

D'un ample geste, la dame entoure les épaules de Flavie:

— Je vous vole votre fille. Elle doit mourir de faim!

Pendant qu'elles descendent l'escalier, Flavie s'enquiert avec angoisse:

— Tout le monde va être là, même le docteur?

— Je crois, oui.

— C'est que je ne suis pas habituée à souper à la même table que tout ce beau monde...

Célina pouffe de rire.

— Profites-en, on mange bien ici!

Toutes deux entrent dans la salle à manger. Au grand désarroi de Flavie, même Bastien Renaud est présent. Les trois hommes se lèvent à leur arrivée, puis se rassoient. Très embarrassée, Flavie obéit à la dame qui lui indique la chaise à sa gauche. Devant elle, deux assiettes, un bol, une coupe et quatre ustensiles sont posés, que Flavie examine très attentivement. Remarquant que la dame a posé sa serviette de tissu sur ses genoux, elle l'imite, ignorant avec dignité le regard amusé de Bastien qui suit son petit manège.

— Nous pouvons commencer, annonce Célina Barbeau à son gendre. Mme Montreuil viendra bientôt.

Antoine Fortier sonne la clochette posée devant lui et, quelques secondes plus tard, la femme de chambre pénètre dans la pièce, une lourde soupière entre les mains. Jetant un coup d'œil à la jeune domestique, Flavie remarque avec malaise ses yeux baissés, ses traits tirés et son visage sans expression. Quelle vie personnelle peut-elle avoir, au service des autres de l'aube jusqu'au soir, sauf le dimanche après-midi? Fortier et le docteur, qui discutent avec animation, ne lui manifestent aucun signe de reconnaissance. Bastien Renaud, attentif à la conversation, lui adresse simplement un léger signe de tête, comme Mme Barbeau, qui commence aussitôt à avaler sa soupe avec gourmandise.

Flavie mange néanmoins avec appétit. Provandier est le dernier à racler son bol à soupe et, aussitôt qu'il dépose sa cuillère, la femme de chambre entre de nouveau avec un grand plat contenant des tranches de viande, qu'elle pose au milieu de la table. Elle revient ensuite avec un bol de purée de pommes de terre et un autre contenant des petits légumes cuits. Léonie fait alors irruption dans la pièce et, avisant la domestique sur le point de se retirer, elle lui demande avec gentillesse :

— Mademoiselle, votre maîtresse prendrait bien une petite assiette de nourriture, avec un thé. Voudriez-vous lui monter ?

La jeune femme hoche la tête, puis disparaît. Léonie se laisse tomber sur sa chaise, au bout de la table, face à Antoine Fortier. Elle souhaite d'une voix qui trahit sa fatigue :

— Bon appétit, messieurs et mesdames.

— Vous de même, répond la mère de l'accouchée. Servez-vous, je crois que vous avez besoin d'un remontant !

Léonie tend son assiette à Flavie, qui entreprend de la garnir. Posant son regard sur le maître des lieux, elle prononce lentement :

— Tout est bien qui finit bien, n'est-ce pas, monsieur Fortier ?

L'interpellé, avec un sourire contrit, lève son verre en son honneur.

— Madame Montreuil, votre travail et votre savoir-faire seront récompensés à leur juste valeur.

Léonie le remercie d'un signe de tête. Elle continue :

– Votre fille est un peu petite, mais vigoureuse, et sa mère peut rester au lit pendant des jours, à s'occuper d'elle, à l'allaiter à la demande et à la garder au chaud. Elle a toutes les chances de survivre et de grandir en beauté. Si elle était née dans une maison pauvre des faubourgs…

Elle s'interrompt pour prendre l'assiette que Flavie, avec un sourire d'encouragement, lui retourne, puis, de la même voix lente, elle poursuit :

– J'ai vu des situations difficiles dans ces maisons, mais j'ai vu de belles choses. J'ai vu une grand-mère passer une semaine au lit, sous un manteau de fourrure prêté par une dame de la charité, à tenir un nouveau-né dans ses bras. J'ai vu une fillette de onze ans faire pendant trois semaines tout l'ouvrage de sa mère. Et puis j'ai vu des maris sacrifier une partie de leurs repas, pendant des mois, pour donner des forces à leurs femmes…

Bastien Renaud se racle la gorge :

– Ma mère est une dame de la charité. Je suis souvent allé avec elle faire la visite des pauvres et leur distribuer des biens.

– Madame votre mère a un grand cœur, souligne Célina Barbeau. Il en faudrait plus comme elle. J'ai souvent songé à me joindre à ces dames, mais ma santé ne me le permet pas…

– Vous devez vous occuper de votre fille, intervient Antoine Fortier, cela prend beaucoup de votre temps. Et maintenant, avec votre petite-fille…

Le docteur Provandier intervient :

– Notre ville a tellement changé depuis que j'ai commencé ma pratique. J'ai ouvert mon cabinet en dix-huit, à mon domicile, rue Saint-Denis, près de Dorchester. Les enfants passaient l'hiver à faire du toboggan sur la Côte-à-Baron ! Aujourd'hui, les constructions atteignent presque le haut de la côte.

— Tous les faubourgs se peuplent, commente Fortier, sans prendre garde à la coulisse de jus de viande qui descend son menton. C'est scandaleux, tous ces Irlandais qui nous arrivent d'outre-mer, de plus en plus nombreux à chaque année ! La Grande-Bretagne s'en débarrasse en les mettant sur des navires et en leur donnant un peu d'argent pour s'établir. Mais ici, il faut leur construire des maisons, leur fournir de l'emploi !

— Mon père dit que tous y trouvent leur compte, intervient courageusement Bastien Renaud. Les hommes d'affaires ont besoin de main-d'œuvre pour faire prospérer leurs entreprises.

— M. Renaud est un modèle pour notre ville, déclare Provandier en inclinant la tête vers le fils. Sa réussite dans le commerce de céréales en fait un concurrent de nos compatriotes anglophones les plus entreprenants, ce qui est assez rare dans notre province où, pour réussir, il faut généralement être de connivence avec les Anglais de notre mère patrie !

— Il a aussi des intérêts dans plusieurs compagnies, précise Bastien avec fierté. Ces temps-ci, il s'intéresse beaucoup aux chemins de fer.

— J'ai entendu parler de cette innovation ! s'exclame Antoine Fortier avec animation. Après avoir conquis les fleuves et les océans, la vapeur veut envahir la terre ferme !

Ravi de partager la science qu'il possède, le jeune homme affirme :

— Selon mon père, on voudrait rapprocher Montréal de la mer pour lui faire profiter des avantages d'un port océanique ouvert pendant toute l'année.

— Balivernes que tout cela! lance Mme Barbeau. Une entreprise trop gigantesque pour notre province qui sort à peine de l'enfance!

Flavie mange sans vraiment écouter la conversation animée qui s'engage maintenant sur la pertinence de consacrer une si importante somme d'argent à ce projet. Il est tard et elle commence à bâiller derrière sa main. Elle repousse son assiette et appuie sa tête contre le haut dossier de la chaise.

Laissant Antoine Fortier et le jeune Renaud converser, Léonie se penche vers le docteur Provandier, qui se tourne vers elle pour l'écouter.

— La médecine aussi a beaucoup changé depuis vingt ans. Un jour, docteur, il faudrait que nous en discutions… Il paraît que certains médecins souhaitent se réunir en corporation professionnelle?

Son attention immédiatement attirée par cette nouvelle discussion, l'apprenti de Provandier s'y joint avec flamme:

— Il est plus que temps que la profession s'organise, n'est-ce pas, docteur? Il y a trop de charlatans qui pratiquent la médecine, des hommes qui ne sont même pas au courant des dernières découvertes scientifiques!

— Se pourrait-il, cher docteur, que, dans l'esprit de quelques-uns d'entre vous, les sages-femmes soient confondues avec ces charlatans?

La question reste un moment en suspens, pendant que Provandier dépose sa fourchette et s'essuie la bouche, visiblement saisi par le franc-parler de Léonie. Elle en profite pour ajouter :

— J'entends dire de drôles de choses sur notre compte… jusque dans vos revues savantes !

— Je vous assure, chère madame, que j'ignore l'origine de toutes les… remarques condescendantes dont les sages-femmes sont l'objet. Pour ma part, je ne peux que me réjouir de leur compétence et, surtout, de leur empressement à prendre soin même des femmes les plus pauvres.

— Bien entendu, cher Marcel, je ne vous visais pas personnellement, s'empresse de préciser Léonie. J'apprécie beaucoup la relation de confiance mutuelle que nous avons établie au cours des années.

— J'en dirais de même, reconnaît-il à son tour avec un franc sourire, en inclinant la tête vers elle. Ce n'est un secret pour personne que vous êtes ma sage-femme de prédilection. Si je pouvais le faire sans froisser quelques susceptibilités, je vous enseignerais certaines techniques opératoires et l'usage des instruments !

Étonnée par cette déclaration inattendue, Léonie interrompt le mouvement de sa fourchette à sa bouche. Interceptant le regard ahuri de son apprenti, Provandier affirme avec force :

— Vous m'avez parfaitement entendu, Bastien ! Mme Montreuil est plus douée avec les femmes en couches que la plupart de mes confrères médecins, tenez-vous-le pour dit !

Plutôt rouge, il avale quelques gorgées de vin, puis il laisse tomber :

— Les médecins estiment posséder une science assez complète pour procéder à des accouchements. Malheureusement, dans le but de convaincre la clientèle, peut-être se livrent-ils à des attaques… maladroites.

Léonie répond d'un ton légèrement moqueur :

– L'empressement des médecins auprès des femmes en couches a bien peu à voir, il me semble, avec la gloire du savoir médical. Ils sont surtout les meilleurs… pour avoir accès au porte-monnaie des maris.

Célina tousse et porte sa serviette à sa bouche, tandis que Bastien Renaud prend un air indigné et que Fortier, toujours porté par l'allégresse due à sa condition de nouveau père, lance avec bonne humeur à Provandier :

– Moi aussi, j'ai cru constater que les médecins – je ne vous vise pas, docteur – aiment bien la couleur de l'argent !

Un léger ronflement réduit la tablée au silence. Toutes les têtes se tournent vers Flavie, qui dort profondément, appuyée contre le dossier, la bouche grande ouverte. Un rire court autour de la table. Léonie s'essuie les lèvres et repousse son assiette :

– Je vous remercie pour cet excellent repas. Néanmoins, nous devons vous quitter. Ma fille n'a pas encore l'habitude de ces longues journées de travail…

D'un ton qui n'admet pas de réplique, Marcel Provandier offre de les conduire, dans son boghei, jusqu'au faubourg Sainte-Anne. Le médecin et son apprenti grimpent sur le siège du cocher, laissant les deux femmes s'installer sur le siège arrière et se couvrir les jambes d'une fourrure. Ranimée par l'air froid, Flavie ouvre de grands yeux sur la ville nocturne qu'elle a si peu l'occasion de contempler.

Les torches allumées par les veilleurs de nuit et accrochées à intervalles réguliers sur les murs extérieurs des maisons sont remplacées, sur les grandes artères, par l'éclairage au gaz dont la lueur intense fascine la jeune fille. Flavie observe avec curiosité les silhouettes féminines qui se tiennent debout à proximité de certains lampadaires. Elle a compris depuis longtemps de quelle manière ces prostituées vendent à leurs clients le plaisir que leur corps peut donner. Elle s'imagine à leur place, obligée de se soumettre à tous les hommes qui l'abordent, les gros comme les maigres, les sales comme les ivrognes, et elle frissonne de dégoût. Quel commerce étrange et dégradant, et comme ces femmes doivent souffrir malgré leur gouaille apparente !

Marcel Provandier et Bastien Renaud discutent avec une animation inusitée et, soudain, le jeune homme se tourne vers elles en désignant un point à l'horizon :

— On dirait que ça brûle par là-bas !

Les deux femmes se redressent du mieux qu'elles peuvent tout en préservant leur équilibre. Vers le sud-ouest, vers le faubourg Sainte-Anne, le ciel est éclairé par une lumière jaune. Flavie crie :

— C'est par chez nous !

Pour toute réponse, le docteur fouette son cheval. Au loin, les cloches des casernes sonnent, appelant les pompiers volontaires à la tâche. Des volets claquent et des têtes apparaissent, scrutant l'horizon, s'interpellant avec inquiétude. Envahie par une crainte vive, Flavie jette un coup d'œil à sa mère. Blême, se mordant l'intérieur des joues, Léonie est tout entière tendue vers l'avant, comme si sa seule volonté pouvait forcer le cheval à accélérer son allure. La jeune fille entend le docteur rappeler à son apprenti que, depuis l'incendie du faubourg Québec, en 1825, où plus d'une centaine de maisons avaient été détruites, la ville avait été, par la grâce de Dieu, épargnée par ce fléau…

Plutôt que de descendre par la rue McGill vers la rue Saint-Joseph, le docteur pénètre dans le faubourg Saint-Antoine par la rue du même nom. Retrouvant ses couleurs, Léonie lance avec allégresse à Flavie, en lui étreignant l'épaule :

— Ce n'est pas chez nous, c'est plus bas, vers Griffin-town !

D'abord intensément soulagée, Flavie s'inquiète de nouveau en songeant à Daniel et à sa famille qui, comme bon nombre de leurs compatriotes, ont choisi de s'installer dans ce quartier à leur arrivée à Montréal, en 1839. Tout ce territoire appartenait auparavant à un Irlandais prospère, Robert Griffin, qui l'a ensuite revendu en lots parés à bâtir pour répondre à la demande pour de nouvelles habitations, à la suite de l'accroissement de l'immigration irlandaise.

Obliquant vers le sud, le boghei parvient sans encombre rue Saint-Joseph, où une bonne partie de la population est dans la rue qu'éclaire une lueur de soleil couchant. Lorsque le docteur stationne devant leur maison, Simon dévale les marches de la galerie et vient ouvrir la portière. Après un échange de salutations, le boghei s'ébranle de nouveau et disparaît dans une rue transversale. Immédiatement, Léonie s'informe de l'emplacement exact de l'incendie, mais Simon hausse les épaules avec impuissance et explique que Laurent est allé aux nouvelles.

Sautant comme un cabri, le visage creusé par la crainte, Cécile veut entraîner sa sœur vers le lieu du sinistre, mais leur père s'y oppose formellement. Les maisons peuvent s'embraser en un clin d'œil, affirme-t-il, et le péril est grand de se retrouver encerclé par les flammes. Cécile a beau protester que ce n'est pas juste puisque Laurent est déjà là-bas, Simon demeure inflexible.

Personne ne dort à Montréal, cette nuit-là, tandis que l'incendie, alimenté par des vents puissants, dévore une soixantaine de maisons et d'édifices. Pour en arrêter le progrès, en l'absence de réservoirs d'eau dans Griffintown, l'artillerie doit se résoudre à placer un baril de poudres dans une maison de brique et à la faire sauter.

Laurent rentre à la fin de la nuit, sale et fourbu, et rassure sa famille : le domicile des Hoyle a été épargné et aucun habitant, à ce qu'il sache, n'a perdu la vie. Le feu, qui a pris naissance dans une brûlerie de café, est quand même un désastre économique puisque plusieurs fabriques sont réduites en cendres, dont la très moderne manufacture de clous coupés, propriété de M. Wragg, mue par la vapeur. L'hiver prochain, le spectre de l'indigence viendra hanter plusieurs familles.

CHAPITRE VI

La grisaille de novembre est bien installée quand a lieu l'un des événements mondains les plus courus de la saison : le bazar annuel de l'Asile de la Providence. Pour l'occasion, Léonie et ses deux filles revêtent leurs plus belles jupes, celles qu'elles portent chaque dernier dimanche du mois, lorsqu'elles vont à la messe. Laurent, qui a décidé de les accompagner, se rase et se coiffe soigneusement, attachant ses cheveux en queue-de-cheval. Il emprunte ensuite à son père sa plus belle veste et noue un foulard autour de son cou.

Tous quatre se mettent en route, bien protégés de la bise par leurs vêtements d'hiver. Vingt minutes plus tard, après avoir croisé la rue McGill, ils se retrouvent dans l'animation de la grande place d'Youville. Empruntant la rue des Enfants-Trouvés, ils longent le mur du couvent des sœurs grises, faisant de leur mieux pour éviter la cohue aux environs du nouveau marché Sainte-Anne. Depuis la construction à la hâte, l'année précédente, d'un bâtiment en bois d'une taille imposante pour abriter les bouchers, poissonniers, maraîchers et vendeurs de volailles chassés de l'ancien marché, la place a pris une allure qui les surprend encore.

Dépassant cette nouvelle halle qui attire continuellement une nombreuse clientèle féminine encombrant la rue au point que les attelages ont peine à se frayer un chemin, tous quatre arrivent à proximité de l'ancien marché où siège maintenant, depuis un an, le Parlement du Canada-Uni. Chaque fois qu'elle voit cet immense bâtiment en pierre de taille, long de plus de trois cents pieds, Flavie est émerveillée par son aspect monumental et par sa beauté harmonieuse. La partie centrale, un peu plus élevée que le corps du bâtiment, est coiffée d'un campanile.

Les commerçants délogés se plaignent, à juste titre, d'y avoir perdu au change. Non seulement la nouvelle halle en bois est peu éclairée et étouffante pendant l'été, mais ils n'ont plus l'usage des commodités modernes de l'ancien marché Sainte-Anne inauguré en 1832. Pour canaliser la rivière Saint-Pierre, qui coule au centre de la place, un égout collecteur en pierre entre le pont de la rue McGill et le fleuve avait été construit au début du siècle. Dans un éclair de génie dont Simon, amateur de nouveautés, tire autant de fierté que s'il en était l'auteur, les architectes avaient résolu d'ériger l'ancien marché directement au-dessus, pour tirer profit de l'eau courante.

Par un beau jour du printemps dernier, les trois enfants Montreuil, accompagnés par Simon, ont visité cet impressionnant sous-sol qui abritait, avant le déménagement des commerçants, trente-deux appartements, principalement pour les vendeurs de lard et de poissons. La partie supérieure de l'égout émergeait du sol et près d'une trentaine de celliers y étaient adossés, profitant de la fraîcheur constante. Dans le haut de la voûte du collecteur, des puits étaient pratiqués afin que les vendeurs du marché puissent y jeter directement leurs déchets et les eaux de lavage. Véritable chef-d'œuvre de maçonnerie, cette voûte mesurait plus de douze pieds de large et près de neuf pieds de haut.

Puisque, en cette fin d'automne 1845, la session parlementaire n'est pas encore commencée, les abords du marché transformé en parlement sont relativement tranquilles. Rien à voir avec la foule compacte qui, au tout début de l'année, assistait à l'ouverture de la première session à Montréal du gouvernement du Canada-Uni! Le gouverneur général, Lord Elgin, accompagné de son état-major en grande tenue, y faisait son entrée solennelle au son de la fanfare, tandis qu'une salve de vingt et un coups de canon était tirée de l'île Sainte-Hélène.

Quittant la place d'Youville, Léonie et ses trois enfants marchent encore pendant une dizaine de minutes avant d'atteindre l'Asile de la Providence, dont l'entrée a été pavoisée pour la circonstance. Dans la plus grande pièce du rez-de-chaussée, décorée de guirlandes et de fleurs, une douzaine de tables sont dressées et recouvertes de jolies nappes. Au milieu d'un certain brouhaha, de nombreuses femmes, secondées par les pensionnaires âgées de l'asile, sont en train d'y disposer une multitude d'articles. Un coin consacré aux gâteries et aux rafraîchissements attire immédiatement la convoitise de Cécile et de son grand frère, qui savent cependant qu'ils n'ont pas les moyens de s'offrir le champagne et les crèmes qui y seront vendus.

Léonie est remplie d'admiration devant le travail colossal abattu par les membres du conseil d'administration de l'organisme, dont son amie Marie-Claire Garaut. Toutes ces femmes pourraient consacrer leur temps à des occupations plus futiles, mais elles se dépensent sans compter, pendant des mois, pour organiser cette activité de financement vitale pour la survie de l'asile. Après avoir quêté pour amasser des fonds en vue d'acheter le matériel nécessaire à la confection de vêtements ou de bibelots variés, elles deviennent peintres ou brodeuses, couturières ou fleuristes, tout en sollicitant les différents journaux de la ville pour assurer une publicité suffisante à l'événement. Elles recrutent le personnel féminin qui sera sur place pendant le bazar, qui peut durer jusqu'à sept jours et au cours duquel une partie des articles est vendue et l'autre, tirée à la loterie. Bien des messieurs viendront se régaler du spectacle des dames et des demoiselles qui, souriantes et charmantes, vont et viennent entre les invités pour les encourager à ouvrir leurs porte-monnaie et à faire l'acquisition d'un des nombreux objets confectionnés à la main : cadres et images, coiffes pour dames, fleurs artificielles et poupées, robes et tabliers…

Dès que Marie-Claire les aperçoit, elle trotte vers eux et leur fait l'accolade, puis elle glisse à Laurent :

— Là-bas, dans le fond, Mme Hébert a des problèmes avec sa table. Une des pattes n'est pas solide. Tu voudrais bien lui offrir ton soutien ?

Sans tarder, Laurent file dans cette direction, bientôt happé par un groupe de dames agitées et volubiles. Les quatre femmes se dirigent vers une table à moitié dressée, derrière laquelle se trouve une Suzanne en grande tenue, les cheveux remontés en une incroyable sculpture qui suscite les exclamations admiratives de Cécile et de Flavie. Plutôt mortifiée, cette dernière ne peut s'empêcher de songer à quel point sa propre jupe est terne et son corsage, simple. Quant à sa coiffure, deux tresses ornées de jolis rubans, elle serait davantage appropriée pour la foire aux animaux de Longueuil… Lorsqu'elle croise le regard de sa mère, cette dernière lui fait un clin d'œil et

Flavie se réconforte en se remémorant les remarques malicieuses de Léonie sur la tyrannie de la mode.

— Va te reposer un peu, suggère Suzanne à sa mère. Tu es à l'ouvrage depuis ce matin. Toutes les trois, nous allons organiser cette table en moins de dix minutes.

Marie-Claire ne se fait pas prier et, avec un sourire reconnaissant, elle s'éloigne au bras de Léonie, se promenant à travers les autres pièces du rez-de-chaussée où elles surprennent de vieilles dames à moitié infirmes absorbées dans quelque tâche. Marie-Claire a les traits tirés et Léonie lui reproche gentiment son emploi du temps trop chargé. Haussant les épaules, son amie répond négligemment :

— Organiser le travail de mes domestiques, préparer des réceptions… Rien de bien compliqué, n'est-ce pas ? Même la plus stupide des épouses y réussirait.

— Ne dis pas de sornettes. Je t'ai vue faire. C'est un véritable atelier que tu diriges, avec plusieurs ouvrières ! Si tu ajoutes le temps que tu consacres aux bonnes œuvres…

— Je ne peux plus m'en passer, murmure Marie-Claire en lui souriant doucement. C'est étonnant, n'est-cc pas ? Au début, j'ai eu envie de me joindre au conseil de l'asile pour le bien commun, pour contribuer à soulager des souffrances. Mais j'y ai trouvé un si grand contentement… Si j'ai un peu de difficulté à dormir ces jours-ci, ce n'est pas à cause de mes occupations.

En tâtonnant, son amie défait les deux premiers boutons de son corsage et passe sa main à l'intérieur, comme pour y faire pénétrer de l'air frais. Sans regarder Léonie, elle laisse tomber :

— Quand je me couche, je suis pourtant épuisée, mais je me mets à penser à toutes sortes de choses, si tu savais comme ça tourne dans ma tête! Léonie, je n'en peux plus de me faire torturer au confessionnal! Ça me rend malade. Je sais que tu me comprends, n'est-ce pas? Il y a si peu de personnes à qui je peux en parler!

Léonie l'encourage en plaisantant à demi:

— Allez, Marie-Claire, déboutonne-toi!

— Depuis que je suis petite, j'entends dire que les femmes ont été créées par Dieu pour être les compagnes des hommes et pour élever leurs enfants. Pour ma mère, c'était parfaitement clair: comme elle, j'étais vouée à épouser un homme de mon rang, et c'était là mon seul destin possible. Beaucoup de femmes obligées de travailler me traiteraient de folle et prendraient volontiers ma place mais… chaque soir, je me couche plus triste. J'ai l'impression d'étouffer, Léonie, bien pire qu'avec mon corset. Je voudrais… ah, je ne sais pas quoi, mais je voudrais autre chose! J'ai une vie rêvée parce qu'elle me laisse tous mes loisirs, et pourtant…

— Mais comment est-ce que tu peux occuper ces loisirs? Voilà où le bât blesse: en tant que femme mariée, en tant que bourgeoise, tu n'as aucune liberté! Tu es obligée de t'adonner à la broderie ou aux commérages!

— J'ai eu l'imprudence de m'en ouvrir à mon confesseur. Il m'a imposé des jeûnes, des récitations de chapelets…

Malgré l'expression désemparée de son amie, Léonie pouffe de rire et Marie-Claire finit par se laisser gagner par son accès d'hilarité. Essuyant ses yeux humides, Léonie articule:

— Ma pauvre chérie! Les curés sont bien les derniers auxquels tu devrais te confier!

Retrouvant brusquement son sérieux, Léonie ajoute :

— La seule préoccupation des hommes d'église, c'est de s'assurer que leurs paroissiens, surtout les femmes, sont fidèles à leurs enseignements. N'oublie jamais, Marie-Claire. Quand il s'agit des femmes, les prêtres n'ont aucune pitié.

Un brouhaha de plus en plus sonore leur parvient de la grande salle. Après un moment de silence, Marie-Claire murmure :

— Je dois y retourner.

— N'oublie pas de te reboutonner, indique Léonie avec affection.

Marie-Claire la quitte sans rien ajouter et Léonie se tourne vers la fenêtre qui donne sur une rue transversale où plusieurs attelages sont garés. Les cochers, parfois trop légèrement couverts, font les cent pas en discutant avec animation. Vibrante d'une exaspération perpétuellement ravivée, Léonie peste contre les ravages provoqués par l'obstination des hommes d'église à vouloir convertir. Chacun a bien le droit de croire, mais il devrait être interdit d'obliger les autres à penser de même !

Se dirigeant lentement vers la salle du bazar, Léonie songe que son amie est comme un volcan éteint dont la lave bouillonnante atteint presque la surface. Bientôt, en explosant, ce volcan fera fondre sur son passage cette couche de vernis, cette affectation des manières inculquée dès l'enfance et qui réduit les femmes du monde au rang de poupées maniérées. Du moins, c'est ce que Léonie souhaite de toute son âme, refusant que Marie-Claire devienne une de ces femmes un peu dérangées qui promènent entre les murs de leur logis une langueur malsaine ! Indifférentes à tout ce qui n'est pas conversation légère, elles développent un intérêt morbide pour les afflictions qui prennent lentement possession de leur corps trop sage et trop policé!

Les portes de l'asile viennent d'ouvrir et déjà plusieurs dizaines de personnes, beaucoup de dames seules, mais aussi des couples, vont de table en table. Laurent et Cécile se baladent bras dessus, bras dessous, tandis que Flavie et Suzanne accueillent les visiteurs. Léonie vient les rejoindre, se tenant à quelque distance. Elle observe la fondatrice de l'œuvre en train d'accueillir les gens à l'entrée, frêle silhouette presque entièrement dissimulée sous la lourde et austère robe de sœur. Quelle femme courageuse, songe Léonie, qui a perdu non seulement son mari, mais aussi ses enfants à un âge tendre. Elle a trouvé du réconfort dans sa foi, tentant de donner un sens à sa vie dévastée par les pertes en prenant soin des plus démunis.

Émilie Tavernier-Gamelin a pris le titre de supérieure lorsque son organisme a pris, par les bons soins de l'évêque de Montréal, le statut de communauté religieuse. Léonie a encore de la difficulté à s'habituer au nouvel état de la fondatrice, qui lui impose maintenant une stricte réserve. Elle ne connaît pas la veuve en personne, mais elle l'a souvent croisée depuis son arrivée à Montréal. Émilie était l'une des dames de la charité les plus entreprenantes de la ville, fondant, en plus de ce refuge pour femmes âgées et infirmes, une association de dames, véritables servantes des pauvres qui visitaient ces derniers à domicile et leur apportaient les biens dont ils manquaient cruellement. Ces dames poussaient l'audace jusqu'à sonner chez les riches, pendant leurs réceptions, pour quémander les débris des festins et même de belles parures…

Léonie est tirée de ses réflexions par Scholastique Thompson, la mère d'Alice Lefebvre qu'elle a accompagnée au début de l'automne.

— Chère Léonie, vous voilà bien pensive! s'exclame la vieille dame en lui tendant les deux mains en guise de salutation.

— Il le faut parfois. Trop de choses étranges dans notre petit monde méritent réflexion! Alice se porte bien?

Les deux femmes devisent avec légèreté pendant quelques minutes, puis un branle-bas à l'entrée attire leur attention. Vêtu de sa robe noire et coiffé du chapeau des sulpiciens, Philibert Chicoisneau avance, entouré par deux vicaires et par un véritable attroupement. Il serre les mains tendues vers lui tout en prêtant l'oreille aux deux religieuses qui lui désignent les différentes tables chargées d'objets et lui présentent les dames de la charité qui en prennent soin.

Avec malice, Léonie remarque :

— Il est de bonne heure. Il ne veut absolument pas rencontrer l'évêque!

— De toute façon, estime Scholastique, il finira bien par lui céder. Il n'aura pas le choix. Tous les curés sont soumis à leur évêque, la loi religieuse est ainsi faite.

Léonie proteste :

— Tout à coup, parce que Rome établit un diocèse et nomme un évêque, il faudrait qu'ils aillent se coucher comme des chiens obéissants. Ces messieurs sont les seigneurs de Montréal!

— Plus pour très longtemps. Les doléances sont vives au sujet du régime seigneurial, qui freine le développement économique, et nos gouvernements prennent les moyens pour l'abolir.

— Sulpicien ou évêque, grommelle Léonie, c'est du pareil au même. Des hommes qui se couvrent d'une soutane pour nous faire croire que Dieu parle à travers eux!

Scholastique Thompson glousse légèrement :

— J'avoue qu'on pourrait se demander, à première vue, à quelle espèce ils appartiennent.

— Ils ne sont pas ce qu'ils prétendent être, murmure Léonie. Ils jouent un rôle.

Craignant subitement d'avoir offensé la vieille dame, Léonie lui jette un regard circonspect. Mais Mme Thompson détaille sans vergogne le curé qui est encore à quelque distance d'elles. Léonie ne peut s'empêcher d'ajouter :

— Leur costume ne m'impressionne pas. C'est pareil lorsque je fais face à une dame en grande toilette ou à un homme en habit et haut de forme. J'imagine ce qu'il y a dessous.

Scholastique Thompson pouffe de rire et demande, le regard malicieux :

— Avec moi aussi?

— Ce n'est pas nécessaire, répond Léonie en rougissant. Vous ne cherchez pas à m'impressionner ni à vous donner une fausse dignité. La vôtre est naturelle.

Visiblement touchée, la vieille dame serre le bras de Léonie. Puis, levant la tête pour la regarder droit dans les yeux, elle lui murmure avec gravité :

— Prenez garde de ne pas trop choquer, Léonie. Toute vérité n'est pas bonne à dire.

Voyant le cortège s'approcher de leur table, Léonie tire Mme Thompson derrière les deux jeunes filles souriantes et pleines d'aplomb. Dès que le curé pose les yeux sur elle, Suzanne Garaut lui désigne quelques articles particulièrement réussis. Léonie observe les deux vicaires en retrait derrière lui, remarquant que la lueur d'intérêt qui brille dans les yeux de l'un d'entre eux est surtout dirigée vers les formes généreuses de la demoiselle.

Pendant sa jeunesse, fréquentant le confessionnal, Léonie avait été offusquée par la façon dont certains prêtres aimaient fouiller la vie intime de leurs paroissiennes. Les discussions avec Simon et quelques lectures avaient confirmé son malaise tenace. Des siècles auparavant, la chasteté absolue et perpétuelle était devenue une exigence pour faire partie non seulement des communautés religieuses, mais aussi du clergé paroissial catholique. Prenant un ascendant souverain sur la chair, l'esprit s'assurait à coup sûr l'immortalité au royaume des cieux… Le jugement dernier était peut-être imminent et les plus fervents ne voulaient pas comparaître souillés devant Dieu.

Le clergé avait donc élaboré, pour ses membres, une morale religieuse très sévère et la propagation de cet idéal de continence dans la vie privée de tout un chacun soulevait l'indignation de Léonie. Aux yeux des curés, seul le mariage justifiait la rencontre des corps, et cela uniquement dans un but de procréation. La seule position acceptable était celle « du missionnaire », parce qu'elle favorisait une progression optimale de la semence de l'homme à l'intérieur de la femme. La morale catholique prescrivait même aux époux fidèles diverses périodes de continence : les dimanches, les jours de fête religieuse et pendant le carême, mais également après un accouchement, pendant les règles et avant la communion.

Comme les prêtres ne pouvaient pas surveiller leurs ouailles jusque dans l'intimité de leurs étreintes, ils tentaient de leur inculquer dès l'enfance une formidable peur du péché de chair, lequel précipitait les pécheurs, advenant une mort subite, tout droit dans les flammes de l'enfer. Ils tiraient profit des angoisses humaines bien normales devant la mort pour soutirer au pénitent, dans le secret du confessionnal, de nombreuses confidences.

Un coup de coude de Mme Thompson fait réaliser à Léonie que M. Chicoisneau la dévisage. Elle le salue d'un léger signe de tête.

— Je reviens dans quelques minutes, madame Montreuil. J'ai à vous causer.

Le cortège s'éloigne et Léonie croise le regard interrogateur de Scholastique Thompson. Tandis que Marie-Claire, rouge de chaleur, les rejoint en s'éventant vigoureusement, elle lui relate l'épisode au presbytère, plus d'un mois plus tôt, avec la famille Parisot. Elle conclut en haussant les épaules :

— Je crois que mon curé est froissé parce que je n'ai pas trouvé de solution à son problème.

La vieille dame demande malicieusement :

— Avez-vous vraiment essayé ?

Se penchant vers ses deux interlocutrices, Léonie répond avec un sourire en coin :

— Entre vous et moi, pas vraiment.

— Revoilà notre homme, murmure Mme Thompson.

Seul à présent, Chicoisneau se faufile parmi la foule maintenant compacte, répondant à quelques saluts sans s'attarder et abrégeant une tentative de conversation. Il s'approche de la table et, après avoir présenté ses hommages à toutes les femmes qui s'y trouvent, il blâme Léonie, à mots couverts, de son silence à sa requête. Elle rétorque vivement :

— Mais ce n'est pas faute d'avoir essayé, monsieur ! N'est-ce pas, Marie-Claire, que je t'ai expliqué le problème et la solution recherchée ? Bien entendu, j'ai tenu le nom de la famille tout à fait secret.

Après un moment de flottement, Marie-Claire affirme, en regardant son curé droit dans les yeux :

— Dès qu'elle est sortie du presbytère, Léonie s'est dirigée tout droit chez moi.

Simulant une expression de reproche, Scholastique Thompson lance à son tour :

— Oubliez-vous, Léonie, que vous m'avez fait part, à moi aussi, de votre mission ?

Se rapprochant du curé qui se penche pour l'entendre, elle ajoute à mi-voix, avec un air préoccupé :

— La difficulté était quand même presque impossible à résoudre, cher monsieur. Abriter une jeune fille en secret pour ses couches, c'est comme être complice d'un péché mortel.

— Il faut savoir faire preuve d'indulgence envers un comportement fautif, certes, mais que la pénitente regrette profondément, pontifie le curé, promenant son regard sur ses interlocutrices. La jeune fille en question est fort sage d'habitude et j'étais convaincu qu'elle se repentait de sa conduite.

— Le refuge de la veuve Jetté devrait pourtant faire très bien l'affaire, reprend Léonie. N'a-t-on pas encouragé son existence justement pour répondre à un tel besoin ?

— Mme Jetté vit dans un très grand dénuement. Cela ne convient pas nécessairement à toutes.

Mais surtout, l'évêque de Montréal a acquis un grand ascendant sur Rosalie, songe Léonie, en ajoutant à haute voix d'un ton dubitatif :

— Trouver une femme vivant seule et retirée, et de surcroît parée à héberger une telle pensionnaire…

— La solution pour vous serait de patronner un nouveau refuge, lance Marie-Claire pour clore la discussion. Ne trouvez-vous pas, monsieur? Tous vos ennuis seraient réglés.

Surprise par cette idée inattendue, Léonie considère son amie un moment avant de répliquer:

— Mais il existe déjà une excellente maternité à Montréal! N'importe qui peut se présenter à l'University Lying-In et être pris en charge par de très bonnes sages-femmes!

— Il faut se méfier d'un organisme tenu par des protestantes, objecte le curé avec irritation, un grand pli lui barrant le front. Je ne crois pas à leur prétendue neutralité. Les catholiques courent de grands dangers à fréquenter des hérétiques.

— La véritable solution est simple, déclare Léonie sans se démonter. Les jeunes filles doivent accoucher chez elles, tout simplement.

— Madame Montreuil, assène le curé, glacial, les péchés capitaux les plus graves sont ceux qui provoquent un scandale, parce qu'ils corrompent tous ceux qui croisent le chemin des pécheurs. Il faut donc tout faire pour en éviter un.

Le silence tombe entre eux et l'un des deux vicaires, qui se tenait à quelque distance, en profite pour appeler:

— Monsieur Chicoisneau! Il nous faut partir!

Levant une main pour lui signifier qu'il a compris, le curé pose sur Marie-Claire un regard spéculatif.

— Fonder un nouveau refuge... L'idée n'est pas si mauvaise, quand on y pense. Seriez-vous prête à vous en charger, madame Garaut?

— Moi ? s'écrie Marie-Claire, interloquée. Quelle drôle d'idée ! Je n'ai aucune expérience dans une fondation et…

— Ne vous diminuez pas, chère madame. À l'asile, tout le monde n'a que des éloges pour vos capacités d'organisation.

Scholastique Thompson intervient :

— Sauf votre respect, monsieur le curé, je crois que vous sous-estimez le travail formidable qu'exige une telle œuvre.

— Vous vous trompez, réplique dignement le curé. J'en suis fort conscient. Mais le sens de la charité, fort apprécié par les autorités religieuses, est l'une des plus belles vertus des dames de Montréal, qui sont prêtes à consacrer de longues heures à de si nobles desseins.

— Sans aucun doute que les finances de la Société de Saint-Sulpice sont déjà suffisamment grevées par le soutien aux œuvres charitables existantes, rétorque la vieille dame avec obstination.

— Si un besoin nouveau se fait sentir… Je compte sur votre visite dans les prochains jours, madame Garaut. Je voudrais en discuter avec vous.

Après un léger salut, l'homme de robe tourne les talons et s'éloigne. Dépassée par les événements, Marie-Claire mordille sa lèvre inférieure, puis elle se penche vers Léonie en demandant :

— Est-ce que j'ai bien entendu ? Chicoisneau souhaite me voir fonder un nouveau refuge pour les pauvres femmes enceintes ?

Léonie prend le temps de lui expliquer que les maternités, qui sont monnaie courante en Europe, sont une nouveauté ici, au pays. Elles sont souvent fondées par des femmes laïques pour offrir aux démunies un toit pour accoucher, mais les médecins ont rapidement compris le potentiel d'apprentissage qu'elles offraient. Le Lying-In de l'École de médecine de McGill, par exemple, a été fondé deux ans auparavant principalement pour offrir aux étudiants en médecine la possibilité d'acquérir une expérience pratique auprès des femmes en couches.

— Alors tu vois, conclut Léonie en souriant, les maternités servent un peu à tout le monde… y compris aux curés qui peuvent y cacher les demoiselles qui se retrouvent dans un état… intéressant.

Scholastique Thompson remarque :

— Le Lying-In est déjà très sollicité, paraît-il, surtout par les immigrantes irlandaises.

— C'est sa principale clientèle, acquiesce Léonie. Vous savez comme moi à quel point plusieurs de ces femmes sont dans une extrême pauvreté…

— Et tu crois vraiment, Léonie, qu'une nouvelle maternité serait utile ?

— Notre ville grandit, notre monde change si vite… Beaucoup de femmes ne peuvent compter sur personne d'autre que sur elles-mêmes lorsqu'elles accouchent.

Émue soudain, Léonie poursuit d'une petite voix :

— Si tu savais comme ça me rend triste… Parce que, s'il y a un moment où une femme a besoin des autres, c'est bien celui-là. Nous avons alors tant besoin d'être entourées et soutenues…

Mme Thompson confie à Marie-Claire :

— Je n'ai plus beaucoup de forces, mais j'ai un peu de biens et si vous fondez un nouveau refuge, je suis parée à vous aider dans la mesure de mes moyens.

Marie-Claire promène de l'une à l'autre un regard abasourdi, puis elle murmure :

— Merci beaucoup pour votre offre, madame Thompson. Je vais penser à tout ça…

Reprenant conscience du bruit ambiant et de la chaleur lourde qui règne dans la salle, Léonie s'ébroue et déclare subitement:

— J'ai besoin d'air. Je te laisse mes enfants, mais je tiens à ce qu'ils rentrent avant six heures, d'accord?

Marie-Claire lui répond par un signe de tête. Léonie jette un coup d'œil à Suzanne, souriante et empourprée, en train de bavarder avec un jeune journaliste de *La Minerve*, tandis que Flavie tend l'oreille vers eux. À cet instant, elle s'en veut de laisser ses enfants être tentés par tant d'inaccessibles objets de luxe et côtoyer des gens qui ne sont pas de leur monde… Poussant un soupir résigné, elle se fraie un chemin à travers la foule.

Pendant tout le reste de la journée, Léonie est trop occupée pour avoir le loisir de penser, mais lorsqu'elle se couche à côté de Simon, qui dort déjà à poings fermés, elle ne peut s'empêcher d'imaginer à quel point le sort des femmes enceintes démunies serait amélioré si une nouvelle maternité francophone était fondée dans la paroisse de Notre-Dame de Montréal. Le refuge mis sur pied par la veuve Rosalie Jetté et trois autres sages-femmes ne suffit pas à la demande et plusieurs sont allergiques à l'atmosphère bigote qui y règne.

Depuis le début du siècle, il existe, dans la ville de Québec, une maison qui reçoit les femmes sans ressources sur le point d'accoucher et qui engage également un groupe d'accoucheuses éminentes pour accompagner à domicile d'autres femmes pauvres pendant leur délivrance. Cette Société compatissante, dirigée par un groupe de femmes laïques francophones et anglophones, s'occupe d'une clientèle grandissante. Dotées d'une bonne indépendance d'esprit, les administratrices tiennent à garder la haute main sur les activités et refusent de remettre une partie du pouvoir décisionnel à un aumônier, au curé de la paroisse et, ultimement, à l'évêque du diocèse…

Les évêques considèrent que leur autorité doit légitimement régner sur tout et partout, jusque dans les modestes œuvres fondées par des femmes en vue de venir en aide à leurs semblables, mais Léonie rêve d'une organisation où la religion n'aurait rien à voir avec le cours ordinaire des choses. Elle imagine un abri à l'écart du monde et des hommes, une grande salle claire, avec des paillasses fraîches aux draps propres. Il y aurait une alcôve pour le moment de la délivrance et une ou deux chambres privées pour les femmes plus fortunées. Elle dirigerait une équipe de plusieurs sages-femmes, qui non seulement aideraient les femmes sur place, mais qui se rendraient dans les modestes logis de la ville…

Elle dirigerait? Léonie se tourne vivement sur le côté, troublée par le cheminement de sa pensée. Depuis quelques années, elle se sent vaguement insatisfaite. Ce n'est pas qu'elle s'ennuie à accompagner les femmes, mais il lui semble qu'elle possède d'autres capacités qui ne demandent qu'à s'épanouir. Tout le monde la considère comme une des meilleures sages-femmes de la ville, presque aussi savante que toutes ces dames anglaises qui ont été formées au Royaume-Uni, et si Léonie est persuadée qu'il lui en reste encore énormément à apprendre, elle est consciente de la valeur de son expérience et de ses capacités.

Léonie doit l'essentiel de son savoir à sa tante Sophronie, mais, encore toute petite, elle était déjà fascinée par les femmes enceintes et elle examinait les nouveau-nés de sa famille avec beaucoup d'attention, se demandant par quel miracle ils étaient fabriqués avec autant de finesse et de précision dans le ventre de leur mère. Les quelques enfants du voisinage nés infirmes la plongeaient dans un abîme de questions... Sophronie avait remarqué l'intérêt de sa nièce pour la science de l'enfantement et elle avait promis de lui enseigner son métier plus tard, quand Léonie aurait porté et mis au monde quelques enfants. C'était la tradition, du moins dans les campagnes : on devenait sage-femme à un âge mûr.

Mais alors que Léonie venait de fêter ses onze ans, Éloyse, sa mère, avait perdu la vie en mettant au monde un enfant mort-né. Accablée de chagrin, la fillette avait été envahie par un sentiment d'impuissance si insupportable que, à l'insu de sa tante, elle avait commencé à feuilleter l'un des deux vieux bouquins dont Sophronie avait hérité. Au début, Léonie trébuchait sur chaque mot et l'essentiel du texte lui semblait du charabia ; mais à force de déchiffrer, elle avait acquis une aisance grandissante. À douze ans, elle avait lu le livre au complet. Le deuxième livre, écrit en anglais, s'était révélé un défi presque insurmontable jusqu'à ce qu'elle apprenne les rudiments de cette langue au contact d'un jeune Irlandais adopté par une famille du village.

Comme Sophronie n'avait qu'un seul fils et que son mari était mort depuis plusieurs années, victime d'un accident, elle s'était installée chez son frère Jean-Baptiste pour prendre soin de Léonie, de ses deux frères et de ses deux sœurs. Un jour, alors qu'elle décrivait à une amie une délivrance particulièrement compliquée, Léonie n'avait pu s'empêcher de lui indiquer que Mme Bourgeois, dans son chapitre neuvième, proposait diverses solutions à un tel problème… Dans la discussion qui avait suivi, Léonie avait supplié sa tante de lui permettre d'entreprendre son apprentissage à ses côtés. Son travail sur la ferme familiale, assez prospère, n'était pas indispensable au point qu'elle ne puisse consacrer à sa formation une certaine partie de son temps.

C'était Sophronie qui accompagnait Éloyse lors de la délivrance qui l'avait conduite au tombeau et, depuis ce jour tragique, Léonie l'avait bien remarqué, une tristesse diffuse l'accablait. Les deux belles-sœurs partageaient un esprit rebelle qui les rendait réfractaires à beaucoup d'idées reçues, et c'est pourquoi, malgré l'audace de la requête de Léonie, Sophronie n'avait mis que quelques minutes pour se décider. Jean-Baptiste ne s'y était pas opposé. En homme sensible, il s'était bien rendu compte que le bonheur futur de sa fille, si avide d'apprendre, si soucieuse d'aider, et surtout si troublée par la mort de sa mère, en dépendait…

Simon pousse un ronflement sonore et Léonie sursaute, tirée de ses réminiscences et de son endormissement. Elle donne un coup de coude dans les côtes de son mari, qui grogne et roule sur le côté. Depuis qu'elle a emménagé à Montréal, Léonie a lu tout ce qu'elle pouvait trouver, elle a fréquenté les savantes religieuses apothicairesses et les salles de cours de plusieurs médecins de la ville, acquérant une indispensable science médicale. Elle aimerait tant, maintenant, bénéficier d'un endroit aussi formidable qu'un refuge pour discuter avec d'autres sages-femmes, partager ses connaissances et confronter sa science…

Chapitre VII

Dès la fin de l'automne, lorsque le jour tarde tant à naître et que le froid épaissit, la famille Montreuil paresse au lit le dimanche beaucoup plus tard que d'habitude, bien après le lever du soleil. Au chaud sous leurs courtepointes, tous répugnent à affronter la fraîcheur de l'air ambiant. Flavie et Cécile chuchotent en se cachant sous les couvertures, puis Laurent apparaît dans le cadre de la porte, vêtu d'une grande chemise de nuit, et se dépêche de sauter dans le lit et de s'installer entre elles sous la courtepointe. Tous trois gigotent en se donnant de nombreux coups de coude, comme quand ils étaient petits et dormaient ensemble dans le grand lit.

Ce matin-là, Simon finit par crier :

— Laurent, c'est ton tour d'aller partir le poêle !

— C'est pas vrai ! Je l'ai fait dimanche dernier !

— Menteur ! proteste Cécile. C'était moi !

Léonie proclame :

— C'est le jour de la messe !

— Déjà ? s'étonne Flavie. Il me semble que ça ne fait pas si longtemps…

Simon tonne de nouveau :

— Debout, mon fils ! J'ai une faim de loup !

— On a des œufs ce matin ! ajoute Léonie.

Simon et Laurent, pour leur part, ne daignent se rendre à l'église qu'une seule fois par année. Léonie a mis du temps, après leur mariage, à convaincre son époux qu'il était nécessaire qu'il fasse au moins ses Pâques. Non pas pour le salut de son âme : tous deux sont persuadés que la religion est une affaire personnelle et aucun curé, fût-il le plus savant théologien du monde, n'a le droit de leur soutirer des pseudo-péchés ni de leur imposer des pénitences. Mais Simon a finalement compris que le curé de la paroisse était un personnage trop important pour qu'il l'ignore totalement, d'autant plus que tous deux exercent des métiers qui leur donnent une grande visibilité.

Après le déjeuner, Laurent va puiser plusieurs chaudières d'eau dans le puits pour remplir une grande bassine en fer-blanc posée sur le poêle. Pendant ce temps, Léonie et Flavie tendent un grand drap à moitié déchiré dans une encoignure de la pièce. Père et fils y portent la bassine à moitié remplie d'eau fumante et, ce jour-là, Laurent est le premier, à la suite d'un tirage au sort, à pénétrer dans l'alcôve ainsi créée pour se déshabiller entièrement et se laver sommairement. Une fois par mois, chaque membre de la famille se frictionne avec un gros savon de pays, procédant rapidement pour que l'eau soit encore tiède au moment où le cinquième y passe.

Cécile et Flavie prennent le temps de dénouer leurs cheveux et de les brosser longuement, puis chacune refait les tresses de l'autre. Quand Léonie et ses deux filles sortent de la maison et se dirigent d'un bon pas vers la place d'Armes, une couverture de neige fraîche couvre le sol et de lourds flocons leur caressent la joue en tombant du ciel. Cécile s'est jointe à elles uniquement parce qu'elle jouit beaucoup du spectacle de la messe, s'amusant discrètement non seulement des ronflements ou des bavardages de leurs voisins, mais des paroles et des gestes grandiloquents du prédicateur invité qui, aujourd'hui, a décidé de les entretenir de la question du salut.

– Parmi toutes les sciences qui occupent l'homme ici-bas, je n'en connais qu'une seule vraiment nécessaire et digne de toute notre application, science première et fondamentale, d'où découlent toutes les vérités qu'il nous importe de savoir et toutes les règles de sagesse que nous devons suivre. Celui qui la connaît est assez savant, celui qui la pratique est assez heureux, et son oubli ou son ignorance est la source de toutes nos erreurs comme de tous nos désordres. L'affaire de notre sanctification personnelle, l'avons-nous assez sérieusement méditée pour en saisir toute l'importance et en assurer le succès?

Levant son regard vers la voûte de l'église, le prêcheur poursuit:

– Seigneur, parlez vous-même par ma bouche, soyez dans nos cœurs et faites-nous goûter les paroles de la vie éternelle.

Déjà, l'esprit de Flavie vagabonde très loin, hors de ce lieu sombre et humide où les picds gèlent et où les jambes s'engourdissent. Quelle perte de temps que de venir écouter ce maître sans talent! Simon, au moins, sait entraîner ses élèves sur la route tracée par son imagination, pour les laisser ensuite explorer seuls ce pays aussi vaste que les ressources illimitées de la pensée. Flavie comprend pourquoi il est important pour sa mère et elle d'être présentes en ce lieu et de faire croire à une certaine piété, mais elle voudrait tant ne pas être obligée de jouer cette comédie! Elle a parfaitement intégré les grands principes de la religion depuis longtemps et elle s'ennuie mortellement à réentendre perpétuellement ces «grandes vérités» si répétitives, si décourageantes. Tous ceux qui croient que le monde est réellement construit selon ces pseudo-vérités sont des ignares et des crédules!

Comme s'il réagissait à son scepticisme, l'homme de robe poursuit:

– Quelle est notre fin, et quels devoirs nous impose-t-elle? Depuis six mille ans, l'homme n'a cessé de se poser à lui-même cette question. En dehors de la foi, on n'y a répondu que par des systèmes tous plus absurdes les uns que les autres. Que de contradictions dans la philosophie du siècle, que d'absurdités sur notre origine, notre nature et notre destination! La raison seule, aidée de l'expérience, devrait suffire à démontrer que nous ne sommes pas faits pour les plaisirs, les richesses et les honneurs d'ici-bas.

Écœurée par cette rhétorique qui rabaisse tous les courants de la pensée moderne et par le détournement de sens du mot *raison* qui mérite tant de respect, Flavie ferme les yeux avec force dans l'espoir absurde que cela bouche en même temps ses oreilles. Par quels détours de la pensée le prédicateur réussit-il à qualifier de *raisonnables* les superstitions religieuses? Les croyances sont pourtant l'antithèse de la raison, puisqu'elles se veulent indiscutables! Profondément découragée, Flavie entend encore:

– Tous ceux qui, séduits par une fausse science, séduits par l'éclat des richesses, ou emportés par les passions, ont mis leur fin dernière dans l'orgueil, la fortune ou la volupté n'ont pas tardé à reconnaître qu'ils s'étaient trompés. C'est pour lui-même et non pour le monde, ou pour contenter nos passions, que le Seigneur nous a faits. Comme il s'aime infiniment de toute éternité, il doit nécessairement rapporter à sa gloire tout ce qu'il fait dans le temps, sans quoi il ne s'aimerait pas d'une manière infinie et n'agirait plus pour lui-même.

Cécile hausse un sourcil perplexe et Flavie pouffe silencieusement de rire, pendant que le jésuite s'évertue à convaincre son audience que cette loi est indépendante des idées, comme les lois de l'attraction et du mouvement, et qu'il est donc impossible d'imaginer qu'il existe une seule créature qui n'ait pas Dieu pour cause première et pour finalité.

— Oui, tout sort de son sein comme d'un vaste océan, tout y rentre ; et nous-mêmes, après avoir rempli notre mission sur la terre, où il nous a envoyés pour le glorifier, nous irons déposer à ses pieds notre portion d'existence, pour la reprendre ensuite comme châtiment ou comme récompense. Ce dogme est si conforme à notre nature et aux lumières de notre raison que, excepté un petit nombre d'individus qui ont déshonoré le nom de philosophie, tout le genre humain l'a constamment admis.

Flavie déteste ces discours sur la vanité des plaisirs de ce monde. Au contraire, songe-t-elle en souriant, elle a très envie de goûter aux joies terrestres. Ne pourrait-on pas prétendre que Dieu, s'il existe vraiment, a justement offert aux humains ce bonheur pour les consoler de leurs souffrances ?

À la maison, durant l'après-midi, Simon s'installe à la table de la cuisine pour préparer ses matières pendant que Laurent répare ses mocassins de cuir avec une aiguille et du gros fil et que Flavie et Cécile tricotent des mitaines. Léonie revient du marché avec dans son cabas un poisson complètement congelé, qu'elle fait tomber dans une marmite de fonte. Elle s'enquiert auprès de Simon :

— La visite va arriver bientôt, tu crois?

— C'est probable, répond-il, levant les yeux par-dessus ses lunettes. Avant la brunante, selon Thomas.

— Thomas Hoyle? s'exclame Cécile. Le père de Daniel? Tu veux dire que Daniel vient souper? Pourquoi tu ne m'as rien dit?

— Thomas est passé ce matin, pendant que vous étiez parties. Il s'est annoncé pour la veillée. Tant qu'à faire, je les ai invités à souper. J'avais oublié de te le dire.

Cécile pousse un rugissement de joie et, sans lâcher son tricot, elle se lève et exécute quelques maladroits pas de valse. Flavie a échappé une maille, qu'elle tente de reprendre malgré la lumière du jour qui baisse. Un léger tremblement monte en elle à l'idée qu'elle reverra Daniel. A-t-il changé encore, son visage est-il toujours aussi avenant et si ses cheveux aussi longs? Elle a hâte, aussi, de l'entendre parler de ses projets, mais, en même temps, elle préférerait ne pas savoir qu'il s'en va si loin et que, peut-être, il ne reviendra pas.

Flavie tricote mécaniquement tandis qu'elle revit sa rencontre avec Daniel, quelques semaines plus tôt. Laissant son regard errer, elle croise celui de Laurent, qui a arrêté de coudre et qui fixe le lointain. Le jeune homme rougit comme si sa sœur pouvait lire dans ses pensées, puis il s'empresse de reprendre son travail. Flavie a un pincement au cœur, l'impression fugace d'un danger imminent mais encore inconnu. Secouant la tête, elle continue furieusement son travail pour achever au plus tôt cette saprée paire de mitaines.

À quatre heures de l'après-midi, le poisson est complètement dégelé dans la grande marmite. Léonie retire les arêtes et la peau, ajoute ensuite du navet, des carottes, des patates et des oignons, puis du sel et des herbes. Deux lampes à godet et plusieurs bougies sont allumées et posées sur la grande table de la cuisine. Cécile se rend à la porte d'entrée toutes les cinq minutes alors que Laurent contemple l'infini d'un air absent, ne répondant aux questions que par monosyllabes. Flavie tente de donner le change, mais elle se sent nerveuse, souhaitant ardemment l'arrivée de Daniel, puis, une minute après, espérant stupidement qu'il se décommande. Soudain, une volée de coups retentit à la porte d'entrée, puis une voix masculine annonce :

– Bonsoir tout le monde !

Tous se rendent dans la salle de classe pour accueillir les invités, sauf Flavie qui hésite, décidant finalement de remuer le contenu de la marmite avec une grande cuillère de bois. Quand elle ne peut plus continuer sans avoir l'air idiote, elle ouvre la porte du poêle pour vérifier s'il ne manque pas de bois, même si son père l'a rempli dix minutes plus tôt. Lorsque, très lentement, elle se retourne, Daniel et Laurent font irruption dans la pièce, se tenant par les épaules.

Enchantée que les petits garçons de son enfance soient devenus si grands, elle ne peut s'empêcher de sourire, flattant du regard les épaules élargies de Daniel et ses longues cuisses qui se devinent sous le pantalon de laine usée... Le jeune homme la salue timidement, de loin. Flavie s'approche et, après une hésitation, il la saisit doucement par les avant-bras et la tire vers lui. Elle se hausse et tous deux s'embrassent longuement sur les joues. Des voix qui approchent les font reculer et Flavie, frissonnante, porte son attention sur les deux autres invités, tandis que Cécile, le visage réjoui, bondit jusqu'à Daniel et glisse son bras sous le sien.

— Flavie! s'exclame Thomas Hoyle en venant vers elle. Mais comme tu as changé! Laisse-moi t'embrasser!

Le père de Daniel est un homme sec comme un coton de blé d'Inde et d'une taille moyenne. Ses cheveux blonds aux reflets roux sont striés de gris et il a le visage marqué de profondes rides qui le vieillissent. Flavie tend ensuite la main au frère aîné de Daniel, qui est littéralement, comme dirait grand-père Jean-Baptiste, « son père tout racopié »! Jeremy jette à Flavie un regard appréciateur et la jeune fille, après lui avoir serré vigoureusement la main, s'esquive avant qu'il en exige davantage.

— L'odeur est très bonne, dit Jeremy plaisamment dans un français hésitant. Léonie, vous êtes remerciée de l'invitation.

— Tout le plaisir est pour nous. Mais prenez place! Après cette marche dans le froid, vous prendrez bien un thé très chaud?

S'assoyant face à Thomas, Simon demande avec chaleur :

— Et alors, mon ami, quelles sont les nouvelles d'Irlande?

— Guère plus encourageantes qu'auparavant, répond Thomas avec une triste grimace. La gangrène de la pomme de terre afflige encore le pays, comme ici…

Après l'Europe, le continent américain est aux prises, depuis l'année précédente, avec une étrange maladie qui se manifeste sous la forme de taches noirâtres sur toute la plante et qui en précipite la décomposition. Même les animaux nourris de cette patate à moitié pourrie en crèvent, paraît-il. Comme le blé est devenu un produit de luxe parce que les récoltes sont ravagées, depuis une dizaine d'années, par la mouche à blé qui dévore tous les grains du froment, installant dans la paille même une myriade de petits vers, la pomme de terre est devenue essentielle dans l'alimentation des pauvres.

Dans le silence chargé qui s'ensuit, Léonie murmure avec compassion :

— J'espère de tout mon cœur que personne ne manquera de bois cet hiver.

— Encore une fois, de nombreuses familles seront incapables de faire provision pour toute la saison, estime Thomas d'un air sombre. Au milieu de l'hiver, les prix montent, c'est scandaleux ! Déjà qu'à défaut de s'en acheter un il leur faut louer un vilain poêle de tôle…

— Les œuvres de charité s'organisent, précise Léonie avec encouragement. Elles font tout leur possible pour se procurer de grandes quantités de bois qu'elles redistribueront ensuite.

— Il y a tant d'âmes charitables dans cette ville, soupire Thomas. Spécialement les dames ! Vous le savez, le premier hiver après notre arrivée, ce sont elles qui ont fourni aux garçons des vêtements, des couvertures et des bottes ! Sans compter qu'à la fin de l'hiver nous sommes allés plusieurs fois à la soupe.

— Je me souviendrai toujours de l'odeur, intervient Daniel, assis à côté de Laurent. La délicieuse odeur de soupe quand on entrait dans la maison des dames charitables !

— Je m'en ennuie, grimace Jeremy. Bien meilleure que celle de Daniel !

Ce dernier réplique avec acidité, en anglais :

— Tu n'as qu'à y retourner. Personne ne te retient.

155

Leur père pousse un profond soupir et Simon distribue les tasses. Léonie passe derrière chacun pour les remplir, se remémorant avec un sourire attendri ce bel après-midi de février, six ans auparavant, quand les jeunes Hoyle ont fait connaissance avec ses enfants. Les deux garçons étaient si maigres, si pâles! À peine entrés chez les Montreuil, ils ont insisté pour retourner dehors dans la neige. Thomas a expliqué qu'ils venaient tout juste d'obtenir leurs vêtements d'hiver et qu'ils se reprenaient pour tout le temps perdu à regarder par la fenêtre. À force de s'ennuyer, ils avaient rendu leur père presque fou! Faute de manteaux et de mocassins, tant d'enfants passent l'hiver enfermés!

Flavie s'assoit face à Daniel qui, avec un sourire distrait, écoute Cécile lui raconter une journée de classe particulièrement mouvementée. Il a posé ses mains à plat sur la table, loin devant lui, comme pour faire un pont entre eux deux, et Flavie sait qu'il est attentif à elle. Dehors, il fait complètement nuit et la lueur des lampes et des chandelles rend les visages doux et paisibles. Elle a envie de le toucher. Elle s'imagine caressant ses mains striées de veines et couvertes de poils blonds, aux paumes si larges et aux doigts si longs, et avec une intensité nouvelle, un élan de chaleur maintenant familier monte du plus creux d'elle-même.

Cécile lance à la cantonade:

— Je me souviendrai toujours quand Daniel est entré pour la première fois dans la classe. Il avait l'air mal amanché dans ses affaires! Les cheveux rasés à cause des poux, du linge trop court parce que les dames n'en avaient pas à sa taille...

Daniel précise en souriant :

— Il a fallu que papa me fasse bien des menaces. C'était ça ou il m'engageait comme apprenti dans une boucherie.

— Thomas ! s'exclame Léonie sur un ton de reproche. Les conditions de travail y sont épouvantables !

— Rassurez-vous, chère amie. Je tenais vraiment à ce que Daniel aille à l'école. En Irlande, il était très doué.

Au fil des années, Thomas est devenu un habitué de la maison. L'Irlandais partage la plupart des idées politiques de Simon et les deux hommes se sont découvert de nombreux points en commun, dont en particulier la position de subordination de leur nation respective face aux Anglais. Thomas leur a avoué que jamais il ne se serait attendu à trouver, en terre d'Amérique, un peuple conquis ayant conservé pendant si longtemps la fierté de sa langue et de ses coutumes et dont les aspirations ressemblaient, de bien des manières, à celles des Irlandais !

Puisque Thomas a débarqué au Canada tout juste après les Rébellions, Simon lui a décrit en long et en large la malheureuse insurrection qui a valu la potence à quelques hommes et la déportation en Australie à beaucoup d'autres. Simon lui-même, au cours des années 1830, a défendu avec ardeur toutes les revendications des Patriotes. Les Canadiens avaient beau élire leurs députés à une Chambre d'assemblée en place depuis 1791, ils n'avaient réellement qu'un pouvoir de pacotille. Le gouverneur, nommé par le gouvernement impérial, avait non seulement l'avantage de choisir les membres du Conseil exécutif et les fonctionnaires de l'État et de décider de leur salaire, mais également le droit de s'opposer à des lois votées par l'Assemblée.

Avec impuissance, Simon avait assisté à l'escalade de la violence et, malgré toute l'admiration qu'il vouait à Louis-Joseph Papineau et aux autres chefs patriotes, il leur reprochait d'avoir négligé l'effet de leurs discours enflammés sur des hommes devenus aigris et vindicatifs à la suite de cinq ou six années de mauvaises récoltes. Les défaites des Patriotes devant l'armée anglaise et les miliciens canadiens lui avaient crevé le cœur et plus d'une fois, pendant cette période noire, les jeunes Montreuil avaient vu leur père pleurer.

Presque chaque fois que Thomas est présent, la conversation générale finit par bifurquer sur la situation politique de l'heure, qui alimente dans les chaumières nombre de discussions passionnées. Cinq ans plus tôt, dans le but de régler les problèmes ethniques et constitutionnels révélés par les Rébellions, le gouvernement impérial a imposé aux deux provinces canadiennes, et contre la volonté de la plupart des Canadiens français, une union politique. Le Haut et le Bas-Canada sont maintenant réunis en un seul Parlement, installé récemment à Montréal.

Pour calmer les plus vives oppositions, Londres se résout peu à peu à concéder aux députés élus un pouvoir décisionnel accru, à l'image du parlementarisme britannique. Mais la population de la province élit à la Chambre d'assemblée des députés majoritairement francophones qui se qualifient de « réformistes » et qui se regroupent en un parti dans lequel beaucoup d'anciens sympathisants patriotes logent maintenant de grands espoirs. Si le gouverneur, qui se considérait jusque-là comme le « chef de l'administration », en prend son parti, l'élite anglaise réunie au sein d'un groupe de plus en plus formel, le parti tory, ne l'entend pas de cette oreille.

Lorsque les Anglais ont conquis la Nouvelle-France, en 1760, ils ont pris le contrôle, avec la complicité du gouverneur, des principaux leviers de développement économique, et ils tiennent à leurs privilèges. Depuis l'entrée en vigueur de la loi formant le Canada-Uni, en 1841, tories et réformistes s'affrontent donc à la Chambre d'assemblée et sur la place publique. En novembre 1843, les députés accusaient le gouverneur Metcalfe de faire des nominations sans les consulter et de référer à Londres la sanction de lois qu'il avait pourtant promis de signer lui-même. Une longue et compliquée crise ministérielle en avait découlé, avec, d'un côté, l'essentiel de la population canadienne et irlandaise, représentée par la majorité en Chambre, et, de l'autre, Anglais et Écossais. Beaucoup de Canadiens, dont Simon, craignent que la fièvre politique de l'heure ne replonge le pays dans l'imbroglio qui a mené aux Rébellions…

Pendant une pause dans la discussion générale, un fort gargouillis d'estomac se fait entendre. Tout le monde éclate de rire et Jeremy, embarrassé, se masse le ventre en s'exclamant :

— J'essaie d'être poli, mais mon estomac le refuse !

— Nous allons souper, déclare Léonie en repoussant sa chaise.

Chacun s'affaire à préparer la table. Simon transporte une lampe sur le pont supérieur du poêle tandis que Laurent allume deux chandelles supplémentaires. Flavie se rend à la desserte et tend à chacun son couvert, composé d'un bol de grès et d'une cuillère. Cécile sort de la huche à pain une miche imposante, qu'elle pose sur la table à côté de la meule de fromage. Puis les invités font la file pour se faire servir par Léonie. Daniel est le dernier à venir prendre son couvert des mains de Flavie et, pendant un bref instant, il couvre ses mains avec les siennes. Respirant précipitamment, Flavie se met en file derrière lui, tenant son propre couvert et celui de Léonie. Se tournant à demi vers elle, Daniel lui demande doucement :

— Tu vas bien, Flavie ?

La gorge trop sèche pour répondre, elle hoche la tête et il se détourne. Après avoir avalé sa salive, elle réussit à murmurer :

— C'est une belle soirée, je trouve.

Souriant de toutes ses dents, il pivote rapidement pour lui faire face de nouveau. Léonie l'appelle en riant :

— Viens donc, lambineux !

S'assoyant, Simon pouffe de rire en glissant à Thomas :

— Ton fils commence à avoir les yeux à la perdition de son âme !

— Il y a déjà longtemps, marmonne Jeremy, que mon frère a l'œil sur nos petites voisines.

De nouveau, Daniel réplique en anglais d'un ton ulcéré :

— Menteur ! C'est toi qui convoites Lucy et elle ne veut même pas de toi !

— *Boys !* jette Thomas d'un air mécontent. Je vous ai demandé de cesser vos chicanes pour une fois ! Nous sommes en visite ! Et puis, Daniel, on parle français ici !

— De toute manière, s'esclaffe Laurent, tout le monde te comprend !

— Ça sort trop vite, grommelle Daniel en s'asseyant face à lui. Je ne peux pas me retenir.

Déjà installée, Cécile s'exclame :

— Daniel, tu as volé la place de ton frère !

Comprenant que Daniel l'a fait exprès, Flavie s'empresse de s'asseoir à ses côtés. Pendant un moment, tout le monde mange avec des grognements appréciateurs.

— Il n'y a pas de meilleur poisson, estime Léonie, que celui du fleuve.

— Je ne suis pas d'accord, intervient Flavie avec animation. Vous vous souvenez du saumon qu'oncle Ferdinand avait pêché dans une rivière du nord?

— Il était excellent, concède Simon. Il fondait dans la bouche.

— En Scandinavie, raconte Jeremy, ils mangent le poisson cru, mariné dans le sel. Il paraît que c'est encore meilleur.

Une expression de nostalgie passe sur son visage. Après un moment, Léonie s'enquiert:

— Pensez-vous vous marier bientôt, Jeremy?

Il avale sa bouchée de travers et se met à tousser tandis que Daniel fait une moue condescendante. Retenant un sourire, leur père répond:

— Ne me l'enlevez pas trop vite, Léonie. J'ai encore besoin de lui.

— Mais il n'est pas question de vous l'enlever! Même marié, Jeremy va prendre très bien soin de vous, j'en suis sûre.

— Et Daniel? Il est encore trop jeune pour être laissé à lui-même.

— Je ne suis pas trop jeune, réplique l'intéressé. J'ai presque dix-huit ans. J'en connais plein qui, à mon âge, gagnent leur vie depuis des années.

— Dans quel métier, mon fils? Débardeur, manœuvre... Des métiers qui ne payent pas et qui usent si vite!

L'année dernière, Daniel voulait monter vers la rivière des Outaouais…

Léonie proteste :

— Plein de jeunes gens de nos compagnes vont y trouver de l'ouvrage chaque hiver et ils reviennent plus pauvres qu'avant !

— C'est ce que je me suis évertué à lui faire comprendre ! s'exclame Thomas en écartant largement les bras. L'alcool, les filles de mauvaise vie… bien peu y résistent !

Flavie remarque :

— Au début de l'année, deux pères oblats ont pris la route des camps. Ils veulent encourager les bûcherons à épargner pour pouvoir, ensuite, s'établir là-bas sur une terre.

— Tu as choisi la bonne voie, Thomas, déclare Simon. Faire instruire Daniel.

— J'aurais voulu faire de même pour Jeremy, répond Thomas avec un pauvre sourire. Mais ce n'était pas possible.

— Il n'est jamais trop tard, affirme Léonie. Jeremy est très jeune encore et l'avenir lui réserve peut-être de belles surprises. Moi, par exemple, j'en savais bien peu avant de rencontrer Simon. Grâce à lui, je suis beaucoup plus savante.

— Seulement en vocabulaire ? demande Thomas d'un air coquin.

— Pour le reste, réplique Léonie, j'étais la plus dégourdie.

— Daniel pourrait faire la classe à Jeremy, suggère Cécile d'une voix aiguë.

— Nous avons essayé, répond Thomas avec sérieux. Mais il ne reste que le dimanche après-midi de libre… Et puis, ce n'est pas un secret : mes deux fils ne s'entendent pas très bien.

Flavie repousse son bol vide. Après un moment d'hésitation, elle demande à voix basse à Daniel, qui a terminé depuis longtemps :

— Tu en veux encore ?

Il la considère et répond :

— Seulement si tu en prends toi aussi.

— Je veux bien.

Elle sait qu'il la suit du regard jusqu'au poêle et elle prend bien son temps avec la louche. A-t-il les mêmes pensées qu'elle ? S'imagine-t-il en train de poser ses doigts sur sa taille ou dans son cou ? À cette idée, Flavie sent ses jambes qui flageolent, et c'est d'une main un peu tremblante qu'elle redépose le bol devant le jeune homme. Puis, elle s'assoit et quelque chose lui effleure la cuisse. Daniel balance sa jambe de manière à ce que, à intervalles réguliers, elle vienne toucher celle de Flavie, qui, ravie, se laisse béatement faire.

Thomas se racle la gorge et demande :

— Et alors, Laurent, tu as parlé de ton projet avec tes parents ?

Laurent fige et Daniel interrompt son mouvement de jambe. Flavie se redresse sur sa chaise et regarde ses parents, qui arborent soudain une expression inquiète. C'est Cécile qui brise le silence :

— Quel projet, Laurent ?

S'adressant à Thomas, ce dernier répond :

— Je n'en ai pas parlé. Je n'ai pas encore trouvé le courage.

Du courage ? Effrayée, Flavie étreint le bras de Daniel. Ce dernier couvre sa main avec la sienne, puis il lance d'une voix forte, se penchant vers son ami :

— Tu leur fais peur pour rien, voyons !

Il se tourne vers Léonie et Simon et ajoute :

— Laurent voudrait venir en voyage avec moi. Rien de pire.

— Partir ! s'exclame Simon.

Il reste silencieux, l'air perdu. Cécile entoure son frère de son bras :

— C'est vrai ? Tu veux partir avec Daniel ?

Il hoche la tête et Cécile cache son visage contre son épaule. Regardant Flavie, puis ses parents, Laurent balbutie :

— Quand Daniel m'a parlé de son intention, j'ai tout de suite eu envie… Mon idée est faite, mais je ne voulais pas vous faire de peine.

Léonie se lève si brusquement que sa chaise tombe à la renverse, faisant sursauter tout le monde. Tandis que Thomas bondit sur ses pieds pour la ramasser, elle bredouille, des larmes dans la voix :

— Tu veux dire que si Thomas n'était pas venu, tu n'aurais rien dit et tu serais parti comme un voleur ?

— Jamais de la vie ! Je t'assure, maman…

Thomas saisit Léonie par les épaules et la force à se rasseoir. Laurent se lève et vient s'agenouiller à côté d'elle, expliquant d'un ton qu'il veut rassurant :

— Nous partirons à la nouvelle année, vers le sud, vers les États-Unis. Il paraît qu'il fait chaud, là-bas, l'hiver. Nous reviendrons au printemps.

Léonie couvre Laurent d'un regard anéanti.

— Tu vas vivre comment ? demande Simon d'une voix altérée.

— J'ai un peu d'argent, tu le sais. Nous travaillerons.

Thomas intervient :

— Pour ma part, je suis très content que Laurent se joigne à Daniel. À deux, c'est beaucoup moins dangereux.

— Ce qui me retenait, hésite Laurent, c'est… Je ne voudrais pas que, sans mon salaire, vous soyez en manque…

— Ne t'occupe pas de ça, répond Simon en balayant la crainte de son fils du revers de la main. C'est le cadet de mes soucis.

Bouleversée, Flavie se lève et se dirige dans la pénombre vers la porte qui donne sur la cour. Soulevant le rideau, elle contemple le paysage dénudé éclairé par un faible croissant de lune. Un gros poids dans sa poitrine l'empêche de respirer : il lui semble qu'on suffoque dans la cuisine. Sans dire un mot, elle attrape son manteau, l'enfile rapidement et sort. L'air froid qu'elle aspire goulûment lui brûle les poumons. Elle ne peut supporter l'idée que Laurent parte. Elle n'a jamais passé plus d'une semaine sans lui, alors des mois ! Comme la maison va sembler triste et vide. Et Daniel, lui aussi…

C'est trop d'un seul coup. Laissant les larmes couler sur ses joues, Flavie marche sur le sentier qui mène jusqu'à l'abri à bois. Elle ne sait pas combien de temps passe. La lune a un peu bougé dans le ciel, et plusieurs chiens ont aboyé. Elle entend une porte s'ouvrir, puis se refermer et une voix l'appeler gentiment. C'est Daniel. Avec hâte, elle essuie les dernières larmes qui s'attardaient encore sur ses joues, puis elle se redresse et lui répond. Il apparaît devant elle, lançant d'une voix qu'il veut enjouée :

— Ta mère m'a envoyé te chercher. Laurent est en train de raconter toutes les aventures qui nous attendent. Tu devrais l'entendre ! Il a lu plusieurs choses sur les États-Unis. Il paraît qu'il y a là-bas des plages immenses et des déserts. Il paraît qu'ils ont des immenses fabriques où des machines taillent le cuir et filent le coton.

— J'ai beaucoup de peine, dit soudain Flavie, la gorge nouée et la voix pleine de reproches.

Daniel prend sa main et sursaute :

— Mais tu es gelée ! Donne-moi ton autre main.

Il enserre ses deux mains entre les siennes, soufflant dessus pour les réchauffer.

— Viens, il faut rentrer. Mais avant… Est-ce que je pourrai te revoir une autre fois avant que je parte ?

— Une autre fois ? répète Flavie, incertaine.

— Juste toi et moi. On pourrait faire une promenade, un dimanche qu'il fera beau.

— Je veux bien.

Elle laisse échapper un profond soupir et, se penchant, Daniel pose des lèvres très chaudes sur sa joue froide.

Chapitre viii

Vers le milieu de décembre, un grand froid installe l'hiver pour de bon, au grand soulagement non seulement des charretiers, qui détestent les chemins détrempés et qui peuvent enfin sortir leurs traînes et leurs carrioles des hangars, mais aussi de Léonie et de Flavie, qui doivent accompagner les patientes, beau temps, mauvais temps. Une seule fois, quatre ans plus tôt, lors d'une abondante chute de neige couplée à des vents violents, l'une d'entre elles avait dû accoucher sans Léonie, assistée seulement par sa sœur et une de ses voisines. Par le plus grand des malheurs, le cordon était enroulé deux fois autour du cou du bébé, qui avait perdu la vie.

Une belle poudrerie, la première de la saison, recouvre de neige la ville, qui tombe en hibernation jusqu'au printemps. Le port et le canal ferment, les grands chantiers s'interrompent et des milliers de manœuvres et de journaliers s'encabanent pour passer la saison froide. Chez les Montreuil, l'annonce du départ de Laurent a considérablement alourdi l'atmosphère, et même la perspective des festivités de la nouvelle année à Longueuil ne ramène pas la joie.

D'humeur sombre et renfermée, Léonie s'installe au métier à tisser, monté dans sa chambre, et travaille pendant des heures. Les tuyaux de chauffage, remis en place en novembre, procurent une bonne tiédeur à cette pièce, contrairement aux deux autres chambres dont les lits doivent être garnis de plusieurs couvertures chaudes. De son côté, Flavie tâche de s'occuper l'esprit en lisant et en apportant un soin inhabituel à la préparation des repas et à ses travaux de couture. Quand c'est possible, elle se permet de longues promenades dans le quartier, parfois jusqu'au fleuve. Sans se lasser, elle observe le va-et-vient des attelages sur la glace : ceux des ramasseurs d'ordures déchargeant leurs *saloperies* qui seront emportées très loin au printemps, lors de la débâcle, et ceux des porteurs d'eau, qui peuvent enfin aller puiser leur précieux liquide au large. L'été, les rives du fleuve, trop souillées à proximité de la ville, sont interdites à ces derniers, qui doivent s'approvisionner aux rares fontaines, aux robinets publics récemment installés, ou s'astreindre à un fastidieux parcours vers l'amont du fleuve.

D'excellente humeur, par contre, Laurent sifflote à longueur de journée, en préparant son bagage, en s'absorbant dans diverses corvées ou en aidant son père à corriger les devoirs et à donner des leçons particulières à certains élèves. Parfois, Simon et lui ont de longues discussions sur le pays qu'il va bientôt découvrir. Flavie a rapidement compris que son père l'envie d'aller expérimenter sur place les idées républicaines qui le séduisent tant et qu'il a bien l'intention de voyager en pensée en sa compagnie.

Flavie et sa mère se hâtent rue Saint-Joseph tandis qu'une bise coupante leur coupe le souffle. Elles ont enroulé par-dessus leur capuche et autour de leur cou un large foulard tricoté. La maison d'Aglaé Mandeville, l'épouse d'un forgeron, est à quinze minutes de marche vers le nord, dans le faubourg Saint-Antoine. La dame aurait pu s'en remettre, pour l'accouchement, à l'une des femmes âgées de son quartier, mais sa première délivrance l'a rendue malade pendant plusieurs semaines. Puisque la prospérité de l'atelier de son mari lui procure une position sociale enviable, elle a préféré faire appel aux services de Léonie, acceptant sans rechigner de payer les deux visites que Léonie a pris l'habitude d'effectuer avant la délivrance.

Avec un sourire discret, la jeune femme les accueille, talonnée par sa fillette de deux ans qui s'agrippe à un pan de sa jupe. Il fait plutôt chaud dans la vaste cuisine et les deux visiteuses se débougrinent rapidement. Flavie aime beaucoup ces rencontres avec les femmes enceintes. Chaque fois, elle a l'impression de partir à l'aventure, non seulement parce qu'elle pénètre dans une maison étrangère, mais parce que les femmes changent de forme et parfois d'humeur.

— Tout va bien, Aglaé ? s'informe Léonie en considérant son ventre de huit mois. Des douleurs, des inconforts ?

— C'est ni mieux ni pire que ma première grossesse.

Peu expansive et d'un tempérament mélancolique, Aglaé est généralement avare de paroles. Elle s'assoit sur le bout de son lit et sa fille, fort jolie au goût de Flavie, grimpe à côté et s'installe de la même manière, les pieds pendants.

— Si vous voulez relever votre jupe, je vais toucher votre ventre. Tenez, mettez cela sur vous pour cacher le reste.

Le bébé est de bonne taille; pendant que Léonie palpe le ventre, il donne des coups vigoureux. Mais Léonie est un peu inquiète parce que, même s'il est bien descendu dans le bassin, il a encore la tête vers le haut. Lorsque sa palpation est terminée, elle invite Flavie à tenter de déceler la forme du bébé. Cette dernière s'habitue rapidement à ces attouchements et elle ne craint plus de causer de la douleur en pressant avec énergie.

Pour permettre au bébé de remonter vers le haut de la matrice et, ainsi, de pivoter, Léonie prescrit à sa patiente plusieurs exercices, tout en la rassurant :

— Les chances sont bonnes pour que votre bébé se retourne, surtout si vous vous placez dans la position prescrite pendant quelques minutes, plusieurs fois par jour.

La jeune femme est visiblement tourmentée par la nouvelle et, pour ne pas la troubler davantage, Léonie préfère ne pas la prévenir que, si le bébé est mal engagé, il se peut qu'elle tente une version au moment des douleurs. Un bébé qui se présente par les fesses ou par les pieds signifie généralement un accouchement plus long et plus douloureux.

Flavie et la fillette, qui échangent des mimiques et pouffent de rire, attirent l'attention d'Aglaé. Comme si cette dernière prenait brusquement conscience de la présence de la jeune fille, elle s'assombrit encore. Dès leur première visite, un mois plus tôt, Léonie a senti un profond malaise chez sa cliente. S'assoyant à ses côtés, elle explique plaisamment :

— Pendant les délivrances, ma fille me rend déjà de petits services, comme préparer de l'eau chaude et des serviettes. Pour tout le reste, elle observe, pour apprendre.

Aglaé reste un moment les yeux fixés sur Flavie, puis elle se lève d'un brusque mouvement de reins et elle ramasse quelques traîneries. Léonie reprend :

— Notre curé est au courant.

– Vous voulez dire qu'il n'est pas contre?

Léonie secoue la tête et ajoute malicieusement:

– Peut-être que vous n'en avez jamais entendu parler, mais dans plusieurs régions de France, on fait venir une jeune fille pour tenir la main de la femme en couches, jusqu'à la délivrance. On considère que la présence d'une vierge est bénéfique.

Aglaé la regarde avec stupeur.

– Je vous assure! Plus d'une vieille me l'a raconté.

– Il n'est pas séant pour une fille d'assister aux délivrances, marmonne la jeune femme sans oser les regarder. Elle est initiée à des mystères qui ne devraient se révéler à elle qu'une fois mariée.

– Des mystères? se moque soudain Flavie tout en faisant danser la fillette sur ses genoux. Je savais déjà avant de commencer, madame, comment les bébés sont faits et comment une femme accouche. Toutes les jeunes filles le savent.

– L'accouchement est un acte tout à fait naturel, remarque Léonie, dissimulant son exaspération à devoir se répéter. Il est relié à l'accouplement, mais en même temps, il en est complètement détaché. Vous imaginez bien que nous, les sages-femmes, sommes entièrement et uniquement préoccupées par le bien-être de la mère et de son enfant à venir.

– J'ai déjà assisté à deux délivrances, poursuit Flavie en dirigeant vers Aglaé un regard heureux. C'est passionnant! Maman m'a dit qu'il était très important d'assister à un grand nombre de délivrances avant de commencer une pratique. Il y a tellement de choses à comprendre! À comprendre pas seulement avec sa tête, mais avec ses doigts aussi. Juste pour deviner la position du bébé en palpant le ventre, je vous assure que ça prend une bonne escousse !

Ravie par la spontanéité et l'aisance de sa fille à discuter de ces questions, Léonie lui sourit avec affection, puis elle déclare d'un ton sans réplique :

— Je vous ai prévenue, il y a un mois, que dorénavant ma fille allait m'accompagner partout.

Léonie se lève et se dirige vers la patère où sont suspendus les manteaux d'hiver. À regret, Flavie délaisse la fillette et la suit. Lorsqu'elles sont sur le point de sortir, Aglaé Mandeville dit avec hésitation, mais en les regardant franchement :

— Mon mari ira vous chercher au moment des douleurs.

— Je vous remercie de votre confiance, dit en souriant Léonie avant de refermer la porte.

Toutes deux marchent dans le froid depuis quelques minutes lorsque Flavie s'enquiert :

— Si elle m'interdit l'entrée de sa maison le jour de la délivrance… Est-ce que tu l'abandonneras ?

— Bien sûr que non. Mais je ferai tout mon possible pour que tu restes avec moi.

Quelques jours plus tard, un dimanche en début d'après-midi, Flavie se berce près du poêle, heureuse de sa solitude et du silence qui règne dans la maison. Ses parents sont partis faire une courte promenade avec Cécile et Laurent est dans la cour, en train de s'occuper des poules. Mais la trêve est de courte durée : la porte d'entrée s'ouvre et une voix fraîche et gaie crie :

— Bonjour tout le monde !

— Entrez, Marie-Claire! lance Flavie sur le même ton, en se levant d'un bond.

Pénétrant dans la salle de classe, Flavie est ravie de constater la présence de Suzanne, qui referme la porte derrière elles. Toutes trois s'embrassent et Flavie les prévient en souriant :

— Pour le moment, je suis «tout le monde», mais maman devrait rentrer bientôt. Débougrinez-vous.

Mère et fille délacent leurs bottillons de cuir et enfilent les pantoufles de laine prévues pour la visite. Elles accrochent leurs manteaux à la patère, puis elles suivent Flavie jusqu'à la cuisine. Marie-Claire se laisser tomber dans la chaise berçante tandis que les deux jeunes filles approchent une chaise droite du poêle et s'y installent. Marie-Claire s'exclame :

— Quelle agréable chaleur! Tu sais que Suzanne et moi, nous sommes venues à pied?

— Bel exploit! se moque en pouffant de rire une Flavie habituée à trotter partout sur ses deux jambes.

Suzanne affecte un maintien plein de dignité :

— Nous aurions très bien pu héler un fiacre, rue Notre-Dame, comme font toutes les dames de qualité!

Avec bonheur, Flavie retrouve chez Suzanne un peu de cette vivacité qu'elle possédait à revendre lorsqu'elle fréquentait l'école de Simon, mais qui semble bien amenuisée après deux ans de couvent… Suzanne est maintenant engoncée dans de jolies robes qui la compressent de partout, elle a abandonné les tresses pour des coiffures compliquées et ses joues, auparavant si rouges, sont maintenant pâles. Fronçant les sourcils, Flavie la scrute un moment. Le rose de ses lèvres et ce teint blanc, que les dames apprécient parce qu'il les distingue des femmes du peuple, sont bel et bien rehaussés par de subtiles touches de fard.

La porte de la cuisine s'ouvre brusquement.

— J'ai besoin de la grosse brosse à récurer!

Une forte odeur de fumier de poule pénètre dans la pièce en même temps que Laurent, vêtu d'un manteau de drap foncé très crasseux et d'une tuque de laine parsemée de brins de foin.

— Bien le bonjour, madame et mademoiselle, salue le jeune homme en rougissant. Pardonnez mes manières.

— Il n'y a pas de mal. Nous n'avons pas annoncé notre visite.

Flavie dépose entre ses mains la brosse demandée, puis elle le repousse dehors.

— Allez, décanille! Tu ne sens pas la rose, je te jure!

Laurent s'empourpre davantage en marmonnant. Le regard fixé sur la porte qu'il vient de refermer, Marie-Claire commente:

— Un bon garçon, votre Laurent. Léonie en est très fière. À côté de lui, je trouve que mes fils ont les idées étroites et le jugement prompt.

Suzanne lève les yeux au ciel.

— Mes frères pensent surtout à s'enrichir et à avoir une belle maison.

— Et une épouse qui passe sa journée à les attendre, conclut Flavie.

Marie-Claire constate avec un sourire entendu:

— Ce ne sera pas ton cas, n'est-ce pas?

Flavie a encore beaucoup de difficulté à s'imaginer en tant qu'épouse et elle répond finalement:

— Quand on se marie, les enfants viennent vite ensuite. On n'a plus de temps pour autre chose.

– Ça ne veut pas dire qu'on ne soupire pas après autre chose, conclut Marie-Claire. Tu es chanceuse, Flavie, d'avoir une idée si nette de ton avenir. Si c'était à refaire… J'aurais bien voulu apprendre un métier.

– Celui d'arpenteur! s'exclame Suzanne en levant les yeux au ciel. Ou de journaliste. Ou d'imprimeur!

Marie-Claire fait une grimace amusante, mais son désarroi est perceptible. Pour alléger l'atmosphère, Flavie demande à Suzanne :

– S'il te plaît, raconte-moi le couvent! Tu avais commencé l'autre jour, au bazar…

– Non, par pitié! gémit comiquement Marie-Claire en se couvrant les oreilles de ses mains. J'ai entendu ce récit au moins cinq fois!

– C'était une grande maison, celle du notaire Chambert, tu sais, dans le faubourg Saint-Laurent? Les dames de la congrégation l'ont transformée en couvent il y a cinq ans. Nous étions neuf pensionnaires. Ça ne me dérangeait pas d'étudier, mais… la vie des saintes, l'histoire religieuse, les dévotions mangeaient tellement de temps! Et puis, il fallait préparer une séance pour l'aumônier dont c'était la fête patronale, et puis aller décorer une chapelle… Il fallait se promener en silence. Manger en silence. Ne pas montrer trop de familiarité avec nos amies. Se déshabiller, le soir, sans dévoiler un seul coin de peau, même une cheville!

– Impossible! prétend Flavie.

– On défaisait quelques boutons, explique Suzanne en mimant les gestes, puis on passait notre chemise par-dessus notre tête en la laissant retomber jusqu'à terre, puis on se tortillait par en dessous pour ôter notre robe… Au début, je m'ennuyais beaucoup de la maison, mais j'ai fini par y prendre goût. Je me suis fait de très bonnes amies, comme Adélaïde, dont le père, M. Quintin, possède une fabrique dans le quartier Sainte-Marie, et Constance Célerier, tu sais, la fille de celui qui exploite la traverse de Laprairie… Constance est sur le point de faire ses débuts.

— Et toi?

Suzanne jette un coup d'œil vindicatif à sa mère et Flavie devine que la question les oppose. Avec une placidité affectée, Marie-Claire répond:

— Suzanne manifeste une grande impatience, mais j'estime qu'on précipite les demoiselles trop jeunes dans le mariage. Parce que faire son début dans le monde, cela ne sert qu'à trouver un mari, n'est-ce pas? Je préfère que Suzanne attende encore une année ou deux.

La porte d'entrée claque et, visiblement soulagée de cette diversion, Marie-Claire s'exclame:

— Les promeneurs sont de retour!

Bientôt, les joues rougies, Léonie, Simon et Cécile font leur apparition dans la cuisine. Après les salutations et les embrassades, Flavie prépare une tisane à la menthe très chaude et sucrée au miel et tous prennent place à table pour la déguster. Simon s'installe dans la chaise berçante avec un journal et les trois jeunes filles disparaissent dans la salle de classe.

— J'ai rendu visite à notre curé, annonce Marie-Claire, concernant sa suggestion de fonder un nouveau refuge. Imagine-toi qu'il est vraiment sérieux et qu'il semble réellement préoccupé d'offrir un autre toit aux femmes enceintes.

— On peut reprocher bien des choses aux prêtres et aux religieuses, soupire Léonie, mais pas d'être indifférents devant la misère.

Quoique dans ce cas, songe-t-elle, il est bien aisé de comprendre que Chicoisneau se soucie surtout de camoufler les grossesses «immorales». Marie-Claire reprend :

— J'ai jonglé pendant des jours avec son offre de diriger une telle entreprise. D'un côté, je me sens très peu compétente pour prendre cette responsabilité. Mais de l'autre… Je pensais depuis un certain temps à démissionner du conseil d'administration de l'Asile de la Providence.

— Vraiment ? s'étonne Léonie. Tu m'en caches des choses… Et pourquoi ?

— Les hommes d'église sont trop heureux de nous confier la direction d'œuvres charitables, mais ils nous croient incapables de gouverner seules ces sociétés ! Il nous faut être étroitement surveillées ! Je suis de plus en plus fâchée de l'autorité arbitraire du directeur spirituel et de monseigneur Bourget sur toutes les décisions qui portent à conséquence.

Marie-Claire poursuit en évoquant toutes les soirées pendant lesquelles sa conscience s'est débattue avec la proposition de M. Chicoisneau. Le sulpicien n'est-il pas beaucoup moins pointilleux que l'évêque avec les œuvres, même dirigées par des femmes, placées sous son patronage ? Devant l'assentiment de Léonie, elle raconte ensuite comment, à chaque jour qui passait, elle se sentait davantage enthousiasmée par ce défi singulier, celui de devenir la présidente d'une société au but si noble.

— J'ai pensé à la manière dont les femmes, parce que ce sont elles qui portent les enfants, ce sont elles qui portent *le fruit du péché*, sont bien plus pointées du doigt que leurs séducteurs… N'est-ce pas profondément injuste, Léonie ? Un homme, même marié, n'a qu'à s'enfuir et à refaire sa vie ailleurs ! Tandis que les mères…

Léonie dit sourdement :

— Plusieurs de celles qui ont dû abandonner leur enfant m'ont confié, des années plus tard, qu'elles avaient encore l'espoir de le reprendre un jour. Nos enfants nous habitent pour toujours, Marie-Claire.

Les deux femmes échangent un regard à la fois triste et complice. Le premier-né de Léonie est mort à l'âge de cinq mois, alors que Marie-Claire a perdu son quatrième enfant, une fille, quelques heures seulement après la délivrance. Ce chagrin ancien est encore si vif en elles... De la salle de classe leur parviennent un éclat de voix et des rires. S'ébrouant pour retrouver le fil de la discussion, Marie-Claire reprend, avec une passion qui éclaire son visage d'une lumière singulière :

— Tout à coup, ça me frappe à quel point notre monde est injuste envers les femmes. Tu réalises que ma fille a un destin tout tracé d'avance ? Tout ce que je peux lui souhaiter, c'est de trouver un mari « pas trop pire » ! Tu te rends compte ? Nous, les mères, nous plaçons nos filles entre les mains d'un homme en priant qu'il soit bon pour elles !

Soudain vibrante d'indignation, Marie-Claire se lève et arpente la pièce à grands pas, passant sans y faire attention devant Simon qui fait mine de s'absorber dans sa lecture, mais dont l'attention est fixée sur leur conversation. Se plantant devant Léonie, Marie-Claire lance :

— Depuis toujours, les femmes ont pris soin des comptes du commerce familial, mais maintenant que les grandes sociétés et les gouvernements emploient des comptables, ils refusent les femmes ! Avant, les femmes pouvaient plaider devant les cours de justice, mais aujourd'hui, la chose serait impensable !

Sans crier gare, Marie-Claire se laisse retomber sur sa chaise. Elle prend une profonde respiration et jette avec rancœur :

— J'ai presque honte que ce soit Chicoisneau, un curé, qui ait dû me pousser dans le dos pour mettre le refuge sur pied. J'aurais dû en prendre la responsabilité bien avant, plutôt que de perdre mon temps à déplacer des potiches dans le salon ou à me faire des frisettes !

Simon plonge derrière son journal pour masquer son envie de rire. Marie-Claire informe Léonie d'un ton monocorde :

— J'ai dicté mes conditions à Chicoisneau. Le refuge sera uniquement dirigé par son conseil d'administration et lui seul engagera le personnel nécessaire. Il accueillera toutes les femmes enceintes, sans exception, dans la salle commune. Les sages-femmes se déplaceront également, au besoin, dans les maisons, moyennant une légère rétribution.

— Comme à Québec, murmure Léonie, le cœur battant.

— Une sage-femme sera responsable de l'accueil médical et des délivrances et j'aimerais beaucoup, Léonie, que tu acceptes la charge.

Saisie, Léonie reste la bouche grande ouverte, puis elle est envahie par un puissant sentiment d'exultation. Étreignant le bras de Marie-Claire, elle balbutie :

— Moi ? Tu lui as parlé de moi ?

— Je ne veux pas qu'on m'impose une matrone de quartier qui ne sait même pas lire et qui se signe à tout bout de champ.

— Ou un médecin, ajoute Léonie, le caquet soudain rabattu. Parce que c'est souvent la coutume, dans les maternités...

– Je me suis informée et j'ai visité le Lying-In. D'accord, en théorie, ce refuge est sous la direction d'un comité de médecins qui sont également les professeurs de l'École de McGill. Mais en pratique, c'est la sage-femme qui décide de tout, y compris du moment où elle doit faire appeler un médecin pour une intervention délicate. Mais tu le sais aussi bien que moi…

– Figure-toi que j'y ai beaucoup pensé, moi aussi, à ce refuge. Je trouve que c'est une idée magnifique. Mais cela m'obligerait à cesser ma pratique privée…

Du coin de l'œil, Léonie voit Simon relever brusquement la tête et leur lancer un regard interloqué. Marie-Claire la rassure :

– Dès l'embauche, le conseil te garantira un salaire fixe.

– Bien entendu, suggère Léonie, le conseil accepterait sans aucune restriction que la sage-femme ait une apprentie et les patientes devraient également accepter sa présence.

– Bien entendu.

Léonie s'exclame avec soulagement, en se tournant vers Simon :

– Je n'aurais plus à discuter avec chaque cliente à propos de la présence de Flavie !

– Ta fille bénéficierait de meilleures conditions d'apprentissage, ajoute Marie-Claire. On pourrait même envisager d'offrir aux sages-femmes et à leurs apprenties quelques cours de perfectionnement, comme cela se fait déjà ailleurs.

Ravie par cette perspective, Léonie saisit sa tasse et avale d'un seul coup la tisane refroidie.

— Il faudra lui trouver un nom, à ce refuge…

— Tu crois que ces dames de Québec nous en voudraient si on choisissait Société compatissante de Montréal?

— Je pourrais leur écrire pour le leur demander. C'est vrai que c'est beau.

— À mon goût, il faut s'éloigner des *asiles* et des *hospices* si chers à notre clergé…

La porte de la salle de classe s'ouvre à la volée et Flavie lance, le visage grave:

— Maman, une visite pour toi.

— Nous partons, annonce Marie-Claire en se levant à la hâte.

Quelques minutes plus tard, Léonie fait asseoir à une table de la salle de classe une femme jeune et maigre, recouverte jusqu'aux pieds d'un large manteau d'homme qu'elle refuse d'enlever. D'après son maintien plutôt fier et son air franc et vaguement insolent, Léonie l'imagine ouvrière dans l'un de ces nouveaux ateliers de tissage ou de cordonnerie qui emploient, chacun, plusieurs dizaines de personnes. Comment blâmer tant de jeunes filles de préférer un travail en fabrique, même ingrat et peu payant, à celui de domestique?

Régulièrement, Léonie est consultée par une ancienne cliente ou par l'une de ses connaissances pour des maux reliés aux organes de la génération. Si elle est parfois apte à les soulager avec des fumigations, des onguents ou divers remèdes simples, elle doit souvent se résoudre à diriger ses clientes vers l'hôpital. Cependant, malgré le savoir-faire des religieuses, les femmes ont en horreur cet endroit où les pauvres vont mourir et elles n'acceptent de s'y rendre que réduites à la toute dernière extrémité.

Si les cliniques médicales gratuites se multiplient aux quatre coins de la ville, non seulement dans les écoles de médecine, mais chez plusieurs médecins qui ouvrent leurs cabinets aux pauvres, Léonie hésite cependant à y envoyer ses patientes. Elle sait pertinemment que les médecins, en dépit de leur prétendue science, ne comprennent pas la maladie beaucoup mieux qu'elle et se contentent de sortir leur lancette pour faire une saignée ou leur clystère pour un lavement.

Regardant autour d'elle, la jeune femme s'étonne :

— Vous recevez vos clientes dans une classe ?

— Vous y voyez une objection, mademoiselle… ?

— Pauline. Seulement Pauline.

— Comment puis-je vous aider ?

Après un moment de silence pendant lequel Pauline garde obstinément les yeux baissés, Léonie l'encourage gentiment, comme elle doit le faire si souvent :

— Pour que je puisse vous aider, il faut me raconter… Les organes de la génération sont des organes comme les autres, dont il faut apprendre à parler sans gêne si l'on veut se soigner.

— Je n'ai pas mal, laisse-t-elle tomber.

Léonie glisse un regard à sa taille d'apparence fine sous le manteau.

— Si vous êtes grosse, vous ne l'êtes pas de beaucoup. Il y a sûrement, dans votre quartier, plusieurs dames qui accompagnent les délivrances… Parce que je charge un prix plutôt élevé.

Parfaitement immobile, Pauline contemple les mains de Léonie, jointes sur la table, puis elle grommelle :

— C'est ma sœur qui m'a envoyée vous consulter. Elle est bonne à tout faire. Elle a entendu parler de vous par sa maîtresse.

— Si vous me dites où vous habitez, je pourrais peut-être vous diriger…

Pauline jette un coup d'œil circulaire pour s'assurer que la porte est bien fermée et que personne ne peut entendre. Elle lève vers Léonie un visage où se devine, derrière l'aplomb, une vive angoisse.

— Je sais que vous rendez bien d'autres services que les délivrances, alors… Je n'ai pas fleuri depuis septembre, on dirait qu'il y a quelque chose de bloqué…

— Vos dernières règles étaient donc…

— Vers la fin du mois.

— Presque trois mois… Êtes-vous mariée?

Elle secoue la tête.

— Alors vous voulez faire revenir votre sang? La meilleure chose à faire, pour le moment, serait d'aller consulter un médecin. Le retard des règles pourrait être dû à une maladie de langueur ou à un excès d'eau. C'est fréquent chez les jeunes ouvrières. Vous avez plutôt mal au ventre, n'est-ce pas?

La jeune femme est sur le point de nier, mais, constatant l'expression de Léonie, elle se ravise. Un faible sourire se dessine sur ses lèvres tandis qu'elle acquiesce faiblement.

— Les médecins prescrivent un émétique à tout bout de champ. Si ça peut au moins servir à ça…

Léonie fait mémoriser à la jeune fille le nom et l'adresse du Montreal Dispensary, puis elle lui décrit les symptômes du mal dont elle est censée souffrir. Enfin, elle la prévient que le retour des règles sera sans doute assez douloureux.

— Si vous ne guérissez à votre goût, revenez me voir. Je connais l'usage de quelques plantes. Mais ne tardez pas. Plus le fruit est âgé, mieux il est accroché.

Comme si Léonie lui donnait enfin la permission de parler franchement, Pauline se penche :

— Je ne pourrais pas faire vivre un enfant, parce qu'il faut que je travaille. Quant à le placer en nourrice… c'est beaucoup trop cher.

— Votre famille ?

— Elle est loin. J'habite une chambre… Je fréquente cet homme depuis cinq mois, il est peintre en bâtiment, j'ai fait sa connaissance au cours d'une promenade, au début de l'été… Il m'avait promis qu'il me marierait dès que possible et j'étais bien d'accord.

— Maintenant, il ne veut plus ?

— Il réussit tout juste à faire vivre sa vieille mère. Alors, une femme et un enfant… Je suis sûre qu'il va m'abandonner si…

S'interrompant, la jeune femme se mord les lèvres, puis elle se lève brusquement et s'enfuit après de vagues remerciements. Refermant la porte, Léonie fulmine encore une fois contre cette peur qui empêche maintenant de réclamer ouvertement de l'aide pour un avortement. On prétend qu'il est criminel de vouloir faire mourir le fruit. Mais cela ne l'est-il pas bien davantage lorsqu'une femme met au monde un enfant qui sera négligé et mal nourri ? Qui, s'il survit, sera laissé trop jeune à lui-même, demeurera inculte et augmentera le nombre des personnes dont le sort reste précaire toute leur vie durant ? Et qu'on ne vienne pas prétendre que ces femmes sont les seules responsables de ces tristes conséquences. Les enfants se fabriquent à deux !

Au souper, Léonie explique à Simon et à ses enfants le projet de Marie-Claire et sa proposition professionnelle. Après une courte discussion, Laurent et Cécile se désintéressent du sujet et quittent la table. Simon pose quelques questions d'un air dubitatif, réagissant fortement à la perspective d'un alourdissement de la tâche de son épouse.

— L'horaire de travail sera à discuter, réplique Léonie avec patience, mais je vais m'arranger pour que les heures ne soient pas trop longues.

— Tu devras faire des gardes de nuit, pour le sûr.

— Et alors? s'exclame Flavie en jetant un regard courroucé à son père. C'est déjà le cas, non? À ta place, je serais content que maman ait enfin un horaire régulier. Et puis, ses gages risquent d'augmenter…

Après avoir réfléchi un instant pour mettre de l'ordre dans ses idées, Léonie demande à Simon:

— Si on te proposait le poste de directeur d'école, comment réagirais-tu? Si on t'offrait une école où tu peux décider du programme d'enseignement et engager les professeurs de ton choix? Tu accepterais, n'est-ce pas?

L'air un peu piteux, Simon hoche la tête. Satisfaite, Léonie ajoute:

— J'ai l'impression qu'enfin tout ce que je sais va vraiment servir.

— Je t'envie, murmure Simon avec amertume. Personne ne m'offre rien, à moi.

Le cœur serré, sachant que son homme a des idées tellement originales qu'il fait peur à certains, Léonie s'enquiert:

— Tu n'es pas bien, maître d'école?

Simon ne répond pas et, toute à son enthousiasme à propos de la future Société compatissante, Flavie lance avec flamme:

— Quelle chance pour moi, papa, tu te rends compte ? Je pourrai observer à ma guise des dizaines de délivrances, sans que personne y trouve à redire ! Et puis, Marie-Claire a même parlé de cours… Quelle idée géniale ! Tu sais quoi, maman ? La Société pourrait devenir la première vraie école de sages-femmes de la province, où on apprend tout ce que les médecins doivent savoir pour prétendre au titre d'accoucheur !

Ébahie, Léonie fixe sa fille en même temps qu'elle frissonne d'une soudaine excitation mêlée d'appréhension. Simon se moque :

— Une école de sages-femmes ! Et quoi encore !

Indignée par son dédain, Flavie réplique :

— Du haut de ton savoir, papa, explique-moi pourquoi il est interdit aux sages-femmes de devenir accoucheuses, elles aussi ?

Simon fait une tentative prudente :

— Je croyais que les femmes n'avaient pas les nerfs assez solides pour opérer ?

— Comment peut-on le savoir, rétorque Flavie avec exaspération, si on ne les laisse même pas feuilleter un seul traité de médecine ? C'est épuisant, à la fin, tous ces colportages qui circulent sur la faiblesse des femmes ! Moi, je trouve complètement absurde que nous soyons obligées de faire appel au médecin dès qu'il faut donner des médicaments, utiliser des instruments ou pratiquer une opération !

Les laissant argumenter, Léonie se lève en ramassant quelques couverts. Elle est étourdie par toutes ces idées qui s'agitent dans sa tête, la Société, et puis, maintenant, cette école de sages-femmes… Mais une chose est sûre : elle ne peut pas laisser passer une telle occasion professionnelle. Dans son for intérieur, elle remercie le ciel que Marie-Claire lui donne cette chance d'élargir le champ de ses responsabilités et de faire profiter de son savoir un plus grand nombre.

CHAPITRE IX

Simon approche la chaise berçante du poêle, puis, essoufflé et transi, il s'y laisse tomber et pose les pieds tout près de la fonte chaude. Installée à la table, bien éclairée par les rayons obliques d'un magnifique soleil, Flavie referme son journal et s'enquiert :

— Laurent n'est pas avec toi ?

— N'aie crainte, il est tout proche, bien affairé… Depuis que ce grand garçon a annoncé son départ, vous vous inquiétez de sa moindre absence ! J'ai laissé ton cher frère dehors, en train de dégager la rue. Comme toujours, notre voisin Robillard en fait le moins possible, un corridor étroit devant sa porte d'entrée ! Alors Marquis et Laurent déblaient un peu plus large. Tu sais que la neige nous va jusqu'aux genoux ?

Simon remue les orteils tandis que Flavie se redresse et s'étire, puis se gratte le cuir chevelu à travers ses tresses. La démangeaison est trop légère pour être causée par les poux, mais on ne sait jamais, il faudra qu'elle demande à Cécile de l'examiner…

— J'ai été interrompu par le marguillier Bonenfant, poursuit négligemment Simon. Nous avons discuté un bon moment. Je t'annonce en grande première que la fabrique a officiellement accepté la construction d'une nouvelle école, qui va commencer au printemps !

Flavie jette à son père un regard soucieux. Malgré son visage sans expression, elle sait très bien que la nouvelle, prévisible depuis des mois, lui inspire des sentiments mêlés. Il est soulagé qu'enfin la paroisse réponde au besoin criant d'une plus vaste école. Jusqu'alors, un certain nombre d'enfants devaient marcher jusqu'à la ville pour aller en classe. Par contre, il va perdre davantage de sa liberté d'enseignement, déjà grugée par les visites du curé et de l'inspecteur...

— J'imagine que la nouvelle école va séparer les filles des garçons, commente Flavie.

— Évidemment. Il y a des lustres que nos évêques dénoncent la mixité. Le curé n'allait pas rater une si belle occasion! C'est tellement ridicule d'associer la mixité à une occasion de vice! Comme si les créatures avaient besoin de ça pour *pécher*...

Simon a prononcé ce dernier mot en appuyant fortement, avec une dérision teintée d'amertume. Il ajoute:

— Le programme d'études ne sera plus le même. Moins de mathématiques et de sciences humaines pour les filles, mais des cours de couture et de musique...

Ayant dévalé l'escalier de l'étage, Léonie fait irruption dans la cuisine, parée à sortir. Elle a rendez-vous chez Marie-Claire, en ce début d'après-midi, pour la première réunion du comité d'organisation de la Société compatissante. Assurée d'obtenir un appui financier substantiel de la Société de Saint-Sulpice, Marie-Claire doit maintenant organiser concrètement son œuvre, en réunissant un bon nombre de dames prêtes non seulement à verser une cotisation symbolique, mais surtout à donner de leur temps et à faire jouer leurs relations. Portée par un sentiment d'euphorie et absorbée dans ses pensées, Léonie endosse son manteau de laine dont elle serre étroitement la ceinture autour de sa taille, puis elle se coiffe d'un bonnet chaud et enroule un léger foulard autour de son cou.

— Couvre-toi bien les jambes, grommelle Simon. Les rues de la ville sont encore enneigées.

— Je suivrai les sentiers, réplique Léonie avec bonne humeur. Il ne faut pas longtemps, après les tempêtes, pour que les Montréalais se remettent à bouger! Allez, au revoir!

Un parfum de savon frais flotte dans la pièce à la suite de son départ. Après un moment à contempler l'endroit où Léonie se tenait quelques secondes auparavant, Simon marmonne :

— Il y a longtemps que je n'avais vu ta mère ainsi…

— Le projet l'emballe réellement, papa.

Simon fait un mouvement d'impuissance. Il semble à Flavie que, depuis que Léonie a accepté l'offre de Marie-Claire, son père n'en soit pas encore revenu… Il n'a pas le front de s'y opposer ouvertement, mais il arbore, dès que la discussion touche ce sujet, une expression vaguement mécontente et dédaigneuse.

Des voix d'hommes leur parviennent de la salle de classe, puis un Laurent hilare passe la tête par la porte et lance d'une voix sonore :

— Flavie, de la visite pour toi!

Il s'efface pour laisser entrer Daniel Hoyle, qui paraît fort intimidé et qui ôte prestement sa tuque. Flavie se lève brusquement tandis qu'une vive chaleur lui enflamme le visage. Cessant son bercement, Simon salue le jeune homme d'un air coquin et plaisante :

— Laurent a dû se tromper, je suis sûr que tu viens me tenir compagnie!

Daniel balbutie :

— À vrai dire, monsieur Simon… je voulais emmener Flavie en promenade. Enfin, si vous le voulez bien…

— Qu'en penses-tu, ma fille ?

Elle hoche vigoureusement la tête.

— Habille-toi chaudement, alors. Et ne reviens pas trop tard. Avant la nuit, ou je lance ton frère à vos trousses.

Flavie n'a pas mis le nez dehors depuis la tempête de l'avant-veille. De nombreux voisins, pelle à la main, sont en train de repousser la neige de la rue en formant des bancs de neige où les enfants s'en donnent à cœur joie. Tous deux cheminent d'abord en silence, puis Daniel se tourne vers elle en lui demandant où elle souhaite aller et Flavie reçoit avec un choc l'éclat du vert de ses yeux, rehaussé par la lumière crue reflétée sur la neige. Envahie par une vive allégresse, elle sourit largement en répondant :

— Je ne sais pas… Rue Notre-Dame, peut-être ? Voir les boutiques.

— À votre service, mademoiselle.

Il lui offre son bras et elle y glisse le sien. Il lui avoue :

— Je suis soulagé parce que Cécile n'était pas là. Je viendrai la voir, elle seule, bientôt. Tu lui diras ?

La température est assez froide et la bise souffle légèrement, mais l'effort de la marche les réchauffe. Ils pénètrent bientôt dans la ville. De nombreuses carrioles les croisent à petite allure, ainsi que des passants, affairés ou en promenade. Des enfants, caracolant auprès de leurs parents, se lancent des balles de neige.

— Ce que j'aime en venant ici, remarque Daniel, c'est qu'on y rencontre toutes sortes de gens. Des très élégants et des plus ordinaires, comme nous.

Ils s'arrêtent devant presque chacune des boutiques si variées de la rue Notre-Dame et qui annoncent, en langue anglaise, des centaines de produits que ni Flavie ni Daniel ne pourront jamais s'offrir : articles de cuir fin et vaisselle de luxe ornée de charmants décors, cigares et rubans de soie, bonbons et marmelades, chapeaux et mitaines de fourrure, bijoux et montres…

Tous deux s'extasient devant les portraits stupéfiants de fidélité que le *daguerreotypist*, qui vient tout juste d'inaugurer son commerce, a installés en vitrine. Ils lorgnent les jolies bouteilles de parfum que les pharmaciens placent en étalage, puis ils hument les odeurs délicieuses qui s'échappent des boulangeries et des pâtisseries et se moquent ensuite des ridicules perruques frisées avec lesquelles les *Wig Makers* tentent d'attirer les clientes. De nombreux tailleurs offrent des *Gentlemen's Fancy Articles* et, dans les vitrines des couturières, des tissus chatoyants attisent la convoitise de Flavie.

Ils passent devant des hôtels, des cabinets de médecins et de chirurgiens discrètement annoncés, et les bureaux de *L'Aurore des Canadas* et de *La Minerve*, deux des journaux publiés en ville. Plusieurs auberges offrent à manger et les jeunes gens regardent avec envie les convives qui en sortent, devisant avec animation.

— Je ne peux pas t'offrir de repas, regrette Daniel.

— Moi non plus, réplique Flavie en riant. Mais quand je serai une sage-femme riche, je t'inviterai.

— Tu en connais, toi, des sages-femmes riches ?

— Aucune. C'est parce que nous sommes trop naïves. Les médecins, eux, n'ont pas ces scrupules. Quand ils viennent assister une femme du monde, ils demandent dix fois plus cher que nous, même s'ils passent très peu de temps à son chevet!

Faisant une halte, elle ajoute :

– On dirait même que les bourgeoises considèrent que les médecins ont une grande science seulement parce qu'ils exigent un prix élevé !

Riant, Daniel entraîne Flavie et tous deux reprennent leur marche et parviennent en vue d'un grand chantier abandonné pour l'hiver, celui du futur marché Bonsecours, situé en contrebas, entre les rues Saint-Paul et des Commissaires. Seules les fondations de cette imposante bâtisse ont été terminées avant la froidure et il est encore malaisé de se faire une idée de son architecture, mais des commentaires malicieux vont bon train sur cette construction dont le coût exorbitant, prétend-on, n'est qu'une bagatelle pour une ville qui souhaite prendre l'allure d'une capitale !

L'établissement du parlement du Canada-Uni à Montréal est en train de transformer la ville. Le prix des terrains a monté en flèche et un plan audacieux circule, celui d'installer le siège du gouvernement dans un bâtiment digne de ce nom, un immense palais où scraient réunis les élus et les bureaux publics. À cette fin, le palais de justice, la vieille prison, le champ de Mars, les maisons de la rue Saint-Gabriel près de Gosford, tout cela serait rasé…

Mais la querelle qui divise le pays au sujet du gouvernement responsable fait craindre à plusieurs que Montréal ne perde bientôt, si peu de temps après l'avoir obtenu, le siège du gouvernement du pays. Une bien mince déconfiture, estime Simon, si le pays échappe à des conséquences plus graves et plus fâcheuses, comme un soulèvement populaire ou une guerre civile.

— J'aimerais me réchauffer un peu, qu'est-ce que tu en penses, Flavie ? Je connais un *pub*, rue des Commissaires où on ne sera pas obligés de prendre quelque chose.

— Un *pub* ? Tu veux dire une taverne ?

— Un vrai *pub*. Mon père m'y a emmené quelques fois. C'est un Irlandais, qui est notre voisin, qui le tient. Il ne devrait pas y avoir trop de monde à cette heure.

Tous deux descendent une petite rue transversale et débouchent près du port, où la bise se fait plus coupante. À proximité de la rive du fleuve, l'eau est recouverte d'une bonne couche de glace, mais un chenal est encore libre en plein centre du vaste cours d'eau. Tandis qu'ils se dirigent vers l'ouest, Flavie admire les installations portuaires modernes maintenant désertes et couvertes de neige, les nouveaux quais perpendiculaires à la rue des Commissaires et la rade artificielle en forme de L qui permet un mouillage à l'abri des courants et des tempêtes.

Soudain, Daniel s'arrête devant une lourde porte de bois, qu'il tire. À la fois réticente et curieuse, Flavie le suit à l'intérieur. L'atmosphère est chaude, sombre et enfumée. Quelques dizaines de clients sont au bar et aux tables rondes. Flavie se rassure en constatant la présence de plusieurs femmes, quelques-unes en couple et d'autres en groupes de deux ou trois. Il y a même une famille, dans un coin. Prenant Flavie par la main, Daniel l'entraîne jusqu'à une table libre à proximité de l'une des deux petites fenêtres à carreaux qui donnent sur la rue. Tous deux retirent leurs manteaux et prennent place. Quelques secondes plus tard, un homme corpulent s'approche. Reconnaissant Daniel, il lui donne l'accolade, puis il salue Flavie en anglais. Elle lui répond en français :

— Enchantée, monsieur.

— Nous sommes venus seulement nous réchauffer un peu, est-ce que ça ira, *mister* Foley?

Dans un français horriblement écorché, le tenancier répond:

— Avec plaisir. Je vous offre quand même un liquide chaud, d'accord?

Flavie s'étonne des conversations anglaises incompréhensibles qui parviennent à leurs oreilles. Elle en fait la remarque à Daniel, qui lui affirme que, si elle les entendait discuter, son père, son frère et lui, elle ne saisirait pas un traître mot. Il ajoute d'une voix vibrante d'indignation:

— Les Anglais prétendent que nous avons un terrible accent. Comme si tout le monde devait déblatérer comme eux!

— Les Irlandais sont comme les Canadiens, remarque Flavie en souriant. Ils ont le dédain des Anglais…

— Chez nous, ils agissent comme les maîtres. Ils sont les *landlords*. Ils ont pris possession des terres et ils nous obligent à les cultiver comme des… comment vous dites? comme des serfs. Ils exigent une bonne part des récoltes et ils nous traitent comme des moins que rien, comme une race inférieure et ignorante. Quand ça va trop mal, il n'y a qu'une solution: partir. Oh, pour ça, les *landlords* sont bien contents de nous voir débarrasser le pays.

— Papa croit que l'Angleterre se sert de ses colonies comme déversoir. Elle y envoie les plus misérables. Sans vouloir t'offenser, Daniel.

— Nous aurions pu rester là-bas, tu sais. Mais l'Irlande est si pauvre…

Tous deux boivent le thé sucré en s'indignant à mi-voix de la position privilégiée des Anglais au Canada, tournant en ridicule leur complexe de supériorité, qui leur fait croire que leur race est naturellement plus industrieuse, plus inventive et plus méritante que les autres! Mais ce qui est moins drôle, c'est qu'ils estiment être en droit d'obtenir d'office d'indéniables avantages, comme le contrôle sur l'économie de la colonie et sur ses principales institutions politiques.

Flavie bâille à plusieurs reprises et s'étire. Elle a une envie irrésistible de poser sa tête sur la table et de fermer les yeux. Daniel approche sa chaise de la sienne:

– Viens ici. Repose-toi un peu.

Il passe son bras sur son épaule et l'attire contre lui. Elle ferme les yeux et, après un moment, il pose sa tête contre la sienne. Ainsi calée, Flavie reste pendant plusieurs minutes extrêmement consciente de ses formes qui touchent aux siennes, de la rondeur et de la dureté de son épaule, et de son bras à elle appuyé contre son flanc à lui. Puis elle sombre, peu à peu, dans un demi-sommeil.

Débarrassée de son manteau, Léonie quitte le hall sur les talons de la domestique, qui lui fait signe d'entrer dans le salon où une dizaine de femmes sont assises et discutent. Elles se taisent à l'arrivée de Léonie, tandis que Marie-Claire vient à elle et l'embrasse. Léonie se souvient avec un coup au cœur qu'une trentaine de dames ont été invitées à cette réunion de fondation. Le résultat est plutôt décevant, d'autant plus que la plupart, venues en curieuses, ne sont pas nécessairement prêtes à se consacrer aux premières tâches administratives…

Adoptant le vouvoiement d'usage en société, Marie-Claire dit:

— Léonie, vous arrivez à point. Nous allons récapituler et, en même temps, vous mettre au courant de nos délibérations.

Les dames présentes ont formé un conseil d'administration provisoire jusqu'à l'assemblée officielle de fondation. Marie-Claire occupera le poste de présidente et Euphrosine Goyer, que Léonie connaît bien, s'est offerte pour le poste de secrétaire. Épouse sans enfants d'un député à la Chambre d'assemblée, elle est depuis longtemps active au sein de divers groupes féminins. Elle n'est pas très vive, mais assidue et travaillante.

Avec une expression victorieuse, Marie-Claire présente ensuite à Léonie une femme grande et large dont les traits rudes sont adoucis par un magnifique sourire. Ancienne conseillère de la Société compatissante de Québec, Françoise Archambault vient de se proposer comme simple administratrice.

— Nous avons emménagé à Montréal en août dernier, explique-t-elle à Léonie avec un contentement évident. Mon mari vient d'être embauché comme comptable au chantier naval d'Augustin Cantin.

Pour compléter le conseil et recruter des membres, une assemblée de fondation de la Société se tiendra dans un local prêté par les messieurs de Saint-Sulpice et en la présence du curé de Notre-Dame. Si plusieurs dames hésitent à devenir membres du conseil, elles ont en revanche convenu de prendre en charge diverses tâches reliées à l'organisation de l'assemblée et à la mise sur pied de la Société.

— Une société comme la nôtre, précise Marie-Claire, ne pourrait fonctionner sans l'engagement d'une sage-femme de renom. Mesdames, je suis heureuse de vous confirmer que Mme Léonie Montreuil, ici présente, a accepté de prendre charge de la maternité, selon les modalités dont nous avons discuté tout à l'heure.

Les dames applaudissent chaleureusement et Marie-Claire détaille ensuite quelques futurs règlements. Selon la demande, Léonie sera secondée par une autre sage-femme et par une ou plusieurs employées, à la fois servantes et gardes-malades. Mais, pour débuter, comme l'engagement de personnel coûte cher, toutes les tâches autres que celle de sage-femme devront être accomplies par des dames bénévoles. Comme à l'University Lying-In, le séjour au refuge coûtera aux patientes, en théorie, une petite somme d'argent, mais celles qui seront incapables de payer seront admises gratuitement. Les dames bénévoles devront également suivre les patientes après la délivrance pour les orienter vers des emplois respectables, dont celui de nourrice.

Marie-Claire poursuit :

– J'attendais l'arrivée de Mme Montreuil pour vous mettre au courant d'un nouveau développement très prometteur pour l'avenir de notre organisme.

Constatant avec étonnement que son amie évite de croiser son regard, Léonie se redresse sur sa chaise. Selon Marie-Claire, M. Chicoisneau a reçu, dès que la nouvelle a commencé à circuler parmi la bonne société montréalaise, la visite d'un des membres fondateurs de l'École de médecine et de chirurgie de Montréal, le médecin Nicolas Rousselle. Tandis que ce nom se répercute dans la pièce, Léonie sent un grand froid prendre possession de tous ses membres. Elle est brusquement catapultée vingt-cinq ans en arrière et elle ferme les yeux malgré elle. Dans son esprit, un visage apparaît, éclairé par de grands yeux sombres et une large bouche gourmande. Il était si excessif, dans ses passions autant que dans ses dédains, et ambitieux à l'extrême, au point d'écraser les plus faibles sur son passage…

Léonie fait un grand effort sur elle-même pour écouter Marie-Claire, qui raconte que Rousselle a exposé au curé le problème auquel l'école faisait face depuis sa fondation, plus d'un an plus tôt. Les étudiants ont absolument besoin de stages pratiques auprès des femmes en couches. Les sœurs grises leur refusent l'entrée de leur hôpital et la veuve Jetté, celle de son asile. Le Lying-In est déjà lié avec l'École de médecine de McGill, qui se refuse à toute entente avec eux. Ils sont dans un cul-de-sac et le docteur est venu implorer monsieur le curé de leur permettre l'accès aux patientes de la future Société compatissante.

— Notre curé aurait dû remettre cette décision entre nos mains, ajoute Marie-Claire, mais il s'est déjà engagé auprès du docteur.

— Déjà engagé? répète Léonie, ouvrant de grands yeux.

— Il a donné son accord à M. Rousselle. La Société sera une maternité qui offrira un apprentissage pratique aux étudiants en médecine.

— Il a ouvert les portes du refuge aux étudiants? bredouille Léonie, incrédule, en se penchant en avant.

— J'avoue que nous sommes un peu coincées, concède Marie-Claire, jetant à son amie un regard circonspect. Mais ce n'est pas une si mauvaise chose, non? L'École de médecine et de chirurgie devra nous payer pour ce service et il est bien entendu que c'est la sage-femme en chef qui aura l'entière responsabilité de l'enseignement.

Furieuse, Léonie s'exclame brusquement :

— As-tu réalisé ce que cela signifie, pour les patientes, subir les attouchements de plusieurs jeunes hommes et accoucher en leur présence ? Je voudrais bien t'y voir !

La charge est forte et un lourd silence tombe parmi les dames, dont certaines échangent des regards gênés. D'une voix altérée, Marie-Claire reprend en regardant fixement Françoise Archambault :

— Deux jours plus tard, Nicolas Rousselle me rendait visite, en compagnie de son épouse, Vénérande, qui se consacre à l'Orphelinat catholique. Elle ne pouvait être ici aujourd'hui, mais elle m'a promis son aide.

Tremblante d'indignation et bouleversée par cette irruption brutale de son passé dans sa vie, Léonie contemple les légers rideaux colorés qui habillent la grande fenêtre. Depuis son arrivée à Montréal, elle a fait tout son possible pour éviter que sa route ne croise celle de Nicolas, qui a grandi à Longueuil et qui l'a séduite, pendant une année, par son immense appétit pour la vie…

Une dame se racle la gorge :

— N'est-ce pas la coutume, dans les maternités, qu'il y ait des médecins en apprentissage ?

— Pas nécessairement, répond Françoise Archambault. À Québec, il n'y en a pas et les patientes s'en portent très bien.

Léonie intervient en tâchant de maîtriser ses émotions :

— Je connais un peu Nicolas Rousselle. Je ne l'aime pas beaucoup. Il prétend volontiers que les sages-femmes sont responsables des décès de nouveau-nés et de mères. Il nous accuse d'être ignorantes et bornées. En fait, il vise surtout les campagnes, où beaucoup de sages-femmes illettrées apprennent seulement par expérience. Avant de venir s'établir à Montréal, Rousselle a dénigré ma tante, celle qui m'a appris le métier. Alors, l'idée de collaborer avec lui ne me sourit guère…

Françoise Archambault remarque :

— De même, la présence d'étudiants ne semble pas vous plaire…

— Si vous saviez, madame, le nombre de médecins qui se prétendent accoucheurs même s'ils ont étudié seulement deux planches d'anatomie et n'ont assisté qu'à trois délivrances ! Un jour, la mère d'une accouchée m'a fait expressément demander pour remplacer un médecin parce qu'elle craignait pour la vie de sa fille. Elle avait bien raison : il allait tenter une intervention dangereuse et tout à fait inutile !

Impressionnées, les dames murmurent entre elles. Françoise reprend, d'une voix moins assurée :

— Mais puisque vous seriez leur professeur, ne serait-ce pas une occasion en or de les encourager à parfaire leur formation ?

— Même si les médecins et les chirurgiens n'ont pas assez d'expérience auprès des femmes, ils veulent les accoucher. Vous savez pourquoi ? Tout simplement pour se constituer une clientèle. Ils nous interdisent d'acquérir une science médicale indispensable dans les cas difficiles, puis ils nous reprochent d'être ignares et incompétentes ! Je refuse d'offrir mon aide à ces jeunes hommes suffisants. Nos filles, elles, en ont bien davantage besoin…

Euphrosine Goyer intervient :

— Si j'ai bien compris, il est déjà entendu que notre refuge servira d'école pour les étudiants en médecine. Il est donc inutile d'en discuter davantage.

Marie-Claire précise faiblement :

— Notre curé est d'avis que cela doit se faire.

— Je croyais que le conseil seul allait prendre de telles décisions ? ironise Léonie. Belle indépendance ! Je nous trouvais bien avisées de nous placer sous la protection du curé de Notre-Dame, mais je commence à en douter. Les prêtres se ressemblent tous !

Retrouvant toute sa puissance vocale, son amie affirme avec dignité :

— J'ai bien averti M. Chicoisneau qu'à l'avenir, s'il passait outre à l'autorité du conseil, je démissionnerais.

Le silence s'installe et Léonie constate que l'attention de toutes les femmes présentes, comme si elles attendaient sa décision finale, est dirigée vers elle. Profondément peinée par la perspective de devoir renoncer à une entreprise si chère à son cœur, Léonie balbutie d'une voix tremblante :

— Je ne peux pas. J'en suis bien marrie, mais je ne peux pas. Je refuse d'enseigner à des étudiants en médecine. De plus, je ne souhaite pas côtoyer Nicolas Rousselle.

Couvrant le tumulte de ses émotions, une phrase prononcée quelques minutes plus tôt se répercute dans sa tête : *ce sont nos filles qui ont besoin de notre aide.* Visiblement désemparée, Marie-Claire lui lance à mi-voix, comme si elles étaient seules :

— Sans toi, j'abandonne ce projet.

Émue malgré elle, Léonie grommelle :

— Si la société de Québec est ouverte depuis si longtemps, je ne vois pas pourquoi celle de Montréal aurait moins de succès… même sans moi.

— Peut-être pourriez-vous y réfléchir, propose timidement Françoise Archambault. De notre côté, nous pourrions songer à une solution mitoyenne…

Ce sont nos filles qui ont besoin de notre aide. Ne pourrait-elle leur offrir la possibilité d'étudier l'art des accouchements et des maladies reliées aux organes de la génération? Flavie avait lancé l'idée d'une école de sages-femmes davantage comme une boutade, mais Léonie n'avait pu s'empêcher de la retourner dans tous les sens, enthousiasmée par cette perspective audacieuse. Quel moyen idéal de former de vraies accoucheuses et, ainsi, de faire taire tous les commentaires malicieux! Mais l'entreprise lui semblait au-dessus de ses forces, surtout à ce moment-ci. Et pourtant… *Nos filles ont besoin de notre aide, qui d'autre luttera avec elles pour leur ouvrir les portes du vaste monde?*

Aspirant une large goulée d'air comme si elle allait plonger sous l'eau, Léonie déclare subitement:

– J'ai le projet de fonder une école de sages-femmes. Si le futur conseil accepte d'ouvrir le refuge à mes élèves, j'accepte la présence des étudiants de Rousselle.

Tirée de son endormissement par de la musique, Flavie se redresse et regarde autour d'elle. Dans le fond du *pub*, un homme fait jaillir quelques notes plaintives d'un petit accordéon, puis il se met à jouer un air tantôt enjoué, tantôt mélancolique. La femme à ses côtés se met à chanter d'une voix riche et sensuelle. Ravie, Flavie pose un regard heureux sur Daniel, qui tente de lui sourire malgré son expression chagrinée. D'un geste impulsif, elle prend sa main et la serre entre les deux siennes.

Beaucoup plus tard, constatant que le jour baisse, tous deux repartent hâtivement. Après la chaleur du *pub*, les premières minutes de marche dans le froid sont difficiles et essoufflantes et, avant que Flavie enfile ses mitaines, Daniel s'empare de sa main nue. Désemparée à la perspective de le quitter, Flavie reste silencieuse, la tête baissée pour offrir moins de prise au vent d'ouest qui prend de la vigueur sur la vaste étendue du fleuve.

Plus loin, les bâtiments leur offrent une protection relative et tous deux, soudain intimidés, se glissent des œillades furtives. Même si le soleil vient tout juste de se coucher, ils marchent lentement vers la maison de Flavie, qui apparaît néanmoins trop vite à leur gré. D'un commun accord, tous deux s'arrêtent à bonne distance, toujours liés par l'étreinte de leurs mains. D'une voix éteinte, Flavie murmure, sans le regarder :

— Je te souhaite un bon voyage, Daniel.

Il balbutie un vague remerciement. Elle prend une profonde respiration, puis elle lève la tête et, plongeant son regard dans le sien, elle dit avec un sourire courageux :

— J'ai du chagrin que tu partes. Mais ce serait dommage que tu ne profites pas de l'occasion. J'aimerais bien, moi aussi, découvrir de nouveaux endroits et rencontrer toutes sortes de gens, comme les Noirs qui viennent d'Afrique. Tu me raconteras, dans tes lettres ?

— J'ai si hâte de partir, Flavie.

Surprise par l'urgence dans sa voix, elle le regarde intensément.

— Je ne peux plus vivre dans la même maison que mon frère. Quand je vais revenir, je vais m'installer ailleurs, je t'assure ! Il n'arrête pas de se moquer de moi, de me critiquer. On croirait qu'il me déteste.

Flavie réplique vivement d'un ton léger :

— Tu exagères ! Personne ne peut te détester. Tu es trop gentil !

Daniel esquisse un pauvre sourire et soulève la main de Flavie blottie dans la sienne. Les yeux fixés sur cette étreinte, il reprend avec lenteur :

— Parfois, j'ai l'impression d'étouffer. Je repense à ma vie d'avant, chez nous, en Irlande. Je ne me souviens pas de grand-chose, mais je revois notre cuisine, nos champs, et ma mère, pour le sûr… J'étais heureux, là-bas. Nous étions tous heureux, même si nous avions tout juste de quoi manger. Je m'ennuie tellement…

Sa pomme d'Adam monte et descend, à plusieurs reprises. Il accroche son regard à celui de Flavie et poursuit, posant son autre main à plat sur sa poitrine :

— Il y a quelque chose en moi… qui me rend presque fou. Je dois bouger. Je dois partir. Si je reste ici…

Il serre convulsivement la main de Flavie et ferme les yeux. Quand il les rouvre, deux larmes perlent au bord de ses paupières. D'un mouvement rapide, il entoure Flavie de ses bras, la serrant étroitement contre lui. Profondément remuée, Flavie s'abandonne, pleinement consciente que, pour la première fois, un corps d'homme est collé presque de tout son long contre le sien. Elle savoure intensément cette sensation neuve, qui provoque un échauffement de ses sens.

Lorsque Flavie se dégage, la respiration précipitée, elle n'ose pas lever les yeux de crainte de trop se dévoiler. Un peu brusquement, elle l'embrasse sur les joues et il fait de même, avec une douceur gourmande qui l'émeut. Leurs regards se croisent enfin et elle se fige, saisie par l'expression de désir qui altère les traits de son visage. Il murmure d'un ton suppliant :

— S'il te plaît, Flavie. J'aimerais t'embrasser, une seule fois.

Incapable de résister, Flavie se dresse sur la pointe des pieds et, tout doucement, fermant les yeux, Daniel pose ses lèvres fermées sur les siennes. Flavie sourit. C'était si agréable… Voulant retrouver la délicieuse sensation, elle l'embrasse à son tour, de la même manière, mais un peu plus longuement. Elle voudrait continuer à poser ses lèvres sur lui, n'importe où, même à l'intérieur du manteau, sur la peau nue de son épaule et de sa poitrine… Elle se jette à son cou et l'embrasse encore avec le goût de le mordre, puis elle le repousse vivement, tourne les talons et se met à courir vers la maison.

La requête de Léonie au sujet d'une école de sages-femmes a créé un vif émoi. D'abord incrédules et condescendantes, les dames ont fini, à la demande réitérée de Françoise, par écouter Léonie exposer son idée et les mettre au courant de toutes les initiatives en ce sens en Europe. Une discussion animée a suivi. Comme Léonie s'y attendait, plusieurs se sont récriées devant l'audace d'un tel projet, estimant qu'il mettait en péril la naturelle pudeur féminine. Léonie s'est empressée de les contredire : n'était-il pas dans la nature des choses que ce soient des femmes qui en aident d'autres à mettre leurs enfants au monde, comme cela se passe depuis l'aube des temps ?

Cet argument d'une vérité indiscutable a réduit les opposantes au silence et Françoise Archambault a pris la parole, se révélant, à la grande surprise de Léonie, sa meilleure alliée. Selon elle, la création d'une école de sages-femmes serait le prolongement logique de la mise sur pied d'un refuge pour accueillir les femmes enceintes. Il fallait offrir à ces dernières non seulement un toit, mais aussi des soins de qualité que seules des accoucheuses bien formées pouvaient prodiguer.

Or les quelques cours de gynécologie offerts aux femmes par des médecins de la ville étaient loin de suffire. Si l'on ne se dépêchait pas, bientôt le métier de sage-femme allait tomber en désuétude au profit de la profession médicale accaparée par les hommes. Françoise a donc proposé que le projet de Léonie soit soutenu par une résolution du conseil provisoire et ultérieurement débattu lors de l'assemblée de fondation. Toutes les dames présentes, sauf une qui a immédiatement quitté la réunion, ont convenu que la proposition était fort raisonnable.

Après un léger goûter, les dames prennent congé. Même si elle est anxieuse de se retrouver seule pour penser, Léonie estime qu'elle doit des explications à Marie-Claire et elle lui raconte que, avant de s'installer à Montréal, Nicolas Rousselle pratiquait à Longueuil. Au cours de son apprentissage avec Sophronie, Léonie l'avait croisé à plusieurs reprises et un attrait mutuel s'était déclaré. Il filait doux, alors, traitant Sophronie avec une grande considération pour son expérience et son habileté.

Mais sa vraie nature n'avait pas tardé à se manifester lorsqu'il avait réalisé qu'il ne suffisait pas de rafraîchir l'enseigne au-dessus de la porte de son cabinet pour que les patients affluent! Le vieux médecin dont il avait acquis la pratique n'avait convaincu personne des avantages de sa science. Finalement, quelques notables de la place avaient engagé Rousselle pour assister leurs épouses dans leurs délivrances, mais la rumeur avait rapidement couru qu'il était intervenu avec trop de précipitation et que son forceps avait blessé une femme en couches. Les habitantes préféraient nettement Sophronie pour les délivrances et se fiaient à elle pour soigner divers maux. De plus, des rebouteux de père en fils exerçaient depuis belle lurette dans la paroisse. Comme toujours, il fallait vraiment avoir épuisé tous les recours pour s'adresser au médecin de la place.

Sourd et aveugle à ces résistances populaires pourtant bien compréhensibles, Nicolas Rousselle s'était révélé, dans ses discussions avec Léonie, d'une grande arrogance. Il ne pouvait concevoir qu'on lui préfère une matrone illettrée et des rebouteux ignares. Découragée par son égoïsme et par son manque d'empathie, révoltée par la campagne de dénigrement qu'il avait entreprise contre Sophronie auprès des élites de la paroisse, Léonie avait mis brusquement fin à leurs fréquentations. Il était alors devenu, avec elle, condescendant à outrance.

— Quelques mois plus tard, il déménageait à Montréal, conclut Léonie. Il s'était peut-être fait quelques amis, mais surtout beaucoup d'ennemis. Comprends-moi bien, Marie-Claire : je me méfie d'un bon nombre de médecins et de chirurgiens, pas seulement de Rousselle. Entre leurs mains, nous sommes des sujets d'expérience. J'ai entendu parler de certaines choses qui te feraient frémir. Pour que je prenne confiance, pour que je sois convaincue de leur adresse et de leur savoir, il faut que je les voie travailler avec des femmes en couches.

— J'étais loin de me douter de tout cela, murmure Marie-Claire avec une moue d'excuse. Je suis désolée de t'avoir ainsi plongée dans l'eau chaude.

Léonie hausse gentiment les épaules et Marie-Claire poursuit :

— Une qui m'a étonnée, c'est Françoise Archambault. On aurait cru qu'elle avait déjà mûrement réfléchi à la question ! Je savais que notre organisation tirerait de nombreux avantages de sa présence, parce qu'il est évident qu'elle a une intelligence supérieure, mais à ce point !

Comme la nuit est tombée depuis longtemps, Léonie prend rapidement congé, se reprochant de s'être lancée tête baissée dans cette aventure de l'école de sages-femmes. Elle n'a plus le choix, maintenant. Ou elle se retire totalement du projet de refuge ou elle met cette école sur pied, en plus de la maternité ! La démarche pesante, découragée par sa témérité, elle met un temps fou à atteindre son logis.

CHAPITRE X

La température est clémente, en ce 30 décembre, pour la randonnée de quelques heures qui emmène tous les membres de la famille Montreuil vers la maison de tante Catherine, la sœur de Léonie, qui les reçoit à Longueuil pour les festivités du Nouvel An. Le pont de glace a ouvert il y a seulement une semaine, et, depuis, les attelages s'en donnent à cœur joie entre la ville et la rive sud du fleuve Saint-Laurent. Le mari de Catherine, René Cadieux, est parti de chez lui de bonne heure pour venir les quérir en carriole. Après un copieux dîner, que René écourte parce que le ciel est en train de se voiler, Simon ferme la maison et ils partent, tous entassés à l'arrière sauf Laurent qui prend place aux côtés de son oncle.

À cause de l'affluence sur les chemins, le court trajet jusqu'au fleuve prend un certain temps. À intervalles réguliers, chacun saute en bas de l'attelage pour se réchauffer. Puis, c'est la traversée du fleuve au trot, un moment exaltant à cause de l'immensité de ce désert glacé où souffle perpétuellement une légère bise qui soulève des voiles de neige. Flavie éprouve toujours une secrète gratitude lorsque la rive de Longueuil est atteinte. L'équipage traverse ensuite le village et trotte dans quelques rangs de la paroisse avant que René fasse bifurquer le cheval sur le chemin bordé de vieux arbres qui mène à la maison. Il est temps : les nuages commencent à échapper de petits flocons.

L'heure est à la fête et c'est avec force embrassades que les deux cousines, Ladevine et Josephte, et leur jeune frère Germain accueillent leur parenté du faubourg Sainte-Anne. Catherine fait l'accolade à sa sœur avec exubérance, mais, presque aussitôt, elle se reprend et s'informe de leur voyage d'une voix mesurée, le visage inexpressif. La différence de personnalité qui existait au départ entre les deux sœurs s'est accentuée avec le temps. Femme de devoir, Catherine passe à travers la vie sans beaucoup parler ni sourire.

Puisque la parenté se réunira ici demain, les femmes se mettent à la tâche dans la cuisine et les hommes préparent la maison tout en s'occupant des bêtes dans la grange et au poulailler. Le souper est frugal et la veillée écourtée ; en prévision de la longue journée du lendemain, chacun se retire de bonne heure. Laurent partage la paillasse de son cousin, et Flavie et Cécile, celles de leurs cousines. Simon et Léonie s'installent près du poêle sur le tapis tressé, enroulés dans des courtepointes. Leurs rires feutrés parviennent aisément jusqu'à la pièce au-dessus où les quatre jeunes filles, bien installées sous leurs couvertures, devisent à voix basse. Josephte, qui a dix-sept ans, est particulièrement excitée par l'imminence de la fête et elle ne cesse de babiller, jusqu'à ce que la voix sévère de son père traverse le mur et lui intime l'ordre de se taire.

Selon les prévisions optimistes du grand-père Jean-Baptiste, il cesse de neiger pendant la nuit. Le temps de terminer les préparatifs, de casser la croûte, de faire une petite sieste et de revêtir les habits de fête, la carriole des premiers invités fait tinter sa clochette. Comme à l'habitude, les plus éloignés, à la sortie du village de Boucherville, arrivent en premier : le frère de Léonie et de Catherine, Plessis Bernier, son épouse Mathilde et les trois derniers enfants qui habitent encore avec eux, Maurice, Marguerite et Léon. Les suivent de peu Sophronie, la sœur de Jean-Baptiste, et son seul enfant et cousin de Léonie, Pierre Lebel, un vieux garçon d'une quarantaine d'années. Enfin, la dernière carriole amène une autre fille de Jean-Baptiste, Adrienne, ses deux filles Félicité et Adélaïde ainsi qu'un jeune homme inconnu, présenté comme leur petit-cousin.

De nombreux mets s'ajoutent à ceux qui sont déjà déposés sur la grande table et des couverts, apportés par chaque famille, s'empilent à côté. Même s'il fait déjà noir, les plus jeunes restent dehors à courir et à se lancer des balles de neige. À une extrémité de la vaste pièce commune, Flavie et ses cousines s'échangent les nouvelles de l'année. Au début, les jeunes hommes tournent autour d'elles, écoutant la conversation, interjetant parfois une remarque qui se veut spirituelle.

Laurent et son cousin Léon s'éloignent bientôt et il ne reste que le grand Maurice ainsi que le petit-cousin nommé Vital Papillon, un garçon de taille moyenne au teint cuivré et aux cheveux bruns. Il a revêtu des vêtements civils, mais sa tonsure révèle qu'il aspire à la prêtrise. Discret et peu volubile, il reste appuyé contre le mur non loin des jeunes filles, la tête légèrement baissée. Maurice, par contre, écoute peu mais parle beaucoup, avec une suffisance qui agace Flavie d'autant plus qu'il lui jette encore des regards trop appuyés. Déjà, l'été dernier, elle avait dû fuir sa présence à plusieurs reprises, incommodée par ses remarques pleines de sous-entendus et ses œillades suggestives. Elle avait espéré que son intérêt se serait émoussé…

Comme à chacune de leurs rencontres, les jeunes campagnardes sont avides de se renseigner sur les nouveautés de la ville et Flavie assouvit leur curiosité sans pouvoir masquer son orgueil d'habiter un endroit où, contrairement à la campagne, les choses bougent si vite. Elle leur raconte sa visite au parlement pendant la première session de la deuxième législature, leur décrivant avec force détails les déroutantes vociférations qui montaient du parquet et les étonnants luminaires alimentés au gaz et couverts d'abat-jour de tissu rouge.

Marguerite annonce ensuite, les joues rouges, ses fiançailles à un jeune paysan de la région, et les jeunes filles bavardent jusqu'à ce que Cécile, qui rentre tout juste de l'extérieur, les ébahisse avec l'annonce de l'apprentissage de Flavie. Cette dernière en est plutôt ennuyée : elle n'avait pas envie de se singulariser davantage auprès de ses cousines. Habitant la ville, ayant étudié très longtemps, elle est investie à son corps défendant d'un prestige qui la met à part des autres et qui rend certains membres de sa parenté soit désagréablement envieux, soit carrément réprobateurs.

Félicité, la plus âgée des cousines, déclare avec dédain qu'elle n'a jamais entendu une pareille chose et que ce n'est pas ici, dans une vieille paroisse de la campagne, qu'une jeune fille pourrait assister les femmes en couches. Bien que Léonie l'ait déjà fait, un quart de siècle plus tôt, avec Sophronie, Flavie ne prend pas la peine de la contredire. Josephte intervient :

— Reviens-en, Félicité ! C'est quand même normal qu'une fille veuille suivre les traces de sa mère !

— Voilà pourquoi, toi, tu te marieras à un habitant et tu lui feras beaucoup d'enfants! lance Maurice avec sarcasme.

L'ignorant, Josephte poursuit:

— Moi, je trouve que c'est une bonne idée. Parfois, j'aurais envie de demander à tante Sophronie de m'enseigner son métier…

— Pour vrai? s'étonne Flavie, souriant de toutes ses dents.

— Mais je sais à peine lire, tandis que toi…

Vital Papillon intervient avec une brusquerie qui révèle sa gêne:

— Si vous vous y mettez avec sérieux, vous apprendrez vite.

Tandis que les jeunes filles pouffent de rire, Maurice se tourne vers Vital:

— Ma chère cousine, j'ai l'impression que notre ami ici présent ne détesterait pas t'enseigner privément!

Donnant, au passage, une bourrade à son cousin, Félicité vient prendre le jeune homme par le bras et le tire à l'intérieur de leur groupe.

— Vital est surveillant au collège de Saint-Hyacinthe, en attendant de prononcer ses vœux. Nous l'avons gardé pour les fêtes pour lui éviter un trop long voyage vers son village.

— Je vous trouve chanceux, dit Flavie. Moi aussi, j'aurais bien aimé aller m'asseoir sur les bancs d'un collège.

— Parce que vous croyez que j'ai le temps d'étudier? rétorque-t-il avec amertume. Entre neuf heures et neuf heures et quart le soir, avant de tomber de fatigue, peut-être… Je passe tout mon temps avec les élèves. Alors, vous comprenez… Malgré toutes les belles promesses, je n'aurai pas une minute pour la science théologique.

D'un ton moqueur, Maurice lance de nouveau :

— Vous pourrez vous reprendre dès que vous serez curé. Entre les messes et les confessions, vous aurez amplement le temps.

— Être curé par ici, dans une vieille paroisse, ça laisse pour le sûr quelques loisirs. Mais comme je risque fort d'être envoyé là où les colons défrichent… je ne pourrai pas ouvrir mes livres avant l'âge de cinquante ans.

— Parlant de confession… Est-ce qu'ils vous donnent des cours là-dessus ? Je veux dire, avec toutes ces confidences de femmes… Ça doit être dérangeant, non ?

— Tais-toi donc, ahuri ! s'exclame sa sœur. Tu nous fais honte !

— Je ne sais pas pour vous, intervient Flavie, mais moi, j'ai eu très peur à ma première confession.

À dire vrai, elle avait failli en faire pipi dans son pantalon, mais cela, elle n'ose pas le dire tout haut. Elle poursuit :

— Mon tour approchait et j'avais complètement oublié de quels péchés je m'accusais. C'étaient des niaiseries : avoir été impertinente avec mon père, avoir bâclé un ouvrage important… J'ai finalement sorti un mensonge, que j'avais volé un bout de tissu à Cécile.

Maurice se faufile jusqu'à elle et, approchant son visage à quelques pouces du sien, il glisse :

— Tu es bien trop vieille maintenant pour ce genre de confessions. Ton curé doit exiger autre chose… Des mauvaises pensées ? Des plaisirs solitaires ?

— La boisson te rend idiot, riposte Flavie avec exaspération. Toi, tu devrais t'accuser au confessionnal du péché d'ivrognerie!

Souriant avec suffisance, son cousin fait mine de vouloir lui voler un baiser, mais elle s'écarte vivement. Considérant son gobelet vide, le jeune homme les quitte abruptement au milieu des rires moqueurs. Puis le cercle se défait : Josephte répond à l'appel de sa mère tandis que Marguerite et Félicité s'absorbent dans une conversation à mi-voix. Profitant de l'accalmie, Vital Papillon s'approche légèrement de Flavie en déplorant que la nécessité de se confesser suscite, depuis longtemps, tant de réticences.

— Le mot est faible, réplique Flavie sans vergogne aucune. Je dirais plutôt bien des railleries et des moqueries.

— Ce sont des blasphèmes! s'exclame-t-il avec ferveur. Dieu voit du haut de son trône les pécheurs qui s'égarent et il envoie les prêtres pour les réconcilier avec lui!

— Beaucoup prétendent que ce sont les prêtres qui ont inventé la confession.

— Faux et impossible, mademoiselle. Cet usage de l'aveu des péchés remonte jusqu'à l'origine du monde. Il n'y avait pas de prêtres dans le paradis terrestre et pourtant, Dieu a exigé de nos premiers parents qu'ils avouent leur désobéissance. La confession existait aussi chez les Égyptiens, chez les Grecs, chez les Romains… Mais il ne suffit pas d'avouer une faute privément à Dieu. Notre Créateur exige et impose la confession auriculaire et seuls les incrédules le nient.

Ennuyée, Flavie regarde par-dessus l'épaule du jeune homme, vers son père, engagé avec d'autres hommes dans une quelconque discussion politique, et vers sa mère qui, assise en compagnie de sa tante Sophronie, met sans doute celle-ci au courant de tous ses projets. Sophronie, qui ne fait pas ses soixante-dix ans, est longue et sèche, les épaules larges et les bras solides, et son visage raviné est éclairé par un regard profond et doux.

On a répété bien souvent à Flavie que, dans les Écritures, répandues depuis presque deux millénaires sur toute la terre, les apôtres et leurs successeurs se sont établis juges et médecins des âmes. Personne ne peut absoudre sans entendre les accusations. Et si l'on descend la chaîne des siècles, partout on entend répéter l'équivalent de ce commandement : tous tes péchés tu confesseras au moins à Pâques humblement. En instituant la confession, Jésus-Christ a voulu fortifier l'âme humaine au moyen d'une ressource infaillible, celle de faire expier une partie de la pénitence par la peine à se confier. La honte est un frein capable de réprimer la fougue et l'impétuosité des passions...

Flavie se rend soudain compte que Vital Papillon s'est tu depuis un bon moment et qu'il la considère avec un léger sourire.

— Je crois que je vous perds avec mes considérations théologiques... J'ai entendu dire que vous étiez apprentie sage-femme. Voilà qui est original ! Je ne croyais pas que les jeunes filles...

— L'arrière-grand-mère de tante Sophronie avait fait son apprentissage avec une sage-femme de France, qui avait traversé avec son mari médecin juste avant la Conquête. Cette dame avait étudié à l'Hôtel-Dieu de Paris. Il y avait alors beaucoup de jeunes filles et même des femmes mariées qui s'inscrivaient au cours. Même en Angleterre...

— Je vous crois, la coupe-t-il, riant devant sa véhémence. Mais ici, au Bas-Canada…

— Dans les campagnes, ce sont surtout des veuves, plutôt âgées. Elles le font pour rendre service, sans réclamer de salaire, se contentant de ce qu'on leur donne. Mais en ville, les sages-femmes formées sont des *professionnelles*, comme les médecins, qui se montent une clientèle payante.

— Vous avez réponse à tout, constate-t-il, amusé. Mais racontez-moi, c'est à cause de votre mère?

Trouvant soudainement le jeune homme beaucoup plus sympathique et voyant qu'il témoigne d'un intérêt qui semble sincère, Flavie s'engage ainsi dans un échange de vues qui dure une bonne demi-heure. Elle est interrompue par le début officiel des réjouissances. Comme le temps est doux, tous sortent pour une promenade aux flambeaux dans le rang, à chanter des chansons de circonstance d'une voix assez forte pour couvrir les refrains grivois qu'entonnent l'oncle Plessis et le cousin Maurice, qui tricotent déjà. De retour à la maison, la musique et la danse réjouissent les convives. Sophronie manie fort bien un petit accordéon, René souffle dans sa musique à bouche et plusieurs autres, avec divers instruments improvisés, battent la mesure. Enfin, après le dernier coup de minuit et les embrassades, tout le monde garnit copieusement son assiette.

Un peu plus tard, alourdie par la nourriture et presque incommodée par la chaleur et l'odeur de tabac qui règnent dans la pièce, Flavie s'habille discrètement et sort à l'extérieur, sur la galerie. La nuit est magnifique, joliment éclairée par le croissant de lune. Elle s'adosse au mur et inspire profondément, à plusieurs reprises. La porte d'entrée claque et une silhouette d'homme vient vers elle.

– Besoin d'air frais, Flavie?

Maurice a l'articulation pâteuse des hommes saouls et Flavie, qui a passé la veillée à esquiver ses mains moites et ses frôlements de corps, lui lance avec énergie:

– Je veux être seule, Maurice! Je ne tiens pas à ta compagnie, c'est clair?

Il siffle doucement et répond en rigolant:

– Mademoiselle devient prétentieuse… La ville, ça donne des idées de grandeur… Le petit cousin de la campagne ne vaut pas grand-chose à côté des jeunes messieurs des beaux quartiers!

– Ça n'a rien à voir, réplique Flavie avec acidité. C'est juste une question d'affinités.

Elle tente de le contourner pour retourner à l'intérieur mais il la saisit par le bras et la tire vers lui, en grommelant:

– Si tu me laissais une chance, Flavie? Une toute petite chance. Les jeunes filles farouches, ça me connaît…

– Je n'ai pas le goût de toi! Lâche-moi!

Poussant un grognement de rage, il secoue Flavie avec force, puis il l'attrape par les deux bras et la plaque contre lui, cherchant goulûment ses lèvres. Flavie se tortille avec vigueur, lui assenant des coups de poing dans la poitrine. Jurant, il veut l'obliger à pivoter pour l'adosser contre le mur, mais, sans plus tergiverser, elle lui donne un coup de genou dans l'entrejambe. Il pousse un cri étouffé et la délivre. Elle se précipite à l'intérieur de la maison et referme la porte derrière elle, exultant d'avoir réussi à le repousser. Puis, un profond dégoût l'envahit et elle reste adossée à la porte, bouleversée, jusqu'à ce que Cécile la remarque au milieu de la cohue générale.

— Trop mangé, Flavie ? Tu es toute pâle. Débougrine-toi, c'est la canicule, ici…

— Va chercher papa, s'il te plaît. Ça presse.

Un peu vexée par son ton de commandement, Cécile s'exécute néanmoins. Flavie dénoue son foulard et enlève sa capuche. Elle sent que la porte s'entrouvre dans son dos et elle pivote en lançant furieusement :

— Tu restes là, espèce de cochon !

La porte se referme. Lorsque Flavie se retourne, Simon est devant elle. Il a beaucoup mangé et dansé, mais il a bu modérément, comme d'habitude. Jamais la sobriété de son père n'a apporté à la jeune fille autant de réconfort. Elle lui raconte d'une voix hachée que son cousin, depuis l'été précédent, voudrait avec elle une intimité qui lui déplaît et que ce soir, il a dépassé les bornes en tentant de lui faire violence. Simon se rembrunit et il lui fait signe qu'il va s'habiller. Une minute plus tard, tous deux sortent sur la galerie. Piteux, frissonnant parce qu'il s'est à peine vêtu pour sortir, Maurice fait les cent pas. À grandes enjambées, Simon marche jusqu'à lui et l'oblige à lui faire face. Il jette :

— Qu'est-ce que je viens d'apprendre, Maurice ? Tu voulais forcer ma fille à t'accorder ses faveurs ?

— Elle m'aguiche depuis l'été, proteste-t-il, avec ses mines…

Simon lui assène une forte gifle. Maurice vacille un instant en se tenant la joue, puis il reprend à grand-peine son équilibre. La lumière en provenance de la fenêtre éclaire son visage hébété aux yeux ronds. Simon rétorque :

— Pas de ça avec moi. Flavie est honnête. Elle me dit qu'elle ne veut pas de toi, je la crois. Et puis, à quoi tu penses, elle est ta cousine ! Une cousine, c'est presque comme une sœur! Tu la laisses tranquille, tu m'as compris? Même avec tes yeux, même avec tes farces!

– Compris, grommelle Maurice. Je gèle.

– Rien de mieux pour dessaouler. Rentre, maintenant.

Dès que la porte a claqué, Simon prend Flavie par les épaules et la serre contre lui, sans un mot. Puis, la tenant toujours étroitement serrée, il pivote pour contempler un moment le ciel et les étoiles. Flavie murmure:

– Tu me crois, papa? Je ne lui ai jamais fait des accroires.

Simon lui presse l'épaule et répond sur le même ton:

– Ils sont dangereux, ces hommes qui rejettent la responsabilité de leurs actes sur les femmes. Ne t'en approche pas.

Avec un rire de dérision, Flavie lance:

– Comment faire quand ce sont eux qui collent?

Simon pousse un profond soupir d'impuissance, puis tous deux retournent à l'intérieur.

Le lendemain midi, René reconduit les Montreuil au village de Longueuil, chez Sophronie et son fils qui habitent une petite maison tout près de l'église, dans une rue étroite en terre battue. Chaque année, Sophronie tient comme à la prunelle de ses yeux à recevoir sa nièce préférée, son mari si original et leurs trois enfants délurés. Quant au cousin Pierre, fort amical malgré ses apparences de vieux garçon bourru, il en profite pour discuter de l'actualité avec Simon et pour apprendre aux enfants, quand le temps est mauvais, d'innombrables jeux de cartes.

Ce soir-là, au souper qu'ils prennent tôt, fatigués par le réveillon, Sophronie ne peut se retenir longtemps d'interroger davantage sa nièce au sujet de la future Société compatissante. La veille, leur conversation a été constamment interrompue… Léonie lui explique que l'assemblée de fondation, où une cinquantaine de femmes étaient présentes, a donné d'excellents résultats. Le conseil d'administration a été complété, les journalistes ont écrit des comptes rendus enthousiastes et une dame a même proposé de leur prêter une maison dans le quartier irlandais, sur une artère importante.

— C'est assez près de la ville, précise Flavie, et en même temps, toutes les femmes du faubourg se sentiront à l'aise d'y venir.

— Dès que nous pourrons, nous paierons un loyer, poursuit Léonie. L'aménagement va commencer dans les prochaines semaines. La grande salle est en haut, avec quelques chambres privées, et, en bas, un salon et la cuisine. Les patientes devront se mettre à l'ouvrage, nous pouvons à peine payer une cuisinière à mi-temps, en plus des deux sages-femmes.

Brusquement, Simon se lève et lance d'un air écœuré à la cantonade :

— J'en ai assez de ces discussions de femmes. Une partie de cartes, quelqu'un ?

Laurent, Pierre et Cécile se dirigent vers le petit salon, où une table de jeu est dressée, tout en se plaignant que c'est toujours pareil, la conversation finit toujours par retomber dans les mêmes ornières. Sophronie n'y prête aucune attention et s'informe sur le travail précis qui attend Léonie.

— Pour l'instant, le conseil est en train de préparer un contrat, qui sera discuté et adopté à la première assemblée générale des membres. La semaine sera divisée en deux, quatre jours pour moi et trois jours pour une autre sage-femme, qui sera engagée plus tard. Nous ferons affaire avec deux médecins pour les urgences.

— Maman a la charge de la maternité, commente Flavie avec orgueil. C'est elle qui décide de tout. Et l'école de sages-femmes, maman, tu lui en as parlé hier ?

Vivement étonnée, Sophronie promène son regard clair de l'une à l'autre, puis elle éclate de rire et s'exclame :

— Qu'est-ce que vous mijotez encore, mes vlimeuses ?

En quelques mots, d'une voix essoufflée, Flavie lui expose le projet. Léonie s'empresse de préciser :

— C'est encore très vague, je ne sais pas encore exactement…

— Mais je sais, moi ! lance Flavie. Comme une nouvelle école va être construite dans la paroisse, tu peux te servir de la classe de papa ! Tu fais des annonces dans les journaux, et voilà !

— C'est d'une simplicité enfantine, convient Léonie en riant. J'aurais dû y penser plus tôt !

Elle ajoute, pour le bénéfice de sa tante :

— Flavie déborde d'imagination, ces temps-ci.

— N'empêche que les messieurs qui veulent donner des cours de médecine, ils font comme ça ! Ils annoncent leur cours dans les gazettes !

— C'est un bon point ! estime Sophronie en donnant une tape amicale sur la main de sa petite-nièce. Tu crois que les jeunes filles vont se bousculer à votre porte ?

— En tout cas, moi, je m'inscris !

— Moi aussi, pourquoi pas ? Est-ce que tu offriras le pensionnat, Léonie ?

Les trois femmes s'esclaffent et Léonie réplique :

— Je devrais plutôt t'embaucher comme maîtresse ! Imaginez l'annonce : dame Sophronie Lebel, sage-femme de réputation *internationale*, qui a fait des études *avancées*... dans les rangs de notre belle campagne de Longueuil !

— Cette idée d'école de sages-femmes est géniale ! jubile Flavie. Quand est-ce qu'on commence ?

— Ralentis ton cheval, ma fille ! proteste Léonie en exagérant sa prononciation pour imiter l'accent paysan. Je vais commencer par suivre mes dernières clientes, puis mettre sur pied la maternité ! Il faut que j'enseigne aux étudiants en médecine, moi ! Ça va me demander tout un travail de préparation !

— Qui m'aurait dit que ma nièce, à qui j'ai patiemment montré le métier, se rendrait si loin ? lance Sophronie avec admiration.

— Elle était une bonne élève ? demande Flavie malicieusement.

— Plutôt chicaneuse. Pourquoi tu attaches le cordon de cette manière, ma tante ? Pourquoi tu laisses une telle se délivrer debout ? Pourquoi tu tires les tétons des bébés filles ?

— Tirer les tétons ? répète Flavie, à la fois amusée et scandalisée. Vous faisiez ça ?

— C'est ce qu'on m'avait enseigné. Certaines femmes ont les tétons tellement rentrés à l'intérieur que leur bébé est incapable de prendre le sein. De tirer les tétons des bébés filles, ça prévient cet accident de la nature.

— C'est une vieille croyance, explique Léonie. Pour ma part, je n'ai jamais vu de femmes ainsi, et je n'en ai même jamais entendu parler.

– C'est parce que, petites, elles ont été tirées par une sage-femme! proclame Sophronie d'un air triomphant.

Léonie secoue la tête en affectant un découragement exagéré. Considérant Flavie d'un air songeur, sa grand-tante s'enquiert, d'un ton bourru:

– Je crois que tu aimes lire, comme ta mère?

Flavie acquiesce et Sophronie repousse sa chaise en lui faisant signe de la suivre. Intriguée, Léonie leur emboîte le pas. Sophronie se rend dans un coin de la pièce et ouvre le tiroir d'un bahut. Derrière une nappe et des linges de table, elle prend un paquet enveloppé dans un vieux bout de tissu. Elle défait l'emballage et deux livres, très anciens mais bien protégés par leur reliure de cuir, apparaissent entre ses mains. Léonie s'exclame:

– Tes vieux bouquins!

Les flattant doucement, Sophronie murmure comme un secret:

– Je n'ai pas pu les lire parce que mon père croyait que les femmes n'avaient pas besoin d'instruction. Mais heureusement, Léonie m'en a raconté de longs bouts... Je te les donne, Flavie. Prends-en bien soin.

Sophronie dépose les livres entre les mains de sa petite-nièce, qui balbutie:

– Pour le sûr, ma tante? Je veux dire...

– Oui, pour le sûr. J'ai compris que tu apprécieras la valeur de ce cadeau.

Le premier livre est intitulé *Observations diverses sur la stérilité, perte de fruict, fécondité, accouchement et maladies des femmes et enfants nouveaux naiz, amplement traictées et heureusement praticquées* par Louise Bourgeois dite Boursier, sage-femme de la Reine. Le second, écrit par une Anglaise, Jane Sharp, est *The Midwives Book or the Whole Art of Midwifry Discovered*. Tenant les ouvrages contre elle, Flavie saute au cou de la vieille femme et lui donne deux baisers sonores. Émue, Sophronie marmonne qu'il n'est pas nécessaire d'en faire tout un plat et que, par ailleurs, il est temps d'aller se coucher. Léonie intervient alors avec précaution :

— Il faut que je te raconte, ma tante… Tu te souviens du docteur Rousselle ?

Sophronie ouvre de grands yeux courroucés et elle lance d'une voix tremblante :

— Et comment, que je m'en souviens ! Il disait que j'étais responsable de la mort de nouveau-nés… Moi, je faisais mon gros possible, comme je l'avais appris ! Il racontait toutes sortes de niaiseries : j'étais trop pressée, ou pas assez, je ne savais pas mesurer le bassin, j'avais la main trop grosse…

— La main trop grosse ? répète Flavie, abasourdie, considérant les mains encore solides mais à la peau parcheminée de sa grand-tante.

— Maintenant, je me moque, souffle-t-elle, soudain toute pâle, mais mon défunt mari vous le dirait, il me faisait pleurer souvent…

— Les femmes de la paroisse savaient qui était la meilleure, la rassure Léonie en lui caressant l'épaule.

— Je fais ce que je peux pour ces femmes qui souffrent comme j'ai souffert, murmure Sophronie avec lassitude.

Sophronie est encore la sage-femme préférée de toute la paroisse, mais elle commence à ralentir ses activités, acceptant seulement les patientes qui habitent à proximité. Heureusement, deux nouvelles sages-femmes, dont une veuve, sont en train de prendre la relève. Rapidement,

Léonie met sa tante au courant de la requête de Nicolas Rousselle auprès du curé de Notre-Dame, ajoutant :

— Je suis loin d'être enchantée d'avoir affaire avec lui. Mais au moins, je sais comment me défendre, n'est-ce pas ? Nicolas a su mes quatre vérités quand je l'ai quitté.

Plus tard, alors que Léonie s'est éloignée, Flavie se penche vers Sophronie et chuchote :

— Est-ce que maman a vraiment aimé ce docteur ?

Sur le même ton, elle répond :

— Quand elle se donne, ta mère, elle ne se donne pas à moitié ! Allez, jeune fille, au lit ! Vois, ta sœur dort par-dessus son jeu de cartes !

CHAPITRE XI

Dans les premiers jours du mois de février 1846, une nouvelle transportée par la malle royale en provenance d'Angleterre et dont les conséquences seront incalculables pour le Canada-Uni se répand à toute vitesse dans la ville. Le Parlement britannique est en discussion sur la question de l'introduction de la liberté de commerce, en d'autres mots du libre-échange, avec ses colonies. C'est le premier ministre du Royaume-Uni lui-même, Sir Robert Peel, qui s'en fait le champion, proposant une abolition graduelle des tarifs douaniers préférentiels sur toutes les céréales au cours des trois prochaines années. Au pays, la rumeur court qu'il s'agit de la loi la plus importante depuis l'adoption de la « Grande Charte », la Constitution de 1791.

Depuis nombre d'années, par le truchement de la presse et d'assemblées publiques, le peuple anglais exigeait cette mesure, la portant à l'intérieur de l'enceinte du Parlement par l'intermédiaire de défenseurs et d'avocats. Cette abolition des tarifs douaniers risque de porter un coup terrible au commerce et à la prospérité des colonies et, donc, à l'opulente et puissante aristocratie anglaise, qui avait jadis obtenu ces avantages douaniers uniquement dans son intérêt. Ce système de protection donne l'avantage à une petite clique de commerçants qui envoient denrées et autres produits coloniaux sur le marché du Royaume-Uni, se payant ainsi, en retour, l'envoi par bateaux de somptueux produits manufacturés! Deux parties également redoutables sont en présence: d'un côté, la masse du peuple anglais, lasse de son impuissance et, par conséquent, en faveur de la liberté de commerce; de l'autre, l'antique aristocratie «avec tous ses parchemins, ses titres et ses honneurs, ses monceaux d'or et sa rigidité territoriale», comme l'écrivent les journaux!

À Montréal, les discussions vont bon train sur cette question palpitante qui pourrait même provoquer une véritable révolution. Occupée par l'organisation concrète de la Société compatissante, Léonie se contente d'écouter son mari, ses enfants et les voisins débattre passionnément du sujet. Pendant les trois premiers mois de l'année, en plus d'accompagner ses clientes et de potasser des ouvrages savants en compagnie de Flavie, Léonie suit les cours de quelques médecins et chirurgiens de renom et, surtout, elle se plonge dans l'univers d'une maternité en passant deux semaines au Lying-In.

L'expérience est fort enrichissante: pour la première fois de sa vie, elle se familiarise avec le fonctionnement d'un hôpital, ce centre de soins encore inusité au Canada-Uni, mais plus fréquent en Europe, et qui, Léonie en est persuadée, est promis pour toutes sortes de raisons pratiques à un avenir prospère. Forte de son contact avec le roulement quotidien d'une maternité, elle conseille ensuite les femmes du conseil d'administration sur la mise sur pied de la Société compatissante.

Pour l'instant, trop pauvre, la Société ne peut engager que deux sages-femmes, une cuisinière à temps partiel et une concierge pour la veille de nuit. Des bénévoles assureront la permanence de jour et, dès que la nouvelle lui parvient, Flavie s'offre pour ce travail. La jeune fille passera donc deux journées complètes à la Société, les mardis et les jeudis.

Par un gris samedi soir de la fin du mois de mars, debout près du poêle, Léonie est en train de repasser sur une petite planche posée sur la table de la cuisine, tandis que Simon lit le journal. Sitôt le souper avalé, Flavie s'est empressée d'aller veiller chez Agathe, laissant Cécile en chemin chez son amie Ursule. Léonie a donc le loisir de songer au déroulement de la cérémonie d'inauguration de la Société compatissante, qui aura lieu le lendemain, dans l'après-midi. Interrompant tout à coup son bercement, Simon s'exclame :

— Léonie! On parle de toi dans *Le Pays*!

— De moi?

— Enfin, de ta Société! On annonce la fête de demain!

— J'espère bien! C'est l'événement de la saison!

Posant son fer, elle contemple avec bonheur son corsage fraîchement repassé. Le tissu est d'un vert sombre très chaud et Léonie a cousu aux manches et au col de la fine dentelle. Rêveuse, elle le pose contre elle. Il est si rare qu'elle se laisse aller au simple plaisir de préparer une toilette! Croisant le regard de Simon, elle rougit comme une jeune fille.

— Tu seras magnifique, commente-t-il en souriant. Quel dommage que je n'aie pas une redingote digne de toi!

— Tu seras très bien. Nous n'allons pas à une réunion mondaine, mais à l'ouverture d'une clinique.

Délaissant son ouvrage, Léonie va dans la salle de classe et se plante devant la fenêtre. L'esprit vide, à la fois étrangement calme et remplie d'appréhension, elle observe le spectacle familier des promeneurs dans la rue Saint-Joseph, l'épicier Tremblay qui ferme ses volets et les mères qui appellent leurs petits pour la nuit. Depuis que le conseil d'administration nouvellement élu de la Société compatissante a accepté que des étudiantes sages-femmes y fassent éventuellement leurs études cliniques, Léonie porte quelque part en elle, très vivant, l'ardent désir d'ouvrir son école.

L'ampleur de la tâche est énorme, comme Marie-Claire et elle l'ont bien constaté au cours de leurs discussions à ce sujet. Y aura-t-il un nombre suffisant de femmes intéressées ? Combien peut-on leur demander pour équilibrer le budget, mais ne pas les décourager ? Quel programme de cours leur offrir ? Mais surtout, quelle sera la réaction des collègues médecins et du curé de la paroisse ?

Poussant un profond soupir, Léonie se détourne et revient dans la cuisine. Simon est toujours absorbé dans sa lecture. Elle se sent désemparée et inutile, incapable d'occuper son esprit ou ses mains à quelque tâche que ce soit et l'unique solution est d'en profiter pour se reposer. Elle monte à l'étage et se couche tout habillée sur son lit, où elle s'applique à respirer lentement et profondément. Depuis le temps qu'elle explique aux femmes en couches comment se détendre, elle devrait bien y arriver…

Mais immanquablement, lorsque l'attention de Léonie n'est plus occupée par mille et une questions, la pensée de Laurent se fraie un chemin dans son esprit. Attendrie, elle évoque son visage et son rire et l'imagine mangeant à table parmi eux… Au cours des premières semaines suivant son départ, en janvier, son absence la hantait à toute heure du jour. Parfois, après s'être couchée, elle ne peut s'empêcher de penser à son premier fils, mort d'une fièvre foudroyante à l'âge de cinq mois. Cette ancienne souffrance se ranime à chaque départ, qu'il s'agisse du voyage de Laurent ou de la mort de personnes aimées, son frère Philias qui a péri noyé à l'âge de vingt ans, sa voisine Élisabette emportée par le choléra ou ces nouveau-nés, les petits de ses patientes…

Aux dernières nouvelles, Laurent était en excellente santé. Daniel et lui se trouvaient au bord de l'océan Atlantique, loin vers le sud, dans une contrée sans froidure. Tous deux vivaient d'expédients, dormant dans des cabanes abandonnées sur la plage et se nourrissant de poissons rejetés par les pêcheurs… De temps en temps, ils se trouvaient un travail en échange du gîte et du couvert, et parfois même, contre un véritable salaire! Laurent est heureux et c'est tout ce qui compte véritablement pour Léonie. Ce voyage n'est que le prélude à son départ définitif, dans quelques années. La vie moderne offre tant de perspectives nouvelles! Il s'établira, de même que ses sœurs, peut-être loin d'ici!

Ses filles… Léonie ne peut s'empêcher de craindre pour leur bonheur futur. Si vives, si curieuses, elles trouvent déjà le petit monde féminin trop étroit à leur goût… Très jeune, Cécile a manifesté beaucoup d'intérêt pour la menuiserie et son père, amusé, ne l'a pas découragée. Mais comment pourrait-elle mettre à profit, dans sa vie adulte, ce réel talent? Impossible pour elle de songer à en tirer un revenu. Depuis qu'elle a compris qu'une menuisière en jupon ne susciterait que dédain et railleries, Cécile contemple l'horizon de son avenir d'un air désabusé et ses fréquents mouvements d'humeur ne sont pas uniquement dus à l'approche de ses fleurs...

Quant à Flavie... Comme sa mère auparavant, elle ne pourra se contenter d'un savoir approximatif transmis par apprentissage. Déjà, fascinée par le sens d'organisation des dames patronnesses qui font partie du conseil d'administration de la Société compatissante, elle s'est portée volontaire pour être la secrétaire du comité d'organisation de l'inauguration, prenant note des délibérations, s'occupant du courrier et de diverses menues tâches reliées à sa fonction. Flavie voudra toujours en apprendre davantage et, ce faisant, elle butera contre les conventions sur la place des femmes...

Léonie a le cœur serré en songeant à l'attachement sincère que sa fille éprouve pour Daniel. Le jeune homme reviendra-t-il ? Elle en doute fort. Plus elle retourne la situation dans sa tête, plus elle croit qu'il aura besoin, encore longtemps, de rester éloigné de chez lui et de tous ses mauvais souvenirs. Fermant les yeux, Léonie appelle à son secours le souvenir de sa mère. Elle l'implore, où qu'elle se trouve, de protéger Laurent et de l'empêcher d'être entraîné par Daniel sur le chemin du déracinement.

Le lendemain, une température printanière a transformé les rues en chemins boueux et lorsque le temps est venu de se diriger vers la Société compatissante, Léonie et ses deux filles doivent retrousser leurs jupes, qui s'arrêtent pourtant bien en haut de la cheville, pour éviter de les maculer. Flavie et Cécile échangent maintes facéties qui font sourire Simon, tandis que Léonie, nerveuse, jongle avec ses pensées. Elle voudrait que l'inauguration soit déjà chose du passé pour qu'elle puisse enfin se plonger dans son nouveau travail.

Jusqu'à présent, Léonie a évité d'envisager la présence de Nicolas Rousselle, mais elle ne peut plus se faire davantage d'illusions. Elle essaie de l'imaginer vingt-cinq ans plus vieux que dans ses souvenirs. Il était séduisant alors, vigoureux comme un cheval de trait, les cheveux bouclés, le profil aigu et le sourire ravageur… À intervalles réguliers depuis qu'elle est à Montréal, Léonie a entendu parler de lui, des ouvrages et des articles qu'il a signés, de son petit cabinet d'anatomie, de ses cours toujours populaires et, plus récemment, de ses éclats publics concernant la nécessité de mettre sur pied une école de médecine pour donner aux jeunes Canadiens la chance de faire des études avancées dans leur langue. Mais elle l'a toujours soigneusement évité, non seulement pour ne pas raviver de mauvais souvenirs, mais parce qu'il représente, à ses yeux, la quintessence du médecin imbu de sa supériorité et qui estime sans nuance aucune qu'il faut être carrément stupide pour ne pas constater l'immense avantage que constitue la présence d'un médecin à son chevet.

De plus, Nicolas Rousselle est au cœur de la petite troupe de médecins de Montréal et de Québec qui veulent réunir tous leurs collègues en une corporation professionnelle officialisée par une loi de la législature, principalement pour pouvoir sévir contre les « charlatans ». Léonie ignore ce que cela signifie exactement pour sa pratique, mais elle craint que, si la loi est sanctionnée par les députés, le métier de sage-femme n'en soit davantage incompris.

Pour l'inauguration, le fronton de la petite maison de Griffintown, une ancienne ferme de deux étages, a été pavoisé de banderoles, et une jolie enseigne peinte, visible mais discrète, a été posée au-dessus de la porte : *Société compatissante de Montréal*. La fille de l'une des officières du conseil d'administration, qui s'occupe de l'accueil, leur indique le chemin vers le salon. Presque toutes les femmes du conseil sont déjà sur les lieux, certaines accompagnées par leur mari et leurs grands enfants, et elles accueillent avec transport une Léonie bien accrochée au bras de Simon à la fois pour le soutenir devant ces mondanités qui le découragent et pour se réconforter d'être la cible de tant d'attention. Flavie emmène sa sœur visiter l'étage, où se trouve la salle commune, qui est meublée de huit lits en fer. La maison ne contient encore que le strict minimum, résultat de la quête des dames du comité auprès des bien nantis de la ville.

Saluant et devisant, Léonie est bientôt obligée d'abandonner Simon à son sort. Des hommes qu'elle ne connaît même pas lui serrent la main et des femmes l'entraînent dans un bavardage étourdissant, jusqu'à ce qu'elle arrive face à un homme dans la force de l'âge, grand et fort, très élégamment vêtu, mais plutôt empâté, le ventre bombé et le cou gras. Il dit, les yeux plissés et sans expression :

— Bonjour, Léonie. Depuis le temps que nous fréquentons les mêmes cercles sans jamais nous croiser… Je me suis souvent demandé si vous le faisiez exprès.

— Les mêmes cercles ? Vous m'accordez un prestige que je ne possède certainement pas…

— Allons, Léonie !

Souriant soudain, il lui donne une tape légère sur le bras, comme s'il corrigeait un enfant impertinent, en lançant :

— Si nous devons travailler ensemble, il nous faut bâtir une relation de confiance et de respect mutuels!

Considérant un instant son regard acéré qui traduit encore une grande force de caractère, elle se détend légèrement :

— Bien entendu, Nicolas… J'ai bien l'intention d'offrir à vos étudiants le meilleur de mes connaissances.

— Faites-moi l'honneur de vous présenter mon épouse, Vénérande…

Il tient par les épaules une femme menue d'apparence aussi terne qu'il est pétillant. Mme Rousselle rappelle affectueusement à son mari que, puisqu'elle fait partie du conseil de la Société, Léonie et elle se connaissent depuis plusieurs mois. Elle s'éloigne aussitôt, sollicitée par l'une des organisatrices de l'inauguration, et Léonie tente de répondre le plus brièvement possible aux questions de son ancien prétendant sur le chemin qui l'a menée d'un rang de la paroisse de Longueuil jusqu'à la prise en charge d'une maternité de Montréal.

Lorsque Cécile et Flavie redescendent de la salle commune, le salon s'est rempli d'au moins une cinquantaine d'invités qui parlent haut et fort. Parmi eux, Marie-Claire et Françoise, désignées comme maîtresses de cérémonie, vont de l'une à l'autre en devisant aimablement. Solitaire près d'une fenêtre, Simon accueille ses filles avec soulagement.

— Je ne connais personne ici, leur reproche-t-il, et toute cette belle société m'intimide.

— Toi, intimidé? réplique Cécile dans un éclat de rire.

— Ne te moque pas, répond son père en se drapant derrière une fausse dignité. Tu sais que je n'arrive pas à la cheville de tous ces gens cultivés.

Cherchant sa mère du regard, Flavie la découvre en compagnie d'un homme de haute taille et Simon, qui l'observe également, murmure :

— Vraiment, Nicolas Rousselle a bien changé depuis le temps…

— Tu le connais ?

— Ta mère le fréquentait encore quand je l'ai connue. Mais elle n'a pas tardé à être littéralement émerveillée par mes qualités.

— Maman est bien marrie d'être obligée de travailler avec lui, observe Flavie. Ce sont ses étudiants qu'elle va diriger.

— Elle m'en a parlé… Un sacré caractère, ce cher Nicolas. Une chance qu'elle sait parfaitement à qui elle a affaire…

— Tu peux en être certain.

Avec une vivacité qui prend sa fille au dépourvu, Simon lance, tout en contenant le ton de sa voix :

— Ma fille, à l'heure actuelle, je suis certain seulement d'une chose : ta mère s'embarque dans un navire que je trouve bien gros.

Flavie a entendu quelques discussions entre ses parents et elle sait que Simon éprouve des sentiments ambivalents en ce qui concerne la Société compatissante et le rôle que Léonie entend y jouer. Mais elle s'étonne grandement du pli qui s'est profondément creusé sur le front de son père et du ressentiment qu'elle décèle dans son timbre de voix…

— Flavie Montreuil ! s'exclame une voix féminine derrière elle.

Elle se retourne et découvre Suzanne, magnifique dans une robe à la taille étroite qui s'épanouit ensuite dans une large corolle. Simon siffle doucement entre ses dents et lui dit galamment :

— Mademoiselle Garaut, vous êtes éblouissante !

Elle rougit jusqu'aux oreilles tout en lançant, avec un dédain affecté :

— Je ne voulais pas m'habiller ainsi, c'est trop frivole !

— Tu veux qu'on échange ? demande Cécile, goguenarde, en lissant gentiment le tissu chatoyant.

— Je le ferais volontiers, réplique Suzanne en se penchant vers elle, si je pouvais enfiler ta jupe sans la faire éclater… Tu sais quoi, Flavie ? Je vais être une des bénévoles du refuge, pour m'occuper des femmes ! Nous allons travailler ensemble !

— Alors là, tu me surprends ! Jamais je ne t'aurais crue intéressée par autre chose que tes toilettes et tes réceptions…

La jeune fille donne une bourrade à Flavie, qui l'esquive en riant, ravie de retrouver, même pendant un bref moment, la Suzanne d'autrefois. Puis, cette dernière murmure :

— Au début, je ne voulais pas. Je veux dire, les femmes qui accouchent transportent toutes sortes de maladies que je ne tiens vraiment pas à attraper… Il paraît même qu'une personne aux mœurs dissolues peut contaminer l'air ambiant et que ces miasmes peuvent s'absorber par la respiration !

Abasourdie par cette théorie fantaisiste, Flavie réplique :

— Tu veux dire qu'une jeune fille pourrait perdre son innocence uniquement en étant dans la même pièce qu'une femme légère ? Quelle idée farfelue ! Où donc as-tu pêché ça ?

238

Leur attention se porte sur Marie-Claire qui, juchée sur une caisse de bois au beau milieu de la pièce, demande le silence. Après les mots de bienvenue et les remerciements d'usage, elle déclare ensuite, avec gravité :

– Partout dans le monde civilisé, en Europe comme en Amérique, des femmes se réunissent et fondent des œuvres charitables pour venir en aide à toutes celles et à tous ceux que le sort n'a pas favorisés et qui se retrouvent dans une grande pauvreté. Parmi ces démunis, les femmes méritent particulièrement notre sympathie profonde. Non seulement parce qu'elles ont souvent la charge d'une famille et que la souffrance des enfants est insupportable, mais également parce que les femmes *pécheresses* sont souvent jugées très durement, beaucoup plus que les hommes, par la société bien-pensante.

Un murmure court dans l'auditoire et Simon, de moins en moins nonchalant, grommelle avec admiration :

– Mazette ! Elle n'y va pas de main morte, la Marie-Claire !

Retenant un sourire, Flavie évoque le souvenir tout récent des réunions des dames patronnesses auxquelles elle a assisté et où Françoise Archambault s'est révélée fort instruite des progrès du féminisme dans le monde. Ce mot que Flavie avait entendu quelques fois dans des conversations, ce mot qui s'attire généralement, du moins de la part des hommes présents, bien des railleries, a pris pour elle une tout autre signification depuis que Françoise les renseigne sur les idées qui circulent parmi les femmes qui, insatisfaites du sort qui leur est réservé, fondent une multitude d'associations et de sociétés de bienfaisance.

Françoise leur a même montré des revues, créées par des Françaises ou des Américaines, où l'on affirme que les femmes ne sont pas des êtres de seconde catégorie, faiblement intelligentes et dominées par leur nervosité, tout juste bonnes à diriger une maisonnée. En fait, elles sont dotées d'un sens moral aussi élevé que celui de leurs compagnons et elles sont parfaitement capables de décider, en leur âme et conscience, de ce qui est le mieux pour elles et pour la société tout entière. Flavie a été profondément soulagée de constater que cette liberté de jugement qu'elle s'accorde depuis longtemps et cette envie farouche de diriger sa vie à sa guise en respectant ses désirs profonds ne sont pas des anomalies. Elle a lu toutes les revues de Françoise, se délectant des charges portées contre le jugement si prompt et si sévère des hommes au sujet des capacités des femmes.

Entre toutes, Marie-Claire s'est montrée la plus avide de renseignements sur la cause des féministes. La présidente du conseil d'administration poursuit, d'une voix ferme :

— Parmi ces femmes qui ont un urgent besoin de notre sollicitude, celles qui sont sur le point d'accoucher et qui manquent de tout, même d'un toit et d'un feu, sont particulièrement à plaindre. Il est intolérable que des femmes sans ressources se retrouvent seules et démunies à un moment aussi crucial que celui de la naissance de leur enfant. Dans certains cas, elles ne sont pas seulement dépourvues des biens matériels de première nécessité. D'une manière fort cruelle, beaucoup d'entre elles sont plongées dans les affres du désespoir, victimes du rejet de leur entourage.

Stupéfiée par l'audace d'un tel discours, l'assemblée garde maintenant un silence profond, et, après une pause, Marie-Claire reprend, visiblement en proie à un fort ressentiment :

– Cette honte que nous ressentons tous en présence d'une fille-mère, je n'hésite plus, mesdames et messieurs, à la qualifier de malsaine. Ce ne sont pas ces pauvres filles qui devraient en être la cible, mais leurs séducteurs, qui, la plupart du temps, ne subissent aucune conséquence de leurs actes! Comment se fait-il que, sous divers prétextes fallacieux qui ne tiennent aucunement compte de la réalité, notre société accepte une telle injustice?

Debout à quelques pas de l'estrade improvisée, Léonie pose sur Marie-Claire un regard interdit tandis que certaines personnes autour d'elle murmurent des commentaires tantôt approbateurs, tantôt dénonciateurs. Elle n'en revient tout simplement pas du courage de son amie. En certains milieux, il est devenu indécent de faire tout bonnement allusion à la grossesse d'une femme même dûment mariée!

Un brouhaha du côté de l'entrée du salon fait se tourner toutes les têtes. Le curé Chicoisneau s'y tient, entouré par quelques jeunes prêtres. Il est probable, à son air contrarié, qu'il a entendu la fin du discours de Marie-Claire. Françoise et Vénérande demandent à la foule de s'écarter pour que la petite délégation puisse progresser jusqu'à la présidente du conseil d'administration qui, de son piédestal, fait un léger salut en disant:

– Cher monsieur, je suis désolée d'avoir dû commencer sans vous, mais nous avons parmi cette assemblée distinguée d'éminents médecins dont le temps est précieux…

Tout en lui jetant un regard sévère, le curé de Notre-Dame fait un vague geste d'assentiment. Marie-Claire reprend, d'un ton plus gai:

– Toutes les femmes, sans exception, trouveront ici une porte grande ouverte et un accueil chaleureux et, surtout, totalement dépourvu du moindre jugement. Pour leur assurer un encadrement médical de grande qualité, nous avons retenu les services de deux excellentes sages-femmes, que je tiens à vous présenter dès maintenant. Mme Sally Easton a suivi sa formation à Liverpool. Depuis son arrivée au Canada, il y a une dizaine d'années, elle a offert ses services à diverses sociétés anglophones de bienfaisance en plus de faire des centaines de délivrances à domicile.

Une femme bien en chair aux cheveux gris et au large sourire s'incline légèrement sous les applaudissements discrets.

— Mme Easton secondera notre sage-femme responsable de la salle d'accouchement, Mme Léonie Montreuil. Même si vous la connaissez tous et toutes de réputation, je tiens à affirmer que nous pouvions difficilement trouver une sage-femme canadienne plus qualifiée. Malgré un manque flagrant de ressources au niveau de l'enseignement de la profession, Mme Montreuil a réussi à atteindre un très haut degré de compétence. Sa présence est donc un honneur pour nous et pour nos futures patientes.

Empourprée jusqu'à la racine des cheveux, Léonie se tourne et reçoit à son tour les applaudissements, dont ceux, particulièrement enthousiastes, de Cécile et de Suzanne, debout l'une à côté de l'autre.

— À l'heure actuelle, mesdames et messieurs, il est impossible pour une sage-femme d'acquérir une formation théorique et pratique digne de ce nom. Nous qui nous enorgueillissons du sang français qui coule dans nos veines, nous n'allons pourtant pas à la cheville de ce grand pays d'Europe où, depuis un siècle, les sages-femmes ont droit à une formation de premier ordre qui en fait les égales des plus grands accoucheurs. Notre société est donc très fière de s'associer au projet que caresse Mme Montreuil, celui de la fondation d'une école de sages-femmes.

Un murmure de stupéfaction parcourt de nouveau l'audience. Les jambes molles, le cœur battant, Léonie tente de faire abstraction des regards curieux et parfois choqués qui convergent vers elle. Elle refuse cependant de baisser la tête. Tous ces gens, enfin, ne pourront plus ignorer à quel point l'apprentissage du métier de sage-femme est négligé au Bas-Canada !

— Il me faut maintenant souligner le rôle important que plusieurs médecins de notre grande ville joueront à la Société compatissante. Pour l'instant, comme il est impossible aux femmes qui le souhaitent d'acquérir une formation médicale, nous devons compter sur le savoir de ces messieurs pour soigner et pour prendre charge des cas difficiles.

Marie-Claire fait une pause stratégique et Léonie ne peut s'empêcher de sourire, de nouveau ravie par ce discours résolument dénonciateur. Son amie reprend, sa voix forte couvrant le murmure :

— Deux éminents médecins de notre ville, soit messieurs Peter Wittymore et Marcel Provandier, ont accepté d'être les médecins attitrés de notre clinique, un geste dont nous apprécions toute la générosité. Enfin, nous sommes parvenues à une entente avec l'École de médecine et de chirurgie de Montréal, qui cherchait activement un lieu pour permettre à ses élèves d'acquérir une nécessaire expérience pratique. Notre Société ouvrira donc ses portes aux étudiants, qui seront placés sous la supervision de Mmes Montreuil et Easton.

Marie-Claire termine son discours en faisant appel à la générosité publique. Elle explique que la maison est à peine meublée, qu'il faudra acheter des vivres, payer les salaires de la cuisinière et d'une éventuelle concierge, procéder à divers aménagements… Puis elle est remplacée sur la caisse de bois par le curé, hissé par son escorte en soutane. M. Chicoisneau lève une main pour demander le silence. Instantanément, à son air légèrement fâché, Léonie devine que son discours sera fort bref.

— Je suis enchanté de vous voir en si grand nombre pour l'inauguration d'une œuvre charitable d'aussi grande valeur et que je n'hésite pas à recommander à votre plus grande générosité. À Saint-Sulpice, nous nous préoccupons, depuis longtemps, du sort des plus démunis de notre paroisse. C'est donc avec un grand bonheur, que je souhaite partagé par vous tous, que je bénis cette œuvre et que je lui promets un soutien non seulement moral, mais également pécuniaire.

Le curé accomplit ses gestes de bénédiction tout en marmonnant quelques paroles inintelligibles. Suivi par une bonne partie de l'audience, il entreprend ensuite de parcourir la maison. Léonie rejoint son mari et ses enfants, mais, dès que les jeunes filles s'éloignent vers la table des victuailles, Simon lui saisit le bras et bafouille, le visage contracté :

— Une école de sages-femmes ? Qu'est-ce que ça veut dire ?

Doucement, Léonie dégage son bras et répond avec étonnement :

— Mais tu le sais ! Tu m'as entendue en parler à plusieurs reprises !

— Pour moi, c'était un rêve, une utopie !

– Jamais de la vie, c'est très sérieux ! Pour ma part, j'aurais attendu pour l'annoncer, mais Marie-Claire…

– Ma femme, tu exagères !

Léonie le considère un moment :

– On en reparlera, Simon. Je suis surprise de ta réaction…

– Je m'en vais. J'emmène Cécile ?

– Tu pars déjà ? proteste-t-elle faiblement, déroutée.

Il la quitte fort brusquement, interpellant Cécile au passage qui, hochant la tête, bourre ses poches de biscuits et le suit dehors. Le cortège mené par Chicoisneau revient dans la pièce. Suzanne et Flavie se promènent parmi la foule avec des plateaux de petits fours. Passant lentement d'un groupe à l'autre, Flavie n'est pas sans remarquer que l'essentiel des discussions porte sur l'annonce de Marie-Claire concernant une éventuelle école de sages-femmes. M. Chicoisneau, au milieu d'un cercle, écoute avec bienveillance les avis contradictoires qui fusent de part et d'autre. Tandis que certains s'étonnent et se scandalisent même d'une initiative aussi hardie, quelques personnes osent les contredire en affirmant qu'il est tout à fait normal que des femmes en couches préfèrent être accompagnées par d'autres femmes et qu'il serait enfin temps que les sages-femmes aient accès au savoir développé par la science médicale.

En compagnie de quelques hommes que Flavie devine être des médecins, Nicolas Rousselle discute à voix basse, dans un coin de la pièce. Lorsqu'elle passe à proximité, le silence se fait parmi eux. Plusieurs de ces médecins offrent aux sages-femmes, dans leurs cabinets, des cours d'obstétrique et il est probable que le projet de Léonie leur enlèvera de la clientèle… Flavie se dirige ensuite vers un groupe formé de Marcel Provandier, de quelques dames et de Léonie qui expose son projet d'une voix animée. Apercevant Flavie, Léonie lui fait signe d'approcher et, la prenant par les épaules, elle dit avec affection :

— C'est l'énergie de la jeunesse qui me pousse à mettre sur pied une telle école. Ma fille est plutôt déçue de ne pas pouvoir étudier la science médicale.

— Étudier la science médicale ? proteste une dame. Mais j'ai toujours cru que c'était impossible !

— Pour le sûr, il faudrait se vêtir autrement qu'en dentelles, répond Flavie en souriant.

Léonie ajoute :

— Beaucoup de femmes hésitent à confier à un homme la nature de leurs maux, qui touchent, par exemple, les organes de la génération, alors qu'elles seraient beaucoup plus bavardes avec une femme médecin !

— Avez-vous songé à inclure au programme de votre école un cours d'introduction à la médecine ? demande soudain Provandier avec pétulance. J'ai toujours rêvé d'enseigner, mais je ne fais pas partie des cercles les plus sélects…

— Je n'étais pas rendue à établir le programme de cours, répond Léonie en riant, mais je vous avoue, cher monsieur, que c'est une excellente idée ! Je penserai à vous…

Une dame se penche et murmure :

— Je crois que ça discute fort autour de notre curé… Votre initiative, madame Montreuil, risque de choquer bien des sensibilités.

— Ce que je n'admets pas, madame Lacouture, c'est que la plupart des femmes n'ont pas le choix de leur destin. C'est se moquer de leur intelligence et de leur bon jugement. Pourquoi fermer d'office les écoles de médecine aux femmes ?

– Parce que ça fait partie de l'ordre des choses, celui que Dieu a voulu, réplique une voix familière.

– Chère madame Thompson, je vous avais aperçue, mais je n'avais pas encore eu le loisir d'aller vous saluer…

Scholastique Thompson se fraie un chemin entre deux dames et Léonie lui étreint la main. Marcel Provandier observe, en écartant largement les bras en signe d'impuissance :

– Dès que la loi divine intervient, tout est dit, n'est-ce pas ? Aucun argument, même le plus raisonnable et sensé, ne peut contredire une loi imposée par Dieu.

– Il paraît que l'idée court, parmi nos élus, qu'il serait sage de retirer aux femmes le droit de vote, poursuit la vieille dame. D'après vous, docteur, c'est aussi dans l'ordre des choses voulu par Dieu ?

– Notre créateur a le dos large ! lance-t-il en pouffant de rire.

Flavie quitte le petit groupe et va déposer son plateau vide sur la table. Lorsqu'elle se retourne, une jeune fille l'aborde et lui demande des précisions sur la future école. Avant de répondre, Flavie la détaille. Assez grande, bien bâtie, respirant la santé, elle n'accorde visiblement pas beaucoup d'importance à son apparence et aux exigences de la mode. Souriant plus gentiment, Flavie dit :

– Je n'ai pas l'honneur de vous connaître, mademoiselle…

– Marguerite Bourbonnière, répond-elle avec ce soupçon d'arrogance que confère un haut rang. Vous êtes bien la fille de Mme Montreuil, n'est-ce pas ? Je suis la nièce de M. et Mme Rousselle.

– Le projet vous intéresse ?

Les yeux brillants d'une excitation soudaine, Marguerite acquiesce vivement.

— Mon oncle n'avait pas pris la peine de m'en parler, alors je vous assure que j'ai eu la surprise de ma vie! J'aurais bien envie de suivre le cours. J'aimerais tellement accomplir quelque chose de concret pour faire obstacle à la déchéance morale dont personne ne semble vraiment s'inquiéter mais qui, moi, m'inquiète terriblement!

— La déchéance morale?

Se penchant vers elle, Mlle Bourbonnière chuchote dans son oreille:

— Les filles-mères… les femmes de mauvaise vie…

Toute rougissante, n'osant plus regarder Flavie, elle se redresse vivement. Après un moment, Flavie dit:

— Si je comprends bien votre raisonnement, vous croyez qu'en devenant sage-femme vous pourrez travailler activement à réformer la société?

— Cela m'apparaît évident. Ainsi, je pourrai tenter de ramener ces créatures dans le droit chemin, celui qui est indiqué par la loi divine.

Flavie reste de glace, faisant un effort pour masquer l'aversion que lui inspire une telle attitude. La jeune fille poursuit:

— Je n'avais jamais vraiment envisagé que ce métier… enfin, cette profession, soit… possible pour une personne comme moi. Dans ma famille, on dit que les sages-femmes sont ignorantes et mêmes dangereuses, qu'elles sont sales et ivrognes.

Flavie réplique avec ironie:

— Toutes les femmes de votre famille, j'imagine, sont assistées par des médecins… qui se lavent toujours les mains avant de les approcher et qui sont parfaitement sobres.

Marguerite ne peut s'empêcher de sourire tandis que Flavie continue sur sa lancée :

— Mademoiselle, beaucoup de ragots circulent au sujet des sages-femmes. Mais sachez qu'elles ont une grande expérience pratique et le cœur sur la main. Elles seconderaient même une parfaite inconnue, sans rien attendre en retour. On leur reproche de ne pas savoir, mais on ne leur donne aucune possibilité d'apprendre ! J'ai beaucoup pensé à tout ça avant d'entreprendre mon apprentissage.

— Faire apprendre la médecine à des femmes illettrées ? Mission impossible, mademoiselle.

Se retournant, Flavie se retrouve nez à nez avec un grand jeune homme qui lui est vaguement familier. Elle le toise, outrée par son ton condescendant, jusqu'à ce qu'il tente de se faire pardonner avec un sourire désarmant de gentillesse en s'inclinant légèrement :

— Bastien Renaud, pour vous servir, mademoiselle Montreuil.

Mécaniquement, elle répond à son salut en même temps que l'accouchement de Josette Fortier et la présence de l'apprenti du docteur Provandier lui reviennent en mémoire. Encore fâchée par sa remarque, elle riposte en plissant le front :

— Honnêtement, monsieur, après avoir lu quelques livres écrits par d'illustres médecins européens, je croyais qu'il n'y avait rien d'impossible pour les hommes de l'art.

Visiblement soufflé, le jeune homme reste sans voix. S'adressant à Marguerite, Flavie poursuit :

— Vraiment, à les lire, on croirait que n'importe quel chirurgien le moindrement doué peut tenter n'importe quelle opération chirurgicale, pour la gloire de la science !

Le jeune apprenti intervient, avec une moue amusée :

— Vous nous entraînez dans une discussion passionnante, mademoiselle, qu'il me fera plaisir de reprendre à un meilleur moment avec vous.

— À un meilleur moment ? se récrie un autre jeune homme aux cheveux roux qui vient d'apparaître à leurs côtés. Mais pas du tout, c'est passionnant ! Tu me présentes, Bastien ?

— Louis Cibert, apprenti chez M. de Noyan, médecin au faubourg Saint-Laurent, qui suivra cet automne, comme moi, le cours de l'École de médecine.

— Nous serons les élèves de Mme Montreuil, précise Louis plaisamment, en s'inclinant. Nous ferez-vous l'honneur d'assister, en notre compagnie, aux enseignements cliniques de votre mère ?

— Moi ? fait Flavie. Je croyais que la mixité dans les cours n'était pas souhaitée…

— C'est la rumeur qui circule, en effet, mais il faut savoir défendre les idées les plus audacieuses, n'est-ce pas, mademoiselle ?

Soudain bousculée, Flavie retient par le bras une Suzanne confuse qui reprend pied en s'appuyant contre elle et lui lance :

— Excuse-moi, je me suis enfargée dans mes bottillons… Est-ce que tu crois que Cécile aimerait les avoir ? J'ai les orteils complètement coincés !

Réprimant une forte envie de rire, Flavie fait les présentations, puis ajoute :

— Suzanne Garaut assurera la permanence à la Société compatissante. En fait, nous serons quatre à nous partager les sept jours de la semaine.

— Deux jours pour Flavie et autant pour moi, précise Suzanne.

— J'aurai donc la chance de vous y croiser cet automne, dit Bastien Renaud en s'inclinant de nouveau légèrement devant elle.

La lueur qui s'est allumée dans ses yeux n'échappe à personne et Suzanne s'empourpre légèrement en balbutiant :

— Seriez-vous le fils de M. Édouard Renaud ?

— Vous le connaissez ?

— En fait, je connais un peu madame votre mère. Elle est venue au couvent…

— En effet, ma sœur Julie étudiait chez les dames de la congrégation. Vous étiez donc des camarades de classe ?

Le jeune Cibert déclare, en prenant Flavie et Marguerite par le bras :

— Laissons-les à leur conversation plutôt privée et, ma foi, assez ahurissante. Expliquez-moi plutôt, mademoiselle Montreuil, ce que vous reprochez aux plus illustres médecins.

— J'en avais la chair de poule quand je lisais leurs livres. Ils décrivent des opérations horribles sur des femmes en couches comme s'ils évoquaient des dissections de rats ! Ils ouvrent le ventre pour retirer de la matrice des bébés coincés ou ils scient les ligaments de leurs bassins ! Vous imaginez ce que ces femmes doivent souffrir ? Ces médecins considèrent ces femmes uniquement comme des sujets d'expérience et non pas comme des êtres humains !

— Scier ? répète Marguerite d'une voix blanche.

— Des femmes en couches ! Des femmes *conscientes* ! Et ils s'en vantent comme d'un exploit !

Louis Cibert hoche gravement la tête et Flavie conclut avec indignation :

— Il y a une limite, monsieur, à ce qu'on doit tenter pour sauver un bébé, et cette limite, c'est le bien-être de la mère.

— Voilà qui mérite réflexion. En attendant, parlez-moi de votre apprentissage. Je suis sûr que mademoiselle Bourbonnière s'y intéresse autant que moi, n'est-ce pas ?

Léonie a réussi à fausser compagnie au petit groupe entourant le Dr Provandier et elle cherche Marie-Claire du regard, espérant pouvoir s'isoler quelques minutes avec elle pour discuter. Mais elle n'a pas fait cinq pas qu'elle se retrouve nez à nez avec Nicolas Rousselle, qui lui saisit le bras et l'entraîne gentiment mais avec fermeté dans un coin de la pièce. Il dit avec onctuosité :

— Léonie, je tenais à vous féliciter personnellement pour votre nouvelle charge, et surtout, à vous remercier de l'appui que vous offrez aux étudiants de l'École de médecine. Vous savez à quel point nous désespérions de trouver enfin une clinique prête à nous recevoir.

Léonie répond froidement :

— Les religieuses se méfient de cette intrusion dans leurs hôpitaux, n'est-ce pas ?

— Dites-moi, cette idée d'école de sages-femmes, c'est une blague ?

Désarçonnée par sa question brutale, Léonie reste sans voix un moment, puis elle réplique :

— Les écoles de médecine refusent d'accepter les femmes. Avons-nous le choix ?

— Mais la médecine est une profession qui exige des capacités qui sont hors de portée des femmes ! Vous savez très bien, comme moi, à quel point le sexe féminin est gouverné par son système nerveux! La moindre émotion obscurcit son jugement!

— Mais voulez-vous me dire d'où viennent toutes ces fabulations sur la faiblesse des femmes? Répondez-moi, Nicolas, vous qui avez tant de science. Qui est l'auteur de tous ces mensonges?

— Des mensonges! Vous accusez les grands penseurs et les hommes de science de proférer des mensonges?

Envahie par une colère qui lui donne envie de frapper ce visage trop rouge au regard arrogant, Léonie jette:

— À ce que je sache, ce sont les femmes qui mettent les enfants au monde. Ce sont ces êtres selon vous faibles et idiots qui peuplent la terre d'hommes virils et de femmes fécondes!

Rousselle reste estomaqué. Avec stupeur, Léonie réalise que quelques personnes, attroupées, rient et murmurent. Elle poursuit néanmoins, tremblante de colère:

— Il faut être aveugle, monsieur, pour ne pas voir à quel point les femmes sont fortes. Chaque fois que j'accompagne une femme en couches, j'admire son énergie et sa puissance. Ce qui affaiblit les femmes, c'est quand on les transforme en des poupées tout juste bonnes à se vêtir d'une belle robe et à s'asseoir au salon! C'est quand on leur répète qu'elles ne peuvent rien faire sans escorte et qu'elles ne peuvent rien penser sans l'autorisation de leur père, de leur directeur spirituel ou de leur mari!

Des femmes manifestent bruyamment leur accord alors que d'autres s'indignent de l'arrogance d'un tel discours. Léonie inspire profondément pour se calmer. Prenant l'audience à témoin, Nicolas Rousselle proteste, impitoyable:

— Chère madame, par votre discours, vous méprisez la position très enviable que les femmes de notre société ont acquise. Elles sont si précieuses que nous voulons les protéger des corruptions du vaste monde. Comment est-il possible de s'y opposer?

Le petit groupe s'ouvre pour laisser passer le curé de Notre-Dame, un peu essoufflé par l'effort qu'il vient de faire. Jetant un regard sévère à Nicolas Rousselle, il s'interpose avec autorité:

— Une telle discussion, cher ami, me semble pour le moins inconvenante. Madame Montreuil, ajoute-t-il en se tournant vers elle, j'aimerais m'entretenir avec vous quelques instants.

Lorsque le médecin s'est éloigné et que l'attroupement s'est dispersé à regret, Philibert Chicoisneau fait face à Léonie et dit gravement:

— Je suis étonné, madame, que vous ne m'ayez pas consulté avant d'annoncer votre intention de fonder une… école. J'aurais nettement préféré que nous en délibérions auparavant.

— L'occasion était trop belle, monsieur. L'école de sages-femmes aura accès, elle aussi, à de nombreuses femmes en couches, ce qui est à la base de la formation. Certainement, un homme aussi éclairé et moderne que vous ne peut s'y opposer… Vous qui êtes si préoccupé de morale, vous devez être inquiet de la présence des accoucheurs auprès des femmes?

— Je suis surtout préoccupé de conserver les jeunes filles aussi chastes et pures que possible jusqu'à ce qu'elles convolent en justes noces, réplique-t-il avec acidité. C'est le rôle des mères d'éloigner leurs filles de la tentation.

L'innocence de la jeune fille est un bien très précieux qui doit être préservé de toutes les manières possibles.

Emportée par l'exaspération, Léonie se tend de tout son corps vers l'homme de robe :

— L'innocence ? Certainement, vous voulez dire l'ignorance ! Celle qui entraîne de graves conséquences pour de nombreuses jeunes filles. Des jeunes filles qui se retrouvent le soir de leurs noces sans savoir ce qui va leur arriver et qui sont parfois victimes d'un mari égoïste et manipulateur ! Des jeunes filles qui sont domestiques ou employées dans un atelier et qui sont séduites par leur patron ! Et vous dites que le seul moyen de mettre un terme à tout cela, c'est de les tenir dans l'ignorance !

Pendant qu'elle parlait, le curé s'est reculé vivement, comme si elle avait la peste. Ils se regardent sans parler, puis Léonie lance distinctement :

— De la part de l'évêque de Montréal, je m'attendrais à un excès de pudibonderie et à un manque de confiance dans la force morale de chacun. Mais de votre part… J'en suis surprise.

Se remémorant une phrase de Simon, elle ajoute :

— L'ardeur religieuse des membres de votre ordre nous a toujours semblé tempérée par un sain pragmatisme.

Les lèvres pincées, les yeux sévères, un grand pli lui traversant le front, Chicoisneau répond :

— Madame, je conçois que, dans le monde dans lequel nous vivons aujourd'hui, les exigences de l'Église peuvent parfois sembler… naïves. Mais vous savez très bien que l'innocence des jeunes filles doit être soutenue par une piété sans faille, une croyance absolue dans les règles morales de ce monde. Ainsi armées, les jeunes filles peuvent affronter les pires dangers sans être souillées, sans avoir même une seule mauvaise pensée. Justement, je m'inquiétais pour votre fille… Est-elle soutenue, dans son apprentissage, par de solides principes religieux ? Flavie est une âme droite, mais elle a des parents très fiers et très indépendants. Voulez-vous la faire venir auprès de nous, s'il vous plaît ?

À contrecœur, Léonie se retourne et repère Flavie, plongée dans une discussion animée avec quelques jeunes gens. Elle réussit à croiser son regard et, quelques secondes plus tard, la jeune fille est auprès d'eux. La détaillant du regard, le curé dit d'une voix doucereuse :

— Tu as beaucoup changé depuis ta communion. Tu étais une de mes meilleures, tu te souviens ?

Flavie répond gentiment :

— Apprendre le petit catéchisme par cœur, ce n'est pas difficile…

Mais combien abrutissant, conclut-elle dans sa tête. Avec Laurent, qui faisait sa communion en même temps, elle avait inventé toutes sortes de jeux pour faciliter la mémorisation. À la fin, Cécile avait tant répété, elle aussi, qu'elle avait été admise à la cérémonie, au grand soulagement de leurs parents exaspérés.

— Il ne suffit pas de réciter sans fautes, reprend le curé. Il faut intégrer tout cela dans son âme. Il faut vivre la parole de Dieu.

Après un silence, il poursuit :

— Je voulais que tu m'expliques l'apprentissage que tu viens de commencer avec ta mère. Dans tes propres mots.

Flavie se concentre un instant et répond avec honnêteté :

— Je suis très intéressée par le métier. J'ai terminé mon école l'année dernière, et j'ai appris tout ce que je pouvais. J'aurais aimé faire le collège classique… Mais ce n'est pas possible pour une femme. Et, de toute façon, mes parents n'ont pas l'argent. Alors maman et moi, on a convenu que c'était le temps que je commence mon apprentissage, tout en continuant à faire les travaux nécessaires dans la maison. J'en suis très contente. Ça me donne l'impression d'étudier encore. J'aurais trouvé ça difficile d'abandonner mes études d'un seul coup.

Soudain intimidée, Flavie baisse la tête et se tait. Après s'être raclé la gorge, M. Chicoisneau reprend :

— Je serais bien malvenu de t'empêcher de poursuivre, n'est-ce pas ? Ta mère est une excellente sage-femme et ce métier est l'un des plus importants au monde. Mais je suis très réticent à laisser une jeune fille accompagner une femme pour ses couches.

— Pourtant, intervient Léonie, les cours sont ouverts depuis longtemps aux jeunes filles en Angleterre et en France…

— Des pays impies, lance l'homme de robe avec ferveur, dont la conduite ne devrait jamais nous servir d'exemple.

Réfléchissant intensément pour mettre les bons mots sur ses idées, Flavie se hâte d'ajouter :

— Mon âge n'est pas important, ni le fait que je sois mariée ou non. Je suis en train d'apprendre un métier pour lequel j'ai un grand intérêt. Comme tous les jeunes hommes qui sont placés auprès d'un médecin ou d'un chirurgien. Commettent-ils davantage de péchés parce qu'ils étudient l'anatomie ?

Dérouté, le curé reste coi un moment, puis il répond avec brusquerie :

— On ne peut comparer la nature masculine à la nature féminine. L'homme et la femme ont été créés différemment par Dieu, y compris dans leur manière de raisonner et de réfléchir. La femme est beaucoup plus impressionnable et vulnérable à l'excitation des sens, si sa conduite n'est pas réglée par l'observance des principes religieux. Quelle consolation trouves-tu auprès de Dieu ?

Flavie échange un regard avec sa mère, puis elle répond avec prudence :

— Je fais mes Pâques et je me confesse en même temps de mes péchés, comme vous le savez. Je viens à la messe et j'aime écouter les prédications.

— Je crois que tu n'as participé à aucune retraite. Tu ne fais pas partie du groupe de dames qui se dévouent à la couture pour l'Église ni de l'œuvre des bons livres.

— L'œuvre des bons livres ? répète Flavie. Je m'en souviens, vous en avez parlé au prône l'année dernière. Y a-t-il des ouvrages qui traitent de médecine ?

Léonie dissimule un sourire derrière sa main tandis que M. Chicoisneau s'écrie avec exaspération :

— Des ouvrages de médecine ! L'œuvre des bons livres a été fondée pour faire avancer la cause de la religion et des mœurs ! Je compte non seulement sur ton adhésion à la bibliothèque, mais aussi sur ton assiduité à la messe et sur ta participation à la prochaine retraite de la paroisse. Sois assurée que je vais garder un œil vigilant sur ta conduite.

Il s'éloigne rapidement et Flavie murmure avec désespoir :

— La prochaine retraite ! C'est terrible, maman !

— Je suis sûre qu'un accouchement surviendra exactement en même temps, la rassure Léonie en lui faisant un clin d'œil et en lui prenant le bras. Tu as très bien répondu, je te félicite.

– Il me semble que j'ai dit n'importe quoi…

– On s'en va, si tu veux. Je ne veux plus bavarder ni avec un curé, ni avec un médecin, ni avec une dame trop pleine de bonne volonté…

Au passage, le regard de Flavie glisse sur Suzanne, toujours en compagnie du jeune Renaud, et sur Louis Cibert, entouré de quelques jeunes hommes et qui lui fait un salut discret. Très lasse, elle détourne les yeux. Comme elle aimerait avoir son cher Daniel à ses côtés! Généralement, elle a trop à faire pour penser à lui, mais parfois, elle s'ennuie tant de son sourire, de sa main dans la sienne et de son regard qui lui signifiait à quel point elle était importante pour lui… Elle aimerait lui confier comme elle doute, parfois, d'avoir pris le bon chemin. Les gens jasent tant sur leur compte! Les commères font des remarques désobligeantes et les hommes lui jettent des regards méfiants, comme si elle appartenait à une espèce étrange…

Depuis le début de l'année, Léonie répond aux femmes enceintes qui viennent la solliciter pour un accompagnement que, pour le moment, tant que la routine à la Société compatissante ne sera pas établie, elle se réserve pour les délivrances ardues. Les femmes du voisinage s'en plaignent, car certaines sont maintenant obligées de se débrouiller entre elles, se fiant au savoir de celle qui a eu le plus grand nombre d'enfants. Léonie profite de cette pénurie temporaire pour vanter son projet d'école de sages-femmes. Mais certaines personnes, maugréant contre ses idées de grandeur, ne voient pas plus loin que le bout de leur nez…

CHAPITRE XII

Léonie s'éveille et cligne des yeux, les sens en alerte. Quelque chose l'a tirée de son sommeil. L'oreille tendue dans le noir, guettant la respiration de ses enfants, elle sursaute : on donne des coups sourds à la porte d'entrée. Elle secoue Simon, qui se redresse en grognant. Avec raison, il déteste ce rôle de portier, surtout par une froide nuit d'avril. Il descend en rouspétant tandis que Léonie s'habille en hâte. Elle arrive dans la cuisine en même temps que Simon y fait entrer le messager de la Société compatissante, visiblement gelé, le nez rougi par le froid.

C'est un jeune Irlandais très grand et très costaud, mais simple d'esprit, qui habite avec ses parents à proximité du refuge. Ravi de pouvoir gagner quelques sous, il s'acquitte de sa fonction avec empressement. Simon remet du bois sur les braises avant de remonter pendant que Michael, les mains tendues au-dessus du poêle, explique en anglais, avec un accent qui le rend presque incompréhensible, qu'une jeune femme dans les douleurs a été amenée, la veille au soir, par une dame de la charité qui l'a découverte dans une maison abandonnée.

Il ne faut pas plus d'un quart d'heure à Léonie, à sa fille et à Michael pour parvenir devant la porte de la Société compatissante. Le jeune homme redonne sa valise à Léonie, s'incline légèrement devant Flavie en rougissant, comme il le fait en présence de toutes les jeunes filles, puis il s'éloigne en direction de son logis. Les deux femmes entrent et se débarrassent de leurs manteaux dans le salon éclairé par une lampe à huile. Puis elles grimpent à l'étage, où trois futures accouchées essaient tant bien que mal de se reposer malgré les rumeurs de voix et la lumière qui proviennent de l'alcôve, au fond.

Léonie entrouvre le rideau et y pénètre, suivie par Flavie. Une dame patronnesse, Céleste d'Artien, est assise à côté du lit où une forme féminine est allongée sur le côté, le visage vers le mur, vêtue de la large chemise grise fournie à toutes les arrivantes. Aux prises avec une contraction, la femme gémit et se recroqueville davantage en position fœtale, la respiration précipitée. Léonie échange un regard avec Céleste :

— Elle s'appelle Marie-Zoé. Elle ne veut pas nous dire d'où elle vient ni qui est le père. Mais elle n'avait rien mangé et rien bu depuis plusieurs jours. Les douleurs avaient déjà commencé quand la dame nous a signalé sa présence.

— Vous lui avez fait boire de l'eau ?

Acquiesçant, Céleste ajoute :

— Elle a pris un peu de bouillon aussi, et du pain. Elle refuse de se laisser toucher et de changer de position, sauf quand elle a besoin du pot de chambre.

Léonie fait le tour du lit, de manière à se trouver face à la jeune femme. Ses cheveux longs sont très sales et, dans son visage maigre, un long nez acéré prend toute la place. Sur sa peau jaunâtre et ses traits creusés se devine la misère. Marie-Zoé jette un regard défiant à Léonie, qui se présente et lui demande de se lever. Avec une expression mauvaise, essoufflée, Marie-Zoé réplique d'une voix éteinte :

— Il y a des jours que je dors sur le plancher. Je préfère rester au lit.

Elle fixe de nouveau le mur et ne dit plus rien. Léonie la considère pendant un moment. Elle est persuadée que Marie-Zoé est une prostituée, une de ces femmes de plus en plus nombreuses en ville qui n'ont pas le choix, pour survivre, que de vendre du plaisir avec leur corps. Elle s'assoit au bord du lit, tentant de déceler la forme de son ventre, puis elle s'enquiert avec légèreté :

— Est-ce que vous savez ce qui se passe en vous, en ce moment ?

Déroutée par la question, Marie-Zoé ne peut s'empêcher de la regarder de nouveau. Léonie poursuit :

— Laissez-moi vous expliquer. Lorsque votre bébé a été conçu, il s'est installé dans un muscle qui s'appelle la matrice. En avez-vous déjà entendu parler ?

Marie-Zoé ne réagit pas.

— C'est un organe extraordinaire. Il prend la forme d'une poche qui grandit en même temps que le bébé. C'est cet organe qui, en ce moment, provoque les contractions que vous ressentez. Il se durcit pendant une bonne minute, puis il relâche. En même temps, l'ouverture du bas s'agrandit lentement, au fil des heures. Depuis que le bébé a germé, c'est vous qui le nourrissez, au moyen du cordon. Je suis sûre que vous avez déjà vu des chatons ou des chiots à peine nés.

Presque malgré elle, Marie-Zoé hoche la tête.

— C'est pareil pour nous. Un cordon relie le bébé à la paroi de la matrice, où est fixé ce qu'on nomme l'arrière-faix. Grâce à lui, vous donnez à votre bébé tous les aliments dont il a besoin pour se développer.

Marie-Zoé n'a pas changé de position, mais Flavie, admirant la manière dont sa mère s'adresse à son intelligence et à sa sensibilité, réalise que Léonie a réussi à retenir son attention et à l'intéresser, même de façon encore très ténue, à ce qui se passe en elle. Négligemment, Léonie pose une main légère sur les cheveux de Marie, qui ne proteste pas. Après un silence, elle reprend :

— Je sais que vous n'avez pas beaucoup de forces, d'autant plus que le bébé est allé chercher en vous tout ce qu'il a pu trouver. Mais votre bébé doit naître. Il ne peut pas rester à l'intérieur sans vous tuer. Vous comprenez ?

Pour la première fois, Marie-Zoé accroche son regard à celui de Léonie. Elle a des yeux magnifiques, ourlés de cils très recourbés et soulignés par d'épais sourcils bruns. Elle murmure :

— Ça ne me dérange pas.

— De mourir ?

Elle hoche la tête. Sans rien dire, Léonie commence à lui flatter doucement les cheveux, repoussant une mèche de son visage, défaisant un nœud. Marie-Zoé modifie légèrement sa position, allonge un peu ses jambes. Léonie finit par affirmer doucement :

— Votre bébé aussi va mourir.

La jeune femme tressaille. Léonie a déjà raconté à Flavie que les mères peuvent se désintéresser complètement de leur propre sort, mais lorsqu'on évoque celui de leur enfant... Instinctivement, elles veulent prendre soin du petit être qu'elles ont porté si longtemps, même s'il n'a pas été conçu dans le bonheur.

Des éclats de voix se font entendre : deux patientes se querellent. Céleste sort précipitamment et Marie-Zoé écoute, amusée par les invectives qu'elles échangent. Dès qu'un silence relatif revient, Léonie reprend :

— Je ne sais pas quel est le sort que la vie vous a réservé. Mais si ce sort vous déplaît, les dames ici peuvent vous aider à changer de vie, une fois que votre enfant sera né.

La jeune femme part d'un éclat de rire ironique tout en s'allongeant encore davantage sur le dos. Comme le poids de son ventre l'incommode, elle se redresse sur ses coudes et Léonie en profite, toujours très calmement, pour placer deux coussins derrière elle.

— Je ne retournerai jamais faire la servante ! Torcher pour les autres, pour des riches qui vous considèrent comme une moins que rien ! Quand je suis débarquée en ville, j'étais bonne à tout faire chez un artisan cordonnier. Je faisais tout, du matin au soir, pendant que la bourgeoise s'amusait avec ses enfants ou recevait ses amies !

— Un travail difficile, acquiesce Léonie gravement. Même quand on fait le ménage chez soi, pour notre famille qu'on aime, on se tanne très souvent ! Vous êtes mal tombée, toutes les patronnes ne sont pas de même.

Marie-Zoé grimace à l'arrivée d'une contraction et Léonie lui murmure des paroles d'encouragement. D'une manière inattendue, elle tente de se redresser dans le lit. Flavie vient à son secours et la soulève derrière les épaules. La jeune femme la considère avec surprise. Flavie se présente et, lorsqu'elle retourne s'asseoir au bout du lit, Marie-Zoé la suit du regard, reprenant son souffle. Son visage est moins blême. Elle poursuit son récit :

— J'avais rencontré un galant, un plâtrier… Il venait me chercher, le dimanche après-midi, et on se promenait…

— Rue Notre-Dame ? demande Flavie, se rappelant avec un sourire ému sa dernière rencontre avec Daniel.

La bouche de Marie-Zoé s'étire en un mince sourire. Les yeux fixés sur Flavie, elle s'enquiert :

— Pour vrai, tu vas devenir sage-femme ?

— J'espère bien. On verra si je réussis les délivrances…

— Ça me plaît fièrement, ici, poursuit la jeune femme. Je me suis cachée parce qu'une dame voulait m'amener chez la veuve Rosalie. J'haïs ces femmes qui agissent comme des saintes et qui causent toujours de Dieu qui va me sauver si je regrette mes péchés !

— Moi, ce que je déteste le plus, renchérit Léonie, c'est quand elles disent qu'il faut supporter le malheur sur terre pour gagner le bonheur au ciel. Il ne faut rien supporter, il faut dénoncer et se battre ! Votre enfant, comme tous ceux qui voient le jour, a droit à la meilleure existence possible !

Surprise par la véhémence de Léonie, Marie-Zoé la regarde en ouvrant de grands yeux. Toujours assise sur le lit, Flavie fait un signe de croix, joint les mains et baisse les yeux devant une Marie-Zoé médusée. Elle déclame, en roulant exagérément les *r* et en détachant nettement les syllabes :

— Ma fille, la vie terrestre est donnée aux chrétiens seulement pour mériter le séjour bienheureux de l'éternité. Pour se préparer à une existence exempte de souffrances, il faut éviter le péché ou se repentir de l'avoir commis. Ma fille, confessez-vous humblement de vos erreurs.

Flavie prend ensuite l'attitude d'une pénitente dans le confessionnal et murmure d'une petite voix de jeune fille :

— Mon père, je m'accuse d'avoir dansé lors d'une veillée, pendant le temps des fêtes.

Marie-Zoé pouffe de rire et, redevenant le confesseur, Flavie reprend :

— Dans les milieux populaires, les danses et les veillées sont source d'immoralité, de paresse et même de pauvreté. Un grand nombre de péchés s'y commettent ! Ceux qui prêteront leur maison pour de pareils divertissements se verront refuser l'absolution et seront condamnés à passer la messe à genoux, en plein milieu de l'allée !

Rieuse, Flavie abandonne ses personnages et Léonie lance, réjouie :

— Je ne savais pas que tu étais si douée pour la comédie !

Marie-Zoé balbutie :

— Vous croyez que je vais brûler éternellement si la mort me surprend en état de faute grave ?

— Je ne sais pas, répond Léonie en lui caressant doucement la joue. À ce sujet, je suis dans le doute.

Le silence tombe entre elles et Marie-Zoé est de nouveau secouée par une contraction. Lorsqu'elle s'apaise, Léonie lui offre :

— Si vous sentez le besoin de vous confesser, nous pouvons faire venir le curé.

Se laissant aller contre les coussins, la jeune femme murmure, les yeux fermés :

— Je suis tannée… Je ne veux pas ce petiot. Je m'en tirais bien, je choisissais mes clients !

Elle est prise d'une longue quinte de toux et Léonie l'observe avec inquiétude. Lorsqu'elle se calme, Léonie lui dit fermement :

— Maintenant, Marie, il me faut vous examiner. Venez vous asseoir sur cette chaise.

— J'ai peur de tomber.

— Nous allons vous aider.

Quinze minutes plus tard, sortant de l'alcôve, Léonie annonce à Céleste, assise dans un coin sur une chaise droite :

— Le bébé semble bien placé, la tête en bas. Pendant que je le palpais, il a donné plusieurs coups de pied vers le haut. Marie-Zoé est moins amorphe. Faites-la marcher un peu.

Soutenue par Flavie et par Céleste, Marie-Zoé se promène très lentement de long en large dans la grande pièce. Puis elle revient s'asseoir au bord du lit. Elle est très pâle et de nombreuses gouttes de sueur perlent sur son front. Sans dire un mot, Flavie lui tend le goûter qu'elle avait apporté et Marie-Zoé le déguste, posant parfois la main sur son ventre à l'occasion d'une contraction ou d'un coup de pied. Léonie lui fait ensuite avaler quelques gouttes d'un tonique dilué dans une tisane d'herbes médicinales.

La jeune femme demande à voir le curé. M. Chicoisneau est en voyage à Québec, mais il est remplacé par un jeune vicaire qui expose avec célérité à Marie-Zoé qu'il n'y a qu'un seul Dieu en trois personnes qui récompense les bons et punit les méchants après leur mort. Le Fils de Dieu est mort sur la croix pour nous sauver, ajoute-t-il, et le baptême efface le péché originel et tous les péchés actuels commis avant de le recevoir. Quant à la pénitence, elle remet tous les péchés commis depuis le baptême. Marie-Zoé marmonne à la suite du vicaire : « Ô Dieu, ayez pitié de moi qui suis une pécheresse. » Après avoir écouté la jeune femme pour une courte confession, il lui donne l'absolution et Marie-Zoé récite en pénitence : « Que votre sainte volonté soit faite, ô mon Dieu, je vous offre tous mes maux. »

Au bout de quelques heures, après avoir fait plusieurs courtes promenades sur l'étage et avoir bu de l'eau et encore des toniques, Marie-Zoé s'assoit enfin sur le bout de son lit, soutenue par Céleste, assise derrière elle. Comme la poussée prend du temps, Léonie en profite pour masser généreusement l'ouverture du vagin de la jeune femme. Lente et malaisée, l'expulsion semble la faire souffrir beaucoup, mais un bébé assez menu quoique bien formé naît enfin.

Aussitôt, encore essoufflée et alanguie, Marie-Zoé demande à voir le petit être qui pousse quelques cris très faibles. Léonie hésite :

— Je ne vous le conseille pas. Après, ce sera difficile…

Les yeux démesurément agrandis, le visage mauvais, Marie-Zoé insiste en se tortillant :

— Je veux le voir ! C'est mon petiot !

Léonie se redresse sur les genoux et lui dit, la regardant droit dans les yeux :

— C'est votre choix. Si vous voulez le voir, vous le verrez. Mais si vous avez l'intention de le donner en adoption, la séparation sera encore plus douloureuse.

Après un moment, Marie-Zoé explique avec calme :

— Ma mère n'a jamais voulu que je vienne en ville pour trouver de l'ouvrage. Elle préférait qu'on soit pauvres ensemble. Je veux retourner dans mon village et ramener mon bébé.

Léonie dépose alors ce dernier encore nu et maculé dans ses bras et Marie-Zoé murmure tendrement :

— Je l'appellerai Mathilde, comme ma grand-mère.

Des larmes débordent de ses yeux et elle détourne le visage. Restant silencieuse, Léonie ligature le cordon, puis le coupe, s'assurant que le poupon respire normalement, et fait ensuite signe à Flavie de procéder à la toilette du bébé. Sous le regard anxieux de la nouvelle maman, la jeune fille s'installe sur le petit meuble posé contre le mur tout juste à l'extérieur de l'alcôve. Céleste a rempli un plat d'eau et a laissé des guenilles et des langes. Avec des gestes encore hésitants et émus, Flavie lave et sèche le bébé, qui proteste en vagissant, puis elle le lange et revient le déposer dans les bras de sa mère qui le serre contre elle.

— Le délivre tarde à sortir, remarque Léonie, soucieuse. Mettez votre fille au sein.

Adossée au mur, voyant que la nouveau-née s'apaise lorsqu'elle saisit le mamelon du sein trop maigre de sa mère, Flavie songe que la nature a fait un cadeau grandiose aux femmes en leur donnant le pouvoir d'enfanter et de perpétuer la vie. Mais cette puissance se transforme en une si grande vulnérabilité quand la mère n'est pas protégée et soutenue par son entourage!

Léonie fait de fortes pressions sur le ventre maintenant tout rapetissé de Marie-Zoé et l'arrière-faix est finalement expulsé en un seul morceau, au grand soulagement de Léonie qui commençait à craindre des complications. Flavie descend au rez-de-chaussée et se laisse tomber dans un des fauteuils du salon, à côté de Mme d'Artien, qui s'étire en bâillant.

— Je vais pouvoir rentrer chez moi. Est-ce votre tour aujourd'hui, Flavie?

La jeune fille hoche la tête.

— J'ai au moins dormi quelques heures cette nuit, alors je vais pouvoir faire ma journée…

— Ce sera calme. Je vous ai fait une liste des tâches que nos patientes doivent accomplir.

— Comme les chemins sont beaux, je tâcherai de les entraîner pour une bonne promenade dehors cet après-midi.

— Dehors ? dit Céleste, surprise. Vous croyez vraiment que c'est une bonne idée ?

Flavie fait une légère grimace en répondant avec exaspération :

— Cette manie des dames du monde de se cacher dès que leur ventre paraît ! Être grosse, ce n'est pas une honte !

— Quand même, réplique durement son interlocutrice, nos chères patientes seraient bien malvenues d'exhiber leur état !

— Elles ne s'exhibent pas ! Elles se promènent pour le plus grand bien de leur santé !

La dame patronnesse se redresse d'un seul coup et termine sèchement :

— C'est la visite du docteur Provandier aujourd'hui. À onze heures. Bonne journée.

Fermant les yeux, Flavie marmonne une salutation, puis elle bâille et laisse aller sa tête contre le dossier. Un tout petit repos avant de se mettre à l'ouvrage…

Flavie se réveille en sursaut et voit Léonie, souriante, penchée vers elle.

— Il est dix heures, ma grande. Je m'en vais.

Complètement désorientée, Flavie se redresse et observe d'un air hagard sa mère qui dépose sa valise et qui enfile son manteau. La jeune fille met une bonne dizaine de minutes à retrouver son allant, puis elle monte à l'étage, où les trois patientes s'extasient devant la petite Mathilde que Marie-Zoé tient jalousement entre ses bras.

— Allons, mesdames, intervient Flavie avec fermeté. Marie-Zoé a maintenant besoin de repos.

Il a fallu seulement quelques heures à Flavie pour comprendre, lors de son tout premier jour de garde, que les patientes profiteraient du moindre moment de faiblesse pour remettre en question son autorité. Elle devait, comme Françoise Archambault qui était présente avec elle ce jour-là, adopter l'air et le ton d'une femme habituée à commander. Au moment de leur arrivée ici, les patientes agréent à diverses obligations, mais elles rechignent souvent par la suite devant les indispensables tâches ménagères à effectuer. Flavie comprend que leur séjour à la Société est une période inespérée de repos pour elles, mais elle doit leur répéter à tout bout de champ que la clinique ne pourrait demeurer ouverte sans leur travail.

Après avoir mis deux des trois femmes à l'ouvrage, l'une dans la grande salle et l'autre dans la cuisine, Flavie s'installe pour entreprendre l'inventaire des réserves de vêtements, de layettes, de pansements et de médicaments. Elle se trouve encore dans la minuscule pièce qui sert de pharmacie lorsqu'elle entend tinter la clochette de la porte d'entrée. Elle sait que le docteur Provandier connaît la maison, alors elle prend le temps de terminer l'examen d'une étagère avant de refermer son registre et de venir à sa rencontre.

À sa grande surprise, il n'est pas seul. Son apprenti Bastien Renaud, visiblement un peu embarrassé, est en train de déboutonner son manteau. Provandier lance à Flavie une salutation joviale, puis il lui donne, à sa manière habituelle, une franche poignée de main. Peu d'hommes du monde saluent ainsi les femmes, préférant généralement s'incliner ou faire le baisemain, mais Flavie aime beaucoup cette étreinte amicale et elle s'amuse à exercer la pression la plus vigoureuse possible.

Le vieux médecin demande à Flavie :

— Je crois que vous connaissez M. Renaud, n'est-ce pas ? Il m'accompagne aujourd'hui dans ma tournée de visites.

Se penchant vers elle, il ajoute, en faisant mine de lui confier un secret :

— Je crois que mon ami tenait à voir plus en détail l'endroit où la belle Suzanne Garaut passe tant de temps…

Réprimant un sourire, Flavie précise au jeune homme :

— Je suis désolée de vous désappointer, monsieur, mais ce n'est pas la journée de Suzanne aujourd'hui.

— Je le savais, réplique-t-il avec acidité. Malheureusement, je ne contrôle pas mes horaires.

— Du nouveau, chère Flavie ?

La jeune fille met Provandier au courant de l'arrivée de Marie-Zoé, répondant le plus précisément possible à toutes ses questions sur le déroulement de la délivrance et sur l'état de la patiente. Ensuite, le médecin et son apprenti montent à l'étage, accompagnés par Flavie, pour se rendre auprès des trois autres patientes maintenant assises sur leurs lits. Un murmure d'excitation passe entre elles et Flavie comprend aussitôt que la présence d'un jeune homme les distrait agréablement de leur existence, confortable, certes, mais plutôt monotone.

Petite et corpulente, la première femme est une jeune épouse abandonnée par son mari et qui, parce que sa réserve de bois était épuisée et que ses maigres ressources suffisaient à peine à les nourrir, a été obligée de placer son premier-né, un garçon de deux ans, à l'orphelinat. Malgré ces épreuves, elle conserve un bon moral, résolue à reprendre son garçon et à retourner dans sa petite maison du faubourg Saint-Laurent dès qu'elle sera remise sur pied, au retour des beaux jours. Elle sera nourrice, affirme-t-elle, ayant assez de lait pour un autre bébé en plus du sien qui, en ce moment, dort à côté d'elle.

Provandier fait un examen fort sommaire, l'auscultant, observant ses yeux et sa gorge tout en s'informant de la santé de son nouveau-né. Satisfait, il va à la suivante, une jeune femme de dix-huit ans, domestique dans une des plus riches maisons de Montréal et séduite par un des aides-jardiniers. Plutôt timide, prématurément usée par plusieurs années d'un ouvrage ingrat d'aide-cuisinière, elle regarde passer le temps, effectuant son ouvrage en traînant les pieds. Elle jette à Bastien des regards francs, appréciant ouvertement sa jeunesse et sa prestance.

Au début, gênées par ce qui leur semblait un manque de modestie, les dames bénévoles tentaient d'inculquer aux clientes le sens des convenances en vogue dans les milieux aisés. Mais les jeunes femmes enceintes mimaient leurs attitudes compassées et tournaient leurs remontrances en dérision. Déroutées, certaines dames se sont confiées à Flavie, qui a dû leur expliquer que les relations entre les sexes sont beaucoup moins guindées dans les milieux populaires, où l'on ne se gêne pas pour faire comprendre à un homme, même sans aucune arrière-pensée, que sa vue plaît à l'œil…

La troisième patiente observe l'approche de Provandier avec intérêt. Elle a tenté de laisser un certain mystère planer sur son passé, mais les dames patronnesses qui s'occupent de l'accueil lui ont signifié que, si elle voulait une place à la Société, elle devait leur prouver qu'elle était sans ressources. Ouvrière dans un atelier de couture à son arrivée à Montréal, cette provinciale n'a pas tardé à remarquer que son allure faisait tourner la tête des hommes. Elle est devenue la maîtresse d'un homme riche et marié, qui l'a entretenue dans un appartement jusqu'à ce que sa grossesse devienne apparente.

— Cher docteur, susurre-t-elle d'une voix de gorge, comment allez-vous ce matin?

Habitué depuis longtemps à un large éventail de patientes, il répond plaisamment:

— Fort bien, merci. Mais je me fais vieux, comme vous pouvez le constater, et il me faut maintenant un certain courage pour affronter le froid.

— Sans doute allez-vous bientôt céder votre pratique à… votre apprenti, n'est-ce pas?

— Vous êtes très perspicace, madame. Si mon jeune ami le souhaite, en effet… Mais il a encore des croûtes à manger avant de devenir savant comme un livre! Des douleurs nouvelles se sont manifestées depuis la semaine dernière?

Tandis que Provandier examine la jeune femme qui se laisse faire sans déplaisir, Bastien Renaud se tient debout comme un piquet au pied du lit, profondément ennuyé d'être la cible de tant d'attention. Adossée au mur à quelque distance, Flavie l'observe avec amusement.

— Approchez, Bastien. Madame a un léger souffle au poumon, je voudrais vous le faire entendre. Avez-vous souffert de tuberculose?

— J'ai bien failli en mourir, explique-t-elle en lançant à Bastien un regard appuyé. J'avais huit ans et j'ai passé plusieurs mois au lit, à cracher mes poumons. Ma mère a toujours dit…

— Faites le silence, s'il vous plaît, demande Bastien nerveusement avant de poser le stéthoscope dans son dos.

— Prenez tout votre temps, murmure-t-elle avec un clin d'œil à la jeune servante. Il manque d'hommes ici, pas vrai, Gertrude?

— À qui le dis-tu… C'est ennuyeux sans bon sens…

Bastien se redresse finalement et, sans un mot, il tend l'instrument à Provandier, qui le replace dans sa valise. Le vieux médecin se lève, tapote la joue de sa patiente et dit aux deux femmes à proximité :

— Continuez à prendre soin de vous, mesdames. Mangez bien et faites de l'exercice, et vous aurez une belle délivrance!

Un raisonnement un peu simpliste, pense Flavie, tandis que Gertrude s'écrie en lançant une œillade vers Bastien qui fait mine de l'ignorer :

— Faire de l'exercice, c'est fièrement plus agréable en compagnie d'un galant!

Précédé par un Bastien pressé de disparaître, Provandier rigole en se dirigeant vers sa dernière patiente. Flavie intime aux trois femmes hilares :

— L'heure du dîner a sonné, Mme Minville est arrivée. Vous pouvez descendre!

Elle entre à son tour dans l'alcôve. Elle est frappée par la beauté de Marie-Zoé, paisiblement couchée dans son lit, sa petite fille endormie reposant au creux de son bras. La jeune femme ouvre les yeux et, voyant les deux hommes au pied de son lit, elle pousse un véritable cri de frayeur. Flavie se précipite et s'agenouille par terre, à côté d'elle. Lui étreignant l'épaule, elle lui explique la raison de leur présence.

— Ce serait plus sage que le docteur vous examine ainsi que votre bébé. Elle a bien tété tout à l'heure?

Marie-Zoé bégaye, encore méfiante et choquée :
— Deux fois.

— Elle est si jolie, toute rose, dit Flavie en caressant la minuscule joue douce avec le bout de son doigt. M. Provandier va écouter sa respiration et son cœur, puis il va s'assurer que vous vous portez bien. Vous avez des douleurs précises quelque part?

La jeune accouchée secoue la tête et Provandier l'examine en lui décrivant d'avance les gestes qu'il va faire. Il tâte ensuite vigoureusement son ventre, puis il déshabille la nouveau-née et l'examine avec minutie. Marie-Zoé suit ses gestes avec un regard angoissé mais il la rassure et l'encourage à prendre bien soin d'elle-même pour que sa fille bénéficie du meilleur lait possible.

Lorsque tous trois redescendent, des rires et des bribes de phrases leur parviennent du sous-sol, où se trouve le grand poêle et où les dames patronnesses ont installé une table carrée pour les repas en commun. L'endroit, éclairé d'une minuscule fenêtre, est un peu lugubre, mais au moins il y fait chaud. Flavie a l'estomac dans les talons, d'autant plus qu'une bonne odeur de bouilli a envahi le rez-de-chaussée.

— Assurez-vous que Marie-Zoé mange bien et, si possible, gardez-la au moins quinze jours, recommande Provandier en prenant place dans un fauteuil. Elle souffre de malnutrition.

Flavie acquiesce bien qu'elle doute que le séjour de la jeune femme puisse durer aussi longtemps. Leurs ressources sont si comptées! S'assoyant en tailleur dans un vieux sofa, les jambes repliées sous sa jupe, Flavie se frotte les yeux avec fatigue et le docteur grommelle:

— Lourde tâche pour une jeune fille…

— C'est parce que j'ai veillé une partie de la nuit. D'habitude, je me porte à merveille.

— Savez-vous si le projet d'école de votre mère progresse? s'enquiert le vieil homme en tâchant de paraître détaché. Je n'ai pas eu de ses nouvelles au sujet du cours de médecine que j'aurais l'honneur d'y donner…

Flavie lui explique que sa mère ne compte pas ouvrir l'école avant le début de l'année suivante, le temps que le fonctionnement de la Société soit éprouvé et qu'elle réussisse à tout organiser. Bastien s'enquiert aussitôt à Provandier:

— C'est sérieux, ce projet? Comme vos collègues y semblent plutôt opposés…

— Mes collègues sont bien jaloux de leurs prérogatives, l'interrompt le vieil homme avec énergie. Ne les écoutez pas trop, Bastien, et attardez-vous plutôt aux immenses bienfaits qu'il résulterait de l'arrivée, dans notre pays, de sages-femmes dotées d'une solide formation médicale et capables d'effectuer manipulations et opérations.

— Bien sûr, ajoute Flavie, nous continuerons à faire appel aux spécialistes pour les cas les plus compliqués…

— Nous? relève le jeune homme sans retenir un sourire sarcastique. Parce que vous comptez faire partie de ces *accoucheuses*?

— Ce serait mon rêve, répond-elle avec défi.

— Je vais faire un tour aux latrines, marmonne Provandier en se levant.

Tandis qu'il enfile son manteau et se dirige vers la sortie arrière, Flavie reprend:

— Vous connaissez la sage-femme Marie-Anne Boivin, monsieur Renaud?

— Vous m'en avez déjà causé, réplique le jeune homme avec mauvaise humeur. Une Française.

— Sous sa direction, en huit ans, les sages-femmes ont accompagné plus de vingt-deux mille femmes. De ce nombre, seulement trois cent trente-quatre ont eu besoin d'une intervention quelconque. Et ces interventions, même les chirurgies, ont été effectuées par Marie-Anne Boivin elle-même.

— Qui vous a appris tout ça ? demande-t-il, fort sceptique.

— Le *Mémorial de l'art des accouchements* que Mme Boivin a elle-même écrit.

— Où avez-vous trouvé ce livre ?

Flavie répond en riant malgré elle :

— Dans la bibliothèque du Lying-In, monsieur le juge.

Le jeune homme fait une mine légèrement contrite et Flavie pousse un profond soupir.

— J'aimerais tellement aller étudier là-bas. Mais jamais je ne pourrai…

— J'ai fait une année à Paris, jette-t-il négligemment, dans une école de médecine. La capitale française attire des étudiants de tous les coins du monde, parce que ses écoles y sont fort réputées. J'y ai d'ailleurs assisté à plusieurs délivrances devant public – mais pas autant que j'aurais voulu, parce qu'ils acceptent les étudiants après six mois seulement et que j'ai dû revenir ici peu après.

Prodigieusement intéressée, Flavie se redresse sur son siège.

— J'ai entendu parler de ces délivrances en public. Il paraît que ça se fait dans toute l'Europe ?

Le jeune homme hoche la tête en précisant :

— Des dizaines d'étudiants, et de nombreuses femmes également, qui étudient pour devenir sages-femmes, y assistent. Il y en a parfois plusieurs par semaine. On allume une lanterne spéciale lorsqu'une délivrance est imminente et le premier étudiant qui se présente avec son billet, au jour dit, est celui qui assiste la femme en couches. Les autres ne font qu'observer. Lorsqu'une école est rattachée à un hôpital, de telles séances ne sont pas nécessaires, mais la plupart des écoles y sont astreintes.

Abasourdie, Flavie reste la bouche grande ouverte jusqu'à ce qu'elle réalise que Bastien la trouve plutôt comique. Elle essaie de s'imaginer à la place de ces femmes dans les douleurs... Elle murmure :

— C'est quand même cruel, mettre des femmes dans cette exposition publique, à ce moment si crucial pour elles.

— Ce qui nous semble impudique, à nous, Nord-Américains, ne l'est plus du tout pour les Européens. Ils y sont parfaitement accoutumés. J'étais un peu hésitant au départ, mais j'ai vite compris à quel point il était important d'assister à plusieurs délivrances pour s'y habituer...

— Je ne songeais pas à l'impudicité, l'interrompt Flavie. Après tout, il paraît que des femmes posent déjà comme modèles devant des artistes... Je ne pourrais pas songer entreprendre ma pratique de sage-femme sans avoir assisté à une bonne quantité de délivrances, et j'imagine que c'est la même chose pour les étudiants en médecine. Seulement...

Elle hésite un moment.

— Vous êtes un homme, vous ne pouvez pas comprendre, mais... J'ai senti tellement de choses depuis que j'accompagne ma mère. Les femmes, surtout quand il s'agit de leur premier accouchement, sont souvent démunies et inquiètes. Je le serais autant à leur place. Se soumettre ainsi aux regards de dizaines de personnes…

Après un moment de silence, elle ajoute :

— Les femelles du monde animal se cachent souvent pour mettre bas. Je ne suis pas sûre que cet instinct soit complètement disparu parmi nous…

Un peu intimidée par son regard grave posé sur elle, Flavie conclut hâtivement :

— Les femmes qui s'offrent comme sujets d'expérience ont sûrement un grand besoin d'argent !

Provandier fait irruption dans la pièce.

— On va casser la croûte, Bastien ?

Les deux hommes prennent congé. Lorsqu'ils ont quitté la maison, Flavie reste rêveuse un moment. La semaine précédente, Suzanne lui a raconté que Bastien est venu la voir à deux reprises et qu'ils ont passé ensemble des moments très agréables. Avant de la quitter, la dernière fois, il a même osé l'embrasser sur la joue, ce qui augure bien pour l'avenir, a prétendu Suzanne, qui ne peut supporter les garçons timorés. Elle lui a ensuite confié que Louis Cibert, le jeune étudiant en médecine qui était présent à l'inauguration du local de la Société, espérait vivement revoir bientôt Flavie… Flavie évoque le plus précisément possible le visage large et franc du jeune homme, entouré d'abondants cheveux cuivrés, mais cela n'éveille rien en elle. Daniel doit revenir bientôt et, à cette idée, une grande joie emplit Flavie qui, soudain affamée, saute sur ses pieds et dévale l'escalier qui mène au sous-sol.

CHAPITRE XIII

Le jardin embaume le printemps quand Flavie et Cécile y entrent, transportant plusieurs grands draps, un nécessaire de lavage et des vêtements de rechange. En ce doux dimanche matin du début de mai, les deux jeunes filles vont faire leur grand nettoyage printanier. Il est encore très tôt, à peine neuf heures, et l'air est frais, mais elles sont incapables d'attendre plus longtemps. La veille, Simon a fiché quatre pieux dans le sol, près du puits. Les deux sœurs déploient les pièces de tissu et les nouent autour, de manière à former quatre pans de mur qui protègent des regards indiscrets.

Ayant rempli d'eau des cruches, des seaux et même un petit baril de bois, elles se glissent à l'intérieur de l'abri, se dévêtent complètement et jettent leurs vêtements par-dessus bord. Flavie reste saisie par l'air frais et par la délicieuse sensation d'être nue en plein air, sa peau amoureusement effleurée par le moindre souffle. La première, elle entreprend de dénouer ses tresses et Cécile l'imite. Après un moment, cette dernière murmure :

— Ce serait agréable, n'est-ce pas, Flavie, de se promener nue dans le jardin, à sa guise ?

Flavie hoche vigoureusement la tête. Elle s'imaginait justement en train de cueillir des fleurs, de ramasser les œufs ou même de semer des carottes complètement dévêtue, s'étonnant de la vive sensation de plaisir et de liberté que cette pensée lui apporte.

— Il paraît que les premiers humains vivaient ainsi. Ils ne savaient ni tisser ni coudre, et l'hiver, ils s'entouraient de peaux de bêtes.

Secouant ses cheveux dénoués, Flavie se promet bien qu'un jour, dans le fin fond d'une campagne, elle le fera : se promener dehors nue comme au jour de sa naissance, sans se préoccuper de l'opinion d'autrui. Elle se couchera dans une prairie, elle étreindra un arbre et elle fera même pipi comme un homme, debout, avec insolence !

— Qui commence ? demande Cécile.

— Je veux bien que tu m'arroses la première.

Les jambes bien écartées, les bras croisés sur sa poitrine pour se protéger du choc initial, Flavie ferme les yeux. Quelques secondes plus tard, Cécile fait couler sur sa tête le contenu d'un pichet d'eau, puis d'un seau. L'eau est très froide et Flavie pousse un cri de guerre, puis c'est au tour de Cécile d'être ainsi inondée. Saisissant le gros savon, les jeunes filles commencent à se frictionner, et, quelques minutes plus tard, elles sont parfaitement réchauffées.

Tout en s'enduisant les cheveux de savon, Flavie observe sa sœur, plus grande qu'elle, plus mince aussi, et dont les hanches se sont beaucoup arrondies pendant l'hiver. Ses seins pointent et son pubis comme ses aisselles sont maintenant couverts d'une mince toison. À mi-chemin entre l'enfant et la femme, Flavie la trouve vulnérable et émouvante. Laissant son regard descendre, elle fronce soudain les sourcils. Là, sur sa cuisse... On dirait une tache de sang...

— Cécile ! s'exclame Flavie. Tu commences tes mois !

Saisie, Cécile s'immobilise, puis elle se penche et touche l'écoulement qui macule sa cuisse. Elle rougit à la fois de gêne et de plaisir, et Flavie lui dit gentiment :

— Ça va te faire du bien. Il y a des mois que tu te plaignais de maux de ventre. D'ailleurs, ton caractère avait empiré, je trouve !

— J'avais de vraies crampes, je t'assure ! proteste Cécile, retrouvant du coup son aplomb.

Puis elle pousse un profond soupir et Flavie comprend exactement ce qu'elle ressent, de la fierté à passer cette étape si importante dans la vie d'une jeune fille, mais également de l'ennui à devoir vivre, mois après mois, avec cette coulée encombrante qui oblige à porter des morceaux de chiffon entre les jambes…

En silence, les deux sœurs terminent leur lavage, puis elles se rincent mutuellement. Elles emprisonnent leurs longs cheveux dans de grands tissus, puis elles revêtent leur pantalon d'été, qui s'arrête en haut du genou avec un joli ruban, la chemise sans manches qui tombe en bas des fesses, puis la jupe légère et le corsage cousus pendant l'hiver. Pieds nus, elles sortent de leur abri au moment où Léonie, encore vêtue de sa lourde jupe de laine, vient à leur rencontre. Immédiatement, avec excitation, Cécile informe sa mère de ce qui lui arrive. Léonie l'étreint longuement. Elles sont toutes deux de la même taille et Flavie s'émerveille, encore une fois, de leur grande ressemblance.

— Je vais te préparer ce qu'il faut, bredouille Léonie, les yeux humides. Il ne faut pas que tu taches ta belle jupe toute propre.

Cécile fait la grimace et Léonie sourit.

— Il ne faut pas se fier aux apparences. Les fleurs sont plus utiles qu'il n'y paraît. Elles indiquent un rythme, qu'on ne comprend pas encore beaucoup, mais qui est relié au pouvoir des femmes de concevoir des enfants.

Tandis que Léonie s'éloigne, les jeunes filles se dirigent vers le banc de bois situé près du pommier couvert de boutons de fleurs encore fermés. Flavie explique :

— Les fleurs, c'est comme le nid du bébé. Quand la femme ne conçoit pas, le nid s'écoule hors du corps. Maman croit que les femmes peuvent prédire à quel moment elles sont fertiles et, si elles le veulent, éviter de tomber enceintes. D'après elle, et c'est également ce que croient tante Sophronie et les femmes qui lui ont enseigné, les femmes sont fertiles à peu près à mi-chemin entre leurs règles.

— À peu près ?

Debout près du banc, toutes deux ont délivré leurs cheveux du tissu qui les entourait et, lentement, elles peignent leurs chevelures avec leurs doigts.

— Chaque femme doit se fier également à d'autres indices. Il y a des écoulements qui changent de couleur et d'aspect. Et puis, il y a les sensations…

Soudain intimidée, Flavie se tait. Mais Cécile ne s'arrête pas en si bon chemin :

— Que veux-tu dire, les sensations ?

Flavie se racle la gorge et poursuit d'une petite voix :

— Maman m'a dit que, pour la plupart des femmes, le goût pour… la compagnie d'un homme… varie pendant le mois. À un certain moment, il est très fort, et alors la femme est dans sa période fertile.

— Vraiment ? Tu as senti ça, toi ?

Un instant désarçonnée, Flavie finit par répondre avec honnêteté :

— Non, pas encore. Selon maman, il faut plusieurs années et un peu d'expérience.

Après un moment d'hésitation, avec un regard en coin, Cécile demande à voix basse :

— Tu ne sais pas encore ce que c'est que… le goût pour la compagnie d'un homme ?

Sans répondre, Flavie détourne les yeux. Cécile ne semble pas avoir remarqué l'étincelle qui s'est allumée entre Daniel et sa grande sœur… Flavie hésite à lui en parler parce que Cécile a pour le jeune homme une amitié plutôt possessive ! Le silence s'installe entre elles et Flavie espère de toutes ses forces que sa sœur n'exige pas davantage de précisions. Mais Léonie appelle Cécile et toutes deux retournent vers l'abri de toile. Simon s'approche de Flavie et, admirant ses cheveux dénoués qui flottent sous la brise, il fait une moue appréciatrice et s'exclame en s'assoyant :

— Quel dommage que les femmes ne se promènent pas toujours ainsi, sans coiffure ! Je t'assure que c'est un très beau spectacle !

Puis il ajoute en riant :

— Mais c'est peut-être mieux ainsi. Seul le diable sait ce qui surviendrait comme désordre !

Flavie informe son père que Cécile vient d'entrer dans l'âge adulte, mais il ne semble pas trouver que c'est une très bonne nouvelle. Prenant la main de sa fille, il marmonne, le regard au loin :

— Tu as compris depuis longtemps le sort que la vie réserve aux femmes. Je crois que tu réalises aussi que les femmes… héritent d'une plus grande part de souffrance que les hommes.

Touchée, Flavie étreint la main de son père. Il poursuit doucement :

— Par leur position dans notre monde et par le rôle qu'elles y jouent, les femmes sont plus fragiles. On peut facilement abuser d'elles et certains hommes ne s'en privent pas.

Flavie lance joyeusement, en plissant le nez :

— Tu sens l'hiver, la boucane et la graisse cuite ! Il est temps que tu ailles te laver. Allez, grouille, c'est ton tour !

Simon saute sur ses pieds sans se faire prier davantage et, bientôt, il pénètre avec Léonie dans l'abri tandis que Cécile et Flavie refont paresseusement leurs tresses. Demain, s'il fait beau, ce sera la journée de la grande lessive. Mais aujourd'hui, rien ne presse. Comme le soleil commence à taper dru, Flavie va quérir leurs chapeaux de paille, puis les deux jeunes filles se promènent. Elles observent la rhubarbe dont les feuilles commencent à grandir dans le potager, l'ail dont les tiges sont déjà hautes ainsi que les toutes jeunes feuilles d'oseille et de moutarde.

Au moment où Simon, assis sur le banc, peigne les longs cheveux de Léonie, une voix masculine enjouée les hèle :

— C'est bien ici qu'habite la famille Montreuil ?

— Laurent est revenu ! crie Cécile.

Tous quatre se précipitent jusqu'à la clôture qui délimite leur terrain. Laurent a lancé sa besace de leur côté et il franchit d'une enjambée la perche la plus haute. Il étreint d'abord Léonie, puis Simon, et enfin ses deux sœurs simultanément. Amaigri, barbu, le visage cuivré, il porte des vêtements usés jusqu'à la corde. Simon tire son fils par le bras.

— Ne restons pas ici, au vu et au su de tout le monde. Viens, Laurent, viens nous raconter.

— C'est la douche ! s'exclame-t-il en riant aussitôt qu'il aperçoit l'abri de toile. C'est ce que j'espérais ! Ces derniers jours, je ne pensais qu'à ça, au moment où j'irais sous la douche !

— Tu ne pensais qu'à ça ? s'indigne Cécile en lui donnant une forte bourrade. Tu ne pensais même pas à ta sœur qui s'ennuyait beaucoup de toi ?

— Pas du tout, répond-il en la saisissant dans ses bras et en la faisant tournoyer. Je n'ai jamais pensé à toi, pas une seule minute. Il y avait bien trop de choses à voir… à commencer par ces magnifiques femmes noires qui chantent comme un rêve.

— Menteur, réplique Cécile lorsqu'il la délivre. T'es un fieffé menteur.

— Tu as raison. J'ai pensé à toi quelques fois.

Il se laisse tomber assis dans l'herbe, essoufflé, et tous quatre l'imitent. Léonie ne peut s'empêcher de le toucher, replaçant une mèche de ses longs cheveux, flattant son épaule, lui donnant des baisers sur la joue, et il se laisse faire avec un sourire béat.

— Tu dois avoir chaud, remarque Simon.

Avec beaucoup de sollicitude, il lui retire sa veste et la jette au loin. Il contemple son fils avec émerveillement, comme s'il n'en revenait pas d'avoir engendré une telle pièce d'homme qui a voyagé si loin et qui a acquis tant de connaissances du vaste monde… Laurent enlève ses chaussures en cuir de bœuf et c'est Flavie qui les prend respectueusement et les place, côte à côte, au soleil. Ses bas sont en loques et Cécile les éloigne d'eux en se pinçant le nez.

— J'en ai marché, des lieues, dit Laurent pensivement. Je n'ai jamais autant marché de ma vie.

— Tu viens de rentrer ? demande Flavie. Par le coche ?

— Trop cher. J'ai pris le bateau, et j'ai marché, comme je te dis. Parfois, sur les routes, je montais à côté du cocher.

— Et Daniel? demande Cécile. Il va bien? Il est allé voir son père?

Le front soudain creusé d'une ride profonde, Laurent coule un regard tourmenté vers son père et, alertée, Flavie est envahie d'un vif sentiment d'inquiétude. C'est elle qu'il considère quand il répond doucement :

— Je suis bien triste d'avoir à vous annoncer que Daniel est resté là-bas.

Le silence tombe parmi eux. Flavie a la gorge nouée et elle n'ose pas regarder Cécile, qui est devenue toute pâle. Simon prend sa fille cadette contre lui tandis que Léonie pose sa main sur l'épaule de Flavie. Leur père finit par demander :

— Il va bien, toujours?

— Il est retourné à New York. Vous savez, là-bas, les écoles ont besoin d'instituteurs et Daniel s'est fait offrir du travail. Il a hésité, il est même remonté vers le nord avec moi, mais il a finalement rebroussé chemin.

— C'est tout? demande Léonie. Il n'y a pas une autre raison?

Léonie plonge son regard dans les yeux de Laurent et le jeune homme finit par répéter, tout bas :

— Une autre raison?

— Oui, Laurent. Je veux savoir si Daniel est resté pour une autre raison.

Laurent jette un coup d'œil à Flavie, mais Léonie le fixe intensément, sans sourciller, et il cède :

— Daniel a rencontré une jeune femme. Une ancienne esclave. Il est… tombé amoureux.

— Amoureux? dit Cécile en écho d'une voix tremblante. Je ne le verrai plus parce qu'il est amoureux?

Flavie tente de toutes ses forces de dissimuler le grand chagrin qui l'empêche de parler et presque de respirer. Intérieurement, elle implore Cécile de ne pas se mettre à pleurer pour ne pas l'entraîner sur cette pente… Se sentant abandonnée et trahie, elle est incapable d'écouter Laurent qui raconte, en quelques mots, son séjour à New York, une ville grouillante de vie où la plus grande richesse côtoie d'extrêmes misères.

— L'angélus va sonner, murmure Léonie en posant un regard pénétrant sur Flavie. Tu dois sûrement avoir l'estomac dans les talons, mon garçon. Tu es si maigre! On pourrait faire un pique-nique, ici, dans l'herbe, qu'en pensez-vous?

— Excellente idée, approuve Simon. Pendant qu'on le prépare, Laurent va se laver, n'est-ce pas?

L'interpellé approuve vigoureusement. Tous se lèvent, mais Laurent retient Flavie en saisissant un pan de sa jupe. Lorsque les autres sont suffisamment éloignés, il lui dit :

— Dans ma besace, Flavie, il y a une lettre de Daniel pour toi, seulement pour toi.

Flavie reste immobile tandis que Laurent se dirige vers la maison, puis elle marche jusqu'à la besace qui est restée près de la clôture, sous le grand érable. L'ouvrant, elle fouille jusqu'à trouver une petite enveloppe très froissée où Daniel a tracé, de son écriture d'écolier appliqué : *Pour Flavie*. Le cœur dans la gorge, elle retourne la lettre entre ses mains. C'est la première fois que Daniel lui écrit à elle toute seule.

S'adossant à l'arbre, la jeune fille ouvre lentement l'enveloppe et en sort deux petits feuillets, qu'elle déplie. Il a écrit, tout en haut, *Chère Flavie*, et ces deux mots suffisent pour la mettre en émoi. Elle lève les yeux au ciel, brusquement incapable d'en lire plus, refusant d'avance les phrases mièvres de consolation qu'il lui a sûrement écrites… Envahie par une amertume empreinte de colère, Flavie revient brusquement à sa lecture. Autant en finir et jeter ensuite cette lettre au feu.

Je t'écris de la petite chambre du grenier que l'habitant nous prête. Nous faisons pour lui toutes sortes de réparations à sa grange et à sa ferme.

Attendrie, Flavie ferme un instant les paupières, imaginant le grand jeune homme assis sur une chaise branlante, près d'une petite fenêtre. Il a sans doute emprunté une écritoire au fermier, posée sur ses genoux. À intervalles réguliers, il trempe sa plume dans le petit pot d'encre noire. Flavie revoit Daniel, adolescent, dans la salle de classe. Penché sur son pupitre, il mordillait sa lèvre inférieure en écrivant et, lorsque ses lettres et ses mots étaient bien tracés, il en tirait une fierté d'artiste. Pour un peu, il aurait voulu encadrer ses dictées et les accrocher au-dessus de son lit…

Je pense souvent à toi et je suis sûr que de ton côté tu penses à moi parce que je sens parfois une belle chaleur qui me réchauffe le cœur.

Les larmes s'amoncellent dans les yeux de Flavie, conquise par la jolie phrase et par la candeur de Daniel. Elle est en train de perdre un ami précieux. Mais pourquoi reviendrait-il ici alors qu'il y était si malheureux avec sa famille encombrée de douloureux souvenirs?

Bientôt Laurent retournera vers Montréal. Mais moi j'ai décidé de rester plus longtemps aux États-Unis. J'ai trouvé à New York un travail qui me plaît et de bons amis. Je ne te cacherai pas que j'ai aussi rencontré une femme

qui a conquis mon cœur. Alors maintenant je penserai à toi comme à une très chère amie, comme à une sœur, et je te demande de me considérer comme un frère. J'espère vivement que ta santé et celle de toute ta famille sont bonnes. Je vous ferai parvenir mon adresse dès que j'en aurai une. J'espère bien que tu m'écriras pour me donner de tes nouvelles. Je t'embrasse sur les deux joues et je demeure,
Ton Daniel

Une larme tombe sur la lettre et l'encre se dissout dans l'eau salée. Repliant les feuillets, Flavie se laisse tomber assise sur le sol. Elle cache sa tête dans ses bras et sanglote le plus silencieusement possible, incapable de retenir plus longtemps la lourde peine qui lui étreint le cœur. Les phrases sincères et affectueuses de Daniel sont comme un baume sur sa blessure et, relevant la tête, elle lui envoie, en pensée, ses remerciements pour le respect qu'il lui manifeste ainsi.

Sa mère s'approche à pas feutrés. Essuyant ses larmes avec ses manches, Flavie lui adresse un faible sourire. Léonie s'assoit à côté d'elle et, pendant un instant, elle appuie sa tête contre la sienne. Flavie lui tend la lettre et lui fait signe qu'elle peut la lire. Lorsque Léonie a terminé, Flavie murmure :

— Je suis contente qu'il ne m'ait pas caché la vérité.

— Daniel est un homme droit et sincère. Nous le regretterons. Tu as une grosse peine ? Aujourd'hui, tu as sans doute l'impression qu'elle ne te quittera jamais. Mais crois-en ma vieille expérience, bientôt, Daniel ne sera plus pour toi qu'un doux souvenir.

Léonie se lève et tend une main à sa fille.

— Nous sommes parés à manger. Viens, il faut célébrer dignement le retour de Laurent !

Souriant courageusement, Flavie se remet sur ses pieds et, main dans la main, les deux femmes retournent vers la maison.

Flavie entre silencieusement dans la salle de classe. Il est tard, passé huit heures, mais le soleil de juin traîne encore à l'horizon, et Simon est assis à son pupitre de maître, en train de lire un manuel. La porte de la pièce surchauffée est grande ouverte sur la rue pour tenter d'y faire pénétrer un peu de l'air frais du soir. La journée a été chaude et le voisinage au grand complet est incapable de se résoudre à rentrer pour la nuit. Les familles veillent sur les balcons, les enfants courent dans la rue et les promeneurs sont nombreux malgré les moustiques et les mouches noires particulièrement voraces à cette période de l'année.

Simon se donne une claque dans le cou tandis que Flavie, qui observe le spectacle dans le cadre de porte, se gratte un mollet orné d'une belle piqûre. Elle s'écarte juste à temps pour laisser entrer sa mère, qui ne l'avait pas aperçue dans la pénombre. Léonie pousse un cri de frayeur et Flavie pouffe de rire, ce qui attire l'attention de Simon.

— Tu gardes l'entrée comme un fantôme ! s'exclame Léonie en riant elle aussi et en se débarrassant de ses chaussures maculées de boue.

Désignant la rue où coulent des rigoles d'eau boueuse créées par les averses printanières, elle ajoute avec une grimace :

— La ville a beau recouvrir les rues, rien n'y fait ! On devrait se coudre des jupes très courtes pour le printemps !

— Remontées jusqu'aux genoux, au moins! approuve Simon en refermant son livre. Azélie était en forme?

Léonie vient d'aller passer une heure avec une de ses amies, Azélie Poupard, une courageuse veuve qui tient auberge à quelques pâtés de maisons.

— Pas vraiment, répond-elle en soupirant. Malgré tout l'ouvrage qu'elle abat, elle n'arrive pas à joindre les deux bouts. Elle songe même à demander à la ville une exemption de taxes foncières et elle m'a demandé si tu pourrais l'aider à rédiger la requête.

— Mais avec grand plaisir. Dis-lui qu'elle peut venir n'importe quand.

— Si sa requête échoue, elle pense déménager. Elle croit qu'elle aurait plus de clientèle si elle s'installait en ville ou au faubourg Québec.

Simon se lève et s'étire, faisant sortir à moitié sa chemise de son pantalon. Léonie s'informe:

— Cécile est rentrée?

— Pas encore, répond Flavie. Elle est partie se promener avec Laurent.

— Laurent est beaucoup plus vieux qu'elle, réplique Léonie avec une moue. Je ne crois pas que Cécile devrait trop fréquenter ses amis.

— Cécile est une aventurière, commente Simon avec enthousiasme. Il lui faut des sensations fortes!

Un double éclat de rire leur parvient de la porte d'entrée, où viennent d'apparaître Laurent et sa sœur. Hilare, le jeune homme saisit Cécile par les épaules.

— Tu as entendu, ma grande échalote? La prochaine fois, je t'emmène descendre les rapides de Lachine en canot!

— Moi aussi, j'embarque, dit doucement une voix féminine derrière eux.

Agathe Sénéchal entre à son tour et Flavie, devinant son trouble, va immédiatement lui prendre la main et l'embrasser sur la joue. Le visage embarrassé de la jeune fille est brusquement éclairé par la lueur de la lampe à godet que Simon vient d'allumer. Agathe lève courageusement les yeux vers eux :

— Je venais vous dire bonne nuit. Je passais devant avec ma sœur quand j'ai vu Cécile et Laurent entrer.

— Ma meilleure élève, la complimente Simon en entourant brièvement ses épaules avec son bras.

Il prend les autres à témoin :

— Vous savez que mademoiselle termine ses études dans quelques semaines ? Je ne peux plus rien lui apprendre, elle est en train de me dépasser. Les écoles privées de la ville se l'arrachent déjà.

— Vous exagérez, réplique Agathe en rougissant. J'ai seulement eu une offre de l'école de Mme Lespérance…

— Je suis au courant de quelques petites choses…, insinue Simon d'un air mystérieux. Laurent, ça me fait penser : j'ai rencontré ce midi mon vieil ami Toussaint Rougier, qui est greffier à la Chambre d'assemblée. Je lui ai dit que tu te cherchais de l'ouvrage et il t'encourage à aller le rencontrer.

— Transcrire les discours de nos députés ? Pourquoi pas… Ils racontent des choses *tellement* intéressantes !

— Je ne voudrais pas vous interrompre, intervient Léonie en se grattant l'oreille, mais il se fait tard. Les voisins sont en train de rentrer.

Agathe chuchote à Flavie :

— Je voulais te demander si tu viendrais en promenade avec moi samedi après-midi.

— Pour le sûr ! Viens me quérir après le dîner.

— Eh bien, bonne nuit tout le monde.

— La noirceur tombe, dit soudain Laurent. Je prends une lanterne et je te raccompagne.

Dans le silence qui suit, Simon et Léonie échangent un regard surpris tandis qu'Agathe considère le jeune homme avec une expression où l'ébahissement se mêle à l'espoir.

— Tu la raccompagnes ? répète Léonie, déconcertée. Tu es sûr ?

Très faiblement, Agathe proteste :

— J'habite seulement à quelques maisons d'ici…

Sans mot dire, Laurent disparaît dans la cuisine. Comme ragaillardie, Agathe interpelle Simon :

— Ils ont commencé à creuser le site de la future école, vous avez vu ?

— Et comment ! Il y aura seulement trois classes, mais le terrain est vaste et le bâtiment est conçu pour qu'on puisse l'agrandir au besoin.

Laurent traverse la pièce avec la lanterne et, lui emboîtant le pas, Agathe conclut :

— Si vous devenez directeur de l'école, pensez à moi pour y enseigner !

— J'en prends note, grommelle Simon avec amertume, le visage assombri.

Sans le savoir, Agathe vient de toucher un point sensible. Depuis le début de la construction, Simon passe de longues heures avec l'architecte et le maître d'œuvre, non seulement parce qu'il se préoccupe réellement de faire construire l'école la plus confortable possible, mais parce qu'il espère que les marguilliers, impressionnés par son zèle, lui en confieront la direction… Léonie est déroutée par cette ambition secrète. Simon lui a toujours semblé un homme raisonnable et sensé, parfaitement conscient du déplaisir que causent ses opinions radicales.

Jusqu'alors, il semblait satisfait de son sort d'instituteur. Instruit dans l'une des quelques écoles royales fondées au début du siècle, Simon a pu étudier au collège classique de Nicolet grâce à la charité du curé de la paroisse et au travail de ses parents, qui livraient gratuitement du pain à l'institution. Après un an, incapable de supporter davantage un enseignement si imperméable aux idées du Siècle des lumières, il revenait à Longueuil seconder son père à la boulangerie, tout en surveillant de près les progrès de l'instruction.

Dès que de nouvelles perspectives se sont ouvertes, dans la foulée de la Loi des écoles de fabrique, il a proposé à Léonie, qu'il venait tout juste de marier, de déménager à Montréal, dans le faubourg Sainte-Anne, où il a ouvert sa classe. Contre vents et marées, malgré des subsides plus ou moins généreux de l'État, même carrément inexistants lors des Rébellions, Simon a réussi à garder le cap, sollicitant davantage les parents lorsque c'était nécessaire.

Heureusement, depuis le début de la décennie, l'État verse une contribution fixe aux écoles. Cette conjoncture favorable a finalement convaincu les marguilliers d'investir l'argent de la paroisse dans la construction d'une école où Simon enseignera cet automne. Mais comment peut-il aspirer à un poste de direction maintenant que la législature vient de céder aux pressions du clergé et de donner un caractère confessionnel aux écoles, qui seront dorénavant catholiques ou protestantes ?

Nommés d'office au Conseil de l'instruction publique, les évêques souhaitent ouvertement que l'enseignement public primaire au Bas-Canada soit entièrement entre les mains des communautés religieuses. Dans ce contexte, Simon s'illusionne sur ses chances d'obtenir un poste aussi important que celui de directeur, lui qui se confesse à Pâques seulement pour faire plaisir à Léonie et qui s'accuse de ses péchés du bout des lèvres, en se moquant presque ouvertement de celui qui est de l'autre côté de la grille… Même si les marguilliers et le curé de la paroisse apprécient son zèle pour l'instruction, même s'il possède presque vingt-cinq ans d'expérience en enseignement et qu'il serait parfaitement qualifié pour le poste, les évêques n'accepteront jamais une telle nomination !

Léonie a bien été forcée de constater que la soudaine obsession de Simon était en relation avec ses nouvelles responsabilités à la Société compatissante et, surtout, avec son projet d'école de sages-femmes. D'une certaine manière, dans ses gestes et dans ses commentaires, il semble nier le fait que Léonie soit occupée par ses propres entreprises et qu'elle ne puisse plus lui fournir, comme auparavant, ce soutien constant qu'il exige toutefois encore.

Léonie est contrariée par l'apparent manque de sollicitude de Simon et par son peu d'empressement à la décharger de travaux routiniers qui lui grugent du temps. En mai, Léonie et sa collègue, la sage-femme Sally Easton, se sont partagé quatre accouchements, en plus d'être continuellement absorbées par ce qu'exige quotidiennement la mise sur pied d'une maternité. Ce n'est vraiment pas le moment, pour Simon, de vouloir embrasser une profession nouvelle et exigeante, celle de directeur !

Les deux filles sont montées depuis belle lurette lorsque Laurent traverse la cuisine en disant bonne nuit à sa mère, assise dans la berçante. Simon entre dans la pièce et pose la lampe à godet sur la table.

— Tu sais quoi, Simon ? Mon école ouvrira en janvier prochain. Si je m'y mets tout de bon après les vacances, ça me laisse quatre mois pour tout organiser…

Simon ouvre la porte du poêle et éparpille les dernières braises. Dès qu'elle aborde ce sujet, son mari fait mine d'être plongé dans une occupation fort importante. Lorsqu'il se redresse, il lui adresse un léger sourire contrit, puis il s'étire et bâille.

— Je monte. Je dors debout.

Il disparaît et Léonie reste seule. Elle aurait bien aimé causer un peu, pas très longtemps, quelques minutes seulement, et après, monter à sa suite et s'étendre contre lui… Il y a plusieurs semaines qu'il ne l'a pas prise dans ses bras. Déconcertée par le manque nouveau qui l'habite, Léonie reste un long moment les yeux dans le vague. Puis elle songe à son école et une grande détermination l'envahit. Il est vraiment urgent que les sages-femmes deviennent aussi médicalement compétentes que n'importe quel médecin !

Léonie est persuadée qu'il faut créer une nouvelle génération de sages-femmes d'élite, qui elles-mêmes, plus tard, en formeront d'autres à leur tour. C'est la seule manière de prouver aux médecins et à tous les Montréalais que le métier n'est pas désuet… C'est la seule manière de garder ce métier vivant. Bientôt, les médecins vont cesser de donner des cours privés et de prendre des apprentis, pour se concentrer sur l'enseignement théorique dans les écoles, où les femmes ne peuvent mettre le pied. Trop d'occupations deviennent uniquement masculines pour croire que la médecine fera exception.

Léonie voudrait tellement que ses filles aient la possibilité de faire ce qu'elles aiment, qu'elles ne passent pas leur vie à regretter leurs horizons rétrécis. Mais comment croire qu'il en sera autrement ? À mesure que la ville grandit et que des milliers d'immigrants s'y installent, à mesure que les belles découvertes du monde moderne y prennent racine, les femmes sont repoussées entre les quatre murs de leur maison...

CHAPITRE XIV

Quelques jours plus tard, lorsque Léonie arrive à la Société compatissante pour son avant-midi de garde, Vénérande Rousselle l'attend derrière la porte d'entrée. Fort étonnée par la présence de la vice-présidente du conseil d'administration, qui n'est pas censée effectuer de périodes de garde, Léonie se débarrasse de son châle et de son bonnet pendant que la dame lui explique qu'Euphrosine Goyer l'a fait demander au cours de la nuit parce qu'elle était aux prises avec une visite imprévue.

Une jeune fille enceinte et sa mère se sont présentées la veille au soir, à la brunante, en cachette, conduites par l'équipage du curé de Notre-Dame. La jeune fille n'est pas mariée et elle a réussi à cacher sa grossesse à tous, y compris à son père qui, fort opportunément, partait sur le premier bateau pour l'Europe. La mère surtout, à ce que Vénérande a cru comprendre, tenait à ce que la réputation de la famille ne soit pas compromise et que la jeune fille, Angélique, puisse trouver un bon mari.

— Les douleurs étaient déjà commencées depuis plusieurs heures, précise Vénérande, mais encore très faibles et espacées, alors nous avons cru bon d'attendre avant de vous envoyer quérir. Elles se sont poursuivies ainsi pendant la nuit, sans varier.

– Sans varier ? Ce matin, elles ne sont ni plus fortes ni plus rapprochées ?

Mme Rousselle secoue la tête. Alarmée, Léonie grimpe à l'étage. Deux lits sont occupés, le premier par une accouchée et son bébé, le second par une femme dont la délivrance est imminente. Dans l'alcôve, une très jeune femme au ventre rebondi est assise sur le lit, les jambes pendantes, et Euphrosine Goyer, placée à côté d'elle, la soutient. À son arrivée, une autre femme, assise sur une chaise basse le long du mur, se lève. Frappée par sa riche parure, Léonie reconnaît avec un choc Noémie de Conefroy, une des dames les plus en vue de la haute société montréalaise.

Léonie s'agenouille devant la jeune femme en sueur, petite et frêle, visiblement dotée de cette constitution faible des femmes trop riches et trop oisives. Léonie lui prend les mains et elle ouvre les yeux. Avec un serrement de cœur, elle constate immédiatement à quel point elle semble effrayée et nerveuse, se cabrant excessivement à l'arrivée d'une contraction. Lui étreignant les deux mains, Léonie lui glisse, son regard plongé dans les yeux de la patiente :

– Angélique, respire le plus lentement possible. Reste calme. Regarde-moi. Tu es en train de faire un passage pour le bébé qui veut sortir. Laisse passer la douleur, ça te fera moins mal. Ne ferme pas les yeux, continue de me regarder. Je sais que tu es fatiguée et que tu n'as pas voulu ce qui est en train d'arriver. Mais en ce moment, c'est ton bébé qui décide. Laisse-toi aller, laisse-le faire son chemin. Il doit sortir.

La contraction se termine et, respirant profondément, Angélique reste un bon moment les yeux fixés dans ceux de Léonie, puis elle se laisse aller contre Euphrosine Goyer en exhalant un long soupir. D'une voix où perce l'admiration, cette dernière murmure :

— Elle a pris la douleur plus calmement.

— Il le faut, répond Léonie sur le même ton. Si elle s'épuise déjà, comment va-t-elle supporter ce qui s'en vient ?

Pendant qu'elle tâte son ventre entre deux contractions, Léonie pâlit et jette un regard alarmé à Euphrosine Goyer. L'examen s'étire entre plusieurs contractions et, finalement, Léonie se tourne vers Mme de Conefroy, une petite femme au maintien rigide et qui garde la tête fièrement redressée malgré l'inquiétude qui lui pâlit le teint. D'un ton qu'elle espère contenu, Léonie demande :

— Votre fille a-t-elle été examinée par une sage-femme ? Ou par un médecin ?

Sans se départir de sa superbe, la dame secoue la tête. Soudain furieuse, Léonie lui signifie impérativement de la suivre à l'extérieur. Noémie de Conefroy marche dignement à sa suite et fait face à Léonie, sans cependant trop l'approcher. Léonie enjoint à Vénérande Rousselle, qui s'empressait auprès de la jeune accouchée, de se joindre à elles. Fichant son regard dans celui de la future grand-mère, Léonie déclare sans ménagement :

— Le bébé se présente par le siège. Il semble plutôt gros et votre fille… Non seulement elle a un bassin étroit, mais elle a la cage thoracique déformée par les corsets trop serrés.

— Déformée ? jette Mme de Conefroy avec dédain. Vous exagérez sûrement. Je suis persuadée que…

— Mme Montreuil sait de quoi elle parle, l'interrompt Vénérande Rousselle en lui adressant un sourire charmeur. Ici, nous avons une entière confiance en elle.

— Bien entendu.

Si elle avait des pouvoirs extraordinaires, Léonie ferait transporter cette dame sur-le-champ jusque dans les faubourgs pour un rafraîchissant séjour parmi le petit peuple… Refrénant son envie de la secouer comme un prunier, elle reprend :

— Comprenez-moi bien, madame. Votre souci *exagéré* des qu'en-dira-t-on…

Noémie de Conefroy a un haut-le-cœur, mais Léonie poursuit sans se démonter :

— Ce souci exagéré vous a entraînée à négliger votre devoir élémentaire de mère de famille, celui d'assurer à votre fille la délivrance la plus sûre possible.

Choquée et blême, la dame semble pétrifiée. Léonie continue :

— La délivrance d'un bébé qui se présente par le siège comporte des risques accrus. Elle est tout à fait possible si la mère est de bonne constitution et que les douleurs sont puissantes. Mais ce n'est pas le cas de votre fille. Je vais probablement tenter une version, mais je doute de pouvoir faire grand-chose sans provoquer de grandes douleurs ou sans déchirer des tissus. Le bébé est déjà très bas dans le bassin.

D'une voix étrangement essoufflée, Noémie de Conefroy balbutie :

— Notre ville compte d'excellents chirurgiens… Nous avons parmi nos relations M. Saint-Romain… Il paraît qu'il est capable d'opérer si rapidement que la patiente ne s'en rend pratiquement pas compte.

Effarée, Léonie échange un long regard avec Vénérande Rousselle, puis elle les quitte brusquement. Plusieurs dames croient qu'une césarienne peut éviter aux femmes enceintes un accouchement qui, en les livrant à leurs instincts animaux, les dépouille de toute cette dignité si chèrement acquise! Si elles savaient que cette opération, le plus souvent, envoie la mère et l'enfant dans l'autre monde!

Revenue dans l'alcôve, Léonie installe sa patiente dans sa position favorite pour que le bébé se désengage: à quatre pattes, les hanches relevées, le haut du corps appuyé par terre. Légèrement soulagée, Angélique reste ainsi un bon moment, se balançant parfois sur ses genoux. Ignorant Noémie de Conefroy, seule debout près d'une fenêtre, Léonie descend au rez-de-chaussée pour demander à Suzanne, qui vient d'arriver, si elle peut aller chercher Flavie rue Saint-Joseph.

Une demi-heure plus tard, dès que sa fille pénètre dans l'alcôve, Léonie entraîne Angélique dans le lit. Flavie ne peut s'empêcher d'admirer sa chemise de nuit d'un blanc éclatant, beaucoup trop épaisse pour la chaleur de juin, mais joliment brodée aux poignets et au col. Léonie se lave soigneusement les mains, puis elle les enduit d'un onguent gras. Tout en parlant doucement à la jeune fille, elle pose sa main gauche sur le ventre et elle introduit sa main droite à l'intérieur du vagin, jusqu'à l'entrée du col de l'utérus, qu'elle trouve à peine ouvert de la largeur de deux doigts. Elle est obligée de forcer le passage et Angélique pousse un cri strident, s'accrochant aux deux mains d'Euphrosine assise à côté d'elle. À mi-voix, les yeux presque fermés, Léonie murmure d'un ton qui se veut rassurant:

— Je viens de traverser le col… Je sens très bien les fesses du bébé. Je le repousse doucement…

Pendant de longues minutes, tandis qu'Angélique gémit faiblement, Léonie effectue des gestes si mesurés qu'elle ne semble même pas bouger son bras. Puis, sa pression s'intensifie et Angélique se met à crier, cherchant soudain à reculer. Flavie se précipite, et Euphrosine et elle tentent de la maîtriser. De tout son corps, Léonie s'appuie sur une de ses jambes pour l'immobiliser. Après un moment, Angélique cède et pleure à gros sanglots, tandis que Léonie poursuit son travail et que Flavie vient éponger la sueur qui coule dans les yeux de sa mère. Puis Léonie se redresse et Angélique pousse un long gémissement de soulagement.

– J'ai terminé, Angélique. Tu as été très courageuse.

Elle sort de l'alcôve pour se laver les mains, suivie par Flavie qui murmure :

– Impossible ?

Léonie acquiesce et dit de la même voix basse :

– Le père devait être un de ces grands et forts officiers anglais de la garnison… Miraculeusement, la poche des eaux n'a pas crevé.

– Elle est dans les douleurs depuis…

– Plus de quinze heures, et elle est à peine dilatée. Je vais la faire bouger et je vais lui donner un peu d'ergot.

De retour aux côtés d'Angélique, qui respire rapidement pendant le passage d'une contraction, Léonie lisse ses cheveux de part et d'autre de son visage, puis elle lui dit en souriant :

– J'ai déjà assisté plusieurs femmes dont le bébé est né par les fesses. Un de ces bébés, c'était comique, a gardé pendant plusieurs jours la forme qu'il avait dans le ventre de sa mère : les jambes droites et relevées contre son torse, comme un « V ».

Angélique sourit faiblement et Léonie lui tend les deux mains pour l'aider à se redresser.

— Il est temps de marcher. Flavie va t'aider. Je ne t'ai pas encore présenté ma fille, je crois ? Elle fait son apprentissage.

Bientôt, les deux jeunes femmes se promènent dans la vaste salle, d'abord en silence, puis en bavardant gentiment comme deux amies au cours d'une balade du dimanche. Léonie ne peut s'empêcher de comparer leurs silhouettes, Angélique si frêle et d'allure juvénile malgré son ventre rond, alors que Flavie, dont les hanches s'épanouissent sous la taille souple, semble avoir été créée pour porter des enfants… Elle voit avec un ennui profond Noémie de Conefroy venir à sa rencontre et sent immédiatement que la noble dame fait un grand effort sur elle-même pour conserver sa superbe.

— Mon Angélique semble avoir retrouvé son allant… Tout va bien, n'est-ce pas ?

Léonie fait un geste vague de la main. La dame reprend, avec un entrain forcé :

— Quand j'étais petite, à Vaudreuil, ma grand-mère racontait une histoire qui, nous jurait-elle, était parfaitement vraie. Un des villageois était renommé pour pouvoir sauver les bêtes en les opérant, soit pour les délivrer de leur petit, soit pour curer certaines affections… Depuis trois jours, son épouse était dans les douleurs de son premier enfant. Quand il a compris que plus rien ne pouvait la sauver, il a lui-même tiré l'enfant de son ventre. Par la suite, cette femme a eu quatre autres enfants.

— La chose est possible, répond Léonie évasivement. Cette femme a eu beaucoup de chance d'avoir un mari à la main si sûre.

Pendant le silence qui suit, Mme de Conefroy ne peut s'empêcher de se ronger nerveusement un ongle. Cette

manie la rend étrangement humaine et Léonie la réprimande plus gentiment :

— Si j'avais vu votre fille plus tôt, les choses auraient
pu se dérouler bien autrement…

— J'avais peur que son père prenne mal la chose… Il
est dur, vous savez. Il nous fait espionner, pour être sûr
qu'on obéit à ses ordres…

— Vous n'avez pas songé à une petite visite chez moi,
au tout début ?

Noémie de Conefroy pose sur Léonie des yeux agrandis, puis elle souffle :

— Je n'aurais jamais osé… C'est un crime contre la
loi divine !

Léonie se mord les lèvres. Elle court le risque d'être
dénoncée un jour si elle continue à évoquer devant tout
un chacun la possibilité d'un avortement… Elle s'empresse d'ajouter :

— Dès que l'enfant a une âme, il faut en effet tout
faire pour le garder au monde.

— N'a-t-il pas une âme dès la conception ?

Léonie répond prudemment :

— Les théologiens sont divisés sur la question.

— Et vous qui faites un commerce régulier avec les
nouveau-nés, qu'en pensez-vous ?

— Le salut éternel de l'âme n'est pas mon principal
souci. Je me préoccupe davantage du bien-être ici-bas.

Les heures s'égrènent lentement tandis que, successivement, Angélique se promène sans bruit à travers la
pièce et se repose, allongée sur sa paillasse. Léonie la fait
boire abondamment, ajoutant parfois quelques gouttes

d'une de ses fioles, et elle lui fait monter, à intervalles réguliers, de légères collations. Suzanne les rejoint et les demoiselles devisent parfois avec animation. Léonie a déjà eu l'occasion de constater à quel point la présence de Flavie ou de Suzanne offrait aux jeunes patientes de belles occasions de détente…

Euphrosine Goyer les quitte pour un repos bien mérité, puis Vénérande fait de même. En fin d'après-midi, Léonie est tout de bon inquiète. Angélique semble subir des contractions de plus en plus douloureuses, mais rien n'indique que la naissance soit imminente. Elle se plaint maintenant presque continuellement, entre les contractions, de douleurs dans le dos et dans les organes internes, et elle ne peut pas supporter même le plus léger massage. Il fait encore jour quand les eaux crèvent, ce qui redonne à Léonie un certain espoir. Mais une heure, puis deux passent sans aucun changement. La délivrance ne peut plus s'éterniser encore, maintenant que le bébé n'est plus protégé par les membranes… Léonie demande à Suzanne, qui ne peut se résoudre à partir, d'envoyer le messager chez Sally Easton. Elle a besoin de discuter avec elle.

Après un examen minutieux effectué par Sally et une intense discussion entre les deux sages-femmes, toutes deux conviennent qu'il est temps de faire venir l'un des deux médecins, soit Marcel Provandier puisque Wittymore est à Boston. Le jeune messager irlandais se met de nouveau en route. Pendant ce temps, au chevet de la jeune femme, Léonie et Sally surveillent ses signes vitaux. Le rythme des contractions ralentit à vue d'œil et Angélique semble sombrer dans un engourdissement malsain. Incapable de sortir de ce qui est devenu pour lui une prison, le bébé, lui aussi en souffrance, est en train de faire mourir sa mère.

Au rez-de-chaussée, Noémie de Conefroy, épuisée et remplie d'inquiétude, est allongée sur le divan, le bras replié sur ses yeux fermés. Suzanne est assise à proximité et Flavie s'est installée par terre, la tête renversée contre le mur, harassée par cette longue journée et par la perspective lugubre de la nuit qui s'annonce. Elle se sent fébrile et tourmentée, refusant de croire que Dieu, s'il existe, a vraiment voulu condamner les femmes à de si longues souffrances pour leur faire expier le péché d'Ève. Un tel créateur serait trop cruel! Il serait pire que le diable… Après des mois d'angoisse, Angélique souffre là-haut, pendant que le père de l'enfant va et vient à sa guise, libre comme au jour de sa naissance!

La porte d'entrée s'ouvre à la volée et Suzanne se lève d'un bond. Flavie ouvre les yeux pour voir Marcel Provandier et Bastien Renaud faire leur entrée. Encore là, celui-là? Passe-t-il même ses nuits avec son maître? Elle considère le jeune homme avec mauvaise humeur tandis qu'il adresse à Suzanne un regard surpris et que cette dernière rougit, non pas de bonheur, mais de gêne. Étonnée, Flavie remarque que son amie baisse les yeux et bafouille en direction du médecin:

— Je monte les avertir de votre arrivée.

Les deux hommes pénètrent dans le salon et constatent la présence de Flavie, qui leur fait un léger signe de tête, et celle de Noémie de Conefroy. Ouvrant soudain les yeux, cette dernière se lève avec une agilité surprenante et vient étreindre les deux mains de Provandier.

— Monsieur le docteur! Ma fille est en grande peine, vous allez l'aider, n'est-ce pas?

— Je vais y mettre toute ma science, madame. Laissez-moi vous présenter mon apprenti. Son père, le marchand Édouard Renaud, possède un bon nombre des bateaux qui passent, durant la belle saison, par le canal de Lachine.

— Enchanté, madame, dit le jeune homme en lui baisant la main.

Léonie fait irruption dans la pièce et Provandier s'éloigne dans un coin en sa compagnie. Glissant son bras sous celui du jeune homme, la dame dit avec effort, dans une tentative presque touchante pour reprendre contact avec le cours habituel de son existence :

— Votre père souffre-t-il beaucoup de l'arrivée de la liberté du commerce ? Notre pays connaît de sérieuses difficultés économiques et, d'après mon mari, le gouvernement impérial serait en bonne partie responsable de cet état de choses…

Visiblement frappé, comme Flavie, par l'étrangeté de la conversation, Bastien Renaud répond néanmoins de bonne grâce, en tentant de rassembler ses idées :

— La question est fort complexe, madame, comme vous le savez certainement. Qu'on le veuille ou non, la poussée vers le libre-échange est irrésistible. Mon père s'en veut beaucoup de ne pas avoir prévu le coup en diversifiant ses activités commerciales. Les prix à l'exportation des céréales grimpent, l'offre est largement supérieure à la demande…

S'accrochant à cet échange comme à une bouée, Mme de Conefroy s'exclame avec une pétulance si affectée qu'elle en est pitoyable :

— Un homme plein de ressources comme votre père va sûrement trouver une solution !

Pendant un bref moment, le jeune homme tourne vers Flavie un visage à l'expression empreinte d'une si grande incertitude que la jeune fille ne peut s'empêcher de lui sourire pour l'encourager. L'instant d'après, retrouvant son masque d'homme du monde, il s'enquiert auprès de son interlocutrice :

— Ainsi, votre fille est momentanément dans la gêne ?

— Momentanément, vous croyez ?

— Bien entendu. Sans doute ignorez-vous que le docteur va bientôt fêter ses noces d'or au sein de la profession !

— Sa valise semble si lourde et si mystérieuse. Elle contient sans aucun doute un instrument miraculeux ou une quelconque drogue de délivrance…

Faisant la grimace devant une croyance aussi puérile, Flavie décide qu'elle en a assez entendu et se lève. Avant de quitter la pièce, elle lance, en exagérant son accent des quartiers populaires :

— Reposez-vous bien, madame. La nuit va durer une escousse !

Elle grimpe à l'étage. Dans la salle, Suzanne est en train de promener un poupon dans ses bras en le brassant doucement. Dérangé par le va-et-vient, le bébé de la nouvelle accouchée commençait à s'agiter… Flavie marche à ses côtés et, après un temps, elle demande avec précaution :

— Dis-moi, Suzanne… Est-ce que M. Renaud te fréquente toujours ?

Suzanne secoue la tête. Troublée par le désarroi apparent de son amie, Flavie s'enquiert encore :

— A-t-il été bête avec toi ?

Réalisant que son silence peut prêter à confusion, Suzanne répond, avec un mince sourire :

— Pas du tout, ne t'en fais pas. Il est très correct.

— Tu as de la peine? Tu l'aimais?

— Il me plaisait bien. Nous sommes allés une fois au concert avec sa sœur et une autre fois en canot sur le lac Saint-Louis. J'aime tellement faire toutes ces choses, sortir de chez moi, voir du monde, bouger…

Elle s'interrompt, l'air soudain confuse, considère Flavie, puis reprend :

— Je suis bien désolée… J'avais oublié… Je t'avais laissé croire que j'organiserais une rencontre pour toi avec M. Cibert… Mais ce sera impossible maintenant.

— C'est le cadet de mes soucis, réplique Flavie avec honnêteté. Je craignais vraiment que tu aies un grand chagrin.

Faisant une grimace machiavélique, Suzanne se penche vers elle et murmure :

— J'aimais qu'il me sorte, mais je crois qu'il ne m'a pas trouvée assez… empressée pour fignoler autant pour moi…

Elle se redresse :

— C'était la première fois que je le voyais depuis notre rupture. Le choc va passer, fie-toi à moi.

Des pas lourds résonnent dans l'escalier et Suzanne reprend sa marche. Bientôt, les deux hommes et Léonie font leur entrée dans la pièce. La tête haute, Suzanne salue le jeune Renaud d'une voix claire et, souriant amicalement, il lui répond par un gentil signe de tête. Suivis par Léonie et Flavie, le docteur et son apprenti pénètrent dans l'alcôve, bien éclairée par trois lampes à huile. Au chevet de la jeune femme, Sally explique qu'elle vient de sombrer dans l'inconscience. Provandier entreprend son examen des signes vitaux, pendant que Bastien ouvre la valise et en sort le stéthoscope. Bientôt, Provandier tend la main et son apprenti y dépose l'instrument. Après un moment, il murmure :

— Battements faibles et irréguliers. Venez écouter, Bastien.

Flavie observe avec envie le jeune homme qui répète l'auscultation. Léonie explique le plus précisément possible la position du bébé et Provandier tente de repérer les battements de son cœur. Il cherche longtemps, finit par trouver et reste attentif un long moment. Puis il se redresse en tendant l'instrument à son apprenti. Croisant le regard de Flavie, il laisse échapper un sourire contraint et murmure :

— Mademoiselle est la suivante.

Légèrement interloqué, le jeune Renaud passe néanmoins le stéthoscope à Flavie qui, empourprée à la fois par la gêne et par la curiosité, s'installe commodément et tend l'oreille. Comme elle ne décèle rien, Bastien doit venir écouter de nouveau et il maintient l'appareil à l'endroit exact. Cette fois-ci, Flavie entend un chuintement, régulier mais à peine perceptible. Elle lance un regard plein d'allégresse au jeune homme, qui murmure sombrement :

— Le cœur bat trop lentement. D'habitude, il est deux fois plus rapide que celui d'un adulte.

Provandier ajoute :

— L'enfant est en détresse. Si on avait le temps, je vous ferais écouter le murmure de l'arrière-faix, mais ce sera pour une autre fois. Bastien, j'ai besoin du spéculum. Léonie, vous installez la patiente ?

— Nous avons fait un examen il y a une heure, dit Léonie sans bouger. Je vous assure que l'ouverture est de trois doigts à peine.

— Laissez-moi le constater, s'il vous plaît.

Se tournant vers Flavie, le vieil homme grommelle :

— Je suggère que mademoiselle votre fille sorte de la pièce…

Flavie lève un regard suppliant vers sa mère, qui réplique aussitôt :

— Si votre apprenti reste, docteur, Flavie reste aussi.

Provandier écarquille les yeux. Il demeure indécis un moment, puis il hausse les épaules en se détournant. Pendant que Léonie, avec un soupçon de mauvaise volonté, remonte les jambes de la jeune femme et les écarte, le jeune Renaud murmure à son maître :

— Mais, docteur… Bien certainement, mademoiselle ne peut pas rester…

Sans répondre, Marcel Provandier remonte d'un geste vif la chemise d'Angélique jusqu'à son ventre. Flavie est saisie par le spectacle si inusité des organes génitaux ainsi dévoilés. D'habitude, sages-femmes et médecins n'exposent jamais les patientes de la sorte, travaillant jusqu'au dernier moment sous la chemise, se fiant à leur sens du toucher. À moins d'un événement inattendu, Léonie ne se permet de poser les yeux sur la vulve que lorsqu'elle est complètement dilatée et que la tête du fœtus commence à poindre.

Si le vieux docteur semble aisément prendre son parti de la présence de Flavie, il n'en va pas de même pour son apprenti. Cramoisi, il n'ose plus porter ses yeux ni sur la patiente ni sur Flavie. Sally approche une lampe à huile le plus près possible et Provandier insère un petit instrument en forme de tube dans le vagin de la jeune femme, puis il se penche et y appose son œil. Léonie murmure dans l'oreille de Flavie :

— Il est capable de voir l'ouverture de la matrice. L'instrument a été inventé il y a une dizaine d'années, et maintenant, les médecins en ont constamment besoin pour se rassurer.

Flavie retient un sourire tandis que le vieux médecin, avec une soudaine impatience, se redresse et interpelle son apprenti :

— Mais venez, Bastien, que diable !

Légèrement moins rouge, mais les tempes couvertes de sueur, le jeune homme prend sa place. Sally, qui tient le poignet d'Angélique et qui surveille avec anxiété son visage exsangue, lance d'une voix bourrue, son accent anglais exagéré par l'énervement :

— Plus vite, docteur. Je propose d'essayer de tirer le bébé. Je l'ai fait plus d'une fois...

En Angleterre, Sally a mis au point une technique qui rend Léonie muette d'admiration. Elle réussit, et cela même si la patiente n'est pas encore dans ses douleurs, à tirer le bébé hors de la matrice sans véritable inconvénient pour la mère.

— Vous êtes persuadées que l'expulsion ne peut se faire normalement ?

— L'état général d'Angélique est très mauvais, répond-elle, et la dilatation est très maigre. Si elle n'avait pas perdu conscience, j'attendrais encore, n'est-ce pas, Léonie ? Mais nous craignons maintenant pour sa vie.

— Une césarienne ? demande soudain Bastien Renaud.

— Ces dames ne me laisseraient jamais faire une telle opération, réplique vivement Provandier, avec un sourire ironique.

— La plupart des femmes en meurent, explique Léonie rapidement. Les chirurgiens ne détestent pas pratiquer cette opération pour la plus grande gloire du génie scientifique, mais les femmes n'y gagnent rien. Au contraire, quand elles survivent, elles en sont quittes pour une vie de misère. J'y suis très fortement opposée et je préfère que l'on sorte l'enfant, mort ou vif, en blessant la mère le moins possible.

— Retenez bien cette opinion éclairée, mon cher Bastien, conseille le docteur en fouillant dans sa valise. Quand vous étudierez à l'école, cet automne, elle vous servira à tempérer l'ardeur interventionniste qui anime beaucoup de jeunes hommes de l'art.

Sally insiste :

— Avant d'utiliser vos instruments, monsieur, pourriez-vous me laisser faire une tentative avec mes mains ?

— Avec tout mon respect, madame, je préfère me fier à ceci.

Provandier a sorti de sa valise un outil en fer muni d'une extrémité courbée et arrondie. Flavie s'étonne : il a une plus grande confiance en un levier qu'en les mains sensibles d'une sage-femme ? Elle déchiffre sur le visage de sa mère, qui regrette déjà d'avoir fait appel à un homme de l'art, la même pensée.

— J'imagine que vous avez déjà procédé à l'ondoiement ?

Après une brève hésitation, Léonie hoche la tête imperceptiblement :

— J'ai longtemps touché le bébé en tentant la version.

Flavie remarque, intriguée, la soudaine connivence qui s'est établie entre eux deux. Tous deux jugent que le temps presse trop pour se préoccuper de l'âme d'un enfant et le docteur, complice, est parfaitement conscient que sa mère vient de travestir la vérité.

Léonie ferme un instant les yeux. Lorsqu'elle ne prononce pas les paroles sacramentelles exigées par le curé, elle est à chaque fois envahie, brièvement mais intensément, par un sentiment de doute. Et si le curé avait raison et que le bébé, par sa faute, soit condamné à errer dans les limbes? Puis elle songe à toutes les discussions qu'elle a eues avec Simon au sujet de la religion et qui ont confirmé le scepticisme qui l'habite depuis sa jeunesse, comme elle se souvient de la manière dont les hommes en soutane ont tenté de définir ses croyances et de décider à sa place ce qu'elle devait croire, en qui elle devait avoir confiance et, ultimement, qui elle devait aimer.

Jetant un regard inquisiteur à Sally, Provandier s'enquiert:

— Je peux procéder?

Caressant avec sollicitude les cheveux d'Angélique, Sally fait un signe d'assentiment. D'une voix sans timbre, Léonie indique:

— J'ai un savon très fort dans ma valise.

Le docteur repousse cette remarque d'un geste impatient.

— Nous n'avons pas le temps pour ce détail.

S'adressant à Bastien, il poursuit:

— Avec le levier, je vais essayer de dégager le bébé pour pouvoir, ensuite, aller le saisir avec les forceps. Si la patiente était dans un travail normal, une telle intervention suffirait probablement pour la faire accoucher naturellement, ou, du moins, avec l'aide du forceps. Je me sers souvent du levier. Il est de moins en moins à la mode, mais je le trouve très pratique et moins dommageable pour la mère. Alors je l'introduis et ensuite, je me sers de l'appui du pelvis pour exercer une certaine pression.

Le docteur joint le geste à la parole et il travaille un long moment dans le silence le plus complet. Flavie remercie le ciel qu'Angélique se soit évanouie. Elle n'ose imaginer l'intensité de sa souffrance, même atténuée par l'alcool, si elle avait été consciente…

— La présentation par le siège complique tout, marmonne enfin Provandier. Les os de la tête sont beaucoup plus malléables…

Fascinée, Flavie remarque des ondes qui courent sous la peau du ventre dénudé et tendu de la jeune femme. À un certain point, la peau se soulève en forme de pic et Flavie commente :

— Le bébé est encore bien vif. Il vient de donner un gros coup de pied…

— J'essaie de le faire tourner sans emmêler le cordon ou tirer trop fort, grogne le docteur. Je commence à être trop vieux pour ce genre de gymnastique.

Léonie supplie :

— Doucement, docteur ! Ces organes sont fragiles et se déchirent facilement. J'en ai vu…

Après un tel traitement, songe Flavie, Angélique ne pourra peut-être plus jamais avoir d'enfants. Provandier retire ses mains et un flot de sang s'écoule à leur suite. Il peste :

— Un décollement ? J'ai pourtant fait très attention…

— L'arrière-faix est peut-être dans le chemin, suggère Sally, ce qui empêche la matrice de s'ouvrir suffisamment…

Provandier saisit le forceps des mains de Bastien et, avec précaution, il l'introduit profondément à l'intérieur, puis il y glisse son autre main, tâtonnant pendant de longues minutes.

– J'essaie d'agripper la tête, marmonne-t-il à l'intention de Bastien. Je serai peut-être capable, ainsi, de faire sortir le bébé en un seul morceau.

Un bon quart d'heure s'écoule pendant lequel Provandier se reprend plusieurs fois. Soudain, il pousse un cri de victoire et la tête du bébé se devine.

– Soutenez le périnée pour éviter qu'il ne déchire trop! commande Provandier à Sally.

La sage-femme se place à ses côtés et met sa main en position. Provandier tire lentement sur le forceps et Sally s'exclame:

– Attendez, l'ouverture n'est pas assez grande! Léonie, venez!

Saisissant son pot d'onguent, Léonie se précipite et, tandis que Provandier refrène son impatience, elle entreprend de masser vivement la vulve. Fascinée, Flavie observe l'ouverture qui s'agrandit encore et encore, mais jamais assez, il lui semble, pour une si grosse tête tenue par des pinces… Après quelques minutes, Provandier reprend son travail et Flavie sursaute: malgré la pression de la main de Sally, le périnée se déchire lorsque le bébé est tiré à l'extérieur. Flavie est horrifiée par son visage tuméfié et par son crâne déformé. Léonie l'attrape au vol. Visiblement traumatisé, il reste sans aucune réaction.

Incommodée par la lourde chaleur et l'odeur animale qui règnent à l'intérieur des rideaux fermés de l'alcôve, étourdie par son effort de concentration, la gorge horriblement sèche, Flavie sort brusquement de la pièce. Le grand dortoir est vide, à l'exception de la jeune accouchée et de son bébé qui semblent dormir. Une lampe est posée non loin, sur une étagère. Après avoir bu de l'eau d'un pichet, Flavie se laisse tomber assise par terre, contre le mur. Elle relève ses genoux et y appuie sa tête, aspirant goulûment un air plutôt chaud et stagnant, mais qui lui semble délicieusement frais. Les voix de Léonie et du docteur lui parviennent comme à travers de la ouate. Elle se frotte les yeux et, d'un mouvement preste, elle enlève son bonnet de sa tête, repoussant d'une main impatiente les mèches de cheveux échappées de ses tresses.

Bastien Renaud sort à son tour de l'alcôve et, l'apercevant, vient vers elle. Elle retient un mouvement d'humeur, tournant la tête du côté opposé. Il s'assoit non loin d'elle en disant, goguenard :

— Vous n'aimez pas les chaises ?

Elle lui jette un coup d'œil dédaigneux et il ajoute, avec une admiration réelle :

— Vous êtes forte. Assister à une telle opération sans tomber dans les pommes… Quel âge avez-vous ?

— Presque dix-sept.

Il siffle.

— Sapristi ! C'est vrai que, dans votre milieu, on s'endurcit à ce genre de chose.

— Dans mon milieu ? Qu'est-ce que vous savez de mon milieu, au juste ?

Lui jetant un regard circonspect, il précise :

— Eh bien… Vous ne vivez pas comme nous, c'est sûr. Vous êtes habituée… à la promiscuité avec les bêtes et les personnes…

— Pour ça, je n'habite pas une maison de cinquante pièces. C'est votre cas, je suppose ?

— Un peu moins, quand même, réplique-t-il avec un rire bref.

— Vous avez votre chambre à vous tout seul ? Et une salle de bains, peut-être ? Et une salle d'étude ? Et deux valets de chambre à votre service ?

Il reste muet et elle poursuit, sans pitié :

— Même si on a presque la couche aux fesses, on peut se permettre d'être condescendant, n'est-ce pas, quand on est si riche ?

Il s'enquiert avec un étonnement réel :

— Vous me trouvez condescendant ?

— Ce n'est pas nécessairement votre faute, marmonne-t-elle. Quand on a de l'argent, on grandit dans une atmosphère de *supériorité*…

Il pouffe de rire et se tourne vers elle en s'assoyant en tailleur, puis il lance, sur un ton de reproche amusé :

— À part ça, je n'ai plus la couche aux fesses depuis longtemps. J'ai vingt-deux ans.

Elle détourne le regard avec gêne. Le silence s'étire entre eux, puis il reprend gravement :

— Veuillez me pardonner. Je ne voulais pas vous offenser avec mes remarques… condescendantes. Votre courage m'a surpris. Il paraît pourtant que les femmes sont d'une faible constitution et trop sensibles pour assister à un tel spectacle.

— Et les accoucheuses, ce sont quoi ? Des singes ?

Sans relever le sarcasme, il poursuit :

— La théorie médicale qu'on nous enseigne remonte principalement aux Grecs, il y a deux mille ans. Selon eux, le corps se compose de quatre humeurs et la santé dépend de l'équilibre qui règne entre elles. Or l'homme est naturellement plus sec que la femme, qui est d'une nature spongieuse. La menace la plus grande qui pèse sur sa santé, c'est donc la pléthore.

– La pléthore?

– Ou, si vous préférez, un excès de fluides.

– La femme est donc plus humide?

– Et plus froide, et l'homme plus chaud, ce qui est le fondement essentiel de la différence des sexes. En plus, la femme est gouvernée, nous dit-on, par le plus important organe de son corps : la matrice, qui fait fonction de centre nerveux, comme le cerveau. Chez la femme, on y trouve le siège des passions et des grands désordres de l'âme. Selon plusieurs auteurs, la matrice est douée d'une énergie propre. On peut l'envisager comme un animal possédé par le désir d'engendrer, ce qui provoque toutes sortes de comportements dissipés…

Quoique légèrement embarrassé, le jeune homme continue :

– Presque tous les auteurs de notre époque s'entendent pour dire que les femmes ont des os plus petits et moins durs, une cage thoracique étroite et un bassin trop large pour marcher sans gêne. La peau est plus fragile, les muscles et les fibres sont mous et, finalement, le cerveau est petit, surtout dans la zone frontale et au cervelet.

– C'est gai! s'exclame Flavie avec une grimace. Vous qui avez tant lu, vous êtes d'accord avec tout ça?

– Comment pourrais-je m'opposer à des philosophes et à des médecins qui ont tant de science?

Sa question contient néanmoins une bonne dose de scepticisme et Flavie considère pensivement ses traits marqués par le doute.

– Comparée à vous, je n'ai pas lu grand-chose. Mais ce que je vois autour de moi me fait penser bien différemment. Ce que je sens en moi, surtout…

– Que sentez-vous? l'encourage-t-il.

Elle hésite un instant avant de répondre :

— Un grand appétit pour la connaissance. On nous dit que les femmes doivent se contenter d'un bien petit domaine, celui de leur maison et de leur jardin. On nous dit qu'elles ont besoin de la protection d'un homme, mais moi... Je n'ai pas envie de rester à l'intérieur des clôtures. Quand je le fais, j'ai l'impression de manquer d'air.

— Vous êtes spéciale, murmure-t-il.

— Dans ce cas, ma sœur aussi est spéciale, et ma mère, et quelques-unes de mes amies, et plusieurs voisines que je connais. Ce qui me hérisse, monsieur Bastien, c'est qu'on invoque notre faiblesse pour nous dicter une conduite ! Les femmes doivent être comme ceci, elles ne doivent pas faire cela... Pourquoi cela ? Pourquoi ne pas nous laisser prendre des risques, comme vous ?

— La question est d'importance et j'y jonglerai tout de bon, mademoiselle, réplique le jeune homme avec gravité.

— C'est rendu que la robe fait la femme, grommelle Flavie avec mauvaise humeur.

Il fait une grimace amusée et le silence s'installe entre eux, jusqu'à ce que Flavie ne puisse davantage retenir la remarque qui la tarabuste depuis le début de leur conversation :

— Vous étiez très mécontent, tout à l'heure, de ma présence auprès d'Angélique...

Il rougit de nouveau en détournant les yeux. Il lui faut quelques secondes pour réussir à croiser le regard de Flavie et pour répondre :

— Je n'étais pas vraiment mécontent, mais... embarrassé surtout. Je n'en ai vraiment pas l'habitude !

Contemplant ses propres mains jointes sur ses genoux, Flavie murmure :

— Vous devez me juger sévèrement… Sans doute que, pour vous, à un tel moment, une femme normale…

— Je ne sais pas encore ce qu'est un homme normal, la coupe-t-il, alors une femme… Me croirez-vous ? À la fin de l'intervention du docteur, je me sentais presque aussi à l'aise qu'en compagnie de mes confrères.

Heureuse d'avoir l'impression, même fugace, de faire partie d'une fraternité d'apprentis, Flavie lui sourit largement, puis elle s'enquiert :

— Vous serez étudiant à l'École de médecine et de chirurgie cet automne ?

Il fait signe que oui et Flavie s'écrie avec une brusque allégresse :

— Alors nous serons presque collègues ! Nous aurons tous les deux comme professeur, lors des cours pratiques à la Société, l'une des meilleures sages-femmes canadiennes !

— Comme vous avez une haute opinion de votre mère…

— Il y a un an maintenant que je l'accompagne dans sa pratique. J'ai vu… exactement vingt-trois délivrances. Comme j'ai de l'ouvrage à faire à la maison, je ne peux pas la suivre tout le temps. Maintenant, c'est moi qui m'occupe du bébé après la naissance et j'ai même commencé à ligaturer le cordon.

Intimidée par ses yeux grands ouverts qui la fixent sans ciller, elle ajoute :

— J'aimerais étudier l'anatomie. J'ai vu beaucoup de croquis, mais il me semble que ça me serait très utile, de savoir réellement comment c'est à l'intérieur.

— Sans aucun doute. La dissection est très importante pour les études en médecine. À Paris, on y passe énormément de temps. Ici, le problème, c'est de trouver des cadavres.

— Vous en avez déjà volé un ?

— Je n'ai pas eu cette chance, explique-t-il en riant. De nos jours, les cimetières sont très bien surveillés…

Léonie sort de l'alcôve et vient vers eux, laissant tomber avec une grande lassitude :

— Le bébé n'a pas survécu.

Les deux jeunes gens échangent un regard consterné. Essuyant son front avec sa manche, Léonie bredouille encore :

— C'est sans doute mieux ainsi. À mon avis, il n'aurait pas eu toute sa tête… Il ne subira pas le triste sort de tous ceux qui sont placés en nourrice.

Comme la plupart de ses consœurs sages-femmes, Léonie sait comment, au moyen d'herbes diverses, provoquer un avortement. Elle sait également effectuer un curetage. Mais le pouvoir religieux, bien entendu, condamne cette pratique, et il devient de plus en plus difficile d'aider ainsi les femmes. Un nombre croissant de femmes mènent donc leur grossesse à terme, puis se débarrassent de leur rejeton sur le porche des couvents. Certains couples, dûment mariés, utilisent même sans vergogne ce système lorsqu'ils jugent que leur famille est assez nombreuse ! Et ce ne sont pas nécessairement des pauvres !

Quelques jours plus tard, Angélique présente des symptômes de fièvre puerpérale. Par ses lectures, Léonie

sait qu'un tel cas demeure rarement isolé et elle fait immédiatement transférer la jeune accouchée au domicile
du docteur Wittymore, qui reçoit parfois, chez lui, des
patients qui ont besoin de soins plus constants. Mais
Angélique succombe en l'espace de vingt-quatre heures
et il faut à Flavie une longue semaine pour surmonter son
désarroi et sa peine.

CHAPITRE XV

Flavie est tirée de son sommeil par des chants et des roucoulements d'oiseaux. Elle reste un long moment sous le charme, puis elle se gratte une fesse irritée par un brin de paille rêche qui émergeait de la paillasse. Elle se recroqueville et contemple, dans les premières lueurs du jour, les trois autres formes bien couvertes de leurs couvertures pour se protéger des moustiques. Avec Cécile et ses deux cousines, elle vient de passer sa première nuit des vacances dans la grande tente en toile que son grand-père installe, chaque été, sous le grand orme derrière la maison de Longueuil.

Les quatre jeunes filles adorent dormir ici. Elles sont parfaitement libres de se coucher à l'heure qu'elles veulent… pour autant qu'elles soient capables, le lendemain, d'effectuer toutes les tâches qui leur sont confiées. Elles ont jasé tard hier soir, jusqu'à ce que le croissant de lune soit haut dans le ciel et qu'elles se lassent du bourdonnement des insectes autour de leur tête.

Vêtue de sa seule chemise, pieds nus, Flavie se lève et sort silencieusement de la tente. Pour elle, le petit matin est un moment magique. Encore couverte de rosée, la campagne est superbe. Les moutons ont déjà pris le chemin du coteau, guidés par son cousin Germain, dont Flavie aperçoit la silhouette, de l'autre côté du rang, à flanc de colline.

Elle s'engage dans le sentier qui pénètre dans le petit bois. Quelques minutes plus tard, elle débouche sur la rive de la petite rivière, étroite mais profonde, dans laquelle elle adore venir se baigner. Flavie a un choc : le niveau de l'eau est si bas ! Elle se débarrasse de sa chemise et, marchant dans la vase jusqu'au milieu du cours d'eau, elle s'accroupit pour s'immerger jusqu'au cou. Elle se laisse caresser par l'eau fraîche, puis elle nage avec prudence, s'agrippant aux roches qui affleurent et aux arbustes dont les racines plongent dans l'eau.

La sécheresse de cet été 1846 est l'un des principaux sujets de l'heure au Canada et l'un des grands motifs d'inquiétude de tous les habitants. Depuis juin, il a plu seulement pendant deux ou trois jours et maintenant, en plein cœur du mois d'août, ceux qui habitent loin des cours d'eau doivent parcourir de grandes distances pour s'approvisionner en eau, non seulement pour leur propre usage, mais pour abreuver leurs bêtes. L'oncle René et grand-père Jean-Baptiste commencent à poser sur leur petit cours d'eau un regard soucieux...

Reprenant pied sur la berge, revigorée et parfaitement réveillée, Flavie se laisse sécher par la brise, puis elle remet sa chemise. En traversant le sous-bois, elle s'arrête un moment, savourant l'odeur humide et musquée. Une étrange nostalgie lui serre le cœur et, sans crier gare, le goût de Daniel l'envahit. Elle ne pense plus beaucoup à lui ces temps-ci, seulement fugacement, quand elle entend, dans la rue, une conversation entre Irlandais ou quand Simon leur donne des nouvelles de Thomas... Soudain, tout son être exige sa présence et elle se met à courir vers la tente sans faire attention aux cailloux qui pourraient lui blesser les pieds.

Les habitants sont habitués aux caprices de dame Nature et, malgré la sécheresse, les vacances s'écoulent dans le contentement. Grand-père se réjouit à voix haute de la présence de la parenté de Montréal, et Cécile et Flavie, avec leurs cousines Josephte et Ladevine, passent leur temps à rire et à bavarder, même en travaillant au potager, à la grange ou au poulailler. Dès qu'elles le peuvent, toutes quatre s'échappent pour une promenade dans le rang, feignant de ne pas remarquer les regards intéressés des jeunes hommes des environs.

Cette année, pour la première fois, Simon a préféré se rendre d'abord, seul, chez son frère qui habite Lévis, en face de Québec. Simon caressait ce projet depuis longtemps, mais il le remettait perpétuellement, lui aussi attiré par cette belle période d'évasion… Léonie en a été peinée ; malgré le travail de la ferme, ces petites vacances sont une si belle occasion d'oublier le quotidien ! Elle n'a pu s'empêcher de croire que sa subite décision n'est pas étrangère à la distance nouvelle qui s'est installée entre eux depuis l'ouverture de la Société compatissante.

Néanmoins, la présence de Laurent console Léonie. Le jeune homme, qui n'apprécie pas tellement la compagnie de l'oncle René, accompagne son grand-père dans ses activités quotidiennes, en plus de jouer aux cartes avec lui, le soir. Lorsque son travail est terminé, il s'offre de grandes virées dans les bois et les champs, entraînant parfois l'une ou l'autre de ses sœurs ou de ses cousines avec lui.

Le premier dimanche de leur séjour, le soleil se lève dans un ciel désespérément bleu. Il fait déjà chaud quand les quatre jeunes filles entrent dans la cuisine d'été pour le déjeuner, devisant avec animation sur le programme de la journée. Laurent et Jean-Baptiste sont déjà levés et Josephte rougit comme chaque fois qu'elle est en présence de son cousin.

— Bon matin, mes beautés! lance grand-père d'un air coquin. Vous êtes les plus jolies fleurs de mon jardin!

— Votre jardin! se moque Ladevine du haut de ses quatorze ans. Une chance que maman est là pour y faire pousser les fleurs, dans votre jardin!

— C'est un travail de femme, n'est-ce pas, mon Laurent?

— Pas le choix! répond son petit-fils en s'étirant. Les femmes sont retenues à la maison par leurs bébés. Elles ne peuvent pas, comme nous, aller s'épivarder aux champs!

— S'épivarder! grommelle Jean-Baptiste. Tu causes comme si on allait faire la fête. Les champs, c'est une sacrée corvée!

— Ne jurez pas, grand-père, reproche Ladevine.

— Une *sacrée* corvée, répète le vieil homme avec obstination, surtout cette année. Il paraît que le Créateur a bien des péchés à nous reprocher… J'espère que vos âmes sont blanches comme neige, mesdemoiselles?

— Ne parlez pas de neige! s'exclame Josephte. Il fait tellement chaud que j'ai déjà hâte à l'hiver, ça a-tu du bon sens?

— La récolte est encore belle, observe le grand-père en se plantant devant la fenêtre pour contempler les champs. Le manque de pluie fera peut-être mourir la mouche à blé…

Dans la cuisine d'été, les jeunes filles s'activent et préparent du gruau, qui sera servi pour déjeuner avec du lait frais et du sucre d'érable.

— Nous irons aux framboises demain, décide Ladevine, le visage rougi par la chaleur. Pour moi, elles seront bien mûres.

Le visage encore ensommeillé, Léonie, qui dort dans la chambre de ses nièces, fait son entrée. Pendant que les cinq jeunes et leur grand-père se servent à déjeuner, elle se prépare une tisane, qu'elle boit assise sur la chaise berçante. Elle dit en souriant :

— Catherine nous avait bien demandé d'être parés tôt, n'est-ce pas ? Et pourtant, elle n'est pas encore levée.

— C'est elle qui tient à ce que nous allions tous à la messe avant le pique-nique, grogne Jean-Baptiste. Si le coq chante encore, je cogne au plafond !

Comme si la menace avait porté ses fruits, Catherine et René font irruption dans la cuisine. Après avoir échangé des salutations, tous deux s'assoient à la table. Josephte, qui a terminé son déjeuner, les sert.

— Et Germain ? demande soudain René. Où est-il ?

— Encore dehors, je crois, répond Jean-Baptiste.

— Je vais le chercher, dit rapidement Laurent en sortant.

Bientôt, il revient en tenant son jeune cousin par l'épaule. Ébouriffé, la chemise pleine de paille, le garçon de douze ans tient une dizaine d'œufs dans ses bras. L'air fâché, son père lui tend un plat vide en grondant :

— Je t'ai déjà dit de faire attention quand tu les transportes. Ce serait si facile d'en échapper !

— Pas de danger, réplique son fils d'un air assuré. Ça ne m'arrive jamais.

— Bien dit, approuve son grand-père. Viens t'asseoir si tu ne veux pas manquer l'office.

Avec une mine qui indique que c'est bien le cadet de ses soucis, Germain obtempère néanmoins. Quand tout le monde est rassasié et que les couverts sont rincés, la troupe se met en route, à pied, vers le village, laissant Jean-Baptiste et Laurent pour garder les lieux. C'est une marche assez plaisante à cette heure, une vingtaine de minutes sur le chemin. Catherine, son mari et ses enfants sont habillés de façon plutôt austère, mais ils supportent la chaleur sans se plaindre. Léonie et ses deux filles ont gardé leur légère tenue d'été, mais elles ont couvert leur décolleté d'un mince fichu. Tous sont coiffés d'un chapeau de paille.

À mesure qu'ils approchent du village dont ils distinguent le clocher, quelques autres familles les rejoignent. Au moment où les cloches sonnent, ils pénètrent dans l'église, heureux de sa fraîcheur. Devant un parterre à moitié rempli, le curé commence son office. Comme chaque fois, Léonie ferme son esprit aux mots qui résonnent et aux gestes de dévotion. Plus jeune, elle était curieuse, mais elle a vite compris que les mêmes sermons se répétaient *ad nauseam*. Heureusement, assez âgé maintenant, bien nourri, le curé témoigne d'un zèle paresseux et ses brefs sermons se répercutent mal jusqu'au fond de la nef…

La seule chose que Léonie apprécie de la messe, c'est le temps qu'elle lui donne pour penser. Elle en profite donc pour se récapituler les premiers mois d'existence de la Société compatissante. Avant que le refuge ferme pour les mois de juillet et août, le conseil d'administration s'est réuni et les deux sages-femmes y ont été invitées. Le bilan était assez encourageant, du moins quant à la fréquentation – quatorze femmes en trois mois – et quant à l'assiduité des dames patronnesses. Cependant, comme il fallait s'y attendre, très peu de femmes admises ont les moyens de payer leur séjour. Les dames patronnesses, qui font la quête dans leur entourage au bénéfice du refuge, commencent à trouver qu'il leur faudrait élargir leurs sources de financement! Mais la gestion au jour le jour sollicite déjà toutes leurs énergies…

Jetant un coup d'œil à sa sœur, la tête penchée au-dessus de ses mains jointes, Léonie est une fois de plus envahie par un vif regret. Une grande complicité les unissait, Catherine et elle, pendant toute leur jeunesse. Mais une première fissure s'est produite quand Léonie a décidé de se placer en apprentissage auprès de leur tante Sophronie. Le curé du village n'était pas d'accord et Catherine a longuement tenté de persuader Léonie que, s'il était contre, rien de bon ne pouvait découler de cette nouveauté…

Depuis que Léonie a épousé Simon, un homme notoirement libre penseur, les discussions franches sont devenues impossibles avec sa sœur et son mari. Et pourtant, songe Léonie avec un sourire attendri, s'il fallait qu'ils cessent leurs séjours ici, à Longueuil, Catherine serait la première à en être offusquée…

La messe se termine et l'assemblée se retrouve sur le parvis, sous un soleil éblouissant. Catherine saisit le bras de sa sœur.

– Viens saluer le curé.

Chaque année, Catherine ne rate jamais l'occasion de prouver au curé que, malgré ses protestations d'antan au sujet de l'apprentissage de Léonie, cette dernière est devenue une sage-femme respectable et appréciée. Pas fâchée, au fond, de se pavaner un peu devant le curé, Léonie fait signe aux enfants de la suivre. Amable Contant vient de se mêler aux paroissiens, accompagné de ses deux servants de messe. Il serre la main de Léonie, puis des trois enfants en s'exclamant, sans originalité, sur le changement depuis l'année précédente. Il ajoute d'un air débonnaire :

— Je suis ravi, Léonie, de savoir que votre pratique est florissante et que vous ne regrettez pas votre choix d'aller habiter la grande ville.

— Je travaille maintenant dans un refuge pour femmes sans ressources, répond-elle gracieusement. Une belle initiative, qui est le fruit du travail d'un groupe de dames éclairées et que les messieurs de Saint-Sulpice soutiennent.

— Nous allons en pique-nique ce midi, monsieur le curé, sur l'île, intervient Catherine. Je sais que vous appréciez ces rencontres amicales. Notre tante Sophronie y sera. Voudriez-vous vous joindre à nous ?

Léonie coule un regard plutôt ennuyé vers sa sœur. L'homme de robe semble tenté :

— Ma foi…

Il se hâte d'ajouter :

— Je serais enchanté de causer avec Mme Lebel, que je ne vois pas souvent dans mon église ! Mais si vous permettez…

Il cherche quelqu'un dans la foule et le hèle. Bientôt, un jeune homme en soutane noire les rejoint.

— Accepteriez-vous que M. Papillon m'accompagne ? Je suis sûr que ce jeune homme apprécierait un moment de détente.

— Nous le connaissons, dit Catherine avec un sourire épanoui. N'est-ce pas, monsieur ? Vous étiez parmi nous pour le réveillon du jour de l'An.

– M. Papillon est venu passer ses vacances avec moi. Vous devez savoir, madame, à quel point il est sain pour un aspirant à la prêtrise de demeurer, même l'été, dans un milieu où l'on vénère les enseignements de Dieu.

Catherine bégaye, empourprée par le plaisir :

– Nous serions ravis, monsieur Papillon, de vous avoir parmi nous. Mon mari passera vous prendre au sortir de la grand-messe, d'accord ?

De retour à la maison, tous s'affairent, puis, à l'heure dite, René attelle la jument à la charrette. Vingt minutes plus tard, il est de retour avec les deux prêtres. À la grande surprise de Flavie, le jeune Papillon, coiffé d'une casquette, s'est vêtu d'un pantalon, d'une chemise et d'une légère veste sans manches. Le curé, lui, n'a pas quitté sa soutane et il porte, lui aussi, un large chapeau de paille. Bientôt, c'est une charrette pleine à craquer qui s'ébranle vers le village de Boucherville. Pour soulager le cheval, les jeunes descendent et font un bout de chemin à pied. Après un moment toutefois, étourdis par le chaud soleil, ils remontent et se laissent paresseusement emporter.

Lorsqu'ils parviennent au quai, une autre charrette y est déjà, avec, à son bord, Sophronie et son fils Pierre. Les attelages prennent place sur le bac et une belle brise chargée d'effluves marins les enveloppe dès qu'ils quittent le rivage. Flavie admire le mont Royal au loin et, plus proches, le rivage plat des îles et les prairies dont les hautes herbes ondulent au vent. Plusieurs chaloupes et quelques petits voiliers voguent sur ce chenal du fleuve. Se penchant par-dessus le bastingage, Flavie aperçoit dans l'eau claire et peu profonde plusieurs gros poissons qui nagent lentement, ainsi qu'une petite tortue.

Trop rapidement au gré de Flavie, le bac accoste dans l'île, un lieu populaire de promenade sillonné de sentiers qui se rendent jusque dans tous ses recoins. Les jeunes filles courent en se taquinant et Germain virevolte parmi elles en les agaçant. Laurent, devenu malicieux lui aussi, participe au jeu. Catherine se retourne parfois pour donner l'ordre à ses filles de mieux se tenir, mais ses invectives n'ont aucun effet.

Vital Papillon marche à quelques pas derrière Léonie, sifflotant tout bas une jolie mélodie. Au bout de quelques minutes, elle lui jette un coup d'œil et, encouragé, il accélère l'allure jusqu'à ce qu'il parvienne à sa hauteur. Il lance d'une voix joyeuse :

— Je n'étais encore jamais venu ici. C'est magnifique !

— Quand j'étais petite, répond Léonie, je me croyais sur une île déserte, chez les Sauvages.

— À l'automne, j'imagine que les outardes nous arrachent presque le chapeau… J'en ai vu des milliers passer par ici, quand je suis arrivé.

Il s'arrête soudainement et porte la main à sa casquette.

— Qu'est-ce que c'est ? s'exclame-t-il en se retournant.

Plus loin, Laurent fait une mine contrite et court vers eux.

— Désolé, dit-il. Je visais ma mère. Un jour, j'ai lancé un gland qui a atterri en plein milieu de son chignon, ici. Elle n'a rien remarqué et l'a porté toute la journée.

Riant à ce souvenir, Léonie ajoute :

— Mon terrible fils a passé la journée à rigoler sans que je sache pourquoi.

— Viens, Laurent, s'écrie Ladevine en prenant son cousin par la main. On court jusqu'au bout du chemin !

Un moment, Vital Papillon tripote sa casquette en contemplant la troupe qui s'éparpille, puis il la visse sur sa tête d'un geste résolu.

— Excusez-moi. Je vais les rejoindre!

Essoufflés, rieurs, les jeunes parviennent au bord du chenal et empruntent un étroit sentier qui les mène à une magnifique clairière ombragée par des arbres de haute taille et bordée par une longue plage de galets. Flavie enlève ses sandales de cuir, retrousse sa jupe et entre dans l'eau jusqu'aux genoux. Cécile et Laurent l'imitent, tandis que leurs cousins, sur la grève, leur lancent des petits cailloux qui les éclaboussent. Un hennissement de cheval se fait entendre : les charrettes sont arrivées, et tout le monde se précipite pour les décharger. Seule Flavie reste dans l'eau, ravie de sentir la rondeur des galets sous ses pieds. Elle s'asperge le cou, puis la gorge, tirant même sur son corsage pour que l'eau descende plus bas.

Un toussotement la fait sursauter. Levant les yeux, elle voit Vital Papillon assis sur la grève, près des herbes. Elle rougit légèrement et revient dignement vers le rivage. Il la salue d'une voix mal assurée :

— Bonjour, mademoiselle. Je suis content de vous revoir.

Des fragments de leur conversation du temps des fêtes lui reviennent en mémoire et elle répond poliment :

— Moi de même. Vos élèves n'ont pas été trop tannants?

— Rien de plus que de coutume…

Il reste grave, la contemplant les yeux mi-clos. Après un instant de silence, déroutée par l'étrange lueur qu'elle a cru voir luire dans ses yeux, Flavie s'éloigne en direction de la clairière. Des victuailles ont été déposées sur deux larges nappes : viandes rôties, pâtés, poissons séchés ou marinés, jeunes légumes du jardin, miches de pain, cruches d'eau et bouteilles de bière d'épinette… Quelques minutes plus tard, chacun se sert à sa guise. Comme d'habitude, Sophronie et Léonie sont assises ensemble, à l'écart. Léonie est en train de lui raconter ses derniers accouchements, dont celui de la jeune bourgeoise, Angélique.

En compagnie de Laurent et de Josephte, Flavie dévore une tartine couverte de pâté. Tous les trois sont juchés sur une grosse roche plate près de laquelle poussent des ronces chargées de mûres. La conversation est légère et plutôt languissante. Distraite, Flavie laisse son regard errer sur Vital, assis en compagnie du curé, de Catherine et de René. Il a enlevé sa veste et sa casquette, et une petite brise joue dans ses cheveux courts. Son visage au nez plutôt fort et aux lèvres pleines est marqué de cicatrices de petite vérole qui ne le déparent cependant pas.

Il fait semblant de s'intéresser à la conversation, mais son attention est ailleurs. Ses yeux se posent sur elle, et Flavie est troublée par l'expression de son visage. Depuis qu'elle est jeune, elle a appris à reconnaître les signes du désir et elle comprend immédiatement ce que Vital Papillon éprouve envers elle. Avec stupeur, elle comprend qu'il a pensé à elle pendant l'hiver… Une douce émotion l'attendrit tout entière tandis que lui revient une partie du bonheur qu'elle avait ressenti lors du baiser échangé avec Daniel, l'automne dernier. Il y a si longtemps…

Laurent lui demande si elle veut autre chose à manger, mais elle refuse d'un mouvement de tête, puis sautant en bas de la roche, elle scrute les environs. Apercevant le cheval, plus loin dans la prairie, en train de brouter, elle marche jusqu'à lui et se cache derrière son flanc. La bête hennit doucement pour l'accueillir. Flavie lui caresse les naseaux et le ventre, longuement. Elle constate que, sans en avoir l'air, Vital la cherche du regard. Elle colle sa tête contre le cou du cheval qui, obligeamment, reste immobile.

– Flavie ! crie soudain Laurent. Les filles vont se baigner !

Après une dernière caresse, Flavie rejoint le groupe. Accompagnées par Léonie, les quatre jeunes filles se dirigent vers une crique creusée dans le fleuve, à l'abri des regards masculins. Lorsque, les cheveux ruisselants, elles remontent vers la clairière, Flavie voit que Vital suit du regard les gouttes d'eau qui s'écoulent de ses tresses jusque sur son corsage… Léonie annonce, tout en tordant ses cheveux :

– C'est votre tour, messieurs.

Laurent et Germain s'éloignent à leur tour et Vital, après quelques mots au curé, se dirige, lui aussi, vers la plage. Flavie se repaît un instant de sa démarche lente et souple, puis elle s'allonge au pied d'un arbre et ferme les yeux. Elle entend le curé dire suavement à Sophronie :

– Les filles de Léonie seront bientôt en âge de se marier. Pour le sûr, elles plairaient à quelques-uns des jeunes hommes de la paroisse !

Riant franchement, sa grand-tante réplique :

– Honnêtement, monsieur le curé, je ne vous le souhaite pas. Ces jeunes filles ne sont pas faites pour s'encabaner comme des habitantes !

Après un moment de silence, le curé reprend :

– Chère Sophronie, mon bonheur n'est pas complet tant que je n'ai pas sous mes yeux, le dimanche, l'ensemble de mes paroissiens et paroissiennes…

– Je suis bien marrie, monsieur Contant, de contribuer ainsi à votre malheur.

— Pour un prêtre, il n'y a rien de plus exaltant que de convertir des âmes fortes et bien trempées. Je ne désespère pas, Sophronie, que le bonheur de la révélation vous soit donné au moment où vous serez sur le point de rencontrer notre Seigneur…

Curieuse d'entendre la suite, Flavie suspend sa respiration. Sophronie réplique :

— Vous le savez, monsieur le curé, je n'ai rien contre le fait de croire en Dieu. Mais je n'aime pas que vous décidiez pour nous ce qui est mal et ce qui est bien. Vous nous faites peur avec vos péchés et votre enfer !

— Prenez garde, Sophronie.

Surprise par la nuance d'intimidation dans la voix du vieux prêtre, Flavie tourne la tête vers eux, mais elle ne peut distinguer l'expression du visage du curé puisqu'il lui fait dos.

— J'ai demandé mon remplacement à l'évêque. Je suis âgé et fatigué… Celui qui viendra sera peut-être moins bonasse que moi. Vous savez que les sages-femmes doivent être moralement sans taches…

D'une voix lasse, Sophronie murmure :

— Avez-vous vraiment quelque chose à me reprocher, monsieur Contant ?

— C'est par l'exemple qu'on convertit le mieux et vous êtes une des personnes les plus en vue de notre paroisse ! Excusez-moi, chère amie, mais j'ai une envie irrésistible de faire la sieste.

Flavie se réveille en sursaut, chassant la mouche noire qui lui piquait le front. Jetant un coup d'œil autour d'elle, elle se rend compte qu'un certain temps a passé, que les hommes sont revenus et que plusieurs font la sieste, le chapeau posé sur les yeux. Elle se lève et va faire pipi derrière un arbre. Puis, louvoyant entre les dormeurs, elle se rend jusqu'au bord de la plage déserte. Elle entre dans l'eau jusqu'aux chevilles et se promène longtemps, seule, le long de la grève.

Lorsqu'elle revient, Laurent et Josephte sont en grande discussion avec Vital. Flavie s'approche du petit groupe et son frère, lui coulant un regard distrait, lui fait une place parmi eux. Josephte est en train de dire :

— Maman m'a souvent répété que ce n'est pas convenable pour les femmes de se rendre dans les bureaux de vote.

— C'est parce que le vote est à main levée, explique Laurent. Les élections deviennent comme une partie de bras de fer, soit pour en faire voter le plus possible d'un bord, soit pour empêcher l'autre bord d'entrer sur les lieux !

— Mais comment faire autrement ?

Fier de répandre sa science acquise par ses lectures et ses discussions avec Simon, Laurent affirme :

— Le scrutin secret ! Par écrit, si possible.

— Par écrit !

Après un moment de silence où chacun jongle avec cette perspective révolutionnaire, Josephte lance à son cousin, en souriant largement :

— Ta femme pourrait voter selon sa conscience, sans que tu le saches, et il n'y aurait aucun signe que vous êtes désaccordés !

Laurent grogne et Flavie intervient :

— Mal accordés… La différence d'opinion n'entraîne pas nécessairement des chicanes !

— Par contre, elle est souvent le signe d'un malaise profond au sein de la famille, réplique le jeune Papillon avec intensité. La famille est la cellule de base de la société et elle est placée par Dieu sous l'autorité de l'homme. Tout élément de discorde est à proscrire. Il est plus sain que tous empruntent le même chemin.

— Le chemin dicté par l'homme de la maison, évidemment, remarque Flavie.

Ouvrant les bras en un signe d'évidence, il répond :

— La loi divine est ainsi faite et si Dieu en a décidé de même, il faut respecter sa volonté. D'ailleurs, les codes de lois sont unanimes. C'est le père ou le mari qui détient l'autorité dans la famille. Une autorité qui ne doit pas être brutale, mais affectueuse et conciliante, comme celle de Dieu.

— Dieu, conciliant ? s'exclame Flavie. Je le vois plutôt comme un roi qui impose sa volonté à ses sujets. Nous discutons de toutes ces idées en famille, n'est-ce pas, Laurent ?

Ce dernier précise à l'intention de Vital :

— Notre père est un libéral convaincu. Dans sa jeunesse, il a fait la lutte avec les Patriotes jusqu'au moment où les plus audacieux d'entre eux ont pris les armes.

— Même s'il n'a pas voulu les suivre dans la bataille, il n'a pas digéré les interventions du clergé. Il ne faut jamais se rebeller contre l'autorité des dirigeants, elle vient de Dieu lui-même ! Il faut tout supporter, même si ceux qui gouvernent sont des tyrans !

Laurent s'étire en bâillant.

— Quelle conversation sérieuse pour un beau dimanche d'été ! Qui vient faire une promenade avec moi ?

Il s'éloigne en compagnie de sa cousine. Flavie reste face à face avec Vital, n'osant pas lever les yeux vers lui, incapable de trouver quoi que ce soit d'intéressant à dire. Il propose timidement :

— On s'assoit ?

Elle acquiesce et il l'entraîne à l'écart, près du chenal. Un silence chargé de sous-entendus tombe entre eux. Du coin de l'œil, elle voit qu'il a entouré ses genoux relevés avec ses bras. Elle aimerait s'appuyer contre son épaule et poser sa main sur son avant-bras nu. Comme on se jette à l'eau, il murmure :

— Je voudrais te revoir, une autre fois.

Ébahie par son audace, Flavie balbutie :

— C'est que je repars… dans huit jours…

— Depuis cet hiver, je n'ai pas pu m'empêcher d'évoquer souvent ton souvenir. Le soir surtout…

Elle tourne enfin les yeux vers lui et elle reçoit avec un choc son regard qui la supplie. Elle réfléchit à toute vitesse :

— La cabane à sucre. Personne n'y va à cette période de l'année.

— D'accord. C'est où ?

— À la croix de chemin sur le rang du Pot-au-Beurre, il y a un sentier qui monte à l'érablière. Mercredi après-midi, Catherine et ses filles se rendent justement au presbytère pour préparer une fête avec M. le curé.

Derrière eux, l'heure du départ a sonné et Flavie se lève à la hâte. Pendant tout le voyage de retour, par un accord tacite, tous deux évitent soigneusement de se trouver l'un près de l'autre.

Jusqu'au mercredi suivant, le temps passe trop lentement au gré de Flavie. Catherine tente de convaincre sa nièce de les accompagner au presbytère, mais elle refuse avec obstination, annonçant qu'elle en profitera pour aller faire, seule, une promenade dans les bois. Cécile veut se joindre à elle, mais, heureusement, Léonie intervient, obligeant sa fille cadette à faire le reprisage qu'elle repousse de jour en jour.

C'est donc avec un intense sentiment de liberté que Flavie prend le chemin du bois, empruntant le sentier du coteau qui mène à la cabane à sucre. Ce n'est pas une longue distance et le sentier est bien dégagé, mais, à cette époque-ci de l'année, à cause de la nuée de maringouins qui hantent les bois, la promenade tient habituellement de l'exploit. Depuis le début de son séjour à Longueuil, Flavie a cependant constaté avec bonheur que la séche-resse a fait grandement tort aux insectes. Bien chaussée, coiffée de son chapeau de paille, elle progresse à une ca-dence lente et régulière, profondément heureuse de sa solitude. Pour marcher plus aisément, elle a retroussé le bord de sa jupe, le coinçant à sa taille.

Chemin faisant, elle songe au jeune homme qu'elle s'en va rencontrer et, malgré son goût de le côtoyer, elle est envahie par une appréhension croissante. Les hom-mes peuvent parfois être si exigeants, paraît-il, jusqu'à en devenir violents ! Cela lui semble impossible. Pour une étreinte, un homme d'aspect si doux se transformerait en bête sauvage ? Puis elle pense à tous les cas de brutalité dont sa mère a eu connaissance et, peu à peu, minée par le doute, elle ralentit son allure.

Elle tressaille : Vital est là, tombé en arrêt en plein milieu du sentier, un sourire timide aux lèvres. Ainsi, dans l'ombre du sous-bois, elle le trouve magnifique. Quand ils se rejoignent, il lui prend la main, se penche avec gau-cherie et l'embrasse sur la joue.

– J'étais presque persuadé que tu ne viendrais pas… J'ai soif, pas toi ? Ma besace est là-bas.

Sans attendre sa réponse, il l'entraîne sur la montée qui mène à la cabane. Un petit banc de bois s'adosse à son mur extérieur, près de la porte. Ils s'y assoient et boivent à tour de rôle. Il lui pose des questions sur ses occupations des derniers jours et le temps s'égrène à s'échanger de courtes phrases entrecoupées de longs silences. Enfin, il saisit sa main et trace le contour de ses doigts et de sa paume. Il demande brusquement :

– Je sais que tu n'es pas très dévote, mais… ça ne te choque pas, d'être ici avec moi ?

Flavie secoue la tête en lançant un proverbe que grand-père Jean-Baptiste grommelle parfois dans sa barbe, quand il s'imagine ne pas être entendu :

– Moine turpide autrefois, archevêque et ribaud en tout temps…

Il pouffe de rire et pose brusquement un baiser sur sa joue. Flavie n'a jamais compris pourquoi les prêtres catholiques, considérant ce qui est sensuel et charnel comme la manifestation de pensées impures et condamnables, doivent rester chastes. Certains d'entre eux atteignent facilement cet idéal, mais beaucoup luttent pour s'imposer une ascèse contre nature. Des scandales éclatent au sujet d'untel dont la domestique est jeune et jolie ou de tel autre qui vit avec une concubine… Rares sont ceux parmi eux dont le corps n'exige pas son plaisir, au prix de mille tourments.

Flavie se souvient alors du chagrin de sa mère qui venait d'accompagner une servante de presbytère pendant un accouchement long et difficile, se révoltant contre le sort de cette veuve d'environ quarante-cinq ans, cousine lointaine du curé et qui avait été forcée par lui. Ceux qui aiment trop les femmes entretiennent des maîtresses ou ont des relations épisodiques avec des paroissiennes. D'autres, désirant plus de discrétion, visitent les maisons closes des villes…

Se tournant vivement vers Vital, Flavie s'exclame, comme s'il avait pu suivre le cours de sa pensée :

— Tu sais quoi ? Le plus insultant dans tout ça, c'est que les curés prétendent que, s'ils ont des désirs, c'est de la faute des femmes. À les entendre, on croirait que nous menons les hommes directement en enfer ! C'est oublier que tous les êtres humains sont fabriqués de la même façon. Ils viennent au monde grâce à la force des femmes et à leur courage…

Depuis qu'elle assiste à des accouchements, Flavie ne voit plus les femmes de la même manière. Dans son esprit, elles sont tellement plus grandes qu'avant, et plus puissantes aussi, une puissance dissimulée sous les ouvrages de couture et toutes les corvées de lavage !

Il explique avec agitation :

— Mes professeurs nous répètent que nous devons transformer nos… désirs charnels… en un amour très pur pour Dieu. Nous devons nous mortifier et prier pour effacer de notre être toute trace de concupiscence. De bien belles paroles ! À côté de cela, au séminaire, il y a un prêtre qui court les dortoirs, la nuit. Je fais tout ce que je peux pour l'en empêcher, mais il faut bien que je dorme…

Après une grimace de dégoût, Flavie déclare à son tour :

— Un soir, papa a raconté une histoire à maman. Je ne dormais pas, je l'ai entendue… Un prêtre avait tenté de séduire une femme du voisinage. Il lui disait qu'elle pouvait se laisser caresser par lui parce que, même s'il y avait péché, il avait le pouvoir de lui donner l'absolution. Il lui a dit aussi que les besoins des sens étaient comme celui de manger et que Dieu n'avait jamais défendu de les satisfaire.

Vital laisse échapper un rire de dérision. Insensiblement, Flavie s'est rapprochée et son flanc épouse maintenant le sien sur toute sa longueur. D'un léger mouvement, elle se tourne vers lui et le jeune homme en profite pour glisser son bras sur ses épaules. Une petite croix d'argent pend à son cou, insolite chez un homme. Sans se regarder, muets, ils restent immobiles, pétrifiés par cette intimité nouvelle.

Il tourne enfin la tête et frotte sa joue contre la sienne. Elle s'amuse de la sensation râpeuse, puis elle ferme les yeux parce qu'il embrasse sa joue d'une manière si lascive… Peu à peu, il s'enhardit, promenant sa bouche sur tout son visage. C'est Flavie qui, se souvenant du baiser échangé avec Daniel, laisse glisser ses lèvres sur les siennes. Enserrant sa tête de ses mains, il insinue immédiatement sa langue à l'intérieur de sa bouche. Rebutée par cette intrusion, elle recule. Il la considère sans dire un mot, sans sourire, puis elle prend conscience de l'onde de chaleur qui la parcourt tout entière et elle le laisse se pencher de nouveau vers elle, à la fois surprise et ravie par la façon dont il s'insinue lentement entre ses lèvres comme s'il goûtait un mets délectable, comme s'il buvait un nectar divin… Vital pose une main sur son sein et, constatant l'assentiment de Flavie, il détache les premiers boutons de son corsage sans cesser son baiser et glisse sa main à l'intérieur.

Beaucoup plus tard, le passage d'une marmotte à leurs pieds les tire de leur envoûtement et Vital se redresse tandis que Flavie reprend contact avec le monde qui les entoure. À travers les arbres, les rayons du soleil sont maintenant obliques et elle songe qu'il lui faut bientôt rentrer. Ce n'est pourtant qu'une bonne demi-heure plus tard qu'elle réussit à s'arracher à l'étreinte de ses bras. Pendant qu'elle rattache son corsage, elle remarque la bosse qui soulève son pantalon. Souriant, elle songe à tous les chiens et les chevaux en chaleur qu'elle a vus et à leurs membres en érection. Celui des hommes ressemble-t-il à ceux-là ?

Le jeune homme boit plusieurs gorgées et lui tend sa gourde. Elle refuse d'un signe de tête. Leurs regards se mêlent et il murmure :

— J'aurai de quoi jongler, cet hiver…

— Et de quoi te confesser, ajoute Flavie en pouffant nerveusement de rire. À moins que tu gardes ce péché sur ta conscience ?

— Les curés aussi sont astreints à la confession, répond-il, très sérieux. Si je veux prendre soin des âmes, la mienne doit être sans taches.

— Je dois partir, Vital.

— On pourrait se revoir, une dernière fois ?

Après lui avoir promis une nouvelle rencontre le vendredi à la même heure, elle reprend le chemin de la maison. Malgré le doux contentement qui l'habite, elle se demande si elle a vraiment envie de revenir et de l'entraîner, de nouveau, sur la pente du vice… Mais son désir croît à chaque heure qui passe. Le jour venu, elle se prépare à inventer un prétexte pour retourner seule à la cabane à sucre lorsque, en pleine heure du dîner, Simon fait irruption dans la cuisine, causant une grande commotion parmi les convives. Mortifiée par cet empêchement à la promenade, Flavie sort sur la galerie et laisse son regard errer au loin, vers l'érablière. Elle imagine Vital assis sur le banc de bois, de plus en plus impatient et déçu… C'est fini maintenant, elle ne pourra pas s'esquiver.

Ce soir-là, envahie d'une faim impossible à assouvir, elle a beaucoup de difficulté à s'endormir et elle se réveille au milieu de la nuit, bien avant que le coq chante. Elle se lève d'un bond et se dirige d'un pas rapide vers la rivière, malgré les branches qui lui fouettent le corps au passage. Elle se débarrasse de sa chemise en un tournemain et se précipite dans la rivière. Lorsqu'elle en émerge, elle se sent pourtant encore fiévreuse et insatisfaite. Protégée par la profonde obscurité, elle s'assoit nue sur la mousse, au pied d'un arbre. Elle ferme les yeux et, tout de suite, son imagination installe le jeune homme à ses côtés. Se figurant que ce sont ses mains à lui, elle se caresse d'une manière si intense que son corps en réclame toujours davantage. Elle s'étend sur le sol frais et rugueux et elle invente Vital allongé près d'elle. Enflammée mais encore maladroite, elle laisse ses propres mains descendre jusqu'à son entrejambe, comme si c'était lui qui la cajolait si suavement…

Une semaine plus tard, René attelle la charrette pour aller reconduire les Montreuil au quai de Longueuil où tous les cinq, chargés de bagages et de pots de confitures, embarquent sur le *Firefly*, un petit bateau à vapeur qui fait la navette entre les deux rives du fleuve depuis quelques saisons. Un homme d'affaires fort aventurier avait déjà tenté semblable aventure en 1842, mais il avait rapidement constaté que les profits ne couvraient pas les dépenses et que les pronostics de survie du *Firefly* sont donc plutôt sombres. En attendant, la coque toute en fer, l'assourdissant bruit des machines et la cheminée crachant une épaisse fumée remplissent les voyageurs d'un mélange d'admiration et d'effroi.

Sur le pont, les commentaires vont bon train au sujet de la sécheresse qui, même sur le large et profond Saint-Laurent, rend la traversée de plus en plus périlleuse. Des battures et des rochers, dissimulés depuis de nombreuses années, ont refait leur apparition et les capitaines doivent redoubler de vigilance. Simon explique à ses enfants que les mêmes excès de température règnent dans toute l'Amérique et sur une grande partie de l'Europe, au point de faire craindre pour les récoltes, surtout celle de la pomme de terre, déjà affectée par la maladie. Dans les campagnes d'Irlande, où ce tubercule est l'aliment de base de la population, le spectre de la famine rôde.

Quand les passagers mettent pied à terre, ils ne tardent pas à constater que la ville est en effervescence. Un grand rassemblement est prévu pour le lendemain au sujet de l'une de ces gigantesques entreprises qui doivent, raconte-t-on partout, marquer le siècle du sceau du génie et des grandes conceptions techniques. Depuis quelque temps, le projet est dans l'air de relier, avec l'aide des entrepreneurs américains, le Saint-Laurent à l'Atlantique, soit de faire parcourir au cheval de fer quatre cent cinquante milles entre Montréal et Portland, dont près de la moitié du côté canadien. Le Canada-Uni a-t-il les moyens de consacrer à ce projet un capital de près d'un million de livres ? Afin de régler cette épineuse question, une assemblée populaire a donc été convoquée pour le lendemain.

Au faubourg Sainte-Anne, après avoir envoyé Cécile porter des douceurs à la voisine qui a pris soin d'arroser le potager pendant leur absence, Léonie et Flavie passent le reste de la journée à désherber, à sarcler et à récolter tandis que les hommes s'occupent des bêtes. Dans le puits, le niveau de l'eau a beaucoup baissé, mais la situation n'est pas encore alarmante. Venue saluer Flavie, son amie Agathe est rapidement distraite par les attentions de Laurent, qui doit néanmoins ralentir ses ardeurs jusqu'au soir. Depuis le début de l'été, Laurent est officiellement devenu le cavalier d'Agathe et Flavie assiste à leurs minauderies en tentant d'ignorer sa propre faim…

Le lendemain, comme beaucoup de leurs concitoyens, c'est d'un bon pas que les Montreuil se dirigent vers le champ de Mars où une grande plateforme a été érigée et décorée des bannières des diverses associations de la ville en signe de ralliement autour de cette grave question du chemin de fer. Partout, l'on prétend qu'il s'agit d'une question de vie ou de mort pour la capitale du Canada-Uni dont la prospérité foncière et commerciale est menacée non seulement par les dernières décisions de Londres concernant la liberté du commerce, mais également par la réduction des tarifs douaniers sur les produits exportés aux États-Unis et par les installations de transport très modernes construites chez eux pour attirer le commerce de leur côté de la frontière.

Des événements d'une aussi grave conséquence ne peuvent laisser les Canadiens indifférents, et c'est par milliers qu'ils prennent place sur la vaste esplanade pour écouter les citoyens les plus respectables et les plus fortunés discourir en français et en anglais, sous la présidence de Louis-Hippolyte Lafontaine qui tente de convaincre la population des nombreux avantages pour la province tout entière et Montréal en particulier qui devraient découler de cette entreprise. Par cette nouvelle voie de communication, on espère concurrencer les canaux récemment ouverts dans le Haut-Canada et attirer vers Montréal le transport des produits agricoles de la partie la plus occidentale du Canada et des États-Unis. En suivant la ligne continue des Grands Lacs qui, tous, aboutissent au Saint-Laurent, ces produits pourront alors se rendre jusqu'à la mer avec moins de transbordements et donc à meilleur marché.

Comme preuve de leur enthousiasme, les citoyens sont invités à acheter, au coût de cinquante livres, des parts dans la compagnie. Des registres sont ouverts sur-le-champ mais Simon et Léonie, après une courte discussion, doivent se résoudre à passer leur tour, incapables de rassembler une telle somme. Dès le lendemain, la nouvelle court que cinq cents parts ont été acquises. Des comités pour chaque quartier ayant été constitués lors de l'assemblée, on se met ensuite à promener les registres de maison en maison.

Quelques semaines plus tard, les journaux annoncent une nouvelle surprenante. Dans le prolongement de ce projet de chemin de fer vers la mer, une association d'une vingtaine de riches propriétaires de la ville vient d'être créée et elle fera une demande auprès de la législature pour obtenir le privilège de construire un pont reliant les deux rives du Saint-Laurent, non seulement pour bénéficier d'une liaison ouverte douze mois par année, mais également pour réduire encore davantage les transbordements des marchandises et les délais de livraison vers la mer.

Partout, on se moque de ce projet rendu hasardeux par la largeur du fleuve, la rapidité du courant et, surtout, l'incroyable force des glaces. Quel point d'appui pourra résister à une telle pression? Malgré son scepticisme, Simon est d'avis que, si le succès couronne cette entreprise, on pourra prétendre qu'il n'y a plus rien d'impossible à l'homme, et ce sera une merveille de plus à ajouter à toutes celles qui parent déjà cette première moitié du dix-neuvième siècle. Le Canada, ajoute-t-il fièrement, en aura fourni sa juste part, compte tenu de sa jeunesse et de la faiblesse de ses moyens!

CHAPITRE XVI

La porte de la maison s'ouvre à la volée et Flavie, assise dans la salle de classe à la place de son père, à son bureau de maître, pousse un cri de frayeur. Léonie regarde sa fille avec une mine contrite, puis ôte prestement son châle, qu'elle lance sur un pupitre désert. Par ce bel après-midi de la fin du mois de septembre, Léonie assistait à une réunion du conseil d'administration de la Société compatissante. Munie d'un plan d'organisation, elle leur a proposé l'affiliation de sa future école de sages-femmes selon les mêmes conditions que l'École de médecine et de chirurgie de Montréal. C'était une pure formalité puisque les administratrices suivent généralement l'avis de Marie-Claire.

– Une première étape de franchie, commente Flavie. Mais pas la plus ardue, hélas.

Léonie s'assoit sur un pupitre, qui craque sous son poids. En effet, le plus délicat reste à venir, soit obtenir l'assentiment du curé de Notre-Dame. Comment le convaincre de bénir une entreprise prétendument dangereuse pour la moralité des jeunes filles ? Depuis leur retour de vacances, Léonie et Flavie ont élaboré un dossier pour appuyer leur cause. Devant Philibert Chicoisneau, leur argumentation doit être solide comme du roc.

— Je suis en train de rédiger l'annonce pour le recrutement, explique Flavie en montrant à sa mère le texte qu'elle a griffonné dans un petit cahier relié. Si tu veux ouvrir en janvier, elle doit paraître dans les prochaines semaines, et à deux reprises au moins, dans deux journaux, un français, l'autre anglais. Ça fait des dépenses…

Chaque fois que la question financière est ainsi évoquée, Léonie est prise d'un vertige. Avant de récolter un sou, avant même de savoir si son projet va réussir, elle doit y consacrer une bonne somme… Heureusement, son salaire à la Société compatissante lui évite d'avoir à s'endetter. Mais la nuit, elle se réveille parfois, inquiète à l'idée que tout cet argent pourrait, littéralement, s'envoler en fumée !

Léonie rétorque finalement à sa fille avec une moue désolée :

— Je ne voudrais pas te désappointer, mais… il me semble que ce sera inutile. La nouvelle court déjà et je crois qu'on peut se fier au bouche à oreille.

— Fallait me le dire avant ! proteste Flavie en s'adossant à la chaise. Je viens de passer une heure là-dessus !

— J'ai la tête trop pleine, s'excuse Léonie. Conserve l'annonce pour l'année prochaine, elle servira sûrement ! Il ne faut pas faire trop de dépenses, le matériel scolaire gruge notre pécule…

— J'ai bien examiné les planches anatomiques ce matin, dit Flavie, radoucie. Elles sont magnifiques.

— J'aurais bien aimé pouvoir mettre la main sur un mannequin. Toutes les écoles de médecine sérieuses permettent à leurs étudiants de se pratiquer ainsi.

— Parce qu'ils n'ont pas accès à de vraies femmes, contrairement à nous ! s'exclame Flavie.

Léonie contemple sa fille en souriant. Depuis cet été, elle est devenue une vraie jeune femme de dix-sept ans, ronde comme un fruit mûr et dotée de courbes qui attirent les regards. Elle tresse toujours ses longs cheveux bruns, mais elle laisse parfois, intentionnellement, de jolies mèches ondulées encadrer son visage. C'est la seule coquetterie qu'elle se permet. Elle met beaucoup d'ardeur à la future école, se chargeant avec une aisance surprenante de tout le travail d'écriture, traçant les mots avec soin et composant des phrases qui sonnent juste. À son âge, Léonie était beaucoup moins sérieuse…

Laurent, lui aussi, leur a donné un précieux coup de main. Au mois d'août, grâce à un ami de Simon, il a obtenu un poste de clerc au Parlement. Dernier arrivé, il est chargé des tâches les plus ingrates, comme transcrire des documents en plusieurs exemplaires ou produire trente copies d'une lettre à envoyer… Mais avec le début de la prochaine session parlementaire, dans un mois, en novembre, le travail promet d'être plus excitant puisque le petit groupe de clercs sera chargé de noter tous les débats en Chambre. Le neveu de Toussaint Rougier, Auguste Briac, est bibliothécaire adjoint à la bibliothèque de la Chambre d'assemblée, au parlement du Canada-Uni. Grâce à lui, abonné à plusieurs bibliothèques de Montréal, Flavie et surtout Laurent ont pu éplucher quelques livres savants.

Un bruit de porte en provenance de la cuisine tire Léonie de ses réflexions. Refermant son cahier et s'étirant, Flavie grommelle :

— Cécile travaillait dans le potager. Elle a sûrement ramassé plein de légumes pour le souper…

— Heureusement qu'elle est là ! soupire Léonie.

Lorsque sa mère lui tourne le dos pour se diriger vers la cuisine, Flavie la considère avec une légère inquiétude. Elle a surpris, à quelques reprises, des discussions plutôt orageuses entre ses parents. Si ce n'était que ça… Flavie est habituée aux échanges de vues passionnés entre Simon et Léonie, qui pourraient faire croire à des spectateurs moins accoutumés qu'ils sont fâchés l'un contre l'autre. Ce qui la tourmente le plus, c'est l'apparente froideur dont tous deux font montre en présence l'un de l'autre. Ils n'ont plus de ces gestes tendres qui les liaient jusqu'alors. Simon posait une main familière sur les hanches de sa femme ou profitait de sa proximité pour lui effleurer le cou de ses lèvres. Elle frôlait sa poitrine d'un geste délicat mais gourmand ou elle se haussait sur la pointe de pieds pour lui donner, sur la joue, un baiser dans lequel se devinait tout son appétit pour lui… Un sentiment d'angoisse étreint le cœur de Flavie, qu'elle tente d'ignorer en rangeant méthodiquement le nécessaire d'écriture de son père.

Simon entre à son tour dans la salle de classe. Il a de la sciure de bois dans les cheveux et il arbore l'air heureux qu'ont les hommes lorsqu'ils bâtissent. Les ouvriers viennent de terminer le toit de l'école et ils s'attaqueront bientôt à la finition des murs intérieurs. Comme prévu, Simon n'aura que quelques semaines de cours à donner ici avant de pouvoir y déménager. Apercevant Flavie, il s'exclame :

– J'oubliais ! J'ai une lettre de Daniel pour toi. J'ai vu Thomas tout à l'heure… Attends, je l'ai mise ici, dans ma poche.

C'est une petite enveloppe, maculée par toutes les mains qui l'ont manipulée depuis qu'elle a été postée. Flavie a de plus en plus de difficulté à évoquer clairement les traits du visage de Daniel et elle le considère maintenant comme un ami très lointain dont le sort l'intéresse vaguement. A-t-elle vraiment eu une affection si vive pour lui? Elle était jeune alors, encore candide. D'une main ferme, elle ouvre la lettre, qu'elle parcourt rapidement:

Chère Flavie,

Je t'envoie un gros bonjour. Je suis assis à mon bureau de maître dans la petite salle de classe qui est la mienne depuis quelques semaines. Je fais tout mon possible pour être un bon maître mais c'est difficile. J'essaie de me souvenir de tous les trucs de ton père pour garder notre attention. Je suis content de cette position et je suis heureux avec Sarah. Nous habitons une petite maison, très petite, à New York. Sarah est couturière, elle fabrique des robes pour les grandes dames. Je suis en bonne santé, j'ai seulement fièrement mal aux dents. Je crois que je devrai aller voir le chirurgien. Fais mes salutations à toute ta famille et particulièrement à Laurent. Je t'embrasse,

Daniel

L'attention de Flavie est attirée par des éclats de voix qui lui parviennent de la cuisine. Une chicane entre Simon et Cécile? C'était si tranquille depuis quelques semaines, trop tranquille… Flavie traverse rapidement. Cécile est plantée devant son père, lequel est assis dans la chaise berçante. En train de plumer un poulet, Léonie les regarde avec de grands yeux.

— Quitter l'école? proteste Simon avec vigueur. Mais quelle folie te passe par la tête? Tu n'as même pas encore quinze ans!

— Dans un mois! J'aurai quinze ans dans un mois! J'en ai assez d'étudier!

— Tu t'ennuies dans la classe ?

Cécile s'adoucit en constatant le désarroi sur le visage de son père.

— Pas vraiment. C'est-à-dire… Je me sens en prison, papa. L'école, ce n'est plus ma place.

— Et où est ta place ?

La jeune fille se mord les lèvres et tire une chaise près de Simon, où elle s'assoit. Flavie, adossée contre le mur, la trouve soudain changée, plus vieille. Une taille élancée, de petits seins hauts, un cou souple comme celui d'un cygne, et le visage, ce nez un peu trop retroussé, ces grands yeux verts bien écartés et surmontés d'épais sourcils châtains… Depuis des mois, Cécile tourne dans la maison comme un ours en cage.

— Je vais travailler. Qu'est-ce que je peux faire d'autre ?

— Tu crois que le travail, ce ne sera pas une prison ? Imagine-toi entre les murs d'un atelier…

— Il paraît que Montréal sera bientôt relié à Boston par le télégraphe ! lance-t-elle triomphalement. Ils auront besoin de messagers pour délivrer les messages aux portes !

Comme chacun le sait, les promoteurs du télégraphe sont en train de tisser entre les villes de Toronto, Kingston et Boston un réseau de fils métalliques qui peut les mettre en rapport presque simultanément par l'entremise du fluide électrique. On projette d'y ajouter Montréal et Québec l'été prochain. Cette merveille du génie des temps modernes permet de diffuser instantanément les nouvelles d'Europe dès qu'elles sont parvenues au port de Boston, au lieu des cinq à six jours au moins qu'il leur fallait auparavant…

— Tu as le temps de voir venir, réplique froidement Simon. Et puis, je ne crois pas me tromper en affirmant qu'on engagera des jeunes garçons, pas des jeunes filles.

Cécile marmonne avec mauvaise humeur :

— Les sœurs grises ont accepté de me prendre comme femme à tout faire. Je leur ai dit que ce que je préférais par-dessus tout, c'est de travailler dehors. Mais il se peut que je sois aussi aux cuisines ou à la buanderie.

S'adressant à Léonie, Simon jette sèchement :

— Tu vois, Léonie, ce que ça donne quand les mères s'absentent trop de la maison ? Les filles ont des envies d'indépendance !

Le volatile entre ses mains, Léonie tressaille comme si une guêpe l'avait piquée, mais elle ne riposte pas.

— Ça n'a rien à voir ! proteste Cécile avec une vive indignation. Pourquoi tu dis des horreurs pareilles ? Tu voudrais que je m'assoie sur la galerie pour attendre un cavalier ? Tu le ferais, toi ?

— Là n'est pas la question…

— Alors papa, je fais quoi en attendant un mari ? Je ne suis même pas sûre de vouloir me marier ! Ce ne sont pas toutes les femmes qui sont faites pour ça ! Il me semble que tu devrais comprendre ? Tu n'es pas comme les autres, tu discutes avec nous…

Touché par son exaspération, Simon lui étreint la main sans répondre. Puis il lance un regard inquisiteur vers Léonie, qui finit par murmurer :

— Je crois que Cécile est assez grande pour décider pour elle-même. J'aurais préféré qu'elle reste ici… Mais son salaire sera le bienvenu.

— J'ai expliqué aussi à la mère supérieure, ajoute Cécile avec exaltation, que je souhaite voyager et que je serais d'accord pour partir en mission avec elles.

Le cœur soudain serré comme dans un étau, Flavie s'oblige à rester immobile. Cécile lui a confié ses projets, mais elle était persuadée qu'il lui faudrait des années avant de les mettre à exécution! Atterrés, Léonie et Simon ont les yeux fixés sur leur fille cadette, qui poursuit d'une petite voix:

— Dans l'ouest du continent, passé le Haut-Canada, des missionnaires tentent d'évangéliser les Sauvages et de les convertir à notre mode de vie. Les sœurs commencent à recevoir des demandes des prêtres pour aller ouvrir une école, un hôpital…

Troublée par le lourd silence, elle ajoute avec désespoir:

— Vous le savez à quel point j'aimerais voir du pays! Est-ce que vous préférez que je parte seule sur les chemins?

— Si tu pars en mission, finit par articuler Léonie, la voix brisée, tu y resteras pendant des années!

— Je ne veux pas vous faire de peine, abdique brusquement Cécile d'une voix tremblante. Je ferai ce que vous me direz.

Elle baisse la tête. De tout son être, Léonie voudrait ordonner à Cécile qu'elle doit, sinon faire son année d'école, du moins se trouver une occupation plus sage. Mais elle sait très bien qu'elle rendrait Cécile encore plus insatisfaite de son sort, ce qui pourrait l'entraîner à poser un geste autrement plus dramatique… Elle jette un regard à Simon. Muet d'étonnement, visiblement déboussolé, il contemple sa fille comme s'il la voyait pour la première fois. Leurs yeux se croisent et Léonie fait une moue d'impuissance. Simon se racle la gorge et marmonne:

— On verra bien… Les missions prennent des années avant de s'organiser. Tu as le temps de vieillir… et de changer d'idée.

— Espère toujours, réplique Cécile avec un faible sourire.

Une ombre s'encadre dans la porte de la cuisine qui s'ouvre pour laisser entrer un Laurent hors d'haleine et qui s'écrie :

— Papa ! Maman ! J'ai une grande nouvelle à vous annoncer !

— Qu'est-ce qui se passe encore ! grommelle Simon.

Se déchaussant en un tour de main, Laurent lance ensuite sa casquette, qui atterrit très précisément en plein centre de la table, manquant de peu le grand plat contenant le poulet. Irritée, Léonie ouvre la bouche pour le tancer, mais il déclare avec flamme :

— Je vais enfin demander Agathe en mariage !

Après un moment de stupeur, Cécile pouffe de rire, bientôt imitée par Flavie. Visiblement partagé entre l'hilarité et la consternation, Simon se lève avec un air exagérément sérieux, tandis que Léonie, se mordant les lèvres, verse de l'eau dans le plat du poulet qu'elle dépose ensuite sur le poêle. Simon s'avance avec précaution vers son fils et lui tapote gentiment l'épaule en disant doucement :

— Je te félicite, mon grand. Qu'est-ce qui t'a décidé ?

— J'ai une bonne position et je l'aime ! On pourrait vivre chez ses parents le temps que j'aie amassé assez d'argent pour nous construire une maison.

— Et Agathe est d'accord ?

— Bien sûr, elle m'aime aussi !

— Moi qui voulais soumettre sa candidature comme institutrice dans la nouvelle école…

— Pas de problème ! répond Laurent d'un air magnanime. Pour le sûr, je ne suis pas pressé d'avoir des enfants.

Maman, tu expliqueras à Agathe comment s'arranger pour ça ?

Flavie et Cécile rient de plus belle tandis que Léonie hoche la tête avec vigueur. Ce n'est pas vraiment le moment de lui rappeler qu'une femme n'a pas grand-chose à voir là-dedans et que c'est plutôt au mari à exercer une modération de bon aloi ! Luttant pour conserver une expression empreinte de dignité, Simon reprend :

— Et ses parents, qu'en pensent-ils ?

— Je n'ai pas encore fait ma demande, mais je ne vois pas pourquoi ils seraient contre.

— C'est probable. Après tout, tu as dix-neuf ans depuis… cinq mois et tu travailles depuis déjà… deux mois. Comment pourraient-ils s'y opposer, surtout qu'Agathe vient d'avoir un beau gros dix-huit ans ?

La belle assurance de Laurent fond comme neige au soleil. Désemparé, il affiche un air si déconfit que ses sœurs perdent toute envie de se moquer. Ses yeux se mouillent et il balbutie avec un abandon touchant :

— Mais papa… Je suis vraiment tanné d'attendre…

Flavie devine tout ce qu'il n'ose pas dire : le goût de regarder vivre Agathe, de lui jaser tout son saoul et, surtout, de se coucher, le soir, à côté d'elle… D'un air désolé, Simon donne une franche accolade à son fils et lui dit d'un ton plein d'affection :

— Ton sentiment pour Agathe me fait énormément plaisir. Tu sais à quel point je l'estime. Mais je serais un père irresponsable de vous marier tout de suite. Lorsque tu seras majeur et que tu auras démontré ton sérieux au travail… on en reparlera. En attendant… profitez tous les deux de votre jeunesse et de votre liberté. Ta mère et moi, on est quand même pas des parents achalants !

Léonie ajoute sans détour :

— Tu connais la limite… Ta responsabilité d'homme.

Dès que Laurent est entré dans l'adolescence, Simon et lui ont eu plusieurs conversations à ce sujet, comme Flavie et Cécile, plus tard, avec leur mère. Selon leurs parents, rien n'est mal en ce qui concerne les relations intimes entre un homme et une femme, pour autant que chacun soit consentant. Sans préciser davantage, ils leur ont assuré que, malgré ce que tous les curés du monde en disent, un couple peut faire bien des folies en attendant le mariage.

Néanmoins, Léonie a été très claire : la limite à ne pas franchir était l'accouplement, qui pouvait entraîner comme funestes conséquences la transmission de maladies contagieuses, mais surtout une grossesse non désirée. Trop de jeunes hommes refusaient, pour des raisons parfois justifiables, d'épouser leur petite amie enceinte. Léonie s'est assurée que Laurent a compris, non seulement dans sa tête, mais également dans son cœur, dans quel péril il mettrait une éventuelle petite amie s'il venait à perdre le contrôle.

Sous leurs yeux, le désarroi de Laurent se transforme peu à peu en un sentiment de rage qui transparaît dans l'expression de plus en plus crispée de son visage, dans ses poings qu'il serre et relâche convulsivement et dans la tension générale qui s'installe dans son corps. Ce n'est pas la première fois que Flavie est témoin de ces flambées d'agressivité chez les jeunes hommes. Comme tout un chacun, elle a compris que cette violence tirait souvent son origine de leur frustration à se voir contrariés dans leur intense désir d'intimité avec une femme. Tout l'art des parents consiste à offrir à leurs fils un exutoire, un travail vigoureux ou une cause passionnante…

Poussant un grognement d'exaspération, Laurent se précipite dehors et, bientôt, des coups de hache résonnent. Poussant un profond soupir, Flavie songe que les jeunes femmes aussi, avant le mariage, doivent se distraire des exigences de leurs sens! Heureusement, ces temps-ci, elle s'endort rapidement, comme sur un ordre de son esprit surchargé. Elle adore organiser l'école de sages-femmes et suivre sa mère dans sa pratique, mais comme tout cela envahit ses journées! Elle n'a presque plus le temps d'aller veiller, ni de lire le journal en se berçant près du poêle, ni même de faire ces promenades qu'elle aime tant!

Au retour des vacances, à chaque soir, elle ne pouvait s'empêcher de revivre en pensée sa rencontre avec Vital Papillon, qui lui avait fait découvrir un univers de sensations qu'elle aurait bien voulu ressusciter à l'instant même, malgré la présence de Cécile à ses côtés… Mais elle n'osait aucun geste, même lorsque sa sœur était profondément endormie. Elle se contentait d'évocations qui la tenaient éveillée au point qu'elle mettait parfois des heures à glisser dans le sommeil.

Au fil des semaines, le souvenir du jeune homme a pâli. Aujourd'hui, sans véritable regret, avec un bienfaisant détachement, elle s'amuse tout bonnement à imaginer la vie du jeune homme au collège. Elle n'est jamais entrée dans un tel endroit, mais on lui a souvent décrit les immenses salles encombrées de pupitres où les élèves font l'étude et les dortoirs aux lits alignés avec, à une extrémité, la cellule du surveillant qui contient un petit lit de bois surmonté d'une paillasse et peut-être une petite table avec une lampe pour l'étude… Et un crucifix sur le mur!

Insensiblement, une autre image masculine a remplacé le jeune Papillon. Un jour, Flavie a constaté avec surprise qu'elle évoquait de plus en plus souvent le visage d'un jeune homme rencontré une seule fois en mars dernier, à l'inauguration de la Société compatissante : l'étudiant Louis Cibert. Elle revoyait en pensée, avec un tremblement intérieur, sa tignasse rousse, ses yeux d'un bleu intense, sa large bouche souriante, croyant se rappeler qu'il lui avait manifesté des signes d'intérêt... Elle se souvient vaguement de son bavardage : « Nous ferez-vous l'honneur d'assister en notre compagnie aux enseignements cliniques de votre mère ? Il faut savoir défendre les idées les plus audacieuses, n'est-ce pas, mademoiselle ? »

À intervalles réguliers, Flavie se reproche une telle inclination. Le père du jeune homme, Rodolphe Cibert, est avocat et député et il possède une magnifique maison rue Sanguinet. Les jeunes hommes de bonne famille ont tendance à considérer les femmes d'origine plus modeste comme des jouets, en attendant la chose sérieuse, c'est-à-dire le mariage...

Dix jours plus tard, cédant aux demandes réitérées de Marie-Claire, le curé Philibert Chicoisneau accepte enfin de la recevoir en compagnie de Vénérande Rousselle, de Françoise Archambault et de Léonie. Les quatre femmes patientent dans l'antichambre pendant une bonne demi-heure, osant à peine parler par crainte des oreilles indiscrètes. Léonie est étrangement calme. L'argumentation qu'elle a préparée en vue de cette rencontre l'a tant convaincue de la nécessité de son entreprise qu'elle ne peut concevoir qu'on s'y oppose... même si, en règle générale, la logique a peu d'emprise sur les hommes de robe.

Enfin, le sulpicien prend place dans le fauteuil devant elles. Léonie le trouve davantage émacié, les yeux soulignés par de profonds cernes. Il leur demande d'entrer tout de suite dans le vif du sujet, car il lui reste beaucoup de travail pastoral à effectuer avant les premières neiges. Marie-Claire lui remet en mémoire le projet de Léonie mentionné en sa présence lors de l'inauguration de la Société compatissante. Venant d'accepter la présence des étudiantes de la future école de sages-femmes auprès des femmes en couches, le conseil d'administration souhaite maintenant que M. Chicoisneau entérine la décision.

Les yeux mi-clos, le curé regarde Léonie et dit :

— La rumeur court, en effet, que votre école va ouvrir en janvier prochain. Vous savez que les discussions sont vives à ce sujet ? Je ne crois pas avoir rencontré un seul médecin qui y soit indifférent.

— L'opinion de ces messieurs m'est moins importante que la vôtre, réplique poliment Léonie.

— Je souhaite ce qui est bon pour mes paroissiens au point de vue de leur salut, voilà tout. L'homme n'a reçu l'esprit que pour acquérir la connaissance de lui-même et par là se sauver. Il a reçu intelligence, mémoire, jugement et connaissance uniquement pour mieux connaître le Seigneur. La théorie de l'électricité, les lois de la pesanteur, les mathématiques et les sciences naturelles, tout cela ne peut le satisfaire et ne servira à rien si l'homme cesse d'y chercher Dieu et d'admirer sa puissance. Lui seul est la vérité infinie qui peut le rassasier.

Françoise Archambault tente de couper court à ce sermon :

— Le métier d'accoucheuse est honorable et nécessaire. En toute logique, la formation doit être encouragée. Nous croyons que la Société est un lieu d'apprentissage clinique de premier ordre.

Fixant son regard sur Léonie, Chicoisneau laisse tomber froidement :

— Si j'ai bien compris, Mme Montreuil ouvre son école, quel que soit mon avis sur la question.

— Par une volonté supérieure à la mienne, monsieur, je me sens appelée à accomplir ce dessein. J'y vois un grand progrès pour les femmes, un soutien à leur moralité. L'Église ne confie-t-elle pas aux sages-femmes, depuis longtemps, le soin d'orienter leurs patientes vers le droit chemin ?

Léonie doute fort que le prêtre soit dupe de ce discours flagorneur, mais c'est sur un ton légèrement radouci qu'il reprend :

— Ce que vous souhaitez de moi, c'est que j'approuve la présence à votre Société compatissante de jeunes apprenties sages-femmes.

— Jeunes et moins jeunes, précise Léonie. J'ai déjà eu la visite de consœurs qui se sont montrées intéressées à parfaire leur formation. Je vous ai apporté un document qui précise l'engagement de la Société envers mes étudiantes.

Elle lui tend deux feuillets pliés en deux, qu'il tripote sans même y poser un œil.

— Vous avez pris soin, je présume, de ne pas mêler vos étudiantes aux jeunes messieurs de l'École de médecine ?

Léonie se jette à l'eau :

— Nous avons bien étudié la question. L'École de médecine aura six étudiants cette année, et mon école, guère plus. Il est donc difficile de les séparer très strictement. Selon le nombre d'accouchements et leur variété, il est possible que les deux groupes se mélangent.

Émergeant pour la première fois de son calme apparent, le curé fronce les sourcils, se redresse sur sa chaise et répète :

— Il est *possible* que les deux groupes se mélangent ? Ignorez-vous à quel point, mesdames, la séparation des sexes à l'école est vitale ? Il faut, par tous les moyens, réduire les occasions de commettre des péchés !

— Mme Montreuil et mon mari, le directeur de l'École, intervient Vénérande, vont exercer sur leurs pupilles une surveillance étroite. Vous savez à quel point M. Rousselle est préoccupé par la qualité de l'instruction médicale et il ne tolère aucune distraction pendant les cours et les enseignements cliniques.

— J'en suis conscient, sauf qu'on ne parle pas ici d'enfants, mais de jeunes adultes célibataires !

— Qui ont bien d'autres occasions de se rencontrer en dehors de la Société, glisse Marie-Claire avec un sourire qu'elle veut rassurant.

— Beaucoup trop d'occasions, si vous voulez mon avis ! s'écrie l'homme de robe. Malgré toutes mes remontrances, trop de parents les laissent rencontrer à leur guise des jeunes gens du sexe opposé !

Pour détourner la discussion, Léonie rappelle à Philibert Chicoisneau que, si son école est une nouveauté au Canada-Uni, elle est monnaie courante en Europe. Lors de dissections ou de délivrances en public, les étudiantes sages-femmes se mêlent aux étudiants en médecine, sans conséquence aucune. Immédiatement, le curé s'enflamme :

— À votre place, je ne citerais pas la France en exemple ! N'oubliez pas que la Révolution a bouté les curés hors de leurs paroisses ! L'état des mœurs y est incomparablement plus dégradé qu'au Canada et cette pollution traverse déjà suffisamment l'Atlantique sans que nous l'encouragions davantage !

Léonie riposte, soudain très dure, le regardant dans les yeux :

— Monsieur Chicoisneau, j'aimerais que vous éclairiez ma lanterne. Vous vous élevez très fortement contre la mixité des études et contre la présence de jeunes filles auprès des accouchées, sous prétexte d'un grand danger pour la moralité. Comment se fait-il que la présence de jeunes médecins au chevet des femmes ne vous indispose pas ?

Désarçonné par la question, le curé reste coi, les yeux baissés sur ses mains jointes. Sachant que sa flèche vient d'atteindre son but, Léonie en profite pour ajouter :

— Ces hommes approchent de nombreuses femmes, ils forcent leur intimité, non seulement en se livrant à divers examens et questionnements, mais en étant présents à leur accouchement, et vous n'y voyez aucun inconvénient ?

— Mais ce sont des hommes de l'art ! réplique-t-il faiblement. Vos soupçons, madame, sont injurieux envers la noblesse de leur profession !

Soutenant son regard, Léonie se retient pour ne pas répondre. Le silence des prêtres sur cette question ne l'étonne pas vraiment. Non seulement s'explique-t-il par la solidarité masculine, mais également par la puissance du groupe des médecins, tant du côté des anglophones, qui fraient avec le gouverneur général et la classe des marchands les plus fortunés, que du côté des francophones, dont plusieurs sont députés ou fonctionnaires! Ce que les curés apprécient par-dessus tout des médecins, c'est que, bien plus que les sages-femmes, ils tentent, même au détriment de la santé de la mère, de faire naître des bébés qui seront ensuite assurés par le baptême d'une vie éternelle.

— Pour notre part, intervient Marie-Claire en détachant bien ses mots, nous sommes déterminées à ce que la Société ouvre ses portes aux étudiantes. Nous ferons tout en notre pouvoir pour éviter une promiscuité des sexes.

— Veuillez croire, monsieur Chicoisneau, ajoute Françoise, que, malgré les apparences, les délivrances ne suscitent pas de mauvaises pensées.

— Au contraire, intervient à son tour Vénérande, si vous saviez à quel point l'exemple de femmes déchues peut fortifier le moral! Aucune d'entre nous ne voudrait subir leur sort funeste.

Le curé grommelle en se levant subitement:

— Je vous mets à l'essai pour votre première année d'enseignement, madame Montreuil.

— Si je mets l'école sur pied, proteste Léonie, il me faut certainement continuer plus d'une année pour en récolter les fruits! J'y engage déjà une bonne partie de mon salaire même si je n'achète que le strict minimum en fait de matériel didactique!

Sans réagir, reconduisant les quatre femmes à la porte, l'homme de robe lance négligemment:

— Suis-je dans l'erreur de croire que vous n'avez pas consulté votre évêque?

Elles échangent un regard, puis Marie-Claire répond avec hésitation:

— Monseigneur Bourget est en Italie, monsieur. Il ne revient pas avant le printemps prochain, comme vous le savez.

— Bien entendu. Nous en reparlerons.

Réjouies par la tournure des événements, Léonie et les trois officières du conseil d'administration s'arrêtent sur le trottoir avec des sourires victorieux. Puis, Marie-Claire dit à mi-voix, soudain préoccupée :

— C'est bien la première fois que notre curé évoque l'autorité de notre évêque. Étrange, vous ne trouvez pas ?

— Comme s'il nous suggérait d'aller le consulter, fait remarquer Vénérande.

— Leur petite guerre ne peut durer éternellement. Il est notoire que les curés sont entièrement soumis à leur évêque !

— Pas à Montréal ! réplique Léonie, l'air heureux. Notre évêque a beau s'être fait construire un palais épiscopal et une église rue Saint-Denis, ce ne sont que de bien minces victoires !

— Cependant, il a de plus en plus de fidèles, commente Françoise, et de nombreuses relations parmi la classe la plus instruite. Un jour, il nous faudra accepter son règne.

CHAPITRE XVII

Un léger crachin glacé tombe en ce début de novembre lorsque Flavie et sa mère sortent de la maison, après un souper hâtif, pour se rendre à la Société compatissante. Malgré sa fatigue et la triste température, pour rien au monde Flavie n'aurait manqué ce deuxième cours aux élèves de l'École de médecine et de chirurgie de Montréal. Le mois précédent, retenue à la maison par un surcroît de travail, elle a dû se résigner à ne pas y assister.

D'après Léonie, lors de la première soirée, les six jeunes hommes étaient calmes et silencieux. Elle leur a fait visiter la clinique, puis elle a décrit son expérience auprès des femmes en couches. Enfin, ils ont discuté ensemble du protocole signé entre leur école et la Société, lequel permet une certaine liberté d'apprentissage tout en préservant l'anonymat des patientes et en protégeant le mieux possible leur intimité.

Trois étudiants au plus peuvent être admis en même temps pour examiner une patiente à tour de rôle et le nombre d'examens pour chacun d'entre eux, y compris le toucher vaginal, est restreint à deux avant le moment de la délivrance. De même, les étudiants sont regroupés en trios pour assister aux délivrances. Dès leur arrivée, les femmes enceintes sont mises au courant de ces exigences. Quelques-unes d'entre elles s'y opposent farouchement, mais il leur faut d'excellentes raisons pour en être exemptées.

Flavie et sa mère entrent avec soulagement dans la petite maison située aux abords du quartier irlandais de Griffintown. Après les salutations d'usage à la nouvelle concierge, qui occupe depuis octobre une petite pièce à l'arrière de la maison, elles se débarrassent de leurs châles et de leurs manteaux mouillés, qu'elles suspendent près du poêle, en bas, dans la cuisine, puis elles remontent sans attendre. Les élèves sont sur le point d'arriver et Léonie veut, auparavant, faire le tour de la salle commune.

Depuis la réouverture de la Société, à la fin du mois d'août, de trois à cinq lits sont constamment occupés et, en septembre, Léonie secondait, avec succès, deux parturientes en même temps. Ce soir, il y a trois femmes qui en sont au dernier mois de leur grossesse. Plus tard seulement dans la saison hivernale, les femmes ayant épuisé toutes leurs ressources accumulées pendant l'été viendront chercher refuge à la Société. De plus, il y a au printemps une recrudescence d'accouchements, résultat d'étreintes de l'été précédent.

Dix minutes plus tard, rassurées sur l'état des patientes, Léonie et Flavie prennent place dans les vieux fauteuils élimés du salon. Pour masquer son impatience mêlée de crainte de revoir Louis Cibert, Flavie s'impose un calme inhabituel. Enfin, la porte d'entrée s'ouvre et le groupe d'élèves suivi du docteur Rousselle fait irruption en discutant. Tous saluent Léonie, qui s'est levée à leur arrivée, puis ôtent chapeaux, casquettes et pardessus mouillés, qu'ils suspendent du mieux qu'ils peuvent.

Inconnus de Flavie qui se tient debout dans un coin de la pièce, quatre jeunes hommes pénètrent dans le salon – un rondelet, un grand et maigre plutôt grichou, un petit blond et un à moitié chauve – et lui jettent des coups d'œil intrigués. Plus grand que la moyenne et bien campé sur ses jambes, comme doté d'une prestance nouvelle, Bastien Renaud entre à son tour. Flavie note avec dédain qu'il est beaucoup mieux habillé que les autres. Sa courte redingote sombre est flambant neuve et ses souliers de cuir sont fraîchement cirés... par un domestique, sûrement.

Sitôt que le jeune homme aperçoit Flavie, son visage s'éclaire. Il vient vers elle et saisit sa main, qu'il baise avec affectation.

– Je suis enchanté de vous revoir, mademoiselle Montreuil.

Conscient de son petit effet auprès de ses camarades qui lui lancent des regards étonnés, il ajoute :

– Vous daignez enfin vous joindre à nous ?

Elle s'étonne un instant de son visage qui, selon ses souvenirs, était beaucoup moins avenant. Elle s'apprête à répondre une banalité lorsqu'une voix s'exclame dans le dos de Bastien, la faisant tressaillir de la tête aux pieds :

– Mademoiselle Montreuil, enfin !

Louis Cibert lui saisit la main, s'incline et la baise. Elle rougit et balbutie :

– Bonsoir, monsieur. Vous avez passé un bel été ?

– Plutôt terne, loin de vous, répond-il galamment.

Le compliment fait battre le cœur de Flavie. Muette et empourprée, elle baisse les yeux, non sans constater que son trouble ne semble pas le laisser indifférent.

– Messieurs, la leçon va commencer ! lance une voix forte à l'entrée de la pièce.

Nicolas Rousselle est debout à côté de Léonie. Lorsque Louis et Bastien se retournent, le médecin remarque, avec un sursaut d'étonnement, la présence de Flavie. Immédiatement, Léonie s'avance au milieu de la pièce :

– Quelques-uns d'entre vous connaissent déjà mon apprentie, Flavie, qui est également ma fille. Elle viendra à quelques cours pendant la saison. Flavie, laisse-moi te présenter ces jeunes messieurs et, en même temps, mettre ma mémoire à l'essai. Monsieur… Isidore Dugué ?

Le plus petit, un joli blond aux fines moustaches, s'incline profondément, lançant avec un détachement calculé à l'adresse de la jeune fille :

– J'étais en apprentissage chez le docteur Amiseau, du faubourg Québec, mais le cher homme vient de succomber à une consomption.

Grâce à sa mère, Flavie sait déjà que son père est l'un des propriétaires de la flotte d'attelages Benèche, Dugué et Radenhurst. Elle sait aussi, d'après le commentaire méprisant de Simon, que les conducteurs sont mal payés et qu'ils travaillent de très longues heures.

Le rondelet Jules Turcot fait une révérence si profonde que Flavie craint un instant qu'il ne salisse son nez sur le plancher. Celui dont la tête est ornée d'une couronne de cheveux noirs se nomme Étienne L'Heureux. C'est lui qui présente ensuite un maigre jeune homme au visage variolé :

– Et voici Paul-Émile Normandeau, le plus timide d'entre nous.

Se tournant vers Rousselle, Léonie dit :

– Cher docteur, vous n'avez pas encore fait la connaissance de ma fille…

Traversant la pièce à grandes enjambées, il vient la saluer d'un signe de tête très sec, puis il pivote sur ses talons et demande à Léonie, sur un ton très mondain :

— Avions-nous convenu que vos élèves pouvaient être présentes ?

— Nous n'avions pas abordé le sujet, répond Léonie plaisamment. Vous vous y opposez ?

— Monsieur Rousselle ! proteste Louis Cibert en jetant un regard de connivence à Flavie. Ne nous enlevez pas une si charmante présence ! Nous serons des modèles de bienséance !

Rousselle le foudroie du regard, mais avant qu'il puisse répliquer, Léonie les invite à s'asseoir. Chacun s'installe comme il peut tandis que, faisant mine de ne pas remarquer les regards invitants de Louis, Flavie choisit une chaise droite près d'une fenêtre, à l'écart. Ce soir, Léonie raconte la manière dont se déroule le premier contact avec une femme enceinte : les questions à lui poser, l'évaluation de son état de santé général et la palpation de son ventre, à laquelle les jeunes hommes pourront s'exercer sur les trois patientes.

Malgré son émoi, Flavie écoute attentivement sa mère, heureuse d'assister à son premier cours magistral dans l'art des accouchements. Le débit de Léonie, d'abord saccadé, acquiert rapidement une belle fluidité et elle se laisse même aller à raconter quelques anecdotes qui suscitent des rires. Après un certain temps, Flavie jette un coup d'œil à la massive silhouette de Nicolas Rousselle, assis derrière ses pupilles. Son expression rigide est impossible à déchiffrer, mais Flavie constate cependant que des éclairs d'amusement et d'intérêt allument parfois son regard.

Enfin, précédés par Léonie et suivis de Rousselle, tous se rendent à l'étage, les jeunes hommes insistant pour laisser monter Flavie devant eux. Ils s'assemblent autour du premier lit, celui de Rose, une femme plutôt dodue d'une trentaine d'années. Fille de joie dans une maison close, elle a été mise à la porte deux mois plus tôt, lorsque sa grossesse est devenue trop évidente. Pas trop aigrie malgré son métier pénible, ayant été relativement bien traitée dans son bordel, Rose se laisse dénuder le ventre sans gêne aucune. Léonie effectue quelques palpations en les accompagnant de ses commentaires, puis elle laisse la place à trois des jeunes hommes qui, empourprés, la tâtent tour à tour si timidement que la fille de joie s'en amuse beaucoup.

La petite troupe passe ensuite à la deuxième femme, une immigrante timide qui, pendant toute la durée de l'examen, regarde vers le plafond, la bouche hermétiquement close. Enfin, Léonie les entraîne vers la troisième patiente, qui est installée sur sa paillasse dans une position semi-assise, une jeune fille âgée de dix-sept ans à peine, domestique dans une famille riche du faubourg Saint-Antoine. Remarquant que Bastien et le corpulent Jules Turcot traînent à quelque distance en discutant à mi-voix, Léonie lance avec une certaine impatience :

— Messieurs, approchez ! Le cours est sur le point de se terminer, il faut se presser !

Léonie se penche vers la jeune femme, mais son mouvement est interrompu par une exclamation étranglée :

— Monsieur Bastien, c'est vous ?

Stupéfaite, Léonie se redresse et tous considèrent la jeune domestique, très pâle et égarée. Les regards convergent ensuite vers le jeune homme qui, interloqué, répond d'une voix altérée :

— Pour l'amour de Dieu, Anne, que faites-vous ici ?

Puis, il rougit jusqu'aux oreilles. Rompant le lourd silence, Léonie s'enquiert vivement, fort contrariée :

– Vous la connaissez?

Il faut un bon moment à Bastien pour bégayer :

– Elle était servante chez mon meilleur ami.

Il ne peut s'empêcher de demander à la jeune fille :

– M. Clarke ne vous a tout de même pas mise à la porte?

Elle secoue la tête en baissant les yeux. Léonie intervient :

– Vous pourrez lui causer plus tard, monsieur Renaud. Pour l'instant, nous devons terminer l'examen. La grossesse de cette demoiselle présente une particularité que vous devez tenter de déceler à la palpation.

Bastien fait partie du groupe de trois étudiants dont le tour est venu, mais il reste immobile à quelque distance, les bras croisés, le visage fermé. Sans dire un mot, Étienne L'Heureux le remplace. Comme Léonie s'y attendait, aucun ne découvre quoi que ce soit de particulier. Elle se tourne alors vers Flavie, demeurée à l'écart :

– Je te laisse le soin de leur démontrer.

Saisie, Flavie reste un moment clouée sur place. Après un regard de reproche à sa mère, elle s'approche d'Anne et la palpe d'une main tremblante. Tous les jeunes hommes font un cercle et Flavie sent derrière elle, assez près, la présence de Louis Cibert. Elle se redresse finalement, laissant sa main posée sur le ventre très bombé de la jeune domestique. Elle tousse, puis déclare :

– Anne porte deux bébés…

La suite de sa phrase est couverte par des exclamations et des commentaires qu'échangent les étudiants. Intervenant pour la première fois, Rousselle lance d'une voix forte :

— Silence, messieurs!

Flavie se tourne et croise le regard intense de Louis. Elle articule :

— Venez toucher ici et… ici. Si vous appuyez fortement, vous sentirez une tête, et là, un dos.

Une dizaine de minutes plus tard, le cours est terminé et la petite troupe redescend au rez-de-chaussée, sauf Léonie, qui s'attarde auprès d'Anne, et Nicolas Rousselle, qui discute dans un coin avec Bastien. Louis entraîne Flavie au salon et lui intime gentiment l'ordre de prendre place au milieu du canapé. D'autorité, il s'assoit à sa droite et Isidore à sa gauche. Les trois autres s'installent plus loin et se plongent dans une conversation à mi-voix. Flavie reste immobile, consciente de la chaleur qui, lui semble-t-il, irradie de Louis. Ce dernier se penche légèrement et glisse à Isidore :

— Longue journée, n'est-ce pas? Cours avec Rousselle ce matin, étude cet après-midi, cours ce soir…

— Par bonheur, réplique Isidore, nous avions à nos côtés une présence stimulante!

Flavie lui jette un coup d'œil et, réalisant qu'il parle d'elle, lui adresse un sourire hésitant.

— Notre ami Bastien est en train de se faire passer un savon! rigole Louis en se frottant les mains. Non seulement il a… des fréquentations illicites, mais il a transgressé la règle de l'anonymat des patientes!

Déconcertée, Flavie se demande ce qu'il peut bien vouloir dire par «fréquentations illicites» tandis qu'Isidore réplique :

— Je me fiche de cet anonymat. Je ne les reverrai jamais, de toute façon.

— Ne traite pas les patientes à la légère, reproche Louis, faisant exprès pour croiser le regard de Flavie. Ce ne sont pas des femmes du monde, mais elles ont droit à tous nos égards.

Flavie le considère un moment avec gratitude.

— Pour le sûr, ici, on ne peut pas allumer…, grommelle Isidore en tripotant un mince cigare tiré de sa poche.

— Seulement en bas, dans la cuisine, indique Flavie.

— La fumée incommode les dames, dit Louis sur un ton de reproche.

— Vous parlez de moi? s'enquiert avec un air coquin Flavie, qui retrouve progressivement un certain aplomb.

— De qui d'autre? réplique-t-il d'une voix forte, en riant. D'Étienne, peut-être?

En train de discuter avec ses deux condisciples Turcot et Normandeau qui s'échangent un regard de connivence, l'interpellé fait comme s'il n'avait rien entendu. Flavie lance brusquement:

— Mon grand-père dort avec sa pipe.

Ses voisins s'esclaffent et, encouragée, elle ajoute:

— Il dit toujours: «Quand on aura fini cette partie de l'ouvrage, ma petite-fille, on ira dehors allumer!» Comme si je fumais! Ou à ses amis: «Si tu passes sur le rang, viens allumer!»

Le visage plutôt rouge, Bastien fait irruption dans la pièce. Il promène sur l'assemblée un regard absent, puis il saisit une chaise par le dossier et s'y assoit à califourchon. Tous ses futurs collègues le regardent avec curiosité et, après un moment, il grogne:

— Qu'avez-vous à me reluquer comme ça?

— Dans l'intimité, demande Louis suavement, tu nous raconteras?

— Rien à dire, réplique-t-il. Secret professionnel.

Moqueurs, ses confrères lui lancent des taquineries qu'il reçoit sans se démonter. Puis il réplique, goguenard :

— Vous racontiez à mademoiselle vos nobles intentions de futurs médecins?

— Attendez, je vais deviner, répond Flavie.

Elle est bien obligée de reconnaître qu'en présence du jeune Renaud elle a toujours une sérieuse envie de discuter et même de brouscailler! Elle poursuit, le regardant franchement :

— Dans votre cas, c'est pour user les instruments coûteux que votre père vous a achetés?

Tout le monde s'esclaffe sauf Bastien qui, évitant de la regarder, fait une grimace expressive et légèrement piteuse.

— Moi, c'est pour la dissection, intervient Étienne L'Heureux qui fait quelques pas vers elle, brisant le petit cercle qu'il formait avec Jules et Paul-Émile. Quand j'étais petit, je découpais des grenouilles et des rats. Alors, vous imaginez, des cadavres…

— Tu parles à une demoiselle! jette au milieu des rires un Louis mi-amusé, mi-scandalisé.

— Je me promenais dans la maison avec une cuisse de grenouille ou un œil de rat, que je déposais dans le lit de mes sœurs…

Flavie ne peut se retenir :

— Ça ne vous aurait pas tenté, le métier de boucher?

— Ou de fossoyeur? renchérit Bastien, sans se départir toutefois de l'air sombre qu'il arbore depuis son arrivée parmi eux.

Le très grand et très sec Paul-Émile Normandeau, qui impressionne Flavie par sa pomme d'Adam proéminente sous son foulard lâchement noué autour de son col, déclare soudain :

— Moi, c'est pour faire plaisir à mes parents et au curé qui a payé mes études au collège. Quand même, j'aimais ça, travailler sur la ferme…

Après un silence étonnamment respectueux, Isidore indique à son tour, en regardant sa voisine :

— Mon père ne m'a pas laissé le choix : devenir médecin ou lui succéder. Je n'ai jamais compris pourquoi il avait une fixation sur cette profession.

— Peut-être pour avoir des soins gratis ? suggère Paul-Émile, hilare.

— Niaiseux ! réplique Isidore en lui donnant une bourrade plus forte que nécessaire. Toi, on sait pourquoi tu étudies la médecine… C'est pour trouver un onguent miracle pour tes cicatrices !

— Moi aussi, j'ai une cicatrice, intervient aussitôt Flavie, outrée par le manque de sensibilité du jeune homme.

— Et moi, ajoute Louis, mais elle est située à un endroit que je ne peux pas montrer…

— Et vous-même ? demande Flavie en se tournant vers lui. Pourquoi voulez-vous devenir médecin ?

Un léger rire moqueur court d'un jeune homme à l'autre. Tandis que l'interpellé réfléchit avec une mine compassée, Jules Turcot suggère à mi-voix :

— Ce cher Louis a jugé que la profession offrait des occasions magnifiques de rencontrer ces dames…

— Ne l'écoutez pas, l'interrompt aussitôt Louis en se penchant vers elle. En vérité, je suis fasciné par ce dérangement qu'est la maladie. Vous savez que l'homme n'est que le reflet, en plus petit, de l'univers. Aux quatre éléments que sont l'air, l'eau, le feu et la terre correspondent dans le corps quatre humeurs fondamentales : la bile, le flegme, le sang…

— Je vais allumer dehors ! annonce Isidore en se tirant des profondeurs du canapé.

Plusieurs lui emboîtent le pas, mais, imperturbable, Louis poursuit :

— Le sang et, finalement, l'atrabile. Lorsque l'une des quatre humeurs l'emporte sur les autres, l'individu sera de tempérament mélancolique, sanguin, bilieux ou flegmatique. Cela le prédispose à certaines maladies dont nous devons avoir une connaissance exacte, ainsi que des causes qui ont pu les provoquer…

À ce moment, Nicolas Rousselle survient et met un terme à la discussion. Après des adieux rapides, toute la troupe masculine quitte la maison, et Flavie et Léonie se préparent avec lassitude à affronter la pluie. Léonie est soulagée de voir que Nicolas n'intervient pas dans le déroulement des cours et qu'il laisse une distance respectueuse entre eux deux. De son côté, Flavie passe la soirée en revue, heureuse de la personnalité charmante de Louis et de l'intérêt manifeste qu'il lui porte. Avant de la quitter, il lui a chuchoté qu'il aimerait bien prendre rendez-vous avec elle pour une promenade et, le cœur battant, elle lui a signifié son accord.

Les semaines suivantes filent à la vitesse de l'éclair. Léonie prépare d'abord son prochain cours à l'intention des élèves de l'École de médecine, puis elle s'attelle au programme de formation de l'École de sages-femmes de

Montréal, maintenant légalement constituée. Elle n'a jamais élaboré un programme scolaire et la tâche lui semble si insurmontable qu'elle en pleure presque. Ce soir-là, complètement déconfite, incapable d'avaler une bouchée du souper, elle confie son impuissance à Simon et à ses enfants.

— Je ne suis même pas capable de mettre mes idées en ordre. Par quoi commencer ? La description des organes de la génération devrait sans doute passer en premier, mais il y a aussi la question de la circulation sanguine et celle de l'étude des plantes qui est plutôt compliquée…

Léonie repousse son écuelle d'un geste vif.

— Je vais tout arrêter. Je ne sais pas comment être professeur. Déjà qu'avec les étudiants en médecine ça me prend tout mon petit change…

— Tout arrêter ? s'exclame Flavie. Toi, une vraie tête d'Allemand ? Hardi donc, nous allons t'aider ! Papa a l'habitude d'enseigner, il peut te donner des conseils !

— Je suis sûr que tu es parfaite, commente Simon plutôt froidement. Tu t'inquiètes pour rien.

— Qu'est-ce que tu en sais ? réplique Léonie, piquée au vif. Tu t'es déguisé en souris pour assister à l'un de mes cours ?

— J'y étais, moi, intervient Flavie prudemment. Je n'ai aucun reproche à te faire.

— Je n'ai pas de plan de cours, s'écrie Léonie, et je ne sais pas comment le faire !

— Nous avons des livres. Il n'y a qu'à en recopier la matière et à l'ajouter à ta propre expérience. Calme-toi, maman, ce n'est pas si compliqué. Il me semble que le déroulement de l'année scolaire devrait suivre les étapes de la grossesse et de la délivrance d'une femme, tu ne crois pas ?

Malgré son incertitude, Léonie considère sa fille avec un léger espoir. Flavie ajoute en regardant son père dans les yeux :

— Quand nous aurons recueilli la matière théorique, tu nous aideras à l'organiser ?

— C'est que je suis très occupé, grommelle Simon en se levant subitement. Je vais bientôt emménager dans l'école…

— Papa ! proteste Flavie avec exaspération. Maman a besoin de ton aide !

Déconcertée par l'apathie de son père, elle le regarde rincer son écuelle dans le seau d'eau tiède.

— Je vous aiderai, moi, intervient Laurent. J'ai quand même failli être instituteur ! Tu verras, maman, quand tu auras ta matière, tout se mettra en place naturellement.

Réconfortée, Léonie remercie ses enfants avec un large sourire, tâchant d'ignorer la douleur sourde qui l'habite à l'idée que Simon ne la juge pas digne de bénéficier de sa science.

Par un beau dimanche après-midi du début de décembre, Louis vient cogner rue Saint-Joseph pour convier Flavie à une promenade sur le champ de Mars. Simon est absent et Léonie, après un moment d'hésitation, lui accorde sa permission. Le jeune homme jette des regards curieux dans la salle de classe maintenant vidée de l'essentiel de son contenu et la jeune fille, en s'emmitouflant, lui décrit la bénédiction solennelle de la nouvelle école de la paroisse par le curé, le dimanche précédent, devant un grand concours de peuple et au son d'une fanfare.

Lorsque Flavie met le pied dehors, suivie par Louis qui referme la porte derrière lui, elle lui lance par-dessus l'épaule en resserrant son foulard autour de son cou :

— Le vent s'est tourné du côté des mitaines !

Laissant échapper un rire léger, il se place à ses côtés :

— Ma famille habite la ville depuis au moins deux générations, alors je ne connais pas ces proverbes populaires. Vous pouvez m'en dire d'autres ?

Flavie se creuse la tête :

— Ma tante Catherine dit souvent : il a été reçu comme un chien à vêpres. Ou : il est grossier comme un pain d'orge.

— Au collège, ceux qui utilisaient ces expressions se faisaient réprimander, raconte le jeune homme en lui prenant familièrement le coude pour franchir une profonde ornière.

— J'aurais fièrement aimé apprendre le latin, soupire-t-elle. Dans les livres, il y a plein d'expressions que je ne comprends pas.

— Le latin ? réplique-t-il plaisamment. Mais l'apprentissage de cette langue est beaucoup trop ardu pour une jolie tête comme la vôtre !

— J'ai déjà lu des livres savants, vous savez, indique-t-elle.

— En effet, grommelle-t-il, Bastien nous a raconté votre intérêt pour la médecine.

— Vraiment ?

Plutôt contente, Flavie essaie de se souvenir de ses conversations avec le jeune Renaud.

— Il a eu la chance de vous côtoyer plus souvent que moi…, lance-t-il.

Il lui coule un regard appuyé et Flavie, ravie mais légèrement embarrassée, baisse les yeux. Le jeune homme reprend avec suffisance :

— D'après lui, vous feriez un excellent médecin, meilleur que beaucoup d'entre nous. Une femme médecin ! Qu'est-ce qu'il ne faut pas entendre ! C'est sûr, une idée aussi absurde ne vous a sûrement jamais effleuré l'esprit ! Aucune femme digne de ce nom ne voudrait s'abaisser à un tel degré ! D'ailleurs, on se moquerait d'elle et on aurait bien raison ! Elle y perdrait, aux yeux des hommes, tous ses attraits… Sérieusement, les femmes préfèrent, et de loin, cultiver leur beauté ! Cette beauté que les hommes apprécient tant, il faut la protéger par une vie bien réglée, dispensée de tout travail pénible.

Flavie lui jette un regard outragé et il éclate de rire. Glissant sa main sous son bras, il la tire légèrement vers lui.

— Bastien a raison : vous avez tout un caractère ! Une fois, nous avons discuté de l'empêchement des demoiselles à étudier la médecine. Entre nous, bien sûr, en dehors de l'école, parce que nos maîtres, en particulier Nicolas Rousselle, y sont absolument opposés. Lorsque le sujet vient sur le tapis, il beugle : «Je refuse de laisser une femme manier un instrument aussi potentiellement dangereux qu'une lancette ou un scalpel ! La santé du public en dépend !»

— La santé du public ! Il peut bien en parler, oui, avec ses opérations qui conduisent ses patients au cimetière !

— Rousselle est un excellent chirurgien, rectifie Louis, une nuance de reproche dans la voix. J'ai fait mon apprentissage avec lui. Il est très habile à réduire les fractures et même exciser les tumeurs. Je l'ai vu opérer quelques fois. Je vous jure qu'il ne faut pas cligner des yeux parce qu'il ouvre et referme en quelques minutes à peine!

– Les pauvres patients! murmure Flavie. Comme ils doivent souffrir!

– La dernière fois, devant nous, il a mis à l'essai une nouvelle substance endormante, l'éther, relate-t-il avec excitation. Enfin, il a pu prendre son temps pour opérer! Il nous expliquait tout ce qu'il faisait, c'était grandiose!

Tous deux débouchent bientôt sur le champ de Mars. Souvent occupée par les militaires pour leurs manœuvres, la vaste esplanade est un lieu de prédilection des Montréalais pour la promenade. Située en hauteur, elle permet d'embrasser du regard un magnifique panorama, de la rue Craig en contrebas jusqu'au faîte de la Côte-à-Baron. Entre les deux, à part quelques chemins bordés de maisons qui s'étirent vers le nord et la cathédrale Saint-Jacques qui dresse fièrement la pointe de son clocher vers le ciel, l'essentiel de l'espace est couvert de vergers, de champs et de fermes.

– Si vous n'avez pas froid, on peut s'asseoir…, propose Louis.

Opinant de la tête, Flavie l'entraîne vers l'un des bancs situés en périphérie du terrain. Le vent du nord souffle dru, mais elle choisit un site protégé par de jeunes sapins. En s'assoyant, il enfonce son casque sur sa tête d'un geste résolu, puis il passe son bras par-dessus l'épaule de Flavie en affirmant qu'il leur faut se réchauffer mutuellement ainsi. Flavie n'est pas opposée à cette proximité, bien au contraire, mais quelque chose dans l'attitude de son cavalier, elle ne saurait dire quoi au juste, la met légèrement mal à l'aise. Peut-être est-ce simplement parce que, bien que cette promenade soit leur première sortie, il a des gestes déjà très familiers?

Puis elle songe à Vital et à la rapidité avec laquelle leur désir d'intimité s'est déclaré. Il n'a pas eu besoin d'user de jolies tournures de phrases pour lui faire comprendre son attirance! Ainsi calée contre Louis, effleurée par son regard, elle se sent plutôt confortable, mais elle a besoin de temps pour s'habituer à l'idée de fréquenter un jeune homme qui n'est pas de son monde. Elle ne connaît pas les usages chez les riches... Après un instant de réflexion, fronçant les sourcils, elle s'enquiert:

— Si j'étais la fille d'un de vos voisins, est-ce que vous m'auriez aussi emmenée en promenade?

— La fille d'un de mes voisins? répète-t-il, dérouté.

— Une fille de votre classe. Bien habillée et bien éduquée.

— Pas nécessairement, répond-il avec une désinvolture étudiée. Je ne crois pas que ses parents m'auraient accordé la permission.

— Vous auriez fait quoi, alors?

— J'aurais passé l'après-midi avec elle, au salon, à boire du thé et à causer.

— C'est vrai qu'il n'y a pas de salon chez nous..., murmure-t-elle, déconfite.

— Je préfère nettement les promenades loin des parents. J'ai entendu dire que les mœurs sont beaucoup plus... libres parmi... enfin, dans votre monde, mais honnêtement, je ne croyais pas que votre mère vous laisserait sortir seule en ma compagnie.

Il lui sourit d'un air gourmand et lui flatte doucement l'épaule d'un geste discret. Flavie se laisse aller légèrement contre lui, soudain avide de sa chaleur, mais quelque chose dans son attitude la tracasse toujours et elle demande encore :

— Vous avez entendu dire bien des choses sur mon monde ?

— Toutes sortes de choses, murmure-t-il, la voix altérée. Par exemple, que les jeunes filles y sont belles et délurées…

Elle sourit du compliment et il rapproche son visage du sien jusqu'à ce qu'elle sente son souffle chaud sur sa joue.

— C'est tellement compliqué, avec les demoiselles… Il faut les fréquenter pendant des mois, on ose à peine leur prendre la main et leur baiser la joue. Il leur faut une demande formelle en mariage pour s'abandonner à des étreintes qui sont pourtant bien naturelles entre un homme et une femme ! Tandis que toi… Tu es moins sauvage, n'est-ce pas ? Tu as compris que le temps passe si vite et que la vie est faite pour en tirer le plus de plaisirs possible…

Par les promesses de délices qu'il contient, le tutoiement familier fait frissonner Flavie de la tête aux pieds. En même temps, elle le trouve précipité. Ils se connaissent à peine ! Elle tourne la tête vers lui et détaille pendant un bref moment son visage. Il a les yeux mi-clos et la bouche étirée par un sourire lascif. Elle sait qu'elle pourrait l'embrasser sur-le-champ mais elle ne peut s'y résoudre, malgré le souvenir des baisers de Vital. Brusquement, la proximité de Louis l'oppresse. De sa main couverte de sa mitaine, elle lui fait une légère caresse sur le nez, puis elle se lève en déclarant qu'il fait trop froid et qu'elle veut rentrer.

Sur le chemin du retour, un lourd silence s'installe entre eux, à peine rompu par quelques remarques banales.

Il la frôle constamment de son bras ou de son flanc. Ils sont encore loin de la maison lorsqu'elle insiste pour terminer la route seule, mais il refuse obstinément et tient à la reconduire jusqu'à son perron. Il lui prend alors la main et dit avec un sourire entendu :

— Je te ferai signe bientôt... Mais ne m'attends pas avant la nouvelle année, je suis très pris ces temps-ci. Je peux t'embrasser ?

Elle lui offre sa joue, puis elle recule après un signe de la main et lui ferme la porte au nez. Léonie, qui se berçait seule près du poêle, suit du regard sa fille qui tire une chaise et s'assoit devant la flambée pour se réchauffer les pieds et les mains. Après un temps, Léonie se racle la gorge :

— Tu ne m'avais pas dit que ce jeune homme te portait de l'intérêt...

— C'est tout nouveau.

— Sa compagnie te plaît tant ?

— Il est confortable. J'ai envie de m'offrir du bon temps, je travaille comme une nonne !

— Pour ça, pas de doute...

Léonie se jette à l'eau :

— Tu me connais, je suis vive sur le déboutonnage... Le père de M. Cibert est un avocat très riche, tu le savais ?

— Pas de soin. Où tu veux en venir, maman ?

— Je suis prête à avaler mon chapeau que jamais une famille de ce rang ne permettrait un tel mariage...

— Un mariage ? Mais je n'y ai pas pensé une seule minute !

— Je vais être franche, Flavie. J'ai connu un certain nombre de jeunes filles qui se sont laissé emberlificoter par les discours des garçons de la belle société. La chose se conçoit aisément, ces hommes ont des envies qu'ils veulent assouvir, et les filles aussi! Tu sais, Anne, la domestique que la Société héberge? Elle n'a pas été forcée par le fils Clarke. Elle était consentante. Mais c'est elle qui en subit les tristes conséquences tandis que lui s'en tire avec un voyage à l'autre bout du monde...

Irritée mais troublée et songeant à certaines attitudes de Louis, Flavie réplique sèchement en se levant:

— Je sais tout ça, maman. Je ne suis pas sotte, quand même!

— La prochaine fois, ton cavalier devra veiller ici, avec nous.

Le ton de Léonie est sans appel et Flavie lance à sa mère un regard furibond, puis elle monte les escaliers quatre à quatre et se jette sur son lit. Il fait déjà presque noir et elle reste un long moment couchée sur le dos, à observer le carré de ciel où quelques étoiles s'allument. Elle ne l'avouera jamais à Léonie, mais elle est plutôt soulagée à l'idée de fréquenter Louis dans la sécurité de sa maison, sous les yeux des siens. Même si elle aime discuter librement avec lui, même si elle est impatiente de sentir, de nouveau, le corps d'un homme contre le sien, elle tient à le connaître davantage avant de s'abandonner dans ses bras.

Chapitre XVIII

Pendant les semaines qui suivent, le rythme de travail à la Société compatissante augmente considérablement. L'une après l'autre, quatre femmes sont admises et Sally Easton accompagne dans une délivrance aisée Rose, la fille de joie, en compagnie de Bastien Renaud et de deux de ses confrères, Jules Turcot et Isidore Dugué. La pauvre femme ne jette pas même un coup d'œil sur son fils qui est envoyé chez les sœurs grises.

Quelques jours avant Noël, Anne, la jeune domestique, commence à son tour à ressentir ses douleurs et Flavie, qui est sur place pour son jour de garde, envoie quérir Léonie. Elle sait qu'à cause de la neige épaisse et de la bise mordante il faudra à sa mère une bonne heure pour marcher jusqu'ici. Comme à l'accoutumée, elle installe les affaires de la jeune femme dans l'alcôve du fond de la pièce et prépare le lit, puis elle fait marcher la jeune femme, précédée par son ventre impressionnant, à travers la pièce. Les autres patientes l'encouragent en accompagnant la promenade et en bavardant de tout et de rien. Soudain, l'une d'entre elles, une ouvrière usée par le travail mais vive d'esprit et de parlure, remarque :

— Dis donc, Anne, qu'est-ce que tu portes à ton cou ?

La jeune femme sort de sous son corsage un petit sachet en tissu, qu'elle porte suspendu au cou par un ruban, et le retire prestement pour aller le presser un moment sur son ventre.

— C'est un sachet que Mme Clarke m'a donné à sa dernière visite. Il l'a protégée lors de ses délivrances. Il lui vient de sa grand-mère qui y a cousu des talismans.

Après une contraction pendant laquelle elle s'appuie lourdement sur le bras de Flavie, elle ajoute avec orgueil :

— Madame m'a permis de vous le prêter quand ce sera votre tour.

Les femmes examinent la petite pochette en s'exclamant, puis, seule en compagnie de Flavie, Anne reprend sa marche, serrant le sachet entre ses doigts. Anne l'a fait parler sur sa future carrière et Flavie en a profité pour lui expliquer, du mieux qu'elle le pouvait, tous les changements physiques entraînés par une grossesse. Elle a tracé sur son ventre nu la position des deux fœtus et lui a décrit le phénomène des contractions et de l'expulsion. Prodigieusement intéressée, Anne buvait ses paroles et, pour la première fois, Flavie a connu le plaisir exaltant de transmettre son savoir.

Elles marchent en silence et Flavie constate qu'Anne a des contractions déjà intenses qui l'obligent à s'arrêter et à poser ses deux bras contre le mur, en soufflant. C'est ainsi que Léonie les trouve à son arrivée. Elle leur fait immédiatement signe de venir dans l'alcôve. Léonie fait asseoir la jeune patiente sur une chaise droite et l'examine consciencieusement. Anne demande, en lançant un regard de détresse à Flavie :

— Je vais bien, vous croyez ?

Flavie attend que sa mère la rassure, mais le silence se prolonge et, comprenant que Léonie ne veut pas s'immiscer dans le lien de confiance qui s'est tissé entre elles deux, elle répond finalement :

— S'il y a une complication, je vais vous tenir au courant, soyez sans crainte. Pour l'instant, je ne constate rien d'anormal. Comme nous en avons parlé l'autre fois, les bébés sont bien placés et ils ne sont pas trop gros. Et puis, vous êtes forte.

— Je me suis reposée, murmure-t-elle. Je n'avais jamais passé autant de temps dans mon lit. J'ai pu penser à tout ce qui m'arrive…

Elle laisse passer une contraction, puis elle glisse comme une plainte douce :

— Je ne sais pas trop de quel bord me revirer…

Souriant rêveusement, Anne murmure comme si elles étaient seules toutes les deux :

— M. Alex me plaisait tant… Je ne voulais pas, je connaissais les dangers, et puis, à la chapelle où je vais de temps en temps, un jour, je me suis confessée de ce goût, et le curé m'a bien rappelé que M. Alex ne marierait jamais une servante… Sa famille avait des beaux projets pour lui, une demoiselle de leurs amis. Le curé m'a posé plein de questions sur la nature de mes pensées, et pour tout vous dire, mademoiselle Flavie…

Anne s'interrompt, n'osant pas poursuivre, mais Flavie comprend instantanément ce à quoi elle fait allusion. Souvent, par leurs questions trop précises, les curés renseignent leurs paroissiennes sur des pratiques dont elles ignoraient l'existence !

— Après l'absolution, il m'a dit de puiser dans la prière la force de résister et il m'a demandé de revenir le voir un mois plus tard. Mais je n'y suis pas retournée…

Répondant à une objection qu'elle croit sentir venir, elle ajoute précipitamment :

— J'aurais dû ne pas franchir la ligne, n'est-ce pas ? Celle qui met les filles honnêtes en danger… Mais j'en avais tant le goût…

Elle rougit et Flavie lui chuchote :

— La vie nous offre si peu de moments de plaisir…

Elle imagine ce qui serait arrivé si elle était allée rejoindre Vital Papillon une deuxième fois. Aurait-elle pu se retenir d'aller jusqu'au bout de cette étreinte ?

— M. Alex a proposé de me marier, ajoute Anne. Sur le coup, il était sincère, mais je sais que, dans le fond, il en aurait été fâché. C'est si important, pour un homme de son rang, d'avoir une femme bien de son monde.

Flavie grommelle :

— Tout ce remue-ménage parce qu'il faut qu'on soit mariée pour avoir des enfants…

Comme la vie serait simple si les filles pouvaient aimer qui bon leur semble, puis mettre leur enfant au monde entourées de leur famille qui prendrait soin d'elles ! Ébranlée par cette perspective surprenante, Flavie interpelle sa mère :

— Tu le sais, toi, pourquoi c'est si important qu'une fille soit mariée ?

Léonie baisse la chemise sur le ventre d'Anne, puis elle se redresse et s'assoit sur le lit. Regardant alternativement les deux jeunes femmes, elle répond :

— Il y a tellement longtemps qu'on se marie qu'on ne peut pas imaginer autre chose…

Flavie réplique avec une agitation soudaine :

— Je n'avais jamais réfléchi de cette manière, mais… tout à coup, ça me frappe… Pourquoi est-ce si honteux qu'une femme ait un enfant sans être mariée ?

— La honte, ça vient de la religion catholique, précise Léonie d'un ton contenu.

Un silence chargé de sous-entendus s'installe entre Flavie et sa mère, pendant qu'Anne respire de façon saccadée sous l'effet d'une contraction. Flavie a la tête remplie d'objections et elle est sur le point de répliquer quand Léonie reprend :

— Quant au mariage… Ton père prétend que, depuis des milliers d'années, la propriété se transmet de père en fils et que le mariage a été inventé dès que les hommes ont voulu être sûrs que leurs fils étaient bien de leur sang.

Elle conclut avec une grimace comique :

— Bien sûr, un homme ne peut jamais être *totalement* sûr que l'enfant est de lui, à moins de mettre sa femme en prison… Comme une de ces belles prisons dorées des beaux quartiers…

Frappée par ce lien entre maison et prison, Flavie obéit néanmoins à sa mère qui lui fait signe de reprendre tranquillement sa marche avec Anne. Toutes deux vont et viennent un moment jusqu'à ce que Flavie s'aperçoive que de grosses larmes débordent des yeux de la jeune fille. Elle s'inquiète :

— Vous avez très mal ?

La jeune femme secoue la tête et s'essuie les joues avec ses manches. Flavie l'entraîne dans un coin de la pièce, à l'abri des oreilles indiscrètes. Tête baissée, Anne balbutie :

— Que ce soit M. Alex, le père de mes petits, ce n'est pas prouvable. C'est pour ça que… j'ai renoncé si vite à l'idée de le marier.

Flavie, qui tente de cacher son ébahissement, demande d'une voix altérée :

— Vous avez eu un autre… ?

— M. Alex a tellement insisté… Et je voulais lui faire plaisir. M. Alex a un ami, vous savez, l'étudiant en médecine qui était là l'autre soir ?

Soudain, Flavie n'a plus du tout envie d'entendre la suite.

— M. Bastien me trouvait, lui aussi, bien de son goût et il disait à M. Alex à quel point il était chanceux. Alors il m'a demandé de…

— Qui ? dit soudain Flavie. M. Renaud vous a demandé ?

— Non, Alex, répond Anne. Il disait que je serais l'initiatrice de son ami…

Flavie fait une grimace et la jeune femme ajoute avec flamme :

— Ce n'est pas ce que vous croyez ! Alex a tellement bon cœur…

Ses yeux se remplissent d'eau et elle détourne la tête en soufflant d'une voix enrouée :

— Pour le sûr, mademoiselle Flavie, j'aurais été capable de manger cet homme-là…

Songeant à son propre appétit pour l'étreinte d'un homme, Flavie s'amuse intérieurement de la justesse de l'expression. Poussant un profond soupir qui se termine par un tremblement de tout son corps, Anne reprend :

— M. Bastien aussi, il était gentil, il me faisait des cadeaux… Un dimanche, pendant que mes patrons étaient sortis, tous les deux m'ont emmenée en promenade, nous avons mangé au restaurant et Alex m'a acheté des parfums au *drugstore*. Mais je n'ai jamais pu m'en servir, madame aurait eu des soupçons.

Le visage illuminé par ce souvenir heureux, Anne reste silencieuse un moment, puis elle regarde Flavie avec un doux sourire :

— Ça me soulage le cœur de vous parler. Je n'aurais jamais pu m'en ouvrir à mon confesseur. On est à jamais perdu si on cache un seul péché au confessionnal, vous le savez, mademoiselle Flavie ?

Froidement, Flavie bougonne :

— Pour le sûr, c'est ce qu'on nous serine lors des instructions religieuses.

Anne poursuit, vibrante d'une indignation soudaine :

— Mais comment je pourrais lui dire que j'ai reçu M. Bastien deux fois dans ma chambre ?

Après un silence pendant lequel Flavie s'empêche farouchement d'imaginer la scène, la bouche d'Anne s'étire en un fin sourire et elle ajoute, le regard perdu dans le vague :

— Il était maladroit, c'était touchant… Il savait quoi faire pour ne pas me créer de l'embarras, mais la deuxième fois… Comme Alex, quelquefois…

Vaincue par une contraction, elle se tait et toutes deux prennent conscience que des voix masculines résonnent au rez-de-chaussée. Émue par les confidences de la jeune femme, Flavie s'abandonne à son impulsion de la prendre dans ses bras et de l'étreindre avec vigueur. Puis elle murmure d'une voix faible :

— Les étudiants viennent d'arriver. Ils voudront vous examiner…

Anne demande avec anxiété :

— M. Bastien n'est pas parmi eux ?

— Non, pour le sûr, comme vous l'avez demandé. Chacun des trois va faire un examen vaginal, un seul, ainsi que diverses auscultations. Ils seront également présents pour la délivrance, mais ils ne pourront pas vous toucher.

Acquiesçant courageusement, Anne marche lentement vers l'alcôve. Flavie réalise avec un choc que Louis est en bas, à proximité. Elle n'a pas assisté au cours du mois de décembre avec les étudiants de l'École de médecine et, depuis leur première promenade, Louis n'est pas encore revenu veiller. Elle n'est pas fâchée de le revoir, mais, en même temps, sa position de soignante ne lui permet aucune familiarité. Elle espère qu'il comprendra qu'aujourd'hui son unique souci est de se consacrer totalement à sa patiente.

Paul-Émile Normandeau, sec comme un manche à balai et dont le crâne effleure le plafond, et Étienne L'Heureux, qui prend visiblement soin de sa personne, ses rares cheveux parfaitement placés, grimpent à l'étage les premiers et les saluent courtoisement. Flavie les gratifie d'un sourire et d'un signe de tête, puis elle s'éloigne pour laisser toute la place à Léonie.

Gravissant l'escalier quatre à quatre, Louis fait irruption à son tour. Il coule vers elle un regard insistant, mais elle ne lui fait pas davantage de façon qu'aux autres, se drapant derrière une froide réserve. Après s'être lavés les mains au savon fort dans la petite bassine, les jeunes hommes procèdent l'un après l'autre à leurs examens. Louis, le plus brave, s'y risque le premier, néanmoins aussi embarrassé que ses camarades par le toucher vaginal qu'il effectue sous la chemise, les yeux fermés.

Étendue sur le lit, les jambes relevées et le dos soutenu par des coussins, Anne a posé son bras sur ses yeux. Pendant qu'Étienne s'exécute à son tour, Louis vient se placer non loin de Flavie et cherche à croiser son regard.

Un peu fâchée, elle secoue légèrement la tête en lui faisant les gros yeux. Il prend un air exagérément surpris, puis lui décoche un clin d'œil et, enfin, il reporte son attention sur l'examen que conduisent ses confrères, apparemment résolu à respecter sa décision.

Après une discussion au chevet d'Anne pendant laquelle Léonie donne quelques enseignements aux futurs médecins, les jeunes hommes sont invités à redescendre en attendant la poussée. Léonie précède Paul-Émile et Étienne qui devisent à voix basse avec animation, mais Louis s'attarde un moment dans l'alcôve et glisse à l'oreille de Flavie :

— Que vous prenez votre rôle au sérieux, mademoiselle !

Lui faisant face, Flavie riposte avec intensité, consciente du regard d'Anne sur eux :

— Nous ne sommes pas en promenade. Je travaille.

Il fait une moue moqueuse et, d'un geste vif, lui flatte la joue du revers de la main. Furieuse, Flavie s'éloigne brusquement de lui et va s'asseoir au chevet de sa patiente. Après un moment, Louis en prend son parti et s'éloigne. Contrariée, Flavie songe qu'elle devra avoir une sérieuse conversation avec lui, à sa prochaine visite.

L'examen a confirmé que la dilatation progresse sans encombre et, pendant l'heure qui suit, Anne reste assise sur une chaise, se plaignant de douleurs de plus en plus vives qui lui font monter des larmes aux yeux. Mais elle est rapidement soulagée : Léonie fait venir les trois étudiants et, soutenue par Flavie, la jeune femme s'accroupit. La poussée est relativement rapide et les deux fils d'Anne, bien formés mais plutôt petits, naissent coup sur coup. Flavie glisse une chaise sous la jeune accouchée et met une couverture sur ses épaules, puis elle s'agenouille à ses pieds pour attendre l'expulsion de l'arrière-faix. À quelque distance derrière elles, les trois étudiants chuchotent entre eux.

Visiblement tourmentée par la proximité de ses petits qu'elle refuse néanmoins farouchement de regarder, Anne croise avec force les bras contre sa poitrine et ferme les yeux. De son côté, travaillant avec obstination, Léonie nettoie et lange les deux nourrissons dès qu'ils sont séparés de l'arrière-faix. Les paupières scellées, ils respirent avec peine et, loin de la chaleur de leur mère et de son lait, ils sont voués à une mort certaine.

En prenant la charge d'une maternité, Léonie n'avait pas prévu cette souffrance qui monte en elle chaque fois que, au lieu de mettre le bébé dans les bras de sa mère, elle l'emmaillote en vue du court mais périlleux voyage qui le conduit d'abord chez les sœurs grises, puis en nourrice. Toute à son excitation, elle n'avait pas pris conscience de cette énorme différence entre les femmes qu'elle accouche dans leur maison et celles qui viennent ici. À chaque fois, son réflexe de protection envers l'enfant devient une véritable torture et, pendant des heures, Léonie est habitée par une lourde tristesse. Elle ne s'en est pas encore confiée à Simon. Elle a trop peur qu'il se détourne avec un haussement d'épaules, sans lui ouvrir ses bras…

Léonie fait signe aux étudiants de descendre à sa suite. Impressionnés par ce qu'ils ont vu et surtout par la souffrance morale muette mais évidente de la jeune mère, tous trois obéissent sans un mot. Flavie reste pour installer Anne le plus confortablement possible et pour surveiller la venue éventuelle d'une hémorragie. Puis elle quitte enfin la pièce, soudain pressée de prendre une longue bouffée d'air frais et de se détendre après toutes ces heures pendant lesquelles son attention a été entièrement tournée vers la femme en couches.

Après avoir discuté un bon moment avec Léonie, les jeunes hommes sont en train de se rhabiller pour rentrer chez eux. Voyant Flavie descendre les escaliers, Louis souffle à ses futurs collègues :

— Ne m'attendez pas, je vais partir de mon côté.

Il les pousse littéralement dehors et referme la porte. Puisque l'heure du souper est passée depuis longtemps, Léonie est sans doute à la cuisine en train de préparer une collation. Flavie fait un arrêt sur la dernière marche et Louis s'avance vers elle, lui tendant la main. Elle garde obstinément ses mains croisées derrière son dos et pose sur lui un regard fatigué, réalisant que sa présence, aujourd'hui, lui a causé un souci supplémentaire. Elle prononce fermement, détachant clairement chacune des syllabes :

— Comprenez-moi bien, monsieur Louis. Quand je suis occupée par mes patientes, je ne suis pas d'humeur à badiner. Je tiens à ce que vous respectiez une distance convenable entre nous.

Sifflant doucement entre ses dents, il fait une mine contrite et réplique avec un large sourire :

— Je n'y peux rien, c'est plus fort que moi… Ta seule présence me donne des ailes.

— Un chirurgien en train d'opérer qui serait distrait par une femme, même par la seule pensée d'une femme, serait un homme qui ne mérite aucune confiance, n'est-ce pas ?

Louis acquiesce de mauvaise grâce, puis il lui tend de nouveau la main et Flavie y place enfin la sienne. Il l'aide à franchir la dernière marche et elle résiste à l'impulsion de s'appuyer contre lui comme on s'abandonne au repos après une longue journée d'ouvrage… Les pas de Léonie résonnent dans l'escalier qui monte du sous-sol et Flavie retire sa main. Tous deux regardent Léonie qui apparaît, portant un plateau qui contient deux écuelles fumantes. Louis lui propose à toute vitesse :

— Me laisserez-vous aller vous reconduire ? Il se fait tard et les rues ne sont pas très sûres…

— Votre offre est bien aimable, répond Léonie en allant déposer le plateau sur la petite table du salon, mais nous n'avons pas encore terminé notre travail. Vous feriez mieux de rentrer chez vous.

— Vous êtes sûre ? Je peux attendre…

— Nous connaissons parfaitement le chemin. Et puis, après une délivrance, nous ne sommes pas de très bonne compagnie. Un passant croirait apercevoir deux fantômes ambulants…

— À votre guise. Bon appétit, mesdames.

— Il nous fera plaisir, monsieur Cibert, de vous recevoir chez nous quand vous le jugerez bon.

Un instant déconcerté, il reprend son aplomb et répond :

— Je viendrai vous souhaiter la bonne année.

Léonie se retourne et il fait un clin d'œil à Flavie. Radoucie, elle lui offre un large sourire d'encouragement.

Au tout début du mois de janvier 1847, Léonie reçoit la visite de quatre dames du quartier reconnues pour être parmi les plus pieuses du voisinage. Non seulement font-elles partie du cercle de couture voué à l'entretien de la lingerie d'église pour la paroisse, mais deux d'entre elles sont membres fondateurs d'une nouvelle association charitable, l'association des Dames de la Sainte-Enfance. Chaque membre verse une cotisation annuelle de quinze livres, argent qui sert à l'acquisition d'étoffes qui sont ensuite transformées en vêtements destinés aux enfants pauvres, pour les mettre en état de fréquenter l'école.

Mal à l'aise devant l'air grave et empesé de ses visiteuses, Léonie les fait entrer dans la cuisine. Adressant un sourire à la longue et sèche Marie-Thérèse Jorand, l'épouse d'un des plus riches entrepreneurs du quartier également marguillier de la paroisse, elle l'interpelle gentiment :

— Votre cadette doit être grande maintenant !

Léonie a accompagné la dernière délivrance de Marie-Thérèse, six ans plus tôt. Elle ne connaît les trois autres dames que pour les avoir croisées à l'église, à l'épicerie ou au marché. Veuve, Charlotte Duquest a pris la responsabilité, avec deux de ses fils, du commerce en gros de son mari. La jeune Judith Duplessy est la fière épouse d'un comptable qui travaille pour les messieurs de Saint-Sulpice tandis que Geneviève Raimond, déjà arrière-grand-mère, habite sur la terre que son petit-fils et sa femme exploitent aujourd'hui.

Léonie lance avec une certaine provocation :

— Comment trouvez-vous ma nouvelle enseigne ? Je l'ai voulu assez grosse, parce que c'est une excellente publicité pour l'école. Après tout, la rue Saint-Joseph est l'une des plus importantes artères du faubourg !

— Vous auriez pu être plus discrète ! réplique Charlotte Duquest avec reproche. Il n'est pas nécessaire que tous les passants sachent… à quelles activités vous vous livrez !

– Chère Charlotte, on croirait que vous confondez mon école avec une maison close…

L'interpellée rougit et Mme Jorand vient à son secours :

– La décence exige que ces choses restent privées. Dans une école comme la vôtre, vous allez utiliser des mots qui ne devraient jamais être prononcés à voix haute !

L'aïeule Raimond, qui sent légèrement l'ail, se penche vers Léonie et affirme d'une voix chevrotante :

– Pendant nos réunions, on a jasé de votre école.

– Nous sommes inquiètes, poursuit Judith Duplessy. On ne tient pas à exposer les filles du faubourg à une telle…

À court de mots, elle bredouille, et Léonie demande :

– Une telle quoi ? Arrêtez de tourner autour du pot et dites-moi le fond de votre pensée.

– Certains messieurs de Saint-Sulpice sont inquiets, répond Marie-Thérèse en regardant franchement Léonie. On entend des choses se dire… Que vous allez exposer vos élèves à des réalités troublantes qui vont leur faire perdre leur innocence et qui risquent de les pervertir.

– À mon avis, réplique suavement Léonie, je ferai bien moins pire que les curés au confessionnal…

Sans se démonter malgré les gloussements de la vieille Raimond, Mme Jorand poursuit :

– On dit aussi que vous êtes incroyante et que, pendant vos cours, vous allez tenter de détourner vos élèves de la foi chrétienne et qu'elles vont y perdre leur salut.

– Ce n'est quand même pas notre curé qui répand ces ragots ? s'étonne Léonie, soudain très inquiète.

– Pas lui directement, mais des vicaires et des professeurs du séminaire.

— Mesdames, vous me connaissez depuis longtemps. Vous me croyez capable de telles grossièretés ?

Embarrassées, les femmes baissent le nez sauf Marie-Thérèse, qui insinue :

— Nous connaissons aussi votre mari. Sans vouloir remettre en question sa qualité d'instituteur, nous savons toutes qu'il est anticlérical et que…

— La question n'est pas là, l'interrompt Léonie. Il ne s'agit pas de mon mari, mais de moi. Dans mon école, je vais simplement enseigner à mes élèves comment aider de leur mieux les femmes à accoucher. Ni plus ni moins. Il n'y aura pas de cours de religion ni d'antireligion.

— Justement, s'exclame Charlotte Duquest, voilà où le bât blesse ! Toutes les écoles doivent mettre l'enseignement religieux à leur programme ! Surtout la vôtre, où les élèves seront exposées à des notions qui pourraient salir leurs âmes !

— Forcément, vous allez montrer des images indécentes ! renchérit la jeune Judith Duplessy. Il ne sied pas que des jeunes filles soient ainsi initiées !

— Vous préférez, madame, être accouchée par une femme ignorante ? Ou peut-être par un de ces jeunes médecins ? Votre pudeur n'est-elle pas heurtée à côtoyer un homme pendant un moment qui expose tant une femme ?

Les visiteuses s'échangent des regards contraints. Léonie profite de son avantage :

— Vous devriez être soulagées, il me semble, que j'aie le projet de former des jeunes femmes au métier. Quel embarras devez-vous ressentir lorsque vous êtes obligées de faire appel à un médecin parce que les sages-femmes manquent de science !

Avec indignation, Geneviève Raimond lance :

— Pour le sûr, dans mon temps, je ne me serais jamais laissé approcher par un homme !

— Vous, madame Duplessy, n'avez-vous pas été accouchée par le médecin Nicolas Rousselle ?

Rougissant comme si elle avait été prise en faute, la jeune femme baisse la tête et Léonie conclut avec force, se penchant vers ses interlocutrices :

— Vous comprenez pourquoi je tiens à former des accoucheuses instruites ? Sinon, dans dix ans, il n'y en aura plus et les femmes seront entièrement livrées au bon vouloir des médecins !

Marie-Thérèse Jorand et Judith Duplessy échangent un regard stupéfait tandis que Charlotte Duquest fixe Léonie d'un air égaré. Cette dernière déchiffre sur leur visage ce mélange d'aversion et d'attirance qu'elle a déjà décelé chez d'autres femmes lorsqu'elle évoquait la présence d'un médecin à leurs couches, sentiments qui découlent d'une fascination bien légitime, mais trop contrariée, pour l'autre sexe… Le rapport si guindé qui est en train de s'établir entre les femmes et les hommes de la haute société suscite chez ces dames, Léonie l'a bien remarqué, une grande soif de présence masculine.

Se levant, Léonie oblige les quatre femmes désemparées à faire de même et elle leur lance gaiement :

— Me ferez-vous le plaisir de visiter mon école ? Suivez-moi, je vous prie.

Tandis que Léonie guide ses visiteuses vers la salle de classe, elle réalise brusquement que, pour neutraliser les ragots, il lui faut ouvrir l'école au plus grand nombre de gens possible et elle décide sur-le-champ d'organiser une ouverture publique. Exaltée par cette idée, Léonie explique joyeusement aux dames tous les changements dans la pièce qui a pris une tout autre allure depuis que Simon a déménagé les pupitres, ses livres et les cartes géographiques qui ornaient les murs. Il a cependant laissé son vieux bureau de maître et les bibliothèques chambranlantes. Léonie a trouvé, d'occasion, trois grandes tables pouvant accueillir, en tout, une douzaine de personnes.

Léonie conduit ses visiteuses jusqu'aux planches d'anatomie accrochées au mur, leur décrivant les organes de la génération qu'elles représentent. Elle leur montre ensuite les planches détaillées, regroupées dans un livre épais, qui serviront pour l'enseignement. Elle leur explique le déroulement de l'année scolaire : cours les lundis et jeudis après-midi, vacances du milieu de juillet à la fin d'août, et enfin remise des diplômes en décembre. Pendant la première session, les étudiantes assisteront à un certain nombre d'accouchements à la Société compatissante, et pendant la deuxième, elles prendront des patientes en charge sous la supervision des sages-femmes.

— Vous connaissez la jeune Marie-Barbe Castagnette ? Elle s'est inscrite la première.

La jeune fille de dix-neuf ans habite à quelques coins de rues de la maison avec ses parents et plusieurs frères et sœurs. Sa mère, une guérisseuse sollicitée par tout le voisinage, fait pousser dans son jardin des herbes médicinales, en plus de partir à l'aventure, chaque été, pour récolter des plantes sauvages qu'elle suspend à profusion dans sa petite maison. Le père, un artisan sellier, est un homme peu travaillant, mais simple et bon. Marie-Barbe sait relativement bien lire, mais elle écrit avec difficulté. Léonie l'a bien prévenue qu'il y aura quelques travaux écrits à remettre et que cette carence compliquera son apprentissage, et elle lui a demandé de s'exercer avant le début du cours.

Léonie ajoute avec fierté :

– Le docteur Marcel Provandier, qui souhaite mettre fin à sa carrière active, a accepté avec empressement de venir donner des cours magistraux, deux fois par mois, sur les principes de base de la médecine.

Impressionnée mais bien résolue à le cacher, Judith Duplessy demande négligemment :

– Vous avez beaucoup d'inscriptions ?

– Quatre autres, si j'exclus ma fille Flavie, répond Léonie en se rengorgeant.

Deux sages-femmes et trois jeunes filles ont pris le risque de s'embarquer dans cette aventure. Dorothée Montferant, une veuve d'une soixantaine d'années, pratique dans le faubourg Saint-Laurent. Elle est appréciée, mais très familière et portée sur la bouteille. Magdeleine Parrant, du village de Saint-Henri-des-Tanneries, est plus jeune d'une dizaine d'années. Léonie l'a déjà secondée pour un accouchement et elle a été séduite par ses gestes simples et efficaces et par sa désinvolture rassurante pour ses clientes.

Catherine Ayotte a vingt-deux ans et son père, un veuf, l'a accompagnée lors de sa visite chez Léonie. Grossiste en bois bien connu, il possède une belle maison en ville et il s'est montré réellement intéressé par le choix de sa fille et par les exigences que cela comportait. Léonie n'avait pu s'empêcher de lui dire que, si tous les pères étaient comme lui, on ne rencontrerait plus de ces jeunes filles pâlies par l'ennui profond auquel la société les condamnait !

Léonie conclut avec orgueil :

– La nièce du docteur Rousselle, Marguerite Bourbonnière, est ma cinquième élève.

Les femmes restent plantées en plein milieu de la
pièce, complètement déconfites devant la tournure des
événements. Léonie les reconduit gentiment vers leurs
manteaux en leur demandant de passer le mot : l'École
de sages-femmes de Montréal accueillera les visiteurs le
24 janvier prochain, date officielle d'ouverture, entre deux
heures et cinq heures de l'après-midi.

CHAPITRE XIX

Le dimanche suivant, alors que Flavie et Léonie mettent la dernière main au plan de cours détaillé de la première année scolaire de l'École de sages-femmes, on frappe à la porte et Louis Cibert fait son entrée, aussi pétillant qu'à l'accoutumée, baisant longuement la main de Flavie et s'inclinant profondément devant Léonie. Il déclare sur un ton d'excuse :

— Je n'ai pas pris le temps d'annoncer ma venue, ma décision était impromptue, les visiteurs qui devaient passer chez nous aujourd'hui se sont décommandés…

— Il n'y a pas de soin, répond Léonie. Par ici, c'est moins formel que dans les beaux quartiers. Débougrinez-vous, monsieur, et venez vous asseoir avec nous.

Léonie passe à la cuisine et, avant d'y emmener le jeune homme, Flavie lui fait visiter la classe. Il examine brièvement les lieux et, d'un ton moqueur, il lui susurre à l'oreille :

— Ce cher Rousselle n'en croira pas ses yeux, lui qui était persuadé que votre entreprise mourrait avant même d'être née…

— Il cause de nous dans ses cours ? s'ébahit Flavie.

— Bien sûr que non ! Mais en privé, dans son bureau ou ailleurs… D'après lui, la gestion d'une telle école est au-dessus des forces féminines. Si le cerveau de la femme est plus petit, son système nerveux est par contre beaucoup plus complexe que celui de l'homme. Les émotions sont donc toujours plus véhémentes chez la femme et, puisque son cerveau les contrôle moins bien, elle est dominée par ses passions plutôt que par la raison.

– La puissance d'imagination et la vivacité de la femme causent une grande instabilité dans son esprit, récite Flavie comme si elle répondait à une question de l'inspecteur, ce qui la conduit à privilégier les activités frivoles et à se détourner avec dégoût des études sérieuses.

Après une grimace, elle entraîne le jeune homme vers la cuisine et le présente à Simon, qui replie le journal qu'il lisait en se berçant, ainsi qu'à Laurent et à Agathe, qui, assis à table, disputent une chaude partie de cartes. Flavie et Louis s'assoient sur les deux chaises basses posées contre le mur et Léonie leur offre du thé. Simon s'enquiert poliment :

– Vous venez de loin, jeune homme ?

– J'habite rue Sanguinet, répond Louis. Une marche excellente pour la santé. Je tenais à venir faire à Flavie mes vœux pour la nouvelle année.

Simon s'informe de sa situation et Louis parle d'abondance de ses projets d'avenir, soit se spécialiser en chirurgie et ouvrir ensuite un cabinet. Flavie a encore la tête pleine de phrases savantes ; depuis deux mois, elle a consacré de nombreuses heures à prendre des notes et à aider Léonie à organiser son savoir. Elle s'amuse souvent avec sa mère du fait qu'elle connaît tout le cours par cœur avant même d'y avoir assisté ! Écoutant néanmoins paresseusement la conversation entre son père et son cavalier, Flavie éprouve un vif contentement à être courtisée par un homme si agréable.

Lorsque Simon a épuisé sa curiosité, Louis le complimente sur la magnifique nouvelle école qu'il a admirée en chemin. Fier comme un paon, Simon lui décrit les salles dotées de hauts plafonds à caissons et de grandes fenêtres coulissantes. Pour la première fois de sa vie, il a un petit bureau attenant à sa classe et, chaque semaine, il y passe de longues heures, rentrant généralement à la maison bien après l'heure du souper. Agathe, qui enseigne aux petites filles, vante de son côté la belle cour de récréation ombragée et les poêles modernes qui chauffent si bien « qu'il fait chaud comme le diable » !

Après une minute ou deux de silence, Simon se racle la gorge :

— Votre visite nous a bien fait plaisir, monsieur Cibert. Vous reviendrez !

Flavie se lève et dépose sa tasse sur la table. Comprenant que l'heure du départ a sonné, Louis l'imite avec précipitation et fait ses salutations à la cantonade. Les deux jeunes gens se rendent dans la salle de classe et Flavie décroche son manteau de la patère. Lorsqu'elle le lui donne, il emprisonne ses mains dans les siennes et la tire légèrement vers lui. Il murmure :

— J'ai bien apprécié rencontrer ta famille, mais ce que je préfère par-dessus tout, c'est être seul avec toi. Tu viens faire une promenade ?

Un moment, Flavie est tentée. Elle aimerait bien se promener bras dessus, bras dessous avec lui, en parlant de tout et de rien et en sentant parfois son souffle sur sa joue… Mais Simon n'acceptera pas et Flavie n'a pas envie d'argumenter avec lui. Elle secoue gentiment la tête et répond :

— Une autre fois, pour le sûr… Aujourd'hui, il fait trop frette.

Faisant une moue de dépit, il réplique :

– Le froid ne te fait pas peur, d'habitude. Est-ce que tu te méfierais de moi ?

Elle le laisse approcher son visage du sien et déposer un baiser sur sa joue. Ses lèvres sont gercées par l'hiver mais agréablement chaudes et elle ne proteste pas lorsqu'il les fait glisser sur sa peau jusqu'à sa bouche. Néanmoins, elle rompt rapidement le contact et recule en retirant ses mains des siennes. Elle ne sait pas pourquoi elle refuse de lui ce qu'elle a accepté si facilement avec Vital Papillon, mais c'est ainsi, elle a besoin de se laisser apprivoiser…

La regardant sans mot dire, Louis enfile son manteau, puis il grommelle, un peu goguenard :

– Je te remercie pour le bel après-midi, Flavie. On se reprendra ?

Elle acquiesce et il se dirige vers la porte. Sur le point de sortir, il se retourne et lui lance avec un air de reproche :

– N'éprouve pas trop ma patience, Flavie. Beaucoup de filles ne demanderaient pas mieux que d'être à ta place !

Flavie reste estomaquée, ne sachant comment interpréter son avertissement. Après un moment à jongler avec son malaise, elle hausse les épaules et préfère s'abîmer, encore une fois, dans le travail qu'il lui reste à abattre avant l'ouverture de l'école.

Léonie a suspendu un écriteau pour annoncer l'ouverture de son école et au jour dit, Laurent accroche une jolie guirlande au-dessus de la porte qui donne sur la rue Saint-Joseph. Replaçant une chaise, époussetant un coin du tableau, Léonie et ses deux filles vont et viennent dans la salle de classe, décorée elle aussi de quelques guirlandes et de bouquets de fleurs séchées.

Depuis qu'elle est sortie du lit, à l'aube, Léonie est hantée par la perspective qu'il ne vienne quasiment personne. Mais un quart d'heure à peine après l'ouverture, à deux heures de l'après-midi, tous les voisins y sont déjà, bavardant et s'exclamant tandis que Simon passe d'un groupe à l'autre. Debout dans un coin de la pièce en compagnie d'Agathe, Flavie regarde avec amusement son père, si grognon ce matin à l'idée d'un événement mondain dans sa propre maison et maintenant visiblement ravi de l'amitié que leur entourage leur témoigne. Lui qui a toujours considéré le projet de Léonie d'un œil sceptique, lui qui s'est résigné à l'aider après bien des étrivages de ses enfants se vante sans vergogne d'avoir «fièrement» contribué à mettre l'entreprise sur pied!

Quelques voisins partent, vite remplacés par des quasi-inconnus, auxquels Flavie et Léonie font visiter l'école. Bientôt, la pièce est remplie à craquer, si bien que les amis intimes se réfugient dans la cuisine avec Simon et Laurent. Plusieurs médecins de la ville viennent assouvir leur curiosité et un vicaire, envoyé par le curé Chicoisneau, fait une visite éclair.

À son tour, Marcel Provandier se présente, accompagné de son épouse, une grande et solide dame aux cheveux blancs comme neige, et de son apprenti, Bastien Renaud. Léonie prend le groupe en charge parce que Flavie, assoiffée, est en train de s'offrir une grande rasade de bière d'épinette. La jeune fille accueille ensuite Marie-Claire et Suzanne, puis plusieurs dames du conseil d'administration de la Société compatissante et même deux futures élèves, la jeune Marie-Barbe et ses parents ainsi que Marguerite Bourbonnière et son oncle, Nicolas Rousselle.

Rapidement, cependant, la pièce commence à se vider et chacun peut circuler plus à l'aise. Revenu dans la salle de classe, Simon ne peut faire autrement que d'aller saluer Rousselle et tous deux se mettent à évoquer quelques beaux moments de leur jeunesse. Provandier et son épouse ont pris place à une table avec les dames de la Société et une conversation familière s'est engagée. Suzanne va rejoindre Flavie et Agathe qui s'éventent dans un coin. La jeune fille s'exclame à voix basse :

— Quel succès ! Il y a plus de monde qu'à l'inauguration de la Société !

Flavie éclate de rire.

— Chère Suzanne ! Tu es bien aimable, mais je crois que tu exagères un peu !

— Une idée de génie que cette journée de grande ouverture de l'école. Rien ne vaut la transparence pour faire taire les ragots. Tiens, monsieur Renaud ! Comment vous portez-vous ?

Le jeune homme, qui errait sans doute intentionnellement à proximité, s'empresse de les rejoindre. Flavie constate avec soulagement que Suzanne et lui semblent à l'aise en présence l'un de l'autre. Souriant, il débite les banalités d'usage, puis il lance à Flavie avec une admiration non feinte :

— Je vous félicite sincèrement pour votre entreprise.

— Le destin nous a donné un sérieux coup de main, répond-elle avec humilité. La fondation de la Société, mon père qui libère sa classe juste quand la cuisson est à point…

— Je suis surpris que Rousselle soit venu, commente le jeune homme à voix basse, jetant au professeur un regard où pointe une nuance de mépris. Il est plutôt jaloux et possessif et tout ce qui peut porter ombrage à la grandeur de son école l'indispose.

— Ce n'est pourtant pas une compétition! s'indigne Agathe. Il y a bien assez de place dans une métropole comme Montréal pour de nombreuses écoles!

Flavie jette, avec un air sombre:

— Les médecins ont vite compris que le meilleur moyen de gagner la confiance des familles, c'est de réussir les délivrances. Ensuite, ils deviennent les médecins attitrés des nourrissons, des mères, puis des grands-mères... Maman m'a donné au moins cinq ou six exemples. Tu connais la famille Byssonet, Flavie? Avant, c'était une matrone qui avait leur confiance.

Légèrement déstabilisée par le regard sérieux et intense de Bastien, Flavie conclut en bredouillant:

— Alors vous imaginez bien qu'une école de sages-femmes, ça ne fait pas l'affaire de certains...

— Pour ma part, j'aimerais qu'il y en ait des tonnes, rétorque le jeune homme. Je n'ai pas vraiment hâte au jour où je devrai m'occuper seul d'une délivrance.

Devant le regard étonné de Flavie, il précise:

— Vous seriez surprise du nombre de médecins qui sont de mon avis. Il nous faut faire des accouchements, pour les raisons que vous avez indiquées. Mais nous ne sommes pas très à l'aise avec la chose. Sauf Louis, peut-être, qui ne fait aucun mystère de son goût pour les femmes...

Il jette à Flavie, qui reste de glace, un regard appuyé, puis il ajoute:

— Moi, ce que je préfère, c'est de percer les mystères de ce dérangement qu'est la maladie. Je passerais des heures à regarder au microscope...

— Au quoi ? l'interrompt Agathe.

Bastien précise, l'air heureux :

— À l'école, nous avons un microscope.

— Un appareil qui grossit fièrement, explique Flavie à son amie. Je l'ai vu en image.

— Si vous saviez tout ce qu'on découvre comme micro-organismes uniquement en examinant une goutte d'eau ! Des centaines de petites bêtes qui s'agitent…

Posant gentiment sa main sur le bras du jeune homme pour le faire taire, Suzanne lance avec un air coquin aux deux autres jeunes filles :

— Vous comprenez pourquoi M. Bastien s'est lassé de ma compagnie ? Je ne comprenais rien à son charabia !

— Moi, lassé de votre compagnie ? C'est un mensonge éhonté ! C'est vous qui m'avez laissé en plan parce que j'ignorais tout du dernier ruban à la mode !

— Il exagère, pouffe Suzanne en faisant un clin d'œil aux jeunes filles, mais c'est de bonne guerre !

Soudain embarrassé, Bastien Renaud prend une profonde inspiration et balbutie avec gêne :

— J'aurais un service à vous demander, mademoiselle Flavie.

— À moi ? répond-elle en rougissant.

Il se racle la gorge :

— Mes camarades de classe et moi, nous aurions une requête à faire à madame votre mère. Pourriez-vous m'introduire auprès d'elle ? Elle est toujours entourée par plusieurs personnes et…

— Une requête de quel genre ? s'informe Flavie avec curiosité.

— Je préfère garder cela secret.

Un peu vexée, Flavie acquiesce néanmoins avec dignité et se fraie un chemin vers sa mère, en conversation avec quelques dames. S'excusant auprès de ses interlocutrices, Léonie la suit jusqu'à Bastien, laissé seul dans son coin. Flavie les laisse en tête à tête, agissant à son tour comme la maîtresse de maison, reconduisant les visiteurs à la porte et promettant de transmettre leurs salutations à Léonie. Il ne reste qu'une dizaine de personnes dans la pièce lorsque Léonie fait venir Flavie auprès d'elle et de Bastien, lequel, empourpré et le front barré d'un grand pli, est en train de protester avec force :

— Honnêtement, madame, cela me semble très compliqué. Ce n'est pas dans les usages et...

— Ce que vous me demandez, monsieur, n'est pas non plus dans les usages.

Réduit au silence, Bastien se mord les lèvres tandis que Léonie explique sans ambages à Flavie :

— Messieurs les élèves et leur maître me demandent si la Société peut leur fournir des cadavres pour dissection.

Flavie ouvre de grands yeux, mais sa mère poursuit, regardant Bastien :

— J'ai répondu à M. Renaud que la chose pourrait être possible pour autant que le cadavre ne soit pas réclamé. Je serais ravie que notre Société collabore aussi de cette manière à l'avancement de la science médicale. Mais je souhaite, en contrepartie, que deux de mes étudiantes, dont toi, si tu le veux bien, assistent à cette dissection.

— Moi ? jette Flavie, abasourdie par cette proposition qui tombe du ciel.

— Comme j'expliquais à madame votre mère, intervient Bastien avec hâte, je doute que notre professeur soit d'accord. Premièrement, les femmes ne sont pas admises à l'école, et puis, ensuite, je ne vois pas comment nous pourrions accepter la présence de demoiselles à un moment aussi... délicat.

Emballée par la perspective inespérée d'assister à une dissection, Flavie s'empresse de le rassurer :

— Si vous craignez pour moi, ne vous en faites pas, ça ne me fait pas peur du tout !

— Je voulais dire...

Il se tait, confus, et Léonie précise :

— Je crois, Flavie, que monsieur voulait dire que ce serait délicat pour eux.

— Pour les étudiants ? Mais pourquoi ?

Le jeune homme s'emporte soudain :

— Mais nous aurons une femme presque nue sous les yeux ! Ça ne vous incommode pas d'assister à ce spectacle en notre compagnie ?

Saisissant alors la raison de sa réticence, Flavie reste figée sur place, les yeux fixés sur son visage courroucé. Puis, très froidement, elle riposte :

— Quelle est la différence d'avec un accouchement ?

— Au cours d'un accouchement, la femme est couverte. Au cours d'une dissection, elle est découverte !

— Totalement ?

— Pour le sûr, selon les besoins ! Nous disséquons tout, y compris...

Il s'interrompt et Flavie imagine la suite. Ils dissèquent et analysent les parties intimes, en profitant sans doute pour passer des commentaires grivois ou carrément vulgaires... Rougissant brusquement, Flavie baisse les yeux. Plus gentiment, le jeune homme reprend :

— Je vous assure que ce n'est pas un très beau spectacle, et puis les corps en décomposition dégagent des gaz d'une odeur nauséabonde. La première fois, franchement, j'ai failli m'évanouir. Nous avons tous été atteints, à tour de rôle, d'un sérieux dérangement intestinal à cause de la toxicité de ces gaz.

— Un sérieux dérangement? relève Léonie en fronçant les sourcils.

— Enfin, tout le monde s'en est bien remis...

Réclamée par Marie-Thérèse Jorand qui est sur le pas de la porte, Léonie s'éloigne et les deux jeunes gens restent face à face. Mal à l'aise, Flavie est sur le point d'abandonner la partie lorsqu'il articule faiblement:

— Si je vous ai choquée, veuillez me pardonner...

Relevant brusquement la tête sous l'effet d'une sourde colère, elle le regarde sans ciller:

— Ce n'est pas ce que vous croyez. Ça ne me choque pas de faire une dissection en compagnie d'hommes. Que ce soit une dissection de rat, de chien ou de femme, je n'en ai cure. Et je suis bien désappointée que vous pensiez différemment.

— Vraiment?

— Vous le faites pour apprendre, non? Vous le faites pour perfectionner votre savoir. Moi aussi. Lorsque ma mère donne son cours, avez-vous remarqué? Elle parle de la même manière à tout le monde. Devant elle, il y a tout bonnement des personnes qui veulent apprendre. Vous comprenez? Pour elle, cette dissection, c'est une chance inespérée pour ses étudiantes. Voilà pourquoi elle n'a même pas songé à cette fameuse pudeur féminine. Une pudeur bien commode, à mon avis, pour écarter les femmes de toutes les professions...

Sans répondre, il la fixe intensément. Découragée, Flavie murmure en détournant les yeux:

– J'aimerais tant voir la matrice de l'intérieur. Et puis l'arrière-faix, comment est-il attaché à la paroi ? Oui, j'aimerais fièrement…

Le jeune homme finit par balbutier :

– Je doute fort que M. Lainier, notre maître, se laisse convaincre.

– Surtout si vous êtes déjà persuadé de votre défaite, lance Flavie avec dédain.

Piqué, il ouvre la bouche pour répliquer, mais la jeune fille poursuit avec une soudaine agitation :

– J'aimerais tant vous faire comprendre… Personne ne vous défend d'apprendre, n'est-ce pas ? Personne ne vous dit : ne lisez pas cela, c'est trop compliqué pour votre petite tête, ou alors, c'est inconvenant, une femme digne de ce nom *ne peut pas* être intéressée par un tel sujet !

À la fois furieuse et triste, Flavie baisse la tête. Après un moment, le jeune homme dit doucement :

– Rousselle nous répète souvent que le processus de l'accouchement n'est pas seulement un acte mécanique, mais un processus dans lequel chacune des parties du corps humain, qu'il nomme le système, entre en action. Voilà pourquoi, selon lui, pour réagir de façon compétente à une délivrance, il faut comprendre la science médicale dans son entier. Et selon lui, il est prouvable que les femmes ne sont pas… outillées pour posséder cette science.

– Et vous, que croyez-vous ?

Il esquisse un mince sourire, la regardant en silence, puis il murmure :

– Je crois que Provandier me fait signe. À bientôt, j'espère, Flavie.

Pivotant pour le regarder s'éloigner, la jeune fille constate qu'il fait nuit à l'extérieur et que les derniers invités sont sur le point de prendre congé. N'ayant pas l'esprit aux civilités, elle saisit le bol vide de bière d'épinette et l'emporte dans la cuisine, où Simon joue aux cartes avec son cousin, l'épicier Marquis Tremblay.

Ce soir-là, lorsque Léonie s'enquiert auprès de Flavie des résultats de la discussion sur la dissection, elle lui répond que les chances de succès sont très maigres. Nullement découragée, Léonie réfléchit à voix haute sur la nécessité de garder le secret sur cette « transaction » entre la maternité et l'École de médecine. Seules Françoise et Marie-Claire devraient être au courant, ainsi que Suzanne, peut-être. Puisque l'Église se scandaliserait de cette nouveauté, le curé doit rester dans l'ignorance…

Avec excitation, Léonie confie à sa fille :

— Tu sais à quoi j'ai pensé ? Peut-être que le professeur pourrait venir ici, après, nous expliquer les résultats de la dissection et même nous montrer quelques organes. Je crois qu'ils ont l'habitude de les conserver dans des liquides. Un étudiant pourrait même s'en charger, M. Bastien, peut-être, ou M. Louis ?

Constatant que sa mère surveille l'effet que ce nom produira sur elle, Flavie s'oblige à rester impassible, même si une réconfortante chaleur coule dans ses veines.

Quelques jours plus tard, en début d'après-midi, Flavie accueille, une à une, les cinq étudiantes de l'École de sages-femmes qui, plutôt intimidées, s'assoient en silence autour de la table. Elle s'amuse un instant des coups d'œil discrets qu'elles se lancent, puis elle dit gentiment, s'efforçant de surveiller son langage :

— Ma mère arrive bientôt. Elle tenait à relire quelques-unes de ses notes de cours. Peut-être pourrions-nous en profiter pour faire connaissance ?

À la suite de Flavie, les trois jeunes filles se présentent : d'abord Marguerite Bourbonnière, qui explique que la science médicale l'intéresse depuis longtemps à cause de la présence de plusieurs médecins dans sa famille, puis Catherine Ayotte, qui se cherchait un métier honorable, et enfin Marie-Barbe Castagnette, qui balbutie de façon presque incohérente et que Flavie doit interroger pour lui faire évoquer sa mère guérisseuse. Les deux sages-femmes, Dorothée Montferant et Magdeleine Parrant, expliquent qu'elles veulent se perfectionner et élargir leur pratique pour en tirer un revenu plus stable.

Léonie, qui écoutait depuis un bon moment, vient vers elles en souriant largement. Sa nervosité s'évanouit d'un seul coup lorsqu'elle s'assoit parmi le petit groupe de femmes comme si elle était entourée de ses voisines réunies pour une corvée. Elle entreprend son cours avec une sérénité renouvelée et Flavie, rassurée, se détend en contemplant à la dérobée ses camarades de classe. Marguerite, tripotant sa plume, fixe intensément Léonie de ses grands yeux sombres. Catherine, toute blonde et beaucoup plus délicate, fronce les sourcils pour se concentrer sur les paroles de Léonie qui détaille le déroulement de l'année scolaire. Marie-Barbe, la plus pauvrement vêtue de toutes, a la bouche grande ouverte et le regard un peu perdu et elle cache sous son châle ses mains usées par le travail. Plutôt corpulente, Dorothée sourit avec nervosité tandis que Magdeleine, grande et osseuse, sans doute d'une force peu commune, écoute Léonie avec une digne gravité.

Le cours du jeudi suivant est entièrement réservé à Marcel Provandier. Visiblement ravi de sa nouvelle fonction, le vieux médecin s'installe debout devant le tableau et, agrippant ses notes d'une main qui tremble un peu, il déclame :

— Nul ne saurait douter qu'une érudition profonde, dans tout département de la science lié directement ou indirectement à l'étude de la médecine, ne soit entièrement avantageuse à l'esprit, en même temps qu'elle lui sert d'ornement. L'élève sera d'autant plus en état de revenir de ses préjugés, de discerner la vérité de l'erreur et d'établir ses conclusions de manière rationnelle et philosophique, qu'il aura... euh, qu'elle aura étendu davantage le cercle de ses connaissances.

D'abord difficilement compréhensible, Provandier devient davantage théâtral au fur et à mesure qu'il laisse tomber ses phrases :

— L'étude de la médecine est si intimement liée avec les arts et les sciences en général que l'histoire et ses progrès, dont je parlerai brièvement, est celle de l'avancement de l'homme lui-même en savoir spéculatif et en connaissances utiles. Lorsque l'anatomie des animaux découla du système philosophique de Pythagore et fut appliquée à la médecine, l'art de guérir prit graduellement le caractère d'une science distincte et puisa ses observations comme ses succès à la véritable source, c'est-à-dire au lit du malade ou dans les communications traditionnelles d'un maître à ses disciples, d'un père à un fils. Hippocrate naquit environ cinq cents ans avant l'ère chrétienne, alors que la philosophie éclairait les

États libres de la Grèce et que les préjugés de la superstition le cédaient, en fait de médecine, à l'expérience raisonnée…

Dès la deuxième semaine, Léonie emmène ses étudiantes visiter la Société compatissante, remplie à pleine capacité en ce glacial mois de février. Un peu abasourdies de voir défiler à leur chevet, après les étudiants de l'École de médecine et de chirurgie, les élèves de l'École de sages-femmes, les patientes se laissent néanmoins examiner de bonne grâce. Les délivrances se succèdent à un rythme accéléré et, à la fin du mois, les cinq étudiantes ont déjà assisté à un premier accouchement.

Pendant tout ce temps, Flavie n'a guère le loisir de fréquenter Louis, mis à part une visite qu'il fait à la maison, un dimanche après-midi. Un peu méfiante à la suite de ses paroles équivoques lors de leur dernière rencontre, elle est reconquise par son attitude plus respectueuse et par l'intérêt réel qu'il semble manifester envers les membres de sa famille. Il invite Flavie à assister, quelques jours plus tard, à une conférence sur l'hygiène à l'Institut canadien, donnée par le docteur Leprohon, mais Léonie y consent seulement lorsque Laurent et Agathe conviennent de les accompagner. Ravie par la tournure des événements, la jeune fille s'abandonne avec confiance à ses baisers au moment du départ.

Le soir convenu, Louis vient cogner à la porte et, quelques minutes plus tard, les quatre jeunes gens se mettent en marche en direction de la ville. Le jeune homme ose prendre Flavie par la main et s'arrange pour ralentir l'allure, de manière à ce que Laurent et Agathe les précèdent de plusieurs pas. Puis il lui murmure des mots doux à l'oreille qui coulent en Flavie comme du miel et la réchauffent bien davantage que son bras qui soutient sa taille. Ils approchent de la rue McGill lorsque le jeune homme lance de manière inattendue :

— Mais dis-moi, ma toute belle… J'ai entendu dire que deux étudiantes vont assister à une dissection à l'école. C'est une farce, n'est-ce pas ?

— Une farce, tu crois ? réplique-t-elle avec amusement.

— Nous sommes tous d'accord, la chose serait inconcevable ! Aucune femme ne peut assister à un tel spectacle sans s'évanouir !

— Chiche !

— Ne me provoque pas ainsi ! gronde-t-il d'un ton où perce une pointe d'arrogance. La demande de ta mère est totalement déraisonnable ! Jamais je ne pourrais disséquer avec une dame à mes côtés ! Ce serait d'une inconvenance grave !

— J'ai bien entendu, laisse tomber Flavie avec ennui. Alors l'école refuse notre présence ?

Sans répondre à sa question, il la presse :

— Il faut que tu fasses comprendre à ta mère qu'avec de telles exigences elle s'expose à perdre toute l'estime de la profession médicale. Il serait facile de croire…

— Quoi donc ? l'interrompt Flavie, piquée.

— Il serait facile de voir dans sa demande une absence totale de sens moral, voire un goût malsain et pervers…

Choquée, Flavie se dégage brusquement de son étreinte. Après un moment de silence, Louis tente de glisser de nouveau son bras autour de sa taille, mais elle le repousse d'une torsion du corps. Il prend alors sa main et murmure tout près de son oreille :

— Des frissons d'horreur me descendent dans le dos à imaginer qu'une aussi jolie main que la tienne s'approche d'un cadavre en décomposition en tenant un scalpel…

— Mais je ne veux pas disséquer ! proteste-t-elle avec mauvaise humeur. Je veux seulement voir !

Tous quatre sont parvenus en ville et, se groupant de nouveau, ils empruntent quelques rues sombres et étroites de la plus ancienne partie de la ville et pénètrent dans une vieille maison. Grimpant les trois étages, ils parviennent au grenier où sont déjà assemblées plusieurs dizaines de personnes. Les premières rangées de chaises sont réservées aux femmes et Flavie et Agathe s'y dénichent deux places tandis que les jeunes hommes vont s'installer derrière, à quelques rangées de distance.

Une quinzaine de minutes plus tard, devant un auditoire d'une centaine de personnes, le conférencier apparaît et fait la lecture de son texte avec une aisance qui favorise une écoute attentive. Néanmoins, dans les premiers moments, Flavie se laisse distraire, intéressée par un joli chapeau ou la couleur surprenante d'une robe. Puis, quelques phrases suscitent son intérêt. Après avoir fait un retour sur l'histoire de l'hygiène et des anciens codes de lois sanitaires, le médecin enchaîne sur l'influence du climat sur la santé.

Selon lui, au Bas-Canada, la disposition particulière du sol, de la forme d'un vaste plateau dominant de plusieurs centaines de pieds le niveau de la mer, permet au soleil d'évaporer les eaux surabondantes et malsaines, entraînant l'assainissement général de tous les points du sol. La salubrité du climat canadien, poursuit-il, est encore davantage favorisée par les grands vents qui chassent les miasmes et les émanations des grandes villes ainsi que par le mouvement de l'air au-dessus des fleuves larges et rapides, qui détermine un mouvement continu de renouvellement.

— Si le Canadien dans les campagnes jouit d'une santé si parfaite et atteint une vieillesse avancée, exempte d'une foule d'infirmités qui sévissent dans les villes, s'il jouit d'une charpente en état de lui faire supporter les travaux les plus rudes, c'est grâce au froid, à cette température glaciale qui lui inspire du goût pour le travail, qui l'engage à retremper sa vigueur physique à l'aide d'exercices violents. En somme, quelle que soit la sévérité de notre hiver, quelques bonnes que soient les raisons données pour expliquer ce phénomène, qu'il se rapporte à l'influence des montagnes qui nous adossent au pôle glacial, à l'élévation du sol canadien, à un ciel toujours pur rarement chargé de vapeurs ou encore à la direction des vents du nord au sud, traversant des mers toujours glacées, le froid n'en rend pas moins le climat salubre et délicieux, et par conséquent nous rattache davantage au pays.

Se redressant sur son siège tout en retenant contre son épaule la tête d'Agathe, vaincue par la chaleur et l'heure tardive, Flavie fixe de grands yeux sur le conférencier. À part le climat général du pays, estime Leprohon, bien d'autres éléments influent sur la santé publique. L'alimentation naturelle en est un, fort important.

— Nulle cause n'est plus destructive de la population que l'insuffisance des vivres, leur rareté et leur haut prix. Le prix du grain, a dit un célèbre médecin hygiéniste, est le baromètre qui exprime le mieux, par ses fluctuations, le rapport des aliments à la population. Toutes les fois que le prix du blé a augmenté, la mortalité est devenue plus forte, et réciproquement.

Le médecin traite ensuite de l'importance capitale d'une eau pure, puis insiste longuement sur les ravages, sur la santé publique, causés par l'usage immodéré des liqueurs fortes.

— Ainsi, quoique l'industrie exerce une influence nuisible sur la santé, le vice de l'ivrognerie contribue encore bien plus à détériorer l'organisme des artisans, à les jeter dans un abîme d'abrutissement, en augmentant de la sorte les risques d'une mort prématurée. Ce fléau, un des plus généralement répandus parmi les classes ouvrières, est une des nombreuses sources de la misère et de l'indigence.

Le docteur Leprohon conclut sur l'effet néfaste du commerce et des pratiques industrielles modernes :

— Si, malgré soi, on est poussé à céder au sentiment d'étonnement à la vue des milliers de navires voguant sur toutes les mers du globe, portant en tous lieux les produits industriels destinés à alimenter les besoins et les nécessités de notre existence, il s'en faut beaucoup que la main-d'œuvre occupée à ces diverses professions jouisse de cette aisance et de cette longévité qu'il serait possible de croire au premier abord !

Les applaudissements réveillent brusquement Agathe et Flavie lui fait une grimace goguenarde, puis l'assemblée commence à se disperser dans un grand brouhaha de chaises. Flavie saisit la main de son amie pour l'entraîner vers la sortie. D'une manière tout à fait inattendue, elle se retrouve nez à nez avec Bastien Renaud, qui affiche à sa vue une mine stupéfaite et s'exclame :

— Mademoiselle Flavie ! Vous étiez ici ?

Elle acquiesce vigoureusement et lui présente une Agathe en train de bâiller à s'en décrocher la mâchoire.

Bastien fait de même avec son confrère étudiant Paul-Émile Normandeau, qui le dépasse d'une bonne tête. Heureuse de rencontrer des interlocuteurs si valables, Flavie dit avec enthousiasme :

— Comme j'aurais apprécié que le docteur approfondisse le sujet des liens entre l'industrie et la santé ! Sa démonstration sur le lien entre l'arrivée des divers appareils à vapeur, les bas salaires et la fréquence des maladies chez les ouvriers était fascinante.

— Ce sont les médecins hygiénistes qui, en Angleterre, ont étudié ce grave problème, précise Paul-Émile avec une fierté de propriétaire. Ils ont fait mener des enquêtes très sérieuses qui ont prouvé que les villes sont plus malsaines que les campagnes. Les populations y sont entassées, l'air y circule mal, les égouts et les canaux sont improprement nettoyés.

— Mais le conférencier insistait également sur l'influence mortelle de plusieurs produits utilisés dans les industries, des métaux dont j'oublie le nom…

— Le vif-argent, intervient Bastien, et le plomb, je crois.

— Et les teintures, n'est-ce pas ?

— Il faut noter que l'Angleterre a adopté de nombreuses réformes sanitaires, insiste Paul-Émile, concernant les heures de travail, les salaires, les ateliers modèles, les bains et même la construction de maisons !

— La situation s'est peut-être *improuvée* là-bas, commente Flavie, mais c'est loin d'être pareil ici. Les jeunes femmes qui viennent se faire héberger à la Société nous confient bien des choses… Elles entrent parfois à l'atelier à dix ou douze ans et y passent soixante heures par semaine ! Il y a un autre point sur lequel je ne suis pas d'accord…

Quelqu'un la saisit par le coude et le visage de Bastien s'assombrit instantanément. Avec réticence, il tend la main à Louis, qui la serre mollement avant de poser un bras possessif sur l'épaule de Flavie. Contrariée, cette dernière se retient à grand-peine de le repousser. Par chance, une vive discussion s'engage aussitôt entre Louis et Paul-Émile sur un point de la conférence et son cavalier retire bientôt son bras. Flavie écoute d'abord avec intérêt l'échange de vues entre les deux jeunes gens, puis elle s'inquiète subitement de la disparition apparente de son frère et de sa blonde. Elle les découvre non loin, adossés à un mur, se tenant par la taille.

Rassurée, Flavie tente de s'intéresser de nouveau à la discussion, mais son attention dérive et elle jette un regard curieux à Bastien Renaud, légèrement à l'écart depuis l'arrivée de Louis. Les mains jointes derrière son dos, les épaules un peu voûtées, il promène un œil rêveur sur la foule qui s'écoule lentement vers l'escalier. Flavie admire sa veste de velours qui semble si confortable, les boutons dorés qui contrastent bellement avec le tissu d'un vert sombre… Pour être à la mode, il a laissé pousser ses favoris, ce qui le vieillit. Leurs regards se croisent et, hâtivement, elle reporte son regard sur Louis et Paul-Émile. Elle est sur le point de les interrompre pour faire comprendre à son cavalier qu'il est temps de partir lorsqu'elle entend près de son oreille :

— Vous disiez tout à l'heure que vous n'étiez pas d'accord avec notre illustre conférencier…

Étrangement ranimée par le son de sa voix, Flavie se tourne vers Bastien et réfléchit avant de répondre :

— C'est au sujet de l'intempérance. M. Leprohon prétend que l'excès de boisson est fièrement plus nuisible pour la santé que les conditions de travail dans les ateliers. Moi, je crois que le fait de s'adonner toute sa vie à un travail dégradant entraîne le vice de l'ivrognerie. Donc son calcul ne tient plus et il faut plutôt placer l'industrie tout en haut de la liste des problèmes de santé publique.

— Tout en haut, vraiment?

Rosissant, Flavie affirme néanmoins encore:

— Il y a bien longtemps que j'ai constaté que les gens boivent surtout pour oublier leur triste existence. Et l'exemple des patientes de la Société me le confirme amplement.

— De très sages réflexions, constate-t-il sérieusement. C'est la première fois que vous venez ici?

Un instant déroutée par le changement de sujet de conversation, Flavie reprend contenance et répond:

— La première fois que mon père m'a entraînée ici, j'avais quatorze ans. La conférence s'intitulait: *De l'éducation élémentaire dans le Bas-Canada*. Je n'ai pas compris grand-chose, mais j'ai trouvé le spectacle de la foule très intéressant.

— Je serais fort surpris que vous n'ayez pas compris grand-chose.

Étonnée par cette réplique qui ressemble à un compliment, Flavie considère un instant le gentil sourire du jeune homme. Elle ajoute d'une petite voix:

— Par contre, j'ai fièrement aimé la conférence sur *La position de la femme*. Le juge Mondelet insistait sur la nécessité d'offrir à toutes les femmes une éducation solide. Il a dit, écoutez: «Toutes les institutions, toutes les lois, toute la liberté que l'on donnera au peuple, deviendront illusoires si on néglige d'instruire les femmes: ce seront des remèdes plus dangereux que le mal si on ne forme pas bien celles qui seront, à leur tour, appelées à préparer à en jouir les citoyens dans l'intérêt desquels doivent fonctionner ces institutions. »

Le jeune homme pousse un sifflement admiratif et Flavie précise avec une grimace contrite :

— La conférence a été imprimée noir sur blanc dans une revue, j'ai appris ce passage par cœur. Et vous ? Vous suivez assidûment les conférences ?

— Enfin, quand c'est possible… Notamment, celle sur *Les caractères de la société chrétienne* à laquelle j'ai dû accompagner ma mère.

Flavie rit de bon cœur.

— Celle-là, je parie que mon père l'a manquée !

Il sourit en la regardant et Flavie, troublée par le bleu sombre de ses yeux, reprend son sérieux pour dire avec hésitation :

— Je n'aurais pas voulu manquer la conférence de ce soir. Tout ce qui peut m'instruire sur la science médicale…

Impuissante à décrire le bouillonnement qui a lieu dans tout son être lorsqu'on lui ouvre les portes de la connaissance, Flavie fait un geste vague. Il lance subitement :

— J'ai quelques livres chez moi. Aimeriez-vous que je vous les prête ?

Déchirée entre l'appréhension de se voir confier d'aussi précieux objets et son désir de tenir le savoir humain entre ses mains, Flavie rougit sans pouvoir retenir un large sourire de plaisir.

— Je viendrai vous les porter, se décide-t-il. Si j'ai bien compris, vous ne daignerez plus nous tenir compagnie à la Société…

– Je n'y arrive pas, murmure-t-elle, soudain découragée par son emploi du temps chargé. J'ai tant de tâches à la maison et toutes les autres qui…

Elle s'interrompt. Elle ne peut pas se plaindre devant un étranger du surcroît de travail qui lui tombe sur les bras maintenant que son frère et sa sœur sont absents de la maison six jours par semaine. Du coin de l'œil, elle voit Laurent glisser un mot à Louis et elle se hâte de lancer à Bastien, avec une indifférence feinte :

– Si j'ai bien compris, le projet de dissection est tombé à l'eau ?

– Qu'est-ce qui vous fait croire ça ?

Avec une grimace expressive, il poursuit :

– Je croyais avoir de la difficulté à convaincre le professeur Lainier, mais je me trompais. D'après lui, un cadavre frais cause beaucoup moins de désagréments que ceux qui ont deux ou trois jours. Pour tout dire, il accepterait même la présence d'un troupeau d'ânes pour obtenir un beau cadavre.

Cette victoire réjouit Flavie, mais l'association que le jeune homme semble faire entre deux jeunes filles et de vulgaires animaux la choque un peu. Le jeune homme ajoute :

– Ce sont mes confrères qui ont davantage protesté. Si vous les aviez entendus ! Mais je vous fais grâce de ces détails. Nous avons voté et, comme le résultat était trois contre trois, Lainier a tranché en votre faveur. Le cadavre sera couvert et nous ne disséquerons que ce qu'il sera décent de découvrir en votre présence.

Louis apparaît à côté de Flavie :

– Il est plus que temps de quitter les lieux, annonce-t-il en lui prenant le coude.

Après de courtes salutations, le groupe se sépare et c'est d'un bon pas que tous quatre retournent vers le faubourg Sainte-Anne. De nouveau, intentionnellement, Louis laisse Laurent et Agathe prendre une légère avance et, glissant son bras sous celui de Flavie, il lui murmure des mots doux, effleurant parfois sa joue de ses lèvres tandis qu'elle se laisse cajoler avec délectation.

Lorsque Laurent et Agathe font un arrêt devant la maison de cette dernière, Louis leur crie de ne pas les attendre et, sans crier gare, il entraîne Flavie sous une porte cochère, dans l'obscurité, et l'adosse contre le mur. Il glisse ses mains derrière sa tête et s'appuie contre elle, puis il pose ses lèvres sur les siennes et, après un temps, il force sa bouche à s'entrouvrir. Alanguie, Flavie s'abandonne à la flamme du désir qui réchauffe ses sens. Tous deux s'étreignent bientôt et, après quelques minutes, il entoure ses fesses de ses mains et la presse contre lui. Son érection la surprend, mais suscite en elle une réaction immédiate, l'envie de se fondre en lui comme s'ils ne formaient qu'un. Il gémit dans son oreille :

– Je n'en peux plus… Je veux te sentir.

Il tâtonne et entrouvre son manteau. Sa main s'immisce sous ses jupes, puis sous ses pantalons, qu'il fait glisser jusqu'à ses cuisses. De longs frissons causés à la fois par le froid et par une langoureuse excitation descendent le long de l'échine de Flavie. Il tripote son pantalon et, soudain, il place contre sa peau nue quelque chose de dur et doux à la fois. Elle y porte la main et effleure un pénis dressé qui tente de se frayer un chemin entre ses jambes. Tout en l'étourdissant par l'intensité de ses baisers et de ses caresses, Louis veut écarter ses jambes avec une force plutôt brutale. Flavie résiste et repousse sa main en lui rappelant qu'ils sont contre ce mur depuis trois minutes à peine et qu'il la bouscule déjà… Il halète :

— C'est de ta faute, tu me plais trop… Ne fais pas ta farouche, tu aimes ça, toi aussi, n'est-ce pas ? Je l'ai senti dès le début, que tu aimais la compagnie des hommes.

Il lui clôt la bouche d'un nouveau baiser et il glisse d'un mouvement preste sa main dans son entrejambe. Refroidie par la brusquerie de cet assaut, Flavie détourne la tête et le repousse de ses deux mains :

— Non, Louis… Arrêtez, s'il vous plaît…

— Allonge-toi, exige-t-il soudain, le visage tout près du sien. Ici, dans la neige. Personne ne nous surprendra.

— Ici ? répète-t-elle avec un rire incrédule. Dans la neige ?

— Il y a des mois que je t'attends, j'ai mérité une petite récompense, tu ne crois pas ? Montre-moi que tu sais rendre un homme fou de désir. Je te couvrirai de cadeaux…

D'une violente poussée, Flavie se dégage de son étreinte et il trébuche dans la neige. Elle s'élance vers la rue tout en remontant frénétiquement ses pantalons. Elle court et, apercevant la silhouette de son frère devant leur maison, elle crie :

— Laurent ! Attends-moi !

— Tu étais encore dehors ? s'étonne-t-il lorsqu'elle le rejoint, hors d'haleine.

Tous deux se hâtent d'entrer et de retrouver la chaleur de leur foyer. Pendant qu'ils retirent leurs manteaux à la lueur d'une chandelle laissée allumée à leur intention, Flavie dit, furieuse et mortifiée :

— C'était la dernière fois que je voyais ce… ce grand fendant. Tu m'entends, Laurent ?

— Moins fort! chuchote-t-il. Il ne t'a pas maltraitée, toujours?

Flavie fait un vague signe de dénégation, puis elle s'empresse de se réfugier dans sa chambre. Allongée au chaud contre Cécile, il lui faut plusieurs heures, malgré sa fatigue, pour s'apaiser.

CHAPITRE XX

Des bruits d'eau qui dégoutte et de linge qu'on tord emplissent la cuisine. Vêtue de la robe élimée qu'elle réserve pour les travaux les plus salissants, Flavie a les bras plongés jusqu'aux coudes dans une grande bassine. Armée de savon fort et de la planche à laver, elle s'escrime sur le lavage du mois : les chemises, les guenilles pour les menstrues, les pantalons de femmes... Après, quand tout aura été frotté et blanchi, elle ira le suspendre sur la corde à linge, sous le vigoureux soleil de ce beau samedi après-midi du mois de mars.

Songeant à la douceur de cette fin d'hiver, Flavie lève la tête jette un regard d'envie à l'extérieur. Elle déteste faire le lavage des autres, mais comme elle est la seule à ne pas travailler le samedi... Léonie est absorbée à son bureau, dans la salle de classe, et Simon vient tout juste de rentrer, sa classe terminée. Attablé à proximité, il examine en silence quelques papiers, les lunettes perchées au bout de son nez. À peine a-t-il salué sa fille en entrant, comme si elle était une servante dans une maison de riches, une domestique qui sera remplacée lorsqu'elle sera trop usée...

Soudain déprimée à la pensée de toutes ces vieilles femmes qui se retrouvent à la rue sans le sou, Flavie frotte si fort le caleçon de son frère qu'elle râpe le bout de ses doigts sur la planche. Furieuse, elle tord sans ménagement la pièce de vêtement et la jette dans un grand bac à proximité.

Simon lève la tête :

— Tu fais un de ces vacarmes... As-tu bientôt fini ?

— Oui ! lance-t-elle avec hargne. Sauf qu'après, il faut que je reprise deux de tes chemises !

— Ne frotte pas trop fort, réplique-t-il en riant, ou tu auras bien plus de couture !

Flavie lui décoche un regard noir, mais il a déjà détourné les yeux vers son travail. Prenant ses pantalons aux jambes mi-longues, elle grommelle comme si elle se parlait à elle-même :

— Il paraît que les hommes ont des occupations trop importantes pour s'abaisser à faire leur lavage ou leur couture. Peut-être que leur cerveau rapetisserait ? Ces pauvres messieurs seraient incapables, ensuite, de pondre tous ces plans audacieux qui font avancer les sociétés vers un monde idéal, celui que nous dessine la marche inéluctable du progrès !

Plutôt satisfaite de sa tirade, Flavie coule un regard victorieux vers son père, qui la considère par-dessus ses lunettes avec une moue dubitative.

— Quel ratapiat ! Ma fille, tu lis trop ! Je te ferais remarquer que *je* fais souvent le lavage et que *je* suis parfaitement capable de tenir une aiguille !

— Dans le secret de ta cuisine, oui ! Tu ne t'en vantes pas !

Néanmoins, en son for intérieur, Flavie doit bien admettre qu'en effet, surtout lorsqu'elle était petite et que Léonie se décourageait devant la multitude de ses tâches, Simon a souvent retroussé ses manches. Mais, depuis que ses filles sont grandes, il devient paresseux… Aujourd'hui, même si Flavie est fatiguée, même si elle a mal au ventre à cause de l'imminence de ses fleurs et qu'elle a le vague à l'âme, il la laisse s'échiner au-dessus de la bassine!

L'occasion est belle, cependant, pour ruminer toutes ces idées nouvelles transmises par Françoise Archambault, la vice-présidente du conseil d'administration de la Société compatissante. Des idées qui scandalisent certaines dames, mais qui intéressent Flavie au plus haut point… La jeune fille a compris que, loin d'être une inéluctable loi divine, le partage des tâches entre hommes et femmes est plutôt une mécanique singulièrement humaine. Françoise lui a clairement expliqué que les conventions si rigides au sujet du rôle des femmes tirent leur origine d'anciennes civilisations et qu'elles ont été reprises par les hommes de loi et les hommes d'Église tout bonnement parce que cela leur convenait d'être les maîtres incontestés du vaste monde!

Selon les enseignements qui, prétend-on, sont venus directement de Dieu, le sort des femmes, depuis des temps immémoriaux, est de se marier et de donner la vie à plusieurs enfants. Françoise soutient, pour sa part, que l'enfantement n'est que l'un des choix que peuvent faire les femmes. Ces dernières ont le droit de vivre selon leurs aspirations les plus profondes, que ce soit d'accoucher de huit rejetons ou de se présenter comme députés à la législature. Réjouie par cette perspective révolutionnaire, Flavie a passé les journées suivantes à s'imaginer à la Chambre d'assemblée en train de discuter de divers projets de loi. Sans aucun doute, les conditions particulières de l'existence des femmes, que les hommes ignorent si souvent, seraient mieux connues et plus susceptibles d'être modifiées si les femmes pouvaient siéger !

Mais ce rêve grandiose s'est lentement dissous devant la réalité de la vie. Il est écrit dans tous les livres de médecine que la femme a un squelette qui la prédestine à porter des enfants, et que son corps est fait de tissus et de fibres souples qui peuvent se dilater pour envelopper le fœtus. La maternité, proclame-t-on haut et fort, est inscrite dans le corps de la femme. La matrice commande à tous les organes par l'intermédiaire de puissantes «sympathies». Comment la femme pourrait-elle, dans ces conditions, se consacrer aux affaires gravissimes que mènent les hommes ?

Penché sur son travail, Simon s'indigne :

— Quelle ignare, cette Marie-Louise Cochu ! Elle est incapable de corriger les travaux de ses élèves les plus avancés ! Quand je pense que les marguilliers l'ont préférée uniquement parce que c'est une jeune fille et qu'ils peuvent lui verser un plus petit salaire !

— Un quoi ? demande Flavie en s'assoyant soudain sur ses talons.

— C'est vrai, je ne t'ai pas raconté… Imagine-toi que les marguilliers engagent des institutrices parce qu'elles acceptent d'être payées moins cher que les instituteurs. C'est tout ce qui les intéresse : débourser le moins possible. La compétence, c'est le cadet de leurs soucis !

Flavie essuie ses bras mouillés sur sa jupe.

— Tu veux dire que, dans ton école, pour le même travail, la femme est payée moins cher que l'homme ?

— Exactement. Les marguilliers disent que les jeunes filles n'ont pas de famille à faire vivre, que c'est juste en

444

attendant leur mariage… Si tu les voyais se dépêtrer dans leurs pauvres arguments!

— Et Agathe?

— Je l'ai encouragée à se défendre et à faire valoir ses qualités. Elle y a assez bien réussi.

La gorge serrée l'écœurement, Flavie contemple sans les voir ses mains rougies par l'eau froide. Pauvre gentille Agathe… Comme Flavie aimerait, à l'instant même, faire une longue promenade avec elle en bavardant de tout et de rien! Mais la jeune fille est maintenant tellement prise par Laurent, qui accapare presque tous ses moments libres. Envahie par un lourd sentiment de perte, Flavie se remet au travail avec énergie, pressée d'en finir au plus vite.

La porte de la salle de classe s'ouvre et Léonie apparaît. Apercevant sa fille, elle jette avec impatience:

— Je voulais te parler, Flavie… Tu n'as pas encore fini?

Exaspérée, Flavie s'écrie:

— Je ne suis pas une machine, toryeu! Arrêtez donc de m'achaler, je vais finir mon ouvrage plus vite!

Un fort ressentiment envers sa mère lui monte dans la gorge. Léonie l'a si entièrement embrigadée dans ses entreprises! L'apprentissage d'abord, puis le bénévolat à la Société, et enfin l'École de sages-femmes… Flavie est prisonnière, sachant pertinemment que, seule, Léonie n'aurait pu mener tous ses projets à terme et que, si elle refusait de la seconder davantage, elle serait prise au dépourvu. Depuis quelques jours, Flavie s'exaspère de voir qu'elle pose le pied exactement dans la trace que Léonie vient tout juste de faire, sans se demander si le chemin voisin ne serait pas plus agréable ou plus rapide…

Échangeant un regard avec Simon, Léonie poursuit d'un ton qu'elle souhaite apaisant:

— Excuse-moi, ma grande. Je ne suis pas pressée. Je voulais te consulter sur le contenu du prochain cours. Je me demande si je ne vais pas trop vite dans la matière…

— Je vais finir le lavage, l'étendage et la couture, et puis la préparation du souper, bougonne Flavie. Peut-être qu'après j'aurai le temps…

— Je ne te laisserai pas faire le souper seule, voyons. On va tous s'y mettre.

— Laurent te remplacera pour l'étendage, propose Simon.

— Celui-là, toujours au Parlement ou chez Agathe… Un vrai spectre !

— Arrête de frotter cette chemise, intervient Léonie en posant la main sur l'épaule de sa fille. Tu pourrais la déchirer.

Flavie lâche tout tandis que des larmes brûlantes montent à ses yeux. Les jambes engourdies, le dos cassé, elle se relève péniblement, déroutée par l'ampleur de son chagrin. Léonie lui caresse la joue, repoussant les mèches folles derrière ses oreilles, et lui murmure tendrement :

— Va te reposer un peu, je vais terminer. Il y a un moment que je suis assise…

Flavie renifle et essuie les deux larmes qui ont débordé de ses yeux. Comme elle a une furieuse envie d'être seule, elle se réfugie dans la salle de classe, refermant d'un coup de pied la porte derrière elle. Elle marche lentement autour de la grande table, effleurant les dossiers des chaises, puis elle promène son index sur le tableau noir, s'imaginant en train de tracer des mots, le dos tourné à ses élèves… L'atmosphère studieuse l'apaise progressivement.

Il lui semble que le temps a passé à toute vitesse depuis janvier, depuis le début des cours. Comme il était à prévoir, les élèves se sont naturellement regroupées selon leurs affinités : les deux sages-femmes particulièrement appliquées et sérieuses d'une part, et les jeunes filles de l'autre. Pendant un certain temps, Catherine Ayotte a tenté de conclure une alliance d'amitié exclusive avec Marguerite Bourbonnière, la seule qui soit de son milieu. Mais cette dernière a refusé de dédaigner Flavie, laquelle avait déjà pris Marie-Barbe Castagnette sous son aile, la gardant souvent après le cours pour lui expliquer certaines notions plus difficiles. Finalement, toutes quatre s'entendent assez bien. Elles se réunissent souvent le samedi après-midi pour s'épauler mutuellement dans la rédaction de travaux.

Au grand plaisir de Flavie, Marie-Barbe a développé ses capacités intellectuelles à une vitesse surprenante, au point de dépasser Catherine à maints égards. Maintenant, Flavie prédit en secret que, si l'une d'entre elles ne réussit pas le cours, ce sera Catherine, et peut-être également Dorothée, qui trébuche constamment sur des notions de physiologie et de biologie. Malgré ces différences, l'atmosphère est assez conviviale, d'autant plus que Léonie s'assoit, la plupart du temps, à la même table qu'elles.

Flavie apprécie chacun des cours, mais elle aime particulièrement ceux de Marcel Provandier, qui joue son rôle avec tant de sérieux qu'il en est presque comique. Elle a enfin l'impression de progresser dans sa connaissance de la science médicale, même si, parfois, Provandier s'empêtre lui-même dans ses explications, non qu'il n'y comprenne rien, mais parce que sa matière relève parfois de l'indescriptible et de l'intangible. Une fois déjà, après le cours, Flavie s'est lancée dans une discussion rigoureuse avec le vieux médecin, tentant de lui faire préciser certains points qui, néanmoins, sont restés obscurs. Elle a compris que la médecine est encore un savoir en devenir et qu'elle n'obtiendra pas avant longtemps de réponses à ses trop nombreuses questions !

Flavie attrape l'épais cahier posé sur une tablette dans lequel elle prend des notes. Elle le caresse rêveusement, puis elle l'ouvre, feuilletant les premières pages couvertes de son écriture serrée. Des taches d'encre de toutes les grosseurs parsèment les feuillets… Très vite, Flavie a conçu une méthode qui lui permet de consigner l'essentiel des exposés théoriques de Provandier, usant d'abréviations, ignorant les articles…

Leur recommandant une grande attention et une application continuelle, Provandier a affirmé aux étudiantes que les connaissances nécessaires pour traiter les maladies constituaient un champ bien vaste. Les sciences médicales peuvent être divisées, selon lui, en deux parties : d'un côté, toutes les sciences relatives à l'économie considérée dans l'état normal ou de santé, et de l'autre, les sciences qui s'occupent des anomalies ou de l'état anormal de cette même économie. La structure des organes de l'homme, leurs rapports entre eux et leurs fonctions physiologiques constituent la première partie, tandis que la seconde requiert des connaissances en anatomie pathologique.

Relevant la tête, Flavie songe avec indulgence et affection que, loin de l'obliger à quoi que ce soit, Léonie lui a ouvert la porte d'un monde dans lequel elle s'est engouffrée avec passion… On frappe et Flavie crie automatiquement :

– Entrez !

La lourde porte de bois s'ouvre et une silhouette d'homme s'y encadre. Il faut un moment à Flavie, aveuglée par le soleil, pour reconnaître Bastien Renaud, qui porte un paquet enveloppé sous le bras. Elle balbutie :

— Bastien ! Euh… monsieur Renaud, entrez !

— Je vous souhaite bon après-midi, mademoiselle, répond-il avec cérémonie, refermant la porte derrière lui.

Il lui jette un regard curieux, puis il se découvre en examinant la pièce. Flavie l'encourage :

— Déchaussez-vous, monsieur. Votre manteau, aussi.

Il obéit, révélant d'abord des bas finement tricotés et parfaitement intacts, puis une salopette à bretelles ainsi qu'une chemise blanche dont le col épouse le bas de son cou. Flavie s'étonne de cet accoutrement qui fait si peu bourgeois, même si la coupe des vêtements et les tissus magnifiques sont un signe tangible de richesse… Pendant tout ce temps, il ose à peine poser les yeux sur Flavie, qui réalise soudain qu'elle porte son horrible robe de femme de ménage, toute tachée et déchirée un peu partout. Rougissant, elle reste clouée sur place, tenaillée par l'envie de se précipiter en haut pour se changer, mais refusant avec obstination de céder à cet accès de vanité.

Simon entrouvre la porte de la cuisine et tend le cou. Il aperçoit à Bastien et lui lance :

— Bonjour, monsieur.

Bastien se présente et explique :

— Je venais porter des livres à mademoiselle votre fille. Des livres sur la médecine.

— Dans ce cas, je vous laisse.

Jetant un regard appuyé à Flavie, Simon ajoute :

— Tout va bien, ma fille ? Tu es sûre que tu n'as pas froid ?

Flavie lui adresse un mince sourire en secouant la tête et Simon disparaît sans refermer la porte. Bastien regarde finalement Flavie, immobile et stoïque, en bredouillant :

— Je crois que je vous dérange…

— Je faisais du lavage.

Il ne peut s'empêcher de promener son regard sur ses bras qui sont nus jusqu'aux épaules, puis sur son corsage terriblement décolleté. Traversée par un long frisson, elle murmure, vaincue :

— Je vais chercher mon châle.

Lorsqu'elle revient, Bastien est en train d'examiner les planches anatomiques accrochées au mur. Elle s'étonne :

— J'étais sûre que vous aviez oublié…

Il sourit de toutes ses dents et dépose sur la table, entre eux, le paquet de livres. Flavie s'assoit et il prend place face à elle.

— Je vous laisse le plaisir de défaire le paquet.

— Je me croirais en train de déballer mes étrennes du jour de l'An, remarque-t-elle, flattant le papier brun qui craque.

Puis elle dénoue la corde et découvre trois livres. Le plus volumineux est un traité d'anatomie et Flavie est émerveillée en voyant les innombrables dessins très précis qu'il contient. Le deuxième est un recueil de souvenirs d'un célèbre médecin français tandis que le dernier est un magnifique traité de botanique avec des planches en couleur représentant les plantes médicinales.

— Ils sont à vous ? demande Flavie, abasourdie. Vraiment à vous ?

Il hoche la tête. Elle murmure :

— C'est trop. J'ai peur de les abîmer… Vous ne pouvez pas me les laisser.

— Je peux certainement. Je suis ravi de les partager avec vous.

Enchantée, elle feuillette le traité de botanique. Son châle l'encombre et, sans y penser, elle le laisse retomber autour de ses hanches. Toute à son plaisir, elle oublie quelle heure il est, dans quelle pièce elle se trouve et même qu'il y a quelqu'un assis en face d'elle.

Après un long moment, Bastien se racle la gorge. Sursautant, elle referme le livre et lui offre un sourire d'excuse.

— Je vous remercie de votre grand cœur, monsieur…

— Bastien tout court, l'interrompt-il.

— Bastien, alors.

Pour garder contact avec le cuir souple des livres, elle y pose bien à plat ses deux mains, aux ongles cassés et à la peau rougie et crevassée par le travail. Il a joint les siennes devant lui et elle est fascinée par l'aspect jeune et lisse de sa peau. Elle songe aux mains si rudes de Laurent, dont l'index droit porte déjà une cicatrice due à un éclat de bois et dont le pouce gauche s'orne d'un ongle noirci par un coup de marteau.

Comme s'il avait subitement honte de ses mains intactes de jeune homme riche, Bastien les glisse sous la table. Flavie devient désagréablement consciente de sa cicatrice au visage et, négligemment, elle appuie le côté gauche de son menton dans sa main. D'habitude, elle n'y pense jamais ; tant de gens, autour d'elle, portent des traces de blessures anciennes. Mais elle est persuadée que, dans son entourage à lui, toutes les femmes sont parfaites.

— Vous avez un beau local, commente-t-il brusquement en promenant ses yeux autour de lui. Il y avait tant de monde l'autre fois, je ne l'avais pas bien regardé.

Avisant le cahier qu'elle a laissé ouvert sur la table, il s'enquiert :

— Ce sont vos notes de cours ?

— Ceux du docteur Provandier.

Avec amusement, il lui demande ce que le cher homme peut bien raconter à un auditoire féminin. Saisissant son cahier, Flavie récite :

— Après avoir acquis les connaissances anatomiques du corps humain, il faut acquérir celles de ses fonctions, soit la physiologie, pour en connaître les phénomènes normaux de la vie animale et organique. Les grandes fonctions du corps humain sont les suivantes : 1) celles par lesquelles il répare ses pertes individuelles, la nutrition ; 2) celles par lesquelles il répare les pertes de son espèce, la génération ; 3) les fonctions de la vie en relation avec tous les êtres de la nature, qui se composent des sensations, de l'intelligence, de la voix, des mouvements…

Flavie bute sur un mot latin qu'elle n'a jamais prononcé auparavant et Bastien l'aide gentiment :

— Et cetera ?

Empourprée, elle poursuit néanmoins :

— Pour en arriver à l'application des moyens thérapeutiques pour le traitement des maladies, il faut posséder une connaissance approfondie des sciences relatives au corps humain, c'est-à-dire l'anatomie, la physiologie, la pathologie, la matière médicale, la chirurgie, la médecine légale et la toxicologie.

Relevant la tête, Flavie indique, avec un large sourire :

— Si vous aviez vu, à ce moment-là, l'expression découragée de mes camarades !

— Elle devait s'approcher singulièrement de la mienne au tout premier cours ! Je ne sais pas si vous savez, mais ce bon docteur Provandier est un autre homme depuis qu'il a le titre de professeur. Il est fier comme un paon.

— Je l'aime bien, répond Flavie, attendrie. Il y met tellement de cœur !

Après un moment de silence, Flavie propose faiblement :

— Je peux vous offrir quelque chose à boire ? Je crois que ma mère a mis le canard sur le poêle...

— Ne vous dérangez pas pour moi, refuse-t-il tout net. Je ne serai pas longtemps. Peut-être attendez-vous de la visite ?

— De la visite ? Non, je ne vois pas.

— Le samedi après-midi, insinue-t-il en fixant un des nœuds dans le bois de la table, les demoiselles ne reçoivent-elles pas leur cavalier ?

De nouveau, Flavie rougit jusqu'à la racine des cheveux, puis, remontant lentement son châle jusqu'à ses épaules, elle répond dignement :

— Si vous faites allusion à M. Cibert, il n'est plus mon cavalier.

— Je suis au courant, en effet...

Elle demande d'un ton vengeur, même si elle connaît la réponse :

— Et vous-même, fréquentez-vous encore Suzanne ?

— Vous savez bien que non.

Après avoir inspiré brusquement, il jette tout d'un trait :

— Mais moi, je ne me suis pas vanté de toutes mes sorties avec elle et de comment elles se sont déroulées...

Il faut un moment à Flavie pour comprendre le sens de ses propos. Une onde de chaleur la parcourt tout entière et elle se dresse d'un bond tandis qu'il tend instinc-tivement une main pour la retenir. Des larmes de colère montent à ses yeux lorsqu'elle imagine Louis en train de décrire à ses camarades leurs caresses mutuelles… Elle est persuadée que, pour se rendre intéressant, il a exagéré, in-ventant sans doute des épisodes dans lesquels elle s'aban-donnait dans ses bras. Comment les étudiants vont-ils maintenant la considérer ?

D'un geste rageur, elle essuie du revers de sa main les larmes qui coulent sur ses joues. Le visage grave et pré-occupé, tirant sur son bras, Bastien la force à se rasseoir et elle obéit, les jambes comme du coton. Sortant un mou-choir de l'une de ses poches, il le lui glisse dans la main, puis, d'un geste doux, il remonte son châle sur ses épau-les. Surprise par sa sollicitude, elle s'essuie le nez en le considérant avec curiosité.

— Pardonnez-moi, Flavie. Je ne pensais pas vous cau-ser un tel choc. J'aurais dû le prévoir… Vous n'êtes pas peu fière.

Il a prononcé la dernière phrase avec un soupçon d'orgueil, ce qui fait sourire Flavie malgré elle. Encou-ragé, il poursuit :

— Il y a un bout de temps que je voulais vous en parler, mais ce sont des choses difficiles à conter. Je vou-lais vous prévenir que Louis a depuis longtemps une idée fixe, celle de séduire… une femme du peuple et d'en faire sa maîtresse. Il s'est imaginé que ce serait possible avec vous.

— J'ai finalement compris, réplique-t-elle avec aci-dité. J'ai été naïve…

— Ça me faisait mal au cœur de l'entendre ! ajoute-t-il avec un mouvement de colère. Je lui ai demandé plusieurs fois de cesser, d'autant plus que vous êtes la fille de celle qui nous enseigne. Mais c'était plus fort que lui.

Après un silence, Flavie murmure :

— Je ne veux surtout pas savoir ce qu'il vous a dit. Mais… il ne s'est quasiment rien passé entre nous.

— Louis fait de l'esbroufe, mais personne n'est dupe. C'est trop gros.

Elle ne le croit qu'à moitié, mais le poids qui lui alourdissait l'estomac s'allège notablement. Le jeune homme change subitement de sujet et, soudain en verve, se met à lui raconter que Provandier, qui veut prendre sa retraite, lui cédera bientôt son bureau et, espère-t-il, sa clientèle.

— Trois ans, soupire-t-il. Je suis en apprentissage depuis trois ans, à le suivre presque partout. J'avais même ma chambre chez lui et je m'en suis servi plusieurs fois !

— Éclairez ma lanterne, dit Flavie en fronçant les sourcils. Votre apprentissage, Paris, vos cours… je suis un peu mêlée !

— J'ai commencé mon apprentissage, puis, après un an et demi, je suis allé à Paris. J'ai dû revenir d'urgence parce que ma sœur est tombée gravement malade, mais elle s'est bien remise. Alors j'ai repris avec lui. Ma mère ne voulait pas que je reparte.

— Il vous a laissé opérer ?

— J'ai nettoyé et recousu des plaies, j'ai retiré des balles, des hameçons, des lames… Des opérations mineures. Il faut encore que je développe ma dextérité avec des stages auprès de chirurgiens.

— Et les délivrances ?

— Trop peu, trois ou quatre… Provandier n'aime pas assister les femmes en couches. Comme il a une fortune personnelle, il peut se permettre d'être sélectif et de n'intervenir qu'en cas d'urgence, comme avec votre mère.

— Vous aussi, vous serez plutôt bien doté…

Il réplique avec une subite exaspération :

— Tout le monde pense que, grâce à mon père, mon avenir est assuré jusqu'à la fin de mes jours. Mais c'est faux ! Si les hommes s'enrichissent en un clin d'œil, ils peuvent s'appauvrir tout aussi rapidement ! Mon père fait dans le commerce, mais depuis que l'Angleterre a instauré le libre-échange… Mais je ne veux pas vous ennuyer avec tout cela.

Elle le rassure aussitôt :

— Avec mon père, nous parlons souvent de toutes les questions économiques. La dépression du commerce, les problèmes de l'agriculture… Mon père est tout à fait pour le libre-échange. Il est persuadé qu'ainsi tous les hommes pourront tenter leur chance, surtout les Canadiens qui étaient défavorisés en ce domaine.

— De ce côté, la chose est entendue. Mais les hommes d'affaires de Montréal se prétendent trahis par Londres. Mon père est détaché de ces sentiments de rancœur parce qu'il fait plutôt cavalier seul, mais il constate bien que les tories en ont gros sur le cœur. Il craint même un soulèvement…

Le jeune homme reste un moment perdu dans des pensées qui semblent plutôt sombres, puis il se secoue d'un mouvement d'épaules et s'informe, à son tour, des progrès de Flavie dans son apprentissage. Elle répond avec animation :

— J'ai assisté à tant d'accouchements que j'en ai perdu le compte ! Ce printemps, maman m'a promis que j'allais enfin prendre la responsabilité de conduire des délivrances. Je vous assure que j'en ai assez de regarder sans pouvoir presque rien faire !

Des pas légers se font entendre et, comme si elle répondait à un appel, Léonie apparaît à côté d'eux, souriante.

— Bien le bonjour, monsieur Renaud.

— Je songeais justement à aller vous saluer, répond Bastien en se levant avec hâte.

Avec une moue indiquant qu'elle n'est pas dupe, Léonie remarque les livres.

— Quelle généreuse idée, monsieur ! Flavie les dévore avec un appétit d'ogre.

— Je viendrai les reprendre un peu avant mon examen.

— Je vous laisse, dit Léonie en reculant. Cécile et Laurent ne vont pas tarder à rentrer.

— Je crois que je devrais partir, annonce le jeune homme d'une voix hésitante lorsque Léonie a disparu. Le soir tombe. Peut-être avez-vous encore de l'ouvrage à faire…

Flavie se lève à son tour et le jeune homme se dirige vers la patère. Il se rhabille lentement, mais elle voit bien que quelque chose le préoccupe. Après avoir enfilé ses bottes, il se décide et jette à voix basse, sans la regarder :

— Je crois que vous étiez présente quand Anne…

— J'y étais, oui.

Une expression de tristesse altère ses traits et il murmure :

— Elle n'est plus la même depuis, dit-il. Comme éteinte.

— C'est le choc, explique Flavie gentiment. C'est fréquent chez les femmes qui ne peuvent garder leur enfant. Pour elles, c'est comme un deuil.

— S'est-elle confiée à vous ? demande-t-il avec agitation.

Tout à coup, Flavie comprend parfaitement où le jeune homme veut en venir. Songeant au service, même tardif, qu'il vient de lui rendre en lui révélant la vérité sur le comportement de Louis, elle préfère ne rien lui cacher :

— Elle m'a dit que vous êtes peut-être le père des jumeaux.

Il pâlit et, s'approchant d'elle, il déclare à voix basse, la regardant droit dans les yeux :

— Je ne l'ai pas forcée. Elle vous l'a dit ? Jamais je ne forcerais une femme.

Elle acquiesce vigoureusement.

— Alex s'amusait avec elle. Il n'est pas très sérieux, Alex… pas assez parfois. Il a voulu que… Vous me croyez, Flavie ? Aujourd'hui, je regrette beaucoup… Je ne voulais pas la mettre dans l'embarras.

Surprise de son ardeur à se disculper, Flavie le considère gravement. Comme étonné de lui-même, il avoue soudain, passant une main nerveuse dans ses cheveux :

— Je vous en confie des choses… Si ma mère m'entendait !

— Il paraît que maintenant, ironise Flavie, il ne faut dire que des banalités aux jeunes filles.

Il rit sans retenue et Flavie aimerait que ce rire si rond et si profond dure indéfiniment. Mais, reprenant tout de suite son sérieux, il cherche sa tuque, que Flavie ramasse par terre, au pied de la patère. Il la remercie d'un sourire contrit avant de souffler, péniblement :

— Ces deux garçons étaient peut-être les miens… Vous pensez qu'un jour je pourrais les recueillir, quand j'aurai un chez-moi ?

Flavie se mord les lèvres devant l'ingénuité de la question. Doit-elle le laisser entretenir cet espoir qui risque tant d'être déçu? Un bébé qui n'est pas allaité est voué à une mort quasi certaine. S'il survit à son court séjour chez les sœurs grises, il est confié à une nourrice, qui reçoit en échange de ses services une maigre rétribution. Il mourra après une semaine, ou un mois, ou un an… Seules les nourrices les plus consciencieuses et dévouées font prospérer l'enfant jusqu'à son sevrage, moment où les religieuses le reprennent à l'orphelinat.

S'armant de courage, Flavie répond :

— Êtes-vous déjà allé à la crèche d'Youville? Elles sont si peu de religieuses pour tant de nourrissons… Pour les nourrir, elles leur donnent une bouillie qu'ils digèrent très mal. Les enfants sont ensuite envoyés en nourrice. J'en connais une, qui habite sur une ferme, tout juste après la barrière à péage. Cette femme ne donne jamais de son lait aux bébés dont elle a la charge. Comment le pourrait-elle? Elle est si pauvre qu'elle en a tout juste assez pour ses propres enfants.

Le jeune homme lance, avec un air mauvais :

— Pourquoi me racontez-vous toutes ces horreurs?

Comme s'il l'avait frappée, Flavie recule et murmure d'une voix blanche :

— Au revoir, monsieur.

Elle se précipite dans la cuisine. Simon et Léonie lui jettent un coup d'œil curieux, mais, absorbés par leur conversation, ils ne lui portent pas davantage attention. Elle entend la porte d'entrée se refermer. Après un moment, elle revient dans la classe, persuadée qu'aveuglé par la colère il aura repris ses livres avec lui… Mais, avec un immense soulagement, elle les retrouve là où elle les avait

459

déposés. À proximité traîne le mouchoir qu'il lui a prêté, un joli carré de tissu brodé de motifs géométriques. Elle l'enfouit dans sa poche, puis elle serre les précieux ouvrages contre elle. Peut-être aura-t-elle le temps, avant de souper, de commencer à lire…

Elle est en train de monter les escaliers lorsque le son de cloches d'église qui tintent lui fait froncer les sourcils. Après un moment d'incertitude, elle se souvient de l'annonce récente, par le coadjuteur Bégin, d'une période intensive de dévotions en l'honneur de l'élection, l'année précédente, du pape Pie IX. Ces trois mois intensifs de cérémonies et de prières ne commenceront que demain, mais il est de coutume de faire sonner, la veille, toutes les cloches de toutes les églises…

Flavie disparaît à l'étage et Simon, qui prête distraitement l'oreille au concerto des différents tintements qui se répercutent à travers la ville, remarque pensivement :

— Un autre étudiant en médecine… Tu crois qu'ils vont tous retontir ici, l'un après l'autre, pour tenter de séduire notre fille ?

Souriant largement, Léonie réplique :

— Je préfère nettement celui-là au jeune Cibert. D'ailleurs, tu as remarqué qu'il a été éconduit ?

— Moi, je préférerais que Flavie s'intéresse à des garçons du voisinage, grommelle Simon. On connaît leurs familles, on sait de quel bois ils sont faits. Tandis qu'avec ces petits bourgeois…

Un lourd silence tombe entre eux jusqu'à ce que Léonie remarque :

— Flavie n'est pas faite pour passer sa vie aux côtés d'un maçon ou d'un épicier. Au contraire, il lui faut un homme d'envergure et large d'esprit.

— Comme moi, tu veux dire?

Léonie jette à son mari un regard dubitatif. Jusqu'à présent, en effet, elle avait cru Simon lorsqu'il se prétendait ouvert aux idées modernes. Son comportement lui avait prouvé, à maintes reprises, qu'il n'acceptait jamais une idée reçue sans la mettre à l'épreuve d'un sain questionnement, la décapant ainsi de tous les préjugés accumulés. Mais depuis que l'existence de Léonie a pris un grand virage, depuis que son métier de sage-femme l'entraîne à diriger une maternité et une école, Simon semble amer et déçu. Il ne lui reproche rien, mais son malaise, son silence et surtout la distance physique qu'il a placée entre sa femme et lui le prouvent.

À cause de son naturel chaleureux et des sentiments sincères qu'il lui porte, Léonie était persuadée qu'il ne pourrait se cantonner longtemps dans sa réserve. Mais à chaque jour qui passe, il semble s'enfoncer davantage dans le ressentiment. Déconcertée et chagrinée, Léonie sent qu'elle s'éloigne de plus en plus, à son tour. Peut-elle subir sans dommages toutes ses rebuffades, comme lorsqu'il met fin abruptement à une conversation, qu'il se dérobe à une caresse ou à un baiser ou qu'il se tourne de l'autre côté du lit malgré les invites de sa femme? À chaque fois blessée, Léonie préfère maintenant, malgré ce qu'il lui en coûte, rester sur son quant-à-soi.

Chapitre XXI

Par une fin de matinée fraîche et claire de la fin du mois d'avril, alors que Léonie vient de poser sa main sur la poignée de porte du refuge, elle doit reculer précipitamment pour laisser sortir le docteur Peter Wittymore. Avant de s'éloigner, il lui explique brièvement, son maigre visage creusé par une nuit sans sommeil, qu'il est venu la veille en après-midi pour répondre à un appel de Mme Easton.

Lorsque Léonie fait son entrée, le refuge est en effervescence. Plusieurs dames patronnesses et quelques femmes enceintes vont et viennent, Suzanne Garaut gravit les escaliers quatre à quatre et Sally, plantée en plein milieu du salon, boit avidement le contenu d'un grand bol. Léonie finit par apprendre de sa bouche que la jeune Marie-Catherine, hébergée à la Société depuis plusieurs semaines, vient de mourir, victime d'une hémorragie foudroyante.

Ses douleurs ont commencé deux jours plus tôt, mais elles s'estompaient régulièrement et Françoise, que l'on avait envoyé chercher, a préféré attendre qu'elles s'installent sans équivoque. Il s'était donc écoulé environ seize heures entre les premières manifestations d'une délivrance imminente et l'arrivée de Sally. Ce n'est pas anormal, du moins chez les primipares qui ont parfois

462

des contractions pendant plusieurs semaines avant l'accouchement.

Visiblement épuisée, Sally explique d'un ton morne à Léonie que, toute la journée précédente, Marie-Catherine a été aux prises avec des contractions puissantes mais qui ne menaient à rien. L'examinant à plusieurs reprises, Sally a constaté que le bébé se présentait bien, qu'il appuyait fermement sur le col de la matrice qui était parfaitement dilaté, mais que, pour une raison inconnue, malgré tous les efforts de la jeune femme, il ne parvenait pas à s'engager dans le passage.

Bien abreuvée, nourrie légèrement mais régulièrement, Marie-Catherine n'avait commencé à se décourager qu'à la fin de la journée. La poche des eaux a alors crevé et Sally s'est animée d'un espoir renouvelé, mais de courte durée. Elle a alors voulu faire venir sa meilleure collègue du Lying-In, celle qui prend uniquement charge de délivrances compliquées, mais elle était retenue pour une délivrance à domicile.

— Notre messager est alors allé cogner chez vous, poursuit Sally, mais personne n'y était.

— Ma cousine nous recevait à veiller, indique Léonie avec regret.

Sally hésite un moment, puis elle jette à Léonie un regard préoccupé et reprend à voix basse :

— J'aurais bien aimé en discuter avec une consœur… Je me disais que je pouvais facilement attendre encore douze ou vingt-quatre heures avant de faire appeler le médecin. Nous savons toutes qu'une femme peut, à la rigueur, passer trois ou quatre jours dans les douleurs sans que les conséquences soient nécessairement fâcheuses. Un dénouement heureux survient parfois… Mais nous savons également que plus un accouchement dure longtemps, plus les chances de survie du bébé diminuent, comme celles de la mère, d'autant plus que les eaux avaient coulé… En plus, Mme Françoise me pressait d'agir.

Léonie fait une grimace de mécontentement. Effrayées par un processus sur lequel elles n'ont aucune prise, hantées par la perspective d'une tragédie, les dames patronnesses interviennent parfois avec trop d'insistance.

— Et les étudiants ? demande Léonie.

— Il va sans dire qu'ils commençaient à être plutôt impatients… Je leur ai donné des pauses, je les ai envoyés souper à l'extérieur, je leur ai demandé de se reposer dans le salon, mais ils commençaient à être bruyants, surtout le jeune Louis…

— Le problème commence à être préoccupant, observe Léonie en fronçant les sourcils, il faudra que nous en discutions avec les officières à la prochaine réunion. Une délivrance peut prendre trois jours, et ni une dame ni un étudiant pressé ne devraient faire des pressions pour obtenir un résultat !

Sally a finalement cru qu'il était nécessaire d'intervenir et le docteur Wittymore est arrivé vers minuit. Elle n'a rien à lui reprocher : il a pris le temps de bien examiner sa patiente et d'observer l'effet des contractions. Environ deux heures plus tard, comme Marie-Catherine sombrait progressivement dans un état inquiétant de léthargie, il a sorti son levier et son forceps, mais malgré ses efforts, répétés à plusieurs reprises jusqu'au lever du jour, le fœtus est resté coincé exactement là où il était depuis le début. Juste au moment où Sally et lui convenaient qu'il devenait urgent de sacrifier l'enfant et de pratiquer l'embryotomie, l'état de la jeune femme s'est dégradé et, un quart d'heure plus tard, elle était morte.

Léonie, accablée, ferme les yeux pendant un moment, prise d'un vertige en songeant à cette jeune vie si vite fauchée. Elle presse fortement la main de Sally et lui enjoint de rentrer chez elle se reposer. D'un pas pesant, Léonie monte ensuite à l'étage, où règne un calme inhabituel malgré la présence de deux femmes couchées et d'un nourrisson. Suzanne et Françoise, assises dans l'alcôve au pied du lit, veillent le corps recouvert d'un linceul. Léonie pose la main sur leurs épaules et reste un long moment en silence, puis elle murmure :

— Cette pauvre Marie-Catherine avait-elle des amis, de la famille ?

Sans lever la tête, Françoise répond d'une voix enrouée, pleine de ressentiment :

— Personne n'est jamais venu la voir. Elle n'avait pas de foyer. C'était une bien pauvre fille, une campagnarde qui s'est laissé attirer en ville par un jeune homme de bonne famille qui l'a rapidement abandonnée. Vous comprenez pourquoi elle s'est retrouvée à s'offrir aux marins et aux soldats…

Le hasard fait parfois bien les choses, songe Léonie avec amertume. Deux mois à peine après l'accord secret conclu avec le docteur Joseph Lainier et ses étudiants, la Société a déjà un cadavre à leur fournir… Léonie grommelle :

— Je fais prévenir l'École de médecine.

D'un mouvement vif, Françoise tourne la tête pour jeter à Léonie un bref regard rempli d'appréhension. Si jamais la chose venait à se savoir, comment Chicoisneau réagirait-il ? Mais il est impossible de faire autrement, personne ne donnant volontairement son corps à la science.

Les bonnes âmes de la ville se scandaliseraient d'offrir les corps à la science avant leur sépulture, elles qui tiennent absolument à ce que tous les morts sans exception bénéficient d'une courte cérémonie à l'église et d'une inhumation en bonne et due forme dans un cimetière consacré. Une demi-heure plus tard, deux hommes viennent chercher la jeune morte et l'emportent subrepticement dans une charrette anonyme.

Après le souper, Flavie se rend chez Marguerite Bourbonnière. Il a fallu une longue discussion entre Léonie et sa fille pour choisir l'étudiante qui accompagnerait Flavie, laquelle a dû de surcroît déployer une grande force de persuasion pour la convaincre. Marguerite a d'abord été très choquée par sa proposition, mais peu à peu, comme Flavie l'espérait, sa curiosité l'a emporté.

– De toute façon, a expliqué crûment Flavie, tous les corps, disséqués ou non, se décomposent dans la terre !

Marguerite est une jeune fille étrange, qui attire et repousse Flavie tout à la fois. Dotée d'une intelligence très vive et d'un grand appétit pour la science, elle est également très réservée, au point de n'avoir voulu se permettre, au début du cours à l'École de sages-femmes, aucune familiarité avec ses camarades. Avec le temps, cependant, son comportement s'était adouci et aujourd'hui, elle se laisse aller à rire et à bavarder, sans cacher cependant sa désapprobation devant les tournures de phrases plus « communes » de Marie-Barbe et des deux matrones…

C'est avec Marguerite que Flavie préfère discuter de la matière du cours et toutes deux adorent approfondir un sujet donné jusqu'à en avoir épuisé toutes les possibilités. Flavie ne déteste pas la manière dont elle s'habille, des robes sombres et austères bien boutonnées jusqu'au cou et tellement longues qu'elles balaient la poussière des chemins. Après tout, une école, ce n'est pas un bal! Son attitude avec les jeunes hommes de l'École de médecine et les professeurs masculins est, pour Flavie, exemplaire : elle conserve un maintien parfaitement digne en leur présence, à tel point qu'ils ne peuvent faire autrement que de la considérer uniquement comme un camarade d'étude. Elle n'hésite pas, cependant, à se lancer avec passion dans toutes les discussions, indiquant de ce fait qu'elle est leur égale. Résolue à ne plus mêler le travail et le plaisir et à ne plus se permettre des inclinations romantiques pour les jeunes futurs médecins, Flavie tâche d'en prendre de la graine.

Mais, d'un autre côté, la modestie constante de Marguerite plonge parfois Flavie dans un profond malaise. Est-il possible que, même seule dans sa chambre, même en compagnie de ses amies intimes, elle ne se départe jamais de sa retenue? Les apparences pouvaient le laisser croire… Les comportements dévots de la jeune fille indisposent également Flavie. Marguerite fréquente l'église plusieurs fois par semaine, elle communie souvent et se confesserait autant si la chose était possible. Cependant, la force conquérante de sa foi ne déplaît pas à Flavie. Révoltée par la dégradation des mœurs, par la débauche, l'intempérance et surtout la prostitution, Marguerite a jugé que de devenir accoucheuse serait un excellent moyen d'approcher les pécheresses et de tenter de sauver leurs âmes.

Comprenant que la dissection allait lui permettre de voir le corps humain comme aucun livre ne pouvait le montrer, de surcroît rassurée par la complicité de Léonie et par l'assurance que Paul-Émile Normandeau et Jules Turcot, deux étudiants dont elle apprécie la grandeur d'âme et le désintéressement, seront leurs protecteurs pour la nuit, la jeune femme a finalement accepté. Estimant qu'elles devaient acquérir de l'expérience avant le moment fatidique, Marguerite et Flavie se sont réunies un samedi après-midi, rue Saint-Joseph. Flavie a demandé à son frère de leur capturer un rat et il est revenu avec un énorme spécimen. Sous les regards moqueurs, les jeunes filles ont mis un bon quart d'heure avant de se résoudre à lui trancher la gorge. Flavie a porté le premier coup et Marguerite, le deuxième ; infiniment soulagées d'avoir ainsi vaincu leur dégoût initial, toutes deux ont vite pris beaucoup d'assurance et la dissection du rongeur s'est révélée éminemment passionnante.

Flavie sonne chez Marguerite. Sa mère s'étonne puisque, d'habitude, c'est Catherine Ayotte qui vient la chercher, en attelage, pour un accouchement à la Société. Flavie prétend que Catherine est légèrement indisposée et lui confirme que Marguerite ne rentrera sans doute pas avant la fin de la nuit. Quelques minutes plus tard, ravies de leur stratagème, les deux jeunes filles dévalent la côte en direction du faubourg Sainte-Anne. Marguerite déploie un très large parapluie parce qu'il pleut des cordes, une pluie chaude de printemps qui fait fondre la neige, mais qui salit les chemins.

Après un temps, toutes deux cheminent sans parler. À cause de ce qu'elle sait maintenant du comportement de Louis, Flavie a failli remettre en question sa résolution d'assister à la dissection. Quand sa mère l'a prévenue, tout à l'heure, elle a eu envie de se précipiter dans sa chambre pour se cacher sous sa courtepointe ! Mais depuis les révélations de Bastien Renaud, elle a croisé plusieurs jeunes étudiants à la Société compatissante et leur attitude est toujours restée parfaitement convenable. De son côté, Louis est devenu glacial avec elle, ne prenant acte de sa présence que s'il y est vraiment obligé…

Dans la cuisine, rue Saint-Joseph, toutes deux s'agglutinent autour du poêle pour faire sécher leurs souliers et le bas de leurs jupes. Abasourdi par leur témérité, Laurent leur demande à plusieurs reprises si elles sont vraiment sûres que c'est une bonne chose à faire. Cécile, de son côté, tente de les impressionner en fabulant sur ce qu'elles vont découvrir à l'intérieur du cadavre : un abcès gros comme un ballon, des intestins bouchés et puants…

— Il paraît, ajoute-t-elle avec un grand sérieux, que les cadavres bougent même plusieurs heures après la mort. Tu es sûre, Flavie, qu'il ne va pas essayer de te flatter le croupion ?

Lorsque Simon fait son entrée, vers huit heures du soir, plus personne n'aborde le sujet. Il s'étonne de la présence de Marguerite, mais on lui sert le mensonge convenu : les jeunes filles attendent le signal pour se rendre à la Société pour une délivrance. Par défi envers son indifférence et doutant sérieusement de son accord, Léonie a préféré tenir son mari dans l'ignorance.

Il est presque dix heures et Flavie lutte contre l'engourdissement du sommeil lorsque Paul-Émile et Jules frappent à la porte. Heureusement, la pluie a cessé et Flavie ignore les bras galants que ces jeunes hommes offrent pour franchir les trous d'eau ou les accumulations de neige sale, préférant sauter avec agilité. Les deux garçons leur décrivent les installations de leur école : une bibliothèque de plus de mille livres, un laboratoire de chimie et même un musée d'anatomie et de pathologie dont la collection est encore réduite, mais qui est promis à un grand avenir…

Tous quatre pénètrent dans le petit bâtiment de la rue Saint-Urbain, dans le faubourg Saint-Laurent. Le bureau du gardien irlandais est désert et ils montent immédiatement à l'étage. Une salle commune est réservée aux dissections devant un auditoire plus vaste, mais, pour cette nuit, les étudiants se sont installés dans l'une des pièces réservées aux dissections en petit comité. Les voix masculines s'éteignent à leur entrée, et Flavie et Marguerite, embarrassées par l'attention muette de tous ces hommes, s'échangent un sourire contraint.

La petite pièce brillamment éclairée est rafraîchie par la fenêtre grande ouverte, comme on les avait prévenues. Frissonnante, Flavie enroule étroitement son châle autour d'elle. En plein centre se trouve une longue table sur laquelle Marie-Catherine a été déposée. Son ventre monumental soulève encore le mince drap qui la recouvre maintenant et ses longs cheveux noirs pendent en bas de la table. Le professeur, un homme encore assez jeune et plutôt séduisant, vient vers elles et s'incline légèrement. Joseph Lainier trouve visiblement la présence des jeunes filles fort distrayante et il leur souhaite la bienvenue d'un ton débonnaire en leur indiquant qu'elles pourront prendre place sur ces deux chaises, à l'écart.

— Vous auriez été plus confortablement installées sur les gradins de la grande salle, mais comme notre réunion de ce soir est gardée secrète…

Étienne L'Heureux et Isidore Dugué saluent à leur tour les arrivantes. En train de préparer des instruments, Louis fait semblant de ne pas les remarquer tandis que

Bastien, étonnamment pâle et échevelé, leur adresse courtoisement un léger signe de tête. Flavie ne l'a pas revu depuis sa visite rue Saint-Joseph et elle est persuadée qu'il lui tient rancune de son manque de tact. Elle compte bien s'en excuser dès qu'elle en aura l'occasion.

Le cadavre dégage déjà une odeur de décomposition que Flavie reconnaît comme étant la même que celle qui s'échappe des abattoirs de la ville. Dégoûtée par cette macabre association d'idées, elle s'installe sur la chaise, imitée par Marguerite qui ne la quitte pas d'une semelle. Il faut encore quelques secondes à Flavie pour constater que tous les hommes portent une vieille redingote courte d'une saleté repoussante, dont la vue est bien plus écœurante que celle de la morte! Les médecins se font une fierté d'exhiber un froc de travail rarement lavé qui témoigne de l'ampleur de leur expérience et surtout de leur dévouement…

Avant leur départ, Léonie a réitéré aux deux jeunes filles l'ordre de ne pas toucher au cadavre ni à aucun instrument, non seulement pour leur propre sécurité, mais aussi pour celle des femmes enceintes qu'elles côtoient. En Europe, plusieurs sages-femmes d'expérience soupçonnent que les infections peuvent être transmises, selon un processus mystérieux, d'une personne à l'autre. Dans les vieux pays, la fièvre puerpérale est beaucoup plus meurtrière parmi celles qui accouchent dans les grandes maternités que parmi celles qui accouchent à la maison. Le même phénomène a été remarqué à Montréal, au Lying-In, ainsi qu'aux États-Unis. Tout cela convie à la plus grande prudence.

— Demain matin, j'irai faire mes remerciements à la basilique, grommelle Isidore, rompant un silence affairé. Les cadavres nous arrivent avec une aisance déconcertante!

— La dernière fois, explique Paul-Émile en se tournant vers les deux jeunes filles, Bastien et Louis en avaient volé un dans le cimetière protestant. Vous auriez dû le voir arriver dans le boghei du docteur Provandier, assis sur le siège, emmitouflé jusqu'aux oreilles, une casquette rabattue sur les yeux comme s'il dormait!

— Vous avez bien ri, riposte Bastien avec une grimace, mais quelle galère! Emprunter le boghei sous un faux prétexte, le garer loin du charnier pour ne pas éveiller les soupçons… Fouiller la pile de corps avec une lampe cachée sous le manteau… Transporter le cadavre… c'est lourd sans bon sens, un cadavre!

— On t'élèvera une statue, ironise Isidore, pour tout ton travail effectué pour la gloire de la science.

D'un coup sec, Lainier retire le drap. La jeune femme, grande et osseuse, apparaît dans une nudité partielle, et les étudiants, fascinés, la dévorent du regard. Une bande de tissu enserre étroitement sa poitrine, la dissimulant ainsi aux regards, et une autre enveloppe tout le milieu de son corps à partir du bas-ventre. Si le professeur fait mine de rien, tous les étudiants jettent tour à tour un coup d'œil embarrassé aux jeunes filles. Ce n'est pas possible, songe Flavie avec ennui, ils ne vont pas passer la nuit à rougir? Elle comprend soudain avec étonnement que ce qui les trouble autant, ce n'est pas tant le regard que Marguerite et elle posent sur un corps dénudé, mais le regard qu'elles posent sur les apprentis médecins en train de contempler un corps dénudé!

Se levant silencieusement, Marguerite inspire profondément, comme pour se donner du courage, puis elle avance de son pas souple et égal vers la table. Jules et Paul-Émile s'écartent automatiquement. Prenant comme toujours bien garde de ne pas les frôler, elle pose sur le cadavre un regard franc et scrutateur. Elle promène ensuite, sans vergogne aucune, ses yeux sur les étudiants et laisse tomber de sa voix calme et assurée :

— Quel beau sujet, n'est-ce pas ? J'ai entendu dire que vous n'êtes pas choyés en matière de cadavres…

— Vous avez tout à fait raison, acquiesce le professeur en lui jetant un regard où pointe de l'admiration. Toute une différence avec ceux que l'hôpital anglais nous envoie, tellement mutilés qu'ils sont pratiquement inutilisables parce que les étudiants de McGill en profitent avant nous ! Je vous assure qu'à Montréal les Anglais ont de nombreux avantages sur nous ! Cela valait bien un vote et une bonne discussion, n'est-ce pas, messieurs ? À vos scalpels ! Nous allons en profiter pour approfondir les techniques de chirurgie.

L'atmosphère s'est progressivement détendue et, sans bruit, Marguerite revient vers Flavie. Elle murmure à son oreille :

— De temps en temps, je vais peut-être fermer les yeux…

Flavie lui fait une pression amicale sur le bras, puis toutes deux écoutent attentivement le professeur qui donne à ses élèves des indications sur la suite des opérations. Coude à coude autour de la table, les six jeunes hommes effectuent avec hésitation les premières incisions tandis que Lainier circule parmi eux, faisant des commentaires à mi-voix, dirigeant des gestes imprécis. Peu à peu, Flavie oublie que la femme allongée était jusqu'à hier un être plein de vie et elle en vient à croire que cette masse de chair a toujours été ainsi, inerte, offerte à la curiosité scientifique. Comme elle ne distingue pas grand-chose, elle se lève et se perche sur une table haute d'où, sans répulsion, avec fascination, elle regarde les chairs s'ouvrir. Ni l'odeur de plus en plus lourde ni les liquides qui s'échappent ne l'incommodent outre mesure.

Bastien ouvre l'abdomen comme s'il faisait une césarienne d'urgence et tous les autres, suspendant leurs propres dissections, suivent ses gestes. Sous la supervision de Lainier, il pratique une longue incision juste en haut du pubis, puis il écarte les chairs et le fœtus apparaît, dans la position classique de l'expulsion. Flavie ne peut résister à la tentation de mieux voir. Elle saute de son perchoir et s'approche, restant toutefois légèrement en retrait. Elle s'exclame d'une voix étranglée :

— Comme sa tête est grosse ! Fièrement trop grosse !

— Un hydrocéphale, murmure le professeur, prodigieusement intéressé. Voilà pourquoi il est resté coincé. Sortez-le, Bastien.

Prenant autant de précautions que s'il était vivant, le jeune homme le soulève. Lainier coupe le cordon et saisit le bébé qu'il déplie sous les yeux de ses étudiants, commentant la taille de la tête et les causes possibles d'une telle difformité. Puis il dépose le petit corps sur une table, à l'écart. Revenant vers Bastien, il lui emprunte son scalpel et fait lui-même quelques incisions rapides.

— Le col était complètement déchiré, constate-t-il à mi-voix. L'arrière-faix, regardez, presque entièrement décollé.

Fascinée, Flavie murmure :

— Je me demandais comment il était joint à la matrice.

— C'est bien expliqué dans le traité d'anatomie, vous verrez, répond Bastien en lui jetant un rapide coup d'œil.

Néanmoins, il prend le temps de bien exposer la masse et son lien avec la matrice à la vue de Flavie. Il ajoute avec un sourire, se tournant à moitié vers elle :

— Je peux faire autre chose pour vous, mademoiselle ?

Elle répond du tac au tac :

— Je prendrais bien le gigot, monsieur !

Des exclamations de dégoût fusent tandis que Bastien rit de bon cœur et que Lainier, amusé, considère Flavie en s'exclamant :

— En voilà une qui a le cœur bien accroché ! Vous devriez suivre son exemple, Isidore !

Flavie dirige son regard vers le jeune homme, debout du côté de la tête du cadavre. Le visage d'une pâleur à faire peur, il manie son instrument avec une lenteur infinie. Le silence retombe et les étudiants, enhardis, incisent à qui mieux mieux. Marguerite reste sagement assise, mais Flavie se promène de l'un à l'autre, examinant l'articulation d'un os, l'aspect d'un tendon, la forme d'un rein… Bientôt, Paul-Émile dévoile le bas de la cage thoracique et Flavie aperçoit le cœur et quelques artères. Peu après, Lainier leur explique la manière dont les os du poignet se sont ressoudés après une cassure.

Brusquement, la porte s'ouvre à la volée et tout le monde sursaute. Un petit homme annonce, avec un formidable accent anglais :

— Rousselle vient d'arriver. Il est à la bibliothèque.

— Putain ! jure Lainier. Qu'est-ce qu'il fait ici, celui-là ? Merci, Will. J'ai drôlement bien fait de vous demander de faire le guet !

Le gardien referme la porte et le professeur échange un regard alarmé avec ses étudiants. Déposant bruyamment son instrument, Bastien jette un coup d'œil rapide autour de lui, puis il se précipite et ouvre un placard. Il demande à Flavie :

— Vous y tiendrez toutes les deux ?

La jeune fille acquiesce et, sans ménagement, Bastien les pousse à l'intérieur avant de refermer la porte. Étroitement serrées l'une contre l'autre, Marguerite et Flavie ne peuvent s'empêcher de pouffer nerveusement de rire, puis elles s'apaisent et tendent l'oreille. Les étudiants et leur professeur ont repris leur dissection dans un silence inhabituel. Un long moment s'écoule et Flavie se demande si tout ce branle-bas était bien nécessaire lorsqu'elle entend la porte du local s'ouvrir.

— Ma parole ! s'exclame Rousselle d'un ton étonné. Vous voilà tous au travail ? Et quel superbe cadavre ! Encore une de vos manœuvres, mon cher Renaud ?

Le silence s'étire jusqu'à ce que Lainier réponde d'une voix monocorde :

— Pas cette fois-ci, Nicolas. Je vous expliquerai.

— C'est honteux, garder une telle prise pour vous tous seuls ! Lainier, vous auriez dû en faire une dissection publique, beaucoup de médecins en tireraient un grand profit !

— C'est bien mon intention, je vous assure. Je l'ai prévue pour après-demain. Mais vous savez que, pendant ces spectacles, il est très malaisé d'enseigner efficacement à nos élèves !

Pendant les minutes qui suivent, Flavie devine que Rousselle, qui passe des commentaires à mi-voix, est en train d'examiner attentivement la morte. En ricanant, il s'exclame ensuite :

— Mon cher Lainier, comme vos étudiants sont sages ! D'habitude, la proximité d'une jeune personne du sexe opposé, et de surcroît pas déplaisante à regarder, suscite bien plus de remarques grivoises !

Marguerite ne peut retenir un grognement de désapprobation et Flavie lui serre fortement la main. Après un temps, Rousselle ronchonne encore :

— Et quel besoin aviez-vous de la couvrir ainsi ? Montrez-moi cette poitrine… Un peu maigre, je l'avoue… Bon, je vous laisse. À la revoyure, messieurs !

Les étudiants grommellent de vagues salutations et la porte se referme. Flavie est sur le point de tourner la poignée lorsque, de l'autre côté de la porte du placard, Bastien murmure :

— Un instant. Il pourrait revenir.

— On crève ! lance Flavie.

— Patience, mesdemoiselles.

Enfin, le jeune homme les délivre pendant que Lainier et deux étudiants achèvent de revêtir décemment la morte, découverte par Rousselle. De nouveau, l'atmosphère est remplie de malaise et tous évitent de regarder les deux jeunes filles, qui ont perdu en quelques secondes, par les allusions déplacées de Rousselle, leur statut confortable de simples camarades de classe. Réellement outragée, Marguerite lance à voix haute à l'intention non seulement de Flavie, mais de tout le groupe :

— Quel goujat, ce Rousselle ! Passer de tels commentaires en un moment aussi solennel ! La recherche scientifique exige pourtant des manières nettement plus civilisées, une attitude morale *élevée*, sans aucune arrière-pensée ! Comme vous, messieurs, depuis le début de cette dissection !

Personne ne peut ignorer la leçon et encore une fois, par son seul exemple, Marguerite réussit à obtenir des jeunes hommes, du moins pour quelques heures, ce qu'elle s'impose à elle-même. La dissection reprend son rythme tranquille et, accompagnée cette fois-ci par Marguerite, Flavie se promène de nouveau autour de la table, évitant cependant avec soin de s'approcher de Louis, qui continue d'ignorer superbement sa présence. Elle ne peut s'empêcher de s'exclamer à la cantonade :

— Vous avez peur à ce point de Rousselle ? Qu'est-ce qu'il ferait, vous mettre tous à la porte ?

— La chose ne serait pas impossible, répond Isidore.

— Rousselle fonctionne selon quelques grands principes, ajoute Bastien, et il déteste qu'on les égratigne.

— La séparation des mondes masculin et féminin est, pour lui, une loi de la nature, précise à son tour Joseph Lainier, aussi immuable que la rotation de la Terre autour du Soleil.

— C'est parce que son esprit est envahi de pensées impures et dégradantes, commente Marguerite avec une franchise surprenante. S'il ne pensait pas à mal, le fait de partager un tel spectacle avec des dames ne le choquerait pas du tout, n'est-ce pas, messieurs ?

Soudain, ouvrant la bouche pour la première fois, Louis s'adresse froidement à Flavie :

— Il est de notoriété publique que Rousselle, *mon maître*, est tout à fait contre votre école. Pour l'instant, il supporte son existence, mais regardez-le aller...

Interloquée par cette menace à peine voilée, de surcroît irritée de se faire cavalièrement adresser la parole, Flavie reste clouée sur place tandis qu'un silence gêné tombe sur la petite troupe et que chacun baisse la tête vers son travail. Seul Bastien jette un regard courroucé à son camarade de classe et il est sur le point de répliquer lorsque Flavie, envahie par une colère vive, rétorque brutalement :

— L'opinion de Rousselle vous importe peut-être, mais moi, elle me laisse fièrement indifférente.

À la grande stupéfaction de tous, Louis lance rageusement son scalpel par terre, fait quelques pas rapides en direction de Flavie et articule hargneusement :

— Tu fais la fière, mais crois-moi sur parole, Rousselle a un plan pour vous remettre à votre place, toi et toutes ces pseudo-étudiantes qui se farcissent la tête d'une science bien trop compliquée pour leurs petites cervelles !

— C'est de moi que vous parlez ainsi, monsieur ? interjette Marguerite, le regard noir.

— Louis ! s'écrie Lainier qui vient prendre son étudiant par le bras. Vous divaguez ! Sortez prendre l'air un moment, je vous prie.

Le jeune homme obéit sans mot dire et Flavie se laisse choir sur sa chaise pendant que tous se remettent mollement au travail. Peu de temps après, Louis est de retour, l'air piteux. Après un vague signe d'excuse à Flavie, il reprend sa place en silence. Assise très droite à côté de Flavie, Marguerite garde un maintien parfait malgré la fatigue qui lui creuse les traits jusqu'à ce que le professeur, d'un air las, sonne la fin de la dissection. Il faut refermer sommairement le corps, l'enrouler dans le drap et aller le porter dans la glacière. Le fœtus sera plongé dans un liquide désinfectant pour dissection ultérieure. Pendant que les jeunes hommes nettoient les instruments et le plancher, les deux jeunes filles sortent se réchauffer dans le corridor.

— Je me sens tout étourdie, marmonne Marguerite qui place avec difficulté un pied devant l'autre.

— Moi aussi. J'ai l'impression que le sol est croche. Quelle nuit, n'est-ce pas?

— Je me demande encore si c'est un rêve ou un cauchemar…

— Vous regrettez? demande Flavie, s'arrêtant net dans le corridor.

— Jamais de la vie! J'aurai de quoi raconter à mes petits-enfants, quand je serai vieille!

Un peu plus tard, elles sont rejointes par les étudiants et leur professeur et tous se dirigent en silence et d'un pas pesant vers la porte d'entrée. Ils sortent sur le perron et Lainier dit:

— Je vous attends à deux heures, messieurs, pour le cours de physiologie. Qui va chercher la charrette? Il faut reconduire ces demoiselles.

Soudain cramoisi, Paul-Émile intervient:

— Nous pouvons marcher tous les deux jusque chez vous, n'est-ce pas, Marguerite? Votre maison est à deux pas…

Déconcertée, Marguerite reste un moment sans voix et Flavie la devine tentée par l'offre mais retenue par la force des conventions. Enfin, avec un sourire hésitant, elle accepte d'un signe de tête et tous deux disparaissent dans la nuit. Bastien se tourne vers Jules et lui propose de conduire la charrette à sa place. Le jeune homme jette un regard interrogateur à Flavie, qui se hâte d'acquiescer, soulagée d'avoir enfin la possibilité d'un tête à tête avec Bastien. Ce dernier se dirige vers l'écurie située dans l'arrière-cour et les autres jeunes hommes s'éparpillent en direction de leurs logis, sauf Louis qui dit d'un ton contrit à son professeur:

— Vous pouvez me laisser avec Flavie, monsieur Lainier. J'ai des excuses à lui faire.

Choquée, Flavie voudrait retenir le professeur, mais elle est incapable, pour ce faire, de rassembler ses idées éparses dans son esprit fort las. Après un long bâillement, Lainier grommelle :

— Ce ne sera pas de refus. J'ai été enchanté de faire votre connaissance, mademoiselle.

Il remet le fanal à Louis et il disparaît à son tour. Sur le qui-vive, Flavie est partagée entre la crainte d'être seule en sa compagnie et le désir qu'il tempère enfin sa mauvaise humeur. La lueur du fanal éclaire à peine son visage et elle ne peut déchiffrer son expression. Après un instant de silence, il prononce d'un ton doucereux qui lui lève le cœur :

— Jamais je n'aurais cru que tu t'abaisserais à un tel point. Venir assister sans rougir à une dissection… Alors comment c'était, ma belle, de passer toute une nuit en notre compagnie ?

Elle a d'abord le réflexe de s'enfuir et elle recule, mais elle ne peut s'empêcher de rétorquer :

— Tu es jaloux des autres parce que tu voulais m'avoir pour toi tout seul ?

Déposant prestement le fanal par terre, il lui agrippe fortement le bras et l'attire vers lui.

— Justement, je n'ai pas tellement apprécié ton comportement, l'autre soir. Me repousser ainsi, sans aucune gentillesse… Mes manières étaient peut-être trop polies ? Vous, les femmes du peuple, vous aimez être maltraitées ?

Il tente de l'embrasser, mais Flavie se débat avec énergie, le griffant au visage. À ce moment le hennissement d'un cheval se fait entendre en provenance de la cour arrière. Assourdie par les battements affolés de son cœur, Flavie lance tout d'un trait, rageusement :

— Laisse-moi tranquille, espèce de grichou! Tu es d'une grande mauvaiseté et je ne veux plus jamais avoir affaire à toi, tu entends? Sinon, j'avertis mon père et mon frère et tu vas comprendre vite comment les *femmes du peuple* savent se défendre!

Les claquements des fers sur les pavés résonnent de plus en plus clairement. Après une seconde d'hésitation, Louis saute en bas du perron et s'évanouit dans la nuit. Quand la charrette s'immobilise devant la porte d'entrée, Flavie respire avec précipitation, encore sous le choc. À peine éclairé par la lampe accrochée à côté de lui, Bastien la considère avec un étonnement croissant.

— Vous êtes seule? Où est Lainier?

— Mon châle, marmonne-t-elle soudain. J'ai perdu mon châle.

Frénétiquement, elle virevolte et met le pied dessus, à quelques pas. Épuisée, blessée dans son amour-propre, elle le remet lentement sur ses épaules et reste immobile tandis que de grosses larmes débordent de ses yeux. Elle sursaute lorsque la main de Bastien se pose sur son épaule et un vif sentiment de frayeur la traverse. Devinant son émoi, Bastien demande, avec beaucoup de sollicitude:

— Qu'est-ce qui ne va pas? Pourquoi êtes-vous seule?

Elle balbutie:

— Louis était avec moi…

— Louis? Lainier vous a laissée seule avec Louis? Expliquez-moi.

Les yeux fixés sur les boutons de son gilet, elle lui raconte la scène en quelques mots. Il pousse un juron sonore, puis il l'étreint avec vigueur. Flavie s'écrie d'une voix tremblante, la joue appuyée sur son épaule:

— Il croit dur comme fer que je suis une fille facile et qu'il peut me tripoter à son aise ! Je suis venue seulement pour la dissection ! Ce n'est pas de ma faute si on ne peut pas disséquer entre filles !

Il murmure :

— Je suis vraiment désolé…

— Je veux rentrer, souffle Flavie en se dégageant.

Bastien remonte sur le siège du cocher et Flavie, se souvenant du cadavre que la charrette a transporté quelques heures plus tôt, n'hésite pas prendre place à côté de lui.

— Il y a une couverture, bredouille-t-il. Couvrez-vous les épaules, la nuit est froide.

— Vous aussi. Elle est assez grande pour deux.

La charrette s'ébranle et Flavie lève la tête vers le ciel maintenant complètement dégagé. Par cette nuit sans lune, les étoiles brillent comme des diamants. Fugacement, elle se demande si un tel spectacle a été organisé uniquement pour émerveiller les êtres humains ou s'il correspond à un ordre céleste, à une mécanique immense dont la signification leur échappe encore… Elle s'écrie d'une voix qui tremble d'indignation :

— Ça me fâche, qu'il ait cru que je suis venue pour être en compagnie d'hommes ! Comme si ça avait quelque chose à voir !

— Oubliez toutes les sottises qu'il dit. Vous avez blessé sa vanité, alors il se venge.

Il lui demande de répéter les menaces qu'elle lui a lancées. Elle obéit et il pouffe de rire :

— C'est ce que j'appelle de l'intimidation !

— J'ai un peu exagéré, grommelle-t-elle, légèrement réjouie. Mon père n'irait pas vraiment lui casser les jambes.

Détendue par le pas du cheval, elle s'appuie contre l'épaule du jeune homme en exhalant un profond soupir.

— C'est donc vrai, murmure-t-elle avec tristesse. Le monde est dangereux pour les femmes. Ce n'est vraiment pas juste.

Elle sent qu'il sourit en disant :

— La plupart des hommes aiment bien protéger les femmes.

— Qu'est-ce que ça te ferait de ne pas pouvoir aller où tu veux, quand tu veux ?

Gênée par ce passage spontané au tutoiement, Flavie se redresse. Le jeune homme dit brusquement :

— Flavie, je voulais m'excuser pour l'autre fois. Je n'aurais pas dû me mettre en colère. Vous… Tu as eu raison de me dire tout ça.

— Je m'excuse moi aussi. J'aurais dû tourner sept fois ma langue dans ma bouche avant de parler.

Trop épuisée pour se tenir droite, elle retombe contre lui et, sous la couverture, il glisse son bras autour de ses épaules. Le reste du trajet se passe en silence et Flavie est presque endormie lorsque la charrette s'arrête devant la maison de la rue Saint-Joseph. Plus que la voix de Bastien, c'est son souffle chaud qui la réveille :

— Je te laisserais bien dormir longtemps comme ça, mais je suis crevé, moi aussi…

Complètement désorientée, Flavie le regarde avec de grands yeux. Il s'avance et dépose sur sa joue un baiser léger et frais.

— Tu veux que je t'aide à descendre ?

Elle secoue la tête et se laisse glisser sur la chaussée. Avant de reprendre la route, il attend que la porte d'entrée se soit refermée derrière elle.

Le jour est levé depuis longtemps lorsque Flavie émerge enfin d'un sommeil agité et plein de rêves. Seule en bas, Léonie vaque à diverses occupations, chantonnant doucement. Immédiatement, des images de sa nuit fertile en rebondissements reviennent à la mémoire de Flavie. Couchée en chien de fusil, elle reste un long moment à méditer sur le fil des événements et elle éprouve encore une frayeur fugace devant le comportement menaçant de Louis. Descendant enfin, Flavie s'assoit dans la berçante et raconte à sa mère les formidables enseignements qu'elle a tirés de la dissection. Elle hésite à peine avant de conclure son récit par les assiduités obstinées de Louis.

— Mais quel saligaud! Va-t-il arrêter de t'achaler de même? À l'avenir, évite à tout prix d'être seule avec lui. S'il y a une prochaine fois, ne manque pas de m'avertir. Je lui servirai une sérieuse remontrance.

— C'est bizarre, maman, à quel point il semble croire que toutes les femmes comme moi sont quasiment des prostituées.

— Les jeunes hommes riches sont élevés dans un grand respect des demoiselles de leur monde, explique Léonie, pensive. Un trop grand respect, si tu veux mon avis. Alors, pour compenser, ils se font des accroires sur les autres! Quand je vais raconter ça à ton père…

— À papa? Mais il ne sait même pas que je suis allée à une dissection!

Déroutée, Léonie se mord les lèvres. De toute façon, le secret ne pourra durer longtemps, Laurent ou Cécile s'échapperont fatalement…

Après avoir déjeuné, Flavie passe le reste de l'avant-midi au lit, à rêvasser et à feuilleter ses livres. Même si elle se trouve dans un état second, elle jouit intensément de ce si rare moment de paresse. Elle redescend ensuite pour collaborer à la préparation du dîner et de la salle de classe pour le cours de l'après-midi, qu'elle suit d'une oreille fort distraite.

Le cours terminé, elle invite Marguerite, qui a le visage pâle et les traits tirés, à venir prendre une infusion dans la cuisine. Après leur aventure nocturne, Flavie se sent très proche d'elle et Marguerite, chaleureuse, semble tout aussi heureuse de cette nouvelle complicité. Elles s'attablent l'une devant l'autre et Flavie, qui rumine depuis le matin un lourd sentiment d'inquiétude d'avoir laissé la jeune fille s'en retourner seule avec un homme, s'informe si le retour s'est déroulé à sa convenance. Un peu embarrassée mais plutôt contente, Marguerite lui raconte que Paul-Émile lui a demandé la permission de la fréquenter. Elle ajoute avec simplicité :

— Je n'ai pas eu beaucoup de demandes de ce genre. Je ne suis pas très jolie et je ne suis pas douée pour la coquetterie…

— Il vous plaît, Paul-Émile ?

— Je crois bien, répond-elle avec hésitation. Je le connais si peu encore… Mais j'aime sa compagnie.

Rassurée, Flavie lui décrit à son tour le comportement de Louis. Ébahie, Marguerite reste un moment muette, puis elle se penche vers Flavie et s'enquiert à voix basse :

— Vous l'avez raconté à quelqu'un ?

— Pour le sûr, à ma mère, ce matin.

— Elle a dû vous gronder très fort…

— Me disputer ? Mais pourquoi ?

— Ma mère l'aurait certainement fait, déclare la jeune fille avec agitation. Elle m'aurait reproché de m'être mise dans une situation impossible et d'avoir quasiment cherché le trouble. Elle aurait dit que tout était de ma faute parce que c'est aux jeunes filles d'éviter les situations dangereuses. « Je t'ai bien avertie des périls qui menacent les jeunes filles, on croirait que tu cherchais ce qui t'est arrivé ! »

Renversée par un tel discours, Flavie contemple Marguerite sans rien dire. Cette dernière se trouble :

– Pardonnez-moi. Je vous ai froissée…

Flavie la rassure sans oser toutefois répliquer à son interlocutrice qu'à son avis il est vraiment cruel de rendre les femmes responsables de la manière dont les hommes se comportent… Peu après, Marguerite prend congé, pressée de rentrer chez elle avant la brunante.

Au souper, avec un air de provocation, Léonie oriente la conversation sur la nuit précédente. Ravie d'avoir la permission d'en discuter ouvertement, Cécile bombarde sa sœur de questions. Flavie n'a même pas le temps de répondre ; éberlué, Simon exige des explications et Flavie obtempère. Se tournant vers Léonie, il s'écrie avec une vive colère :

– Tu as laissé Flavie sortir seule en pleine nuit ? Avec des étudiants en médecine ?

– Elle n'était pas seule ! proteste Léonie.

– Elle était avec une autre jeune fille ! ironise Simon, condescendant à outrance. En compagnie d'une demi-douzaine d'hommes !

– Je les connais très bien, papa, intervient Flavie. J'ai passé des heures et des heures en leur compagnie à la Société. Ils sont très gentils et très polis.

Faisant une grimace contrite, elle ajoute en regardant sa mère :

— Sauf un, malheureusement. J'ai passé une petite minute seule avec lui et il en a profité pour… Tu vois, papa, tu sais tout.

— Mais non, je ne sais rien! Raconte!

En quelques mots, Flavie résume la scène, tâchant d'y mettre le plus de légèreté et d'humour possible, mais Simon n'est pas dupe. Repoussant son écuelle, il fixe alternativement sa femme et sa fille avec incrédulité. Léonie s'élève contre l'outrecuidance des jeunes bourgeois, mais il lui coupe brutalement la parole et, emporté par son ressentiment, il se met à la disputer, usant de mots très durs à son égard pour lui reprocher son inconscience. Soutenant son regard, Léonie lui oppose une expression de défi.

— J'aurais fait pareil, intervient Cécile, si la médecine m'intéressait!

— Je ne t'ai pas demandé ton avis! tonne Simon.

Sans un mot, Cécile se lève et monte à l'étage. Laurent propose gentiment:

— La prochaine fois, j'irai avec Flavie. J'aurais été curieux d'assister à ce spectacle!

— Il n'y aura pas de prochaine fois! Tu m'entends, Léonie? Tu as dépassé la mesure! Je ne veux pas que mes filles se promènent sans vergogne parmi…

— Ça suffit! crie Léonie en se dressant, le regard planté dans celui de son mari. Tu n'as pas le droit de me parler de cette manière!

Abasourdi, Simon reste la bouche grande ouverte tandis que Léonie ajoute, la voix tremblante, en se rassoyant:

— Tu n'as pas le droit de me donner des ordres.

Bouleversée, Flavie voudrait imiter Laurent qui se lève sans bruit et qui va se réfugier dans la salle de classe, mais comme elle est au cœur de la dispute… Encore saisi d'étonnement, le visage contracté, Simon lance à sa femme :

— Léonie, tu sais à quel point je suis sceptique, mais ce soir, je remercie le ciel que rien de pire ne soit arrivé à Flavie !

— Rien de pire ne lui arrivera, affirme Léonie, toute vibrante. Ni à elle ni à Cécile.

— Mais comment peux-tu en être aussi sûre ? Tu sais pourtant dans quel monde on vit !

Secouant la tête, Léonie refuse d'écouter Simon qui énumère tous les périls qui guettent les femmes. Soudain, elle n'a plus de place dans sa poitrine pour respirer ni dans sa gorge pour avaler. Toujours tapie en elle, cette terrible angoisse qu'elle porte depuis la naissance de son premier enfant gonfle d'un seul coup, la laissant totalement démunie, fragile comme une feuille d'automne après le premier gel. Son bonheur de vivre est englouti si rapidement quand la tempête souffle…

Dans quelques heures, le calme sera revenu. Léonie n'a qu'à attendre, en accomplissant les gestes de tous les jours et en pensant à tous les plaisirs dont la vie la comble… Mais ce soir, elle est incapable d'une telle patience. Elle veut parler à Simon. Des mots se bousculent dans sa bouche, ces mots que la peur retient en elle depuis si longtemps… Elle prononce très lentement, hésitant sur les premiers mots :

— Pour le sûr, une fille est plus vulnérable qu'un homme. Pour le sûr, il y a des hommes qui sont pires que des bêtes. J'ai donné tout ce que j'ai pu à mes filles pour qu'elles sachent se défendre, pour qu'elles soient fortes et sages. Qu'est-ce que je peux faire de plus ? Les enfermer ?

Flavie observe sa mère avec étonnement, saisie par le ton de sa voix où perce une intonation nouvelle, si proche du désespoir. Toujours en proie à une colère qu'il tente de maîtriser, Simon répond avec brutalité :

— Je ne veux pas les enfermer ! Je veux…

Il s'interrompt parce que Léonie murmure, les yeux fixés sur ses mains jointes :

— Lorsqu'un enfant est au monde, il ne nous appartient plus. Il est libre. Il habite nos bras seulement un court moment… Un si court moment, Simon.

— Mais de quoi parles-tu ? Je m'inquiète de la sécurité de Flavie et…

Exaspérée, Flavie le coupe :

— Vas-tu te taire, à la fin ! Tu ne vois pas comme elle est triste ?

— Triste ? répète stupidement Simon.

— Je veux faire comprendre à ton père que la délivrance, c'est une séparation, explique Léonie en regardant Flavie avec un sourire grave et doux. On ne le sent pas tout de suite, parce que, au début, on se préoccupe de la survie du petit, on lui donne le sein, on l'admire… Mais après quelques mois, peut-être un an, peut-être deux, on se rend compte que notre enfant va inévitablement souffrir. Il aura de la joie aussi, du bonheur, mais comment lui éviter la peine ? J'aurais tant voulu prendre sur moi toute votre peine.

Léonie se frotte le nez et elle ferme les yeux un moment. Quand elle les rouvre, ils sont emplis de larmes. Du coin de l'œil, Flavie voit Laurent s'appuyer contre le cadre de la porte. L'escalier craque, signalant que Cécile s'y est assise. Simon murmure, touché malgré lui :

— Moi aussi, j'y pense, je t'assure…

— Parfois, quand les enfants étaient petits, je me disais que je pourrais mourir subitement, et à l'idée de les laisser seuls, sans moi…

Léonie laisse les larmes couler doucement. Flavie voudrait lui prendre la main, mais ce n'est pas à elle de le faire, c'est à Simon, qui, le dos rigide, les mains sur ses cuisses, semble pourtant refuser cet accès de sentiment. Avec une rage soudaine, Léonie reprend :

— Ne me reproche plus jamais de négliger la sécurité de mes filles. On les a élevées pour qu'elles puissent juger par elles-mêmes des conséquences de leurs actes !

Elle se mord les lèvres, trouvant difficilement les mots pour dire à cet homme assis devant elle à quel point la faculté de mettre des enfants au monde complique la vie des femmes. Fermant les yeux, extrêmement attentive à sa voix intérieure, elle finit par poursuivre :

— Par crainte d'une grossesse, il nous faut nous méfier du plus pur plaisir que la nature nous ait donné, celui de l'intimité avec un homme. Si elle survient pourtant, on fait porter le blâme sur celle qui n'avait qu'à bien se tenir. Ensuite, elle met sa vie en danger pour se délivrer d'un bébé dont elle doit parfois, pour des raisons qui m'arrachent le cœur, se séparer… Tu vois, Simon, à quel point les conséquences d'un acte si simple et si naturel pèsent sur nos seules épaules ? Au lieu de soutenir les femmes, on leur rend la vie tellement dure… Je me suis demandé souvent ce qui serait arrivé si tu m'avais quittée pour une autre femme.

— Moi ? s'écrie Simon. Mais jamais…

— Je sais bien, l'interrompt Léonie avec douceur. Mais j'y pensais quand même.

Épuisée, Léonie repousse sa chaise et se lève très lentement. Elle aimerait terriblement que Simon vienne la prendre dans ses bras, mais il reste lourdement assis à la suivre d'un regard plein d'incompréhension. Elle a envie de tout planter là et de s'en aller marcher loin, dans le plus creux d'une forêt où il n'y aurait personne en vue, que des animaux sauvages cachés dans leurs terriers…

Elle se dirige vers l'escalier, puis elle se retourne et, rompant le profond silence, elle conclut :

– Alors moi, tant que je peux, je vais aider mes filles à faire ce qu'elles désirent.

Elle disparaît dans l'escalier. Remuée par ce que sa mère a évoqué de l'existence des femmes et qui est confirmé par sa propre expérience auprès des parturientes, Flavie croise ses bras sur la table et y laisse tomber la tête. Elle vient de comprendre avec étonnement que l'incident de la nuit dernière ne concerne pas uniquement Louis Cibert et elle, mais qu'il s'inscrit dans la dynamique du vaste monde et des rapports humains, les mères qui disputent leurs filles pour des gestes qu'elles n'ont pas commis, les époux qui abandonnent leurs femmes, les obsédés impunément libres et les curés qui recouvrent toute cette réalité en psalmodiant des paroles creuses et mensongères…

CHAPITRE XXII

Le lendemain, Flavie se lève fiévreuse et congestionnée, les tempes martelées par la rumeur de son sang. Avant de partir pour sa journée, Léonie évalue son état général, puis elle lui indique la tisane qu'elle doit boire et lui recommande de procéder régulièrement à des ablutions à l'eau froide pour faire baisser la fièvre. Flavie passe la journée entre la berçante et son lit. Au soir, elle tousse beaucoup et, pour ne pas qu'elle dérange le sommeil des autres et pour qu'elle profite de la chaleur du poêle, Simon descend une vieille paillasse dans la cuisine.

Pendant les vingt-quatre heures qui suivent, Flavie tousse, renifle et tente de dormir. Puis, elle reprend du mieux et, six jours plus tard, elle se rend à la Société pour son jour de garde. À son arrivée, on l'informe que Germaine, une fille de joie entre deux âges, est dans ses douleurs depuis l'aube. Ravie d'être pour la première fois en charge d'une délivrance et de mettre ses connaissances à l'épreuve, mais remplie d'appréhension devant la responsabilité qui lui incombera et, surtout, devant le regard critique de sa mère, Flavie se prépare avec une ardeur renouvelée.

Tout en observant Germaine, qui est accroupie dans un coin de la grande salle et qui tient d'un regard farouche même Flavie à distance, cette dernière se remémore son arrivée à la Société, plusieurs semaines auparavant.

Françoise Archambault avait repéré cette femme grosse d'au moins huit mois qui passait la journée à traîner autour du marché et à quémander des restes de nourriture. Elle n'avait plus de domicile et il avait fallu à Françoise plusieurs heures de discussion et quelques dons en aliments pour la convaincre de la suivre à la Société. Sagement, Françoise avait demandé à son grand fils de les accompagner et ce qu'elle craignait s'était produit : plus le trio progressait vers Griffintown, plus la détermination de Germaine faiblissait. Lorsqu'elle avait voulu s'enfuir, Jean-Maurice l'avait fermement retenue.

Au refuge, une fois Germaine calmée, Françoise lui avait expliqué que la Société n'était pas une prison et que, si elle le désirait, elle pourrait repartir après avoir visité les lieux. Germaine avait consenti à y passer une nuit. Le lendemain, Montréal était enseveli sous une tempête de neige mouillée. Après un coup d'œil à l'extérieur, Germaine s'était recouchée et elle avait passé la semaine à dormir et à manger. Il est apparu tout de suite qu'elle détestait être touchée et, pendant les premiers jours, elle s'est refusée à toute approche de Léonie ou de Sally.

Puis, peu à peu, les sages-femmes ont constaté qu'elle semblait développer un attachement particulier pour Flavie. La regardant évoluer parmi les lits, l'écoutant jaser avec les autres patientes, Germaine considérait Flavie avec une admiration béate comme si elle n'en revenait tout simplement pas qu'une jeune femme puisse avoir autant de responsabilités. Un jour, Flavie avait demandé de nouveau à Germaine de faire un examen interne, lui expliquant patiemment à quel point le geste était nécessaire, et elle avait finalement accepté.

Par bonheur, le bébé, plutôt petit, semblait bien proportionné, il bougeait régulièrement et le pouls de la mère était bon. Sally et Léonie en avaient conclu que la grossesse de Germaine dépasserait sans doute les neuf mois, le temps que la mère refasse ses forces et que le fœtus se remplume. Sauvage et peu loquace, Germaine avait néanmoins confié un jour à Flavie que cet accouchement serait son quatrième.

Constatant que les douleurs de sa patiente augmentent rapidement en intensité, Flavie revient à la réalité. Une demi-heure plus tard, refusant encore tout soutien, toujours accroupie, Germaine effectue les premières poussées seule dans son coin. Comme Flavie le pressent en suivant attentivement ses gestes et les variations d'expression sur son visage, sa détermination à ne compter que sur ses propres ressources faiblit peu à peu. Depuis qu'elle travaille au refuge, la jeune fille s'est habituée à côtoyer des femmes qui ont tant vécu qu'elles ont acquis une grande résistance à la souffrance. Mais une seule a tenu à se délivrer seule, et Flavie a bon espoir que Germaine l'acceptera bientôt à proximité.

Secouée par un ouragan intérieur, Germaine jette soudain à Flavie un regard rempli de désarroi. À genoux, craignant une réaction de rejet, Flavie avance lentement jusqu'à elle, mais Germaine s'abandonne contre elle, jusqu'à appuyer sa tête sur son épaule. À présent, Flavie sait immédiatement quand une femme souffre anormalement, ce qui n'est pas le cas de sa patiente dont les gémissements sourds font écho à la poussée si intense à ce stade. Léonie a soigneusement expliqué à ses étudiantes que, lorsque la tête du fœtus approche de la sortie, la sensation n'est pas si douloureuse qu'extrêmement prenante, comme si toute l'énergie physique se concentrait dans les contractions ultimes de la matrice et dans cette incroyable dilatation du vagin.

Flavie respire l'odeur forte de Germaine, faite d'un mélange de sueur et de saleté accumulée depuis des semaines. À la fin de l'hiver, cette même odeur traîne entre les murs de sa propre maison… Germaine se laisse aller à une autre poussée et sa plainte change de registre. Flavie devine que les lèvres de la vulve sont en train de s'étirer démesurément, provoquant une intense sensation de brûlure. Elle l'encourage à ne pas pousser trop fort, à accompagner la poussée plutôt qu'à la provoquer.

Détachant ses bras des épaules de Germaine, elle la fait gentiment s'adosser au mur, puis elle va chercher une chaise et l'invite à prendre appui sur le dossier. Flavie va se placer derrière elle et glisse ses mains sous sa jupe. Une minute plus tard, elle reçoit le bébé et son premier réflexe est de jeter un coup d'œil exultant à sa mère, qui attendait à quelque distance. Souriante, Léonie s'approche pour regarder le bébé qui, immobile dans les mains de Flavie, grimace légèrement en prenant sa première respiration.

Immédiatement, Flavie repousse tout accès de tendresse. D'une façon mécanique, elle accomplit les gestes pour s'assurer de la santé du bébé et pour le séparer de sa mère, puis elle le place dans les bras de Vénérande Rousselle qui le lavera et l'emmaillotera pour aller le porter ensuite chez les sœurs grises. Flavie est profondément soulagée de ne pas avoir à marcher, en essayant de ne pas penser, jusqu'à la crèche, un bébé vagissant tout contre elle, pour ensuite revenir, le pas lourd, les bras vides et le vague à l'âme…

Malgré son sentiment d'euphorie, Flavie est bien consciente que n'importe qui aurait pu recevoir ce bébé et attendre que l'arrière-faix se détache de lui-même. Mais Léonie l'assure que le lien que Germaine et elle ont tissé au fil des semaines a, sans aucun doute, beaucoup aidé la parturiente à se détendre.

Sa journée terminée, Flavie prend à son tour le chemin de la rue Saint-Joseph, plusieurs heures après Léonie. Malgré sa fatigue inhabituelle, due non seulement à la fin de sa grippe, mais aussi à la tension ressentie plus tôt ce matin, elle savoure de tout son être la douceur printanière de cette superbe journée du début de mai. Lorsqu'elle arrive en vue de la maison, elle remarque deux silhouettes masculines debout sur la galerie. Elle s'étonne tout d'abord que Laurent soit déjà rentré, puis elle réalise que Simon est plutôt en compagnie de Bastien Renaud.

Le cœur battant, la bouche sèche, Flavie reste clouée sur place, déboussolée par l'intensité de sa réaction. Elle a envie de s'enfuir à toutes jambes, et puis, l'instant d'après, elle voudrait s'approcher du visiteur jusqu'à admirer la couleur de ses yeux et aussi ce petit creux dans le cou qu'elle trouve si attirant chez les hommes…

Ignorant sa proximité, les deux hommes discutent avec animation. Incapable de détacher ses yeux de Bastien, ravie par les amples gestes qu'il fait en parlant et par sa belle tête couverte de cheveux courts et bouclés, la jeune fille reste un bon moment à détailler son corps droit et vigoureux. Elle se souvient avec une émotion subite de leur première rencontre, plus d'un an et demi auparavant. Il avait alors l'aspect d'un homme gourmand et indolent! Il a fièrement changé, mais si insensiblement qu'elle ne s'en est pour ainsi dire pas aperçue… jusqu'à aujourd'hui.

Simon la hèle. Se composant un air détaché, Flavie contourne lentement les passants jusqu'aux marches de la galerie et son père annonce plaisamment :

— Tu as de la visite, Flavie. Monsieur Renaud est venu pour ses bouquins.

— Je dois reprendre mes livres parce que mon examen approche et il me faut étudier, mais je vous en ai apporté d'autres, regardez.

Légèrement rougissant, il a parlé très vite et Simon, qui semble à la fois amusé et contrarié, détourne ostensiblement les yeux. Bastien offre à Flavie un nouveau paquet, moins volumineux, qu'elle prend en disant :

— Merci bien. Je vais chercher les autres…

Une quinte de toux l'empêche de finir sa phrase et Simon la gronde avec sollicitude :

— Ne t'agite pas, c'est mauvais pour toi. Assois-toi ici, avec monsieur, il fait si beau… Je m'occupe des livres.

Il explique à Bastien :

— Flavie a été malade, une bonne grippe, et elle revient d'une longue journée au refuge.

Il est sur le point de se retirer, mais, se ravisant, il se tourne vers Bastien et lui confie avec gravité :

— Ma femme est persuadée que, malgré les périls de ce monde, notre fille est parfaitement capable de se débrouiller toute seule.

— Papa ! proteste Flavie.

— Mais moi, je crois qu'un peu de protection est nécessaire. Alors, si Flavie se lance dans d'autres aventures médicales… Je t'avertis, Flavie, je veux être mis au courant à l'avance ! Mais si, jeune homme, vous êtes présent, pouvez-vous… ne pas trop vous éloigner ? Votre présence, l'autre nuit, a été salutaire.

Bastien hoche gravement la tête et échange un regard entendu avec Simon, qui fait mine d'ignorer l'expression furieuse de sa fille.

— Je me suis très bien défendue! s'écrie-t-elle. Je l'ai menacé de...

— Et s'il n'avait pas été seul? objecte sèchement Simon.

Flavie reste sans voix et son père disparaît enfin à l'intérieur. Bastien entraîne la jeune fille jusqu'à la petite berçante où il l'oblige à prendre place. Lui-même s'assoit à côté, sur une caisse de bois renversée, et il constate, les sourcils froncés:

— Ta respiration est sifflante. Tu es bien guérie?

— Je crois. Ma fièvre est tombée et mon nez est dégagé. Je tousse encore creux, par contre.

— As-tu pris quelque chose?

Flavie lui décrit les tisanes médicamenteuses de sa mère et il l'écoute d'un air légèrement dubitatif. Mais n'osant pas remettre ces traitements en question, il propose plutôt:

— Tu n'ouvres pas le paquet?

— Oui, répond-elle, soudain animée, mais avant, je veux te raconter...

Elle lui relate avec enthousiasme le déroulement de la délivrance de Germaine et son comportement inusité.

— J'aurais bien aimé être là, avoue-t-il, envieux. Je n'ai jamais rencontré une telle femme.

Flavie réplique en riant:

— Pour le sûr, à la vue d'un homme, ses douleurs auraient cessé d'un coup! Elle qui était rendue à presque dix mois de grossesse...

— Et le bébé?

— Chez les sœurs.

Après un silence rempli de malaise, elle se penche sur le paquet pour l'ouvrir. Le premier livre, une plaquette, aborde une thérapeutique dont elle n'a encore jamais entendu parler, l'hydrothérapie. Elle lève un œil interrogateur vers Bastien qui indique qu'il s'agit d'un traitement en train d'être mis au point en Europe et aux États-Unis et qui s'appuie sur le pouvoir guérisseur de l'eau froide. Il ajoute :

— La lecture de ce livre m'a beaucoup intéressé parce que les traitements sont simples et, semble-t-il, efficaces. Un jour, j'aimerais aller visiter une telle clinique.

Le deuxième ouvrage, plus classique, est un manuel français rédigé sous la forme d'un syllabus de cours et qui expose les notions de base de la médecine.

— Voilà qui va fièrement m'éclairer, commente Flavie. À moins que ce ne soit écrit avec de longs mots très compliqués…

— Je te traduirai, offre-t-il en riant.

Elle le considère avec bonheur, enchantée qu'il se propose ainsi et qu'elle ait, de la sorte, l'occasion de le revoir. Elle baisse ensuite les yeux, constatant avec un tremblement intérieur à quel point elle apprécie sa proximité et sa conversation qu'elle voudrait prolonger indéfiniment… Un brusque affolement s'empare d'elle. Loin de la combler d'aise, l'envie qui la tenaille de l'approcher de très près la plonge dans un profond désarroi. Pas lui, pas encore! Elle s'était pourtant bien promis de considérer les étudiants de l'École de médecine comme de simples camarades! Mortifiée d'être de nouveau en proie aux affres du désir, et surtout humiliée de se sentir encore attirée par un homme qui n'est pas de son monde, elle se morigène intérieurement, déterminée à faire cesser, sur-le-champ, le tumulte de ses émotions.

— Flavie ?

Elle sursaute, soudain inquiète de ce qu'il a pu lire sur son visage. Il la regarde gravement et elle tente de se ressaisir, soufflant :

— Oui ?

— À la fin de juin, je vais passer mon examen devant le Bureau des examinateurs. Tu sais que l'interrogation se fait de vive voix… Ma mère offre un grand dîner, après, où tous mes camarades sont conviés, ainsi que quelques professeurs. Je voulais vous y inviter, Marguerite et toi.

Bouleversée et malheureuse, Flavie lui adresse un pâle sourire et répond d'une voix très rauque :

— Je ne sais pas…

Il s'empresse de préciser, avec un air anxieux :

— J'aimerais bien te présenter mes parents, si tu le permets…

Terrifiée par cette perspective, Flavie se lève d'un bond, pressée de s'éloigner de lui comme si sa vie en dépendait. Elle bégaye une vague réponse et, sans un mot d'adieu, sans même un regard, elle se précipite à l'intérieur. Croisant son père en train de nettoyer les dernières carottes récoltées l'automne dernier, elle lui rappelle avec brusquerie que Bastien attend ses livres, puis elle monte dans sa chambre dont elle referme vivement la porte. Elle se jette sur son lit, le visage tourné vers l'étroite fenêtre qui lui laisse voir les oiseaux qui s'ébattent tout là-haut dans l'azur.

Pendant les jours qui suivent, mettant sa volonté à rude épreuve, Flavie repousse farouchement la moindre évocation de Bastien Renaud. Mais hélas! sans grand succès… Elle passe son temps à se laisser couler dans des réminiscences qui lui ramollissent les jambes, comme une intonation de sa voix, son rire, la couleur de ses yeux ou son bras sur son épaule, l'autre nuit, dans la charrette… L'instant d'après, furieuse, elle s'adresse mentalement un vibrant reproche et elle force son esprit à se diriger vers d'autres pensées.

Elle refuse avec la dernière énergie d'être amoureuse d'un jeune homme de la belle société. Elle a eu sa leçon avec Louis : Bastien appartient à un monde où les manières sont aux antipodes de celles des familles comme la sienne et où l'on n'épouse que des gens de même rang social. Mais à chaque soir, il lui faut tellement de temps pour s'endormir qu'elle retarde de plus en plus le moment d'aller au lit, préférant se promener dans l'obscurité du jardin odorant jusqu'à ce que son père, impatient, lui ordonne de monter se coucher.

Alors elle s'étend à côté de Cécile, qui heureusement, après ses longues journées de travail, dort à poings fermés. Flavie n'en peut plus de s'allonger à côté de sa sœur. Il lui semble que cette proximité augmente encore la chaleur qui s'empare de son corps… Bien à plat sur le dos, les mains sagement croisées sur le ventre, Flavie lutte d'abord contre la présence de Bastien dans son esprit, s'attachant à orienter ses idées vers ses lectures, l'école ou quelque problème pratique. Mais inévitablement, elle perd le combat et bientôt, de délicieuses visions l'envahissent et lui donnent envie de déchirer sa chemise de nuit.

Le temps va agir comme un baume, se rassure-t-elle, triste et chiffonnée, à chaque matin. Demain ou dans deux jours, elle aura déjà moins envie de lui, et dans une semaine, elle se moquera de son obsession. Plusieurs jeunes hommes du voisinage lui manifestent un intérêt marqué chaque fois qu'elle les croise. L'un d'entre eux lui avait semblé particulièrement agréable, à la fin de l'hiver, au sortir de la messe... Il y a aussi ce collègue que Laurent a emmené souper, un samedi soir du mois d'avril. Augustin... Il a demandé à Flavie la permission de venir veiller, mais, débordée, elle lui a gentiment suggéré de faire une nouvelle demande au début des vacances.

Sans s'en rendre compte, Flavie promène sur le monde qui l'entoure un regard de plus en plus indifférent et son appétit est réduit à presque rien. Elle répond à moitié aux questions qui lui sont posées, elle est distraite pendant tout le cours à l'École de sages-femmes et elle refuse même d'accompagner sa mère à un accouchement à domicile. Pendant sa journée de garde à la Société compatissante, elle fait souffrir inutilement une jeune accouchée en changeant son pansement, puis elle manque de tact avec une autre patiente, qui la considère ensuite d'un œil méfiant.

Un jour, alors qu'elle bêche la terre du potager, Flavie passe à un cheveu de se blesser le pied avec l'outil. Découragée, elle laisse tout en plan et va s'asseoir sur le banc sous le pommier qui exhibe ses premières fleurs. Elle remonte les genoux et, les entourant de ses bras, elle y pose sa tête, désespérée par cet attachement sans issue pour Bastien, luttant contre une forte envie de pleurer. Depuis une huitaine, elle agit comme une fille sans cervelle et tous les membres de sa famille la considèrent maintenant d'un air inquiet. Tout aurait été si simple avec un de ceux qu'elle connaît depuis l'enfance, qui habite une maison semblable à la sienne et qui s'habille, comme elle, de vêtements faits de tissus grossiers mais inusables!

Pourquoi fallait-il qu'elle choisisse, entre tous, Bastien Renaud, le fils d'un des marchands les plus prospères du faubourg Saint-Antoine? Car à vrai dire, loin de diminuer, l'obsession amoureuse de Flavie semble croître de jour en jour. Comment a-t-elle pu, auparavant, se croire séduite? C'étaient de si minuscules amourettes… L'image du jeune homme accompagne maintenant tous ses gestes. Elle invente de longues conversations avec lui et elle en rêve même chaque nuit! Elle doit bien se rendre à l'évidence: jamais elle n'a été possédée par un sentiment de cette ampleur. Le seul moment où la joie coule dans ses veines, c'est quand son imagination fiévreuse la transporte vers lui… Elle ne peut continuer encore longtemps à vivre ainsi, dans un monde de chimères. Chaque jour davantage, elle se reproche cette hantise qui la coupe du monde réel.

Le cœur lourd comme une pierre, Flavie reste un long moment les yeux fermés et le visage caché entre ses genoux. Une brise délicate et chaude lui flatte la nuque et, sur une branche au-dessus, un oiseau roucoule. Flavie relève la tête. Dans leur jardin bien abrité des vents du nord, les jeunes pousses de fleurs et d'herbes émergent à profusion et, dans le potager, l'oseille, l'ail et les oignons se dressent déjà fièrement vers le firmament. Tout ce temps perdu à vivre dans ses rêves, alors que le glorieux printemps l'enveloppe de ses caresses!

Flavie se déplie lentement et se lève, respirant à pleins poumons, admirant les jeunes feuilles d'arbres dont le vert tendre brille au soleil. Ce soir, songe-t-elle avec une brusque allégresse, elle ira avec Cécile se baigner au ruisseau qui cascade de la montagne. Elle se délecte à l'avance de la sensation de l'eau encore presque glacée sur son corps. N'est-il pas écrit dans le livre sur l'hydrothérapie que l'eau froide a le pouvoir de faire diminuer les fièvres les plus persistantes ? Peut-être est-ce souverain contre la maladie de l'amour…

Ravie de se sentir allégée et d'avoir retrouvé, même si peu, le goût de rire, Flavie reprend la bêche. Ouvrant la bouche toute grande comme pour aspirer la terre entière, elle lance un grand cri silencieux vers le ciel, vers Bastien, où qu'il soit. Dans tout son être, elle porte le goût de lui, celui d'être en sa compagnie jour et nuit. Nul autre ne l'a encore attirée ainsi, avec cette puissance irrésistible. Va-t-elle continuer à se battre contre elle-même ? N'a-t-elle pas le droit d'aimer quiconque, le roi le plus puissant comme l'homme le plus pauvre de l'univers ?

Quand Léonie revient, en fin d'après-midi, elle est agréablement surprise de constater que Flavie a retourné la terre du potager au grand complet. Fourbue mais contente de la fatigue qui calme ses sens, Flavie est au puits, en train de se rafraîchir la nuque et le visage.

— Tu n'aurais pas dû, lui reproche gentiment sa mère. Quelle corvée !

— J'avais besoin de me dépenser, marmotte Flavie avec un faible sourire.

Son contentement encore augmenté par la bonne humeur, inhabituelle ces temps-ci, de sa fille, Léonie se penche à son tour au-dessus du seau et s'asperge d'eau. Puis elle jette à sa fille un coup d'œil inquisiteur. Flavie s'est habituée à sentir sur elle ces regards qui l'interrogent, mais cet après-midi, pour la première fois, elle souhaite y réagir. Les yeux dans le vague, elle murmure :

— Je me sens mieux, aujourd'hui. Il fait tellement beau…

À quelques reprises, Simon et Léonie se sont perdus en conjectures sur l'apparent mal de vivre de leur fille, dont l'élément déclencheur semble avoir été la visite de Bastien Renaud. Simon est persuadé que le jeune homme, en bourgeois égoïste et profiteur, a commis une inconvenance et il a fortement suggéré d'interroger Flavie. Très sceptique, Léonie s'y est opposée, préférant laisser à leur fille l'initiative de venir se confier à eux si elle en ressentait le besoin.

Léonie dit doucement :

— Ma chérie, depuis quelques jours, tu n'es plus la même…

Les jambes de Flavie tremblent, sous l'effet à la fois de l'émotion et de la fatigue, et elle s'adosse à la paroi du puits. Léonie ajoute sur le même ton :

— Ton apprentissage te pèse trop ?

— Non, pas trop.

— Tu souffres de quelque chose ?

Des milliers de papillons frémissent à l'intérieur de Flavie tandis qu'elle secoue lentement la tête. Il lui est difficile de confier à sa mère qu'elle est amoureuse ! Sa gorge refuse de laisser passer le prénom qu'elle a répété des milliers de fois dans sa tête… Du regard, Flavie supplie sa mère de l'aider et, après un temps, Léonie déclare :

— Tu me fais penser à moi, l'été de mes dix-neuf ans. Je m'ennuyais terriblement de ton père qui était parti fort loin du village…

Flavie bredouille :

— Mais quand même, tu avais le droit de l'aimer !

Stupéfaite, Léonie la fixe un instant, puis elle lui caresse la joue du dos de la main en souriant affectueusement.

— Qui aimes-tu que tu ne devrais pas? Laisse-moi jongler… Un homme marié? Un prêtre? Une bonne sœur?

Riant malgré elle, Flavie fait de vigoureux signes de dénégation. Avec une gravité soudaine, Léonie poursuit:

— Ni marié ni curé… Qui d'autre ne devrais-tu pas aimer? Pas un de ceux, j'espère de tout mon cœur, qui sont incapables d'aimer une femme?

— Un homme trop riche, murmure-t-elle.

Léonie s'assoit sur la margelle du puits et, pensive, elle regarde l'horizon si longtemps que Flavie en est déconcertée. Enfin, sa mère reprend:

— Tu sais, ma grande, ils ne sont pas tous comme Louis Cibert.

— Il a déjà séduit une domestique, balbutie Flavie.

Elle pousse un long soupir et ajoute:

— Il est vraiment très riche. Je suis sûre que sa maison est un vrai musée et que sa mère s'attife comme une poupée de cire, avec des dentelles et des rubans partout. Moi, j'étoufferais dans une telle tenue!

Léonie retient un sourire, puis demande avec précaution:

— C'est le jeune Renaud?

Cramoisie mais intensément soulagée que son nom ait enfin été prononcé, Flavie acquiesce d'un petit signe de tête. Elle lance avec désespoir:

— Je t'assure, après Louis, je ne voulais plus jamais avoir un étudiant en médecine comme cavalier! Je voulais suivre l'exemple de Marguerite, tu as vu comme elle est digne avec eux, comme elle leur en impose? Jamais ils ne se permettent un geste déplacé. C'est plus simple alors, ça crée un rapport égalitaire qui me plaît fièrement!

Léonie ne peut s'empêcher de faire remarquer à sa fille que Marguerite, malgré toutes ses belles intentions, fréquente actuellement l'étudiant Paul-Émile Normandeau. Déconcertée, Flavie balbutie:

— Mais ce n'est pas pareil… Ça ne change rien, je t'assure! En leur présence, elle est…

Réduite au silence par le sourire légèrement narquois de sa mère, Flavie se mord les lèvres. Après un temps, elle murmure:

— L'autre jour, quand Bastien est venu, j'ai eu comme… comme…

— Un coup de foudre, souffle Léonie.

— Pour le sûr, il ne voudra jamais devenir mon cavalier!

— Moi, il me plaît bien, dit rêveusement Léonie. D'abord, il est d'un commerce agréable, n'est-ce pas? Et il me semble avoir de belles qualités… Je le connais très peu, mais… si j'étais à ta place, je crois que j'aurais craqué, moi aussi.

Loin d'être enchantée par un tel discours, Flavie fronce les sourcils et rétorque:

— Tu veux dire que toutes les femmes le trouvent de leur goût?

— Loin de là, proteste Léonie en riant. Les femmes perdent la tête pour les dandys, ceux qui font tout pour plaire. Bastien n'est pas de ce genre.

— N'empêche qu'il a séduit une domestique, rappelle Flavie avec obstination.

— Si tu parles d'Anne, ne sois pas trop sévère avec lui. Je crois que la jeune fille était consentante, non? Si tu connais bien l'histoire, tu conviendras que Bastien a eu le tort d'être jeune et inconsistant, et surtout, d'être mal dirigé par ses parents et ceux de son ami. C'est révoltant, le nombre de bourgeois qui ne protègent pas suffisamment leurs domestiques. Mais dis-moi, lui, il t'apprécie autant que tu l'aimes?

Flavie a l'impression de couler et elle ferme les poings comme pour s'agripper à une corde invisible. La tête baissée, elle bafouille :

— Je ne sais pas. Je ne crois pas…

— Il est venu te voir plusieurs fois. Tu crois qu'il s'est déplacé seulement pour partager sa science?

— Et pourquoi pas? Ces choses-là sont possibles même entre un homme et une femme!

Léonie fait une moue dubitative, et, envahie malgré elle par un immense espoir, Flavie la regarde avec de grands yeux et s'enquiert craintivement :

— Tu ne t'opposerais pas à ce que je le fréquente?

— C'est un fait, les jeunes hommes de bonne famille ont tendance à considérer les femmes d'origine plus modeste comme des jouets, en attendant la chose sérieuse, même si fièrement ennuyeuse, c'est-à-dire le mariage. De plus, leurs parents, leurs mères surtout, s'opposent généralement aux unions… dépareillées. J'avoue que ce sont là de gros obstacles. Mais la première chose à vérifier, ce sont ses sentiments envers toi, non? S'il n'éprouve rien…

Léonie saute sur le sol et elle presse sa fille contre elle, posant ses lèvres sur sa tempe. Elle s'éloigne ensuite, appelée par les tâches domestiques qui l'attendent. Absorbée dans ses pensées, Flavie la suit du regard. S'informer des sentiments de Bastien ? Mais comment, pour l'amour du ciel ? Les étudiants de l'École de médecine et de chirurgie viennent tout juste de terminer leur stage, elle ne le croisera donc plus à la Société. De toute façon, pour quelle obscure raison aurait-il envie de la revoir ? À sa dernière visite ici, elle l'a quitté avec une telle brusquerie qu'il en a été sûrement froissé et qu'il ne viendra plus jamais, sauf peut-être pour reprendre ses livres…

Flavie se redresse d'un mouvement vif, exaltée à l'idée qu'un fil la relie encore à lui : ses livres. Mais s'il ne revient les chercher que dans trois ou six mois ? Jamais elle ne pourra attendre si longtemps sans périr d'ennui… Quant à son invitation à la réception chez ses parents après son examen, compte tenu de l'issue de leur dernière rencontre, il a dû la regretter profondément et il sera, pour le sûr, enchanté qu'elle la refuse. De toute façon, comment pourrait-elle envisager d'accepter ? Parmi ce beau monde, elle aura toutes les apparences d'une servante…

Flavie aurait quand même été curieuse d'entendre les questions de l'interrogation conférant le statut de médecin. Elle imagine une rangée de doctes professeurs installés sur une estrade et des étudiants nerveux qui répondent à leurs questions pendant de longues heures. Bastien va sûrement étudier jour et nuit pendant les dernières semaines. S'installe-t-il dans sa chambre ou dans la bibliothèque de son père ? Il étale sûrement ses livres autour de lui, pour les consulter rapidement en cas de doute.

Avec un tressaillement, Flavie réalise qu'il aura besoin de tous ses livres, même ceux qu'elle a en sa possession ! Et s'il ratait son examen parce qu'il n'a pas osé venir ici les réclamer ? Énervée, Flavie se met à marcher de long en large. Il faut qu'elle aille les lui porter. Elle s'en voudrait tellement si… Elle se précipite vers la maison et entre dans la cuisine en coup de vent. Elle explique à sa mère, le souffle court, qu'elle veut se rendre immédiatement chez Bastien. Interloquée, Léonie l'écoute, puis elle fait une moue appréciative :

— Tu n'as pas été longue à trouver un prétexte pour le visiter !

Elle convainc Flavie, sans trop de difficulté, de reporter sa visite chez lui au dimanche matin suivant, vers onze heures. Ce soir-là, après sa baignade dans le ruisseau, Flavie s'endort très vite d'un sommeil de plomb. Sa décision de rendre visite à Bastien, même si elle la remplit d'appréhension, a aussi apaisé sa fièvre.

Le dimanche matin, elle refait ses tresses avec soin et noue sur ses épaules son plus léger fichu. Elle grimace devant son bonnet, puis elle se résout à s'en coiffer puisqu'elle se rend dans les beaux quartiers. Tout en marchant vers le faubourg Saint-Antoine, elle s'affole autant à l'idée qu'il soit absent de chez lui qu'à celle qu'il y soit. Alors elle s'oblige à ne pas penser, se concentrant sur les enfants qui courent dans les rues et sur les passants, endimanchés, qui se rendent à l'église.

Le jeune homme habite vers le nord-ouest, rue de la Montagne, dans une vaste maison particulière de trois étages. Charmée par les jolies plates-bandes couvertes de fleurs printanières, Flavie progresse lentement le long de l'allée de pierres, puis elle gravit la volée de marches en maçonnerie qui mènent à un porche entouré de colonnades. Impressionnée, elle fait un arrêt, puis elle prend une profonde respiration et tire le cordon de la sonnette. Bientôt, comme elle s'y attendait, un homme en livrée ouvre la porte. Derrière lui, elle distingue un vaste hall dont les murs sont recouverts d'un sombre papier peint et, encore plus loin, un escalier monumental orné d'une belle rampe de bois sculpté.

La détaillant avec curiosité, le domestique avance tout de suite, avec un fort accent anglais :

– C'est pour madame ? C'est qu'elle est à la messe…

Flavie balbutie :

– C'est pour M. Bastien. Je viens lui remettre ses livres.

– Je les lui donnerai, répond-il en tendant la main.

Flavie serre farouchement le paquet contre elle.

– Je voudrais lui remettre en main propre, monsieur.

– Je suis désolé. Madame a bien précisé qu'on ne doit pas importuner le jeune monsieur. Il étudie.

La mort dans l'âme, Flavie comprend que le majordome ne cédera pas. Pendant un instant, elle est fortement tentée de déguerpir en conservant les précieux ouvrages, puis elle se résigne à poser le paquet dans les mains tendues du majordome. La porte se referme et Flavie redescend lentement l'escalier. Elle qui croyait avoir tout prévu ! Complètement désemparée, elle passe de nouveau entre les plates-bandes, résistant à l'envie de voler quelques-unes de ces fleurs odorantes et magnifiques. Si elle prend vraiment son temps, peut-être que Bastien, recevant les livres, viendra la rejoindre ? Mais le majordome n'osera jamais le déranger !

Flavie est envahie par un malaise croissant devant l'aspect grandiose et oppressant des maisons environnantes. Jamais une petite accoucheuse de la rue Saint-Joseph ne sera acceptée par ce beau monde ! De toute façon, quel intérêt aurait-elle à fréquenter ces gens vains, uniquement préoccupés à dépenser l'argent amassé sur le dos de ceux qu'ils emploient et auxquels ils versent des gages ridicules ? Un profond désarroi l'envahit et, souhaitant mettre de toute urgence la plus grande distance possible entre Bastien et elle, Flavie prend ses jambes à son cou.

— Flavie, attends !

Elle s'arrête et se retourne, pantelante. À quelque distance, Bastien court derrière elle. Désorientée, elle reste figée sur place, insensible à la poussière qui l'enrobe au passage d'un attelage. Il lance, rieur, essoufflé :

— Mais tu cours comme un lièvre !

— C'est votre chien de garde qui m'a chassée, réplique-t-elle avec un air de défi, indiquant d'un geste du menton l'entrée de sa maison et le majordome qui s'y trouvait.

— Ne te laisse pas impressionner par lui, il est très gentil.

Il saisit son coude pour l'obliger à revenir vers sa maison en sa compagnie. Elle proteste :

— Qu'est-ce que vous faites ?

— Mais je ne peux pas te laisser t'en retourner comme ça ! Tu as sûrement soif, tu es couverte de poussière ! Je te remercie pour les livres, mais ce n'était pas nécessaire, je t'assure.

Se laissant entraîner, elle bredouille d'une voix blanche :

— J'ai cru que vous en auriez besoin pour l'examen…

Elle dégage son coude et tous deux marchent en silence jusqu'à la maison. Elle le sent mal à l'aise, comme elle, et elle est persuadée que sa visite l'embarrasse et qu'il a hâte de retourner à ses études. Elle bafouille encore :

— Je ne peux pas rester, je vous dérange…

— J'ai besoin d'une pause, rétorque-t-il fermement. Je t'offre une limonade.

Il ouvre la porte d'entrée et la fait passer devant lui. La guidant d'une main légère posée sur son épaule, il lui fait traverser le hall, puis franchir un long corridor.

— On va s'asseoir dans le jardin, ça te va ? J'ai besoin d'air.

Il pousse une porte et tous deux débouchent sur un patio de pierre entouré d'une balustrade. Son jardin est le plus magnifique que Flavie ait jamais vu : de grands ormes, plusieurs bosquets de lilas en fleur, des plates-bandes qui serpentent et un kiosque, tout au fond… Le lui indiquant, Bastien l'invite à s'y installer pendant qu'il va préparer des rafraîchissements.

Comme dans un rêve, Flavie se promène dans ce lieu enchanté où même les sons de la ville ne pénètrent pas. Elle finit par prendre place sur un confortable banc de bois, dans le kiosque, et se perd en contemplation. Bastien réapparaît bientôt, portant un plateau avec deux verres et un pichet. Elle savoure cet instant où il se dirige lentement vers elle. Elle observe non sans un certain plaisir son pantalon usé et fripé, sa vieille chemise dont la couleur a pâli avec le temps et, par-dessus, son gilet sans manches déchiré à une épaule. Remarquant l'air un peu narquois de Flavie, il lance, plutôt mortifié :

— À mon tour de me faire surprendre habillé n'importe comment !

Sans réfléchir, elle réplique :

— Je vous préfère comme ça.

Il dépose bruyamment son plateau sur la petite table basse et il marmonne des excuses. Il hésite un moment avant de s'asseoir à ses côtés, puis il se décide et se laisse tomber si lourdement que le banc bascule légèrement vers l'arrière. Flavie se mord les lèvres pour ne pas rire tandis qu'il se tourne vers elle et jette avec vivacité :

— Le tutoiement te dérange ? Parce que si je le fais, il faut que tu y reviennes aussi.

Saisie par son regard bleu rivé dans le sien, elle fait un signe de dénégation, puis elle acquiesce et finit par répondre, pour être claire :

— D'accord. Je veux bien. Vous… Tu es fièrement chanceux d'avoir un si beau jardin à ta disposition.

Il verse la limonade et, après lui avoir tendu son verre, il promène un long regard pensif autour de lui.

— Dans le fond, je le préfère ainsi. Le gazon trop long, les plates-bandes, envahies de mauvaises herbes… Mon père n'a pas réengagé de jardinier, cette année.

Il ne peut dissimuler son trouble et Flavie l'encourage :

— Pourquoi donc ? À cause de ses problèmes d'argent ?

Il hoche la tête. Flavie voudrait bien ressentir une certaine compassion, mais elle ne peut s'empêcher de penser que, même s'il perdait les trois quarts de sa fortune, M. Renaud serait quand même beaucoup plus riche que Simon. Comme s'il en était conscient, Bastien ajoute, avec un sourire d'excuse :

— Je serais bien malvenu de m'en plaindre à toi. Mais mon père a évoqué la possibilité d'un déménagement. J'ai toujours vécu ici…

Haussant brusquement les épaules pour masquer son désarroi, il lance avec un entrain forcé :

— Mais parle-moi de toi. Quelle aventure t'est-il arrivé depuis notre dernière rencontre ?

La plus agréable des aventures, voudrait-elle répondre, ravie par le son de sa voix et par les larges boucles de ses cheveux qui valsent sous la brise…

— J'ai chaud, murmure-t-elle. Ça te dérange si j'enlève mon bonnet ?

Le faisant prestement glisser de sa tête, elle précise :

— Je n'ai jamais aimé en porter. Ça me démange.

D'une manière inattendue, il éclate de rire et son accès d'hilarité dure si longtemps que des larmes de joie lui montent aux yeux. Reprenant finalement la maîtrise de lui-même, il dit joyeusement :

— J'aime tant ta conversation !

— Ne te moque pas !

— Mais je t'assure ! Les jeunes filles de mon entourage sont guindées ! Tandis que toi…

— Je dis toutes les niaiseries qui me passent par la tête, grogne-t-elle.

— Dire que la première fois que je t'ai rencontrée, chez Antoine Fortier, je riais de ta prétention à devenir sage-femme ! Mais je n'ai pas eu envie de me moquer longtemps, crois-moi. Quand tu as cité l'exemple de cette sage-femme de France dont j'oublie le nom…

— Marie-Anne Boivin.

— Alors là, j'ai été soufflé ! Je t'en ai même voulu un peu…

Devant l'air étonné de Flavie, il précise avec bonne humeur :

— Personne ne m'avait prévenu que les femmes pouvaient être si savantes. C'est facile de se faire des idées quand on voit à quel point, parce qu'on est né homme, on a plus d'avantages que les femmes. On se dit qu'il doit bien y avoir un fondement logique à cette différence ! Tu ne te doutes pas à quel point tu m'as fait réfléchir…

Elle réplique d'un ton moqueur :

— J'espère que, maintenant, tu me prends au sérieux ?

— J'ai bien été obligé, vu la suite des événements…

Tous deux s'échangent un large sourire, puis le jeune homme se détourne brusquement. Envahie par une sou-

516

daine détresse, Flavie dépose son verre d'une main tremblante. Si elle lui plaisait, comment pourrait-il demeurer si réservé? Par quel sortilège a-t-elle pu croire…? Elle se lève précipitamment et le jeune homme l'imite. Elle annonce, un peu hagarde:

— Je dois m'en aller. Ta mère pourrait arriver…

— Et alors? Je pourrais te la présenter…

Sans réagir, elle entreprend la traversée du jardin et de la maison, indifférente à tout ce qui l'entoure sauf à Bastien qui la suit de près et qui dit, lorsqu'elle arrive sur le perron:

— Donne-moi une minute. Je te reconduis.

Elle réplique d'une voix alarmée:

— Ce n'est pas nécessaire. Je connais le chemin.

Il grommelle:

— Je ne sais pas où tu as pris cette fâcheuse habitude de t'enfuir… Attends-moi!

Quelques instants plus tard, après s'être couvert la tête d'une casquette, il marche à ses côtés. Ils ont à peine dépassé sa propriété lorsqu'il se fige et jure:

— Notre attelage! Ma mère revient de la messe. Si elle me voit…

Regardant rapidement autour de lui, il repère sur le terrain voisin un large bosquet. Tous deux franchissent aisément la clôture basse et se réfugient entre les branches des arbustes. Aux anges, Flavie ne peut se retenir de rire silencieusement et il sourit tout en surveillant la progression de l'attelage qui, bientôt, les dépasse et s'immobilise. Elle resterait ainsi pendant l'éternité, debout tout contre lui, les yeux à la hauteur de sa mâchoire.

Tout naturellement, il lui entoure les épaules de son bras en murmurant:

— Ma mère et ma sœur marchent jusqu'à la maison. Nous aurons amplement le temps de filer avant qu'on ne découvre ma disparition.

— Ta mère est si sévère? souffle Flavie d'une voix altérée.

Il ne répond pas, resserrant inconsciemment son étreinte. Comme pour assurer son équilibre, Flavie pose sa main dans son dos. Il jette:

— La porte est refermée. On y va.

À regret, Flavie se détache de lui. Tous deux émergent du bosquet par l'autre côté, repassent la clôture et s'éloignent rapidement jusqu'à ce que, assurés d'être hors de vue, ils ralentissent leur allure, parvenant bientôt dans ces voisinages grouillants de vie que Flavie connaît si bien. L'air est chaud, presque autant que l'été, et toute la population semble être déterminée à passer la journée dehors. Les trottoirs sont encombrés de couples enlacés ou de familles nombreuses qui progressent à pas de tortue, absorbés dans une conversation animée. Des vieilles personnes se bercent sur le pas de leur porte tout en surveillant les hordes d'enfants et de chiens. Après un moment, Bastien s'impatiente:

— Tu ne connais pas un autre chemin?

Elle l'entraîne par de petites rues encore animées, mais où l'on peut marcher à son rythme. À mesure qu'ils approchent de chez elle, Flavie s'affole. Bastien avance sans mot dire, le regard obstinément fixé devant lui, les mains enfoncées dans ses poches. Elle ne veut pas arriver rue Saint-Joseph, elle ne veut pas qu'il la quitte. Ne sent-il donc rien? Elle ne sait pas comment séduire et elle n'a jamais appris à être coquette et aguichante. Si au moins elle pouvait lui suggérer de venir veiller... Mais dans son monde, les demoiselles sont réservées, n'est-ce pas ? Avec une obstination farouche, Flavie repousse l'image de Bastien devenu son cavalier, se joignant aux diverses activités de la maison, puis l'emmenant en promenade…

Brusquement, elle lâche prise. Ses sentiments sont ballottés comme sur une mer déchaînée où elle s'épuise à tenter de surnager ! La prochaine fois qu'elle croisera Augustin, elle lui signifiera sa disponibilité. Il est plutôt bel homme, un peu maigre mais vif et agile, et avec un grand cœur, il a dirigé Laurent dans la recherche documentaire qu'il faisait pour le compte de Léonie.

Les yeux au loin, Bastien demande à brûle-pourpoint, avec un malaise évident :

— Comment ça se passe, chez vous, les fréquentations ? Je veux dire… J'imagine que c'est pas mal différent de chez nous…

Étonnée que le cours de sa pensée épouse ainsi la sienne, elle le considère avant de lui décrire brièvement les veillées et les promenades. Il reste silencieux et à son tour, Flavie lui renvoie la question.

— Le prétendant s'invite chez la demoiselle, c'est tout. Il demande la permission aux parents. Si la demoiselle est d'accord, c'est bon signe.

— Et les demoiselles peuvent-elles proposer à un homme de venir chez elles ?

— Pas ouvertement, mais elles peuvent… l'encourager à le demander.

— Les mœurs sont étranges, dans ton monde, commente-t-elle avec dignité.

Ignorant son expression amusée, elle grommelle :

— C'est injuste, quand même. Une fille est jugée si rapidement ! Figure-toi les conséquences si je proposais à un homme de ton genre de venir veiller! Je ne peux pas, même si j'en ai bien envie…

Tout à coup, elle réalise qu'il est tombé en arrêt en plein milieu de la rue. Il bégaye :

— Tu veux dire… Il y a réellement quelqu'un que tu voudrais inviter ?

Soudain, pour Flavie, l'univers se réduit à ce jeune homme si attirant debout devant elle et à sa propre frayeur qui grandit démesurément. Avec la sensation de franchir un pont étroit qui enjambe un précipice, elle répond d'une voix si basse qu'il doit se pencher pour l'entendre :

— Oui, il y a quelqu'un. Il n'est pas de ma condition.

— Pas de ta condition ? bredouille-t-il. Qui est-ce ?

Ses questions frisent l'inconvenance, mais il ne semble pas en être conscient. Un léger espoir réchauffe le cœur de Flavie. Se pourrait-il que la perspective qu'elle en fréquente un autre le dérange ? Plantée devant lui, indifférente aux passants qui les croisent, elle voudrait tant lui dire qu'elle serait si contente s'il acceptait de venir samedi soir prochain… Mais les mots sont bloqués dans sa gorge. D'une voix à peine audible, elle jette :

— Il est à l'École de médecine.

Aussitôt, elle s'en veut terriblement d'avoir prononcé ces quelques mots. Il va croire qu'elle est encore entichée de Louis ! Très pâle, mais le visage sans expression et les lèvres serrées, il se détourne et reprend sa marche à longues enjambées. Luttant pour rester à sa hauteur, totalement déroutée par sa réaction et envahie par un sentiment croissant de panique, Flavie lui lance, essoufflée :

— Il ne sait pas… comme je tiens à lui. Je ne crois pas… qu'il m'ait remarquée…

Elle a l'impression qu'elle est en train de se dévoiler entièrement et qu'il est impossible qu'il ne comprenne pas! Pourtant, avec un rire sarcastique, il laisse tomber:

– Ouf! J'ai bien cru qu'il s'agissait de ce cher Louis! Je t'avoue franchement, Flavie, j'aurais été bien déçu si tu l'aimais encore...

– Je ne l'ai jamais aimé!

Il s'arrête et, avec sécheresse, rétorque:

– Si je comprends bien, tu voudrais que je t'aide? Que je fasse l'entremetteur, peut-être? Décidément, tu as un gros faible pour les médecins! Pour un peu, je croirais que c'est intéressé et que tu cherches surtout à te placer les pieds!

Flavie recule comme si elle avait reçu une gifle, mais son mouvement de fuite est contrecarré par Bastien qui lui saisit le bras d'une poigne de fer. Le visage crispé, il poursuit:

– Je ne ferai jamais l'entremetteur entre Jules et toi! Parce qu'il s'agit de Jules, je crois bien?

– Jules? Mais non, pas du tout!

– Étienne, alors? Mais tu n'as rien vu? Non, c'est vrai: les jeunes filles, ne l'oublions pas, sont si ingénues! Étienne n'est pas intéressé par les femmes. Je suis bien placé pour le savoir: au début, quand j'ai fait sa connaissance, il m'a clairement signifié qu'il me trouvait de son goût!

Abasourdie, Flavie n'a même pas le temps de digérer cette information étonnante que, déjà, il ajoute:

– À moins que ce ne soit Isidore? Si c'est lui, je te préviens, tu vas te faire du mal, il a un de ces caractères... L'autre jour, tiens, je l'ai vu bourrasser un commis à la pharmacie alors que c'était lui-même qui s'était trompé dans les ingrédients de la préparation!

Désespérée, Flavie le saisit par les deux bras et le secoue de plus en plus vivement, dans l'espoir de faire tarir ce flot de paroles qui l'étourdit. Il poursuit furieusement en agrippant à son tour ses deux bras pour la faire cesser :

— Paul-Émile, ça ne se peut pas… De toute façon, c'est Marguerite qui l'intéresse, ses parents ont accepté de le recevoir, et à ce que j'ai vu, il n'est pas ressorti de là découragé, bien au contraire ! Notre séduisant professeur, peut-être ? Après tout, Lainier est célibataire et encore jeune ! Mais il n'a d'yeux que pour ses patients, ses instruments et ses revues savantes… Ce n'est pas lui ? Alors il ne reste…

Il demeure la bouche grande ouverte, les yeux fixés sur elle, comme frappé par la foudre. Épouvantée, Flavie baisse la tête, souhaitant s'enfoncer dans le sol jusqu'à disparaître complètement. Elle tente de reculer, mais il la tient très fermement et elle se tortille, incapable de supporter l'intensité de son regard, persuadée qu'il va éclater de rire ou, pire, la repousser avec une expression horrifiée…

Un petit homme d'une cinquantaine d'années s'arrête à leur hauteur et, après un regard sévère à Bastien, il demande avec sollicitude à Flavie si elle a besoin d'aide. Le jeune homme la délivre aussitôt et Flavie, empourprée, se détourne avec un signe de dénégation au passant puis elle reprend sa route en courant presque. Il ne lui faut pas longtemps pour réaliser que Bastien s'est attaché à ses pas. Après quelques minutes, elle pousse un profond soupir, puis elle s'immobilise, la tête baissée. Elle aperçoit ses pieds devant elle et, très lentement, elle lève les yeux, découvrant son visage métamorphosé, enjoué comme s'il venait de raconter une très bonne blague. Incrédule, fascinée, elle ne peut le quitter des yeux tandis qu'il lance :

— Moi aussi, Flavie, j'ai un petit problème dont je voulais te causer. Il y a une fille qui me plaît bien…

Soudain complètement déconfite, elle se cabre. Veut-il se moquer? Comme ce serait cruel! De nouveau, elle veut s'enfuir, convaincue qu'il a le cœur sec et qu'il ne peut s'empêcher de profiter de sa vulnérabilité, mais, imperturbable, la tenant par la main, il reprend:

— Sauf que cette fille… n'est pas de ma condition. Alors je ne sais pas ce qu'elle va imaginer si j'ose une approche…

Rivée à son regard soudain intense et grave, Flavie tremble de tous ses membres. Il joint son autre main à la sienne:

— En plus, cette fille sait que j'ai eu une liaison avec une servante. Une liaison qui a eu de tristes conséquences. Alors tu vois… Je ne veux pas qu'elle pense que je cherche à séduire n'importe quelle belle fille. Tant de fois, je me suis creusé la tête pour tenter de trouver une solution, mais je m'enfonçais davantage… Et puis, la demoiselle ne semblait pas me voir. Elle n'avait d'yeux que pour un rouquin beau parleur…

— Louis, c'est du passé! rétorque-t-elle violemment. Est-ce que c'est clair? J'ai envie de m'amuser, moi aussi, pas seulement d'étudier! C'est permis, non?

Le silence tombe entre eux et, progressivement, elle comprend la signification de ce que Bastien vient de lui confier. Une joie hésitante la réchauffe peu à peu. Sans lâcher ses mains, le jeune homme s'agenouille en murmurant avec ferveur:

— Merci de tout cœur, Flavie, pour ton courage. Je t'en serai éternellement reconnaissant.

Elle le tire en riant et il bondit sur ses pieds. S'inclinant avec cérémonie, il plaisante:

— Mademoiselle, sauf votre respect, j'aimerais vous demander la permission d'avoir la permission de demander à votre père la permission de venir veiller chez vous dès que ce sera possible.

— Monsieur, je ne suis pas très *induquée*, alors causez pour que je vous comprenne!

Tous deux pouffent de rire, puis Flavie ajoute encore:

— De toute façon, c'est ma mère qui dirige chez nous. Alors, vous aurez beau demander à mon père…

Très sérieux, il murmure:

— Et si je te le demandais, à toi?

Flavie libère doucement ses mains des siennes et, avec une allégresse qui lui donne des ailes, elle se serre contre lui, entourant son torse de ses bras. Les croisant, des passants sifflent et fredonnent des chansons grivoises, mais elle n'en a cure, toute à son ivresse de jouir enfin de son contact.

La saisissant par les épaules, Bastien la repousse gentiment et la considère avec une expression à la fois stupéfaite et déroutée.

— Je suis surpris… D'habitude, les demoiselles…

Flavie reste pétrifiée sur place. Il a honte de son comportement! Rouge de confusion, envahie par une énorme gêne qui la paralyse, elle baisse le nez vers le sol, constatant avec affolement que les mains du jeune homme glissent lentement le long de ses bras. C'est fini, elle a tout gâché! Pour le sûr, une jeune fille de son monde recevant une telle déclaration n'aurait jamais agi ainsi! Mais elle n'est pas de son monde! D'ailleurs, elle le déteste, son monde si prétentieux et si maniéré! Elle s'écrie avec force:

— Et qu'est-ce qu'elles font, les demoiselles? Elles tendent leur main à baiser, comme ça? Elles font des mines de chattes effarouchées? J'en suis bien marrie, mais si mon allure ne fait pas ton affaire, à la revoyure!

Elle veut tourner les talons, mais il la retient de justesse et il s'approche d'elle en murmurant dans son oreille, avec amusement:

— Chatte effarouchée, pas du tout! Mais chat sauvage, ça oui! Je ne vais certainement pas te laisser fuir, depuis le temps que je te vois jusque dans mes rêves. Mon petit chat sauvage, est-ce que je peux te reconduire jusque chez toi?

Alanguie par sa proximité, Flavie reste un long moment silencieuse, sans oser le toucher, mais laissant une douceur toute nouvelle remplacer le feu de la révolte qui la consumait quelques instants plus tôt. Il dit encore:

— Jamais une femme ne m'a sauté dans les bras. Mais si tu veux, on va recommencer, et cette fois-là, je te jure que je vais aimer ça…

Il glisse ses doigts entre les siens et, tout doucement, il l'entraîne à reprendre leur marche. Muet, il la regarde presque tout le temps et Flavie s'abandonne à sa contemplation, lui souriant parfois en croisant ses yeux. Un léger malaise subsiste pourtant en elle et c'est d'une voix sourde qu'elle bredouille, après s'être raclé la gorge:

— Je veux que tu saches que… contrairement à ce que tu as peut-être pu penser, je ne cherche pas du tout, comme tu dis, à me placer les pieds.

Levant la main pour l'empêcher de parler, elle poursuit avec un tremblement dans la voix:

— Si je pouvais changer le cours des choses, si je pouvais effacer d'un seul coup la fortune de ton père, je le ferais. J'aimerais bien mieux que tu habites là, tu vois? Cette maison qui ressemble à la mienne…

Bastien l'enlace en murmurant à plusieurs reprises son prénom d'un ton navré. Elle l'étreint de nouveau et, cette fois, il reste parfaitement immobile, respirant un peu fort dans ses cheveux. D'abord raide comme un piquet, il se détend peu à peu et s'alanguit, épousant progressivement les formes de Flavie, resserrant ses bras autour de sa taille. La voix rauque, il chuchote :

— J'ai été méchant, tout à l'heure. Je m'en excuse. C'était la jalousie qui parlait à travers moi. Parce que tu sais, il y a longtemps que tu m'es tombée dans l'œil. Depuis novembre dernier, lors du cours au refuge, le soir où Louis s'est mis à être si prévenant avec toi…

Flavie n'est pas dupe de son ton détaché et elle passe doucement son doigt sur le pli qui s'est formé sur son front et qui trahit l'ampleur du désarroi et de la contrariété qu'il a alors ressentis.

— Si longtemps ? s'étonne-t-elle ensuite sincèrement, en se dégageant. Mais je n'ai rien remarqué !

— Je suis d'un naturel discret, explique-t-il sobrement. Et puis, c'était un peu compliqué… Quand j'ai compris qu'Anne t'avait fait des confidences… J'étais persuadé que mes chances étaient complètement nulles !

D'un commun accord, tous deux reprennent leur marche et Flavie glisse son bras sous le sien.

— Les garçons du faubourg, remarque-t-elle d'un air coquin, ils ne s'enfargent pas dans les fleurs du tapis pour faire savoir à une fille qu'elle leur plaît !

— Ah bon ? Et que font-ils ?

— Ou bien ils sont tellement intimidés que ça paraît comme un nez d'ivrogne au milieu du visage, ou bien ils font des mines, des œillades et plein de commentaires, jusqu'à ce que la fille accepte les fréquentations !

— Avec une telle attitude, note le jeune homme avec un air renfrogné, je me serais fait prestement chasser des salons et des bals !

Après un moment de silence, Flavie lui confie à son tour son éblouissement amoureux d'il y a dix jours et il ronchonne en exagérant son dépit :

— Seulement dix jours ? Mais moi, ça fait six mois !

— Maintenant que j'y repense, je crois bien qu'avant…

Elle chasse le souvenir de Louis, celui qui lui a caché le trésor qui l'attendait, ajoutant :

— Je suis sûre qu'en dix jours j'ai souffert plus de tourments que toi !

— Chiche !

Bastien lui avoue ensuite qu'il aura très peu de temps pour elle d'ici son examen, précisant avec anxiété qu'il doit absolument le réussir parce qu'il lui devient urgent d'établir sa pratique.

— Tu n'aurais pas pu attendre après pour me faire la grande déclaration ?

— On peut bien essayer, réplique-t-elle en se séparant brusquement de lui. Fais comme si tu ignorais tout.

Stoïques, tous deux marchent sans se toucher pendant quelques instants, puis, pouffant de rire, ils s'enlacent de nouveau. Lorsqu'ils parviennent devant la galerie de la maison de la rue Saint-Joseph, Bastien s'arrête et jette à Flavie un regard plein d'appréhension. Lui faisant signe d'attendre, elle entre avec fracas dans la salle de classe, traverse la cuisine et émerge dans le jardin où ses parents sont en train de travailler, leur criant :

— Maman ! Papa ! J'ai un amoureux !

Médusés, tous deux lâchent leurs outils et se laissent emmener par Flavie jusqu'au jeune homme appuyé contre un montant de la galerie. Il se redresse nerveusement tandis que Flavie pousse ses parents vers lui et qu'elle vient ensuite glisser sa main dans la sienne. D'une voix éteinte, osant à peine regarder Simon et Léonie, il exprime prudemment le souhait de pouvoir revenir veiller en compagnie de la jeune fille. Simon semble plutôt contrarié, mais Léonie répond en souriant :

— Par ici, monsieur, on laisse au cavalier le temps de faire ses preuves. Si Flavie vous accepte, notre porte vous est grande ouverte. Tu as quelque chose à ajouter, Simon ?

Jetant un regard sévère à sa fille, Simon la réprimande plutôt :

— Tu en as mis du temps à revenir ! Tu n'as même pas dîné !

— Tu me chicaneras plus tard, papa, réplique-t-elle d'un air mutin. Pour l'instant, je dois dire au revoir à Bastien. Il a un examen *très* difficile à préparer. Bientôt, tu seras obligé de lui dire cérémonieusement : « Bien le bonjour, monsieur le docteur » !

— On vous laisse, grommelle Simon en levant les yeux au ciel, mais pour cinq minutes seulement, compris ?

Léonie et Simon disparaissent dans la maison et Bastien, se laissant aller contre la balustrade, attire Flavie sur son flanc. Tous deux restent ainsi sans parler, puis il pose ses lèvres sur sa tempe et ensuite sur sa joue avant de se redresser en s'ébrouant comme un poulain.

— Ma mère va s'inquiéter, marmonne-t-il. Je t'écrirai, d'accord ?

— Quand tu viendras, peut-être que nous pourrons faire une promenade, suggère Flavie en le regardant droit dans les yeux. Il y a des endroits isolés, par ici...

Il lui baise la main avec une expression espiègle, avant de se fondre rapidement dans la circulation de la rue Saint-Joseph.

Chapitre XXIII

Euphorique, débordante d'énergie, Flavie retrouve un appétit décuplé pour la vie. Tout l'enchante, de la plus insignifiante coccinelle sur une feuille jusqu'aux farces idiotes de Laurent. Elle adore ce qu'elle mange, elle écoute les leçons de sa mère avec une concentration inégalée et elle soigne les femmes enceintes de la Société avec des trésors de compassion dans le cœur. Le soir, enfin, elle s'endort en repassant indéfiniment dans sa tête leur mutuelle déclaration d'amour.

Sans se lasser, elle répond à toutes les questions des membres de sa famille au sujet de Bastien. Elle reçoit bientôt une lettre de lui et elle s'amuse de son écriture large et débridée aux lettres rondes. Il lui décrit en deux lignes son emploi du temps, soit étudier, manger et dormir, et il conclut la courte missive en la comblant de jolis mots d'amour, graves et simples, qui la touchent jusqu'au plus profond de son être.

À la fin du mois de mai, des rumeurs inquiétantes se répandent dans la ville. Dès que la navigation a été ouverte sur le fleuve, un nombre impressionnant de navires en provenance d'Irlande, plus d'une trentaine, ont jeté l'ancre à l'île de la quarantaine, en aval de Québec. Une bonne partie des immigrants à leur bord est atteinte de la fièvre des navires... Léonie ramène à la maison des informations préoccupantes. La Grosse-Île ne peut recevoir un aussi grand nombre de personnes. Un médecin de Montréal, en compagnie d'un agent d'émigration de la capitale, s'est vu confier la pénible tâche d'identifier les bien portants et de les faire transporter à Montréal.

— Ils vont séparer les familles, murmure Léonie, l'air sombre et les yeux fixés sur ses mains jointes sur la table. Si la mère est malade et que les enfants semblent en santé…

Cette terrible perspective fait planer un silence de mort dans la cuisine où, en ce dimanche matin, tous les cinq sont réunis, puis Cécile s'écrie :

— Il paraît que les *landlords* anglais, ils se débarrassent de leurs malades en les envoyant ici !

— Les Irlandais ne sont pourtant pas leurs esclaves ! s'indigne Flavie.

— Presque, explique Simon avec amertume. En Irlande, ce sont des aristocrates anglais qui possèdent les terres. Ils en louent des parcelles à de pauvres familles irlandaises, mais ils exigent un loyer tellement élevé que toute la récolte de céréales y passe. Il ne reste aux Irlandais, pour subsister pendant l'hiver, que les patates.

Laurent ne peut s'empêcher d'ironiser :

— Cette fameuse patate à laquelle grand-mère était incapable de s'habituer…

— Déjà menacée par la maladie de la pomme de terre, la récolte a été détruite l'année dernière par la sécheresse, vous vous souvenez ? Plutôt que de redonner aux affamés les céréales qu'ils avaient cultivées, les *landlords* ont préféré leur offrir un passage gratuit vers l'Amérique.

— Les États-Unis ont fermé leurs frontières à ces navires, ajoute Léonie. Mais étant donné que nous sommes une colonie de l'Angleterre…

— Mais il faut bien que quelqu'un reçoive ces pauvres gens! proteste Cécile.

— C'est inhumain d'obliger des gens déjà affaiblis par les privations à subir un long voyage en mer! Personne ne s'est même préoccupé de surveiller l'état des navires! Personne n'a restreint la quantité de gens qui pouvaient y embarquer! Vous imaginez quel spectacle les officiers de la Grosse-Île ont découvert?

— Une chance qu'il y a la quarantaine, murmure Flavie. Ces pauvres gens pourront s'y rétablir.

Sans répondre, Léonie échange avec Simon un regard lourd de sous-entendus. Emplie de son bonheur tout neuf, Flavie est incapable d'envisager les conséquences de cet exode sur les rives du Saint-Laurent. Elle n'a pas réalisé que ceux qui semblent en bonne santé et qui sont transportés dans la métropole peuvent tomber malades du jour au lendemain, risquant de contaminer tous ceux qu'ils croisent…

Depuis le début du siècle, les épidémies sont une menace familière pour les habitants du Bas-Canada. Chaque année, des dizaines d'immigrants contractent une maladie sur les bateaux et, parfois, elle frappe quelques Canadiens. Mais cette fois-ci, la situation est autrement plus grave et, inévitablement, tous deux évoquent en pensée la terrible épidémie de choléra de 1832.

Léonie dit à l'adresse de son mari:

— Le conseil municipal aurait l'intention d'adopter un règlement pour mettre sur pied un bureau de santé.

— Les fonctionnaires seront pris de vitesse, répond Simon à voix basse. Les navires arriveront avant qu'ils puissent organiser quoi que ce soit. Si au moins nous avions pu nous préparer à les recevoir!

Après un temps, il ajoute, regardant intensément Léonie :

— Quand la Société ferme-t-elle pour les vacances ?

— Elle ne ferme pas. Comme je t'ai dit, je m'occupe du mois de juillet et Sally, du mois d'août.

— Tu comptes passer tout le mois de juillet en ville ?

— Nous avons pu fermer l'année passée, mais c'est devenu impossible. Même s'il y aura peu d'affluence, il faut rester ouvert.

— Je préférerais que tu partes, Léonie, avec les filles.

— Il y aura aussi les cours… Ils se terminent le dernier jeudi de juin.

Simon fait une grimace d'impuissance, puis il se lève brusquement et sort dans le jardin. Se relevant de la chaise où il était installé à califourchon, Laurent vient vers Léonie :

— Mes vacances sont en août, maman. De toute façon, je ne veux pas partir sans Agathe.

Léonie fait un signe d'assentiment et il quitte la pièce à son tour. Du regard, elle caresse ses deux filles, familièrement assises l'une à côté de l'autre à la table. Avant le début de la discussion, Flavie était en train de rédiger un travail exigé par Provandier et Cécile, la tête appuyée dans sa main, observait ses efforts avec la plume et l'encre. Léonie sait que la fièvre des navires s'attaque surtout aux plus faibles : les vieux, les enfants, les pauvres. Ses filles ne devraient donc pas avoir grand-chose à craindre. Mais les immigrants débarquent en si grand nombre et la fièvre semble si virulente… En se rendant au caveau à légumes, quasiment vide à cette époque de l'année, Léonie commence à jongler avec l'idée d'éloigner ses enfants de la métropole pour l'été.

Plus tard dans l'après-midi, comme convenu, Marie-Claire rend visite à Léonie. Mais la présidente du conseil de la Société a ménagé une surprise à son amie, celle d'être accompagnée par la vice-présidente, Françoise Archambault. Cette dernière, le pied à peine dans la porte, s'excuse pour son manque de savoir-vivre :

— J'aurais dû vous avertir mais la décision s'est prise subitement. J'étais plutôt curieuse, je l'avoue, de rencontrer la fameuse sage-femme dans la simplicité de son intérieur !

— La simplicité de son intérieur…, marmotte Simon pour le bénéfice de ses filles. N'y aurait-il pas une once de dédain dans son langage ?

En riant, Flavie lui fait les gros yeux tandis que Léonie entraîne ses invitées vers le jardin. Elle n'est aucunement contrariée par la présence de Françoise ; au contraire, elle apprécie cette grande femme énergique et elle n'est pas fâchée d'avoir le plaisir de la connaître davantage. Toutes trois prennent place sur le banc et Françoise s'étonne :

— Quel endroit charmant ! On voit tout de suite que votre jardin a de nombreuses fonctions utiles, mais, malgré tout, il réussit à être poétique !

— Quand on y songe, dit Marie-Claire, nos jardins d'agrément sont bien jolis, mais parfaitement bourgeois !

— Le plaisir des yeux fait du bien, commente Léonie à son tour. L'enchantement apaise l'âme, vous ne trouvez pas ?

En silence, les trois femmes écoutent les bruits du jardin, puis Marie-Claire reprend doucement :

— Comme ce serait agréable d'offrir à nos patientes un tel endroit de détente ! Notre cour arrière, hélas, tient lieu d'entrepôt et de décharge à déchets.

– Tu sais bien qu'on ne peut pas tout faire, ma chérie, réplique Françoise avec une familiarité qui surprend Léonie. Nous sommes déjà débordées…

Les trois femmes ont convenu qu'il leur fallait faire le bilan de la première année de leur collaboration avec l'École de médecine et de chirurgie pour, dès maintenant, apporter les corrections qui s'avéreraient nécessaires. Après une discussion courte mais intense, elles admettent que les étudiants se sont, en règle générale, comportés très civilement et que les patientes s'accommodent plutôt bien de leur présence.

Quant au refuge, grâce à l'exemple d'autres cliniques déjà bien implantées, il roule sans anicroches sérieuses. Le principal problème est celui de la permanence, assurée la nuit par la concierge et le jour par les bénévoles secondées par plusieurs dames patronnesses. Le roulement est élevé et les absences, fréquentes, ce qui nuit à la qualité de l'accompagnement. Toutes trois savent pertinemment que la seule solution serait de rémunérer les deux femmes qui se partageraient les sept jours de la semaine. Françoise ajoute :

– Suzanne fait un travail formidable. Quant à Flavie, que dire sinon qu'elle est une aide de la meilleure qualité possible ? Si nous pouvions leur offrir un salaire…

– Nous manquons d'argent, explique Marie-Claire. Cet été, il faut réparer la fournaise et remplacer deux fenêtres, en plus de se procurer de nouveau draps, des bandages et des fournitures diverses… Quand le salaire de la concierge est payé, il n'y a plus de jeu. Il nous faut absolument de nouvelles entrées d'argent.

– Les chambres privées deviennent de plus en plus populaires, fait remarquer Léonie. C'est payant, non ?

— Pas assez. On ne peut pas compter non plus sur les tarifs théoriquement exigés à chacune des patientes. La plupart d'entre elles sont incapables de payer.

Déjà assez exploitée par les refuges plus anciens, la solution du bazar est écartée d'emblée. Il reste deux avenues : organiser une grande campagne de financement appuyée par un solide comité d'hommes d'affaires et tenter d'obtenir des subsides du gouvernement. Cette dernière idée est si inusitée que Léonie reste un bon moment à la retourner mentalement dans tous les sens pendant que Françoise affirme :

— Après tout, nous avons un droit de regard sur la manière dont sont dépensées nos taxes, n'est-ce pas ? Une telle requête pourrait aisément se justifier, et d'ailleurs, la pratique est courante dans d'autres pays. Mais il nous faudrait des appuis à la législature.

— Notre conseil d'administration est très bien constitué, fait valoir Marie-Claire en lançant un regard reconnaissant à Françoise. Toi, Vénérande, Euphrosine… Mais il nous faut absolument élargir notre base et mener une campagne pour recruter plus de membres associées. Ensuite seulement, fortes de ce soutien sans équivoque, nous pourrons chercher de nouveaux moyens de financement.

— L'autre fois, Flavie a eu une idée qui m'a semblé excellente, intervient Léonie avec animation, et qui pourrait fort bien agrémenter une campagne de recrutement. Elle a suggéré que la Société organise des conférences, à la manière de l'Institut canadien, mais réservées aux femmes et dans le seul but de diffuser la science médicale.

— Des conférences publiques ! s'exclame Françoise. Données par des accoucheuses ou des médecins sympathiques à notre cause !

— Le docteur Provandier serait ravi d'en être, ajoute Léonie avec un large sourire.

Contaminée par l'excitation de la vice-présidente, Marie-Claire lance à son tour :

— De telles conférences faciliteraient sans aucun doute le recrutement, en plus de donner une large visibilité à notre œuvre ! Léonie, ta fille ira loin !

Françoise glisse avec regret :

— Comme j'aimerais avoir son âge ! Je ne ferais pas les mêmes choix, c'est sûr ! À commencer par le mariage obligé…

Elle échange un regard avec Marie-Claire, et Léonie devine qu'il existe entre elles cette grande complicité qui résulte d'une forte amitié. Un éclair de jalousie la traverse, qu'elle se reproche aussitôt. Contrairement à l'amour, l'amitié est un sentiment qui se multiplie à l'infini… Avec affection, Marie-Claire conseille doucement à Françoise :

— Il ne sert à rien de s'apitoyer sur le passé. Il faut aller de l'avant. Tu me l'as dit assez souvent depuis que Richard…

Se tournant vers Léonie, Marie-Claire explique en tentant de contenir son propre désarroi :

— Tu n'es pas au courant… J'ai beaucoup de choses à te raconter, mais je peux déjà te dire que j'ai finalement compris que Richard n'est pas seulement absorbé par son travail, il l'est aussi par une maîtresse qui habite Saint-Hyacinthe.

— Voilà pourquoi, lance amèrement Françoise, il considère son foyer comme un hôtel de passage.

— Je ne m'en plains pas, précise Marie-Claire. Je suis soulagée de ne plus avoir de contacts avec cet homme qui m'est devenu totalement indifférent.

Visiblement incapable de ravaler sa rancœur, Françoise ajoute encore :

— Nos maris agissent avec nous comme des êtres totalement insensibles et ils voudraient pourtant que nous les aimions toujours !

Malgré elle, Léonie ne peut s'empêcher de songer à Simon. Se comporte-t-il, lui aussi, comme un être égoïste qui refuse de considérer les sentiments de son épouse ? Son éloignement, dont la cause semble être les nouvelles responsabilités de Léonie, pourrait le laisser croire. Elle en fait part à son amie, pour la première fois, d'une voix hésitante :

— Simon aussi... Je ne te l'ai jamais dit, mais... Depuis que j'ai accepté le poste de sage-femme à la Société, il n'est plus le même.

Marie-Claire la regarde d'un air navré et répond avec précaution :

— Pourtant, il me semblait si différent... Tellement mieux que beaucoup d'autres.

Perdue dans ses pensées, Léonie garde le silence et Marie-Claire lui prend la main en proposant :

— Tu viens dîner, la semaine prochaine ? J'ai hâte de causer avec toi...

Léonie accepte avec gratitude. Françoise se racle la gorge :

— Il faut aussi régler la question du remplacement de Provandier. Nous voulions vous en parler, Léonie, avant de la soumettre au conseil. Vous savez qu'il prend sa retraite cet été.

— Il m'a proposé quelques-uns de ses confrères, précise Léonie. Mon choix penche vers...

Marie-Claire dit très vite :

— Nicolas Rousselle sollicite le poste.

— Rousselle? répète Léonie avec égarement.

— Vénérande nous a transmis sa lettre de candidature.

D'un bond, Léonie saute sur ses pieds et s'éloigne de quelques pas. À la seule idée que Nicolas soit l'un des deux médecins attitrés de la Société, son sang bouillonne dans ses veines. Elle refuse totalement d'avoir à discuter avec lui des traitements médicaux à faire subir aux patientes ou des décisions à prendre advenant une délivrance difficile! Se tournant vers les deux femmes, elle ouvre la bouche pour protester, mais Françoise plaide:

— Comment pourrions-nous refuser, Léonie? En toute honnêteté, Rousselle n'est-il pas le meilleur candidat possible pour nous? Ses étudiants fréquentent la Société, son épouse est dame patronnesse et, en plus, il a une excellente réputation…

— Nous savons que tu n'aimes pas travailler avec lui, ajoute Marie-Claire. Le mieux que l'on puisse faire, c'est qu'il devienne l'associé de Sally tandis que Wittymore serait le tien.

— Mais ce n'est pas si simple! se récrie Léonie avec flamme. Notre médecin associé n'est pas toujours disponible!

Le silence retombe et Léonie comprend que la question est déjà pratiquement réglée. Les arguments de ses interlocutrices sont indiscutables et elle ne peut pas leur en tenir rigueur, mais comme elle aurait préféré que les choses se déroulent autrement! Avec un sourire contraint, elle balbutie:

— Il faudra bien qu'un jour j'affronte cet homme…

Ce soir-là, Léonie fait exprès de monter dans la chambre tout de suite après Simon. Quand elle entre, son mari, le torse nu, est assis sur le bord du lit, l'air absent. Elle se déshabille comme si elle était seule, puis marche ensuite, en chemise, jusqu'au pot de chambre. Lorsqu'elle se relève, elle fait lentement passer, mue par une impulsion, sa chemise par-dessus sa tête. Complètement nue, Léonie revient vers le lit et s'y allonge sur le côté sans dire un mot. Elle n'a jamais été prude, mais, devant la froideur nouvelle de son mari, elle ne ressentait plus la même aisance qu'avant… Du moins, jusqu'à ce soir.

Tournée vers le dos de Simon, la tête appuyée sur son bras, elle le caresse du regard. Depuis cet après-midi, la conversation avec les deux officières de la Société lui trotte dans la tête. Alors qu'elle se trouvait seule avec Françoise, Léonie l'a fait causer sur l'apparente insensibilité de certains maris. Selon elle, une bonne proportion d'époux considèrent leurs épouses comme des êtres indignes d'estime et de respect. Ce n'était pas surprenant: élevés comme les seigneurs de la création, habitués à voir les femmes comme des êtres inférieurs, ils les traitent tels des enfants imprévisibles et écervelés. Malheureusement, avait ajouté Françoise, plusieurs dames de la bonne société se comportent réellement ainsi, s'agitant sans raison et incapables d'un jugement réfléchi.

La différence d'éducation, l'arrogance mâle, l'infériorité dans laquelle sont tenues les femmes et même le choix précipité d'un époux parce qu'il le faut bien, tout cela conduit à des unions sans âme où le mari se détache complètement de celle qui habite sous son toit. Mais, selon Françoise, le véritable scandale, c'est que la société elle-même précipite les femmes dans cette situation. Pour y remédier, il faut donner à ces dernières une entière liberté d'action. Le travail féminin au sein des sociétés charitables, qui prouve de manière éclatante que les femmes sont des êtres doués d'intelligence et de raison, est un premier pas dans cette direction.

Ruminant tout cela, Léonie s'était sentie progressivement soulagée d'un bon poids. Devant l'attitude de Simon depuis son engagement à la Société, elle n'avait pu se défaire d'un sentiment diffus mais tenace de culpabilité. Même si ses responsabilités accrues lui procuraient une grande satisfaction personnelle, elle ne pouvait s'empêcher de croire qu'elle allait peut-être trop loin, que l'harmonie familiale en souffrait et que Simon n'avait pas tout à fait tort de lui en vouloir. Mais ce soir, une question hante Léonie : pourquoi devrait-elle assumer seule la responsabilité d'un foyer chaleureux ?

— Je tue la chandelle ? demande Simon sans se retourner.

Léonie jette un coup d'œil à la lampe à godet posée sur une petite tablette, puis elle murmure une phrase de dénégation. Simon s'étend enfin sur la courtepointe, vêtu de son seul caleçon, car il fait à l'étage une chaleur plutôt étouffante. Sans vergogne, elle le détaille du regard. Depuis des jours, elle est taraudée par l'envie de lui et elle refuse d'attendre que, de son côté, le besoin soit trop intense pour être repoussé davantage. Ce soir, elle le veut et elle le prendra.

Le dernier jour de mai, tout juste avant qu'elle quitte la maison pour sa journée à la Société, Flavie reçoit d'un jeune messager un court mot de Bastien qui lui demande si elle peut réserver le prochain dimanche après-midi pour lui. Elle gribouille hâtivement son consentement au bas de la feuille et la remet au garçon, qui repart au trot. Pendant les jours qui suivent, elle est incapable de contenir sa joie, se jetant sous n'importe quel prétexte au cou de son père, chantant à tue-tête et finissant la corvée du ménage de printemps en valsant avec le plumeau et la vadrouille.

Elle adresse ses supplications au Créateur pour que cesse la pluie chaude et obstinée qui tombe depuis des jours et, comme par miracle, le dimanche matin, le ciel d'un bleu très frais est magnifique. Pendant toute la matinée, elle se consacre avec Laurent et Cécile à la tâche devenue urgente du ménage du poulailler. L'angélus a sonné depuis longtemps lorsque, couverts de sueur, de brindilles et de poussière, les trois jeunes s'aspergent, tout habillés, à grands coups de seaux d'eau.

Flavie se change en un tournemain, revêtant le nouvel ensemble d'été, corsage et jupe, qu'elle a réussi à coudre pendant l'hiver malgré toutes ses occupations. Les cheveux dénoués et dégoulinants, elle doit encore rincer sa vieille robe et l'étendre au soleil. Elle se précipite ensuite dans la maison. Déjà attablée en compagnie de Simon, Léonie lui tend son assiette. Bien que son estomac soit noué par la nervosité, Flavie avale son léger repas, sous l'œil amusé de ses parents, en quelques bouchées.

Tous trois figent lorsque des coups légers retentissent à la porte d'entrée. Flavie se lève d'un bond, mais Simon lui fait signe qu'il s'en charge. Le cœur battant, les jambes molles, la jeune fille s'éloigne de la table tandis que les salutations que s'échangent les deux hommes lui parviennent. Enfin, Bastien apparaît dans le cadre de porte. Simon le pousse légèrement et il avance d'un pas hésitant, ses yeux rivés sur Flavie figée sur place, intimidée par la présence de ses parents et inquiète à l'idée que son ardeur se soit possiblement refroidie depuis la dernière fois.

Simon s'éclaircit la voix et grommelle :

— Ne vous gênez pas pour nous, les enfants. Embrassez-vous.

Bastien s'approche de Flavie et pose des lèvres sèches sur sa joue. Il se tourne ensuite vers Léonie et s'incline légèrement.

— Bienvenue, Bastien, répond-elle plaisamment. Nous finissions tout juste de dîner.

— J'arrive peut-être trop tôt ?

— J'ai terminé, précise Flavie avec hâte.

— Ma grande, n'oublie pas de tresser tes cheveux.

Flavie porte la main à sa chevelure en échangeant un sourire avec Bastien qui la contemple avec une délectation à peine voilée. Laurent et Cécile font à ce moment irruption dans la pièce. Après les présentations, Bastien prend place à table et Léonie s'informe sur ses études pendant que Cécile, malgré les cris de famine de son estomac, rassemble les cheveux de sa sœur en une tresse unique nouée par un joli ruban. Tandis que le reste de la famille achève de se restaurer, les deux jeunes gens vont s'installer l'un à côté de l'autre sur les chaises placées le long du mur. Le jeune homme ne peut s'empêcher d'examiner la grande pièce avec curiosité et Flavie se demande avec anxiété s'il compare les lieux avec sa propre maison où, sans doute, les planchers sont lavés et bien cirés, le poêle brille de propreté et les vitres sont parfaitement claires...

Le jeune homme lance soudain :

— Vous avez entendu la rumeur ?

— Au sujet du typhus ? s'enquiert Simon avec une légèreté feinte.

Cécile ironise à mi-voix :

— Il faudrait être sourd comme un pot pour l'ignorer…

— Si vous le voulez bien, monsieur Renaud, intervient Léonie, nous en causerons une autre fois.

Comprenant qu'un sujet de discussion aussi sombre ne tente personne, à part lui, Bastien acquiesce d'un air entendu et reste muet.

Simon s'informe des affaires d'Édouard Renaud. Avec une grimace expressive, Bastien lui répond que ses déboires financiers sont loin d'être terminés. Jetant un coup d'œil à Flavie, il lui confirme leur déménagement cet automne dans une plus petite maison, rue Sainte-Monique. Poussant un soupir de regret, Simon grogne :

— Quel dommage, quand même… Nous étions tous fiers de votre père, le seul qui ait réussi, Dieu sait comment, à devenir presque aussi riche que les plus riches Anglais !

— Mon père est un Canadien pure laine, bien attaché aux traditions françaises. Mais c'est un original à sa façon et, très jeune, il s'est attiré la confiance de plusieurs de ces Écossais qui dirigeaient alors le commerce de la colonie. D'une certaine manière, il se sentait très proche d'eux. Il m'a souvent répété que si les Canadiens pouvaient s'approprier ne serait-ce qu'une parcelle de leur esprit d'entreprise, il y aurait parmi nous moins de charroyeurs d'eau et de scieurs de bois.

— Bien dit ! s'exclame Simon en donnant un coup de poing sur la table.

— Vu comme ça, tout semble facile, intervient Léonie, mais je suis persuadée que votre père a dû ramer très fort pour se faire accepter parmi ces gens comme l'un des leurs.

— Et pour développer les contacts essentiels pour la réussite dans le commerce international, ajoute Laurent. Ces Écossais et ces Anglais font partie d'une clique très jalouse de ses avantages.

— Une vraie caste, renchérit Simon. Jeune homme, vous transmettrez à votre père toute mon admiration.

Bastien le remercie d'un mouvement de tête et un silence contraint tombe. Inspirant profondément pour se donner du courage, Flavie demande d'une petite voix :

— Papa, il fait très beau… Est-ce que nous pouvons, tous les deux, aller faire une petite promenade ?

— Le jardin n'est pas assez grand à ton goût ? grommelle Simon.

Cécile glousse derrière sa main et Flavie lui jette un regard courroucé. Bastien intervient avec un gentil mensonge :

— J'ai demandé à Flavie de me faire visiter les environs. Mais si vous trouvez cela trop… précipité, je peux attendre.

— Je crois qu'on peut leur faire confiance, estime Léonie, n'est-ce pas, Simon ?

Soudain réjouie par un souvenir récent, Flavie lance, en regardant son cavalier :

— Bastien sait que les femmes du peuple sont capables de se défendre.

Tous deux pouffent de rire tandis que Simon ronchonne :

— Je suis d'accord pour quelques promenades, mais en général, je préfère les veillées ici, chez nous.

— Je suis prête, indique Flavie.

— Ton bonnet ?

— Je ne le trouve plus. Je l'ai cherché partout, je t'assure.

Simon ajoute qu'il souhaite voir revenir sa fille au plus tard lorsque Notre-Dame sonnera six heures du soir. Flavie tire Bastien avec impatience vers l'extérieur. Tous deux ont à peine mis le pied dans la rue qu'il glisse une main douce sous sa tresse, la posant sur sa nuque. Leurs pas s'accordent, leurs flancs se frôlent et une onde de chaleur envahit Flavie, qui sent instantanément que le jeune homme est sensible à ses charmes avec une intensité nouvelle.

Ainsi liés, tous deux marchent vers un boisé qui les isolera à la fois de la foule et de la navigation sur le canal qui coule paresseusement à proximité. Ils ont à peine pénétré dans le petit bois, suivant l'un derrière l'autre l'étroit sentier, que la jeune fille s'immobilise et fait un geste intimant le silence. Un éclat de rire lui est parvenu. Avec précaution, ils font quelques pas et découvrent au détour du sentier un couple à moitié dénudé. Retenant un rire nerveux, Flavie pivote et oblige Bastien à battre en retraite.

Tout juste avant d'émerger de l'ombre des arbres, il l'attire contre lui et l'étreint avec tant d'ardeur qu'elle en perd le souffle. Puis il passe une main dans ses cheveux et en retire un brin de paille, qu'il lui montre. Narquoise, elle lance :

— Tu ne devineras jamais ce que j'ai pu faire ce matin.

— Penser à moi ?

— Entre autres, oui.

Elle lui prend le bras et tous deux se remettent à marcher tandis qu'elle lui raconte avec moult détails le nettoyage du poulailler. Il s'exclame, incrédule :

— Tu es vraiment obligée de travailler ainsi?

— Obligée? Enfin… Qui d'autre le ferait? C'est comme ça, c'est tout.

— La prochaine fois, je te remplacerai.

— Pff! fait-elle avec une moue sceptique. Tu n'es vraiment pas habitué à ce genre d'ouvrage. Pour le sûr, Laurent te bat à plate couture au bras de fer.

Affectant d'être fâché, il se plante au milieu de la route en croisant les bras. Rieuse, elle l'oblige à reprendre sa marche et il avoue, l'air dépité:

— Tu as sans doute raison… Mais je me suis beaucoup amélioré dernièrement! Un jour, j'ai réalisé que si je voulais être un médecin convaincant, il fallait que je sois en bonne santé! Je me suis mis à la marche. Je suis capable de faire le tour de la montagne en moins de deux heures. Je fais aussi partie du Club des raquetteurs. Je te jure que j'en ai sué un coup, cet hiver…

Tous deux cheminent vers l'ouest, quittant le monde habité pour emprunter un sentier qui traverse un champ, puis s'enfonce dans une forêt où Flavie espère ne pas rencontrer âme qui vive. Ils s'arrêtent à proximité d'un énorme rocher couvert de mousse. Bastien s'y adosse et attire Flavie contre lui. Avec une expression gourmande qui la comble d'aise, il l'embrasse partout sur le visage tout en lui murmurant des mots tendres. Elle le sent à la fois avide et hésitant, un mélange qu'elle trouve très attendrissant.

À son tour, elle pose ses lèvres sur ses joues, puis dans son cou, ce qu'il trouve agréable mais plutôt chatouillant. Elle voudrait bien qu'il pose sa bouche sur la sienne, mais il semble l'éviter, préférant parcourir de ses doigts légers la base de son cou et le début de sa gorge sans toutefois oser descendre davantage. Lorsque, de nouveau, sa bouche passe à proximité, elle fait un brusque mouvement pour retenir ses lèvres sur les siennes.

Il s'immobilise et Flavie savoure avec intensité ce contact si doux et si chargé de promesses, mais il met abruptement un terme à cet enchantement en se redressant sans dire un mot. Surprise, Flavie reste contre le jeune homme sans bouger mais, lorsque ses mains l'abandonnent, elle s'écarte, consciente du malaise profond qui s'est emparé de lui. Déconcertée et malheureuse, elle lève lentement son regard, croisant ses yeux agrandis par un sentiment qui ressemble… à de la panique! Le fossé qui les sépare est trop large, songe-t-elle avec désespoir. Elle ne connaît presque rien de son monde et lui ignore tout du sien. Tant de grossièretés se disent entre personnes riches au sujet des gens «du commun»!

Comme s'il sentait que Flavie est envahie par une envie féroce de le planter là, il tend la main et agrippe la sienne, la serrant convulsivement. Il veut l'attirer de nouveau contre lui, mais, par fierté, elle résiste stoïquement. Il supplie:

— Viens, Flavie, viens ici. Je vais t'expliquer. Viens, s'il te plaît.

Elle cède et il la presse contre son flanc, respirant l'odeur de ses cheveux, caressant son dos, puis il chuchote:

— Tu es belle et bonne, Flavie. Toutes les nuits, je pense à toi et si tu savais jusqu'où mon imagination m'emporte! Mais lorsque je retombe dans le monde réel… Lorsque je t'ai près de moi… Malgré tout mon goût pour toi, je suis obligé de combattre une voix intérieure qui parle très fort dans mes oreilles. Depuis que je suis tout petit, j'entends dire qu'il faut respecter les demoiselles, qu'il est interdit de faire ceci et cela, et les péchés, et l'enfer… L'enfer qui commence avec un baiser sur la bouche.

Choquée, Flavie veut se dégager, mais il la retient.

— Tout le monde s'efforce de nous faire croire que les vraies femmes sont froides. Celles qui aiment les hommes, ce sont les femmes du peuple, les immorales, les impudiques… les femmes du peuple et les filles de joie.

— Les filles de joie! s'écrie Flavie, indignée. Peut-être qu'elles aiment les hommes au début, mais je suis sûre qu'elles finissent par les haïr, après tout ce qu'ils leur font subir!

— Je voulais seulement te faire comprendre le lien étroit qu'il y a dans nos petites têtes de garçons idiots…

— Pour ça oui, grommelle Flavie avec mauvaise humeur, vous êtes de vrais idiots et vous ne comprenez rien à rien!

— Et qu'est-ce que je devrais comprendre?

— D'abord, lâche-moi.

Il obtempère et Flavie recule de quelques pas, le considérant avec défi.

— Moi, depuis que je suis petite, je vois les hommes et les femmes se caresser et s'embrasser. Pourquoi devrait-on se priver de se faire plaisir? Pour gagner son ciel? Il faut vraiment être innocent pour croire les curés. Par ici, personne ne se prive des plaisirs d'amour.

Laissant son regard se perdre dans les profondeurs de la forêt, elle balbutie ensuite avec tristesse:

— Si ça ne te plaît pas, comment je suis faite, je crois que je suis mieux de partir.

D'une seule foulée, il vient tout contre elle.

— Embrasse-moi, Flavie.

Elle le considère d'un air malicieux, puis elle dépose un léger baiser sur sa joue. Malgré son impatience, il ne peut s'empêcher de sourire avec amusement. Elle presse ensuite ses lèvres dans son cou, les y fait courir, terminant par un mordillement, mais, saisissant sa tête entre ses mains, il se penche vers sa bouche. Après un moment, Flavie fait glisser doucement sa langue sur ses lèvres. Il grogne et laisse, d'abord maladroitement, sa langue se mêler à la sienne tandis qu'elle enfonce ses mains dans les boucles courtes de ses cheveux et qu'il fait tomber le nœud de sa tresse.

Bientôt, leur étreinte devient terriblement audacieuse et Flavie se laisse béatement couler dans cette somptueuse intimité. Avec précaution, elle glisse une main à l'intérieur de sa chemise et la pose d'abord à plat, inquiète de sa réaction. Mais comme toute retenue semble avoir quitté son cavalier, elle suit les lignes de son torse comme si elle le sculptait, emmêlant ses doigts dans la fine toison. La joie que Flavie éprouve en sa compagnie dépasse tout ce qu'elle a pu ressentir jusqu'à présent et, interrompant le baiser, elle souffle avec émotion, la bouche contre la sienne :

– Je ne crois pas que Dieu soit l'auteur de toute chose mais… si je le croyais, je dirais qu'il t'a créé pour moi.

Il marmotte quelques mots inaudibles et elle dénude son épaule ronde et musclée, la caressant de ses lèvres, ravie de sa peau si douce. Elle fait sortir sa chemise de son pantalon et passe ses deux mains jusque dans son dos, s'appuyant sur lui de tout son long. Peu à peu, leurs caresses se font plus exigeantes. Il dégrafe son corsage et parcourt de ses mains son dos et ses épaules. Insensiblement, comme s'il n'osait pas encore vraiment tout en étant incapable de résister à son envie, il approche une main de son sein. Alanguie contre lui, soutenue par son bras gauche, Flavie jouit du plaisir intense provoqué par le lent effleurement circulaire de ses doigts qui en suivent la rondeur. Lorsqu'il couvre finalement son sein en le pressant fortement avec sa main entière, lorsqu'il frotte sa paume contre le mamelon tout en embrassant sa bouche comme s'il buvait à une source après des jours de soif, elle sent monter en elle une exigence dont la puissance l'effraie. Pantelante, elle se dégage et recule en rattachant son corsage avec des doigts qui tremblent. Déconcerté, penaud, Bastien reste les bras pendants.

— Je t'ai froissée? Je ne voulais pas… Je croyais…

Elle secoue vivement la tête et s'adosse à ses côtés au rocher, lui prenant le bras et appuyant sa tête contre son épaule. D'une voix éteinte, elle souffle:

— Je te veux trop. Ça me fait peur.

Comme s'il n'en croyait pas ses oreilles, il la regarde d'un air à la fois ébahi et réjoui.

— Quelle femme tu es! À ce que je vois, j'ai encore des tonnes de choses à apprendre…

Ils restent côte à côte un long moment, attentifs aux bruits de la forêt. Au loin, sur le canal, un marin lance un appel. Flavie hésite:

— Tout à l'heure, quand j'ai dit que Dieu n'est pas l'auteur de toute chose… Je ne t'ai pas fait peur?

Après un moment, il répond:

— Plus je vieillis, plus j'apprends, et moins j'ai de certitudes. Tu comprends?

Elle acquiesce gravement.

— Je ne suis quand même pas idiot à ce point. Je te regarde aller depuis quelque temps déjà et j'ai bien vu que tu n'étais pas plus délicate que pieuse.

Poussant un profond soupir, il s'enquiert :

— Tu veux qu'on parte ?

Flavie fait signe que oui et il penche la tête, chuchotant tout contre sa bouche :

— Je ne pourrai peut-être plus t'embrasser comme ça… Je ne sais pas si tu as remarqué, mais je commence à y prendre sacrément goût. Est-ce que tu trouves que je suis de mieux en mieux *induqué* ?

— Prends encore une leçon, souffle-t-elle, la route sera longue…

Le retour occupe tout le reste de l'après-midi. Flavie prend le temps de faire explorer le voisinage à son cavalier, qui profite de la moindre occasion pour l'enlacer. Quand ils arrivent enfin à proximité de la maison, alors que l'église a sonné six heures depuis de longues minutes, Bastien se frappe le front et tire de la poche de son pantalon un petit paquet chiffonné qu'il remet à Flavie avec un sourire d'excuse.

— J'allais oublier…

Elle reconnaît son bonnet et se rappelle tout à coup qu'elle l'avait abandonné, lors de sa visite chez lui, sur le banc du kiosque de son jardin. Avec l'air d'un garçon content de son mauvais coup, il précise en faisant un clin d'œil :

— C'est ma mère qui l'a trouvé.

Flavie porte sa main à sa bouche et il rit de bon cœur de son expression navrée.

— Elle m'a passé un de ces savons ! Elle a cru que je profitais de ses absences pour recevoir des jeunes filles en cachette. Je lui ai avoué que ça m'était déjà arrivé, à douze ans… Je faisais entrer ma petite voisine par un trou dans la haie.

Flavie balbutie :

— Alors elle sait… pour moi ?

Bastien acquiesce. Émue par cette nouvelle preuve de son attachement, elle prend sa main et, après avoir longuement mêlé son regard au sien, elle demande avec hésitation :

— Et ta mère…, ça ne la dérange pas que tu sois mon cavalier ?

Il hausse les épaules comme si cela n'avait aucune importance. Elle lui demande s'il pourra venir souvent cet été et il se rembrunit.

— À cause des pauvres Irlandais malades de la fièvre des navires, ma mère veut quitter la ville très tôt cette année. Et elle est déterminée à m'emmener.

Flavie articule courageusement :

— L'air de la campagne sera bien meilleur que celui de la ville…

— Mais je ne crains rien ! s'écrie-t-il, désignant d'un geste large les beaux quartiers, plus haut sur les premiers contreforts de la montagne. Tandis que toi… Tu ne passeras pas tout l'été ici, n'est-ce pas ?

Elle le met au courant de l'horaire de Léonie et de leur départ pour Longueuil au début du mois d'août. L'air soucieux, il répète :

— En août seulement…

— Je dois te laisser. Pour ton examen…

Il s'informe anxieusement :

— Tu viendras, n'est-ce pas ? Je tiens beaucoup à te présenter à mes parents.

— Avec Marguerite, peut-être…

Elle n'ose pas lui confier à quel point cette perspective la met mal à l'aise. Il s'approche, l'embrasse doucement sur la joue et murmure à son oreille :

— Je t'aime, Flavie. Prends soin de toi.

Elle le couvre d'un regard émerveillé, rempli de toute la tendresse qu'elle ressent pour lui. Ouvrant les bras, elle lance :

— Mais comment veux-tu que je te quitte après une telle déclaration ?

De nouveau, il lui fait un clin d'œil, puis il tourne les talons et s'éloigne en courant.

:

CHAPITRE XXIV

Deux jours plus tard, la nouvelle se répand à la vitesse de l'éclair : les navires transportant les Irlandais à Montréal ont été aperçus à l'extrémité est de l'île. Marchant de long en large dans la cuisine, Léonie s'indigne :

— Ils ne vont tout de même pas les laisser débarquer en plein cœur de la ville ?

— Le Bureau de santé ne s'est même pas encore réuni, commente Laurent. Le temps qu'ils reçoivent les avis, et tout...

— Les religieuses en ont causé toute la journée, ajoute Cécile. Il paraît que, de toute façon, ces notables n'auront aucun pouvoir sur les commissaires du port, sur ceux du canal de Lachine ou sur les officiers de l'immigration, qui relèvent tous de Londres.

— C'est incroyable, balbutie Léonie en s'assoyant brusquement, les jambes coupées. Des centaines de fiévreux vont mettre pied à terre chez nous !

Laurent lui rappelle que les autorités sont en train de faire ériger à la hâte, tout juste à l'ouest de la ville, entre le canal et le fleuve, trois grands *sheds* et deux hôpitaux pour recevoir les malades. Nullement rassurée, Léonie réplique violemment :

— C'est la pire chose à faire ! On ne sait pas comment le typhus passe d'une personne à l'autre, mais pour moi, c'est clair que les malades contaminent les bien portants! Alors, quelle est cette idée saugrenue de les parquer tous ensemble? Typhus ou choléra, toutes ces afflictions mortelles se rient des barrières sanitaires. Les enfants, je vous défends d'approcher des baraquements. Vous m'avez bien compris?

Impressionnés par le regard que Léonie leur lance, tous trois se hâtent d'acquiescer. Pendant des jours et des jours, il pleut continuellement sur la ville tandis que les *sheds* se remplissent à craquer d'immigrants complètement démunis et souvent très malades. Le nombre de décès augmente de manière effarante. À chaque soir, Cécile leur rapporte les nouvelles horrifiantes qui circulent à la maison-mère des sœurs grises qui, avec un grand courage, ont pris la charge des baraquements, soutenant les médecins dans leurs efforts. Les religieuses assistent à des scènes de misère et de douleur sans nom. Des femmes, fiévreuses et vacillantes, parcourent les dortoirs à la recherche de leur mari dont elles sont sans nouvelles; des bébés pleurent à côté de leur mère morte; des dizaines d'orphelins errent, en guenilles, parmi les mourants… Faute de personnel, les cadavres sont laissés longtemps à côté des vivants.

Même si le Bureau de santé déploie toute la force constabulaire dont il peut disposer pour y retenir les immigrants, les fugues sont nombreuses. Avec raison, tous ont ces mouroirs en horreur et ceux qui peuvent encore tenir debout sur leurs jambes tentent par tous les moyens de s'en échapper. Une langueur malsaine recouvre la ville de toute part et la pluie incessante renforce l'atmosphère lugubre. Les traversiers, les navires et les coches cessent de déverser leur flot continuel de visiteurs et même les habitants de la campagne environnante s'enfuient dès que leurs affaires sont conclues.

Désormais, seules les roues des charrettes mortuaires, qui transportent hâtivement les cadavres au cimetière, résonnent sur les pavés. Plusieurs dames de la Société, qui jusque-là venaient plusieurs heures par semaine faire du bénévolat, décident soudainement de partir pour la campagne. Françoise Archambault doit bientôt suivre son mari, puis Marie-Claire, qui repoussait avec obstination le moment du départ, est finalement obligée d'obéir aux ordres du sien qui souhaite éloigner leurs enfants du danger de contagion.

Quelques jours plus tard, c'est la concierge qui déserte la Société pour aller se réfugier chez sa sœur. La mort dans l'âme, Léonie confie la seule patiente que la Société hébergeait encore à une dame qui tient pension, puis elle verrouille les portes pour l'été. De même, étant donné que Marguerite et Catherine ont suivi l'exode, elle doit se résoudre à précipiter la relâche estivale de l'École de sages-femmes. À son tour, l'école de Simon ferme ses portes.

Tous les membres de la maisonnée portent en eux, nuit et jour, une inquiétude sourde mais constante. Flavie est persuadée que l'examen de Bastien sera remis à l'automne, mais, à sa grande surprise, un message du jeune homme l'avertit qu'il a plutôt été devancé au vendredi suivant. De manière encore plus surprenante, Mme Renaud n'a pas renoncé à sa réception, qui aura lieu peu après, à compter de trois heures de l'après-midi. Mais Marguerite a quitté la ville… Complètement déboussolée, Flavie passe de longs moments à retourner le problème dans sa tête. Elle est incapable d'envisager de s'y rendre seule et, de toute façon, Simon le lui interdirait. Si Mme Renaud avait bien voulu inviter également Léonie… Mais le message n'y fait aucunement allusion.

Au matin de l'examen, la résolution de Flavie est prise : elle n'ira pas chez les Renaud. Prétextant une course urgente, refusant avec obstination de répondre aux questions de Simon, elle se coiffe de son bonnet et prend le chemin du faubourg Saint-Laurent. Marchant dans les rues anormalement désertes, elle imagine Bastien, pâle de nervosité, passant devant chacun des médecins qui forment le Bureau des examinateurs et ayant dix minutes pour répondre à chacune de leurs questions. Au bout de ce laps de temps, lui a-t-il raconté, le concierge sonnera la cloche… Lorsque les aspirants médecins auront épuisé toutes les épreuves, les médecins se réuniront pour statuer sur leur sort.

Parvenue devant la façade de l'école, Flavie s'assoit à l'ombre sur les premières marches d'un porche, guettant la sortie des étudiants tout en se résignant à une longue attente. Le soleil a amorcé sa course descendante lorsque les portes de l'école s'ouvrent enfin et qu'un premier groupe en sort. Flavie reconnaît Jules Turcot entouré d'un petit groupe d'hommes et de femmes, sans doute les membres de sa famille. Envahie par la panique, Flavie presse ses mains l'une contre l'autre. Elle croyait que les étudiants seraient tout bonnement entre eux !

Étienne L'Heureux sort à son tour en compagnie d'un couple âgé et Flavie devine à son air misérable qu'il devra reprendre certains cours avant d'être accepté médecin… Il est bientôt suivi par Louis, Paul-Émile et Isidore, qui ne subissaient pas l'épreuve cette année, mais qui tenaient à être présents. Flavie se recroqueville, souhaitant de tout cœur ne pas être remarquée. Mais tout à leur discussion animée, les trois jeunes hommes s'éloignent. Deux professeurs, dont Joseph Lainier, font ensuite leur apparition et Flavie est sur le point de désespérer lorsque, enfin, Bastien sort à grandes enjambées, traînant ses parents à sa suite. Heureuse de lire sur son visage le contentement de la victoire, Flavie se lève, époussette vaguement sa jupe et se dirige vers eux. L'apercevant, Bastien tombe en arrêt, puis il s'exclame avec stupéfaction :

— Flavie ! Tu m'attendais ?

Elle hoche la tête sans rien dire, réduite au silence par les regards curieux des Renaud. Le jeune homme lance avec allégresse :

— Je suis reçu, Flavie ! Si tu savais comme je suis content !

Elle lui sourit et réussit à dire, en rougissant :

— Moi aussi, je suis contente pour toi. Tu as tellement travaillé…

Constatant enfin à quel point elle est intimidée, il lui prend la main et se tourne vers ses parents. Archange Renaud est une petite femme ronde, joliment tournée et très élégante, avec un visage lisse de jeune fille encadré par des cheveux pâles coiffés en quatre rouleaux étagés de chaque côté de sa tête. Édouard Renaud, un homme de haute taille, est davantage marqué par l'âge, avec un large front ridé, des yeux cernés et des joues tombantes. Ses cheveux poivre et sel sont ondulés comme ceux de son fils.

D'une manière cérémonieuse, Bastien fait les présentations, déclinant le nom des parents de Flavie et leur profession. Son père tend la main à Flavie en s'inclinant légèrement.

— Enchanté de vous connaître, mademoiselle. Bastien nous a déjà parlé de vous…

— Moi aussi, monsieur, je suis heureuse de vous rencontrer.

Il hausse les sourcils comme s'il ne s'attendait pas à un langage si correct de sa part. Amusée, Flavie retrouve un certain aplomb et ajoute :

— Vous devez être fier de votre fils, monsieur.

— Bien entendu, bien entendu…, répond-il en tapotant l'épaule de Bastien. Je n'ai jamais compris ce qui l'attirait vers cette profession, mais enfin…

Archange Renaud intervient, en agitant son éventail :

— Est-il vrai, mademoiselle, que vous vous destinez au métier de sage-femme ?

Tandis que Bastien garde sa main bien au chaud dans la sienne, Flavie leur explique en quelques phrases son apprentissage et sa formation à l'École de sages-femmes. Elle note que, malgré leurs efforts pour être polis, ils la considèrent comme un animal plutôt étrange… Après un moment de silence, Édouard Renaud lance :

— Il est temps de rentrer, il fait chaud… Nous vous reverrons tout à l'heure, mademoiselle ?

— Je vous remercie de l'invitation, répond-elle en baissant la tête, mais non, je ne pourrai pas venir.

— Mais qu'est-ce que tu dis là ? s'écrie Bastien. Je croyais que c'était entendu ?

Flavie secoue la tête, incapable de soutenir son regard désemparé. Mme Renaud laisse tomber :

— Eh bien, mademoiselle, si Bastien le souhaite toujours, bien entendu, il nous fera plaisir de vous recevoir à la maison à l'automne, parce que nous fermons la maison pour l'été et nous partons demain pour Terrebonne.

Tu viens, Bastien ? Il faut nous préparer pour la réception.

Jetant un coup d'œil ulcéré à sa mère, l'interpellé répond froidement :

– Je vous rejoindrai plus tard. Je reconduis Flavie chez elle.

– Mais c'est impossible ! réplique-t-elle avec un haut-le-corps. Nous avons à peine le temps…

Sans répondre, Bastien tire Flavie et tous deux s'éloignent rapidement. Toute pâle, la jeune fille articule :

– Demain ? Tu pars demain ?

Il ne répond pas et, après quelques minutes, ils se retrouvent dans une rue transversale où errent seulement deux chats galeux. Faisant monter Flavie sur une petite marche pour que leurs visages soient à la même hauteur, Bastien l'enlace. Elle lui étreint les épaules et enfouit dans ses cheveux son visage décomposé de chagrin.

– Je te demande pardon pour ma mère. Elle a manqué de tact. Elle ne réalise pas encore… Je n'ai pas le choix, je dois accompagner maman et Julie. Mon père reste ici pour ses affaires.

– Nous partons aussi, murmure courageusement Flavie, mais pas tout de suite, alors je croyais que nous aurions un peu de temps… pour nous connaître plus.

– Plus tard… Je viendrai veiller tous les dimanches. Tu me trouveras tellement collant…

Elle sourit en s'essuyant les yeux de sa main et tous deux restent en silence tandis qu'elle hume son odeur, remarquant pour la première fois une vague trace de parfum, ce qui la fait renifler comme un jeune chien. Se tortillant, il se dégage et s'écrie :

– Tu me chatouilles ! Et puis, je crève de chaleur…

Il se débarrasse de sa redingote courte de jeune homme, révélant une magnifique chemise d'un blanc éclatant mais complètement détrempée sous les aisselles. Poussant un profond soupir, il avoue piteusement :

— Comme le souper va être ennuyeux sans toi ! C'est ton père qui ne veut pas ?

Elle acquiesce vaguement, ajoutant :

— C'est difficile pour toi à comprendre, mais… regarde ma petite jupe. Mon châle. Mes tresses… Je me sentirais tellement déplacée…

Ils restent gravement face à face, puis il hausse les épaules :

— Je n'en voulais pas, de cette réception. Je l'ai dit cent fois à ma mère, mais elle est si obstinée ! De toute façon, chacun est surtout pressé de ficher le camp de la ville… Combien tu paries qu'il n'y aura presque personne ?

— Alors je t'emmène chez moi, lance-t-elle d'un ton désabusé et moqueur.

Les yeux plissés, un léger sourire au coin des lèvres, il répond :

— Tu crois que je n'oserais jamais, n'est-ce pas, Flavie ? Tu crois que je vais rentrer chez moi comme un garçon obéissant ?

L'attirant brusquement contre lui, il l'embrasse avec férocité, mordille sa lèvre inférieure. Il murmure enfin :

— Eh bien, tu as tort. Jusqu'à minuit, je fais ce que je veux. Tu m'emmènes ?

Bastien passe tout le reste de la journée rue Saint-Joseph. Léonie leur sert un dîner léger et le jeune homme, qui semble craindre qu'ils ne se privent pour lui, mange très frugalement en faisant remarquer que le prix des denrées a beaucoup augmenté depuis le début de l'épidémie. Comme les pluies ont momentanément cessé, Léonie s'installe pour l'après-midi dans le potager et les deux jeunes gens lui proposent de l'aider. Bastien enlève ses bas et ses chaussures, retrousse ses manches et ses jambes de pantalon, puis Flavie lui pose sur la tête le chapeau de paille de Simon. Pendant que Léonie effectue les derniers semis, tous deux arrachent la première levée de mauvaises herbes et renchaussent les patates et les poireaux, tout en bavardant de tout et de rien.

Lorsqu'une voisine vient chercher Léonie pour un problème de santé, l'ouvrage est heureusement terminé. Léonie disparaît dans la maison et les deux jeunes gens se lavent au puits. Flavie rit de bon cœur de la chemise de Bastien maintenant toute tachée de terre. Pour se venger, il l'asperge et elle finit par lui envoyer un seau d'eau en pleine figure. Il reste pantois tandis que Flavie lui jette un regard inquiet, soudain préoccupée par une possible réaction de colère, mais il s'ébroue en s'exclamant :

— Rien de mieux pour se rafraîchir les idées !

S'étirant, il bâille longuement.

— Tu n'aurais pas envie d'une petite sieste ? Ma journée a été longue et, je t'avoue, ma nuit assez courte.

— Je te prête mon lit, si tu veux. Il y a trop de maringouins pour s'installer dehors.

— Mais tu restes avec moi ?

Quelques instants plus tard, il s'allonge sur la paillasse et Flavie s'installe à côté de lui, assise le dos appuyé contre le mur. Lui tenant la main, la joue appuyée contre sa cuisse, il s'endort presque immédiatement et se met à ronfler légèrement. Elle se perd en contemplation, le parcourant entièrement du regard, en commençant par ses longs pieds nus piqués par les mouches noires, ses mollets couverts de poils blonds et frisés, ses cuisses solides, ses hanches étroites, son torse qui s'évase bellement jusqu'aux épaules, le creux de sa gorge où bat une artère et puis son visage qu'elle ne se lasse pas de détailler, des cils blonds jusqu'au menton un peu pointu, des sourcils touffus et largement arqués jusqu'aux dents, irrégulières... Il lui en manque une, en bas à gauche, mais comme elles semblent douces et lisses!

Flavie entend la voix de Cécile, en bas, puis les escaliers craquent et la jeune fille apparaît dans la porte ouverte. Flavie met son doigt sur sa bouche et Cécile, ébahie, les fixe un long moment. Prenant garde de ne pas faire de bruit, elle entre dans la chambre et, après un coup d'œil à Bastien, elle s'évente un instant, puis elle change prestement de corsage. Après un dernier regard à Flavie et un sourire hésitant, elle sort.

Quelques minutes plus tard, Bastien se réveille en sursaut, agrippant la main de Flavie et balbutiant son nom.

– Je suis là! le rassure-t-elle aussitôt.

Lorsqu'il la regarde, elle comprend à son air hagard qu'il revient de loin, d'un mauvais rêve. Il se tourne et l'enlace, posant sa tête sur sa jambe tandis qu'elle caresse ses cheveux. Sa respiration s'apaise et, sans mot dire, elle promène ses doigts sur son visage, lentement, jusqu'à ses oreilles, sa nuque et la racine de ses cheveux. Encore secoué, il se redresse et vient s'asseoir à côté d'elle, fixant l'horizon, puis il l'attire contre lui et l'étreint.

– Tu rêvais?

Il secoue la tête, se penche et pose ses lèvres dans son cou. Un frisson la traverse de la tête aux pieds. Il se plaint tout bas:

— Tout l'été sans toi… Tout l'été à craindre qu'il ne t'arrive quelque chose.

— Il ne m'arrivera rien. Je n'ai aucun contact avec les malades.

Il la saisit brusquement aux épaules et l'éloigne de lui, le visage contracté :

— Tu ne sais pas ce qui se passe ! Il paraît que beaucoup d'immigrants ont réussi à se loger en ville, malgré tous les avertissements ! À chaque jour, on en trouve, malades ou morts, cachés dans les écuries, dans les maisons abandonnées, où tu voudras ! Il en meurt des centaines par jour dans les *sheds* ! Plusieurs médecins sont déjà tombés malades et même de ces prêtres qui apportent un peu de réconfort…

Se mettant sur ses genoux, Flavie lui saisit la tête et pose ses lèvres sur les siennes, les forçant à s'entrouvrir, glissant sa langue, le titillant jusqu'à ce que, enflammé, il réponde de même. Essoufflée, elle chuchote :

— Ne parle pas de tout ça. On a si peu de temps…

Après un dernier baiser, elle saute en bas du lit, lisse sa jupe et disparaît dans le corridor.

Laurent rentre peu de temps après que six heures du soir ont sonné à l'église et les deux jeunes hommes n'ont que le temps d'échanger une poignée de main avant de s'attabler. Les premières cuillerées de soupe à l'orge se prennent en silence, à observer Bastien à la dérobée, jusqu'à ce que Léonie lance avec un sourire d'excuse :

— Ne m'en veuillez pas, je ne sais pas cuisiner le velouté au brocoli…

— Bastien a manqué un repas de vingt services pour venir ici, précise Flavie avec une pointe d'orgueil.

— Vingt services, la reprend le jeune homme en riant, tu exagères drôlement! C'était bien plus un léger souper qu'une vraie réception compliquée…

Tous réclament des explications et Flavie leur raconte l'histoire tandis que Bastien baisse le nez dans son assiette, embarrassé par l'admiration que les autres manifestent devant ce qui leur semble être un acte de bravoure, soit rater un tel repas. Simon remarque qu'à force d'être gavés de plats fins on finit par trouver banal même le plus délicat foie gras… À sa manière directe, Cécile interroge le jeune homme et il lui révèle qu'en effet il dort dans un lit de plumes, il peut prendre un bain chaud tous les soirs, il n'a jamais lavé une pièce de vêtement ni cuisiné quoi que ce soit de sa vie. Abasourdie, Cécile glisse un regard rempli de doute en direction de sa sœur, comme si elle se demandait pour quelle obscure raison elle pouvait s'intéresser à un tel pacha.

— Je n'ai pas choisi ma vie, se justifie Bastien, conscient du dédain de Cécile. Je suis né dans une maison où je n'avais aucune corvée à faire.

— Et les domestiques? réplique la jeune fille avec reproche. Vous y avez pensé, aux domestiques? Ils font tout l'ouvrage à votre place!

Léonie intervient doucement:

— Cécile, tu es impolie avec notre invité.

Après un moment de silence rempli d'un léger malaise, Bastien reprend, regardant Cécile sans ciller:

— Vous avez raison, les inégalités sont flagrantes et… difficilement justifiables. Mais j'ai grandi en comptant sur le travail des domestiques. Ils ne sont pas si mal traités, vous savez. Ma mère n'est pas tyrannique, loin de là. Et moi non plus, j'ose croire.

— Les tâches ménagères pèsent si lourd, commente Cécile avec une grimace. Refaire les mêmes gestes, jour après jour, en sachant qu'il faudra les recommencer éternellement… Alors faire ce travail dans une famille étrangère, pour un salaire de misère… Je me jetterais dans le fleuve plutôt que d'en arriver là.

— J'espère bien que non ! s'exclame Simon en faisant les gros yeux à sa fille. Cesse de dire des bêtises !

— Ce ne sont pas des bêtises ! riposte Cécile en lui tirant la langue.

— Tout ça me fait penser à l'esclavage aux États-Unis, intervient Laurent. Pour nous, considérer un être humain comme sa propriété, c'est inconcevable. Quoique, quand on pense au statut des domestiques… Mais enfin, quand j'étais là-bas, je bouillais à voir ces Nègres qui travaillent du matin au soir et qui doivent tout quémander à leurs maîtres, un nouveau vêtement, une permission pour ceci ou cela… Pour les Blancs du sud, c'est dans l'ordre naturel des choses. Ils se croient mis sur terre pour commander à des esclaves qui doivent obéir même aux ordres les plus absurdes. Leur autorité est un principe indiscutable.

Impressionné que Laurent ait ainsi voyagé, Bastien s'informe et la discussion se poursuit sur ses impressions des États-Unis. Lorsque le sujet est épuisé, Cécile, qui triture son mouchoir de poche depuis un bon moment, prend la parole avec hésitation :

— Il faut que je vous dise… Une religieuse a trépassé aujourd'hui.

— De la fièvre ? s'informe Léonie d'une voix altérée.

La jeune fille hoche la tête et Bastien s'inquiète :

— Est-ce qu'elles prennent toutes les précautions essentielles pour ne pas infecter les autres ?

Visiblement indignée que le jeune homme semble douter de leur professionnalisme, Cécile répond froidement :

— Elles se changent dès leur arrivée et mettent leurs vêtements au lavage. Elles se lavent. Elles restent à l'écart.

Se tournant vers Simon, le jeune homme demande :

— Il paraît que vous partez bientôt pour la campagne ?

— Si vous pouvez persuader Cécile de laisser son emploi, grommelle Simon, je vous élève une statue.

— Je t'ai dit que je pouvais rester ici avec Laurent ! Ces pauvres religieuses en ont plein les bras en ce moment, je ne peux pas les abandonner comme une égoïste !

Simon réplique sobrement :

— Ta mère hésite à se séparer de toi, tu le sais. Pour la rassurer, il faudra que je reste moi aussi.

Avec un soulagement manifeste, Bastien s'enquiert auprès de Léonie :

— C'est décidé, alors ? Vous partez, Flavie et vous ?

Hésitante, Léonie lui répond :

— Nous devrions, n'est-ce pas ? Ce serait la sagesse même… Mais vous savez, je crains que, sans le vouloir, nous transportions le germe parmi nos proches…

— Impossible ! riposte Bastien avec incrédulité. À ce que je sache, vous n'êtes pas en contact avec la maladie !

Malgré lui, il jette un regard à Cécile. Simon s'exclame :

— Tu vois, Léonie ? Si monsieur le médecin le croit… C'est décidé, vous partirez dans quelques jours.

— Et vous ? demande subitement Léonie à Bastien. Je suis surprise que votre mère soit encore par ici…

En quelques mots, évitant de regarder Flavie, Bastien la met au courant de leur départ. Après un long silence, le jeune homme reprend avec un entrain forcé, promenant un regard évaluateur sur la cuisine illuminée par le soleil couchant :

— Vous savez que le typhus, pour se propager, préfère les lieux froids et humides ? C'est prouvé pour le choléra, mais les épidémies suivent toutes les mêmes procédés. Des maisons bien ventilées, très propres et approvisionnées en eau saine devraient échapper à la formation de ces substances détériorées qui propagent la maladie.

— Ils vous enseignent ce genre de choses, à l'école ? demande suavement Simon.

Sans se démonter, Bastien poursuit avec énergie :

— Il paraît que les germes envahissent tout d'abord les lieux misérables et malpropres où sévit une grande pauvreté, et que les intempérants en sont les principales victimes. Tout ce qui tend à affaiblir le corps et à abattre le courage, même l'anxiété ou la peur, prédispose à la maladie.

— Les médecins le répètent à satiété depuis le choléra de 1832, grogne Simon. En règle générale, le choléra respecte la propreté, la sobriété et la bonne conduite.

Bastien ajoute avec un air docte :

— L'aliment de toutes les maladies contagieuses se trouve exister dans l'air méphitique des repaires bas, sombres et humides, où des multitudes sont accumulées.

Se levant subitement, Cécile lance en direction de Bastien :

— Pour en revenir à notre discussion de tout à l'heure sur votre triste sort de garçon riche… Ça vous dirait de commencer tout de suite à changer de vie ? Il y a plusieurs couverts à rincer.

En riant, Bastien accepte le défi tandis que Laurent se lève d'un bond et court chercher Agathe pour la veillée. Lorsque tous deux reviennent, quelques minutes plus tard, la jeune fille est prise d'un sérieux fou rire en voyant ce grand jeune homme aux pieds nus, en pantalon chic et à la chemise sale qui frotte un couteau au-dessus du bac à vaisselle. Soupirant exagérément, Flavie leur lance :

— Attendez-nous sur la galerie d'ici… un bon deux heures !

Aspergée des gouttelettes que Bastien lui envoie, elle pousse un cri d'indignation, puis, les poings sur les hanches, elle le regarde droit dans les yeux en déclarant :

— Puisque c'est comme ça, on vous laisse entre hommes !

D'un air digne, elle glisse sa main sous le bras de son amie et l'entraîne hors de la pièce. Subitement sérieuse, Agathe chuchote :

— Quel homme ! Beau comme un cœur !

Flavie lui jette un regard noir et Agathe éclate de rire.

— Tu as raison, j'exagère. Toutes les femmes le trouvent quelconque, sauf toi ! Je suis contente pour toi, Flavie. Il est fièrement mieux que l'autre, celui qui t'a confondue avec une fille de joie, n'est-ce pas ?

Laurent et Bastien les rejoignent bientôt sur la galerie. Le soleil couchant trace un magnifique trait oblique dans l'axe de la rue et l'ombre des rares passants, auréolés de lumière, s'étire sans fin derrière eux. Laurent et Agathe, installés sur deux chaises collées, se caressent les mains et Flavie et Bastien s'assoient de la même manière, devisant sur les effets néfastes de l'épidémie, non seulement en matière de santé, mais aussi en ce qui concerne l'activité urbaine qui est quasiment au point mort. Laurent, qui se rend tous les jours en ville, raconte à quel point les rues y sont désertes. Bastien observe néanmoins le spectacle de la rue avec un plaisir gourmand, rigolant d'une conversation inusitée ou d'un comportement étranger, prétend-il, aux mœurs des gens civilisés…

La conversation générale se meurt et Agathe se met à chuchoter à l'oreille de Laurent. Flavie a la gorge serrée à la perspective du départ prochain de son cavalier et même si elle s'encourage mentalement à profiter du moment présent, elle est incapable de redevenir légère et gaie. À la brunante, Laurent et Agathe se lèvent, les saluent et s'éloignent, bras dessus, bras dessous.

Bastien intercepte le regard de Flavie et s'enquiert :

— Tu aimerais que je te laisse seule ? Tu es fatiguée, peut-être…

Outrée, Flavie retire sa main d'entre les siennes et répond sèchement :

— Si tu veux rentrer chez toi, ne te gêne pas.

— Tu ne dis rien depuis tout à l'heure, lui reproche-t-il gentiment. Comme si tu t'ennuyais avec moi.

Le cœur gros, elle lance brusquement, avec reproche :

— Je ne sais pas comment tu peux faire comme si de rien n'était. Moi…

Incapable de poursuivre, elle détourne la tête, puis, après s'être ressaisie, elle ajoute avec amertume :

— Avant c'était ton examen, maintenant, c'est l'épidémie. Des fois, j'aimerais mieux ne t'avoir jamais rencontré !

Son visage se durcit, il ouvre la bouche pour répondre, mais changeant d'idée, il se lève et marmonne :

— Je vais chercher mes choses.

Il entre dans la maison. Misérable, Flavie reste immobile, le regard fixé sur un très jeune enfant qui gambade entre ses parents. Elle se lève ensuite d'un bond et, cherchant Bastien, elle le trouve finalement dans la semi-obscurité du jardin, à la recherche de ses souliers. Elle indique doucement :

— Près du puits.

Il se redresse et la regarde, puis s'y dirige et s'adosse à la margelle. Ses gestes pour prendre ses souliers, puis pour dérouler ses bas, sont lents et hésitants. Flavie s'approche et balbutie :

— Demain… Vous partez tôt ?

— Vers dix heures.

Flavie lui arrache un de ses bas et le lance dans le puits. Médusé, il se penche au-dessus du trou noir tandis qu'elle gronde :

— Si tu fais encore mine de t'en aller tout de suite, je lance l'autre bas, puis après, les chaussures.

— Tu n'oserais pas ?

Flavie jette le deuxième bas dans le puits.

— C'est mieux que je parte, Flavie. C'est trop compliqué. On pourra penser à… à tout ça pendant l'été. Peut-être qu'on serait mieux de…

Sa pomme d'Adam monte et descend. Il ajoute très bas :

— J'ai l'impression que… je te cause plus de peine qu'autre chose.

— C'est ce que tu préfères ? demande-t-elle, la voix étranglée. Qu'on se redonne notre liberté ?

— Ce serait plus simple pour toi, non ?

Flavie reste clouée sur place, désemparée. Non loin, un ouaouaron croasse, puis un autre. Elle a l'impression qu'une distance énorme s'est installée entre eux. Comment est-ce possible alors qu'ils étaient si proches? Le poids dans sa poitrine l'étouffe et elle défait fébrilement un bouton de son corsage. La tête penchée, n'osant pas le regarder, elle bafouille:

— Peut-être que tu m'as fait des accroires et que, dans le fond, tu es plutôt content de partir. Tu ne veux plus de moi, c'est ça? C'était drôle au début, c'était excitant, mais là…

Elle tressaille parce que, d'un grand mouvement du corps, il s'est lancé vers elle et, l'instant d'après, il lui serre les deux bras à lui faire mal.

— C'est ce que tu penses de moi? Tu me crois capable d'agir ainsi?

La noirceur tombe rapidement et elle distingue mal son visage, mais il respire fort, disant encore:

— On se fait du mal à parler de même… Je ne veux pas reprendre ma liberté.

— Tu ne veux pas? répète-t-elle d'une toute petite voix.

— Je préfère penser à toi tout l'été.

Glissant une main dans son dos, l'autre sur ses hanches, il murmure:

— Surtout le soir, en me couchant… j'essaie d'imaginer ta journée, et puis tes gestes pour te préparer à la nuit… Parfois, l'évocation est tellement puissante que j'ai vraiment l'impression que tu te glisses à côté de moi dans le lit…

Tandis qu'il la frôle de tout son corps, elle dit tout bas, en souriant:

— Toi, au moins, tu es seul. Moi, il y a Cécile qui m'embête.

– Elle t'embête?

– Elle m'empêche de faire ce que je veux…

Alanguie par les sensations qu'éveillent ses lèvres qu'il promène sur son visage, elle souffle:

– J'aimerais… me toucher en imaginant que c'est toi…

Il trouve sa bouche et ils trébuchent vers la margelle du puits où elle s'adosse. La main de Bastien tâtonne et, soudain, Flavie la sent sous sa jupe, contre sa cuisse, tout juste où cesse son sous-vêtement. Sa paume est chaude et douce, remontant lentement sous ses pantalons en suivant le galbe de sa fesse, en une caresse si osée et si intime que Flavie gémit en nouant ses bras autour de son cou. Bientôt, l'autre main de Bastien vient rejoindre la première et toutes les deux glissent en un mouvement circulaire. Incapable de supporter l'obstacle des vêtements entre eux, Flavie tire sa chemise de l'intérieur de son pantalon et pose ses mains sur son dos nu. Il la soulève légèrement et elle sent son érection contre le bas de son ventre. Soudain curieuse, elle y porte la main et il émet une plainte sourde. Craintive, elle s'immobilise, mais il se presse contre sa main et elle le flatte avec précaution, tout en répondant avec ardeur à son baiser.

Un cri déchire l'air, celui de son père:

– Tu es là, Flavie?

Bastien se redresse et elle répond:

– Je suis là! Tout va bien!

– Bastien est avec toi?

Le jeune homme pouffe de rire et, luttant à la fois pour garder son sérieux et pour reprendre son souffle, Flavie lance:

– On rentre bientôt, papa! On cherchait ses chaussures!

Tous deux rient de plus belle. Flavie se laisse tomber, assise, au pied du puits, et il l'imite. Dans le noir, ils enlacent leurs mains, s'embrassent de nouveau, mais plus tendrement, puis Bastien se pelotonne contre elle, la tête sur son épaule. Flavie prend conscience de la fraîcheur de la nuit et des étoiles qui scintillent au-dessus d'eux. Elle murmure :

— Quand je m'ennuierai trop de toi, je regarderai le ciel. Les mêmes étoiles brillent pour tout le monde, non ?

Elle exhale un long soupir et gratte une piqûre de maringouin.

— Tes parents vont vraiment s'inquiéter.

— Je m'en fiche éperdument. Je peux t'écrire ?

Pour toute réponse, elle étreint sa main.

— Tu crois que ton père va bientôt sortir avec une lanterne ?

— Non, mais il ne peut pas se coucher tant que je suis dehors.

Portant sa main à sa bouche, Flavie y pose ses lèvres. Un vent léger les effleure. Des charnières de porte grincent et, d'une voix goguenarde, Simon lance :

— Besoin d'aide pour les chaussures ?

— On arrive, monsieur.

Bastien se lève, tire Flavie et ramasse ses souliers, puis ils marchent en silence vers la maison. Étourdie de fatigue et d'émotions, Flavie le regarde s'asseoir dans la cuisine, attacher ses lacets et empoigner sa redingote. Mettant un bougeoir dans la main de sa fille, Simon les pousse gentiment dans la salle de classe :

— Dites-vous au revoir. J'attends au ras du poêle.

Flavie se laisse tomber sur une table et pose la chandelle à côté d'elle.

– Je ne tiens plus debout.

Bastien caresse ses cheveux, défait le nœud de sa tresse et y passe sa main pour la dénouer, la regardant intensément.

– J'ai très hâte de savoir quand tu seras à la campagne. Ne manque pas de me l'écrire et de m'envoyer ton adresse là-bas.

Elle répond langoureusement :

– Promis, mon bel ange.

Il s'éloigne, se retourne une dernière fois, puis sort. Flavie reste un long moment les yeux fixés sur la porte fermée, incapable du moindre geste. Simon vient vers elle, saisit le bougeoir et l'oblige à se mettre debout.

– Allez, ma fille. Il est temps de monter.

Incertaine de ses jambes vacillantes, elle s'appuie contre lui et, ainsi liés, ils montent à l'étage.

CHAPITRE XXV

Le solstice d'été installe une lourde chaleur sur Montréal et la température devient insupportable dans les baraques qui accueillent les immigrants à leur descente des navires. Les autorités du Parlement ont décidé de renvoyer le personnel pour l'été et Laurent se retrouve, à son tour, confiné à la maison, tandis que Cécile continue de se rendre, six matins par semaine, à la maison-mère des sœurs grises. Léonie la trouve pâle et maigre, mais la jeune fille refuse d'envisager un arrêt de travail.

On rapporte déjà des dizaines de décès dans les faubourgs. Pendant ce temps, les navires continuent à arriver en provenance de la Grosse-Île et les voyageurs encore en santé doivent attendre des jours et des jours, à proximité des malades, avant d'obtenir la permission de poursuivre leur périple vers l'ouest ou vers le sud. Gagnées par une certaine fébrilité, Léonie et Flavie préparent leur départ pour Longueuil.

Les communications avec la campagne sont maintenant très ardues et comme Léonie refuse d'envisager que son beau-frère René vienne en ville, Laurent convainc une connaissance du voisinage de leur faire traverser le fleuve en barque. Grâce à l'intermédiaire de l'épicier Tremblay, Léonie réussit à faire envoyer à René un message l'avertissant de leur arrivée imminente au quai de Longueuil.

Flavie reçoit une première lettre de Bastien, qu'elle relit jusqu'à la savoir par cœur. Il écrit :

Belle Flavie,

J'espère que ta santé est bonne et que tu es déjà en train de faire tes valises pour Longueuil. Mon père, qui est venu pour deux jours, raconte que les navires quittent encore régulièrement Dublin malgré nos protestations. J'ai eu enfin le loisir de songer à tout cela et je ne m'explique pas comment les pouvoirs publics ont pu laisser la situation s'envenimer à ce point. Comme je m'ennuie beaucoup de toi, j'ai décidé que le travail serait la meilleure des distractions. Je tiens à affronter Laurent cet automne au bras de fer et surtout à le vaincre. Alors j'offre mes services à qui en veut bien, à la forge, chez le boulanger ou aux champs. Au début, les habitants me regardaient comme si j'étais fou mais j'ai persévéré et maintenant, je leur consacre l'essentiel de mes journées… quand je ne suis pas en train d'exercer mes nouveaux talents d'homme de l'art. Grâce à ma mère, la nouvelle s'est répandue à la vitesse de l'éclair. J'ai déjà percé un abcès, immobilisé une fracture de l'auriculaire et ce genre de choses… Je me sens utile et ça me fait du bien. En ville, j'ai argumenté avec mes parents pour rester et offrir mes services aux malades du typhus. Je ne te l'ai pas dit parce que j'imaginais ta réaction : tu manques d'expérience pour être vraiment utile et, de toute façon, les médecins sont incapables de guérir la maladie! Comme tout le monde, ils assistent, impuissants, à sa progression. Tout cela est bien vrai mais si les patientes de ton refuge étaient aux prises avec une épidémie de fièvre puerpérale, n'aimerais-tu pas être présente malgré ton inexpérience?

Trêve de discussion. Quand je me couche le soir, je suis si fatigué que je ne me torture pas trop longtemps en pen-

sant à toi... Si tu avais assisté à la colère de ma mère quand je suis rentré, le soir de l'examen! Elle a même lancé, heureusement très mal, une potiche dans ma direction. Je sais qu'elle a été très inquiète. Je lui ai raconté la stricte vérité. Il faudra bien qu'elle se fasse à l'idée, n'est-ce pas? Son cher fils n'a d'yeux que pour une jeune fille qui ne porte pas de chic toilettes et qui travaille. Mais ma mère a un grand cœur. Tous les jours ou presque, je lui parle un peu de toi et de ta famille. J'ai mal à la main. Je n'aime pas tellement écrire et je l'ai tant fait cette dernière année! Je t'embrasse comme tu sais et j'attends de tes nouvelles avec anxiété.

Tout à toi,

Bastien

Flavie s'étonne à quel point, seulement à humer le papier et à contempler le dessin formé par les lettres, son affection pour le jeune homme semble grandir encore. Lorsqu'elle est tombée amoureuse de lui, son sentiment était déjà tellement puissant qu'elle n'aurait jamais cru qu'elle puisse s'attacher davantage à lui. Elle est tombée à pieds joints dans la passion amoureuse. Elle ne fait pas que penser à lui, il l'habite entièrement et elle porte sa présence en elle jour et nuit, jusque dans ses occupations les plus quotidiennes. Plongée dans un semblant d'hibernation, comme d'ailleurs la ville tout entière, Flavie subit l'été comme un mal inévitable. Elle réussit à bavarder et à rire, elle effectue ses travaux dans une relative bonne humeur, mais la plus grande partie d'elle-même est absente, dans un ailleurs plus gai, celui de son imaginaire.

Un soir, Cécile rentre tard et, après avoir avalé quelques bouchées, elle tombe dans une sorte d'état second, fixant le mur sans rien dire. Interrogée, elle sursaute et répond qu'elle se porte bien, qu'elle est seulement très lasse… Lorsque Léonie constate que son état de torpeur se poursuit, elle l'envoie se coucher avec la ferme détermination de la mettre au repos forcé dès le lendemain matin, en l'enchaînant à son lit si nécessaire.

Lorsque l'obscurité est tombée, Flavie se rend au puits comme presque tous les soirs, se déshabille entièrement et s'asperge d'eau froide. Elle enfile ensuite sa chemise de nuit et monte se coucher, encore assez rafraîchie et détendue pour sombrer rapidement dans le sommeil. Cette nuit-là, cependant, elle est réveillée plusieurs fois par Cécile qui s'agite en dormant.

Flavie se lève à l'aube, avant sa sœur qui, il lui semble, dégage une chaleur étrange… Légèrement préoccupée, elle descend à la cuisine et rallume le feu du poêle. L'escalier grince et Cécile apparaît. Avec frayeur, Flavie remarque son visage blême et son allure languissante. La jeune fille se laisse tomber sur une chaise, bâille à deux ou trois reprises, puis semble prise de longs frissons. À voix basse, Flavie lui demande comment elle se sent. Cécile ouvre la bouche pour répondre, mais rien ne sort et la jeune fille reste apathique, les yeux fixés sur la porte ouverte du poêle. De plus en plus inquiète, Flavie lui saisit le poignet. Son pouls, qu'elle décèle avec difficulté, est anormalement rapide.

Lâchant un grognement, Cécile pose la main sur son ventre. Flavie s'enquiert vivement :

– Tu as mal ?

Pour toute réponse, la jeune fille pousse un second grognement. Ses joues se sont couvertes de larges taches rouges. Se décidant subitement, Flavie va au bas de l'escalier et appelle doucement sa mère. Bientôt, Léonie est à genoux devant sa cadette; elle prend son pouls, lui touche le front, tente en vain de lui faire décrire ses symptômes. Indolente, comme absente, Cécile s'étire et bâille, puis laisse tomber sa tête sur la table. Les traits décomposés, Léonie se relève et pose sur Flavie un regard désespéré qui lui glace le sang. Sa mère semble incapable d'articuler un son et elle l'interroge d'une voix éteinte:

— Qu'est-ce qui se passe?

Léonie souffle:

— Ce sont les premiers symptômes… L'indolence, les frissons, le mal de ventre…

Fermant les yeux, elle vacille soudain et Flavie la saisit à bras-le-corps pour l'empêcher de tomber. Paniquée, elle appelle son père à pleins poumons en même temps que Léonie se ressaisit et s'ébroue comme un jeune chien. Vêtus de leurs seuls pantalons, Simon et Laurent dévalent les escaliers. Léonie crie en tendant les deux bras vers eux:

— N'approchez pas!

Interdits, ils s'immobilisent et observent la scène avec de grands yeux. Serrant convulsivement le bras de Flavie, Léonie respire profondément à plusieurs reprises, puis elle jette avec agitation:

— Cécile a attrapé la fièvre… la fièvre des navires.

— Quoi? s'exclame Simon, atterré. Certainement, tu te trompes?

La mort dans l'âme, Léonie secoue la tête, puis elle poursuit:

— Il faut la coucher. Descendez sa paillasse… Non! Que personne ne touche à sa paillasse. Descendez celle de Laurent dans la salle de classe. Ce sera plus commode pour la soigner.

— Je vais pousser les tables, souffle Flavie.

Quelques minutes plus tard, Laurent tire la paillasse jusque dans un coin de la salle, puis il étend un drap par-dessus. Saisissant Flavie par les épaules, il l'entraîne dans un coin pendant que Simon et Léonie viennent y installer Cécile. Laurent plaide :

— Laissez-moi vous aider, c'est absurde !

— Ta mère a raison, répond Simon avec une grande brusquerie. Ni toi ni Flavie ne devez vous approcher de Cécile.

— Ni de nous, ajoute Léonie à voix basse. Votre père et moi, nous sommes en quarantaine.

Anéantis, Flavie et Laurent échangent un long regard. Simon lance à Léonie :

— Il est encore temps de les éloigner. Ils peuvent partir tous les deux tout de suite…

Léonie lève vers eux des yeux agrandis par le désarroi. Laurent proteste :

— Vous aurez besoin de moi, pour des courses et pour toutes sortes de choses ! Flavie doit partir seule.

Léonie secoue la tête avec l'énergie du désespoir et balbutie, le regard de nouveau fixé sur Cécile :

— Ça me crève le cœur, mais je m'en voudrais tellement si Flavie transportait la maladie chez Catherine ! Simon, elle a passé la nuit à côté de sa sœur !

Flavie a un mouvement pour s'éloigner de Laurent, mais ce dernier, le bras sur son épaule, refuse de la laisser aller. En proie à une agitation soudaine, Léonie se lève et lance :

— Flavie, monte te changer. Apporte du linge pour Cécile, mais pas celui qu'elle avait hier. Sors dehors tous les vêtements qui peuvent être infectés. Simon, il faut aussi sortir la paillasse. Laurent, ouvre les portes et les fenêtres. Il faut que l'air circule.

Tous s'exécutent et Léonie reste seule avec sa fille cadette. L'effroi lui noue les entrailles, mais tout son être est tendu vers l'espoir de la guérir. Cécile n'a pas contracté la maladie directement d'un immigrant, mais d'une religieuse qui l'a transportée au couvent. Il y a donc une chance raisonnable pour qu'elle ait perdu de sa virulence. Jeune et en santé, Cécile est bien armée pour se défendre contre le poison qui circule en elle.

Mais comment l'aider ? Faire venir un médecin ? Eux-mêmes sont fort sceptiques sur l'efficacité de leurs traitements. Ce n'est pas ce qu'ils disent ouvertement, mais Léonie a bavardé assez souvent avec plusieurs d'entre eux pour deviner le fond de leur pensée, ce qui, d'ailleurs, n'a fait que confirmer ses soupçons… La profession se dispute encore sur les causes de la maladie, et même à savoir si elle est de nature infectieuse, alors pour ce qui est de l'efficacité de la thérapeutique… Pratiquer des saignées, prescrire des émétiques et des purgatifs, administrer du mercure et faire boire du brandy : comme tout cela lui semble un leurre, uniquement destiné à donner l'illusion aux patients trop confiants d'une action vigoureuse et réfléchie !

Les malades ne peuvent compter que sur leurs propres forces pour vaincre la fièvre. Mais peut-être que la religieuse pharmacienne de l'Hôtel-Dieu… Léonie se résout à envoyer Laurent s'y informer. Caressant doucement le front de Cécile qui semble avoir sombré dans l'inconscience, elle est épouvantée par la chaleur qui s'en dégage. Il faut essayer de faire baisser la fièvre. Les enveloppements d'eau froide, et même les bains, si nécessaire, aident généralement…

Léonie se relève comme si elle portait le poids d'une montagne. Elle voudrait tant s'allonger à côté de sa fille et la tenir étroitement contre elle, comme si son amour allait suffire à la retenir… Malgré son apathie apparente, Cécile souffre peut-être et, à cette idée, elle est envahie par une détresse qui la brûle de l'intérieur.

Flavie entre dans la pièce et demande avec précaution :

— Tu te souviens avec quoi il faut laver les vêtements ?

— Il faut les faire tremper avec de la chaux, répond-elle mécaniquement, puis les suspendre au grand air.

— Que vas-tu faire, maman ? demande la jeune fille d'une toute petite voix, ravalant l'affolement et le chagrin qui menacent de la submerger.

Léonie lui explique brièvement ses intentions et, tout à coup, en écoutant sa mère décrire les enveloppements dans une couverture mouillée, Flavie songe au livre qu'elle a lu, ce printemps, sur l'hydrothérapie. Le médecin n'y écrivait-il pas que ce traitement était souverain contre le typhus ? Fronçant les sourcils, Flavie rassemble ses idées. Il critiquait très sévèrement les moyens classiques employés par les médecins. Pour retirer le poison du sang, on pratiquait la saignée, ce qui était absurde, selon lui, vu qu'il aurait fallu changer le sang du patient en entier ! La vidange des intestins est moins inutile, mais l'auteur condamnait l'usage de purgatifs irritants, les remplaçant par des clystères remplis d'eau tiède, une méthode beaucoup plus douce. Les émétiques sont habituellement prescrits pour nettoyer l'estomac, ce qui est totalement inutile, et pour provoquer la suée, ce qui est rarement réussi…

Selon lui, quelles sont les causes du typhus ? Flavie regrette amèrement d'avoir remis ce livre à Bastien. Elle sort dans le jardin pour se consacrer au lavage du linge et des draps. Serrant les dents, elle se concentre encore davantage. Le médecin américain écrivait que la fièvre touchait ceux dont les fonctions vitales étaient déjà déréglées, principalement par la constipation, une mauvaise élimination des reins et une transpiration insuffisante, ce qui retenait les impuretés prisonnières à l'intérieur du corps.

Si ces personnes respiraient un air où les exhalations animales étaient confinées en trop grande quantité, elles étaient susceptibles de contracter le typhus, comme cela arrivait si fréquemment sur les navires. Donc, pour guérir, il fallait permettre au corps de se libérer de ses impuretés grâce aux principes de l'hydrothérapie… Il citait des statistiques frappantes. Dans les hôpitaux de la ville de New York, la moitié des patients gravement atteints de la maladie en mouraient. L'auteur, pour sa part, avait soigné une soixantaine de cas par l'hydrothérapie et un seul, prétendait-il, avait perdu la vie.

Cécile devient de plus en plus agitée, mais le premier enveloppement d'eau fraîche l'apaise légèrement. Léonie la force à boire régulièrement et elle n'émerge de son apathie que pour se plaindre de douleurs à la jambe ou à l'estomac. Léonie guette avec une agitation croissante le retour de Laurent. Tout en répondant aux multiples demandes de ses parents, Flavie ne peut se débarrasser de l'idée qu'il lui faut mettre la main sur le livre, c'est peut-être ce qui va sauver Cécile! Enfin, Laurent revient, hors d'haleine, expliquant qu'il lui a fallu attendre la sœur pharmacienne pendant plus d'une heure. Il rapporte des décoctions et des toniques qui, selon elle, pourraient faire la différence. Léonie fixe les fioles sans y croire. Des herbes pour vaincre la fièvre des navires?

Flavie n'y tient plus : tandis que sa mère force Cécile à avaler un peu d'eau à laquelle des gouttes ont été ajoutées, elle lui demande la permission d'aller chez les Renaud pour tenter d'emprunter le livre. Le plus succinctement possible, elle lui résume ses lectures et elle lui affirme sa conviction qu'il faut tenter sur Cécile le traitement décrit. Léonie l'écoute attentivement et lui pose quelques questions. Déjà convaincue des bienfaits de l'eau froide, elle accepte, mais elle lui fait promettre de ne s'approcher de personne.

Refusant d'envisager la possibilité que la maison soit déserte, la jeune fille vole jusque chez Bastien. Elle sonne, puis elle recule jusqu'aux bas des marches. Après quelques secondes qui lui semblent une éternité, elle sonne de nouveau. La mort dans l'âme, elle est sur le point de faire demi-tour quand la porte s'ouvre et qu'un homme mal rasé, décoiffé et habillé de vêtements disparates apparaît. Ébahie, Flavie reconnaît Édouard Renaud lui-même, qui la considère avec l'air de quelqu'un qui cherche à se remettre les traits de son interlocuteur. Elle se hâte de dire :

— Bonjour, monsieur. Je suis désolée de vous déranger. Je suis Flavie.

Son visage s'éclaire et il répond d'une voix légèrement pâteuse :

— Je vous reconnais, mademoiselle. Veuillez pardonner mon apparence, mais puisque rien ne m'oblige à prendre soin de moi... Déjà que le commerce avait ralenti considérablement, vous pouvez bien imaginer le coup supplémentaire que l'épidémie va lui porter. Pour tout vous dire, j'ai dû me séparer de tous nos domestiques et sans eux, la maison est bien grande...

Son air harassé fait pitié et Flavie devine qu'il a tendance à noyer son désarroi dans l'alcool. Se redressant légèrement, il ajoute :

— Il était dit que mes affaires devaient plonger au plus creux avant de remonter… du moins, je l'espère.

Flavie trépigne d'impatience et il lance :

— Hélas, Bastien est absent…

— Je ne viens pas pour lui, monsieur.

Haussant les sourcils, il lui fait signe de monter pour le rejoindre, mais elle refuse d'un signe de la tête. En quelques mots, elle lui exprime sa requête. Apprenant que Cécile est atteinte, il a un haut-le-cœur, puis il se domine et tourne les talons sans attendre, laissant la porte grande ouverte. Les jambes molles, Flavie s'assoit sur la dernière marche. Il faut au père de Bastien de longues minutes pour revenir avec le livre. Flavie a un élan de gratitude vers lui, qu'elle maîtrise aussitôt.

— Déposez-le par terre, s'il vous plaît. Je le prendrai quand vous serez rentré.

Visiblement dépassé, il obéit et Flavie ajoute impulsivement :

— Je voudrais vous demander un autre service : s'il vous plaît, n'informez pas Bastien de ma présence ici.

— Celui-là est plus difficile à rendre que le premier, grommelle-t-il. Vous êtes sûre ?

Flavie hoche vigoureusement la tête. La considérant un bon moment, un léger sourire finit par se dessiner sur son visage et l'éclaire de manière surprenante. Il marmotte, la tête penchée de côté, la main sur la porte :

— Je commence à comprendre pourquoi Bastien vous apprécie tant… Si tous les Canadiens étaient comme vous, mademoiselle, plus intéressés par les merveilles du vaste monde que par l'opinion de leur clergé, la vie serait bien différente au Bas-Canada! Au revoir et, je le souhaite fort, à bientôt!

Il s'incline, fait demi-tour et referme la porte derrière lui. Flavie médite un court instant la phrase étonnante qu'il vient de lui lancer, puis, son précieux livre sous le bras, elle prend le chemin de retour. Ses parents et son frère sont attablés devant un maigre dîner et, tout en avalant quelques bouchées, Flavie feuillette l'ouvrage et élabore avec Léonie une stratégie de traitement. Le principe est simple : au moyen d'enveloppements et de bains plus ou moins localisés, il faut favoriser la sudation et l'élimination.

Dès le début de l'après-midi, Léonie et Simon retournent au chevet de Cécile. Elle a maintenant la figure empourprée et très chaude, les yeux injectés de sang, et sa langue est couverte d'une étrange pellicule blanche. Occupée dans la cuisine ou à transporter l'eau du puits pendant que Laurent se charge de quelques courses urgentes, Flavie est trop affairée pour penser.

Une fois le souper terminé, Léonie oblige Flavie, qui veillera sa sœur une partie de la nuit, à s'installer dans le lit de ses parents pour prendre du repos. Mais les émotions se succèdent en elle, la crainte effrayante de perdre sa sœur, le regret de ne pas partir à la campagne, l'ennui de Bastien… Elle réalise qu'il faudra bien qu'elle lui écrive, mais comment pourrait-elle lui dire la vérité sans l'inquiéter inutilement? Enfin, elle sombre dans un demi-sommeil dont elle est tirée peu avant minuit par une Léonie titubante de fatigue et qui se laisse tomber à côté d'elle. Les mains pressées sur les yeux, sa mère murmure :

– Je prends quelques heures de repos… Cécile semble aller mieux, la fièvre a diminué. Fais-la boire souvent et emmène-la sur le pot de chambre régulièrement. Elle est capable de marcher. Réveille-moi au moindre changement.

Bientôt, Flavie est seule dans la salle de classe en compagnie de Cécile qu'elle observe longuement, notant que la couleur de sa peau, pour autant qu'elle puisse en juger à la lueur des chandelles, semble redevenue normale. La jeune fille grommelle dans son sommeil et s'agite légèrement, mais, en général, elle est plutôt calme. Flavie transporte une chaise sur le pas de la porte grande ouverte sur la rue, s'y assoit et contemple pendant un long moment la nuit éclairée par un croissant de lune. Puis, elle va faire boire et uriner Cécile, après quoi elle s'installe pour composer la lettre à Bastien. Très hésitante, soupesant chaque mot, elle écrit :

Cher Bastien,
Tu m'as donné de bonnes nouvelles de toi et j'en suis très contente. Je m'ennuie fièrement mais je me distrais bien. Nous partons bientôt pour la campagne mais je regrette de te dire que tu ne pourras pas m'y écrire. Je t'expliquerai la raison de vive voix… Mais comme j'aime beaucoup lire tes lettres, tu peux les faire parvenir rue Saint-Joseph et avec un peu de chance je les aurai. N'espère pas de réponse rapide puisque mon père sera notre maître de poste. Ici, rien de nouveau à part que les mauvaises herbes que tu as arrachées ont toutes repoussé. D'après moi, tu as laissé trop de racines dans la terre, la prochaine fois je te montrerai mieux comment faire… Ce qui se passe en ville, tu le sais… Comme je compose moins bien que toi, je termine ici cette lettre, je t'envoie toutes mes bonnes pensées et je t'assure que si tu étais ici, avec moi, je serais bien moins gênée de te dire à haute voix bien

des sortes de choses plutôt que de les écrire sur cette feuille de papier.

Avec tout mon cœur,

Flavie

La gorge serrée et les larmes au bord des yeux, bien peinée de mentir ainsi à son amoureux mais incapable de faire autrement, Flavie scelle rapidement l'enveloppe qu'elle serre ensuite tout contre elle. Quelques heures plus tard, alors que Flavie se promène dans la pièce pour résister à l'envie de dormir, Simon fait son entrée, les cheveux ébouriffés et les traits tirés. Il a dormi sur le plancher de la cuisine, enroulé dans une couverture à côté du poêle.

Après avoir touché et observé attentivement Cécile, il sort sur la galerie et Flavie le suit de loin. En ce tout début d'été, l'aube commence déjà à éclaircir le ciel, et Simon reste un long moment plongé dans une contemplation silencieuse. Il pousse un profond soupir et regarde enfin sa fille, qui se tient à quelque distance de lui, en murmurant :

— Je vais bientôt réveiller ta mère pour recommencer les traitements. Nous aurons besoin d'eau froide…

Flavie acquiesce d'un signe de tête. Son père demande :

— Toi, ça va ? Tu ne sens rien d'inhabituel ?

Faisant un signe négatif, la jeune fille remarque :

— Nous devrions tous nous faire des ablutions d'eau froide. Une bonne douche, plusieurs fois par jour.

— Je crois même que je vais y aller tout de suite, décide Simon brusquement. Ça me réveillera.

— Il y a un seau par terre, à côté du puits, indique Flavie.

Pendant toute la journée, Flavie et Laurent procèdent à un grand nettoyage de la maison, allant même jusqu'à verser de la chaux dans les latrines. Ce soir-là, après une violente éruption de boutons qui lui couvrent le visage, Cécile émerge de sa torpeur pour demander à manger et à boire. Elle passe une nuit très calme et, au matin, elle se lève pour faire quelques pas. Léonie en profite pour l'envoyer avec Laurent prendre une douche près du puits, puis elle lui fait revêtir des vêtements frais lavés. Simon sort sa paillasse à l'extérieur et lui en confectionne une autre, de fortune.

Personne n'ose encore évoquer ouvertement la possibilité d'une guérison et, pourtant, chacun s'active avec une énergie renouvelée, retenant le sourire qui veut éclater à tout moment devant Cécile qui pose plein de questions sur sa maladie et les traitements à l'eau, qui mange avec un grand appétit et qui passe quelques heures dans le jardin, assise à l'ombre du pommier. Tout en lui jetant de fréquents regards heureux, Flavie lave les vêtements de toute la maisonnée et les étend au soleil, après que chacun s'est bien douché et frictionné.

Dès le lendemain, il devient impossible de nier que Cécile est hors de danger, et c'est maintenant Flavie qui est la cible de l'attention de ses parents, Flavie qui dormait à côté de sa sœur et qui est la plus susceptible d'être infectée par le germe. Deux fois par jour pendant quelques jours, Simon et Léonie lui font des enveloppements et la jeune fille, malgré la gravité de la situation, s'amuse des sensations étranges qui accompagnent la sudation.

Finalement, tous les membres de la maisonnée s'y soumettent et la première semaine de juillet passe à la vitesse de l'éclair, entre les traitements variés et le soin du jardin et des animaux. Grâce au cousin de Simon, l'épicier Marquis Tremblay, ils ne manquent d'aucun produit de première nécessité. Marquis a fermé sa boutique et envoyé sa famille à la campagne, mais il se procure plusieurs marchandises au prix du gros pour les Montreuil et quelques autres familles du voisinage.

Un soir, en pénétrant dans sa chambre, alors que les trois enfants se préparent pour la nuit et que Simon, encore en bas, met le verrou, Léonie est saisie par une étrange impulsion, celle de s'agenouiller au pied de son lit et de rendre grâce au ciel d'avoir préservé ses trois enfants, son mari et tous ceux qu'elle aime d'une mort horrible. Plutôt que de s'y abandonner, elle vient se planter devant la lucarne d'où elle observe pendant un moment la faible lueur des lanternes accrochées aux charrettes et celle qui luit derrière les carreaux des maisons voisines, et elle ressent soudain une ancienne fragilité, renouvelée par la menace qui a pesé sur Cécile.

Lorsque Léonie avait mis son premier enfant au monde, elle s'était sentie étonnamment transformée, comme si son existence prenait une amplitude jusque-là insoupçonnée. À mesure que les grossesses se succédaient, sa sensibilité s'était aiguisée, lui faisant vivre tout autant des moments de vive exaltation devant ces petits miracles de la vie que des moments de profond désarroi face aux nouvelles responsabilités qui lui incombaient… Et pour la première fois, sa propre finalité lui était apparue dans toute son infamie. Jusque-là, habitée par l'énergie de la jeunesse, elle s'était presque crue invincible, mais soudain, devenue mère, elle se sentait aussi vulnérable qu'un frêle esquif au milieu de l'océan.

La pensée de disparaître un jour en abandonnant ses enfants à leur sort lui était insoutenable. La mort pouvait-elle vraiment être un sommeil définitif et irréversible, un saut dans le néant, ainsi que le croyait stoïquement Simon ? À cette idée, une angoisse indicible lui remuait les entrailles aussi sûrement qu'une charrue retourne la terre. Elle ne pouvait accepter de se séparer ainsi de ses enfants et de perdre le contact avec toutes les joies de son existence. Il fallait que la vie après la mort existe !

Quand Flavie s'était blessée à la mâchoire, quand Laurent s'était caché pendant des heures chez un voisin par crainte d'une punition, Léonie n'avait pu s'empêcher d'adresser ses prières au Créateur. En ouvrant leurs cœurs à leurs enfants, les femmes devenaient si sensibles à leurs souffrances ! Léonie ne peut vivre sans croire, mais elle refuse les superstitions que la religion catholique a élevées au rang de dogmes. Elle sait que les humains, ailleurs, vivent selon d'autres croyances. On lui a souvent répété qu'il s'agissait de Sauvages qu'il fallait convertir à la foi supérieure, mais Léonie est décidée à apprendre sur eux, quand elle sera vieille, dans l'espoir d'y trouver des réponses à ses questions.

— Tu n'es pas couchée ? s'étonne Simon en refermant la porte de la chambre.

— Je priais, répond-elle spontanément.

Elle rougit légèrement, confuse de cet aveu. Simon se contente de sourire en se dévêtant, puis il lui fait signe d'approcher et, avec tendresse, il défait son chignon. Le cœur serré, elle promène son regard sur son visage qui, il lui semble, a bien vieilli en l'espace de quelques semaines... Elle caresse ses joues de sa main dans l'espoir futile d'y effacer d'un seul coup les traces de l'inquiétude et du manque de sommeil.

Lorsque tous deux sont allongés l'un à côté de l'autre, il souffle la bougie, puis, après un moment, il lui demande de se tourner dos à lui et il l'enlace en épousant la forme de son corps. Tous deux s'endormaient souvent ainsi, dans les premiers temps de leur mariage… Profondément réconfortée par cette étreinte, Léonie écoute ses filles bavarder et son mari s'endormir tandis qu'en elle la peur du néant se recroqueville doucement jusqu'à n'occuper qu'un minuscule espace aux tréfonds de son être.

De l'autre côté du corridor, dans leur chambre joliment éclairée par une lune presque pleine, Flavie et Cécile s'installent sur leur nouvelle paillasse qui sent si bon la paille fraîche, paille que Simon s'est procurée par l'entremise de ce brave Marquis. Cécile se couche en poussant un grognement de satisfaction pendant que Flavie, assise, observe le jeu d'ombre créé dans un coin de la pièce par un rayon de lune. Paresseusement, Cécile demande :

— À quoi tu penses ? Ou à qui, je devrais dire ?

— À Bastien, bien sûr, répond Flavie simplement, encore remplie d'indulgence pour sa sœur et prête à lui pardonner toutes ses indiscrétions. Je pense à lui tous les soirs. J'aimerais bien savoir ce qu'il fait en ce moment. Il est peut-être installé sur la véranda avec ses parents…

— La quoi ?

— Une pièce juste pour l'été, explique Flavie en riant de son ignorance. Entourée de moustiquaires. Tu imagines ? Comme si on était dehors, mais sans les maringouins…

— Dire que tu vas devenir une de ces bourgeoises, marmonne Cécile avec hauteur, en se redressant sur ses coudes. La taille serrée par un corset qui va te couper le souffle, toujours gantée, chaussée de brodequins de cuir que ta servante devra nettoyer tous les soirs…

Secouée par l'hilarité, Flavie ordonne à sa sœur de se taire avec de grands gestes. Puis, s'essuyant les yeux, elle lance :

— Si jamais tu te cherches une place de domestique, je t'engagerai !

Cécile gonfle ses joues en roulant des yeux, puis, s'assoyant, elle dit à Flavie avec une intensité nouvelle :

— Je n'en ai pas parlé aux parents, mais… je suis bien décidée à partir en mission cet automne. Ma maladie m'a fait comprendre des choses… Flavie, la vie est comme un fil que la grande faucheuse pourrait couper à tout moment. Il faut que j'en profite maintenant. Tu sais quoi ? Dans quelques années, quand j'aurai ramassé un peu d'argent, j'aimerais bien aller visiter Daniel.

— À New York ? souffle Flavie, la gorge serrée.

— Je m'ennuie de lui…

De nouveau, Cécile se laisse aller sur le dos et elle croise les bras derrière sa tête, les yeux fixés au plafond. Après un moment, elle murmure :

— Laurent aussi, je l'aime. Mais Daniel, c'est pas pareil. C'est moi qui l'ai choisi…

— Peut-être qu'il est père maintenant, évoque Flavie, d'un enfant tout brun…

À son tour, Flavie s'allonge, tournée vers sa sœur dont elle prend la main. Envahie par une douce tristesse, elle chuchote :

— Quand on est petit, on croit qu'on va passer toute sa vie en famille. Mais il faut bien qu'on se sépare un jour… Bastien, je l'aime, mais à l'idée de vous quitter tous et d'aller vivre parmi des étrangers…

Une respiration lente et régulière lui répond et, pour accompagner Cécile dans le pays du sommeil, Flavie lui étreint très fort la main, un long moment.

Le 12 juillet, Simon et Laurent se rendent au marché Bonsecours où se tient une assemblée populaire en réaction à l'épidémie. L'exaspération est palpable parmi les Montréalais, outrés par le manque de considération dont l'Angleterre fait montre à leur égard. À leur retour, les deux hommes, gonflés à bloc, narrent la longue soirée, la foule compacte et les douze résolutions, signées par le maire de la ville et envoyées au conseil de ville et au gouverneur général, pour exiger une action prompte des autorités afin que soient immédiatement prises diverses mesures pour diminuer les souffrances des immigrants et protéger les Montréalais des dangers de la contagion.

L'assemblée demande au Parlement de faire transférer les installations de quarantaine sur une île dans le fleuve où les immigrants seraient obligés de débarquer, non seulement les malades, mais également les bien portants. Le choix de Windmill Point comme lieu d'arrivée des immigrants à Montréal et de la Pointe-Saint-Charles pour les *sheds* est illogique, parce que ces endroits sont surélevés par rapport à la ville et que les eaux usées contaminent les sources d'eau utilisées par les habitants. De même, à cause des vents dominants de l'ouest, la ville est constamment exposée aux exhalations qui soufflent des baraquements. Enfin, il est impossible de maintenir un cordon sanitaire entre la ville et ces derniers, situés à proximité du canal de Lachine où de nombreuses affaires se transigent.

— C'est clair que nous manquons d'hôpitaux, commente Léonie, et qu'il serait fort sage, comme l'assemblée l'a résolu, d'en construire un qui servirait strictement aux malades de la ville. Il est insensé de les soigner dans les hôpitaux généraux. Mais tout cela arrive trop tard. Il paraît que l'épidémie recule déjà et, comme nos gouvernements n'agiront qu'après de longs mois de tergiversations…

— Alors notre quarantaine est terminée? lance Laurent, soudain animé d'un grand espoir. Je peux revoir Agathe?

— Pas encore, répond Léonie avec une moue désolée. Je préfère attendre encore une semaine ou deux.

— Ce serait horrible de lui transmettre la fièvre, murmure Cécile.

— La pauvre s'inquiète tant pour son cavalier! dit Flavie, émue. Elle passe quatre fois par jour devant la maison et elle consent à repartir seulement si l'un d'entre nous lui fait signe que tout va bien…

Soudain goguenarde, Cécile donne une bourrade à sa sœur:

— Par chance que ton Bastien est absent de la ville! Il aurait peut-être loué une chambre chez la veuve, pour être plus proche de toi?

Flavie rougit sans répondre et Simon, qui se balançait vigoureusement dans la berçante, s'arrête brusquement. Il fouille dans la poche de son pantalon et en sort une enveloppe toute froissée, qu'il tend à sa fille d'un air embarrassé. Courroucée, Flavie la saisit, la lisse à plusieurs reprises contre sa jupe, puis elle sort dans le jardin pour la décacheter et lire la lettre.

Flavie, ma douce, ma blonde,

Ta lettre m'a bien réchauffé le cœur même si elle était trop courte et qu'elle ne disait pas grand-chose sur ta vie. C'est vrai que la ville, en ce moment, n'est pas un lieu enchanteur. À présent, je t'imagine chez ton oncle, parmi tes cousines comme tu me l'as raconté, bien occupée à tous les travaux de la ferme. Parce que, s'il y a une chose que j'ai comprise cette année, c'est que l'été à la campagne ne veut pas dire la même chose pour les bourgeois que pour les habitants! Si tu savais comme je ne faisais que m'amuser auparavant, tu aurais honte de moi. Mais cette époque est bien révolue et je suis fort heureux de tout ce que j'ai appris sur la rude vie de nos habitants depuis notre arrivée ici. Cependant, je me permets quelques moments en solitaire. Je me lève avant le soleil, je prends mon bâton de marcheur et je suis un sentier qui longe la rivière des Mille Îles jusqu'à une petite crique que je connais et où je me baigne en tâchant de ne pas effrayer les grands hérons qui pêchent. Tu me croiras si je te dis que c'est le moment où je pense le plus à toi, pour plusieurs raisons que tu imagines... Je ne sais pas pourquoi, mais mon père, quand il vient pour deux ou trois jours, me pose quantité de questions sur toi, alors qu'avant il était tout à fait indifférent. Peut-être que ses revers de fortune lui libèrent l'esprit... J'apprécie beaucoup mon père parce qu'il n'est pas autoritaire comme d'autres hommes que je connais et qu'il a toujours pris soin de passer quelques moments avec ma sœur et moi. Mais ces moments ont été si rares... Dans le fond, même si nous allons déménager et que j'aurai moins de domestiques à mon service (prends bien soin de mettre Cécile au courant), je ne suis pas fâché que mon père soit moins occupé. Déjà, nous avons fait quelques beaux tours de chaloupe ensemble. Mais je bavarde et la chandelle est sur le

point de s'éteindre. Nous sommes rationnés cette année, no-
tre maison est toute petite à côté de celle que mon père louait
les années précédentes à Cacouna. Comme j'aimerais t'y em-
mener, à Cacouna, si tu savais comme les paysages sont gran-
dioses! Mais non, tu ne peux pas savoir… Je te montrerai…
   J'ose écrire que je t'embrasse longuement,
                                                    Ton Bastien

Flavie relit toutes les phrases à voix basse, articulant chacun des mots pour en faire ressortir toutes les résonances. Elle est à la fois amusée et profondément touchée par la large tache de cire qu'il a fait tomber au bas de la feuille et dans laquelle il a tracé un B majuscule, étroitement accolé à un F. Pressée de lui répondre, elle rentre prestement et passe dans la salle de classe en ignorant les remarques moqueuses de son père et de son frère. Si elle est un peu fâchée d'être obligée de lui faire croire qu'elle se trouve chez Catherine et René, elle est néanmoins ravie de s'entretenir avec lui et lui décrit certains épisodes de ses séjours passés à Longueuil avec tant de détails que, pendant un instant, elle a l'impression d'y être…

Quelques jours plus tard, alors que Simon et Laurent s'occupent des poules et que Léonie et ses deux filles cordent du bois, un jeune garçon les hèle de la rue. Avec un fort accent irlandais, il leur annonce une nouvelle qui les plonge tous dans une profonde consternation: Thomas Hoyle vient d'être emporté par le typhus. Simon reste hébété, tellement que Léonie l'entoure de ses bras et l'entraîne vers la maison. Tous les cinq se réunissent dans la cuisine et Cécile, qui sanglote sans retenue, se réfugie dans les bras de son frère, lui-même blême et les yeux remplis d'eau.

Simon s'assoit à la table et cache son visage dans ses mains tandis que Léonie, en larmes, tente de lui apporter un peu de réconfort. Flavie reste debout près de la porte, plus révoltée par ce coup du sort que réellement chagrinée, puisque Thomas était surtout, pour elle, le père de Daniel… Elle sent très bien que les sanglots de Cécile, qui la secouent avec tant d'intensité, ne sont pas causés uniquement par cette disparition. Sa sœur pleure également sur sa propre maladie et, plus généralement, sur les ravages de cette épidémie si cruelle qui a transformé leur chère ville en un lieu de désolation…

Après s'être ressaisi, Simon endosse une chemise propre et prend la route de la Pointe-Saint-Charles. Il ne revient qu'à la brunante, visiblement harassé et, après avoir avalé quelques bouchées, il leur raconte, encore tout vibrant d'indignation, ce qu'il a appris de la disparition de leur ami. Malgré tous les conseils des autorités concernant la santé publique et l'épidémie, l'un de ses voisins, dénué de tout sens moral, s'est mis à revendre des vêtements volés aux victimes.

Lorsque Thomas et d'autres ont découvert le pot aux roses, ils ont dénoncé cet homme aux autorités policières, mais elles ont tant tardé à intervenir que le voisinage a décidé d'agir. Ils sont deux à avoir été infectés. Thomas, plus âgé et usé, n'a pas pu y opposer suffisamment de résistance. Lorsque les juges de paix sont finalement intervenus, ce fut pour éviter au coupable d'être proprement lynché par les voisins outrés.

Pendant quelques jours, Simon erre sans but dans la maison et chacun, même Laurent, le prend dans ses bras sous n'importe quel prétexte et lui offre sa chaleur en réconfort. Peu à peu, il retrouve un certain entrain et les épisodes de chagrin disparaissent progressivement. Laurent, Cécile et lui se consacrent à divers travaux d'entretien tandis que Léonie et Flavie, lorsqu'elles ont terminé les tâches quotidiennes, travaillent sur le plan du semestre d'automne de l'École de sages-femmes. Flavie relit les quelques livres et les vieux journaux qui traînent dans la maison, puis elle reprise tous ses vêtements et réussit à se coudre une nouvelle robe pour l'hiver.

À la fin du mois de juillet, Léonie lève officiellement la quarantaine et les deux jeunes filles passent des journées entières à reprendre leurs activités estivales habituelles, se baigner dans la rivière, faire de longues promenades et aller veiller chez leurs amies. Laurent court rejoindre Agathe sitôt son déjeuner avalé et il ne rentre qu'au souper, heureux et fourbu. Léonie permet même à ses enfants d'inviter tous leurs amis pour une longue veillée remplie de musique et de danse.

Par une belle fin d'après-midi du début d'août, assise seule sur la galerie, appuyée des deux bras à la balustrade, Flavie constate enfin que la rue Saint-Joseph a retrouvé sa belle animation. Même si les navires accostent encore avec leurs contingents de fiévreux, même si les baraquements et les hôpitaux accueillent encore un bon nombre d'immigrants et de malades, les échanges commerciaux ont repris leur vigueur coutumière et les hôtels se sont, de nouveau, remplis de voyageurs. Le fermier Vollant revient écouler ses produits au marché, Marquis a rouvert les grands volets de bois de la devanture de son épicerie et les passants, nombreux, s'interpellent aussi gaiement qu'auparavant…

Songeant aux deux mois de cauchemar qui viennent de se terminer, Flavie sent une profonde lassitude l'envahir, aussitôt chassée par un grand sentiment de révolte devant la manière dont l'Angleterre a traité sa colonie du Canada. Si la chose se reproduit l'année prochaine, une véritable révolution, pour le sûr, va éclater sur les rives du Saint-Laurent et elle ne sera pas la dernière à prendre les armes ! À cause de la désinvolture des riches Anglais, au moins dix mille immigrants ont perdu la vie, comme des centaines de Canadiens, sans parler de ce pauvre Thomas Hoyle, plusieurs religieuses soignantes et autant de prêtres. Même l'évêque du diocèse, Mgr Bourget, a été gravement malade !

La jeune fille fronce les sourcils. Une silhouette familière aux cheveux châtain clair et ondulés marche rapidement dans sa direction. Lorsque la personne émerge de derrière un attelage, zigzaguant pour éviter les passants, le crottin de cheval et les flaques d'eau, Flavie est bien obligée d'admettre qu'il s'agit de Bastien. Paralysée par l'allégresse, elle reste rivée sur place, puis, le cœur battant la chamade, elle dévale l'escalier de la galerie et court jusqu'à la rue. Quelques secondes plus tard, rouge et essoufflé, il tombe en arrêt devant elle, la détaillant avec un grand pli d'inquiétude au milieu du front. Il l'interroge brutalement, ignorant son expression joyeuse et engageante :

– Qu'est-ce que tu fais ici ? N'es-tu pas censée être à Longueuil avec tes cousines ? Tu es revenue plus tôt et la lettre que tu m'as écrite pour m'en avertir ne m'est pas encore parvenue ?

Perdant peu à peu son sourire, Flavie considère le jeune homme avec égarement et balbutie :

– Je… Je ne suis pas partie. Cécile a été malade et…

– Comment va-t-elle ? s'informe-t-il aussitôt avec inquiétude.

– Très bien, la fièvre n'était pas trop sérieuse.

Il reprend avec indignation :

– Tu me parlais de la campagne dans tes lettres. Et je te croyais !

Flavie murmure sans le regarder :

– Je ne voulais pas t'alarmer. Je n'aimais pas te mentir, mais…

– Mais quoi ? réplique-t-il d'un ton sec et cassant. Tu préférais jouer la fière et te débrouiller sans moi ? Si tu savais cc que je…

Un ressort semble se casser en lui et, complètement déconfit, il ajoute :

– Ce que j'ai ressenti quand mon père m'a raconté ta visite !… Tu aurais pu être atteinte et même en mourir ! Je tiens à savoir tout ce qui t'arrive ! C'est une des exigences de l'affection, n'es-tu pas d'accord avec moi ?

Lui prenant la main, Flavie répond, avec un geste d'impuissance :

– Mais tu n'aurais rien pu faire !

– Je serais venu, dit-il sobrement, étreignant ses doigts. Je t'aurais soignée.

Une vive émotion envahit Flavie et la laisse bouleversée, comme transie. La gorge serrée, elle réplique d'une voix étranglée en tentant de sourire :

– Ma mère t'aurait interdit l'entrée de la maison.

– Je me serais installé avec les poules.

Flavie rit à travers les larmes qui coulent, abondantes, sur son visage et que Bastien, malgré la colère qui gronde encore en lui, essuie tendrement du revers de la main. Les yeux brouillés, elle contemple son teint cuivré par le grand air et elle se moque gentiment :

— Tu ressembles à un habitant.

— Et toi, tu as maigri. Tu n'as pas été malade, tu me le jures ?

Elle lève la main et précise en soupirant :

— J'ai été en quarantaine pendant tout le mois de juillet. Je ne peux pas me plaindre, quand je pense à ceux qui étaient dans les *sheds*, mais…

Les doigts de Bastien parcourent maintenant son cou et ses épaules, descendent ensuite doucement le long de ses bras. La voix rauque, elle articule encore en levant un visage suppliant vers lui :

— Est-ce que tu me pardonnes ?

— Seulement si tu promets de ne jamais recommencer.

Flavie se jette à son cou, s'essuie le nez sur son épaule et lui donne sur la bouche un baiser sonore. Derrière eux, une voix lance avec malice :

— Tiens, tiens… Tu me présentes ton cavalier, ma petite fille ?

Saisie, Flavie s'écarte de Bastien et, constatant que sa grand-tante Sophronie Lebel se tient debout à côté d'eux, elle éclate d'un grand rire à la fois surpris et ravi. Elle se précipite et lui saisit les deux mains, s'écriant :

— Vous, ici ?

— Je suis venue me rassurer, bougonne la vieille dame. Tout le monde se porte bien, pour le sûr ?

— Mais oui ! Quelle belle visite ! Décidément, c'est la journée des surprises !

Avec allégresse, Flavie lui présente Bastien, expliquant qu'ils viennent tout juste de se retrouver après quasiment deux mois de séparation. Sophronie écoute Flavie avec une mine réjouie, regardant alternativement les deux jeunes gens, puis Bastien intervient gentiment :

— La route est longue depuis Longueuil. Vous avez marché tout le chemin depuis le débarcadère ?

— Mais vous auriez dû nous avertir, ma tante ! Votre bagage devait être bien pesant…

— Moins qu'une valise de sage-femme ! réplique-t-elle en lui adressant un clin d'œil complice.

La jeune fille entraîne les deux arrivants vers la maison.

— Cécile et maman sont en train de plumer deux poulets, vous arrivez juste à temps pour partager un festin royal !

Bientôt, le jardin retentit d'exclamations et Sophronie reçoit deux longues accolades avant de s'installer sur le banc pour se reposer. Pleine de sollicitude, Cécile lui offre une grande tasse d'eau fraîche, puis elle lui enlève ses lourdes chaussures de voyage. Pendant ce temps, Léonie accueille Bastien avec chaleur et s'informe de lui.

— Je suis venu avec le premier coche dès que mon père a manqué à la promesse que Flavie lui avait arrachée…

Il fait les gros yeux à Flavie, qui répond par une grimace de regret.

— Je t'expliquerai, maman… Va rejoindre Sophronie, tu en meurs d'envie. Nous allons nous promener, d'accord ?

— Vous restez pour le souper ? demande Léonie à Bastien, avant de s'éloigner.

Bastien la remercie d'un geste, puis il entraîne Flavie dans la rue. La jeune fille bavarde, exaltée :

— J'ai tant de choses à te raconter ! C'est l'hydrothérapie qui a sauvé Cécile ! Enfin, maman croit qu'elle aurait peut-être pu s'en tirer seule, mais elle est sûre, et moi
aussi, que les enveloppements l'ont fièrement aidée ! Mais
arrête, si tu me touches comme ça, mes idées vont toutes se mélanger…

CHAPITRE XXVI

Sophronie décide de prolonger son séjour rue Saint-Joseph, en profitant pour entourer Léonie, enchantée, d'une sollicitude toute maternelle. Dès le surlendemain, Marie-Claire et Suzanne viennent en personne leur annoncer leur retour et la tenue d'un conseil d'administration imminent pour organiser la réouverture de la Société compatissante et pour prendre toutes les décisions relatives aux activités prévues pour l'automne. Sophronie s'offre comme bénévole, ce qui transporte Flavie de joie. En cette bienheureuse période de retrouvailles, un exaltant sentiment d'euphorie la submerge à tout moment.

Tous les matins pendant une semaine, Bastien rencontre Marcel Provandier, lequel lui propose d'acquérir sa pratique à des conditions très avantageuses, notamment dans l'étalement de la dette. L'après-midi, ne serait-ce que pour une courte visite, le jeune homme s'empresse de dégringoler la rue de la Montagne jusqu'au faubourg Sainte-Anne. Simon s'habitue à un tel point à sa présence qu'il finit par accorder au jeune couple une enivrante liberté de mouvement.

La veille du retour de Mme Renaud et de sa fille, Bastien obtient sans difficulté son accord pour emmener Flavie passer l'après-midi dans son immense maison désertée de tous, y compris de son père qui est en voyage pour affaires dans le Haut-Canada. Quelques semaines auparavant, tous les domestiques ont été remerciés et Bastien, complètement livré à lui-même, doit laver ses vêtements et sa vaisselle, sortir les poubelles et balayer le plancher de la cuisine, comme il l'a raconté avec moult amusants détails aux Montreuil.

Lorsqu'elle y fait son entrée, Flavie reste muette d'étonnement. En prévision du déménagement, un ouragan semble avoir traversé toutes les pièces, déplaçant les meubles, décrochant les tableaux, roulant les tapis. Durant quelques heures, le château de la rue de la Montagne devient pour Flavie un immense terrain de jeu. Pendant que Bastien leur prépare un goûter, elle parcourt la maison dans tous les sens, empruntant les corridors les plus reculés, s'introduisant même dans la chambre de madame pour admirer les toilettes alignées dans une immense garde-robe.

Pénétrant dans la chambre de son cavalier, une vaste pièce en désordre, vêtements par terre, lit aux draps béants, Flavie tombe en arrêt, étrangement émue par cette atmosphère chaude et intime. Elle promène ses yeux sur tous les objets qui encombrent la table de nuit et le dessus de la commode, ne pouvant s'empêcher de comparer cette démesure au petit réduit si simple et si austère de Laurent, dont toutes les possessions se rangent dans un seul grand coffre…

Effrayée et déstabilisée par tant de luxe, elle bat en retraite et retourne au rez-de-chaussée avec l'intention de rejoindre Bastien, mais la porte entrouverte de la bibliothèque l'attire comme un aimant… Quelques minutes plus tard, elle se laisse tomber dans l'un des fauteuils, absorbée dans sa lecture, et le temps passe sans qu'elle en ait conscience.

— Je te trouve enfin ! s'exclame Bastien, debout devant elle. J'aurais dû me douter que ce n'étaient pas les colifichets de ma mère qui te retenaient ainsi !

Flavie lève vers lui des yeux rêveurs.

— Je lisais dans cet ouvrage sur l'histoire de la médecine que c'est un vieux Grec, qui s'appelle, attends… Empédocle, qui le premier a reconnu le rôle nourricier de l'arrière-faix. Auparavant, semble-t-il, on pensait que c'était la matrice qui nourrissait l'embryon. Ça me faisait sourire…

— Sourire ?

— Depuis que le monde est monde, les femmes expulsent l'arrière-faix peu après la naissance de leur enfant. Il me semble que le lien entre les deux n'est vraiment pas compliqué à faire. Qu'est-ce qu'ils croyaient que c'était, un oreiller, peut-être ?

— Levez-vous, mademoiselle la savante ! ordonne Bastien en lui offrant sa main. Le repas est prêt !

Flavie prend un instant pour s'étirer de tout son long, puis elle saisit la main tendue et saute sur ses pieds. Bastien a disposé sur une table de la serre de nombreuses sucreries, extravagantes aux yeux de Flavie, et ils se servent le thé en bavardant tranquillement. Au cours de la semaine écoulée, ils ont eu le temps de s'apprivoiser davantage et, à chaque jour qui passe, Flavie s'émerveille de l'accord de pensée qui règne entre eux deux. Elle a réalisé qu'elle pouvait discuter avec lui de tout et de n'importe quoi. Son amoureux n'a pas l'esprit encombré d'idées toutes faites et de fausses certitudes et, même si les points de vue de Flavie le déstabilisent parfois, jamais il ne la juge ni ne la condamne, la traitant comme une personne éclairée et intelligente, comme une égale. La sensation est exaltante et Flavie voudrait passer des heures et des heures à bavarder avec lui, à confronter ses opinions aux siennes. Mais le temps leur est bien compté…

Ayant aperçu un piano à queue dans l'immense pièce qui sert de salle de réception, Flavie demande à Bastien s'il sait en jouer. Il grommelle qu'il pianote, en effet, mais qu'il n'a vraiment plus une seule minute pour s'exercer. Flavie le presse de lui faire entendre un morceau et il cède finalement, avec une expression à la fois flattée et gênée. Il ouvre le couvercle poussiéreux et, avant de s'asseoir, il flatte les touches noires et blanches qui semblent à Flavie lisses comme du marbre.

Bastien lui fait signe de venir prendre place sur le banc à côté de lui et elle obéit. Il respire profondément, une ou deux fois, se concentre un moment, puis il se met à jouer lentement, s'interrompant parfois, jurant entre ses dents. Saisie par cette sonorité si étrange pour elle, Flavie reste un long moment comme suspendue à la musique, d'abord désemparée, puis séduite peu à peu par le timbre vibrant de l'instrument et par l'enchaînement si mélodieux des notes. Elle observe les longs doigts de Bastien qui se promènent sur le clavier, puis elle ferme les yeux et se laisse transporter jusqu'à ce que le silence retombe.

De nouveau intimidé, il a posé ses mains sur ses cuisses et il lui adresse un sourire contraint.

– J'aime le piano, dit-il doucement. Je l'ai étudié pendant des années. Mais il faut pratiquer beaucoup… et puis, un homme qui joue du piano, il paraît que ce n'est pas très sérieux.

Elle murmure :

– C'était très beau. C'est la première fois de ma vie que j'en entendais un.

Il la regarde avec surprise et Flavie ne peut s'empêcher de rougir légèrement, comme chaque fois que l'écart entre leurs deux mondes lui saute ainsi aux yeux. Par la suite, elle se reproche ces éclairs de honte.

Parfois, Flavie est prise de vertige devant toutes les différences entre leurs modes de vie. Elle a confié sa frayeur à Bastien, qui s'est alors révélé touchant de sollicitude, mais elle a très vite réalisé que cette bataille, elle la mènerait seule. Bastien n'a aucune idée de l'ampleur des concessions qu'elle devra sans doute faire pour devenir l'épouse d'un médecin des beaux quartiers ni, surtout, de l'ampleur des concessions qu'en son for intérieur elle refuse déjà de faire… Ses voisines la considèrent comme formidablement chanceuse d'avoir réussi à séduire un jeune homme riche. Elles se pâment devant la possibilité de porter des belles toilettes et, surtout, devant celle de mener une vie oisive, exempte de presque tout travail ménager. Mais pour Flavie, les choses sont loin d'être aussi simples.

L'embrassant dans le cou, Bastien s'enquiert gentiment :

– Et toi, est-ce que tu sais jouer de quelque chose ?

Elle secoue la tête.

– Et chanter ? C'est sûr, tu dois chanter. Montre-moi.

Horriblement intimidée par l'atmosphère solennelle, Flavie finit par ouvrir la bouche pour entonner *Au clair de la lune* d'une voix grêle. Bastien tâtonne pour trouver la tonalité, puis il l'accompagne au piano. Ainsi soutenue, elle retrouve son aplomb. Il s'y met aussi, la surprenant par sa voix mélodieuse et grave et, doit-elle constater avec humi-lité, beaucoup plus juste que la sienne… Chantant avec un large sourire, il ponctue fortement le dernier accord.

– Pas mal, s'exclame-t-il, vraiment pas mal ! Je t'ap-prendrai quelques chansons, tu verras…

– Mais j'en connais des tas ! proteste-t-elle.

– Alors tu me les montreras.

– C'est qu'elles sont un peu osées…

– Un peu osées, vraiment ? De mieux en mieux…

S'appuyant contre elle, il l'enlace à la taille et il frotte sa joue dans ses cheveux. Prenant soudain conscience avec acuité d'être seule avec lui dans une maison quasi aban-donnée, Flavie est saisie d'un long frisson d'anticipation. Entre eux, il n'y a plus l'ombre d'un malentendu et, lors de leurs trop rares caresses, entre deux portes ou contre un arbre, il se révèle avide et habité par la convoitise. Mais il doit constamment refréner ses désirs ardents et pour la première fois, a-t-il affirmé à Flavie avec un sourire iro-nique, il bénit ses professeurs d'avoir réussi à lui incul-quer de force une certaine maîtrise de ses passions.

Le silence entre eux se charge de sous-entendus et, sentant qu'une tension nouvelle envahit la jeune fille, Bas-tien l'observe les yeux mi-clos, le visage très près du sien. Il suggère, d'une voix rauque :

– On retourne dans la serre ?

Elle le suit docilement, mais, plutôt que de prendre place dans l'autre fauteuil, elle vient s'asseoir sur ses ge-noux et entoure ses épaules de son bras. Il l'enlace, le visage levé vers elle, murmurant :

– Qu'est-ce que tu fais ?

Elle reste immobile, d'abord étonnée par la rondeur et la fermeté de ses cuisses sous elle. Se détendant peu à peu, elle pousse un profond soupir de bonheur. Admirant ses cheveux, elle souffle pour les faire danser et enroule ses boucles autour de ses doigts. Il appuie sa joue sur le haut de sa poitrine et reste ainsi un long moment, lui décrivant avec amusement les battements de son cœur. Il tourne la tête et pose ses lèvres sur la peau, à la naissance de la gorge. Avec un grognement, il entrouvre la bouche et l'effleure de la langue. Flavie pousse un gémissement et, saisissant sa tête entre ses mains, elle se penche et l'embrasse avec un appétit décuplé par la longue abstinence de l'été.

Bastien s'arrache à son étreinte et balbutie, le souffle court :

— Flavie, j'ai trop envie de toi, arrête maintenant…

Elle lui sourit et vient mordre sa lèvre inférieure avec un murmure de satisfaction :

— Il y a tant de moyens de se faire plaisir… Fièrement plus que tu pourrais l'imaginer.

— Et comment le sais-tu ? s'exclame-t-il sans pouvoir cacher un éclair de jalousie.

— Tout le monde le sait. Tout le monde le fait, sauf quelques *madames* trop ordonnées et quelques *monsieurs* collet monté.

Il grommelle, rivant son regard au sien :

— *Ton* tout le monde n'est vraiment pas *mon* tout le monde… Mais je commence à trouver *ton* tout le monde vraiment très attirant…

Il laisse une main effleurer ses hanches et sa taille et l'autre remonter lentement vers son corsage dont il détache un premier bouton. L'entrebâillement du corsage et de la chemise en dessous s'allonge peu à peu tandis qu'il la caresse longuement entre chacun des boutons, jusqu'à dénuder les seins. Il lui jette un regard altéré par le désir et, constatant son assentiment, il y pose une main légère et chaude qui la comble d'aise. Sans se presser, il s'enhardit, mais hésite à y approcher sa bouche jusqu'à ce que Flavie, fabuleusement captive de l'excitation qui grandit démesurément en elle, le guide vers sa poitrine.

Plus tard, elle entreprend de défaire les boutons de sa chemise, à la fois étonnée et ravie par cette splendide poitrine d'homme. Elle a déjà mêlé ses doigts aux poils qui la recouvrent, elle a déjà effleuré les muscles qui courent sous la peau, mais jamais elle n'a encore dénudé ainsi ses épaules, faisant courir ses lèvres sur sa peau et effleurant les deux minuscules boutons bien cachés dans l'épaisseur de la toison… Le contact de leurs deux poitrines l'enchante et elle frotte contre lui les pointes dressées de ses seins.

Elle inspire brusquement : l'embrassant comme s'il voulait goûter totalement à elle d'un seul coup, il vient de glisser sa main sous sa jupe et de la poser sur son genou dénudé. Il ne lui faut pas longtemps pour remonter jusqu'à l'intérieur de ses cuisses et il s'y promène d'abord par-dessus les pantalons, puis en dessous, et elle se soulève hâtivement pour l'empêcher de déchirer le sous-vêtement qu'il tente de faire descendre. Lentement, sa main approche de son pubis et s'immisce entre ses jambes. Les yeux fermés, se laissant couler dans un incroyable univers de sensations, Flavie écarte légèrement les jambes et il y glisse sa main, la faisant gémir parce qu'il a touché un endroit si sensible, celui qu'elle a découvert après sa rencontre avec Vital et qui lui a donné ses premières jouissances.

Il s'immobilise et chuchote :

— Je te fais mal ?

Elle rit en faisant un grand signe négatif, puis elle renverse la tête et mêle sa langue à la sienne tandis qu'il reprend ses caresses tout en surveillant ses réactions. Elle ne peut s'empêcher de bouger les hanches au rythme de sa main, enflammée non seulement par ses caresses, mais aussi par son membre raide qu'elle sent contre elle. La montée du plaisir dépasse tout ce qu'elle a ressenti auparavant et rien au monde, pas même un tremblement de terre, pas même l'Apocalypse, ne pourrait l'arracher aux bras de Bastien.

Secouée par une soudaine éruption, elle pousse un long cri étranglé, puis, béate, elle laisse la merveilleuse sensation décroître progressivement. La tenant tout contre lui, il attend que sa respiration s'apaise. Elle le contemple, attendrie par ses boucles emmêlées et par son air chiffonné. D'un doigt caressant, il suit les contours de son visage, puis, l'air embarrassé, il finit par dire :

— J'ignorais que les femmes… pouvaient éprouver autant de plaisir. À moins que tu ne sois unique en ton genre ?

— Je ne crois pas, répond-elle avec un grand sérieux. Il faut quand même des compensations pour le trouble de mettre des enfants au monde !

Elle noue ses bras autour de son cou et lui souffle à l'oreille :

— Il m'a semblé que tu savais très bien caresser une femme.

— Ton corps me parlait, murmure-t-il. Dans le fond, c'est si simple. C'est ce que tu essaies depuis le début de me faire comprendre, n'est-ce pas ? Pourquoi faut-il que les rapports entre les sexes soient si guindés, si conventionnels ?

En provenance de l'entrée, des bruits les font sursauter. Bastien se redresse et Flavie se lève et se reboutonne hâtivement. Cramoisi, il chuchote :

– C'est ma mère ! Je reconnais sa voix !

– Ta mère ? Elle devait arriver demain !

Il balbutie piteusement :

– Je me suis sans doute trompé…

Pétrifiée, Flavie n'a qu'une seule pensée, fuir. Elle regarde frénétiquement autour d'elle :

– Je peux sortir par en arrière ?

– Oui, mais ce serait une bonne occasion de te la présenter, elle ne se doutera de rien…

Soudain furieuse, Flavie réplique à voix basse :

– Pas aujourd'hui ! Bastien, elle aurait pu nous surprendre !

– Sincèrement, je suis désolé. Mais ne t'en fais pas…

– Montre-moi le chemin ! exige-t-elle en serrant fortement son bras.

Réduit au silence, il la mène par des corridors et des escaliers jusqu'à une sortie de service qui donne sur le jardin. Incapable de le quitter sans une dernière caresse, elle l'enlace rapidement et l'embrasse sur la joue. Il grogne :

– Ça ne me plaît pas, que tu partes comme une voleuse…

– Je n'ai pas la force de faire face à ta mère, répond-elle en reculant. Je me sens… toute chose. Tu viendras en fin de semaine ?

Il acquiesce et elle part, marchant sans bruit jusqu'au trou dans la haie qui fait communiquer le jardin des Renaud avec celui du voisin. Bastien lui a bien assuré que les propriétaires étaient encore absents et, en effet, elle ne croise qu'une jeune servante en train d'étendre des vêtements sur la corde à linge et qui lui jette un regard méduse. Flavie lui fait un léger signe de la main et elle débouche sur la rue, descendant sans se retourner la pente vers le bas de la ville.

Elle chemine sans être consciente de l'activité environnante, tout entière absorbée à revivre ces fabuleux moments avec cet homme pour lequel elle éprouve une passion si intense qu'elle se sent prête à sacrifier sa propre vie, s'il le fallait, pour sauver la sienne. Elle s'immobilise soudain, faisant trébucher un passant qui suivait derrière. Lui a-t-elle dit qu'elle l'aimait ? En proie à ce doute préoccupant, elle est prise d'une furieuse envie de remonter la rue en courant et de se jeter dans ses bras en lui faisant une déclaration d'amour. Elle se raisonne et, avec un soupir de résignation, elle reprend sa route. Elle aura tout le loisir de le faire en fin de semaine, quand il viendra…

Deux jours plus tard, elle reçoit un mot très tendre de lui, mais où il lui annonce devoir, à son grand regret, laisser passer la fin de semaine sans venir veiller rue Saint-Joseph. Ses parents et lui ont beaucoup de détails à régler en prévision du déménagement et de plus, lui écrit-il, il a samedi une réunion d'affaires avec Marcel Provandier et son père, qui risque de durer toute la journée.

Flavie ravale sa déception. Elle s'affole en songeant que, peut-être, les oiseaux de malheur ont raison et que, lorsqu'une jeune fille se donne à un homme, ce dernier l'abandonne à plus ou moins brève échéance ? Car si elle se laisse aller ainsi avec l'un, prétend-on, elle fera de même, un jour, avec d'autres, faisant son mari cocu… Flavie a entendu tant de commérages à ce sujet entre les voisines, entre les amies de sa mère, entre les jeunes filles de l'école de Simon !

Mais elle n'arrive pas à croire qu'un homme préfére-rait réellement une femme froide et réservée à une autre, plus passionnée, uniquement pour s'assurer à jamais de sa fidélité! De tels hommes ne méritent pas une miette d'affection! Rageusement, elle froisse la lettre et la jette dans le poêle. Même si elle tente de la repousser avec vi-gueur, une crainte lui encombre peu à peu l'esprit, celle que Bastien lui accole avec mépris une étiquette de fille facile, qui ouvre les jambes devant n'importe quel mâle en chaleur. Elle le connaît si peu, dans le fond…

Dès l'ouverture de la Société compatissante, le sa-medi suivant, les lits ne tardent pas à se remplir de quel-ques Canadiennes, mais surtout de nombreuses Irlandai-ses que le Lying-In, débordé, est incapable d'accueillir. Léonie demeure extrêmement vigilante devant tout signe éventuel de fièvre, mais il semble que les ravages de l'épi-démie soient maintenant chose du passé. Avec un plaisir renouvelé, Flavie reprend ses quarts de travail, souvent accompagnée par Sophronie qui passe des heures non seu-lement à bavarder avec les patientes, mais à les soigner sans trop en avoir l'air.

Pendant la deuxième journée de Flavie, un jeudi, Suzanne fait son entrée à huit heures du matin et lui an-nonce qu'elle vient passer toute la journée en sa compa-gnie. À travers leurs multiples tâches matinales, Flavie lui raconte la maladie et la guérison de Cécile, puis son amie lui décrit sans trop insister son été de vacances à Sainte-Anne-de-Bellevue, rempli de pique-niques au bord des rapides, d'excursions en bateau à voile et de nombreuses veillées sur la véranda en compagnie d'amis. Elle est moins volubile qu'à l'accoutumée, comme gênée, mais, très occupée, Flavie n'y prend pas garde.

À dix heures et quart, alors que Flavie inscrit au registre tous les renseignements pertinents sur la dernière patiente, arrivée la veille, la porte du refuge s'ouvre à la volée et Nicolas Rousselle fait une entrée bruyante. Adressant à peine un signe de tête à la jeune fille, il bougonne :

– Quel trafic ce matin ! Rue McGill, il y avait tellement d'attelages stationnés pour décharger qu'on pouvait à peine passer !

Croisant le regard interloqué de Flavie, il ajoute en lançant sa veste sur un des fauteuils du salon :

– Qu'y a-t-il, jeune fille ? On a oublié de vous dire que c'est le jeudi matin que j'effectue mes visites ?

– J'étais au courant, se hâte de répondre Flavie avec dignité. Bien le bonjour, monsieur Rousselle.

Il grommelle enfin une salutation et, sa valise à la main, il s'éloigne en direction de l'escalier. S'immobilisant avant de monter, il se tourne vers Flavie et lance avec impatience :

– Mais qu'est-ce que vous faites ? Venez, j'ai besoin de vous à mes côtés !

Refermant son gros livre avec un claquement sonore, Flavie le suit sans se presser, plutôt rebutée par ses manières. Dès que le médecin met le pied à l'étage, le brouhaha causé par huit femmes bavardes et remuantes cesse progressivement. Comme le refuge vient d'ouvrir, il n'y a aucun nouveau-né, seulement des patientes enceintes de huit à neuf mois. Les unes après les autres, les femmes vont s'asseoir sur leur lit et bientôt, seuls des chuchotements et des gloussements brisent le silence.

Pendant un moment, Rousselle s'absorbe dans la lecture des dossiers des patientes qui sont déposés près de l'entrée, sur une petite étagère. Plutôt brusque, la saluant à peine, Rousselle se met ensuite à ausculter et à palper une première future accouchée, une Irlandaise très maigre et très gentille qui passe son temps à offrir à ses interlocuteurs un sourire gêné, exhibant ainsi une bouche presque complètement édentée.

Observant le manège de Rousselle, les autres femmes s'assombrissent, comprenant rapidement que le médecin n'entend pas à plaisanter et qu'il va procéder aux examens à un rythme rapide et avec une discipline toute militaire. En effet, presque sans rien dire, Rousselle passe à la suivante, lançant quelques observations à Flavie qui le suit à quelques pas. À la troisième, après lui avoir tâté le ventre par-dessus sa jupe, il fronce les sourcils et lance sans ménagement :

— Votre bébé a été conçu avant la nouvelle année ? Vous en seriez déjà au neuvième mois de grossesse ?

La jeune femme pâlit à vue d'œil et Flavie intervient :

— Elle ne comprend pas le français, monsieur. Elle vient d'arriver d'Irlande.

Se tournant vers elle, Rousselle assène :

— Je ne crois pas ce qui est mentionné dans son dossier. Elle ment parce qu'elle n'a nulle part où aller, mais c'est impossible que le fœtus en soit à ce stade. Trop petit.

— Cette femme a passé deux mois en mer, explique patiemment Flavie, trois semaines à la Grosse-Île et deux autres dans les *sheds*. C'est déjà un miracle qu'elle porte encore son bébé.

— Vraiment ? ironise Rousselle, la regardant d'un air narquois. Je vois qu'on vous apprend, dans votre école de sages-femmes, à répondre avec déférence à un médecin…

Rougissant légèrement, Flavie serre les lèvres sans répliquer. Il se détourne sans plus attendre et passe quelques minutes, en silence, au chevet de chacune des autres patientes. Il s'attarde plus longuement à la dernière, une jeune fille menue dont le mince visage est déjà usé par le chagrin et les privations, dotée d'un ventre impressionnant. Il prend le temps de bien la palper, principalement au niveau des hanches et du bassin, sans s'inquiéter de son embarras ni lui expliquer quoi que ce soit, puis il se redresse et déclare à Flavie d'une voix forte :

— Il est absolument nécessaire de prendre les mesures du bassin de cette patiente. Je suis très étonné que ni Mme Easton ni Mme Montreuil n'y aient encore songé. À mon avis…

— Monsieur Rousselle, l'interrompt Flavie, il serait plus convenable de nous éloigner un peu avant de discuter. Merci, Pétronille. Reposez-vous bien.

Mue par une colère froide, Flavie saisit sans vergogne le médecin médusé par le bras et l'entraîne à l'autre extrémité de la pièce. D'une voix très contenue mais vibrante d'indignation, elle s'insurge :

— Est-ce bien nécessaire, monsieur, d'inquiéter ainsi les patientes ? Vous savez à quel point il faut éviter de troubler une femme sur le point d'accoucher !

— Ne me dites pas que vous accordez foi à ces anciennes superstitions ? Une femme enceinte qui assiste au dépeçage d'un porc risque de déformer son enfant ! Une autre qui a une frayeur subite…

— Je ne parlais pas de cela, le contredit Flavie avec obstination. J'estime par contre qu'il est inutile d'inquiéter à l'avance une patiente sur d'éventuelles complications. Plus une femme s'abandonne à ses douleurs avec confiance, plus les chances de succès sont élevées.

Tendant le bras vers Pétronille, mais prenant soin de ne pas élever le ton de sa voix, Rousselle affirme avec irritation :

— Je suis prêt à parier cent livres que cette femme a le bassin trop étroit pour mettre un enfant au monde normalement. À mon avis, il vaudrait mieux lui mesurer soigneusement le bassin et si les mesures sont trop basses, ce qui s'avérera sûrement, il faut agir en conséquence. De nos jours, comme vous êtes sûrement au courant, une action vigoureuse est possible pour éviter à cette femme des jours de souffrances et la mort probable de son bébé.

— Est-ce que ces mesures du bassin sont fiables et précises, monsieur Rousselle ?

Flavie a posé la question sans aucune arrière-pensée, mais l'homme se redresse comme si elle l'avait giflé. Après avoir dardé sur elle un regard courroucé, il grommelle d'une voix contrainte :

— Je compte sur vous pour transcrire mes observations dans son dossier et pour les porter à l'attention de l'une de ces dames. Au revoir, mademoiselle.

Son pas lourd décroît dans les escaliers et Flavie descend seulement après avoir entendu la porte d'entrée se refermer. Les manches retroussées, les mains rougies par le lavage, Suzanne se tient debout en plein milieu du salon et Flavie lui fait une grimace expressive, puis toutes deux reprennent leurs occupations, avalant un dîner rapide sur le coin du poêle. Lorsque toutes les patientes sont bien installées autour de la table du sous-sol, sous les bons soins de la cuisinière, les deux jeunes filles sortent faire une courte promenade, indifférentes au léger crachin qui tombe sur la ville. Suzanne semble d'humeur sombre et, après un moment de silence, elle dit d'une voix sourde :

— Quand mon père est venu à Sainte-Anne-de-Bellevue… maman l'a proprement enguirlandé. Je te dis que j'en ai appris des choses… En plus d'être volage et porté sur la bouteille, M. Garaut a pris la fâcheuse habitude de voler sa femme.

— La voler ? s'ébahit Flavie. Tu veux dire prendre des sous dans son porte-monnaie ?

Suzanne éclate de rire et des larmes lui montent aux yeux, qu'elle essuie rageusement en lançant avec dérision :

— Si ce n'était que ça…

Elle explique à Flavie que les femmes, en se mariant sous le régime de la communauté de biens, mettent tous leurs avoirs dans un patrimoine commun dans lequel un mari cupide peut piger à sa guise. Voilà pourquoi de plus en plus de dames préfèrent adopter le régime anglais de la séparation de biens, où elles restent les uniques propriétaires de ce qu'elles possédaient avant le mariage et de tout ce qu'elles peuvent acquérir par la suite.

— Françoise nous a expliqué toutes ces choses compliquées en long et en large. Si tu savais comme elle est savante ! Dès qu'un sujet pique sa curiosité, elle s'arrange pour dénicher un livre qui en parle ou pour discuter avec l'un de ceux qu'elle croit bien informés…

— Elle était par chez vous cet été ? s'étonne Flavie.

— Son mari et elle ont loué une maison à proximité de la nôtre. Mais M. Archambault est très occupé l'été par son travail au chantier naval, alors il n'est presque pas venu.

— Donc ton père, sans le dire à ta mère, lui a volé ses biens ?

— Il les a même dépensés. Soudain, ma mère se retrouve beaucoup plus pauvre que ce qu'elle croyait. C'est si triste...

Flavie glisse son bras sous le sien et Suzanne balbutie avec difficulté :

— C'est si triste qu'un mari et une femme en arrivent là. J'avais compris depuis longtemps que tous deux n'ont plus de sentiment l'un pour l'autre, mais... pour faire des cadeaux à sa maîtresse, mon père vole ma mère !

Suzanne secoue fortement la tête, puis elle ajoute :

— Tu crois que c'est toujours ainsi ? Que la passion entre un homme et une femme meurt inévitablement ?

Après un moment de réflexion, Flavie répond :

— Je suppose que c'est possible, mais je crois surtout que bien des mariages sont une erreur. En partant, les deux époux n'ont pas de véritable affection l'un pour l'autre. Tu le sais, Suzanne, que les jeunes filles sont obligées de se marier pour ne pas rester toute leur vie à la charge de leurs parents.

— Comme moi je devrai sans doute me marier vite, chuchote la jeune fille, un peu hébétée.

Aussitôt, elle semble regretter sa confidence, mais, loin de s'en formaliser, Flavie la presse de questions. Elle finit par préciser, avec réticence :

— Si maman se sépare de papa, tu imagines à quel point cela va compliquer les choses pour moi ? Et puis, elle n'aura pas les moyens de me faire vivre...

— Tu veux dire, se séparer devant les tribunaux ?

— Oui, une séparation légale. Maman ne décolère pas, elle dit que c'est fini, qu'elle va le quitter. Il faut dire que Françoise l'encourage beaucoup en ce sens...

— Tu resterais, toi, avec un tel goujat ?

— On peut passer sa vie dans la même maison qu'un homme, mais sans le fréquenter! Il y a des années que maman le fait! Françoise lui met tellement d'idées dans la tête… Je l'aime bien, Françoise, elle est drôle et si intelligente, elle nous emmenait cet été en promenade à plein d'endroits où je ne serais jamais allée sans elle… Mais elle a tant d'influence sur maman.

Flavie propose à Suzanne de faire demi-tour parce qu'il sera bientôt temps de rentrer. Reprenant leur marche lente, les deux jeunes filles demeurent silencieuses un moment, puis Flavie commente :

— Si j'ai bien compris, pour protéger ses biens, ta mère n'a pas d'autre choix que la séparation…

Suzanne acquiesce avec amertume. Après un temps, Flavie pousse un soupir et demande d'un ton qu'elle souhaite plus léger :

— Tu as le choix entre beaucoup de prétendants?

Laissant échapper un faible sourire, Suzanne répond :

— J'ai déjà eu trois demandes en mariage.

Flavie siffle entre ses dents et la jeune fille s'empresse de préciser :

— Le premier, il n'en est pas question. Mais les deux autres… Il y a Franz, un ami d'enfance, je l'apprécie beaucoup, mais de là à en faire mon mari… Et puis il y a Louis Cibert…

Ce disant, elle jette un regard en coin à Flavie et il semble à cette dernière qu'ostensiblement Suzanne s'écarte d'elle… Secouant la tête pour chasser cette illusion, Flavie articule, la gorge soudain prise :

— Il te plairait assez pour… ?

Suzanne explique d'un ton morne qu'il est venu plusieurs fois la rejoindre cet été. Il vient de traverser en

Europe pour un séjour de trois mois en France, poursuit-elle en se rengorgeant, et au retour, il compte passer son examen pour devenir médecin et ouvrir sa pratique. Leur mariage, a-t-il proposé à Suzanne, pourrait être célébré dès le printemps suivant puisque son père a promis de lui avancer suffisamment d'argent pour combler les manques des premières années.

Tout en l'écoutant distraitement, Flavie songe aux comportements irrespectueux du jeune homme envers elle. Devrait-elle en informer son amie? À cette idée, le cœur lui manque, mais elle s'en voudrait tant de la laisser s'embarquer dans cette aventure sans avoir toutes les données pour faire un choix éclairé… Observant Suzanne, de nouveau pleine d'entrain et témoignant d'une telle gourmandise pour la vie, Flavie reste silencieuse, incapable de s'y résoudre. Elle fait une prière pour que l'étoile de Louis pâlisse avec le temps et qu'elle ne soit pas obligée, cet hiver, de se compromettre ainsi…

Le dimanche suivant, l'arrivée intempestive par la porte d'en arrière d'un Bastien hors d'haleine fait sursauter tout le monde et Cécile en échappe même sa cuillère, qui retombe dans son bol de soupe en lui éclaboussant le corsage. Simon jette un coup d'œil au jeune homme tout piteux de son effet en s'exclamant:

— On dîne tôt, chez les riches! Mais qu'est-ce que tu attends, Flavie? Va lui dire bonjour!

Préoccupée depuis sa dernière lettre par un doute lancinant sur les conséquences, dans l'esprit de son cavalier, de son abandon à ses caresses, hantée par la perspective qu'il finisse par douter de la pureté de ses intentions,

Flavie s'est bien promis de garder avec lui une réserve de bon aloi. Néanmoins, sa seule vue lui plaît tant qu'elle ne maîtrise son allégresse qu'avec une grande difficulté. Le visage sans expression, elle marche jusqu'au jeune homme, déposant un chaste baiser sur sa joue. Sans s'en formaliser, Bastien pose un bras sur ses épaules et lance à la cantonade :

— Ça y est, tout est réglé ! Dans deux semaines, j'ouvre mon bureau rue Saint-Denis !

— Toutes mes félicitations, cher docteur ! s'exclame Léonie avec un large sourire.

— Quelle joie, ajoute Simon, on va pouvoir se faire soigner gratis !

Laurent et Cécile le chahutent pendant que Bastien coule un regard vers Flavie, qui est bien incapable de le complimenter comme il le faudrait et qui reste clouée sur place, figée par une timidité qui la paralyse. Dérouté, Bastien reporte son attention sur Léonie qui l'invite à partager leur repas.

— Non merci, je sors de table… Mais va manger, Flavie, tu n'as pas terminé.

Le jeune homme s'installe dans la berçante et la conversation, fort animée, tourne autour de sa prochaine installation et des négociations avec Provandier qui se sont, à ses dires, déroulées fort civilement, au point que son père devait constamment rappeler au vieux médecin qu'il ne faisait pas un cadeau à son fils, mais qu'il concluait avec lui un contrat le plus équitable possible.

Flavie avale rapidement le contenu de son bol et, après quelques minutes, chacun se lève bruyamment pour rincer son couvert et pour vaquer à ses occupations. Bientôt, il ne reste dans la pièce que Flavie, qui essuie sommairement les couverts et les empile sur une étagère, et Bastien qui l'observe. Lorsqu'elle termine, il est déjà derrière elle, l'enlaçant avec une telle douceur qu'elle fond littéralement sur place. Il murmure :

— Je n'en pouvais plus d'être loin de toi…

Désemparée par ses gestes tendres, si heureuse d'être dans ses bras, Flavie ferme les yeux. Devant son empressement, ses doutes fondent comme neige au soleil et pourtant, elle hésite encore à s'abandonner contre lui puisque ses gestes d'affection seront peut-être, un jour, retenus contre elle… Mais comment pourrait-elle rester longtemps à s'empêcher ainsi de le cajoler à son goût ?

Inspirant profondément, elle se retourne lentement pour lui faire face et il s'enquiert avec inquiétude, frappé par son air grave :

— Mais qu'est-ce que tu as ? Une mauvaise nouvelle ?

Elle secoue la tête et, lentement, il laisse retomber ses bras, en disant sourdement :

— Tu regrettes ce qui s'est passé l'autre fois…

— Je ne regrette pas, répond-elle dans un murmure. Seulement…

Il attend presque sans respirer et, pour mettre un terme à ses tourments, elle dit très vite :

— Il paraît que les hommes, ils préfèrent les femmes… Enfin, quand leur blonde aime trop leurs caresses, ils ont peur qu'elle leur soit infidèle avec un autre…

Il pose sur elle un regard étonné et lance en souriant :

— Mais qu'est-ce que tu racontes ?

— Je t'assure que ça se dit… Pour une femme, c'est mieux de garder ses distances pour ne pas que son cavalier la croie trop… trop passionnée, incapable de se retenir si un autre homme que lui… lui fait de l'œil…

— Tu veux dire que… tu as peur que moi, je pense de même?

Rougissant de honte, Flavie baisse la tête. Après un moment, il la force à la relever et, se penchant, il pose doucement ses lèvres sur les siennes. La reprenant dans ses bras, il noue ses mains derrière le creux de son dos et réplique d'un ton goguenard :

— Et dire qu'on nous reproche ensuite de ne pas comprendre les femmes! Mais les hommes s'imaginent parfois, en effet, toutes sortes de niaiseries. Pour ma part, une telle idée ne m'a jamais effleuré, pas une seconde. Tu me crois? Tu me plais comme tu es, ou plutôt, tu me plais à cause de ce que tu es.

Flavie lance à toute vitesse :

— Je m'en voulais un peu aussi parce que je ne t'ai jamais vraiment dit que je t'aime…

— Ah bon? rétorque-t-il gaiement. Je n'avais pas remarqué… Si tu ne l'as pas dit, tu l'as bien montré…

— Dans ton monde, les femmes ont de belles expressions pour les sentiments, remarque-t-elle gravement. Moi, tout ce que je trouve à te dire, c'est que… je t'aime, plus que ma vie même.

Il la serre à l'étouffer contre lui et murmure dans son oreille, la voix rauque :

— Ne dis pas de sornettes, ta vie est plus précieuse que tout…

À son tour, elle l'étreint de toute sa force et il ajoute, cherchant ses mots :

— Les jolies phrases se portent beaucoup, dans mon monde… comme les dentelles et les queues-de-pie. Il y a longtemps que ça ne m'épate plus. Tu sais, même sans parler, tu m'as déjà dit les plus beaux mots d'amour dont un homme puisse rêver…

Saisissant de nouveau son visage entre ses mains, il pose ses lèvres au coin de sa bouche, puis sur la pommette et enfin sur le front, en chuchotant encore :

— Qu'est-ce que je donnerais pour avoir encore quelques heures seul avec toi !

Il est sur le point de l'embrasser avec fougue, mais, à l'autre bout de la pièce, la voix de Simon les fait sursauter :

— Excusez-moi, les enfants, mais… je me demandais si Bastien pouvait nous donner un coup de main pour déplacer un madrier…

À regret, les deux jeunes gens se séparent, puis Bastien se détourne en se débarrassant de sa veste.

— Avec plaisir, monsieur.

— Simon, rectifie-t-il en lui donnant une tape légère dans le dos et en le faisant marcher devant lui.

Demeurée seule, Flavie se dirige vers le seau d'eau et, y puisant avec sa main, elle fait couler de l'eau fraîche sur sa nuque, non seulement pour retrouver son aplomb, mais pour chasser de son esprit toutes les idées stupides qui lui viennent parfois ! Un grand sentiment de paix est descendu en elle, une certitude magnifique, et c'est d'un cœur à la fois léger et gonflé d'amour qu'elle sort rejoindre les autres.

Ce soir-là, les trois hommes s'installent en rigolant pour une compétition de bras de fer et, mystérieusement informés par la rumeur aussi rapide qu'une couleuvre en fuite, quelques voisins et voisines se réunissent dans leur cuisine. Sachant qu'il n'a aucune chance de vaincre son fils, Simon affronte d'abord Bastien et, après cinq tentatives, le jeune homme qui en a remporté trois est proclamé vainqueur. La compétition devient alors plus sérieuse et le silence se fait dans l'assemblée tandis que les deux jeunes gens s'attablent face à face, mais Bastien n'est pas de taille et, après trois essais infructueux, il doit déclarer forfait. Laurent doit ensuite se mesurer avec Marquis Tremblay, puis avec le père d'Agathe et enfin avec d'autres, jusqu'à se laisser vaincre par un colosse, porteur d'eau de son état.

CHAPITRE XXVII

La porte et la fenêtre de la salle de classe sont grandes ouvertes et, amusées par la cacophonie qui leur parvient de la rue et fredonnant des refrains à la mode, Flavie et Léonie débusquent la poussière et lavent les murs. Le semestre de l'automne 1847 de l'École de sages-femmes doit débuter deux jours plus tard, avec une semaine d'avance sur l'horaire initialement prévu pour compenser, en partie, la fermeture précipitée du printemps. De surcroît, Léonie a ajouté quatre après-midi répartis tout au long de la saison.

Flavie est en train de rincer le tableau à grande eau et Léonie remet la table en place lorsque Marie-Claire pénètre dans la pièce et lance en faisant la grimace :

— Mes pauvres amies ! Vivement que l'argent rentre, que vous puissiez confier cette tâche à autrui !

— Ce n'est pas si pire, réplique Léonie en donnant une accolade à son amie.

Flavie ajoute avec malice :

— Bien entendu, aux yeux d'une bourgeoise ramollie par l'oisiveté, cela peut sembler un travail surhumain…

Marie-Claire s'esclaffe et vient embrasser la jeune fille en lui pinçant les joues. Flavie se débat avec la dernière énergie et Marie-Claire gronde :

– Tu me trouves vraiment si ramollie?

Flavie demande grâce et Marie-Claire la laisse aller en insinuant :

– Une rumeur de conquête est parvenue jusqu'à mes oreilles… Vraiment, Flavie, tu collectionnes les docteurs ?

Rougissant jusqu'aux oreilles, la jeune fille ouvre la bouche pour protester, mais Marie-Claire la rassure d'une bourrade amicale.

– Je te taquine… Et qu'est-ce que tes parents en pensent ?

– Ma belle amie, je t'assure que notre fille ne s'informe pas de notre opinion avant de tomber en amour ! Mais Bastien Renaud est un jeune homme intelligent et sincère. Je crois que nous avons fini de frotter, n'est-ce pas, Flavie ?

Cette dernière grommelle :

– Je vous laisse, je monte me changer…

Elle disparaît et les deux femmes échangent un regard amusé, puis Marie-Claire promène ses yeux autour d'elle et demande en souriant :

– Tu as hâte de reprendre ton rôle de maîtresse d'école ?

– Plutôt, avoue Léonie. Je m'y sens de plus en plus confortable.

– Alors, peut-être accepterais-tu de donner la première causerie à la Société ?

– Le conseil s'est mis d'accord sur le projet ?

– La discussion a été chaude, concède Marie-Claire, les sourcils froncés. Quelques femmes jugent l'initiative nettement trop audacieuse. Elles sont persuadées que Chicoisneau ne l'acceptera jamais. Tu sais que, sans remords aucun, certains mâles prétendument éclairés nous enlèveraient le droit de prendre la parole jusque dans nos propres réunions ! Mais lorsque je leur ai fait valoir le retentissement publicitaire d'une telle activité, elles se sont ravisées.

— Dans ce contexte, déclare Léonie, je crois qu'il serait plus sage d'inviter un homme à prononcer la conférence. Un médecin comme Provandier, ou un de ceux rattachés au Lying-In…

— J'aurais vraiment préféré que ce soit toi… Quelle victoire ça aurait été pour la cause des femmes ! Au Bas-Canada, nous sommes si timides ! Tu sais, j'ai compris beaucoup de choses depuis que je dirige la Société et depuis que Françoise me guide dans mes lectures. Avant, je jugeais les femmes pauvres et déchues avec dureté et j'étais persuadée qu'elles étaient responsables de leurs misères…

— Ce n'est pas étonnant, les curés nous répètent sans cesse que nous sommes les artisans de nos propres malheurs !

— Mais j'ai réalisé que nous, les femmes, qu'il s'agisse de toi, de moi ou de n'importe quelle autre, nous sommes victimes d'une société organisée par les hommes et dirigée par les hommes. Les abus si nombreux sont la conséquence directe de la pauvreté et de la dépendance dans lesquelles nos mœurs et nos lois plongent de trop nombreuses femmes.

— Ce que tu parles bien ! s'exclame Léonie, réellement impressionnée.

Marie-Claire poursuit avec exaltation :

— Ce n'est pas le vice qui conduit à la misère, mais la misère qui crée les conditions favorables au vice ! Maintenant, je considère toutes les femmes comme mes sœurs.

Tout ce que je souhaite, c'est leur apporter du réconfort, de l'affection et une aide concrète pour les tirer de la mauvaise situation dans laquelle elles se trouvent.

Elle fait une grimace expressive :

— De bien belles paroles, mais il faudrait que je commence par régler ma propre misère avant de m'attaquer à celle des autres !

— Flavie m'a raconté. Tu es décidée ?

— Plus que jamais. C'est simple, je ne m'endure plus comme épouse d'un malotru. Mon frère avocat va m'aider… J'espère que la bataille ne sera pas trop longue. Richard est un homme entêté…

— Il sera peut-être ravi d'être débarrassé de toi !

— Je le souhaite de tout mon cœur ! s'exclame Marie-Claire avec un grand éclat de rire où une peine toute proche se devine. Mais il s'ennuiera sûrement du libre accès à mes biens…

Léonie pose sa main sur le bras de son amie. Après un moment, Marie-Claire reprend :

— Pour en revenir à la Société… Tu as une idée de sujet pour la causerie ?

— J'en ai des tonnes, tu veux dire ! Il nous faut un sujet assez audacieux pour attirer le plus grand nombre, mais pas trop non plus, tout en préservant un certain mystère… Les grandes étapes du développement physiologique de la femme ? Cours de base de médecine adapté à la situation spécifique de la femme et sa capacité à donner la vie ? C'est mauvais comme titre, mais…

— Je vois où tu veux en venir… Sans en avoir trop l'air, informer les femmes sur leur corps et leurs fonctions reproductrices. C'est que nous sommes d'une ignorance crasse dans ce domaine !

— À qui le dis-tu! soupire Léonie. J'y pense et je vous fais une proposition formelle pour le prochain conseil. Tu restes à souper?

— Je te remercie, mais je dois passer chez Françoise qui tient absolument à me montrer un livre étonnant qu'elle a déniché.

Sans pouvoir dissimuler une pointe d'amertume, Léonie baragouine:

— Il n'y a pas à dire, son déménagement à Montréal a été providentiel…

Au mois d'octobre, comme un oiseau qui entreprend sa migration, Cécile fait ses bagages pour accompagner une mission des sœurs grises dans le Haut-Canada. Malgré son cœur horriblement serré, Flavie l'aide du mieux qu'elle peut, sentant qu'en dépit de sa froide résolution sa sœur tremble d'appréhension à l'idée de quitter sa famille. Les jours qui précèdent son départ sont particulièrement lugubres. Après le souper, Simon et Laurent, leurs mines considérablement assombries, errent sans échanger un seul mot et, chaque soir, Léonie s'endort en pleurant pendant que les deux sœurs, une fois couchées, jasent tard dans la nuit.

Un matin à l'aube, après de brefs adieux, Cécile s'éloigne sans se retourner. Lorsque sa sœur a disparu au bout de la rue, Flavie s'écroule en sanglotant, submergée par un chagrin qu'elle peut enfin libérer. C'est Laurent qui l'assoit près de lui et qui la berce jusqu'à ce qu'elle s'apaise, pendant que de grosses larmes d'homme roulent sur ses joues à lui. Léonie passe la journée assise dans la chaise berçante, le regard fixé sur un point quelconque de l'horizon, suivant en pensée sa fille qui s'éloigne du faubourg, de la ville… Elle est si frêle encore, Cécile, presque une fillette…

Assise sur une chaise droite, amortie par l'effort qu'elle vient de fournir pour l'expulsion de son bébé, la jeune Irlandaise reste silencieuse, les yeux fermés. Agenouillée à côté d'elle, trempant sa débarbouillette dans un seau d'eau tiédie sur le feu de la cuisine, Flavie passe ses mains sous sa chemise et lave doucement les organes génitaux et l'intérieur des cuisses maculés et collants de la jeune femme. Au début, Flavie a dû surmonter un certain dédain devant cette tâche si humble, mais une étrange tendresse l'envahit maintenant à chaque fois, comparable à celle qu'elle ressent lorsqu'elle nettoie un nouveau-né. Ces corps féminins encore marqués par la grossesse et la délivrance, ventres distendus, vulves enflées et tuméfiées, périnées étirés ou déchirés, tout cela la touche au plus profond d'elle-même. En se soumettant aux exigences de la génération humaine, les femmes risquent leur santé et leur vie. Ce n'est pas le sang du Christ que l'on devrait vénérer sur les autels, s'est dit Flavie à maintes reprises, mais celui des mères qui coule si abondamment et si généreusement!

De l'escalier, une voix appelle la jeune fille:

— Mademoiselle Flavie! Il y a une visite pour vous!

— C'est urgent?

La jeune patiente, dont la tête émerge à peine de l'escalier, précise qu'il s'agit d'une dame bien habillée. Perplexe, Flavie répond qu'elle descend dans quelques minutes, le temps de terminer sa tâche et d'installer la jeune femme dans son lit.

Lorsqu'elle met le pied au rez-de-chaussée, Flavie ne voit nulle trace d'une étrangère. Pénétrant dans le salon, elle s'amuse franchement du spectacle sous ses yeux. Trois jeunes hommes, qui font partie de la nouvelle cohorte de neuf étudiants de l'École de médecine et de chirurgie, sont affalés l'un à côté de l'autre sur le canapé, yeux fermés et têtes renversées contre le dossier, jambes bien écartées. Les ronflements sonores de l'un d'eux se font entendre et, sans ouvrir les paupières, les deux autres grommellent :

— Quelle engeance, ce type ! On ne peut même pas se reposer en paix !

— On le bâillonne ? On le jette dehors dans la boue ?

— On l'endure. Je ne tiens pas à ce que son père rende visite au mien !

— Vous comptez passer la journée ici, messieurs ? s'enquiert gaiement Flavie.

— Un petit instant, mademoiselle… Il nous faut récupérer un peu avant d'affronter la lumière du soleil.

— Petites natures…

Ignorant les protestations qui accueillent sa remarque, Flavie se dirige vers le bureau d'accueil. Assise bien droite sur l'une des trois chaises, la visiteuse se lève pour venir à sa rencontre et, avec stupéfaction, Flavie reconnaît Archange Renaud. Elle balbutie avec une soudaine inquiétude :

— Madame ? Si je m'attendais… Est-il arrivé quelque chose à Bastien ?

— Mon fils se porte comme un charme, répond-elle plaisamment. Je désirais simplement vous rencontrer enfin, seule à seule. Il y a longtemps que je souhaite vous recevoir, mais, comme vous le savez, nous déménageons la semaine prochaine et je n'ai plus une minute à moi.

— Mes parents seraient bien aises de votre visite, un dimanche après-midi. J'espère que Bastien vous en a informée.

Le regard de Mme Renaud s'attarde sur les cheveux de Flavie dissimulés sous un foulard noué sur sa nuque, puis sur son tablier usé et maculé.

— Je vous ai interrompue dans votre travail ?

— Une de nos patientes vient de se délivrer de son bébé. Marguerite… enfin, Mlle Bourbonnière, l'une de mes consœurs étudiantes, a passé toute la nuit ici. Un accouchement facile, heureusement, le deuxième de Marguerite. J'étais en train de la laver. La patiente, je veux dire.

Visiblement un peu dépassée, la mère de Bastien tente de sourire, mais n'y parvient pas vraiment. Toutes deux sont presque de la même taille et Flavie songe qu'un étranger qui les apercevrait pourrait très bien s'imaginer que, pareillement rondes, les hanches et la poitrine généreuses, elles sont mère et fille…

La robe de la dame est beaucoup plus sobre que celle qu'elle portait lors de l'examen de son fils, mais ses cheveux pâles sont coiffés de la même manière, en rouleaux étagés de chaque côté de sa tête. Réprimant un sourire, Flavie se demande si elle dort avec un casque de métal sur la tête ou bien si elle se frise ainsi depuis si longtemps que sa coiffure tient perpétuellement en place…

D'un geste brusque, elle invite Mme Renaud à se rasseoir et elle se laisse tomber en face d'elle, prenant garde de conserver le dos bien tendu et les jambes serrées l'une contre l'autre, comme il se doit. Après un moment de silence, Archange Renaud reprend, sans pouvoir cacher un soupçon de crainte :

— Votre sœur a été touchée par l'épidémie ? J'en suis fort désolée…

Flavie lui relate brièvement les événements, prenant bien soin de l'assurer qu'aucun autre membre de la famille n'a été atteint. Se raclant la gorge derrière sa main gantée, son interlocutrice ajoute encore :

— Je suppose que Bastien vous a mise au courant de nos déboires financiers ? J'en parle ouvertement parce que c'est un fait connu de tous et puis, comme Édouard me l'a souvent répété, il ne faut pas en avoir honte, c'est le libre-échange voté par le Parlement anglais qui a porté un tel coup dur à ses affaires…

— Ces temps-ci, on entend de nombreuses plaintes concernant le gouvernement impérial, remarque Flavie. Le typhus, les lois sur le commerce du blé…

— Pour dire la vérité, mon mari a perdu tous ses avoirs. Il a remercié tous ses employés et il tente maintenant de repartir en affaires, en diversifiant ses entreprises. Alors vous imaginez, mademoiselle, qu'il ne pourra pas donner grand-chose à Bastien à son mariage.

Flavie reste sans voix. Où cette dame veut-elle en venir ? Elle finit par répondre :

— Mon père, lui non plus, ne pourra pas me doter. Cependant, pour le sûr, il serait content de nous héberger.

Elle se hâte d'ajouter :

— Dans l'éventualité où Bastien et moi, nous nous marions, bien entendu.

— Parce que vous n'êtes pas sûre de vos sentiments ?

Soutenant sans ciller le regard froid d'Archange Renaud, Flavie prend un bon moment avant de répondre ingénument :

— Au contraire, madame. Mais le mariage engage une femme pour le restant de ses jours, pour le meilleur et pour le pire. Vous ne croyez pas que cela mérite quelques instants de réflexion ?

Laissant un léger sourire à la fois étonné et amusé flotter sur ses lèvres, la mère de Bastien marmotte avec une étrange fierté :

— Il me semblait bien, aussi, que mon fils n'avait pas choisi une tête de linotte…

Se redressant, elle arbore une expression plus digne et reprend d'une voix moins assurée :

— Ce qui doit être très clair pour l'instant, mademoiselle, c'est que Bastien n'aura pas d'aide financière de son père pour s'établir ni, peut-être, d'héritage.

Choquée, Flavie comprend enfin le détour de sa pensée. Elle craint que Flavie n'ait ensorcelé son fils uniquement pour son argent et qu'elle ne lui mette la corde au cou dans le but de s'offrir une existence confortable et égoïste ! Humiliée, Flavie est sur le point de se lever pour quitter la pièce lorsqu'elle réalise que la méfiance de Mme Renaud est légitime et que ses soupçons, malgré leur caractère offensant, prouvent que cette dame souhaite le bonheur de son fils. Radoucie, Flavie rétorque avec un sourire amer :

— Si vous saviez, madame, à quel point j'aurais préféré que Bastien soit un garçon ordinaire avec un père ordinaire ! J'ai craint que votre fils, comme tant d'autres, n'ait que le goût de s'amuser….

— A-t-il eu des gestes qui ont pu vous faire croire cela ? s'inquiète la dame en se penchant vers l'avant. J'ai pourtant soigneusement dirigé son éducation…

La remarque semble tout à fait spontanée et, en secouant la tête, Flavie la rassure :

— Nous hébergeons souvent, ici, des demoiselles qui ont cédé aux avances de jeunes hommes de bonne famille et qui se retrouvent abandonnées par eux. J'avais quelques raisons de me méfier…

— C'est pourquoi il est si important de surveiller les jeunes filles, lance Mme Renaud avec une pointe de condescendance.

Flavie est incapable de se retenir :

— C'est à la mode de restreindre leur liberté. C'est plus facile, en tout cas, que de restreindre celle des séducteurs.

Comme pétrifiée, les yeux écarquillés, Mme Renaud la considère avec stupéfaction. Avec une brusque angoisse, Flavie réalise le caractère provocant de sa réplique. Avait-elle vraiment besoin de faire la morale à la mère de Bastien ? Tant de dames exigent de leurs interlocuteurs, surtout s'ils font partie de classes *inférieures*, une déférence de tous les instants… Elle se creuse les méninges pour rattraper son erreur, mais le visage de Mme Renaud s'illumine d'un large sourire étonné.

— Savez-vous que je n'avais jamais envisagé la situation sous cet angle ? Mais quand on y pense bien…

Visiblement de bonne humeur, Mme Renaud se lève avec grâce.

— Je crois que j'ai déjà abusé de votre temps. Si vous le permettez, un de ces prochains dimanches, nous ferons une promenade jusque dans le faubourg Sainte-Anne. Je commence à être curieuse de vous connaître, ainsi que madame votre mère sur laquelle Bastien ne tarit pas d'éloges.

– Au plaisir, madame.

Lorsque la porte se referme derrière sa visiteuse, Flavie pousse un profond soupir de soulagement et se laisse aller un moment, adossée contre le mur. Elle n'en avait pas encore pris conscience, mais, en épousant Bastien, elle devra faire une place dans sa vie à une belle-mère et à un beau-père dont elle ignore pratiquement tout. Qui sait s'ils ne vont pas vouloir régenter leur vie commune et tenter de lui faire abandonner un métier jugé indigne de leur rang? Déterminée à aborder le sujet avec Bastien à leur prochaine rencontre, Flavie descend à la cuisine pour avaler un grand verre d'eau, puis elle retourne rapidement auprès de la jeune accouchée pour lui bander la poitrine et lui faire ingurgiter les préparations pour ralentir la montée de lait.

Par un samedi matin ensoleillé, chaudement couverts de la tête aux pieds, Flavie et Bastien remontent la rue Saint-Denis. Après avoir traversé le carré Viger et dépassé la rue Lagauchetière, Bastien désigne à la jeune fille une grande et sobre maison de ville de forme carrée.

– Le domicile du docteur Provandier. Tu vois, la fenêtre à gauche, c'était son bureau. On voit encore la trace de l'enseigne au-dessus de sa porte.

Le couple franchit la rue Dorchester et, avec une fierté touchante, Bastien désigne à Flavie un bâtiment commercial plutôt quelconque. À gauche, la devanture d'un tailleur avec, au-dessus, le bureau d'un notaire; à droite, le commerce d'un pharmacien et au-dessus, le local loué par Bastien, qui tire de la poche intérieure de son manteau une longue clé avec laquelle il tente d'ouvrir la lourde porte de bois qui mène à l'étage. Il y parvient enfin et guide Flavie à l'intérieur. Un escalier étroit aux planches mal jointes s'évanouit dans la pénombre et le jeune homme murmure :

— J'ai installé une tablette en haut pour poser une lampe… Dès que j'aurai un peu d'argent, je ferai réparer les marches et la rampe, qu'on pourrait facilement arracher.

— Il faudrait égayer ces murs, commente Flavie, avec des affiches colorées de notre belle nature canadienne…

La tenant par la taille, Bastien pousse Flavie dans les escaliers et la jeune fille ouvre la porte du haut, se retrouvant dans une petite pièce meublée de quelques chaises, d'un vieux fauteuil encore propre et de deux patères.

— Ma salle d'attente, indique le jeune homme.

— Je reconnais le tissu du fauteuil, dit Flavie en souriant. Il vient de chez toi, non ?

— Ma mère m'a aussi donné cette armoire, dit-il en désignant le fond de la pièce. Regarde, j'y ai placé quelques-uns de mes instruments et des organes dans des pots. Il paraît que c'est un bon moyen pour impressionner favorablement la clientèle.

— Ou pour l'écœurer, grommelle la jeune fille en examinant un morceau de chair grisâtre flottant dans une jarre.

— Je n'ai rien choisi d'offensant, se défend Bastien. Un rein, un cœur et puis un fœtus de chien…

Flavie pénètre dans l'autre pièce, la salle de consultation. Elle reconnaît son bureau d'étudiant et sa vaste bibliothèque où de nombreux livres de science sont déjà alignés. Ouvrant les portes de l'étagère adossée contre l'un des murs, elle contemple les sarraus et les masques, les instruments servant à l'examen médical, les bassines et les serviettes, les savons et les blocs de papier pour l'ordonnance... Elle lance un sifflement d'admiration :

— Ce qu'il en faut des choses pour être médecin...

— Et encore, je ne tiendrai pas de médicaments en inventaire. J'ai conclu une entente avec mon voisin d'en dessous. Il m'accordera une ristourne pour chacun de mes clients qui achètera les préparations chez lui.

La jeune fille avise le lit surélevé qui servira pour les auscultations et les chirurgies mineures et elle s'y perche, déposant son manteau à côté d'elle. Bastien enlève lui aussi son manteau et se laisse tomber dans sa chaise de médecin. Pendant un moment, tous deux se regardent en souriant, puis il dit :

— J'ai déjà été demandé pour suivre une future accouchée, la fille d'amis de mes parents... Je n'ai pas pu refuser, mais ça ne m'enchante guère. Je ne me sens tellement pas à ma place !

— Tu as déjà une bonne expérience des délivrances grâce aux stages à la Société, remarque gentiment Flavie.

— Quand même... Je suis loin d'avoir, comme une sage-femme, des yeux au bout des doigts !

— Je pourrais me déguiser en homme et prendre ta place, suggère-t-elle avec malice. Qu'en penses-tu ?

— J'ai une meilleure solution.

Il se penche en avant et la regarde intensément :

— Qu'est-ce que tu dirais qu'on forme une équipe, toi et moi ? Pour les accouchements et les maladies de femmes, nous serions imbattables.

— Une équipe ? répète-t-elle, incertaine. Je ne comprends pas...

Il se lève et explique en marchant de long en large :

— Au lieu d'offrir mes seuls services, j'offre les tiens et les miens combinés. Une sage-femme de métier et un médecin qui peut prendre en charge toutes les complications nécessitant une intervention chirurgicale. En plus, comme les femmes hésitent souvent à raconter certains problèmes de santé à un homme... Je t'assure, nous formerions une équipe du tonnerre !

Abasourdie par cette proposition inattendue, Flavie reste un long moment à l'examiner mentalement sous toutes ses coutures. Elle s'enquiert d'une petite voix :

— Tu veux dire... je serais salariée ?

— Ou associée, comme tu préfères. Ce serait plus avantageux pour toi.

Il ne faut pas longtemps à Flavie pour envisager tous les avantages pour elle d'une telle proposition. Elle n'aurait pas à se battre contre les médecins de la ville pour bâtir sa pratique. Bastien lui ouvrirait les portes toutes grandes... En additionnant leurs compétences, ils formeraient une équipe thérapeutique complète, se soutenant et s'instruisant mutuellement ! Grâce à lui, peut-être pourrait-elle acquérir un vrai savoir médical et, qui sait, se présenter un jour aux examens ? Toute audacieuse qu'elle soit, cette éventualité semble à Flavie terriblement attirante et c'est avec un sourire hésitant qu'elle dit finalement :

— C'est une proposition formelle que tu me fais ?

Il acquiesce et, venant à elle, il s'appuie contre ses genoux en posant ses mains sur ses hanches.

— Bien entendu, il faut que je te fasse une autre proposition formelle. Ma pratique ne sera pas vraiment établie avant un an ou deux, mais est-ce que tu accepterais de me marier dès que ce sera possible ?

— Te marier ? bégaye-t-elle, profondément touchée.

— Qu'est-ce que tu crois ? reproche-t-il gentiment. Tu as encore un doute ? Un jeune homme de bonne famille ne peut pas vraiment vouloir épouser une fille… ordinaire ! Il va l'étourdir de promesses pour la séduire et après, il la laissera tomber quand il en aura profité à sa guise…

Il ajoute, et elle sent son souffle tout près de son oreille :

— Pour l'instant, telle que je te connais, je veux bien te marier. Mais on ne sait jamais, je découvrirai peut-être chez toi une horrible perversion qui me fera changer d'idée.

Après un silence, il reprend, de sa voix douce et grave :

— Il faut encore que tu veuilles de moi… Peut-être que je te plais bien, là, maintenant, mais je t'assure que j'ai de gros défauts.

— Comme quoi ?

— Comme… maman se plaint que je me complais dans le désordre. Tu as vu ma chambre…

— C'est tout ?

— Bien sûr que non… mais pour l'instant, je n'ai pas les idées très claires. Et puis, il y a mes parents… Mon père n'est pas un homme… facilement abordable et ma mère, parfois, est tellement têtue… Peut-être que tu ne les aimeras pas du tout…

Derrière son ton badin, Flavie devine une réelle inquiétude et, se haussant, elle frotte son nez dans son cou. Elle confie alors à son tour :

— Je crois plutôt que ce seront eux qui ne m'aimeront pas. Pour le sûr, je ne suis pas celle que ta mère souhaitait pour toi.

— Tu crois cela ? demande-t-il en souriant. Et pourquoi donc ? Serais-tu… idiote ? Vaine ?

— Je suis pauvre et sans aucune manière.

Secouant la tête, Bastien lui caresse les cheveux.

— Et ma mère, que crois-tu qu'elle était, il y a trente ans ? Et mon père ? Flavie, mon grand-père est un paysan. Mon père était son fils cadet et, en faisant bien des sacrifices et avec l'appui de quelques bonnes âmes, il a réussi à étudier le droit. Pendant sa cléricature, pour gagner sa vie, il travaillait à recopier des documents, tous les soirs, très tard… Quant à ma mère, son père était meunier dans une seigneurie. Alors tu vois, ma belle blonde, je crois que tu as quelques préjugés sur les riches.

Elle sourit et il ajoute :

— Si tu ne m'épouses pas, je ne peux pas faire de toi mon associée en affaires.

Le repoussant, Flavie proteste :

— Tu veux dire que tu me fais la grande demande seulement dans un but professionnel ?

— Exactement, réplique-t-il en feignant un profond sérieux. D'ailleurs, pour ne pas mêler le travail et le plaisir, j'envisageais que nous ayons des chambres séparées.

Flavie lui donne une bourrade et, l'esquivant en riant, il emprisonne ses mains dans les siennes.

— Il y a une seule chose qui m'importe vraiment, Flavie. C'est de te marier. Tout le reste est secondaire. Si tu le souhaites, tu peux passer ta vie à te polir les ongles d'orteil.

— Les ongles d'orteil ! s'exclame la jeune fille, scandalisée. Ne me fais pas accroire qu'il y en a qui font ça ?

— Je t'assure. C'est plutôt mignon…

– On aura tout vu! soupire-t-elle. Imagine-toi, l'autre jour à la Société, il y avait une jeune fille qui occupait une des chambres privées. Elle n'était pas à prendre avec des pincettes et elle nous considérait quasiment comme ses servantes! J'ai failli lui confier la tâche de nettoyer les latrines pour la calmer! Mais le plus étrange, c'est qu'elle n'avait pas de poils, ni sous les bras ni sur les jambes! On aurait dit qu'elle se rasait comme un homme! Non mais, il faut vraiment ne rien avoir à faire de sa vie... C'est ça, moque-toi, mais il n'y a pas de quoi rire!

Étreinte par une angoisse subite, elle se mord les lèvres et, après un moment, elle murmure:

– Mais peut-être que... toutes les bourgeoises le font?

La saisissant par les épaules, Bastien l'oblige à le regarder dans les yeux et il la gronde avec affection:

– Je te connais trop bien maintenant, je vois tout de suite quand tes idées s'emballent! Tu as tellement d'imagination, tu devrais écrire des romans quand tu seras vieille. Je n'en sais rien, moi, si les bourgeoises s'épilent. Si ça peut te rassurer, ma mère ne le fait pas. Ni ma sœur, je crois. Si tu savais comme je m'en fiche...

Contrite, Flavie lui tire gentiment la langue.

– Pour en revenir à notre discussion... Qu'est-ce que tu en penses, Flavie?

– De ta proposition d'association?

– De ma proposition de mariage.

La jeune fille se retient de lui sauter au cou et de l'embrasser. À la place, elle fronce les sourcils et elle se gratte négligemment l'aile du nez. Affectant le ton légèrement ennuyé en vogue chez les jeunes filles riches, elle susurre:

– Je ne sais pas... Nous aurons au moins trois cents invités? Un gâteau de noces gros comme ça? Et puis ma robe, une crinoline si large qu'elle ne passera même pas dans la porte?

Réalisant qu'il s'est assombri, elle se dépêche d'aller poser un baiser sur sa bouche:

— Ne me prends pas au sérieux, voyons! L'autre fois, chez toi… je me sens liée à toi fièrement plus que par une simple promesse.

L'embrassant de nouveau, elle poursuit malicieusement:

— Mais puisque tu veux une vraie réponse… Ta proposition me tente fort mais…

— Mais quoi?

— Pour une femme, le mariage, c'est du sérieux… Tu crois qu'on pourrait essayer pendant quelques années, avant?

— Tu veux dire s'accoter? s'esclaffe-t-il. Tu me fais marcher!

Avec gravité, Flavie lui rappelle qu'en se mariant une femme se soumet à l'autorité de son époux et que si cette autorité n'est pas tempérée par de réels sentiments d'affection et de respect, les conséquences peuvent être terribles. D'une voix blanche, Bastien balbutie:

— Tu… Tu envisagerais de rester célibataire?

Avec un sourire gourmand, Flavie réplique:

— Tu dis n'importe quoi… Je te veux tous les soirs dans mon lit. Le mariage, oui, mais à mes conditions.

— Mazette! Tu ferais une redoutable femme d'affaires. Ta clientèle est captive et tu as toute la latitude nécessaire pour négocier à ton avantage…

— Tu sauras qu'en ces matières une femme ne se protège jamais assez.

Posant ses mains sur ses genoux, Bastien lui écarte les jambes et s'insinue entre elles jusqu'à se presser tout contre son corps. Flavie chuchote:

– Quelqu'un peut venir ?

– Je n'attends personne. Et mon enseigne n'est pas encore clouée au-dessus de la porte.

Glissant ses mains sous ses bras, il la tient ainsi prisonnière et Flavie renverse la tête, l'invitant par sa bouche entrouverte et ses yeux mi-clos à venir se pencher sur elle. Tout en s'abandonnant avec délectation, elle s'étonne de la facilité avec laquelle Bastien lui fait désirer avidement la moindre de ses caresses. Elle ne peut croire que certaines femmes atteignent la vieillesse sans avoir jamais connu cette jouissance.

Et pourtant, elle en a tant entendu, des histoires si tristes de femmes qui doivent se soumettre à un mari imbu de lui-même. Ou pire, des jeunes filles qui sont forcées par leur père et qui restent farouches pour toujours… Simon a déjà reçu les confidences d'une de ses élèves, épuisée par plusieurs années d'abus. La main de Bastien suit la courbe de sa poitrine qu'il a prestement dénudée. Traversée par un long frisson de désir, Flavie chasse ses sombres pensées. La vie sur terre ressemble parfois à un combat perpétuel contre la souffrance, mais le Créateur, quel qu'il soit, a donné aux humains, en compensation, ces moments de pur bonheur…

Après un long moment, Bastien pousse un profond soupir et semble à regret vouloir reculer, mais Flavie, sans un mot, fait descendre son corsage et sa chemise jusqu'à sur ses hanches. Il la contemple tandis qu'elle fait ensuite glisser les bretelles de sa salopette et lui fait passer sa chemise par-dessus sa tête. Elle saute sur ses pieds et l'enlace, souverainement heureuse de son torse d'homme contre le sien et de leurs peaux nues qui se touchent.

Vivement, Bastien vient se placer derrière, tout contre elle. Jouant de la main gauche avec ses seins, il la parcourt de son autre main, sans impatience, comme s'il souhaitait faire connaissance avec toutes les courbes et tous les creux de son corps, s'interrompant parfois pour l'embrasser sur la nuque ou lui mordiller l'oreille... Il en profite pour, tout doucement, faire choir ses vêtements jusqu'à ses pieds. Flavie se retrouve nue contre lui, vulnérable et frissonnante, mais en même temps envahie par une profonde sensation de liberté.

Elle se retourne et, tout en l'embrassant, elle le déshabille entièrement et le pousse ensuite gentiment, le forçant à s'allonger sur le lit surélevé. Il l'entraîne à sa suite et, bientôt, ils sont couchés l'un contre l'autre. Flavie ferme un instant les yeux, bouleversée par la proximité de ce grand corps chaud et doux, puis elle tend le bras et elle effleure sa verge en érection, ce qui le fait tressaillir. Se laissant lascivement embrasser, elle le flatte, s'étonnant de la sentir se gonfler et se raidir encore. Elle l'explore de ses doigts jusqu'à ce que Bastien, avec un grognement guttural, lui immobilise la main et la referme sur son sexe avec une vigueur qui la surprend. Elle proteste :

– Si fort, tu es sûr ?

Légèrement au-dessus d'elle, appuyé sur son coude, il rit silencieusement et, serrant toujours sa main sous la sienne, il se met à bouger lentement comme si la main de Flavie était un goulot étroit. Comprenant aussitôt où il veut en venir, elle le frotte de plus en plus vite tout en s'abandonnant à ses caresses. Soudain, il lui écarte fermement les jambes et, pendant un instant, Flavie craint qu'il ne veuille... Mais c'est sa main qu'il glisse jusqu'à son entrejambe et, brusquement, il s'immobilise lorsque deux de ses doigts s'insinuent à l'intérieur.

Pour Flavie, la toute nouvelle sensation est délicieuse et elle l'encourage de ses mouvements à poursuivre son exploration. À moitié couché sur elle, il la caresse ainsi jusqu'à ce qu'elle jouisse en s'arquant contre lui. Immédiatement, il repousse la main de Flavie et, se tournant sur le côté tout en la tenant étroitement serrée contre lui, il se stimule avec une telle rapidité que Flavie craint pendant un moment qu'il ne se blesse. Son corps est bientôt agité de spasmes et il pousse un long gémissement étranglé tout en se pressant contre elle.

Flavie touche le liquide visqueux qui a coulé sur eux, puis elle porte sa main à son nez et la hume. L'odeur est lourde et surprenante. Le chauffage central n'étant pas allumé sur cet étage, la fraîcheur pénétrante la fait se pelotonner dans les bras de son amant, à la recherche de sa chaleur. Il murmure dans son oreille :

— Plus jamais je ne ferai ça tout seul. Beaucoup trop ennuyeux.

Elle s'enquiert avec provocation :

— Ça t'arrive souvent, tout seul ?

Le regard fixé au plafond, il répond avec une gêne inattendue :

— Si je te dis la vérité, est-ce que tu vas t'enfuir en courant ?

— Mais pourquoi je ferais ça ?

Il tourne la tête vers Flavie et elle s'étonne de la soudaine incertitude qui marque ses traits. Après un moment, il répond enfin :

— Bien sûr que je me caresse, quand je m'ennuie trop de toi. Tu sais, la plupart des hommes le font.

Il ajoute avec férocité :

— Même les curés. Malgré tout ce qu'ils disent sur la masturbation, que ça peut rendre fou et que c'est une perte inutile de semence.

— Rendre fou ? répète Flavie, choquée.

— Tu ne savais pas ? La folie, la tuberculose, des tendances suicidaires… Cette passion honteuse peut conduire, semble-t-il, à d'horribles excès qui aboutissent parfois à la mort. Ce n'est pas pour rien que Dieu lui-même l'a formellement interdit.

— Je doute fort que Dieu ait interdit quoi que ce soit, dit lentement Flavie. Ce sont les prêtres qui le font.

Il la regarde intensément et un léger sourire se dessine sur ses lèvres. Se tournant vers elle et l'étreignant encore plus étroitement, il murmure :

— Si tu avais été pieuse et vertueuse… je ne sais pas ce que j'aurais fait, tu me plais tellement, mais…

— Tu m'aurais dévergondée, blague-t-elle. Bien des femmes n'attendent que ça. Il suffit de s'y prendre avec art…

Après un moment de silence, elle ajoute, soudain vindicative :

— Moi, c'est le discours des prêtres sur les femmes qui me hérisse. Les femmes, ces tentatrices dont les hommes ne sont que les pauvres victimes. Quand le curé m'interroge sur ma vertu au confessionnal, j'ai envie de hurler !

— Le confessionnal ! Tu sais ce qu'ils font avec les garçons, les prêtres, pour obtenir de prétendus aveux sur leurs penchants les plus secrets ? Ils répondent à leur place ! Jeune garçon, ne t'arrive-t-il pas de palper ou de frotter ta verge ? Pendant combien de temps ? Une heure ? Une demi-heure ? Se tient-elle alors raide et droite ? Que fais-tu alors pour que cela cesse ? Sans doute, un camarade corrompu t'a enseigné une mauvaise habitude dont tu n'oses pas te confier…

– Une heure ? Tu l'as déjà fait pendant une heure ?

Pouffant de rire, Bastien secoue la tête.

– Ces prêtres nous feraient avouer n'importe quoi. Mais la vérité, par contre, les embarrasse fort… Un jour, j'ai confié à mon confesseur que l'un des prêtres qui nous enseignaient au collège initiait les jeunes garçons. Il m'a fait taire en me menaçant des pires châtiments si je colportais cette rumeur.

Révoltée à l'idée qu'un curé abuse ainsi de sa position d'autorité, Flavie reste sans voix, mais elle n'a aucune envie de s'indigner davantage, d'autant plus qu'une bienfaisante détente prend possession de tout son être, un bien-être profond qui lui donne envie de s'assoupir. Elle grommelle cependant :

– Il y a une drôle de substance entre nous… Tu crois qu'on pourra se décoller ?

– Jamais ! s'écrie-t-il. À la vie, à la mort !

Elle glisse lentement dans le sommeil.

Bastien la réveille en lui murmurant à l'oreille qu'il leur faut partir. Tournant la tête vers la fenêtre, elle constate à son grand soulagement qu'elle n'a pas dormi longtemps et que le soleil est encore haut dans le ciel. Un peu intimidés, se jetant mutuellement des œillades curieuses et tendres, ils se relèvent avec effort et se préparent lentement à reprendre contact avec le reste du monde.

Chapitre XXVIII

Debout à l'arrière de la salle, les yeux fixés sur la courte silhouette de Marcel Provandier qui, sur l'estrade, déploie tous ses talents d'orateur, Léonie a l'impression de rêver. De son point d'observation, elle ne voit de l'assemblée qu'une multitude de têtes couvertes de bonnets tous plus jolis les uns que les autres, ou parfois, en une tache de couleur, d'un chapeau plus extravagant. Elle estime à environ cent cinquante le nombre de femmes qui ont gravi les escaliers pour atteindre la salle prêtée par l'Institut canadien.

En ce début de décembre, la température est anormalement douce et les voitures circulent comme à la belle saison, ce qui a sûrement contribué au succès de leur soirée. Tous les sièges sont occupés, mais pas le moindre murmure ne vient couvrir la voix sonore du médecin, qui informe ses auditrices des plus récents progrès de la médecine en relation avec les caractéristiques spécifiques de la physiologie féminine.

Avant de lui laisser la parole, Marie-Claire Garaut, qui est maintenant assise à l'avant en compagnie de Françoise et des autres membres du conseil d'administration, s'est adressée à toutes les femmes présentes. Encore sous le choc de ce discours empreint d'émotion, Léonie s'émerveille des trésors d'éloquence que Marie-Claire déploie chaque fois qu'elle parle en public. Comme elle est transformée depuis la fondation de la Société compatissante de Montréal! L'idéal qui l'anime la met en verve.

Après avoir fourni aux auditrices des chiffres sur le nombre de femmes secourues depuis la fondation, presque deux ans auparavant, Marie-Claire n'a pas craint de dénoncer les chaînes en soie, fort jolies mais plus solides que le métal le mieux trempé, qui gardent les femmes de la belle société prisonnières des préjugés. En leur faisant croire qu'il leur serait grossièrement impudique d'aspirer à autre chose qu'à porter de belles toilettes et à organiser des réceptions, la société tout entière conspire pour les détourner d'un rôle social véritablement utile et noble!

Pourtant, a-t-elle poursuivi de sa voix chaude et vibrante, toutes les femmes devraient se sentir personnellement interpellées par la situation sociale actuelle et, de même, toutes les femmes devraient s'employer à corriger les excès qui plongent certaines infortunées dans une vie de pauvreté et de grande misère morale. Les épaules des maris ou des pères sont, de toute évidence, incapables de porter cette responsabilité…

Un frisson d'exaltation parcourt l'échine de Léonie au souvenir de ces mots, puis elle reprend contact avec la réalité et avec la conférence de Marcel Provandier. Tout en veillant à ne pas lasser ses auditrices par des exposés trop scientifiques, le docteur est en train de leur faire un cours d'anatomie. Parvenu au bassin qui, indique-t-il, supporte non seulement l'épine du dos, mais aussi une partie des tripes, la vessie, le fondement et les organes internes de la génération, il décrit ensuite la configuration de cette cavité formée de quatre pièces osseuses, les deux os des hanches, l'os coccyx et l'os sacré.

— L'os sacré, ou l'os de la croupe, forme la partie postérieure du bassin et il est comme enclavé entre les deux os des hanches. On lui reconnaît deux faces, l'une externe, l'autre interne. La première est légèrement convexe et raboteuse. L'interne est concave et percée de huit trous, quatre de chaque côté, qui donnent passage aux nerfs sacrés. La compression de ces nerfs, lors du passage de la tête de l'enfant dans l'excavation du bassin, est quelquefois à l'origine des douleurs que les femmes éprouvent le long de la partie postérieure des cuisses et qui portent le nom de crampes.

Attentive aux moindres réactions de la petite foule, Léonie a déjà remarqué que plusieurs sursautent devant l'emploi de certains mots, dont «femme», terme qui ne saurait désigner que les femmes du peuple, alors que, dans le beau monde, ce mot vulgaire est toujours remplacé par «dame»… Ayant révisé le contenu de la conférence avec Provandier, Léonie anticipe déjà avec une secrète satisfaction un accroissement de l'inconfort public lorsque ce cher docteur abordera le sujet des règles et, surtout, de la conception, *cette union des principes fournis à la génération par les deux sexes dans la copulation…*

Près d'une heure plus tard, Provandier se retire sous les applaudissements à la fois hésitants et chaleureux et Marie-Claire grimpe de nouveau sur l'estrade. Immédiatement, un silence général se fait dans l'auditoire. Après les remerciements d'usage à l'adresse du docteur, après avoir souligné l'exceptionnelle qualité d'écoute de toutes les femmes présentes, Marie-Claire leur rappelle que si la Société compatissante est actuellement un refuge pour les femmes enceintes, le conseil d'administration souhaiterait vivement élargir son champ d'action pour pouvoir aider ensuite ces femmes déchues à retrouver leur dignité, comme le font déjà le Lying-In de Montréal et, aux États-Unis, de nombreux organismes fondés et gérés par des dames.

– Les hommes, nos seigneurs et maîtres, se comportent envers les femmes avec une étrange cruauté. D'un côté, ils prétendent que les femmes leur sont supérieures et vantent leur perfection en des termes proprement extravagants. De l'autre, dans leurs ateliers, leurs magasins ou leurs propres maisons, ils se transforment en tyrans à la tête d'une armée d'esclaves, offrant à la veuve ou à la jeune fille un salaire dérisoire!

Un silence de plomb accueille cette tirade dont l'écho se répercute aux quatre coins de la pièce. L'indignation de Marie-Claire frappe d'autant plus qu'elle est, de toute évidence, parfaitement sincère. La présidente du conseil d'administration semble littéralement souffrir dans sa chair pour toutes les femmes maltraitées et abusées dont elle évoque le triste sort.

– Mesdames, le mépris qui entoure le travail féminin est à la source de *tous* les abus dont les hommes sont coupables envers les femmes et qui plongent souvent ces dernières dans un abîme de déchéance. Ce sujet sera d'ailleurs celui de la deuxième conférence organisée par la Société, qui aura lieu en mars prochain. Le seul moyen pour apporter un remède permanent à cette situation est de revendiquer une juste considération pour le travail des femmes, en faisant des pressions sur nos élus et sur notre classe dirigeante. Cette mission, le conseil d'administration de la Société aimerait bien s'en charger, mais un tel travail ne peut s'accomplir sans l'aide de nombreuses d'entre vous.

Marie-Claire encourage donc les femmes présentes à devenir membres de l'organisme au moyen d'une cotisation symbolique pour ensuite s'engager comme bénévoles. Lorsqu'elle conclut son allocution, l'assemblée se fragmente. Une dizaine de dames, l'air pincé, se dirigent ostensiblement vers la sortie. Un autre groupe, heureusement plus consistant, se presse autour de Marie-Claire et des autres dames du conseil. Enfin, la plupart bavardent en petits groupes, se rhabillant sans se presser, curieuses d'échanger leurs impressions avec leurs voisines.

Une main se pose sur le bras de Léonie. Encore plus rapetissée par l'âge, son visage davantage ridé, Scholastique Thompson fait un clin d'œil malicieux à Léonie, qui ne peut s'empêcher de l'embrasser affectueusement sur les deux joues. Léonie ressent pour la vieille dame, qui encourage sa carrière depuis son arrivée à Montréal, une affection quasi filiale. Après s'être informée de sa santé, de celle de sa fille Alice et de son petit-fils, ce nouveau-né qu'elle a reçu dans ses bras il y a plus de deux ans, Léonie s'enquiert de ses impressions sur la soirée.

— Je n'aurais pas voulu la manquer pour tout l'or du monde ! Ma fille a essayé de me retenir parce que j'ai été légèrement incommodée ce matin par un dérangement intestinal, mais trêve de précautions ! J'ai encore bien des choses à apprendre avant de m'allonger les pieds devant !

S'approchant davantage de Léonie, elle murmure avec une expression machiavélique :

— Je ne sais pas si vous avez remarqué, mais les plus pieuses de cette assemblée ont déguerpi sans demander leur reste !

— Une belle confession en perspective, pour le sûr !

Glissant son bras sous celui de Léonie, Mme Thompson fait quelques pas et, l'expression soudain sérieuse, elle dit à voix basse :

— Notre curé ne peut pas ouvertement s'opposer à une telle conférence. Comment pourrait-on être contre la diffusion du savoir médical ? Mais je crois qu'en privé il en sera fort offusqué… Vous y avez songé, Léonie ?

Émue par son ton familier et par l'estime que la vieille dame lui porte avec tant de persévérance, Léonie pose sa main sur la sienne :

— Comment faire autrement ? Mais je n'y peux rien si Chicoisneau se prend pour le père de toutes les femmes du diocèse. Moi, un père, j'en ai bien assez d'un. Remarquez, il est bien gentil, mon Jean-Baptiste…

— Je n'en doute pas, mais, pour en revenir à M. Chicoisneau… Ici, la religion nous est transmise non seulement par le lait de nos mères, mais par nos prêtres qui n'apprécient pas qu'on se mette le nez dans les Écritures ! Sagement, Mme Garaut n'a pas abordé le sujet de la place de la femme dans la doctrine chrétienne, mais je sentais qu'il lui brûlait les lèvres…

— Ces jours-ci, explique Léonie en souriant, Marie-Claire n'en a que pour cette Américaine qui exhorte ses compatriotes à relire la Bible comme si elle s'adressait autant aux femmes qu'aux hommes. C'est une idée très fausse et colportée partout que le seul critère qui définisse l'intelligence, le sens du devoir et la supériorité morale soit celui du sexe. Cette Sarah Grimké affirme qu'au contraire les droits et les devoirs des deux sexes sont identiques puisque leur nature, telle qu'elle est définie dans la Bible, est la même.

Couvant Léonie d'un regard admiratif, Mme Thompson lance avec ferveur :

— Si j'avais quarante ans de moins! Un de mes grands regrets sera de ne pas vivre assez longtemps pour voir s'accomplir tant de promesses…

— Vous serez centenaire! affirme Léonie. Cela vous laisse, quoi… encore trente ans? Il peut s'en produire, des changements, pendant tout ce temps!

Soudain très grave, la vieille dame regarde son interlocutrice droit dans les yeux:

— Ma pauvre Léonie, j'ai si peu d'espoir! Non pas de vivre centenaire, ne vous alarmez pas! Mais j'en ai vu des choses dans ma longue vie, j'ai observé l'agitation des hommes, et je sens que la direction que nous prenons, au Bas-Canada, ne sera pas celle d'une plus grande liberté personnelle… Notre clergé est contaminé par les pires idées réactionnaires, celles qui ont été bannies de la France lors de la Révolution. Non seulement on affirme que le pape a une autorité absolue sur tous les fidèles, mais que les principes moraux doivent conduire les actions humaines. Selon cette logique, tous nos actes, dans quelque domaine que ce soit, sont assujettis à la loi chrétienne. Vous entrevoyez les conséquences?

— Dieu a prescrit aux femmes d'être avant tout épouses et mères, répond Léonie d'un ton lugubre. Sous aucun prétexte elles ne peuvent souhaiter un autre rôle, ou du moins, un rôle plus large. Mais enfin, madame Thompson! Il y a différents âges dans la vie, non seulement pour l'homme, mais pour la femme aussi! Pour notre plus grand malheur, la religion est loin d'être une affaire aussi privée qu'elle le devrait!

Surgissant inopinément, Flavie vient s'appuyer en bâillant sur l'épaule de sa mère. Après un dernier échange de propos, Scholastique Thompson s'éloigne vers l'avant, où plusieurs femmes sont encore attroupées autour des membres du conseil d'administration, tandis que Léonie et sa fille se préparent pour le départ.

Brillamment éclairée par des lampes à l'huile prêtées par des voisines, la salle de classe de la rue Saint-Joseph est remplie à craquer. Plusieurs dizaines d'hommes et de femmes sont debout à l'arrière alors que les rares sièges ont été réservés aux invités de marque : Marcel Provandier, Françoise et Marie-Claire, quelques couples de notables du voisinage dont Marie-Thérèse Jorand et son époux marguillier…

À l'avant, toutes les élèves de l'École de sages-femmes de Montréal attendent, les joues rouges, que Léonie veuille bien leur remettre leur diplôme attestant qu'elles ont suivi une année de cours théorique. D'ici au printemps, il leur reste à faire, seules, un certain nombre d'accouchements.

Parmi elles, Flavie se tient bien droite, les mains croisées derrière son dos. Même si, pour elle, car elle poursuivra son apprentissage avec sa mère, le parchemin est plutôt symbolique, elle ressent néanmoins une immense fierté pour tout le travail qu'elles ont accompli ensemble. À sa gauche, Marie-Barbe a un sourire qui lui fend la bouche jusqu'aux oreilles et, à sa droite, Marguerite, très sérieuse, ne trahit son excitation que par une respiration légèrement saccadée.

La cérémonie se déroule avec célérité. Léonie a discouru pendant quelques minutes, s'avouant très fière de cette première promotion grâce à laquelle la qualité des soins aux parturientes et aux nouveau-nés va nettement s'améliorer et, surtout, grâce à laquelle le métier d'accoucheuse acquerra peu à peu les lettres de noblesse auxquelles il a droit. Elle a déclaré qu'elle allait, dorénavant, mettre tout en œuvre pour que les sages-femmes soient considérées comme des professionnelles, au même titre que les médecins et les apothicaires, ce qui signifiait un éventuel regroupement en corporation professionnelle, l'adoption d'un programme formel d'apprentissage et l'affiliation à une université reconnue.

Ouvrant de grands yeux, sensible aux murmures d'étonnement de la petite foule, Flavie a gonflé ses joues. Sa mère n'aura pas trop de toute sa vie et de tout son courage pour réaliser ses ambitions ! Bien entendu, elle comptera sur sa fille pour la seconder… Flavie a senti sa détermination flancher. Ce chemin semé d'embûches était-il vraiment celui qu'elle souhaitait emprunter ?

Ne préférerait-elle pas davantage se consacrer uniquement à la pratique de son métier et à l'acquisition de connaissances médicales ? Rien n'empêche, en théorie, une femme de devenir médecin, sauf des coutumes bien ancrées. Elle a entendu parler de cette jeune Américaine, Elizabeth Blackwell, qui vient de se faire admettre dans une école de médecine. Ne pourrait-elle pas, un jour, faire la même chose ? Avec Bastien à ses côtés, rien ne lui semble impossible…

À ses élèves placées en rang, Léonie est en train de remettre les diplômes que Flavie a recopiés en cinq exemplaires de sa plus belle écriture. Une seule d'entre elles manque à l'appel : la matrone Dorothée Montferant, trop illettrée et incapable de rattraper son retard en une seule année, a préféré abandonner.

Parvenue à la hauteur de Marie-Barbe, Léonie la considère avec une affection toute spéciale, puis, après avoir adressé un sourire victorieux à ses parents, elle lui place son diplôme entre les mains. Immédiatement, la jeune fille y dépose un baiser plein de ferveur, puis le presse contre son cœur. Émue, Léonie l'embrasse spontanément avant de passer à Flavie, avec laquelle elle échange un clin d'œil, et à Marguerite, qui lui murmure en remerciement :

— Chère madame, je vous souhaite une très grande chance dans toutes vos entreprises et je vous appuie de toute mon âme dans vos efforts pour fournir ainsi aux dames l'occasion de travailler au redressement moral de notre société tout entière.

Lui serrant le bras, Léonie se tourne ensuite vers l'assemblée et signale la fin de la cérémonie. Dans un grand brouhaha, les étudiantes rejoignent leurs familles, les invités de marque repoussent leurs chaises et Bastien vient retrouver Flavie et lui caresse brièvement la nuque d'un geste familier. À la grande surprise de la jeune fille, il a emmené sa mère avec lui, et Archange Renaud la félicite avec effusion, prenant ses mains entre les siennes.

Simon s'approche et pose sur les joues de sa fille deux baisers sonores. Flavie en profite pour faire les présentations et, immédiatement, Mme Renaud invite la famille Montreuil à un goûter, le deuxième dimanche après le jour de l'An. Simon accepte, précisant qu'ils devraient être revenus de la campagne à ce moment. Indiquant la fenêtre grande ouverte et la douceur printanière qui envahit la pièce, il ajoute :

— Si le mois de décembre se poursuit ainsi, ce n'est pas sur le pont de glace que nous allons traverser, mais en bateau ! Incroyable, n'est-ce pas ?

Laissant leurs parents deviser, Flavie et Bastien sortent sur la galerie où plusieurs hommes fument ou chiquent déjà. Ils rejoignent Agathe et Laurent, adossés à la balustrade. Écartant largement les bras, Laurent s'exclame à leur arrivée :

— Chaque fois que je mets le pied dehors, je me pince pour vérifier si je rêve. On peut se promener en chemise !

— L'air fraîchit quand même, remarque Bastien. Il faut se méfier des refroidissements. Tu n'as pas froid, Flavie ?

— Au contraire, j'ai besoin d'air, après cette cohue…

— Ta mère était sérieuse ? demande brusquement Agathe. Pour la corporation, l'université et tout ça ?

— Elle y croit sincèrement, répond lentement Flavie, et, comme je la connais, elle va s'y atteler.

D'une voix sombre, Bastien intervient :

— Je ne voudrais pas la décourager, mais… elle n'y parviendra jamais. C'est déjà un miracle que son école soit encore ouverte.

— Nous avons sept inscriptions pour l'année prochaine, déclare fièrement Flavie, même si la prime d'enseignement a été augmentée.

— Je ne dis pas que l'école n'a pas sa place, poursuit farouchement Bastien. Mais, du côté des médecins… Ils ne pourront pas la tolérer encore longtemps. Trop dangereux pour eux…

— Mais si Léonie a suffisamment d'appuis, fait valoir Agathe, peut-être que cela suffira pour la protéger ?

Laurent intervient à son tour :

— Un jour, notre clergé décidera que la farce a assez duré.

— La farce ? s'indigne Flavie. Tu devrais avoir honte d'en parler de cette manière !

— Ton frère a raison, ma belle. Une école comme celle de ta mère remet bien trop de choses en question ! La prépondérance des médecins sur les sages-femmes et celle, plus générale, des hommes sur les femmes…

Déroutée par l'insistance de Bastien et chagrinée par l'avenir plutôt lugubre qu'il évoque, Flavie se détourne et fixe son attention sur tous les points lumineux qui tremblotent rue Saint-Joseph, bougies sur les galeries, fanaux des attelages et lueurs qui passent derrière les fenêtres aux volets encore grands ouverts. Agathe soupire qu'elle doit rentrer et, en compagnie de Laurent, elle s'éloigne après des salutations auxquelles Flavie répond par un vague grognement, sans se retourner. Puis Bastien vient se placer à ses côtés et elle murmure :

— On croirait que, toi aussi, tu souhaites que l'école ferme…

— Tu sais bien que c'est faux. J'admire beaucoup ce que fait ta mère.

Se tournant vers lui, Flavie scrute son visage, ne distinguant dans l'obscurité que le reflet de ses yeux. Elle reprend :

— Maman compte sur moi pour l'aider, comme je fais déjà depuis deux ans. Elle a besoin de moi. Tout ce qui concerne l'avenir des sages-femmes me passionne au plus haut point et je voudrais tellement que ce métier soit respecté…

Après un instant de silence, résistant à l'envie de s'abandonner aux caresses dont le jeune homme est prodigue, elle s'enquiert brusquement :

— Tu es médecin… Que feras-tu lorsque tes confrères se moqueront de nous ? Lorsqu'ils te reprocheront d'avoir comme belle-mère et comme épouse deux sages-femmes qui, au lieu d'occuper la petite place qui leur revient, font concurrence aux médecins ? Parce que c'est là que le bât blesse, n'est-ce pas? Quand les femmes *font concurrence* aux hommes…

Peu à peu, Bastien a cessé ses effleurements dans son dos et une chaleur inhabituelle semble irradier de ses mains immobiles.

— Ce que tu es sérieuse… Mais je ne ferai rien, c'est tout. Je les laisserai dire.

— Et si j'ai besoin de ton aide?

— Je te la donnerai, comme tu me donneras la tienne si nécessaire. Le mariage sert à s'épauler mutuellement, non? À deux, on est toujours plus fort que tout seul…

Attendrie par une pensée si simple et si droite, Flavie déclare néanmoins:

— Ce n'est pas parce que je vais me marier que je vais tout arrêter. Je veux travailler toute ma vie.

— Et les enfants? demande-t-il, une constriction dans la voix soudain étranglée. On dirait que tu préférerais ne pas en avoir…

— Je n'ai rien dit de tel. Mais pas tout de suite, si tu veux bien…

Profitant de la noirceur qui les dérobe aux regards, Bastien attire Flavie et l'embrasse longuement, puis il murmure:

— Pour ça, je veux bien t'avoir encore longtemps à moi tout seul…

Le temps des fêtes se déroule dans une atmosphère étrange et déroutante suscitée par le paysage insolite, champs complètement dénudés et eaux libres de glace. À Longueuil, cet hiver qui réfute tous les calculs des météorologues est le principal sujet de conversation et Jean-

Baptiste ne peut dissimuler son inquiétude. De mémoire d'homme, affirme-t-il, jamais n'a-t-on assisté à un tel phénomène.

Se rappelant la conférence sur l'hygiène du docteur Leprohon, Flavie s'empresse d'informer son grand-père que le climat est en train de se réchauffer. Les hivers ne sont plus aussi rigoureux qu'autrefois à cause du déboisement et, lui affirme-t-elle, les changements deviennent plus sensibles chaque année. Les chaleurs de l'été sont plus constantes et les froids de l'hiver, plus modérés, entraînant des chutes de neige moins abondantes.

— Mais le docteur était bien persuadé que ces changements constituent une amélioration. Dans certaines parties trop humides du pays, les fièvres endémiques ont tendance à disparaître. D'après lui, le climat du pays exerce même une influence salutaire sur la santé générale : il provoque dans l'organisme une grande élasticité des tissus. Les extrêmes de température sont supportés sans peine et favorisent, chez le Canadien, un tempérament bilieux et nerveux, qui indique une santé robuste.

Retirant de sa bouche sa pipe éteinte, Jean-Baptiste regarde Flavie en levant les sourcils et répète :

— Tu dis un tempérament bilieux ? Verrat, tu es la plus *induquée* du voisinage ! Fais attention de ne pas trop étaler ta science ou aucun gars ne voudra de toi !

— Tu sauras, pépère, que bien des hommes aiment les femmes intelligentes ! J'en connais un personnellement !

— J'ai ouï dire… Ma petite-fille qui marie un médecin, faut le faire !

— Votre fille a bien marié un instituteur, rétorque Simon. C'était déjà tout un exploit !

La remarque est accueillie par un éclat de rire général et d'abondants quolibets. Cette période de réjouissances, entrecoupée de nombreuses promenades dans les bois et dans les champs, se termine comme à l'accoutumée par un court séjour chez Sophronie. Son fils Pierre confie à Léonie que sa mère a eu plusieurs ennuis de santé pendant l'automne, après son retour de Montréal, des douleurs inhabituelles aux jambes et quelques périodes de grand essoufflement. L'observant discrètement, Léonie constate à quel point sa tante semble usée… Soudain frappée par son grand âge et par une possible fin prochaine, Léonie passe tout son temps en sa compagnie, lui suggérant avant de partir de se préparer quelques tisanes revigorantes dont elle lui donne la recette.

Il fait encore très doux en ce deuxième dimanche de janvier 1848, lorsque la famille Montreuil, augmentée d'Agathe qu'Archange Renaud a tenu à inviter également, se dirige vers la rue Sainte-Monique, au nord de la rue Craig. Flavie a visité une seule fois le nouveau logis de Bastien, une élégante maison de ville d'une taille raisonnable, semblable à toutes celles qui sont construites dans les faubourgs Saint-Jacques et Saint-Antoine.

Ouverte depuis quelques années seulement, la rue est tracée jusqu'au faîte de la côte abrupte qui marque la frontière sud des grandes fermes situées sur le coteau. Seules quelques maisons ont été bâties à proximité de Craig et le reste de la rue n'est qu'un vague chemin défoncé. Depuis la crise économique provoquée par l'abandon des tarifs douaniers par la mère patrie, explique Simon tandis

qu'ils grimpent, la construction immobilière a considérablement ralenti et le prix des terrains a chuté de manière importante.

Avant de tirer le cordon de la sonnette, Simon se retourne pour embrasser d'un seul coup d'œil un vaste
panorama, celui de la ville qui descend en étages jusqu'au
fleuve. Il constate, pendant que tous les autres suivent la
direction de son bras :

— Vous remarquez comme les quartiers s'appauvris-
sent à mesure que l'on s'approche du niveau de l'eau ?
De petites cabanes d'où sort à peine un filet de fumée…
Et voyez le canal, comme il scintille au soleil.

Chacun admire le ruban argenté qui, aboutissant à
Windmill Point, tout juste au-dessous de la Pointe-Saint-
Charles, remonte paresseusement parmi les vergers et les
champs du faubourg Sainte-Anne.

— Les *sheds*! s'exclame Flavie. Maintenant que l'épidémie ne fait plus peur, on oublie que des immigrants y
habitent encore… Pour eux, la chaleur de l'air est une
bénédiction !

Quelques instants plus tard, une Archange Renaud
empourprée par l'émotion les invite à quitter l'antichambre, où chacun a suspendu châles et vestes, pour se diriger
vers le salon où les attendent son mari Édouard et ses enfants Julie et Bastien. Pendant que Mme Renaud fait les
présentations, Flavie observe Julie, une jeune femme bien
en chair, mais aux joues pâles et aux cheveux blonds tirés en un petit chignon sévère. La sœur de Bastien, qu'elle
a rencontrée pour la première fois peu de temps auparavant, est étonnamment discrète et silencieuse.

Bientôt, tout le monde a pris place sur l'un des sièges qui encombrent la pièce et après un certain moment,

pour rompre le silence, Léonie remercie une nouvelle fois leurs hôtes d'une si charmante invitation. Une conversation mondaine s'engage jusqu'à ce que Simon, aussi mal à l'aise dans de telles circonstances qu'un poisson hors de l'eau, remarque à l'adresse de M. Renaud qu'ils habitent une magnifique maison dans un quartier promis à un très bel avenir. Se redressant légèrement, le père de Bastien répond avec politesse :

— J'apprécie beaucoup, en effet, notre nouvel environnement. Non seulement nous sommes plus près de la ville, mais je ne déteste pas vivre dans une maison de grandeur normale.

— Sans compter que Bastien a moins de chemin à faire pour venir visiter notre fille, commente Léonie avec malice.

— Quelques pas seulement ! renchérit le principal intéressé assis à côté de Flavie sur un canapé, les mains sagement croisées.

— L'hiver, Bastien pourra s'asseoir sur une luge et se laisser glisser jusque chez nous ! lance Laurent à son tour.

— Encore faudrait-il que nous ayons un hiver ! soupire Édouard Renaud. Je préfère énormément la neige à ces abats de pluie que nous avons si fréquemment ces temps-ci. Vous avez remarqué que les arbres bourgeonnent ? Des habitants ont même labouré il y a quelques jours !

— Les graines de laitue qui étaient tombées des plants, cet été, ont produit dans notre potager ! ajoute Flavie avec émerveillement. Hier, nous en avons mangé !

— Maman, intervient Bastien, je peux faire visiter la maison et le jardin à Laurent et à sa fiancée ?

Agathe glousse parce que, rue Saint-Joseph, une fille est bien davantage la blonde d'un homme que sa fiancée... Archange Renaud fait un signe de tête affirmatif et les quatre jeunes se lèvent d'un bond, bientôt nonchalamment suivis par Julie. La regardant disparaître, Léonie demande :

— Et votre fille, à quoi emploie-t-elle son temps ?

— Je me pose parfois la question, répond Mme Renaud, les sourcils froncés. J'essaie de l'entraîner dans mes activités mais... rien ne semble l'intéresser vraiment.

— Julie est plutôt fâchée de notre déménagement, confie M. Renaud. Il faut dire que depuis, elle se fait beaucoup moins inviter dans les bals et les soirées...

— Qu'elle n'aimait pas tellement, de toute façon. Contrairement à son frère, Julie est d'un tempérament flegmatique.

Simon intervient, en jetant un regard de connivence à Léonie :

— Il faut dire que, contrairement à son frère, elle a un avenir tout tracé d'avance : se marier et tenir maison. C'est sans doute un peu moins exaltant...

— On ne peut pas en dire autant de vos filles, réplique Édouard Renaud en souriant. Une qui explore le monde avec les religieuses, l'autre qui se destine au métier d'accoucheuse...

— Elles ont une mère dépareillée, affirme Simon avec un clin d'œil affectueux à sa femme. Cela dit sans vouloir vous offenser, madame Renaud.

Le père de Bastien se penche en avant, le regard soudain pétillant :

— Quand Mlle Flavie est venue sonner chez nous, cet été, pour emprunter un livre sur la médecine... J'étais dans un moment difficile où j'envisageais de tout perdre… même l'estime de ma femme.

— Édouard! reproche doucement Archange. Nos invités vont s'imaginer que le lien qui nous unit est susceptible de se briser à la moindre tempête!

— Ce n'est pas ce que je voulais dire, pardonne-moi. Je crois que tous deux ont compris que je décrivais seulement mes idées noires. Mais quand j'ai vu votre fille, si jeune mais si confiante, plus audacieuse que n'importe quelle dame de mon entourage… Ça m'a donné tout un choc. J'étais là, à m'apitoyer sur mon sort, alors que d'autres…

Incapable de trouver ses mots, visiblement ému, Édouard Renaud s'adosse de nouveau. Après un moment de silence, sa femme le gronde gentiment:

— Les difficultés que tu as vécues auraient découragé n'importe qui…

— J'apprécie votre ouverture d'esprit, dit lentement Léonie, le regardant franchement. Par ici, l'audace n'est pas une attitude qu'on encourage généralement.

Comme piqué par une guêpe, Édouard Renaud se redresse dans un sursaut et approuve avec flamme:

— À qui le dites-vous! Savez-vous le nombre incalculable de fois qu'on m'a reproché mon succès? Mais j'ai vite compris que ce dont on m'accusait surtout, c'était de frayer avec des Anglais.

— Nos curés se méfient exagérément des autres croyances, avance Simon prudemment.

Il observe la réaction de son interlocuteur, mais, plutôt que de se lancer dans une défense du catholicisme, Édouard Renaud réplique, visiblement ravi de discuter avec quelqu'un qui partage ses idées:

— Tous les protestants de diverses dénominations, comme les presbytériens qui ont beaucoup augmenté en nombre ces dernières années… eh bien, ils ont une attitude tout à fait différente de la nôtre face à l'enrichissement personnel et au profit. Leur succès économique est vu comme un bienfait, pourvu qu'il leur serve surtout à investir de nouveau pour faire rouler la grande roue du capitalisme et pas seulement à se procurer des biens. Vous réalisez à quel point cette attitude contraste avec celle de notre religion ?

Simon hoche vigoureusement la tête et enchaîne d'un ton docte :

— On nous enseigne que notre temps sur terre devrait être uniquement consacré à notre salut puisque rien ici-bas ne peut remplir notre cœur et nous rendre parfaitement heureux. L'homme est un criminel en sursis et notre planète est une prison. Bien sûr, chacun doit travailler pour assurer sa subsistance, mais ces travaux du corps n'ont aucune valeur pour le salut de l'âme. Dans la balance de la justice de Dieu, seuls l'observance de la loi divine, la prière, les bonnes œuvres, et cetera, ont du poids.

— C'est quand même incroyable ! tonne Édouard Renaud, soudain rouge de colère. Travailler à son salut est la seule chose digne de l'homme ! Tout ce qui est dans le monde doit nous être étranger ! Vous aussi, vous en avez entendu, de telles sornettes ?

— Et comment ! confirme calmement Simon. À quoi nous servirait de rechercher la réussite pendant notre vie sur terre, puisque c'est celui qui consacre l'essentiel de son temps à Dieu qui réussit sa vie ? Tout cela m'horripile prodigieusement.

Tandis que leurs maris débattent de la méfiance envers l'esprit d'entreprise qu'une telle philosophie répand parmi les Canadiens, Léonie observe discrètement les réactions d'Archange Renaud, qui suit la discussion avec intérêt. Est-elle une de ces nombreuses femmes qui prétendent acquiescer aux opinions de leurs époux mais qui n'en pensent pas moins? Au contraire, son visage trahit les divers sentiments qui l'animent tour à tour et qui semblent indiquer un accord de vues avec son mari. À son grand soulagement, Léonie voit ses intuitions confirmées: Flavie a choisi comme futur mari un jeune homme élevé dans une atmosphère libérale, ce qui augure fort bien pour le succès de leur union.

Mᵐᵉ Renaud croise le regard de Léonie et toutes deux échangent un sourire. Se penchant vers elle, la mère de Bastien lui glisse:

— J'ai l'impression que nos jeunes vont venir bientôt nous réclamer leur goûter. À leur âge, ils dévorent, n'est-ce pas? Je vais aller faire mes derniers préparatifs.

— Je peux vous aider? propose Léonie en se levant à son tour.

— Du moins, vous pouvez certainement me faire la conversation. Le sujet de notre tyrannique religion catholique, même s'il est fort intéressant, n'est pas vraiment nouveau pour moi.

Les deux femmes passent dans la cuisine, située tout au bout du rez-de-chaussée. Jetant un coup d'œil à la petite cour carrée à travers la fenêtre de la porte de derrière, Léonie aperçoit les deux jeunes couples engagés dans une discussion fort animée, que Julie écoute avec intérêt tout en faisant mine de ne pas y prêter attention. Revenant vers Archange Renaud qui s'affaire devant un vaste comptoir où sont posés divers plateaux, Léonie examine le décor moderne si différent du sien : les armoires qui montent jusqu'au plafond, le vaste évier avec l'eau courante et le poêle à gaz…

— Nous n'avons gardé qu'une seule domestique, une servante qui s'occupe des plus gros travaux comme la buanderie et le ménage, explique la mère de Bastien avec philosophie. J'ai bien été obligée de remettre la main à la pâte. Je vous avoue que les premières semaines devant les chaudrons ont été plutôt difficiles, mais au fond, je ne suis pas fâchée de retrouver une certaine utilité. J'ai même l'impression que ma santé s'est améliorée, le croirez-vous ? Je ne m'essouffle plus au moindre effort. Finalement, Bastien n'a pas tort lorsqu'il dit qu'un trop grand bien-être matériel nous ramollit. Il prétend même que c'est ce genre d'excès qui a conduit l'Empire romain à sa chute !

Léonie rit de bon cœur, puis se penche pour renifler discrètement le produit d'aspect étrange que Mme Renaud est en train d'étaler sur des canapés.

— Du foie gras. Vous connaissez ?

Sans gêne aucune, Léonie fait signe que non. Spontanément, elle prend le couteau des mains d'Archange Renaud et la remplace en demandant :

— Est-ce que ça goûte comme les cretons ?

— Pas tout à fait, répond-elle avec un rire. C'est beaucoup plus fin. Vous savez quoi, madame Montreuil ?

— Appelez-moi Léonie, s'il vous plaît.

— Avec plaisir. Léonie, je serai franche avec vous, lorsque Bastien m'a annoncé qu'il était amoureux de votre fille… J'étais catastrophée. J'imaginais mon fils s'unissant avec une femme sans manières, incapable d'animer une conversation autour d'une table! Vous savez à quel point il est nécessaire, pour un professionnel, d'avoir une épouse digne de son rang? Une épouse qui sache recevoir, une vraie mondaine, quoi…

— Ne m'entraînez pas sur cette pente, conseille Léonie en riant. Je suis aussi fâchée des mœurs en ce qui concerne les femmes que votre mari l'est des mœurs qui concernent la religion!

Cessant ses allées et venues, étrangement sérieuse tout à coup, Archange Renaud fixe Léonie avec une expression de profonde lassitude.

— Je devine tout ce que vous pouvez penser, allez… Toute femme le moindrement intelligente s'indigne, un jour, de son sort.

Après un instant de silence, elle retrouve son allant et reprend gaiement:

— Pour en revenir à votre fille, elle semblait pouvoir se promener comme bon lui semblait et passer autant de temps avec Bastien qu'elle le désirait! Je vous assure que je guettais le moment où il se lasserait et jetterait enfin son dévolu sur les demoiselles de son entourage!

— Que voulez-vous, lance Léonie avec une certaine raideur, quand on est une dame et qu'on ne s'occupe que de frivolités, c'est sûr qu'on a du temps pour surveiller sa fille!

— Vous avez raison, pardonnez-moi, s'empresse de balbutier Archange Renaud.

Plus gentiment, Léonie poursuit:

— La réalité dans notre monde, c'est que nous sommes toutes occupées à mille et une tâches. Il nous *faut* faire confiance. Ce qui me semble fièrement plus sain, je trouve, que de garder les filles dans l'ignorance et ensuite de les enfermer pour les protéger, comme on fait par chez vous.

— Je vois que le sujet vous tient à cœur…

— C'est une insulte à leur intelligence que de les enfermer ainsi, comme des enfants, jusqu'à leur mariage, en réprimant leur vraie nature sous un déluge de paroles pieuses. J'en ai croisé tant, des jeunes filles tourmentées par leurs envies des hommes pourtant bien normales !

Archange Renaud considère Léonie avec stupéfaction. Léonie se demande si elle n'est pas allée trop loin, mais son interlocutrice souffle avec admiration :

— Quelle femme vous êtes ! Vous avez conscience que vous affirmez des choses qui outrageraient bien des dames de ma connaissance ?

— Elles ont l'outrage fort mal placé… Tout à l'heure, après le goûter, je vous expliquerai pourquoi j'estime que le véritable honneur des jeunes filles n'est pas là où on le met généralement…

Plus tard, alors que le pâle soleil de janvier est déjà tombé derrière le fleuve et que l'horizon se pare de couleurs chatoyantes, Bastien entraîne Flavie jusqu'au faîte de la rue. Tous deux s'assoient sur un tronc d'arbre mort et Bastien raconte à la jeune fille que sa pratique commence à remporter un certain succès et qu'il a déjà présidé aux délivrances de deux femmes du monde, l'une étant la nièce de Marcel Provandier et l'autre, la fille d'une relation d'affaires de son père. Précisant qu'il n'a eu strictement rien à faire, si ce n'est examiner une fois ou deux les patientes pour surveiller la progression, il ajoute :

— Ma présence était complètement inutile. J'ai bien essayé d'appliquer les principes que j'ai appris par rapport à la mesure du bassin, pour évaluer s'il y avait un risque accru, mais je n'ai pas vraiment réussi mes calculs. Je ne peux pas croire que les médecins estiment vraiment leur présence essentielle. Tout cela, c'est de la frime, uniquement pour se monter une clientèle.

– Une délivrance, ce n'est pas une maladie, affirme paresseusement Flavie, enchantée par le magnifique spectacle de la nature. Tout simplement, certaines d'entre elles sont compliquées par des malformations ou des troubles pathologiques. Ce n'est pourtant pas sorcier. Mais dis-moi, combien as-tu demandé pour tes services?

Lorsque le jeune homme lui révèle le chiffre, Flavie, outrée par l'énormité du montant, lui donne une vive bourrade qu'il esquive en rigolant. À son tour, elle lui relate ses derniers cas à la Société, très fière de lui préciser qu'elle s'est parfaitement bien débrouillée seule.

– Et les nouvelles étudiantes de votre école, elles sont bien?

– Pas mal… Mais jamais aussi sérieuses et intelligentes que nous, de la première promotion.

C'est au tour de Flavie de se défendre contre une attaque et elle précise:

– Il y a une seule bourgeoise, toutes les autres sont des filles de mon genre, qui se cherchent une occupation digne de leurs talents… Fleurette, dont le père possède une brasserie, vient à pied de l'autre bout de la ville, du quartier Sainte-Marie!

Tout en bas de la côte, la silhouette de Simon vient se planter en plein milieu de la rue et leur fait de grands signes.

– Je crois que papa nous appelle, dit Flavie en répondant à son geste. Nous partons.

– L'après-midi s'est plutôt bien passé, tu ne crois pas ? Nos parents semblent bien s'apprécier…

– Je n'ai pas vraiment discuté avec eux, regrette Flavie, mais je me reprendrai. Je veux qu'ils connaissent mes intentions pour l'avenir…

Mêlant ses doigts aux siens, Bastien la rassure :

– Je les ai mis au courant de mon projet de nous associer. Papa a trouvé l'idée géniale. Maman aussi n'est pas contre… Ils savent que tu n'as pas l'intention de t'encabaner une fois mariée.

Flavie se lève et époussette l'arrière de sa jupe.

– Je veux quand même leur en parler moi-même. La prochaine fois…

Jetant un coup d'œil pour s'assurer que Simon a disparu, elle se blottit contre lui avec un profond soupir de satisfaction. Après une longue étreinte ponctuée d'un rapide baiser, elle se dégage et se met à dévaler la pente en courant. Elle est bientôt dépassée par son cavalier qui, parvenu devant chez lui, lui fait face en écartant les bras. Hilare et hors d'haleine, elle se jette d'un seul élan dans ses bras et, tournant sur eux-mêmes, tous deux ne retrouvent leur équilibre qu'à grand-peine, sous le regard ébahi ou amusé des membres de leurs familles en train de se dire au revoir sur le perron.

Chapitre XXIX

Après une crue des eaux du fleuve qui sème la désolation dans les basses terres du quartier de Griffintown, l'hiver s'installe enfin sur Montréal au milieu du mois de janvier. Déjouant les prédictions les plus pessimistes, le pont de glace se forme rapidement sur le Saint-Laurent. Peu après, le paysage se couvre de neige, mais en moins grande quantité qu'à l'accoutumée, ce qui complique les opérations d'abattage et de transport du bois de chauffage. La rumeur qui court alors en ville, selon laquelle cette précieuse denrée coûtera une vraie fortune la saison prochaine, ajoute au climat économique morose. Les faillites sont nombreuses et les propriétés se déprécient, même dans les places et les rues réputées les plus avantageuses pour le commerce.

Le Parlement ayant été dissous en décembre, le début de l'année 1848 est marqué par une nouvelle période d'élections générales. Depuis l'adoption de l'Acte d'Union, les Anglais tentent avec l'énergie du désespoir de fléchir un destin pourtant inéluctable, celui du contrôle presque total exercé par la Chambre d'assemblée légitimement élue sur les destinées du pays.

Comme par les années passées, dans cette lutte à finir entre les libéraux modérés, ou réformistes, et les tories, chacun redoute une explosion de violence. Depuis le commencement de la décennie, les élections prennent l'allure de véritables cabales et donnent lieu à des batailles à coups de poing et de bâton pour empêcher les partisans de l'autre parti d'entrer sur les lieux de scrutin.

Dès 1841, des troupes de mercenaires ont tenté, dans plusieurs comtés, de contrôler le déroulement du scrutin en faveur des tories. Personne n'a été dupe : seule la fortune personnelle du gouverneur a pu couvrir ces frais énormes. En octobre 1844, alors que Montréal était la toute nouvelle capitale du pays, la ville s'est littéralement préparée à un siège, comme si elle allait subir une invasion ennemie ! Et tout cela, maugréait Simon, à l'occasion de l'exercice du plus beau privilège de la liberté du citoyen, le choix de ces personnes quasiment sacrées auxquelles il entend confier la confection des lois qui doivent régir l'État et le protéger !

Chacun des deux camps a fait venir ses mercenaires : matelots transportés en vapeur de Québec jusqu'à Montréal, Écossais descendus du Haut-Canada, travailleurs du canal de Lachine… Les lieux de scrutin ont été établis dans les rues les plus étroites, entourés de barricades et surveillés la nuit par des piquets de soldats. Des centaines de connétables spéciaux ont été assermentés en prévision des troubles, des soldats ont été appelés des frontières et l'armée entière, artillerie, infanterie et cavalerie, était basée dans les différents quartiers de la cité !

Pendant les deux journées consacrées au scrutin, il semblait bien qu'aucune autre pensée ne pouvait occuper l'esprit des habitants, tous les travaux ayant été suspendus, les chantiers désertés et les magasins fermés. Tous ont dû convenir que les précautions extraordinaires n'ont pas été inutiles pour empêcher les désordres et peut-être même les massacres. Malgré quelques tumultes et d'assez vives escarmouches, les voix des électeurs et électrices ont été enregistrées avec régularité, les barricades tenant les partis antagonistes parfaitement isolés. Les troupes, que l'on savait prêtes à marcher au moindre signal, ont puissamment refroidi l'ardeur belliqueuse des auxiliaires à la solde de chacun des deux partis.

Même lors des élections municipales, Canadiens et tories ne pouvaient s'empêcher de se faire la guerre. En 1846, alors que de nouvelles divisions du territoire augmentaient la composition du corps municipal, les autorités policières ont semblé impuissantes à réprimer les émeutes. Dans les quartiers où candidats anglais et canadiens s'affrontaient, ceux de Saint-Laurent et de Saint-Jacques surtout, des bandes de gens sans aveu, nullement qualifiés à voter, armés de bâtons, de manches de hache et même d'armes à feu, prenaient possession de la rue et ne laissaient passer que les citoyens qu'ils présumaient en faveur de ceux qui les soldaient, soit les tories. Résultat: ces candidats ont été élus dans des quartiers où vivaient quatre fois plus de Canadiens que d'Anglais… Il semblait dorénavant impossible de tenir une élection à Montréal sans la présence de cette canaille soldée qui, sûre de son impunité, se promenait la tête haute, provoquant les passants!

Comme de raison, aux élections municipales de l'année suivante, le « parti de la violence » a voulu de nouveau se faire le maître de la ville. Fort heureusement, en multipliant les bureaux de votation, les autorités l'ont empêché de réussir comme il l'aurait souhaité! Dans trois quartiers en particulier, voyant qu'il ne parviendrait pas à faire élire ses candidats, le parti tory donnait pour instruction aux brigands de parcourir successivement les différents bureaux de scrutin pour tâcher de détruire les livres d'élection. La machination n'a réussi que dans un seul quartier, où l'officier rapporteur, trop naïf, n'avait pas pris ses précautions; le pistolet sur la gorge, il a dû se résigner à voir le livre déchiré en pièces. Les Montréalais ont bien ri lorsqu'ils ont appris par la suite que, dans ce quartier, c'était le candidat tory qui était en tête!

Mais déjouant tous les pronostics les plus sombres, les élections générales de janvier 1848 se déroulent dans un calme relatif. Flavie ne se qualifie ni par l'âge ni par la richesse, mais, curieuse, elle tient à accompagner Bastien, malgré ses réticences, jusqu'au bureau d'élection. Au grand soulagement du jeune homme, la voie publique est libre et tous deux peuvent pénétrer sans encombre dans la vaste salle. Sur une estrade, l'officier rapporteur appelle les candidats, qui se présentent. Il appelle ensuite les suffrages à main levée.

Si tous s'entendent pour déclarer un gagnant, l'élection est terminée. Mais comme il arrive souvent, le vote est difficile à départager. Dans le public, plusieurs voix s'élèvent pour *réclamer le poll* et, sur-le-champ, l'officier rapporteur s'installe pour recevoir les voix et les inscrire dans son cahier de scrutin. Ce n'est donc qu'au bout de quelques semaines que les résultats sont connus : les libéraux sont majoritaires non seulement dans le Bas-Canada, mais aussi dans le Haut-Canada. Au grand plaisir de Simon, ce vieux loup de Louis-Joseph Papineau, revenu au pays quelques années auparavant, siège de nouveau comme député.

En février, un événement depuis longtemps attendu réjouit toute la famille Montreuil. Les parents d'Agathe acceptent enfin de laisser leur fille convoler en justes noces avec Laurent, à l'automne. Puisque la mère d'Agathe, qui a trois autres jeunes enfants, a encore besoin de l'aide de sa fille aînée, il est convenu après plusieurs entretiens entre les parents que le jeune couple ira habiter chez les Sénéchal. La jeune fille redouble d'ardeur pour la confection de son trousseau et Laurent met les bouchées doubles pour garnir avec plus de célérité le compte qu'il s'est ouvert à la banque en vue de se louer ou même d'acquérir un logis dans un an ou deux.

Alors que Léonie virevolte d'une tâche à l'autre au rez-de-chaussée de la Société compatissante, une visiteuse inattendue fait son entrée à la fin de l'avant-midi. Son manteau à moitié boutonné, sa tête dénudée couverte de flocons, Marguerite Bourbonnière referme la porte derrière elle et s'y adosse, haletante. Son laisser-aller contraste à ce point avec son habituelle maîtrise d'elle-même que Léonie en reste pantoise. Inquiète, elle interroge la jeune femme qui, avant de répondre, promène un regard inquisiteur sur les alentours. Lorsqu'elle est persuadée de se trouver seule avec elle, Marguerite dévide d'une voix hachée l'écheveau de son récit.

Ce matin même, de si bonne heure que la jeune femme était encore en robe d'intérieur, une dame d'un certain âge dénommée Olympe Bourdon est venue cogner à sa porte. Lui confiant, harassée, que sa fille venait de se délivrer d'un bébé et qu'elle craignait pour sa vie, elle a prié Marguerite de la suivre jusque chez elle.

En chemin, la jeune sage-femme l'a pressée de questions, finissant par comprendre que sa fille, Constance

Leriche, avait été accompagnée par un médecin, mais que l'accouchement avait duré une journée et demie, que le jeune homme avait mandé un confrère en renfort, mais que tous deux n'avaient pu que délivrer un enfant mort-né. Peu après, un troisième docteur, beaucoup plus âgé, était arrivé et, après quelques soins à Constance, tous trois avaient quitté précipitamment les lieux.

Entrant dans une jolie maison du faubourg Saint-Jacques, les deux femmes ont croisé une domestique en pleurs, puis Marguerite a aperçu dans le salon plusieurs personnes, sans doute de la parenté, assises ensemble et se consolant mutuellement.

Là-haut, dans la chambre, un homme mûr était penché au-dessus d'une femme plutôt jeune, étendue évanouie dans son lit, son visage encore creusé par la souffrance. Mme Bourdon a présenté à Marguerite le mari de Constance, Napoléon Leriche, et sans plus attendre la sage-femme s'est empressée auprès de l'accouchée, cherchant des signes de blessures tout en s'assurant que l'arrière-faix avait été totalement expulsé.

Elle a ensuite vérifié la qualité des écoulements, puis a lavé la jeune femme à l'eau froide, ce qui l'a réanimée. Sa première question a été au sujet de son enfant, et son mari, la voix tremblante, les yeux rougis, lui a expliqué que, selon le docteur Marcel Provandier, son bassin était fort étroit et que, malheureusement, le bébé n'avait pu en être tiré vivant.

S'éloignant et jetant un regard circulaire dans la pièce, Marguerite a alors aperçu un petit paquet bien enveloppé, posé dans le ber. Respirant profondément pour calmer les battements de son cœur, s'assurant que les parents ne regardaient pas, Marguerite a dénoué les langes et une telle bouffée de chaleur lui est montée à la tête qu'elle a dû se retenir au mur pour ne pas tomber. Le nouveau-né avait un bras arraché!

Hâtivement, le cœur au bord des lèvres, Marguerite a de nouveau dissimulé l'enfant. Après avoir repris contenance, elle a demandé au mari la permission de faire examiner son épouse par une sage-femme d'expérience, permission qu'il lui a accordée sur-le-champ.

Comprenant que Marguerite sollicite son aide, Léonie informe Euphrosine Goyer de son départ et toutes deux se mettent en route. Marguerite conjecture à voix haute sur le bras arraché. Comment était-ce possible? Avait-il fallu littéralement démembrer le bébé avant de le sortir? La chose était possible, lui confirme Léonie, déroutée par l'agitation de la jeune femme. L'embryotomie, malgré l'horreur qu'elle inspire, est parfois nécessaire. Mais alors, poursuit Marguerite avec obstination, pourquoi ce départ hâtif des médecins? Maculée des genoux jusqu'au nombril, la dame baignait littéralement dans son sang! Une servante, au moins, aurait pu être chargée de la nettoyer!

– Quant au bassin trop étroit… Vous jugerez par vous-même, Léonie, mais je doute fort que les apparences soient à ce point trompeuses!

Comprenant que Marguerite est profondément mal à l'aise et que ce n'est pas seulement l'embryotomie qui en est la cause, Léonie maîtrise à grand-peine son impatience d'examiner la jeune accouchée. Lorsque les deux sages-femmes arrivent chez le couple Leriche, elles constatent avec étonnement que Marcel Provandier les y a précédées. Au pied de l'escalier qui monte à l'étage, le docteur est en discussion avec le mari et Olympe Bourdon.

Apercevant Léonie, il pâlit, puis, se composant un visage avenant, il vient vers elle en s'exclamant :

— Madame Montreuil ! Vous avez fait un excellent travail auprès de madame, je vous en remercie ! Je revenais justement donner mes indications pour…

Froidement, Léonie l'informe que Marguerite en mérite tout le crédit et, maintenant cramoisi, Provandier s'empresse de répéter ses louanges à la jeune femme, ajoutant :

— Madame se porte à merveille, dans les circonstances. Je viens de l'examiner longuement.

— Nous pourrons causer bientôt, docteur. Pour l'instant, je monte la voir.

— Je vous assure que ce n'est pas nécessaire, réplique Provandier, ses yeux soudain rétrécis.

— Suivez-moi, chère madame, intervient aussitôt la mère de l'accouchée en agrippant le bras de Léonie.

Suivies par Marguerite, elles empruntent l'escalier et se retrouvent dans la petite chambre. Mme Bourdon murmure :

— Elle vient de s'endormir, après avoir beaucoup pleuré…

C'est en effet une femme visiblement brisée qui repose, plongée dans ce lourd sommeil qui est la conséquence de l'épuisement. Le plus délicatement qu'elle peut, Léonie l'examine, notant avec un tressaillement la longue déchirure du périnée et la vulve bleue et prodigieusement enflée. Marguerite constate avec soulagement, à voix haute, que le lit a été complètement changé et que la dame repose enfin dans des draps propres.

Surmontant sa réticence, Léonie se tourne ensuite vers le ber. Rassemblant tout son courage, elle démaillote le nouveau-né et examine la blessure. Il ne lui faut que quelques secondes pour constater, comme elle l'indique à Marguerite, que le corps ne porte aucune trace des blessures habituellement causées par un instrument pointu et que la plaie béante à l'épaule ressemble à s'y méprendre à celles que porterait un poulet fraîchement tué et ensuite démembré. Chose inconcevable, le bras du nouveau-né semble avoir littéralement été arraché de son articulation !

Les deux femmes échangent un regard épouvanté, puis Léonie sort rapidement de la pièce et s'adosse quelques instants au mur du corridor. Écartelée entre le chagrin et un profond sentiment de révolte devant l'horrible événement, Léonie se redresse enfin d'un vif mouvement des reins et elle dévale l'escalier. Provandier est assis, seul, dans le petit boudoir attenant à l'entrée. Léonie vient prendre place à proximité et elle le considère sans mot dire. Après un long moment, de plus en plus mal à l'aise, il finit par balbutier :

— À mon sens, les organes internes sont intacts. Madame pourra concevoir de nouveau…

— Qui l'accouchait, docteur ?

Après un moment d'hésitation, il jette :

— Isidore Dugué. Il a été reçu médecin en janvier…

— Marguerite a évoqué la présence de deux jeunes médecins.

— Depuis avant-hier soir, madame était dans les douleurs et Isidore la suivait, ne se permettant qu'une heure ou deux de repos à la fois. Cette nuit, comme la délivrance ne progressait pas à son goût, Isidore a envoyé quérir Bastien Renaud.

Anéantie, pressentant un grand malheur, Léonie résiste farouchement à l'envie de quitter immédiatement ces lieux maudits. Après un temps, elle s'enquiert encore :

— Et ensuite ?

— Comme le bassin était trop étroit pour le passage du bébé, tous deux ont convenu qu'il leur fallait agir comme ils l'ont fait ensuite, puis ils m'ont fait venir. Ils étaient fortement secoués, comme vous pouvez l'imaginer. Les premières fois, c'est extrêmement éprouvant.

L'histoire est plausible, songe Léonie, et une accoucheuse moins expérimentée pourrait s'y laisser prendre.

— Quel instrument ont-ils utilisé, docteur, pour tirer le bébé ?

— Mais le crochet, bien entendu !

En même temps, le vieux médecin s'agite, incapable de trouver une position confortable. De la même voix morne, Léonie poursuit implacablement :

— Comme moi, monsieur, vous avez vu auparavant le résultat de l'action du crochet sur un bébé. Comment se fait-il que celui-là n'ait aucune marque ?

Hagard et les yeux fuyants, Provandier prend quelques secondes avant de répondre :

— Dans notre profession, madame, des événements fort étranges surviennent régulièrement. Imaginez-vous que, dès la première tentative, le crochet a agrippé l'épaule et, en tirant avec succès, mes confrères lui ont... arraché le bras.

Envahie par un sentiment d'effroi, Léonie est incapable de chasser les images qui défilent en un éclair dans sa tête, une femme enceinte écartelée, un bébé mutilé couvert de sang... Ébranlé lui aussi, Provandier se frotte les paupières d'un geste très las. Déglutissant avec peine, Léonie réussit à articuler :

— Bien entendu, le bébé avait rendu l'âme bien avant.

— Bien entendu, souffle le médecin d'une voix blanche.

— Jamais je n'ai eu connaissance d'un tel cas, reprend Léonie avec plus d'assurance. Vous-même, docteur ?

Sans répondre, il fait mine de se lever et Léonie jette sans ménagement :

— Vous les avez bien embobinés, avec votre beau discours. Vous étiez trop étroite, votre bébé ne pouvait pas passer, c'est déjà un miracle que nous vous ayons sauvé la vie ! Balivernes !

— Moins fort ! fait le docteur, blême, se laissant retomber dans son siège.

Rassemblant ses énergies, il réplique d'une voix contenue mais où se devine une pointe de menace :

— Doutez tant que vous voulez. Ce sera votre parole contre celle de trois médecins.

Envisageant avec inquiétude le vieux docteur avec qui elle a partagé plusieurs moments difficiles et qui l'a soutenue jusqu'ici dans ses entreprises, Léonie reste pétrifiée. Il oserait ? Pour protéger ses jeunes confrères, il oserait nier tout et s'enfoncer dans son mensonge ? Redevenu compatissant, Provandier se penche vers elle :

— Quand bien même vous auriez raison… Qu'est-ce que ça pourrait changer ? Bastien et Isidore sont déjà suffisamment punis comme ça.

— Les coupables devraient être confrontés à leurs victimes, proteste Léonie, les dents serrées. La compassion de ces jeunes messieurs n'est pas toujours suffisante et leur conscience, parfois fort mal placée…

— Coupables, victimes… Je vous enjoins, madame Montreuil, de surveiller votre langage !

Léonie est soudain frappée par le fait que le tout nouveau Collège des médecins a justement été fondé pour réglementer la profession et les études. Ne pourrait-il intervenir dans un tel cas, en appliquant des règles déontologiques et en punissant ceux qui y dérogent? Isidore et Bastien, s'ils ont commis une tragique erreur médicale, devraient en répondre devant la communauté tout entière!

Selon le principe accepté par la législature, le Collège régente maintenant toute la profession médicale, dont les sages-femmes font bien évidemment partie… Étant donné que bon nombre de députés sont médecins, ils n'ont pas contesté longtemps la pertinence de cette mesure!

C'est en grinçant des dents que Léonie, cet hiver, a dû solliciter la signature de deux médecins membres de la corporation pour faire renouveler son permis de pratique. Elle déteste être ainsi subordonnée à l'autorité de personnes qui en savent moins qu'elle dans l'art d'accoucher. Elle enrage devant le fait que, trop peu nombreuses, sans appuis auprès des élus, les sages-femmes sont incapables de faire valoir leurs droits! Leur métier n'est-il pas, lui aussi, une véritable profession?

L'âme glacée par une bise hivernale, Léonie se relève avec effort.

– Vous demeurez sur vos positions, docteur?

Évitant de la regarder, il acquiesce faiblement et Léonie quitte la pièce sans desserrer les lèvres. Sur le chemin du retour, suivie par une Marguerite plongée dans le silence, Léonie se demande vers qui elle pourrait bien se tourner. Devrait-elle faire venir un juge de paix ou une autre sage-femme d'expérience pour corroborer ses propres convictions?

Mais ensuite? Oserait-elle accuser les trois médecins devant une cour de justice? L'un d'entre eux est le promis de sa fille… Soudain complètement désorientée,

Léonie tombe en arrêt en plein milieu du chemin. Le jeune homme n'est-il pas déjà suffisamment puni de son erreur? Il y a tout un monde entre un crime et une erreur professionnelle...

La mort dans l'âme, Léonie reprend sa marche pénible dans la neige lourde, bientôt abandonnée par Marguerite qui bifurque vers son logis. Peut-elle cacher un tel désastre à Flavie? Elle en est littéralement incapable. Elle ne pourrait plus jamais regarder Bastien sans être hantée par la vision de ce bébé mutilé...

Installée dans la berçante près de la fenêtre de la cuisine, Flavie s'escrime sur un ouvrage de couture particulièrement difficile. Elle lève les yeux lorsque sa mère, les joues rougies par le froid, entre précipitamment dans la cuisine et demeure pétrifiée. Intriguée, Flavie s'enquiert:

– Une délivrance difficile?

– Euh... c'est-à-dire..., marmonne Léonie en détournant les yeux.

Elle déboutonne son manteau avec une telle lenteur que, impatiente, Flavie reporte son attention sur son travail. Incapable de bouger, Léonie est touchée au cœur par cette image si belle et si paisible de sa fille, éclairée par la lumière du jour, son doux visage encadré par ses tresses, et qui se mord le bout de la langue en poussant sur l'aiguille... Elle lutte avec désespoir contre l'envie qui la tenaille de remettre à plus tard l'annonce de la terrible nouvelle.

D'un pas très lourd, Léonie marche jusqu'à sa fille, tire une chaise et s'y assoit. Étonnée, Flavie lève de nouveau les yeux. Sa mère a les traits creusés par une profonde inquiétude et la jeune fille, troublée, dépose son ouvrage sur ses genoux. D'une voix monocorde, Léonie lui relate la requête de Marguerite et leur visite subséquente chez les Leriche. Lorsqu'elle aborde la présence du docteur Provandier, Flavie s'étonne :

— Je croyais qu'il était à la retraite ?

— Il est venu au secours de... Isidore Dugué et de Bastien.

Étreinte par une angoisse subite qui l'empêche presque de respirer, Flavie presse sa mère de poursuivre son récit. Osant à peine la regarder, mais prenant sa main entre les siennes, Léonie continue :

— Cette nuit, Bastien a répondu à l'appel de son ancien camarade de l'École de médecine, et la délivrance a mal tourné...

Sur le chemin du retour, Léonie a résolu de ne pas dévoiler à sa fille les conclusions auxquelles elle est parvenue. En quelques mots, elle lui livre donc les explications de Provandier. Épouvantée, Flavie porte ses deux mains à sa bouche. Elle finit par souffler :

— Et la mère ?

— Son état est plutôt bon, compte tenu du fait qu'elle a été malmenée pendant deux jours !

À grand-peine, Léonie retient les commentaires désobligeants qui se pressent dans sa bouche. Incapable de rester plus longtemps assise, elle repousse bruyamment sa chaise et va vérifier le feu dans le poêle.

Comme un automate, Flavie se lève et murmure :

— Bastien est rentré chez lui ?

— Je crois...

Sans un mot de plus, la jeune fille se prépare à sortir. Léonie se reproche de ne pouvoir lui offrir davantage de réconfort, mais elle est bousculée par un puissant accès de colère.

D'un pas égal, l'esprit totalement vide, Flavie marche jusqu'à la rue Sainte-Monique. Mécaniquement, elle tire le cordon de la sonnette. Comme personne ne répond, elle recommence une fois, puis une autre fois et, finalement, la porte d'entrée s'entrebâille et Julie Renaud apparaît. Le visage fermé, elle murmure tout de suite :

— Je suis désolée, mademoiselle Flavie, mais Bastien ne veut pas de visite.

Doucement mais fermement, Flavie pousse la porte et force la jeune fille à reculer. Une fois dans le hall, elle demande à mi-voix :

— Où est-il ?

— Dans le salon. Il n'a pas bougé de là depuis son arrivée. Vous pouvez me dire ce qui se passe ?

En quelques mots, Flavie la met au courant, terminant par une question :

— Vos parents sont au courant ?

Toute blême sous le choc, la jeune fille secoue la tête, indiquant que tous deux étaient sortis au moment du retour de son frère. Flavie murmure :

— Je crois qu'il serait sage de les aviser. Bastien aura besoin d'eux.

Acquiesçant faiblement, Julie saisit son manteau accroché à une patère. Le cœur serré par l'émotion, Flavie se rend lentement au salon. Longue silhouette désarticulée, Bastien est assis dans l'ombre, sur une chaise droite, près de l'âtre éteint. Échevelé et livide, il porte encore sa chemise maculée.

Il tressaille lorsque Flavie pose sa main sur son épaule. Elle attire sa tête contre elle et il l'enlace, tournant son visage contre son ventre, le corps soudain secoué de hoquets qu'il tente aussitôt de maîtriser. Lorsqu'il y parvient, il la repousse sans ménagement et elle recule, incertaine. Elle finit par aller s'asseoir non loin, sur une table basse. Après un long moment de silence, elle s'enquiert:

— Tu ne veux pas me raconter?

D'une voix blanche, fixant de nouveau l'âtre, il articule:

— Te raconter? Je suis sûr que la nouvelle a déjà fait le tour de la ville.

— Qu'est-ce qui s'est passé, Bastien?

Tournant brusquement la tête vers elle, il l'étudie froidement, comme si elle était un croquis anatomique dans un livre.

— Quand je suis arrivé, Isidore était sur le point de paniquer. J'ai tenté de le réconforter et, après un long examen, nous avons conclu que le bébé était incapable de sortir tout seul. Alors nous avons fait le nécessaire. Là, tu es satisfaite?

Lorsque son regard croise le sien, elle y déchiffre une implacable indifférence qui la glace. Entre eux, une grande distance semble s'être installée, si grande que Flavie doit combattre un sentiment croissant de panique. Elle croyait qu'il aurait besoin de son appui et qu'il serait heureux de se confier, mais au contraire... Envahie par la confusion et par la détresse, elle réussit à murmurer:

— Mon pauvre ami...

Se penchant, elle saisit sa main glacée entre les siennes. Il se laisse faire, mais sa main reste inerte et son visage se dérobe à son regard. Il balbutie:

— Je préférerais être seul, Flavie, s'il te plaît...

Elle répond doucement:

— Comment je pourrais te laisser seul à un moment pareil?

— Je ne mérite pas ta pitié. Plus jamais je ne pourrai approcher une femme enceinte, Flavie. Plus jamais.

— Tu feras ta médecine autrement…

— Ma médecine ? Quelle médecine ? Tout ce qu'on apprend n'est qu'un fatras de vagues théories et nos maîtres n'en savent pas plus long que nous. Le seul art que possède le médecin, c'est de faire croire qu'il peut guérir !

— Arrête, Bastien. Tu te fais du mal…

Hagard, le jeune homme se frotte la poitrine à plusieurs reprises, comme s'il voulait soulager une douleur intérieure. Il murmure :

— Et notre association ?

Un éclair d'affolement traverse Flavie de part en part, mais, luttant pour rester maîtresse d'elle-même, elle réplique avec une légèreté feinte :

— C'est trop tôt pour jongler avec tout ça. On verra bien…

Envisageant brusquement Flavie, il lance avec désespoir :

— Bientôt, tu me détesteras.

Flavie ouvre la bouche pour protester, mais il reprend :

— Avec raison, tu me détesteras, autant que moi, je me déteste.

— Bastien ! s'écrie Flavie.

Se laissant tomber sur ses genoux, elle avance jusqu'à lui et pose ses mains sur ses jambes.

— Ne sois pas si dur envers toi-même. Tous ceux qui accompagnent les femmes en couches rencontrent fatalement de semblables écueils. Le sort nous joue parfois de bien vilains tours !

— Cette nuit, dit-il sourdement, notre obsession n'était pas d'agir dans le meilleur intérêt de l'enfant et de sa mère, mais de prouver que nous étions capables de réussir une délivrance. Toi, jamais tu n'aurais fait les gestes que nous…

Il s'interrompt et se mord farouchement les lèvres. Perplexe, Flavie lui jette un regard pénétrant avant de dire :

— Tu te reproches une erreur de jugement ? La dame était en travail depuis… quoi, une journée et demie ? J'avoue que ce n'est pas encore dramatique, mais… sans doute qu'elle était en danger ? Parfois, la situation dégénère si rapidement…

D'une voix monotone et parfaitement contrôlée, mais où percent des accents hystériques, il poursuit :

— Je n'arrête pas de repasser les événements dans ma tête. Dès que je ferme les yeux, je vois le visage de ce pauvre bébé, il souffrait, il souffrait tant ! Sa tête était sortie à moitié et si tu avais vu son visage…

Rageusement, il essuie les larmes qui s'amoncellent dans ses yeux.

— J'ai remercié le ciel à genoux lorsqu'il a rendu l'âme…

La gorge serrée par la tristesse et l'incompréhension, Flavie articule :

— Son visage ? Mais je croyais… Il n'était pas mort lorsque… ?

Se tournant de nouveau vers elle, Bastien lance violemment :

— Tu vois bien que je dis n'importe quoi ! Je t'en prie, va-t-en ! Je veux être seul !

Déroutée par l'ampleur de son désespoir, amère devant son refus d'en discuter ouvertement avec elle, Flavie ravale sa déception. Après tout, peut-être réagirait-elle exactement de la même manière, par un intense besoin de solitude ?

– Viens t'asseoir avec moi, propose-t-elle d'un ton qu'elle souhaite apaisant. Je ne parlerai plus. Viens, je t'en supplie…

Bastien obtempère en se levant d'un mouvement brusque et tous deux prennent place sur le canapé. D'abord raide comme un piquet, il finit par laisser aller sa tête contre le dossier, fermant les yeux. Flavie lui prend la main et contemple longuement son profil, le cœur étreint par une vive appréhension. «Bientôt, tu me détesteras…» Est-il exagérément sévère ou Isidore et lui ont agi avec une trop grande précipitation? A-t-il pu, par imprudence ou par ignorance, provoquer la mort du bébé? Si l'irréparable était accompli quand il a rejoint Isidore, aurait-il négligé une intervention qui aurait pu changer le cours des choses?

Tant de questions tournoient dans la tête de Flavie! Après un temps, le souffle de Bastien devient plus régulier et, avec un profond soulagement, Flavie constate qu'il s'est endormi. Elle s'installe confortablement et laisse le temps passer en luttant pour repousser les émotions contradictoires qui se succèdent en elle.

Des bruits la font sursauter: la porte d'entrée, des voix, et soudain Archange Renaud, essoufflée, surgit devant eux. Elle demande à Flavie d'un ton inquiet:

– Comment va-t-il?

Avant que la jeune fille ait le temps de répondre, Bastien ouvre les yeux et, apercevant sa mère, son visage se défait et il balbutie:

– Maman? Je t'attendais… Je voulais te dire…

– Je sais, mon petit. Je suis au courant.

– Maman, j'ai tant de peine…

Comme un enfant, il tend les deux bras vers sa mère, qui vient s'asseoir à côté de lui et lui entoure les épaules.

Cachant son visage contre elle, il éclate soudain en sanglots, le corps secoué par un orage si violent qu'il lui tire de longs gémissements. Les yeux humides, Mme Renaud l'installe le mieux possible contre elle, caressant ses cheveux, lui murmurant des paroles de consolation.

Les jambes flageolantes, Flavie se lève le plus discrètement possible et elle quitte les lieux. Inspirant avec soulagement l'air froid de cette fin d'hiver, elle se dirige lentement vers la rue Saint-Joseph, le cœur lourd comme une pierre, aveuglée par des larmes farouchement ravalées.

Incapable d'affronter sa mère, elle va et vient dans les rues. Quand l'heure de la fin des classes approche, elle marche jusqu'à l'école de Simon et s'installe sous une porte cochère, attendant que le flot d'élèves s'éparpille dans toutes les directions. Par la porte des garçons, elle pénètre ensuite dans le bâtiment et suit le corridor jusqu'à la classe de son père.

Lorsqu'elle entre, Simon est au tableau et il discute avec Agathe d'un problème mathématique. Tous deux jettent à Flavie un regard stupéfait, puis Simon dépose sa craie et s'exclame gaiement :

— De la belle visite ! Que nous vaut l'honneur ?

Plus perspicace, Agathe vient tout de suite à elle :

— Qu'est-ce qui se passe ? Tu as pleuré ?

Flavie tente de lui répondre, mais elle tremble de tous ses membres. La serrant contre lui, Simon murmure d'une voix blanche :

— Ta mère ? Ou Cécile ?

— Non ! Elles vont bien. C'est Bastien qui…

Réchauffée jusqu'aux tréfonds de son être par l'étreinte de son père et par la sollicitude d'Agathe qui la contemple avec inquiétude, Flavie réussit à leur confier la source de ses tourments. Après un long silence, Simon murmure :

— Quelle horreur !

— Bastien doit être dévasté, balbutie Agathe.

« Bientôt, tu me détesteras… » La phrase rebondit comme une balle dans la tête de Flavie et elle jette à Agathe un regard si plein de désarroi que cette dernière lance à Simon :

— Vous avez une rencontre avec monsieur le directeur, je crois ?

— Je ne peux pas la remettre, c'est trop important…

— Je ramène Flavie chez vous, déclare-t-elle d'un ton qui n'admet pas de réplique.

Quelques minutes plus tard, les deux jeunes femmes cheminent, bras dessus bras dessous, en silence. Jetant de fréquents regards à Flavie qui garde obstinément les yeux fixés sur son ombre qui s'étire devant elle, Agathe finit par demander :

— Ça va un peu mieux ?

Flavie hésite, puis, dans un murmure, elle confie à son amie la phrase que Bastien a prononcée et qui la hante tant. Troublée, Agathe contemple l'horizon avant de répondre :

— Pour le sûr, c'est… c'est un gros morceau à avaler. Si, par négligence, Laurent était responsable de la mort de quelqu'un, je ne sais pas comment je réagirais… Il me faudrait un bon moment avant de lui pardonner.

— Mais tu lui pardonnerais ? insiste Flavie. N'est-ce pas que tu lui pardonnerais ?

— C'est difficile à prévoir, mais je crois bien… Du moins, s'il manifestait la ferme intention de se racheter.

— D'une certaine manière, il s'accuse de la mort de ce nouveau-né, dit Flavie avec précipitation. C'est sans doute le choc… Pour le sûr, dans quelques jours, il aura repris ses esprits.

— Laisse-lui du temps, conseille Agathe. Il doit d'abord faire la paix avec lui-même. Ça peut être long…

— Si tu l'avais vu pleurer dans les bras de sa mère! souffle Flavie, encore bouleversée. J'aurais tout donné pour prendre son chagrin à sa place…

Les deux jeunes filles font le reste du chemin en silence. Avant de laisser Flavie devant sa porte, Agathe dépose sur ses joues deux longs baisers réconfortants. Flavie la remercie d'un faible sourire, puis se détourne et entre dans la maison. Avec des gestes las, Léonie est en train de préparer le souper. Passant près d'elle, Flavie murmure:

— Je n'ai pas faim. Je monte me coucher.

Léonie demande avec toute la douceur qu'elle peut rassembler:

— Comment va-t-il?

— Mal.

Avant que Flavie disparaisse dans l'escalier, elle demande encore:

— Qu'est-ce qu'il t'a raconté?

Tremblante de fatigue et d'émotion, Flavie murmure néanmoins:

— Presque rien, maman. Mais il semble tellement tourmenté… Il se reproche quelque chose qu'il refuse de me confier. C'est normal, n'est-ce pas? J'imagine qu'on repasse dans sa tête le déroulement des événements et qu'on se demande ce qu'on aurait pu faire de plus… ou de mieux.

— Par après, confirme affectueusement Léonie, c'est facile de croire qu'on aurait pu faire autrement.

Les préparatifs du repas terminés, Léonie s'assoit dans la berçante pour finir l'ouvrage de couture abandonné par Flavie. C'est ainsi que Simon la trouve et, immédiatement, le front creusé d'un grand pli, il marmonne :

— Mauvaise nouvelle, n'est-ce pas ? Flavie est rentrée ?

D'un geste, Léonie désigne le plafond en demandant à voix basse :

— Tu es déjà au courant ? Les rumeurs courent vite…

Simon lui raconte la visite de Flavie, ajoutant :

— Que va-t-il arriver à ce pauvre Bastien ?

— Ce pauvre Bastien ! s'exclame Léonie en tentant de contrôler le timbre de sa voix. Tout le monde n'en a que pour ce pauvre Bastien ! Et l'enfant, alors ? Et sa mère ? Quand je l'ai vue, Simon… Ces jeunes médecins lui en ont fait endurer !

Songeant à Flavie qui l'a peut-être entendue, Léonie baisse la tête et, entre ses dents, elle ajoute :

— Il n'arrivera rien à Bastien. L'enfant sera enterré, la mère se remettra de son choc et, dans quelques semaines, tout cela ne sera qu'un mauvais souvenir. J'espère seulement de tout mon cœur que ces deux blancs-becs ont fièrement appris de leur mésaventure !

Simon vient se placer derrière elle et lui caresse affectueusement les tempes, en un geste apaisant. Alanguie, elle s'abandonne contre son mari, ne pouvant s'empêcher d'être vaguement surprise de sa tendresse et de sa chaleur dont elle s'était désaccoutumée… Confiera-t-elle à Flavie sa certitude que les deux jeunes gens sont responsables de la mort de l'enfant ? Elle ne peut s'y résoudre, sachant à quel point elle plongerait sa fille dans de cruels tourments. Il y a toujours la possibilité, si mince soit-elle, qu'elle se trompe dans ses conclusions…

Après ce jour, le temps est comme suspendu pour Flavie, qui attend la visite de son cavalier. Son esprit est ailleurs, auprès de lui, et elle traverse les journées sans vraiment les habiter. Mais la semaine s'écoule et le silence se prolonge. De plus en plus impatiente et préoccupée, Flavie devient obsédée par le besoin de revoir Bastien, mais elle ne peut se résoudre à aller frapper à sa porte. Lorsqu'elle songe à son comportement lors de sa visite chez lui, un sentiment d'angoisse prend possession de tout son être.

Cette nuit-là, Flavie est pratiquement incapable de dormir et au matin du samedi, alors que sa chambre s'éclaire d'un jour pâle et gris, elle se convainc d'aller lui rendre visite si l'après-midi se passe sans aucune nouvelle. Elle ne peut continuer à se cogner ainsi la tête sur les murs, comme une aveugle…

Vers quatre heures, alors que la jeune fille est occupée à balayer la salle de classe, on frappe à la porte. Elle ouvre ; Bastien se tient devant elle, le visage froid et les mains derrière le dos. Flavie le tire à l'intérieur, puis elle se jette contre lui avec un gémissement de soulagement.

Les bras de Bastien se referment sur elle comme un étau et il la presse avec l'énergie du désespoir, la faisant ployer vers l'arrière. L'agrippant aux épaules, elle l'embrasse avec avidité, heureuse de pouvoir lui faire sentir enfin qu'il compte tant à ses yeux et qu'elle l'aime si fort… Soudé à Flavie, Bastien répond à son baiser avec ardeur et il lui semble qu'il se nourrit d'elle comme si sa vie en dépendait.

Puis, avec un grognement qui ressemble à une plainte, il s'arrache à elle, ses mains tâtonnent à sa taille et il la repousse fermement. Interdite, elle obéit néanmoins, promenant son regard sur ses yeux injectés de sang, sur ses traits tirés et sur son expression si fermée brusquement, égarée et lointaine… Il ordonne dans un murmure :

— Assois-toi.

L'estomac noué, Flavie s'assoit lentement sur le bout d'une chaise. Il ajoute de la même voix rauque :

— Attends-moi.

Il disparaît dans la cuisine et, Simon sur ses talons, il est bientôt de retour. De plus en plus mal à l'aise, Flavie regarde Bastien prendre place assez loin d'elle et, se penchant vers lui, elle s'écrie :

— Mais qu'est-ce que tu fais ? Pourquoi es-tu allé chercher papa ?

Il passe une main tremblante dans ses cheveux et balbutie :

— Je voulais que ta mère ou ton père entende ce que je vais te dire.

Jetant un regard intense à Simon, debout près de la porte, il débite tout d'un trait :

— Je voulais que vous sachiez, monsieur, à quel point je regrette le mal que j'ai causé dernièrement.

— Le mal ? s'exclame Flavie. Mais vas-tu finir par me dire ce que tu te reproches ?

— Le choc a été rude, jeune homme, intervient Simon d'une voix apaisante, c'est votre première tragédie et il est bien normal…

— Je voulais aussi que vous sachiez, monsieur, à quel point je regrette le mal que je vais causer aujourd'hui à Flavie.

Brusquement très pâle, Simon hoche imperceptiblement la tête tandis que la jeune fille se dresse et recule de plusieurs pas. En quelques enjambées, son père vient la prendre par les épaules et la force à se rasseoir, se tenant ensuite debout derrière elle. Bastien reprend, les yeux fixés sur ses mains jointes aux articulations blanchies :

– Comme je suis incapable de pratiquer et que je n'envisage pas que la situation change dans un proche avenir, j'ai loué mon bureau à un collègue, Étienne L'Heureux. Il vient de repasser ses examens et il a été reçu… Moi, je vais partir. J'ai retourné la situation dans tous les sens et je ne vois pas d'autre issue. Je vais aller aux États-Unis pour travailler dans une clinique médicale.

Hébétée, emplie d'un seul coup d'une incommensurable frayeur, Flavie pivote vers son père et lui crie :

– Mais papa, fais quelque chose ! Explique-lui que… que…

Incapable de rassembler ses idées, elle secoue rageusement la tête et elle ferme les yeux un bref moment pour tenter de contenir sa panique. Elle se penche ensuite vers Bastien, qui évite son regard en fixant un nœud dans le bois de la table. Les mains de Simon quittent ses épaules et elle l'entend reculer dans un coin de la pièce tandis qu'elle bredouille :

– Tout s'arrangera pourtant, ne vois-tu pas ? En prenant soin d'autres bébés et d'autres femmes, ta peine s'en ira toute seule… Je t'aiderai, Bastien, laisse-moi t'aider, si tu savais à quel point je tiens à toi, je tiens tellement à toi…

Comme pour se protéger d'une lumière trop vive, le jeune homme cache ses yeux avec sa main, sans répondre, ses lèvres serrées ne formant qu'une mince ligne. Pesamment, Flavie se lève, fait le tour de la table et vient s'agenouiller devant Bastien, qui est bien forcé de la regarder enfin, ne gardant contenance qu'au prix d'un grand effort de sa volonté. Posant ses mains sur ses jambes, elle suggère avec précaution :

– Bien certainement, tu ne peux pas partir longtemps. Tu voulais dire… quelques mois au plus ?

— Je ne sais pas quand je reviendrai. Je ne veux pas te donner de faux espoirs.

Visiblement, il souhaite déjà être à mille lieues de la rue Saint-Joseph et chacun de ses mots est pour Flavie comme un coup de poing en plein ventre.

— Bastien, je peux comprendre ta peine, mais ta réaction dépasse…

— Au contraire, réplique-t-il, glacial. Tu ne peux pas comprendre ma peine.

Le souffle coupé, Flavie reste pétrifiée. En un éclair, elle songe à ses reproches lorsqu'elle lui a menti lors de l'épidémie de typhus. Elle balbutie :

— Je croyais que tu avais confiance en moi. Je croyais qu'il fallait se confier tout ce qui nous importait. Mais tu ne veux rien me dire et tu refuses même… Moi, tu me refuses, moi.

Blême à faire peur, le jeune médecin baisse les yeux, incapable de soutenir son regard. Portée tout à coup par la force de son sentiment envers lui et par l'évocation des merveilleux moments qu'ils ont passés ensemble, Flavie propose avec toute la légèreté dont elle est capable :

— Emmène-moi, s'il te plaît.

La regardant franchement, il réplique d'une voix sourde :

— Tu quitterais tout, ta famille, ton travail, ton pays, pour me suivre ?

— On pourrait se marier rapidement, suggère-t-elle avec un sourire. Tu le sais que je ne suis pas plaignarde et que je serais bien contente de voyager…

— Je n'ai pas d'argent, souffle-t-il. Je ne sais même pas où je vais aboutir. C'est impossible.

— En effet, lance Simon d'une voix forte, c'est impossible.

— Je pourrais te rejoindre quand tu seras installé! rétorque-t-elle avec désespoir. Si on fait la noce avant ton départ…

— Mais vas-tu te taire une fois pour toutes? s'écrie-t-il d'un ton à la fois terrible et suppliant. Tu ne comprends pas que je veux être seul? Même si j'étais riche à craquer, je ne voudrais pas t'emmener avec moi!

— Tu ne voudrais pas? répète-t-elle d'une voix blanche, retirant lentement ses mains.

Elle se redresse, chancelante. À son tour, Bastien repousse sa chaise et se lève. Il ajoute précipitamment, misérable:

— Essaie de comprendre… Plus rien n'a de sens pour moi. Plus rien…

Suffoquée, Flavie court vers la porte, qu'elle ouvre violemment, et elle se précipite dehors. Après un moment d'égarement, elle se met à courir à toutes jambes. De loin, elle entend son père l'appeler. Parvenue devant chez Agathe, elle tambourine à la porte et c'est son jeune frère qui vient lui ouvrir et qui crie nonchalamment par-dessus son épaule:

— Agathe! De la visite pour toi!

Réalisant soudain que Flavie n'est pas dans son état habituel, il s'efface vivement pour la laisser entrer et referme la porte derrière elle. Suivie de près par Laurent, Agathe fait irruption dans la cuisine et tous deux tombent en arrêt devant la jeune fille qui sanglote de toute son âme debout en plein milieu de la pièce, son visage enfoui dans ses mains.

Son frère l'interroge en vain, car elle est bien incapable d'articuler un son, puis il enfile hâtivement son manteau tandis qu'Agathe la fait asseoir près du poêle.

– C'est Bastien ? murmure-t-elle. Il t'a causé un gros chagrin ?

À travers ses larmes, Flavie aperçoit d'autres membres de la famille venir leur jeter un regard à la fois étonné et plein de sollicitude. Léocadie Sénéchal, sans un mot, vient poser sur ses genoux une couverture de laine. Assise à côté de son amie, le bras sur ses épaules, Agathe lui caresse le front, essuie ses joues ruisselantes avec son propre mouchoir. Flavie cache son visage contre elle et s'apaise peu à peu, perdant la notion du temps, apprivoisant lentement la déchirure qui la traverse maintenant de part en part.

Comme de très loin, une porte claque et, peu après, la voix de Laurent chuchote :

– J'ai croisé Bastien. Il part pour un long voyage. Il fait pitié, je t'assure…

Les dents serrées sous l'effort, Flavie fait appel à tout son courage et elle se redresse lentement. Laurent murmure encore :

– Je vais chercher une débarbouillette froide.

Adossant sa tête, Flavie ferme les yeux, incapable de supporter la lumière du jour. Elle articule d'une voix tremblante :

– Je voulais qu'on parte ensemble, mais il ne veut pas de moi.

– Ma pauvre Flavie ! Entre ce qu'il veut et ce qu'il peut…

– Il me l'a dit ! Il ne veut pas de moi !

– Cesse de dire des sornettes ! gronde Laurent, posant soudain la débarbouillette sur ses yeux.

Après un instant, il reprend avec douceur :

– Moi aussi, je suis parti, tu te souviens ? Quand on part, il faut ignorer ses propres sentiments. Autrement, c'est invivable. Ton cavalier sera absent quelques mois et puis tu le retrouveras.

Un grand frisson traverse Flavie de part en part et elle balbutie :

– Daniel aussi...

Il avait promis qu'il reviendrait. De toutes ses forces Flavie croise ses bras contre sa poitrine. C'est son deuxième cavalier qui la quitte ainsi, qui part pour l'étranger. Bastien l'abandonne et, comme Daniel, il ne reviendra pas, pour ne pas affronter une souffrance laissée loin derrière... L'homme qu'elle aime la fuit et Flavie a l'impression d'errer dans une forêt menaçante, peuplée d'arbres fantomatiques et d'échos mystérieux.

CHAPITRE XXX

Flavie passe toute la journée du lendemain au lit, couchée en chien de fusil, dans un étrange état de semi-conscience. Au début de la nuit seulement, lorsque tous les autres sont enfin endormis, elle erre sans bruit dans la maison. Se couvrant chaudement, elle sort et fait une longue et lente promenade à travers les rues presque désertes. Un homme qu'elle croise lui murmure une invitation, mais elle l'ignore superbement.

Beaucoup plus tard, en plein cœur de la nuit, elle revient vers la rue Saint-Joseph, enfin délivrée de son plus intense chagrin, celui qui l'empêchait de respirer à son aise. À mesure qu'elle approche de sa maison, elle remarque qu'une silhouette d'homme approche en sens inverse, une silhouette dont la démarche, même dans l'obscurité, lui est vaguement familière. Lorsque Flavie parvient devant sa porte, l'individu est à sa hauteur et, à sa grande surprise, il s'arrête et lance d'une voix forte :

— Miss Flavie, c'est bien vous ?

L'accent irlandais la fait tressaillir et Flavie reconnaît Jeremy Hoyle, le frère de Daniel. Abasourdie, elle répond :

— Mais Jeremy, qu'est-ce que vous faites ici ?

Le jeune homme vient à elle et lui saisit les mains, débitant tout d'un trait :

– Flavie, il faut que vous veniez! Notre voisine, Lucy, est en train de saigner, beaucoup, beaucoup!

– Elle est enceinte?

Outré, Jeremy secoue vigoureusement la tête.

– Elle n'est même pas mariée!

Retirant doucement ses mains de celles du jeune homme, Flavie le presse de lui raconter les événements. C'est le père de Lucy, James O'Brien, qui est venu réveiller Jeremy un peu avant minuit. Sa fille, en proie à de fortes douleurs, saigne depuis déjà de longues heures.

Flavie fait entrer Jeremy dans la maison et lui demande d'attendre. Elle monte jusqu'à la chambre de ses parents, réveille doucement sa mère et lui explique la situation. Léonie marmonne:

– Sans doute une fausse couche...

– Je m'en occupe, maman. Rendors-toi.

– Tu es sûre que tu es en état?

Incapable de réprimer un court mais intense tremblement qui la secoue de la tête aux pieds, Flavie lui serre pourtant la main et murmure d'une voix mal assurée:

– Ça me fait du bien. À tout à l'heure.

Vingt minutes plus tard, Jeremy et Flavie arrivent rue Nazareth. Alors qu'ils approchent du logis du jeune homme, elle a un coup au cœur, persuadée pendant un instant que Thomas et Daniel y sont encore, comme avant, il y a un siècle...

– C'est ici, indique Jeremy.

Il désigne, à quelques portes de chez lui, une maisonnette en bois gris d'un seul étage et d'une bien triste allure. Les volets, fermés, masquent des fenêtres sans vitres. Jeremy entre sans frapper. Malgré le feu qui ronronne dans le petit poêle en tôle, l'humidité est saisissante. C'est une maisonnée pauvre mais non misérable, puisque la huche ouverte laisse deviner des miches et que des tresses d'ail et des chapelets d'oignons sont suspendus çà et là.

Chaudement habillé, un homme est assis à la table. Sans attendre, Jeremy entraîne Flavie vers une alcôve séparée de la salle commune par des tentures, où se trouve une petite paillasse. Une jeune femme, très pâle mais dont la respiration est régulière, y repose sous plusieurs couvertures. De la table, James O'Brien dit d'une voix faible :

— Les douleurs ont cessé il y a peu. Les saignements aussi.

Lucy ouvre les yeux et une expression d'effroi passe sur son visage. Elle se redresse sur ses coudes et s'écrie :

— Tout est terminé ! Vous pouvez partir !

Il faut à Flavie une longue explication sur l'amitié qui l'unit aux Hoyle et sur la nécessité de vérifier son état et sa santé pour qu'elle s'apaise et consente à se laisser examiner. Elle palpe son abdomen et fait un examen visuel, puis elle se penche sur le contenu de la bassine. Un minuscule fœtus d'au moins trois mois d'existence y flotte et Flavie, prodigieusement intéressée, l'examine longuement. Revenant ensuite vers sa patiente et s'agenouillant à proximité pour que leurs deux têtes soient presque collées, elle murmure :

— Est-ce que, avant, vos écoulements de sang revenaient fidèlement à chaque mois ?

La considérant avec de grands yeux, Lucy finit par acquiescer. Flavie reprend :

— Alors, mademoiselle, vous saviez que vous étiez grosse.

Lucy réagit comme si Flavie l'avait frappée; elle recule subitement et cache son visage sous son bras replié. Posant sa main sur son épaule, Flavie tente de la rassurer:

— Je ne suis pas ici pour vous faire des reproches. Vous n'avez rien à craindre de moi. Mais pour bien vous soigner, je dois savoir. Votre fausse couche est-elle spontanée? Regardez-moi, Lucy. C'est important.

Avec réticence, la jeune Irlandaise redescend son bras, fixant sur Flavie un regard apeuré. Cette dernière ajoute encore:

— Si vous avez utilisé un instrument, montrez-le-moi. Peut-être vous a-t-il blessée à l'intérieur.

— C'est une voisine…, souffle la jeune femme. Une femme que je connais. Elle m'a donné des herbes.

— C'est tout?

Lucy hoche vigoureusement la tête et Flavie, soulagée, est sur le point de se remettre debout quand, de sa main maigre, elle lui saisit le bras et la retient. Sa poitrine se soulève vivement comme si elle combattait une douleur vive et Flavie fronce les sourcils:

— Vous avez mal de nouveau?

Faisant un faible signe de dénégation, Lucy articule de façon presque inaudible:

— Aidez-moi, s'il vous plaît…

Rivée sur place par le regard de bête traquée qu'elle lui lance, Flavie attend sans bouger, presque sans respirer, et, après un long moment pendant lequel la jeune femme hésite, ouvrant et refermant la bouche, elle finit par l'encourager:

— C'est au sujet de votre bébé?

Fermant les yeux, Lucy répond dans un souffle:

— Le père…

– Oui ?

– Le père, c'était mon père.

Flavie accueille la confidence avec une profonde incrédulité. Cet homme assis à la table de la cuisine… Il aurait forcé sa fille ? Impossible, jamais un père ne s'abaisserait à un comportement si… si dégoûtant ! Secouée, Flavie s'assoit sur ses talons tandis que Lucy, incapable de supporter son regard, détourne la tête. Une énorme vague d'écœurement monte en elle et sa gorge se serre, comme prise dans un étau. La voix blanche, elle interroge :

– Il vous a forcée souvent ?

Lucy secoue vivement la tête et, levant la main, elle indique avec ses doigts le chiffre quatre. Avalant péniblement sa salive, Flavie se lève et sort de l'alcôve. Elle va près de la table, où les deux hommes, muets, sont installés, et annonce avec une froide détermination, fixant sur James O'Brien un regard implacable :

– Une fausse couche, monsieur, et vous savez très bien qui est le père.

Incapable de feindre l'étonnement ou l'indignation, l'homme reste hébété, comme frappé par la foudre. C'est Jeremy qui se lève brusquement en protestant :

– Qu'est-ce que vous dites, Flavie ? Je ne vous crois pas. Lucy est une fille comme il faut…

Flavie constate immédiatement que le jeune homme nourrit de tendres sentiments pour sa voisine et elle reste égarée, souhaitant ardemment que sa mère soit ici pour prendre en charge la suite des événements. Mais elle est seule et elle se doit de faire éclater la vérité, pour que Lucy soit enfin délivrée de cet affreux secret.

Soudain frappé par le sens des paroles de Flavie, le frère de Daniel se tourne vers O'Brien et le confronte, en anglais :

– Vous savez qui est le père, James? Vous avez assisté à la séduction de votre fille sans réagir?

Flavie souhaite de toute son âme que l'homme ait le courage d'avouer sa faute, mais il bouscule Jeremy, se précipite vers la sortie et s'enfuit. Interloqué, Jeremy interroge Flavie du regard et la jeune fille, posant sa main sur son bras, lui confie l'horrible vérité. Le jeune homme pousse un cri contenu comme si on l'avait frappé, puis, les poings serrés, il se met à arpenter la pièce en marmonnant des paroles inintelligibles.

– Jeremy, il faut sortir Lucy de cette maison. A-t-elle de la famille?

– Pas que je sache, répond-il faiblement. James est un homme très solitaire. Lucy ne racontait pas grand-chose de son passé. Surtout depuis cet automne... Je comprends tout, maintenant!

Envahi par un nouvel accès de colère, il reprend son va-et-vient en tempêtant:

– Je comprends pourquoi elle était devenue si renfermée! Tout ça à cause de son père, son vicieux de père!

– Jeremy!

L'appel de Lucy est très faible, mais le jeune homme se précipite immédiatement dans l'alcôve. Il en ressort quelques minutes plus tard, le visage complètement bouleversé. Les yeux dans le vague, il murmure:

– Je ne peux pas la prendre chez moi, même si je le voudrais bien... Mais je crois que Mme Baker saura... C'est une dame généreuse qui pourra aider Lucy.

– Vous pouvez aller la chercher? Je vais attendre ici. Je préfère ne pas la laisser seule.

Pendant l'absence du jeune homme, Flavie retourne au chevet de Lucy. Un dernier examen la convainc que l'avortement est bel et bien terminé et que la jeune femme se porte bien. Elle fait le tour de la cuisine et, après de longues recherches, elle met la main sur un morceau de guenille dans lequel elle enveloppe le fœtus. Les élèves de l'École de sages-femmes, et même les étudiants de l'École de médecine, seront sans doute ravis de pouvoir l'examiner...

Le jour est levé lorsque Flavie, très lasse, retourne vers la rue Saint-Joseph. Il lui faut un long moment avant de réaliser, devant l'atmosphère festive qui règne dans les rues, que c'est mardi gras aujourd'hui et que tout le monde se prépare pour une soirée de réjouissances avant d'entreprendre la longue période d'abstinence du carême. Le cœur soudain chaviré, Flavie doit faire un arrêt, s'appuyant contre le mur d'un bâtiment. Ç'aurait été son premier mardi gras avec Bastien, à se déguiser, à se promener d'une maison illuminée à une autre, à manger jusqu'à en éclater, à danser jusque tard dans la nuit... De toutes ses forces, Flavie repousse le plus loin possible tout l'amour qu'elle éprouve pour lui et qui la blesse maintenant comme un coup de couteau.

Ni Léonie ni Simon n'ont le cœur à la fête, non seulement à cause de Flavie qui est incapable de se mêler à la belle troupe des jeunes du voisinage, mais parce que Cécile leur manque terriblement. Contrairement aux années précédentes, la salle de classe reste dans l'obscurité et, une fois Laurent parti rejoindre Agathe, tous trois passent une courte veillée en jasant des nouvelles effarantes qui arrivent d'Europe.

Depuis quelques jours, tout Montréal s'ébahit de la « troisième Révolution française » qui vient d'avoir lieu à

Paris, en février, et pendant laquelle, comme en 1789 et en 1830, la royauté a été abolie. Le roi Louis-Philippe, qui s'obstinait à vouloir interdire un banquet réformiste qui devait se tenir dans le douzième arrondissement de la ville, a été détrôné sans être capable d'offrir la moindre résistance et il a dû s'enfuir au Royaume-Uni avec sa famille et ses ministres, en s'attifant en paysan.

Contrairement aux deux renversements du trône précédents, les batailles ont fait peu de victimes, entre cinq cents et six cents personnes, paraît-il, ce qui est loin d'approcher les massacres de 1789 et ceux de 1830, où des milliers de citoyens avaient payé de leur sang… Les troupes et la garde municipale ont fraternisé avec le peuple, explique Simon, tant le gouvernement de Louis-Philippe était impopulaire. Malgré les efforts incessants de la nation française pour obtenir un gouvernement constitutionnel franc, libre et impartial, efforts manifestes dans la presse, chez les députés et dans l'attitude décidée de tout le peuple, le roi avait, en moins de dix-sept ans de règne, complètement renié ses promesses solennelles faites à la France au moment de son couronnement!

– Son trône a été promené en triomphe dans Paris, jubile Simon, le nez plongé dans son journal, pour ensuite être brûlé sur la place publique. Son palais a été détruit, comme plusieurs des demeures qu'il habitait. Le palais des Tuileries est devenu un hôpital militaire! Un gouvernement provisoire a été organisé et la république a été proclamée. La Chambre des pairs et celle des députés, abolies, seront remplacées par une nouvelle Assemblée nationale, élue par le peuple français au suffrage universel!

Proprement renversé, Simon lève vers sa femme et sa fille un regard émerveillé.

— Le suffrage universel ? s'exclame Léonie, abasourdie. Tu veux dire, tous les citoyens ?

— Tous ! Même ceux qui ne possèdent ni biens ni avoirs ! Quel pays moderne que cette France ! C'est elle qui a mis au monde les plus grands penseurs et voilà qu'aujourd'hui...

Trop ému pour poursuivre, Simon s'abîme dans une profonde rêverie. Relevant la tête de son tricot, Flavie s'enquiert, les sourcils froncés :

— Est-ce que ça veut dire que toutes les femmes pourront voter ? Pas seulement les riches ?

— Euh..., fait Simon en relevant le journal devant son visage. Les articles n'en font pas mention...

Quelques minutes plus tard, Flavie replace son ouvrage dans le panier, souhaite une bonne nuit à ses parents et monte à sa chambre. Elle prête d'abord l'oreille aux rires et aux éclats de voix qui lui parviennent de la rue, puis elle s'allonge sur son lit. Ce soir, comme elle aimerait avoir sa sœur à ses côtés, même si elle ronflait comme une cheminée, même si elle se collait sur elle, lui donnant horriblement chaud !

Cécile leur a envoyé quelques lettres depuis son départ, dans lesquelles elle décrit une vie frugale qui semble très bien lui convenir et de grands espaces vierges qui la fascinent. À mots couverts, elle s'élève cependant contre l'opinion répandue chez les religieuses et les prêtres selon laquelle les Sauvages sont des êtres dépravés qui doivent de toute urgence être instruits des bienfaits de la civilisation blanche et de la religion catholique. Flavie a bien senti, en lisant ses lettres, l'attrait de Cécile pour ces mœurs si différentes des leurs...

Se roulant en boule, Flavie ferme les yeux et, tout de suite, surgit l'image de Bastien. Elle serre les poings avec impuissance et les appuie contre sa poitrine. Toutes ces personnes qu'elle aime et qui la quittent, les unes après les autres, jusqu'à Laurent qui, bientôt, prendra épouse… Il faudra donc qu'elle exerce son cœur à cesser de s'attacher ainsi, comme un fou. Il faudra qu'elle dirige son ardeur amoureuse vers autre chose, vers son métier sans doute, vers ces bébés et ces femmes qui ont tant besoin de son aide.

Dès le lendemain, refusant énergiquement de songer à son ancien cavalier pour quelque raison que ce soit, Flavie se jette à corps perdu dans le travail. Elle ajoute des journées de bénévolat à celles qui sont déjà prévues chaque semaine et elle prend en charge un nombre croissant de délivrances. Possédée par une frénésie renouvelée d'apprendre, elle passe de longues heures à lire tous les livres de médecine qu'elle peut dénicher dans les diverses bibliothèques de la ville et à observer encore plus intensément les manœuvres de Léonie et de Sally lorsque la délivrance se complique.

Elle prend l'habitude de se réveiller à l'aurore et, dès qu'elle ouvre un œil, elle saute du lit et se frictionne le plus silencieusement possible, en puisant de l'eau dans le seau qu'elle monte tous les soirs dans sa chambre. Indifférente aux frissons qui lui parcourent le corps, elle se laisse sécher à l'air libre, puis elle s'habille prestement et descend, déjeunant seule au coin de la table. Lorsque Léonie ou Simon descendent à leur tour, Flavie, déjà sur le pas de la porte, leur envoie ses salutations avant de partir vers Griffintown. Cette promenade matinale est l'occasion pour elle de se laisser couler dans un profond silence avant la frénésie de la journée.

Par un frais et magnifique matin d'avril, Flavie marche de son pas rapide vers la Société compatissante lorsqu'elle se fait héler par Françoise Archambault, à quelque distance derrière elle. Surprise, elle se laisse rejoindre et Françoise lui explique qu'elle se sent à ce point exaltée qu'elle a décidé de descendre du boghei et de renvoyer son cocher à la maison. La malle d'Europe apporte des nouvelles extrêmement réjouissantes, explique-t-elle avec allégresse à Flavie, et elle n'en a presque pas dormi de la nuit !

Après la promesse d'Alphonse de Lamartine, ministre français des Affaires étrangères, selon laquelle le peuple exercerait tous les droits politiques, après le rétablissement du suffrage universel, le gouvernement provisoire est inondé de pétitions provenant de divers groupes de Françaises pour qu'il leur accorde le droit de vote. Le décret déclare : « Sont électeurs tous les Français âgés de vingt et un ans. » Cela ne comprend-il pas les femmes ?

– Le gouvernement provisoire a renvoyé la question devant la future Assemblée nationale, poursuit Françoise, alors les apôtres du suffrage ont décidé de se lancer dans la lutte politique et d'appuyer les candidats dignes d'être élus et capables de les représenter. Si vous saviez ce qui s'écrit dans *La Voix des femmes* ! « Notre cause est assez bonne, assez juste pour marcher tête haute et se défendre elle-même, car aujourd'hui, on suit les idées, non les hommes, les principes, non l'individu. » N'est-ce pas fabuleux ?

Gagnée par son enthousiasme, Flavie acquiesce avec empressement et Françoise lui raconte que l'agitation est à son comble chez les féministes : non seulement de nombreux clubs politiques acceptent maintenant les femmes, mais ces dernières en fondent de nouveaux pour discuter de problèmes spécifiques qu'elles veulent porter à l'attention générale.

— On peut maintenant espérer qu'en France, au cours des prochains mois, la question de la démocratie et celle de l'égalité entre les sexes vont faire des pas de géant! Par la suite, quel exemple ce sera pour les peuples des autres nations!

Portée par son allégresse, Françoise ajoute brusquement:

— J'apprécie tant votre intérêt pour notre œuvre! Vous êtes une collaboratrice formidable, le savez-vous?

Offrant à son interlocutrice un sourire un peu gêné, Flavie réplique doucement:

— J'aime fièrement ce que je fais.

— Si vous quittiez, nous aurions beaucoup de difficulté à vous remplacer. Nous discutons justement, au conseil, de la possibilité d'accorder des émoluments à toutes celles qui font les journées.

Flavie jette à Françoise un regard surpris et s'écrie:

— Vous voulez dire, un salaire?

— Au début, ce sera peu de chose, mais si notre œuvre continue à se développer ainsi…

À cette idée, Flavie se sent transportée par une joie si forte qu'elle lui serre la gorge. Elle pourrait non seulement donner un peu d'argent à ses parents, mais également en mettre de côté pour se faire plaisir, comme s'acheter une robe ou un livre! Peut-être même lui serait-il possible d'amasser assez d'argent pour, un jour, se payer un voyage. Une image se forme dans son esprit, celle de Bastien qui ouvre sa porte et qui, surpris mais ravi, découvre sur le trottoir une Flavie couverte par la poussière des grands chemins…

La jeune fille repousse cette vision en secouant fortement la tête et Françoise reprend, l'air étonné :

— Vous ne croyez pas que la Société est promise à un bel avenir ?

— Mais pour le sûr ! Je pensais à autre chose…

— À la suite de la causerie de décembre, dix-neuf dames sont devenues membres de notre organisme. Plusieurs d'entre elles travaillent activement à notre campagne de financement en plus de donner une heure ou deux de bénévolat chaque semaine.

— J'ai remarqué, dit Flavie sans aucun enthousiasme.

Après un moment d'hésitation, elle se décide et s'immobilise, obligeant Françoise à lui faire face.

— Justement, je suis contente de vous en parler… Ces dames sont pleines de bonne volonté, mais… elles se mêlent trop de la vie privée des patientes. Elles veulent savoir ce qui les a entraînées sur cette pente et ensuite, elles leur donnent de véritables cours de religion…

Françoise fronce le nez et lui explique que la plupart des dames qui donnent de leur temps à la Société ont un but précis, ramener les femmes « égarées » dans le droit chemin, lequel leur fait idéalement éviter toute promiscuité masculine en dehors des liens du mariage. Elle ajoute :

— J'étais comme elles, au début, quand j'ai commencé à m'intéresser à la position des femmes dans notre société. Je croyais que chacune était responsable de son sort et qu'il me suffisait de faire la morale… C'est à force de m'informer, de lire et de réfléchir que j'ai finalement compris que le problème résidait à un tout autre niveau. À ce propos, la prochaine conférence organisée par la Société portera sur le féminisme et les droits des femmes. J'aimerais tant leur faire comprendre que les femmes n'obtiendront leur salut – je veux dire, leur salut dans ce monde-ci – qu'en réformant la religion catholique. Elles doivent s'élever vers un autre niveau de conscience, celui des droits humains universels...

Séduite par une telle largeur de vues, Flavie prend son courage à deux mains pour intervenir :

– Je m'intéresse plus à la science médicale qu'au féminisme, mais... comme mes parents, je considère comme fausses les affirmations des Écritures concernant la position inférieure des femmes.

– Je suis entièrement d'accord, répond Françoise, un grand sourire aux lèvres. La Bible a été écrite par des hommes. Tous les actes moralement défendables que les hommes peuvent se permettre, les femmes peuvent se les permettre aussi.

Flavie reprend lentement sa marche et Françoise lui emboîte le pas. Lui jetant un regard en coin, la jeune fille balbutie :

– Lorsqu'on remet nos mœurs en question... il est facile de remettre tout en question, n'est-ce pas ? Même le mariage...

– Même le mariage, répète Françoise, pensivement. Je n'ai pas encore compris pourquoi les hommes aiment que les femmes leur soient inférieures. Je ne sais pas si je vais le comprendre un jour... Mais je suis persuadée qu'il nous faut acquérir un statut social égal à celui de l'homme. Nous devons avoir toute la liberté dont il jouit. Or, le mariage, c'est pour une femme un esclavage.

Dans un bruit d'enfer, un attelage au conducteur trop pressé les croise et, instinctivement, les deux femmes font un large pas de côté. Elles reprennent ensuite leur allure, et Françoise ajoute :

— En fait, le véritable esclavage, c'est le prix que nous accordons à l'amour des hommes. Pour le mériter, nous nous abaissons odieusement. Nous acceptons de vivre en prison…

Bien malgré elle, Flavie songe aux sentiments qu'elle portait à Bastien. Qu'aurait-elle été prête à sacrifier pour pouvoir passer son existence à ses côtés ? Si Bastien avait été plus exigeant et plus dominateur, l'aurait-elle aimé autant ? Au contraire, ne l'appréciait-elle pas surtout pour la grande liberté qu'il lui laissait ? Submergée par une vive souffrance, Flavie lutte un bon moment pour reprendre le contrôle sur ses émotions. Lorsqu'elle y parvient, elle murmure d'une voix vacillante :

— Je ne sais pas ce qu'il en est pour vous, mais moi… j'ai besoin de la présence d'un homme à mes côtés. J'en ai besoin pour toutes sortes de raisons, mais aussi pour le plaisir des sens…

Françoise inspire fortement et Flavie s'effraie à l'idée de s'être laissée aller à des confidences trop intimes. Mais son interlocutrice lui fait face de nouveau, les yeux écarquillés, lançant avec allégresse :

— Comme j'apprécie, chère Flavie, la liberté dont vous usez dans vos propos ! Vous êtes pareille à votre mère…

Aussitôt, Flavie s'empresse de préciser :

— Selon moi, la pruderie est un autre moyen de restreindre notre liberté. Il faut s'asseoir de telle manière, il ne faut pas crier, il faut porter des corsets et des robes boutonnées jusqu'au cou et, surtout, il ne faut pas aborder plein de sujets délicats… Alors moi, quand j'entends les belles dames de la Société venir faire la morale à nos patientes, ça me donne des envies de meurtre !

Françoise éclate de rire, puis elle glisse son bras sous celui de Flavie.

— Ma pauvre! Vous auriez dû m'en jaser bien avant! Je vais tâcher de placer les plus dévotes à d'autres moments… C'est de votre faute, aussi, vous venez tout le temps maintenant!

Brusquement, Françoise retrouve son sérieux et elle bredouille :

— J'ai entendu dire que… que votre cavalier était parti et que vous en aviez beaucoup de peine…

— S'il vous plaît, Françoise! la supplie Flavie. Je ne veux pas en parler!

Lui étreignant le bras, Françoise reste un moment en silence avant d'ajouter, sur le ton de la confidence :

— À votre guise. J'aimerais simplement vous dire… Il paraît, en effet, que l'amour d'un homme peut nous transporter au paradis. Mais je suis convaincue que le plus beau et le plus satisfaisant des voyages est celui qui comble notre âme. Non pas par la prière et par la mortification, mais uniquement par le don de soi. Quel but notre existence remplit-elle sinon que de travailler au bonheur du plus grand nombre possible?

Les deux femmes sont maintenant près de la Société et tout bas, de manière à peine audible, Flavie laisse tomber :

— Merci, Françoise. Je tâcherai de m'en souvenir…

Quand l'ennui de Bastien la saisira à l'improviste, comme il le fait souvent, de courts mais si intenses moments pendant lesquels elle n'a qu'une seule pensée, courir se réfugier dans un endroit obscur pour se protéger des regards d'autrui… Quand elle entendra un oiseau chanter ou qu'elle sentira l'odeur d'une plante, toutes ces manifestations du printemps qui font remonter le souvenir de leurs délicieuses promenades dans les bois… Elle tâchera de se persuader qu'en effet les êtres humains n'ont pas été créés pour assouvir leurs petits besoins égoïstes, mais pour contribuer au bien-être de leurs semblables, dans la mesure de leurs capacités.

Dès qu'elle entreprend sa journée de travail à la Société, Flavie est captive d'un tourbillon d'activités qui ne lui laisse pratiquement aucun répit, malgré le fait qu'une jeune femme a récemment été engagée comme bonne à tout faire. Il s'agit de leur ancienne patiente Marie-Zoé qui, après avoir passé presque deux années chez sa mère, à la campagne, a dû revenir en ville avec sa petite Mathilde pour se trouver du travail.

À sa grande satisfaction, elle a été engagée par le conseil d'administration de la Société, qui lui a offert une chambre sous les combles et qui lui permet de garder sa fille auprès d'elle. Depuis un mois, un petit bout de femme trottine allègrement à travers la maison, faisant le bonheur non seulement des patientes qui la cajolent et lui racontent des histoires, mais aussi des dames patronnesses qui s'amusent grandement de sa mine réjouie.

Marie-Zoé prend son rôle de directrice des tâches ménagères au sérieux, motivant avec bonne humeur les patientes dans leur besogne quotidienne. Flavie peut maintenant se concentrer sur ce qui constitue l'essentiel du travail des bénévoles à la journée, soit s'assurer du bon fonctionnement du refuge, autant en ce qui concerne le soin des patientes, la surveillance du travail de la cuisinière, de la concierge et de la servante qu'en ce qui concerne la gestion de l'inventaire.

La jeune fille a remarqué que les dames patronnesses, déjà débordées par les tâches administratives, ont même tendance à lui confier l'accueil des nouvelles patientes et la visite du médecin, qu'elles tenaient pourtant au début, avec coquetterie, à accompagner. Non que cette visite prenne tant de son temps, bien au contraire : même si, théoriquement, Nicolas Rousselle est censé passer toutes les semaines, il vient à peine une fois par mois et il effectue ses examens au pas de charge. S'il lui est fort seyant de faire imprimer sur sa carte de visite *Médecin résident de la Société compatissante de Montréal*, cela ne l'oblige à rien…

En cette journée où la visite de Nicolas Rousselle est à l'horaire, Léonie survient à l'improviste un peu avant dix heures du matin. Croisant le regard surpris de sa fille, elle explique :

— Je rencontre Marie-Claire, tout à l'heure. Nous avons à discuter…

— Ravie de te voir, grommelle Flavie. Comme ça, si Rousselle arrive, je te le laisse volontiers…

— Rousselle ? Est-ce qu'il n'est pas venu il y a… deux semaines ?

— Trois. D'après moi, on ne le verra pas aujourd'hui.

La phrase de Flavie résonne encore lorsque la porte s'ouvre à la volée d'une manière si caractéristique qu'avant même d'apercevoir la haute et imposante silhouette du médecin la jeune fille sait qu'il s'agit bien de lui. Coulant un regard mutin vers sa mère, elle s'esquive vers la cuisine et Léonie tâche de masquer son déplaisir. Étonné par sa présence, Rousselle marque un temps d'arrêt avant de se débougriner. S'il peut se permettre de quasiment ignorer Flavie ou Suzanne, il ne peut faire de même avec

Léonie. Avec un sourire contraint, il fait un léger signe de tête en marmonnant :

— Bon matin, madame Montreuil. Toutes nos patientes se portent bien ?

— Je crois, docteur. Je viens d'arriver, moi aussi. Cependant, il y en a une, la jeune Tarsile…

Aussitôt, Léonie se mord les lèvres. Sur ce cas, elle a bien besoin de l'avis éclairé d'un homme de l'art, mais Rousselle est le dernier qu'elle a envie de consulter ! Regrettant amèrement de ne pas avoir pu taire son inquiétude, Léonie suit Rousselle dans les escaliers tandis qu'il lance par-dessus son épaule :

— Tarsile, vous dites ? On verra ça…

Après avoir parcouru les observations écrites sur chacun des cas, Rousselle entreprend ses premières auscultations pendant que Léonie rassemble toutes les femmes enceintes, éparpillées à travers la maison, et les fait asseoir sur leur lit. La petite Mathilde, qui jouait dans un coin, observe la scène avec de grands yeux très sérieux. Quelques minutes suffisent au médecin pour chacune, puis il parvient au pied du lit où Tarsile est étendue, apparemment endormie. Rousselle jette un regard inquisiteur à Léonie, qui déclare de son ton le plus docte :

— Quand Tarsile est arrivée, il y a dix jours, j'avais la conviction qu'elle était sur le point d'accoucher. Tous les signes l'indiquaient. Mais depuis une semaine environ, on dirait que tout s'est arrêté. Elle se languit. D'après moi…

Rousselle saisit ce qu'elle veut dire sans que Léonie ait besoin de l'exprimer à voix haute : le bébé gît peut-être sans vie à l'intérieur de la matrice. Elle ajoute :

— Elle m'a dit qu'elle n'avait eu aucun écoulement des eaux ni aucune douleur. Seulement un malaise général qui lui coupe l'appétit. Jusqu'à hier, du moins. Aujourd'hui, regardez comme la coloration de sa peau a changé…

Inquiète soudain, Léonie pose la main sur son front. N'est-il pas plus chaud que d'habitude ? Tarsile ne réagit pas au contact. Sans dire un mot, Rousselle sort son stéthoscope. De longues minutes plus tard, il marmonne :

— Je n'arrive pas à entendre le cœur du bébé.

Ce n'est pas surprenant, a envie de riposter Léonie, vu que cet instrument est loin d'être fiable et que, de plus, il faut une oreille extrêmement entraînée pour distinguer les battements du cœur parmi tous les sons produits par le corps…

— J'aimerais faire un examen interne. Vous pouvez l'en avertir ?

Léonie réussit à réveiller la jeune femme qui, hagarde, se laisse faire sans une protestation. Rousselle se redresse :

— Le col est bien fermé. Mais c'est très sec à l'intérieur.

— Les eaux ont peut-être coulé sans qu'elle s'en aperçoive, s'alarme Léonie. Cela arrive parfois. Il y a des jours que j'y pense… Si c'est le cas… Je vais consulter Sally, mais je suis maintenant persuadée qu'il faut la faire accoucher au plus vite.

Rousselle a un haut-le-corps et il pince fortement la bouche. Léonie s'enquiert avec surprise :

— Vous n'êtes pas d'accord ? Pourtant, vous savez, comme moi, ce qui arrive à la mère lorsque…

— Je suis le médecin résident. Je prends les décisions médicales. L'avez-vous oublié ? Si j'estime que cette femme n'est pas encore prête à accoucher, il faut attendre.

Révoltée par un tel abus de pouvoir, Léonie reste un moment silencieuse, puis réplique :

— Cette maternité est dirigée par une sage-femme, c'est-à-dire moi. En accord avec les autres sages-femmes et, si possible, avec le médecin résident, je prends toutes les décisions relatives aux délivrances, à la santé du bébé et à celle de la mère.

— Pourrions-nous descendre dans votre bureau? suggère Rousselle, très suave. Je crois qu'il nous faudrait discuter un peu.

Encore sous le choc, Léonie obtempère néanmoins et tous deux se retrouvent dans la pièce minuscule, assis de part et d'autre de la table de travail. Décidée à ne l'encourager d'aucune façon, Léonie s'adosse, croise les bras sur sa poitrine et le regarde sans mot dire. Après un moment, se calant dans sa chaise, Rousselle dit:

— Léonie, vous êtes l'une des sages-femmes les plus expérimentées de notre communauté. Je suis extrêmement surpris par votre discours au sujet d'une prétendue supériorité du diagnostic des sages-femmes sur celui des médecins. Vous savez aussi bien que moi que la délivrance n'est pas un processus strictement mécanique. Toutes les parties du corps humain y participent! L'enfant peut être en bonne position, mais la mère est incapable de le mettre au monde à cause d'une morbidité quelque part dans son corps!

— Je ne suis que partiellement d'accord avec vous, soutient obstinément Léonie. Comme je le dis souvent, il ne faut jamais oublier que la délivrance n'est pas une maladie, mais une fonction naturelle, comme manger ou dormir! Cependant, dans certains cas, les connaissances médicales sont nécessaires. Pourquoi, alors, n'encouragez-vous pas les sages-femmes à acquérir le savoir qui ferait d'elles des médecins?

Parlant lentement, détachant chaque syllabe, le docteur Rousselle demande :

— Vous voulez dire des sages-femmes qui suivraient le même apprentissage que mes élèves et qui pourraient ensuite être membres de la corporation ?

Léonie lance avec enthousiasme :

— Exactement ! Vous avez entendu parler des sages-femmes de Paris ? Tout de suite après la révolution de février, elles se sont constituées en association. Elles dénoncent la concurrence des médecins auprès des femmes en couches et elles demandent la possibilité de faire leurs études médicales et d'obtenir ainsi le titre de docteur...

— Impossible ! tonne Rousselle en donnant un coup de poing sur la table. Je ne sais pas qui vous a farci la cervelle de ces idées saugrenues, mais c'est impossible ! Aucune femme normalement constituée ne peut faire l'apprentissage de la médecine sans se transformer en... en je ne sais quoi, en sous-homme ! Personne ne fera confiance à une femme avec un bistouri à la main. Elle sera la risée de la ville tout entière !

Affectant une légèreté qu'elle est loin de ressentir, Léonie réplique :

— Cher docteur, pour être franche, je ne peux pas croire ces théories sur la fragilité des femmes. Il me semble que, pour être juste, vous devriez nous laisser une chance.

Avec une douceur inattendue mais qui sonne très faux aux oreilles de Léonie, Rousselle dit :

— Chère amie... Je peux vous appeler ainsi, n'est-ce pas ? Après tout, à une certaine époque, nous en sommes parvenus, tous les deux, à une charmante intimité...

S'il voulait la mettre profondément mal à l'aise, il n'agirait pas autrement… Mais Léonie ne se laisse pas démonter aussi facilement. S'obligeant à sourire, elle rétorque ingénument :

— Cher Nicolas, je m'en souviens très bien. Vous ne détestiez pas m'entraîner dans la grange, à l'étage, et, après avoir étendu une couverture…

— Là n'est pas mon propos, la coupe-t-il très sèchement. Il y a un certain temps, maintenant, que je souhaite avoir une discussion avec vous. J'admire votre passion pour le métier et votre désir de gratifier la population des meilleures sages-femmes possible. Mais vous ne pouvez pas imaginer à quel point votre entreprise soulève l'indignation d'une bonne partie des habitants de cette ville.

— Je vous crois sans peine, murmure sourdement Léonie, avec lassitude. Pour le sûr, ça dépasse l'entendement.

— Nous ne fréquentons pas le même monde, alors vous n'êtes pas au courant des rumeurs… Mais partout en ville, lorsque les habitants les plus distingués sont réunis, votre société et surtout votre école finissent toujours par alimenter les conversations. Les personnes qui vous défendent sont bien peu nombreuses…

Léonie jette brusquement :

— Je sais déjà tout ça. Où voulez-vous en venir ?

Avec une dureté saisissante, il martèle :

— Votre entreprise est vouée à l'échec, Léonie. Votre obstination vous rend aveugle.

— Qu'est-ce que ça peut bien te faire, Nicolas ? Tu seras plutôt content quand l'école aura disparu, non ?

Saisissant immédiatement tout le mépris charrié par ce tutoiement, Rousselle se redresse et se lève. S'appuyant des deux mains sur la table, il se penche vers Léonie et articule d'une voix mauvaise :

— Très juste, Léonie. Notre clergé ne tardera pas à dénoncer ton école en chaire et je serai le premier à m'en réjouir. Quant à la Société… je voulais justement te signifier que tu recevras bientôt, de la part du conseil d'administration de l'École de médecine et de chirurgie, une requête pour que les stages pratiques des étudiants ne soient plus sous la supervision des sages-femmes, mais des médecins de l'École. En fait, ce n'est pas une requête : c'est une décision unanime et finale.

Le médecin disparaît, laissant Léonie littéralement assommée par cette information. Marie-Claire la trouve ainsi et, prenant la place encore chaude de Nicolas Rousselle, elle pose sur Léonie un regard curieux. D'une voix monocorde, cette dernière lui résume la dernière trouvaille de Rousselle et de ses collègues. Soufflée, Marie-Claire s'exclame :

— Mais ils sont fous ! Leurs obstétriciens ne vous vont pas à la cheville ! Qu'est-ce qui leur prend ?

— Ce n'est que le début. Après avoir volé notre place à la tête de l'enseignement, ils vont nommer un comité de médecins qui dictera les décisions au conseil d'administration et ensuite, ils nous remplaceront au chevet des patientes…

— Ce n'est pas demain la veille qu'ils nous supplanteront ! proclame Marie-Claire en riant. Il ne s'en trouverait même pas deux parmi eux pour s'intéresser au sort d'une vulgaire association de femmes qui, de surcroît, prend soin des plus déchues de la société ! Cette volonté de te remplacer témoigne d'une grande mesquinerie et, je n'en serais pas surprise, d'un esprit misogyne certain !

Ne t'en fais pas, quand je recevrai leur requête, je verrai comment il est possible de négocier. Car je négocierai !

— Je dois retourner auprès d'une patiente, indique Léonie avec un soupir, en se levant. Tu voulais me parler ?

— Ça peut attendre. Et Flavie ? s'enquiert Marie-Claire. Elle s'en remet ?

— Bien sûr. On ne peut pas espérer toute sa vie après un homme… Mais elle l'aimait vraiment, tu sais. Ils semblaient tellement heureux ensemble…

— Quelle pitié… Je ne peux pas en dire autant de ma Suzanne. Elle brise les cœurs, mais elle ne s'attache à personne.

Machinalement, Léonie s'informe :

— Ton cœur à toi, il n'est pas trop secoué ?

À son grand étonnement, Marie-Claire s'affaisse littéralement, les épaules tombantes, les commissures des lèvres qui tremblent, les yeux trahissant un grand désarroi. Elle réussit à articuler :

— Un jour, mon mari est tout miel et il me supplie de rester avec lui. Le lendemain, il est prêt à me jeter dehors… C'est l'enfer, Léonie. Jamais je n'aurai assez de courage pour me présenter devant les tribunaux.

Léonie hésite un moment, ne voulant surtout pas donner l'impression à Marie-Claire d'être condescendante. Elle n'est pas placée dans la situation de son amie, qui est la meilleure juge des actes à accomplir. Mais Léonie bafouille néanmoins :

— Rien ne presse, n'est-ce pas ? Il faut que tu sois solide comme un roc. Autrement, tu te feras piétiner…

Marie-Claire hoche la tête, puis elle se ressaisit tant bien que mal pour écouter avec attention la cuisinière qui sollicite son attention. Soucieuse, Léonie observe son amie un moment, puis elle se dirige vers les escaliers qu'elle grimpe quatre à quatre. Rousselle ne l'a pas fait changer d'idée au sujet de Tarsile. Flavie, qui est à son chevet, jette à sa mère un regard inquiet, murmurant que la fièvre monte à vue d'œil et que la jeune femme est de plus en plus agitée, à moitié inconsciente mais se plaignant à voix haute de douleurs croissantes qui ne sont, hélas, pas de celles qui annoncent une délivrance.

Immédiatement, Léonie fait envoyer un message à Sally, espérant de toute son âme que sa collègue ne soit pas trop malade pour répondre à son appel. Mais elle se présente bientôt, affligée d'un mal de tête qu'elle oublie bien vite devant la nécessité d'une intervention urgente. En quelques minutes, les deux femmes tombent d'accord sur la marche à suivre et Sally se prépare.

Comme il s'agit d'un événement inusité, Léonie envoie leur messager irlandais, Michael, à l'École de médecine. Bientôt, cinq jeunes hommes forment un cercle autour des deux sages-femmes. Lorsque Marguerite Bourbonnière et Marie-Barbe Castagnette viennent s'y joindre à leur tour, Léonie s'étonne une fois de plus de la vitesse à laquelle les nouvelles se répandent. Pendant un court moment, Léonie savoure intensément le décorum que les jeunes gens, graves et compassés, respectent.

Dès que Flavie se glisse entre ses deux anciennes compagnes de classe, Sally entreprend son travail. Ce n'est pas une mince affaire que de faire lentement ouvrir le col de la matrice, d'y glisser ensuite ses mains et de tenter de saisir un bébé qui ne présente pas toujours sa tête ou ses pieds, mais parfois carrément le visage ou une épaule…

Dans la pièce vidée de ses occupantes pour l'occasion, tous retiennent leur souffle. Sally, qui prend de fréquentes pauses pour se détendre et pour observer l'état de Tarsile, doit trouver un équilibre délicat entre une nécessaire vitesse d'exécution et les précautions pour ne pas blesser sa patiente. Dans le français cassé qui lui est propre, elle explique qu'en effet les membranes sont rompues depuis plusieurs jours et que tout est en train de se nécroser à l'intérieur.

Enfin, en même temps qu'une puissante odeur de putréfaction envahit la pièce, Sally extirpe un bébé d'une couleur verdâtre, dont la peau est littéralement en train de se décomposer, qu'elle dépose dans une vieille pièce de tissu tenue par Léonie. Le cordon ombilical se détache de lui-même du pauvre enfant et Léonie s'empresse d'emballer ce dernier, et d'aller le porter dehors, dans une petite boîte de bois prévue à cet effet.

L'estomac complètement retourné, Flavie reste néanmoins maîtresse d'elle-même, comme ses voisines devenues toutes pâles. Moins aguerris, deux étudiants quittent précipitamment la salle, l'un après l'autre, dévalent l'escalier et se dirigent vers les latrines. Pendant ce temps, imperturbable, Sally termine son travail, retirant de la matrice un arrière-faix sec et exsangue ainsi que différents débris que Flavie n'ose pas examiner de trop près. Une fois revenue, Léonie court ouvrir les fenêtres, situées aux deux extrémités de la pièce, et un bienfaisant air frais pénètre dans la pièce. Elle revient ensuite vers Sally et, la contemplant avec une fierté non dissimulée, elle s'exclame à l'intention de tous les jeunes gens présents :

— Le constatez-vous, messieurs, mesdemoiselles ? Si Mme Easton n'avait pas su comment faire cette délicate intervention, la patiente serait probablement morte, soit d'un empoisonnement généralisé de son système, soit des suites d'une césarienne. Qui oserait critiquer, après ça, le savoir des sages-femmes ?

Se raclant la gorge, un des étudiants demande à Sally d'où lui viennent ses connaissances. Bientôt, tous les jeunes gens entourent la sage-femme qui, malgré ses mains et ses avant-bras maculés, leur fait le récit de son apprentissage auprès d'une accoucheuse de Liverpool, puis de ses études dans l'une des grandes maternités de son pays.

Surveillant Tarsile qui s'est apaisée, lui donnant à boire à sa demande, Léonie est remplie d'une vive émotion, réjouie d'abord par l'état de la jeune femme qui a toutes les chances de recouvrer la santé, mais surtout par l'échange de connaissances dont elle est témoin entre Sally et le groupe de jeunes. Si Rousselle, Chicoisneau et tous les autres pouvaient assister à cette scène ! Ils réaliseraient sans peine que les savoirs ne sont pas antagonistes mais, au contraire, complémentaires et que la société tout entière profite de ce mélange des sexes et des générations !

CHAPITRE XXXI

En ce dimanche 21 mai, assises étroitement serrées l'une contre l'autre dans l'atmosphère humide de l'église Notre-Dame, Léonie et Flavie écoutent la messe récitée par Mgr Bourget. La foule est beaucoup plus compacte qu'à l'ordinaire car, tout à l'heure, conformément au vœu qu'il a fait pendant l'épidémie de typhus, l'été précédent, l'évêque de Montréal bénira et couronnera une grande statue en bronze doré de la Sainte Vierge.

Comme à l'accoutumée, les yeux mi-clos, Léonie est plongée dans ses pensées, s'agenouillant et se relevant mécaniquement, grommelant les oraisons. Quel moment idéal que la messe pour réfléchir calmement! Léonie se fait souvent la remarque en s'en amusant intérieurement que si les femmes aiment tant fréquenter les églises, c'est qu'il s'agit du seul moment où elles sont parfaitement tranquilles!

Aujourd'hui, cependant, Léonie fait un effort sur elle-même pour prêter ponctuellement attention à la cérémonie, à laquelle elle a tenu à assister. Si Cécile a vaincu la maladie, ce n'est pas grâce à la volonté de Dieu, mais uniquement à cause de sa propre vitalité et des soins qu'elle a reçus. Néanmoins, si, par le plus grand des hasards, Dieu entendait vraiment les prières humaines, il ne serait pas inutile d'y joindre les siennes…

De l'autre côté de l'océan de têtes qui s'étale devant ses yeux, Léonie distingue le supérieur du Séminaire de Saint-Sulpice, vêtu de son costume de chanoine. Debout au pied du trône de l'évêque, il lit à voix haute un document par lequel il s'engage, conjointement avec le curé d'office et les marguilliers en charge, à conserver soigneusement cette statue donnée par monseigneur l'évêque de Montréal « pour l'acquit de son vœu du 13 d'août dernier ». Ladite statue devra remplacer celle de la chapelle de Notre-Dame de Bonsecours dérobée « par une main sacrilège » en 1831 et elle y demeurera en mémoire de la faveur obtenue par l'entremise « de la glorieuse Vierge Marie » qui a préservé la ville du typhus dont elle était menacée.

Pendant un bref instant, Flavie goûte au spectacle de l'imposante cérémonie si typique du culte catholique, observant l'église décorée avec pompe et richesse. Elle tente de se barder contre les séductions du grandiose cérémonial et de conserver intact son esprit critique, mais la chose n'est pas si aisée. La majesté du lieu, l'atmosphère saturée d'encens et les manifestations de ferveur engourdissent les facultés intellectuelles de chacun et provoquent une envie de repentir et d'abandon, pour ensuite distiller dans l'âme une allégresse factice...

Flavie a suivi sa mère uniquement pour ne pas la laisser seule parmi la foule. Ces temps-ci, presque quotidiennement en contact avec des femmes que la pauvreté a conduites au malheur, la jeune fille brûle plutôt d'un feu vengeur contre l'hypocrisie des valeurs morales chrétiennes. Les femmes sont accusées de délits dont elles ne sont pas coupables ! D'un côté, la société valorise un idéal de pureté qui enferme les femmes dans un carcan et de l'autre, elle refuse de voir que les femmes « tombées » ont littéralement été poussées dans la délinquance parce qu'on leur refuse l'égalité des chances ! Flavie n'a pas besoin des théories de Françoise Archambault pour tirer ses propres conclusions. Ce n'est pas contre les mœurs légères qu'il faut sévir, mais plutôt contre la condition inférieure des femmes qui les précipite dans la dépendance !

Toute vibrante de cette nouvelle conscience sociale, Flavie s'impatiente de l'interminable cérémonie et elle se met à secouer furieusement les genoux. Sans un mot, Léonie y pose la main et la jeune fille s'immobilise. Heureusement, les fidèles se signent bientôt et le silence respectueux qui régnait dans la nef est aussitôt rompu par un concert de murmures excités.

Bondissant sur ses pieds, Flavie tente de se frayer un chemin dans l'allée encombrée lorsqu'une main légère fait une pression sur son bras. Se retournant, elle croise le regard affectueux d'Archange Renaud. Une onde de chaleur l'envahit tout entière et l'affaiblit à tel point qu'elle doit s'appuyer sur un banc. Léonie pose sa main dans le creux de son dos en lançant d'une voix faussement enjouée :

— Madame Renaud, quel plaisir ! Belle cérémonie, n'est-ce pas ?

— D'un faste déconcertant, vous voulez dire ?

Elle sourit d'un air mutin et Léonie l'imite. Julie Renaud, légèrement en retrait derrière sa mère, proteste d'une voix faible :

— C'était magnifique ! J'aime beaucoup comment l'Église catholique stimule ainsi la piété, ne négligeant aucun effort pour élever l'âme !

— Bien entendu, ma fille. Chère Flavie, comment allez-vous ?

Le regard rempli de sollicitude d'Archange Renaud terrasse la jeune fille. Le cœur serré, celle-ci ne peut s'empêcher de scruter le visage de la mère de Bastien, y trouvant tant de points de ressemblance avec lui… Jetant un coup d'œil à Léonie, Mme Renaud murmure :

— Souhaitez-vous que… je vous donne des nouvelles de mon fils ?

Avec désespoir, Flavie se tourne vers Léonie, qui répond froidement :

— Puisqu'il ne tient pas à nous en donner lui-même…

— Ne le jugez pas trop vite, plaide sa mère. Je crois qu'il est incapable de vous écrire. Mais j'ai bon espoir que le passage du temps sera un souverain remède.

— Où est-il ? demande Léonie vivement, pressée de mettre un terme aux tourments de sa fille.

— À Boston, dans une clinique d'hydrothérapie. Il s'est fait engager comme stagiaire. Pour l'instant, il n'a aucun salaire et il doit travailler très fort…

Brusquement, Flavie tourne les talons et s'éloigne à grandes enjambées. Archange Renaud, navrée, la suit du regard en murmurant :

— Quel gâchis… Si Bastien ne revient pas bientôt, je crains fort…

— Je ne sais pas si Flavie lui pardonnera, l'interrompt Léonie à voix basse. Votre fils a eu des mots très durs envers elle.

Devant l'air surpris de son interlocutrice, Léonie lui décrit la scène entre les deux jeunes gens à laquelle Simon a assisté. Se mordant les lèvres, Mme Renaud soupire :

— Il fallait qu'il souffre beaucoup pour parler ainsi. Si Flavie pouvait le réaliser…

— Tout ce que je souhaite maintenant pour ma fille, réplique Léonie avec force, c'est qu'elle cesse de souffrir, elle aussi. Pour cela, elle doit oublier Bastien. Vous comprenez, madame ?

— Tout à fait, se hâte-t-elle d'acquiescer. J'espère vous revoir un jour dans des conditions plus sereines. À bientôt, madame Montreuil.

Archange et sa fille s'éloignent et Léonie attend qu'elles aient disparu entre des groupes pour se diriger à son tour vers la sortie, saluant machinalement plusieurs de ses connaissances. Elle trouve Flavie adossée à l'écart sur un mur de pierre et, sans un mot, toutes deux entreprennent le voyage de retour.

Le soir tombe sur la rue Saint-Joseph et le paysage s'assombrit doucement sous les yeux de Léonie et de Simon qui reviennent lentement vers leur maison avant la noirceur. Çà et là, des fanaux s'allument et des éclats de voix leur parviennent, ceux des habitants qui veillent sur leur galerie et qui s'attardent dans la douceur du soir de cette fin de printemps. Pour se protéger des insectes, Léonie noue étroitement, sous son menton, le ruban du joli chapeau qu'elle vient tout juste de s'acheter et qu'elle porte, ce soir, pour la première fois.

Elle ne s'attendait pas à ce que Simon tienne à l'accompagner dans sa promenade parce que le soir, après avoir été debout une bonne partie de la journée, il préfère nettement se bercer sur la galerie ou dans la cuisine et lire ses précieux journaux. Pourtant, depuis quelques jours, elle sent que son mari la surveille avec une vague anxiété et, à chaque soir, elle anticipe une discussion qui ne vient pourtant pas. Est-ce seulement un effet de son imagination ? Il lui semble que le regard de Simon, qui ne faisait plus que l'effleurer sans la voir réellement, a progressivement changé et que, de nouveau, ses yeux l'accueillent et l'interpellent...

Léonie tente de ne pas fonder une quelconque espérance sur ces signes ténus. Pour ne pas trop souffrir de la froideur de son mari, elle s'est réfugiée dans un détachement bienheureux. Cheminant à côté de Simon, Léonie garde donc une distance de bon aloi qui donne sans doute l'impression, aux étrangers qui les croisent, qu'elle est une épouse très réservée et sans doute plutôt ennuyeuse dans l'intimité.

Comme souvent depuis le départ de Bastien, leur conversation tourne autour de Flavie et de son avenir. Leur fille porte en elle une blessure qui ne guérira peut-être jamais et qui a modifié son tempérament. Plus grave, plus retenue, elle porte à présent un intérêt presque démesuré à son métier et Simon s'inquiète souvent de toutes les heures qu'elle y consacre au détriment des amusements souhaitables pour tous les jeunes de son âge.

— Si les choses se poursuivent de même, remarque-t-il, Flavie ne trouvera jamais un homme à marier. Tant que nous sommes là, elle peut vivre avec nous, mais après ?

— Elle aura un métier respectable, qui devrait lui permettre de gagner honorablement sa vie.

— Tu sais très bien que les femmes seules ont bien de la difficulté à joindre les deux bouts. C'est une honte, mais c'est ainsi, et il n'y a rien que l'on puisse y faire.

— Tu te fais du mauvais sang pour rien. Flavie est encore très jeune, elle va seulement sur ses dix-neuf ans. Elle a bien le temps de voir venir...

— Espérons que l'été qui vient lui redonnera le goût des hommes, soupire son père. Elle vit comme une nonne!

Léonie rit de bon cœur, mais son accès de gaieté s'étrangle dans sa gorge parce que Simon vient de lui prendre la main. Elle s'étonne, bouleversée, de cette sensation qu'elle avait presque oubliée, celle de la moiteur d'une vigoureuse main d'homme emprisonnant la sienne. Ils passent devant la maison et Simon hésite, mais, tout à coup, Léonie ne cesserait sa promenade sous aucun prétexte et tous deux poursuivent sans mot dire leur chemin vers l'ouest, vers les dernières lueurs du soleil couchant. D'un ton contraint, Simon lui demande si les maringouins ne l'achalent pas trop et, malgré sa réponse négative, il se tourne vers elle et murmure :

— Ton chapeau est mal placé, je trouve. Attends…

Il tripote la visière qui encadre son visage, et, constatant que son mari est intimidé comme un jeune homme, comme lors de leurs toutes premières rencontres, Léonie sent une agréable chaleur descendre en elle. Doucement, elle glisse son doigt sur sa joue et sur son menton, s'amusant de son rasage approximatif, puis Simon emprisonne sa main dans la sienne et la porte à ses lèvres. Tous deux échangent un long regard, puis Léonie, qui ne peut s'abandonner malgré son désir intérieur, détourne les yeux. Simon murmure encore :

— Tu me laisses t'embrasser?

— Depuis quand as-tu besoin de me demander la permission?

La réplique a jailli avec force, mais Simon ne s'en formalise pas :

— C'est pour me faire pardonner…

— De quoi?

Faisant une légère grimace, il répond humblement :

— J'ai un peu oublié à quel point je tenais à toi. Je sais que tu en as eu de la peine. Je l'ai bien vu… Laisse-moi t'embrasser, ma femme…

Comme prisonnière d'un enchantement, Léonie permet à Simon de l'attirer contre lui et, lorsqu'il pose sa bouche sur la sienne, elle a le souvenir fugace de leur premier baiser, derrière la maison, alors qu'il la protégeait si bien de la bise d'hiver qui s'enroulait autour d'eux… En elle, la convoitise explose, non pas celle d'une jeune fille encore incertaine, mais celle d'une femme mûre et amoureuse.

Pendant un bref moment, elle tente d'ignorer l'appel de ses sens, mais l'étreinte de Simon est si gourmande qu'elle lui tire un sourd gémissement. Bientôt, tous deux vacillent en pleine rue, dissimulés aux yeux des rares promeneurs par l'obscurité maintenant presque complète. Possédé par une faim qu'il semble incapable de contenir, Simon caresse Léonie avec tant d'avidité qu'elle a envie de se laisser glisser sur le sol pour qu'il la prenne là, tout de suite… Comme s'il avait entendu son appel, il jette un rapide coup d'œil autour de lui et chuchote :

— Là, plus bas, rue Guy… On trouvera bien un endroit. Viens…

Léonie n'a qu'un très court moment d'hésitation pendant lequel elle tente d'évaluer froidement les risques que cela comporte, se livrant à toute vitesse à des calculs qui l'étourdissent… À quarante-cinq ans, les risques de tomber enceinte sont très faibles. Oui, si faibles… En règle générale, elle se fie à la maîtrise de lui-même que Simon a acquise dès les premiers mois de leur mariage, qui lui permet de se retirer à la toute dernière seconde avant d'émettre sa semence. Mais elle a le net sentiment que ce soir, il ne pourra s'y résigner…

Léonie se laisse entraîner par Simon qui, bientôt, l'adosse contre le mur d'un bâtiment de ferme isolé. Elle prend soin de dénouer son chapeau et de le déposer à proximité pendant qu'un chien aboie dans le lointain et que quelques vaches, dans une grange voisine, meuglent paresseusement. Simon glisse sa main sous sa jupe et la presse contre lui. Elle passe ses mains sous sa chemise et déboutonne fiévreusement son pantalon. Elle se sent si jeune, comme lorsqu'il leur fallait s'étreindre en cachette! Enflammée, elle enroule une jambe autour de la taille de Simon qui la soulève légèrement, s'insinuant d'un seul mouvement en elle et venant, en même temps, emprisonner sa bouche avec la sienne.

Leur faim intense de l'autre confère à leurs gestes encore lents une harmonie parfaite, un accord rare que Léonie savoure intensément… Avec un tressaillement de tout le corps, elle voit qu'un mince et magnifique croissant de lune émerge de l'horizon. À son invitation, Simon y jette un coup d'œil, puis il murmure à son oreille:

– Je l'ai commandé pour toi, Léonie de mon cœur…

La lune est bien accrochée dans le firmament lorsque tous deux reviennent dans leur maison, dont les deux autres occupants sont apparemment endormis. Allumant un bougeoir qu'il élève au-dessus de sa tête, Simon suit Léonie dans les escaliers. Encore exaltée mais alourdie par la fatigue, elle se laisse tomber assise sur son lit tandis que Simon se dévêt lentement, grommelant qu'il est trop tard pour se laver maintenant.

Il s'agenouille ensuite devant elle et l'aide à se débarrasser de sa jupe, qu'il secoue doucement pour faire tomber les brins d'herbe qui y sont accrochés. Il balaie le drap de la main pour en chasser les miettes avant de l'encourager à s'étendre. Enfin, il s'assoit de son côté et tire la courtepointe sur une Léonie ravie par tant de sollicitude. Elle ferme les yeux après un moment, puis, constatant que Simon ne bouge pas, elle les ouvre. Son mari, toujours assis et légèrement éclairé par la lueur de la chandelle, fixe le mur, les sourcils froncés, la bouche serrée. Elle murmure :

— Tu ne te couches pas ?

Il se tourne vers elle et croise les jambes sur la paillasse. Luttant pour rester éveillée, Léonie se redresse sur ses coudes. Il bredouille :

— Il y a bien longtemps que j'aurais dû te dire… Mais c'était tellement compliqué, tout ça…

S'assoyant à son tour, Léonie attend patiemment qu'il poursuive.

— En premier, j'étais un peu fâché parce que je trouvais que tu travaillais trop. La Société compatissante, passe encore, mais l'école ! On nous a tellement répété que les femmes trouvent leur bonheur à la maison, auprès de leur mari et de leurs enfants ! Alors, je me disais que, sans doute, tu n'étais pas vraiment bien avec moi puisqu'il te fallait autre chose…

Léonie veut protester, mais Simon lève la main et continue :

— Je sais, je me faisais plein d'idées stupides. J'en avais honte, aussi. Mais tant de gens étaient contre ton entreprise ! Les marguilliers, des voisins, les parents des élèves… J'ai failli me voir refuser le poste d'instituteur à cause de ça.

Pendant un moment, Léonie se demande si elle a bien entendu. Son esprit tout à coup en éveil, elle articule :

— Je ne comprends pas. Ton poste d'instituteur ?

— Le marguillier Jorand. Avec sa femme, il a monté une véritable conspiration contre ton école. Tu imagines son discours… Il m'a menacé de ne pas m'engager si ton école restait ouverte.

— Simon ! s'exclame Léonie, renversée, en lui agrippant les deux bras. Pourquoi tu ne m'as rien dit ?

— Tu avais assez de soucis sans ça.

— C'étaient des menaces en l'air, n'est-ce pas ?

Très sombre, Simon répond :

— La fabrique m'a engagé pour un an parce que les marguilliers étaient débordés. Mais Jorand comptait bien réussir à persuader la majorité de ne pas renouveler mon contrat. Finalement, c'est sa femme qui lui a fait changer d'idée.

— Marie-Thérèse ?

— Après que tu lui as fait visiter l'école et surtout après l'inauguration, qui a rassuré tout le monde sauf les esprits les plus obtus, elle s'est grandement calmée.

Abasourdie par ces révélations, Léonie reste figée jusqu'à ce que Simon l'oblige à se recoucher. Il éteint la chandelle avant de s'allonger à son tour. Tous deux se font face et Léonie glisse ses doigts entre les siens. Après un temps, elle murmure :

— Je t'en fais vivre, des épreuves…

— Et c'est loin d'être fini ! rétorque-t-il en riant. Je tenais à te dire, Léonie… Je suis de ton bord. Parfois, tu as peut-être cru… que je m'opposais à tes projets, mais c'est faux. Tu peux compter sur moi.

Infiniment soulagée par sa profession de foi mais encore étourdie par ses confidences, Léonie s'avance pour lui poser un baiser sur la joue.

– Simon?

– Oui?

– J'aimerais que tu me dises toujours les choses, comme elles viennent. Ce qui t'arrive, ce que tu ressens… Tu promets? Parce que je me suis imaginé bien des choses et que… c'était difficile parfois.

Simon serre fortement la main de Léonie et il murmure:

– En tout cas, je te promets que je vais essayer.

L'entrée imposante de l'édifice du parlement du Canada-Uni apparaît devant eux, mais Laurent tire sa sœur par la main et lui fait longer le bâtiment sur toute sa longueur jusqu'à une petite porte discrète sur le côté, qui ouvre sur un long et sombre corridor. Adressant un clin d'œil complice à Flavie, Laurent lui fait signe de le suivre. En ce samedi après-midi du milieu du mois de juin, le jeune homme a offert à sa sœur une visite guidée des lieux et, ravie d'avoir, pour une fois, son grand frère à elle toute seule, Flavie a accepté avec empressement. Laurent ne lui a pas caché que, tout en haut de la tour centrale de l'édifice, un certain jeune homme serait enchanté de la revoir…

La session parlementaire de l'hiver 1848 a été ajournée très tôt cette année, après seulement un mois, sous prétexte que les députés, encore trop «neufs», n'avaient pas eu le temps de préparer et de mûrir les mesures législatives qu'ils se proposaient de soumettre au Parlement. Une seule loi d'importance pour le Bas-Canada a été adoptée, modifiant les lois sur l'immigration afin d'éviter la répétition de la situation tragique de l'année précédente.

Avant de se séparer, les députés ont voté à l'unanimité une mesure qui a soulevé la désapprobation générale : ils se verront allouer, pour la session, une indemnité substantielle, en sus des frais de voyage. Avec amertume, tous ont condamné ce parfait « désintéressement » et tous les journaux sans exception ont glosé sur le fait que, dorénavant, plus personne ne se refuserait à « faire acte d'abnégation » pour devenir mandataire du peuple ! Beau modèle d'économie, en vérité, pour des gens qui s'apitoient sur le vide du trésor public !

De part et d'autre du corridor qui s'étire sous les yeux de Flavie sont situés les petits bureaux réservés aux commis et aux secrétaires à l'emploi du Parlement. Depuis la fin de février, les élus ont quitté les lieux et sans relâche, du matin au soir, les scribes manient la plume… Laurent fait pénétrer Flavie dans son bureau, meublé d'un petit secrétaire encombré de papiers. À cette heure, la plupart des employés ont quitté, mais tous ceux qui demeurent s'empressent de venir rencontrer la visiteuse et bientôt, une dizaine d'hommes, jeunes et vieux, font un brin de conversation à Flavie.

Laurent les chasse gentiment et les deux jeunes gens, suivant de nouveau le corridor, se retrouvent ensuite au centre de l'édifice, dans un vaste hall. Ils grimpent l'escalier monumental vers l'étage supérieur et débouchent dans une petite salle. Laurent désigne à sa sœur la pièce vide du *Sergeant of Arms*, puis celles qui sont dévolues au bureau de poste.

Il ouvre ensuite sans bruit une porte et Flavie tend le cou. Elle promène un regard admiratif sur la vaste salle où siège le Conseil législatif. Laurent lui désigne, dans un murmure, les bureaux de l'orateur et des secrétaires, la galerie du public, où près de trois cents dames peuvent s'asseoir et autant de messieurs peuvent se tenir debout derrière, ainsi que, tout au fond, la bibliothèque.

Tous deux traversent ensuite le hall de nouveau et Laurent ouvre une autre porte. La Chambre d'assemblée, encore plus grandiose, est plongée dans l'obscurité. Flavie fait quelques pas sur le parquet, admirant d'abord le fauteuil du président d'assemblée et les superbes sièges de bois où s'installent les députés, puis, plus haut, les estrades réservées au public et aux journalistes.

Mais le clou de leur visite est encore à venir et Laurent presse Flavie de le suivre. Revenant dans la pièce centrale, ils se dirigent vers un escalier, qu'ils grimpent deux marches à la fois. Bientôt, les deux jeunes gens pénètrent dans la bibliothèque de la Chambre d'assemblée qui constitue, avec celle du Conseil législatif, la plus importante collection de livres au pays. Grâce à une motion de l'Assemblée, elle est devenue accessible au public comme bibliothèque de recherche et de consultation.

Avec bonheur, Flavie contemple les grandes tables, où plusieurs hommes et une dame sont assis, en train de travailler, et les rayonnages si longs et si hauts qu'ils donnent le tournis… Au loin, une tête d'homme émerge et, l'apercevant, Laurent pousse sa sœur dans sa direction. Bientôt, entre deux rayons de la bibliothèque, ils rejoignent Augustin Briac, bibliothécaire adjoint.

Flavie n'a encore jamais pénétré dans ce sanctuaire de la connaissance, mais elle a rencontré le jeune homme à quelques reprises alors que Léonie et elle préparaient le cours de l'École de sages-femmes. Dernièrement, Laurent a glissé à Flavie qu'Augustin demandait régulièrement de ses nouvelles et la jeune fille avait accueilli sans déplaisir l'idée de le rencontrer de nouveau.

Mince et nerveux, son long visage surmonté d'épais cheveux bruns qui semblent vouloir se dresser dans tous les sens, Augustin, cramoisi, tend à Flavie une main hésitante. Elle la serre avec vigueur en le complimentant, comme s'il en avait personnellement le mérite, sur la richesse de la bibliothèque. Avec empressement, Augustin lui fait parcourir quelques rayons, expliquant que, lorsque le Parlement du Bas-Canada a décidé, en 1802, de mettre sur pied une bibliothèque législative, six ans après la France et quatre ans après les États-Unis, très peu de pays en possédaient une. La Chambre des communes de la Grande-Bretagne n'avait eu la sienne qu'en 1818... La seule collection d'histoire compte plus de deux mille volumes et les deux bibliothèques du Parlement en totalisent vingt-trois mille.

Tandis que Laurent suit à quelques pas, Augustin fait faire à Flavie le tour complet des lieux, puis un des chercheurs sollicite son aide et il s'éloigne après avoir pris soin de murmurer à Flavie qu'il a encore une requête à lui adresser. Amusée par ce langage administratif, Flavie s'installe à l'une des tables et feuillette un livre pris au hasard, laissée seule par Laurent qui est descendu à son bureau pour quelques instants.

Peu après, trop rapidement au goût de la jeune fille qui referme le livre à regret, Augustin revient prendre place devant elle. Décidément, il a un visage d'allure très jeune et plutôt sympathique... Encouragé par le sourire de Flavie, il chuchote :

— Je voulais vous demander... mademoiselle, est-ce que vous accepteriez enfin que je vienne veiller, le samedi ?

— Avec grand plaisir, répond doucement Flavie. Je vous attends samedi prochain après le souper, si vous le désirez.

Son visage s'éclaire et il reste assis sans parler, à la contempler. Intimidée, Flavie se lève brusquement en prétextant que son frère l'attend et, après un léger signe de la main, elle s'empresse de quitter la bibliothèque. Elle descend les escaliers d'un pas léger et dansant. Elle meurt d'envie de passer un été frivole, un été rempli d'amusements de toutes sortes, et si Augustin se révèle d'un naturel trop sérieux, tant pis pour lui !

À sa première visite, Augustin reste plutôt réservé, mais sans excès, prenant part ponctuellement à la conversation générale et dévoilant sans le vouloir l'étendue de son savoir. À la veillée suivante, il est déjà plus expansif, un brin moqueur. Il fait preuve en présence de Flavie, même seul avec elle, d'une retenue de bon aloi, se contentant de lui baiser la main. Pour l'instant, cela convient parfaitement à la jeune fille.

Il ne leur faut pas longtemps pour quitter la cuisine et la galerie et se mettre à courir d'un bout à l'autre de la ville, accompagnés par Agathe et Laurent. Tenaillée par une grande soif d'aventure, Flavie retrouve avec allégresse l'intense sentiment de liberté de son adolescence, alors qu'avec Cécile et leurs amies elle passait le plus clair de ses journées à courir par monts et par vaux.

Au mois de juillet, des avis publiés dans les journaux annoncent l'arrivée imminente de la Grande Caravane Ambulante de Philadelphie, et, au jour dit, les quatre jeunes gens se pressent parmi les badauds massés sur le trajet du cirque. Bientôt, une rumeur excitée se propage comme une traînée de poudre et, quelques minutes plus tard, une immense voiture apparaît, une troupe de musiciens à son bord, que tirent quatre énormes éléphants richement caparaçonnés. Médusée, Flavie admire le pas lourd et lent de ces bêtes étranges et magnifiques, qui chassent les mouches en agitant leurs grandes oreilles. L'un après l'autre, une vingtaine de wagons tirés par de superbes chevaux défilent sous leurs yeux ébahis, chacun transportant, encagés, les animaux du cirque.

Lorsque la ménagerie installe ses quartiers, les curieux ont le loisir d'aller contempler de près toutes ces bêtes sauvages. Augustin, qui manifeste un intérêt tout scientifique, passe de longues minutes devant chaque cage, s'extasiant à voix haute sur cette collection des mieux choisies des individus les plus rares et les plus curieux du règne animal. Selon les observateurs, c'est l'ensemble le plus complet qui ait visité Montréal à ce jour! L'un des conducteurs de la ménagerie témoigne d'une déconcertante familiarité avec le tigre, le lion, le léopard et la panthère, ces animaux reconnus comme les plus féroces et les plus forts de la jungle. Devant une foule qui exprime bruyamment son effroi, il se couche au milieu d'eux, les caresse et joue avec eux comme s'ils étaient des chiens fidèles.

Flavie n'est pas la seule à être assoiffée de distractions et de découvertes. Tous les habitants et les habitantes de la ville semblent redoubler d'ardeur pour jouir des délices de la belle saison et pour oublier le sinistre été précédent. Des magiciens ambulants s'installent sur les places pour ébaudir les spectateurs et, lorsque la noirceur tombe, des feux d'artifice prolongent la féerie.

Après le cirque, une troupe de musiciens suisses fait son entrée dans la ville, où elle compte donner une série de concerts en plein air. Démontrant une grande habileté, ces hommes exécutent, uniquement avec des petites cloches de tailles diverses, une variété de pièces et d'airs compliqués. Les spectateurs, enchantés, s'empressent de faire trébucher dans leurs besaces de nombreuses pièces de monnaie.

Une exposition présentant les merveilles de l'art de la peinture et les fantastiques illusions de la lumière et de l'optique s'installe dans la nouvelle salle des Old Fellow's et attire un public nombreux, dont Flavie et ses parents. En combinant des procédés modernes, les organisateurs de l'exposition reproduisent avec fidélité des scènes majestueuses et étonnantes de l'Antiquité et des temps modernes, que Flavie ne se lasse pas d'admirer parce qu'elles lui donnent l'impression de voyager : le festin de Balthazar et la mort du roi « impie », les ruines de Babylone, la crucifixion de Jésus, diverses cérémonies du culte catholique dans la cathédrale de Milan et, enfin, l'arrivée des cendres de Napoléon au magnifique hôtel des Invalides, à Paris.

Les Montreuil éprouvent un louable sentiment d'orgueil en allant admirer ensuite, après les merveilles du génie et du talent étrangers, deux « pièces de mécanisme » très ingénieuses, fruits des efforts de Canadiens, l'un de Québec et l'autre de Montréal. Le premier, un dénommé Larochelle, a fabriqué un modèle en miniature d'un canon sur lequel a été greffé un agencement de pièces qui permettent avec une grande facilité de charger et de faire feu douze fois par minute. Ce mécanisme est trop compliqué et trop dispendieux pour être utilisé par l'artillerie, mais son auteur reçoit néanmoins les félicitations du gouverneur et des autorités militaires, qui le prient ensuite d'exercer son inventivité sur des objets d'une utilité pratique plus immédiate !

Le second appareil, résultat du travail de la fabrique de M. Lepage, un homme sans instruction mais d'un génie instinctif, est une pompe à incendie dont la puissance du jet et l'élégance de la forme surpassent toutes celles qui proviennent des manufactures américaines et anglaises. Le concepteur ayant accepté de soumettre ses machines à une véritable épreuve, une populace considérable, et même des personnages fort respectables, s'amasse pour y assister.

Quatre concurrents sont en lice : les pompes Montréal et Fiéro, signées par Lepage, la pompe Union fabriquée à Boston et enfin la pompe anglaise Déluge que la compagnie de feu de Québec a fait monter à Montréal tout exprès pour l'occasion. Les opérateurs des pompes dirigent leurs lances vers les tours de l'église paroissiale Notre-Dame, sur la place d'Armes. À la grande joie des spectateurs, le jet de la pompe Montréal atteint la hauteur de cent soixante-six pieds, soit dix pieds de plus que sa plus proche concurrente.

Dans la foule, tous se félicitent de cette gloire qui rejaillit sur l'industrie indigène. Puisqu'il est prouvé que l'on peut construire ici à un moindre coût des machines si utiles et d'une qualité supérieure, se réjouit Simon, on pourra donc se passer d'envoyer notre argent à l'étranger ! Lepage n'ayant pas les moyens d'exploiter son invention, quelques citoyens se proposent de l'y encourager par leurs recommandations et même par des prêts d'argent.

Les soirées de Flavie et d'Augustin sont régulièrement occupées par de nombreuses veillées en plein air organisées dans le faubourg Sainte-Anne, soit dans la cour d'un de leurs voisins, soit en pleine rue. Le jeune homme, un peu intimidé par ce monde qui lui est étranger et ne goûtant pas la danse, préfère rester à l'écart. Cependant,

Flavie ne manque jamais de partenaires, des jeunes frères d'Agathe jusqu'aux pépères qui consentent parfois à se lever de leurs berçantes pour aller faire tournoyer les dames.

Quelques jeunes hommes, que Flavie connaît vaguement depuis l'enfance, se risquent également à l'aborder. Elle sent qu'ils sont guindés en sa présence. À cause de son instruction et de ses nouvelles responsabilités, ils la traitent différemment des autres jeunes filles… Elle en est un peu fâchée, mais elle ne peut rien y changer, sauf en leur montrant qu'elle aime autant s'amuser que les autres.

Si Augustin n'était pas devenu son cavalier, peut-être se laisserait-elle séduire par le jeune Patrice Lafranchise, poissonnier comme son père et qui lui sourit si largement lorsqu'elle passe devant leur étal au marché. Il lui semble que, contrairement aux autres, il ne s'en laisse pas imposer en sa présence. Pour la faire tourner sur la musique, il la saisit avec une ardeur sans l'ombre d'une équivoque…

Au début du mois d'août, Flavie et ses parents embarquent avec empressement à bord du vapeur qui les mène à Longueuil. Si la jeune fille a joui à outrance de la ville et de toutes les curiosités qu'elle offre, elle meurt maintenant d'envie de retrouver le rythme lent de la campagne et le contact avec la nature généreuse.

Josephte s'est mariée au cours de l'hiver et Ladevine n'est pas fâchée d'avoir la compagnie de sa cousine pour trois longues semaines. Flavie se coule avec soulagement dans cette existence prévisible, ordonnée par un travail constant, mais dont la simplicité est rafraîchissante après un hiver passé auprès des patientes de la Société compatissante.

Peu après leur arrivée, Léonie et Simon laissent leur fille aux bons soins de Catherine et s'offrent un voyage à deux, d'abord chez Sophronie, puis à Lévis, chez le frère de Simon. Flavie se réjouit de la complicité qui règne de nouveau entre ses parents, qui ont retrouvé leurs gestes de tendresse mutuelle. Elle a compris qu'ils ont besoin de se retrouver et, tandis que s'ébranle la charrette de René, elle contemple leurs mines réjouies avec émotion.

Laissée à elle-même, Flavie est soulagée par la tranquillité de la maison. Sa tante Catherine n'est pas une femme bavarde et grand-père Jean-Baptiste, de plus en plus courbé, semble le plus souvent égaré dans ses pensées. Quant à l'oncle René, même si la mauvaise température le retient à l'intérieur, il est toujours occupé à quelque tâche... Çà et là, la jeune fille trouve le temps d'aller, tôt le matin, se baigner dans la petite rivière et, plus tard dans la journée, se promener dans les champs et les bois.

Lorsque Flavie songe à Bastien, constatant à quel point il est facile pour un homme de prendre ses jambes à son cou lorsqu'il fait face à une difficulté, elle vibre d'un intense accès de colère et elle le méprise de tout son être pour sa lâcheté. Les patientes de la Société font souvent allusion à celui pour qui elles ont eu le béguin. Devant une promesse de mariage, elles se sont volontiers laissé séduire, mais le drôle a déguerpi lorsque la grossesse est devenue apparente... Le vaste monde est ouvert aux hommes jeunes et entreprenants tandis que leurs blondes, elles, sont retenues à la maison par d'absurdes conventions! L'exaspération que Flavie ressent lui fait un bien immense, la délivrant de ce besoin constant de la présence de Bastien qui l'enrage et lui donne envie de tout casser.

CHAPITRE XXXII

Le dix-neuvième anniversaire de Flavie est souligné dès leur retour à Montréal, à la fin du mois d'août 1848. Pour l'occasion, Léonie invite Agathe et Suzanne à prendre le traditionnel dessert pour sa fête, celui dont Flavie se régale toujours : une somptueuse salade de fruits frais rehaussée d'un filet de sirop d'érable et de crème épaisse. Agathe étourdit ses compagnes avec le récit de son travail incessant pour compléter son trousseau et Léonie s'ébahit de tout ce qu'une jeune fille doit maintenant posséder pour être bonne à marier. Dans son temps, proclame-t-elle, quelques chemises et quelques draps suffisaient !

Dès lors, la vie reprend son cours habituel et les lits de la Société se remplissent à une vitesse inaccoutumée. Le conseil d'administration entérine la demande de Léonie et de Sally d'engager une troisième sage-femme et Magdeleine Parrant accepte avec empressement cette responsabilité. On fait ajouter deux lits dans la grande salle, ce qui la rend passablement encombrée. Si la popularité du refuge continue de croître ainsi, il faudra rapidement trouver des locaux plus spacieux mais, hélas, plus dispendieux… Le conseil vote également l'allocation d'un salaire aux bénévoles à la journée, un montant encore symbolique, mais qui donne envie à Flavie de danser la valse en plein milieu du rez-de-chaussée.

Ce jour-là, Suzanne apprend à Flavie une nouvelle qui l'assombrit. Entre Louis et Franz, son cœur balançait, mais elle a finalement accordé sa main au premier. Comme la jeune fille l'explique hâtivement à Flavie, son ami d'enfance n'est que clerc de notaire. Non seulement cette situation repousse un éventuel mariage de plusieurs années, le temps qu'il garnisse sa bourse, mais elle ne lui permettra pas d'offrir à Suzanne le train de vie auquel elle peut légitimement s'attendre!

Refroidie par un tel raisonnement, Flavie reste d'abord silencieuse. De plus en plus vaniteuse, Suzanne commence déjà à l'ennuyer sérieusement avec les relations de ses soirées mondaines, à l'en croire toujours somptueuses et *parfaitement* réussies! Sans plus tergiverser, Flavie entraîne la jeune fille dans un coin pour lui décrire le comportement de Louis à son égard. Aussitôt, un air glacial couvre les traits de Suzanne, qui la toise avec un tel air de supériorité que Flavie se recroqueville intérieurement.

D'une voix qui tremble sous l'outrage, la jeune fille lui reproche d'oser aborder avec elle un sujet si inconvenant, puis elle débite les pires insanités: dépitée d'avoir été repoussée par un si beau parti, Flavie est prête à se vautrer dans le mensonge pour détruire une union si prometteuse! Elle ajoute du même souffle que Louis lui a raconté qu'elle avait consenti à des familiarités qui feraient rougir n'importe quelle demoiselle. Pour le sûr, un tel appétit charnel ne peut se retrouver que parmi des femmes de moindre éducation, élevées dans la promiscuité!

Suzanne insinue enfin que si Bastien l'a abandonnée, c'est sûrement qu'elle le méritait! C'en est trop: si rapidement que Suzanne est incapable de l'éviter, Flavie lui assène une forte gifle. Tournant les talons, elle s'éloigne ensuite sans un mot et, faisant appel à toute sa maîtrise d'elle-même, malgré les regards étonnés qu'elle sent dans son dos, elle marche dignement jusqu'à la porte d'entrée. Elle sort sur le perron et referme la porte derrière elle, puis elle se laisse tomber assise sur les marches, les jambes coupées par l'émotion. Trahie dans son amitié et blessée dans son amour-propre, il lui faut un long moment pour s'apaiser.

D'un seul coup, entre Suzanne et elle, un immense fossé vient de se creuser et Flavie est résolue à ne plus jamais lui adresser la parole. Mais cette perte n'est pas ce qui la chagrine le plus. Ce printemps, Flavie avait cru sentir que la jeune fille, après ses confidences sur le sort futur du mariage de ses parents et sur son propre avenir, regrettait d'avoir laissé paraître son désarroi devant elle. Leurs bavardages avaient pris une tournure superficielle, d'autant plus que Suzanne semblait fort lasse de son bénévolat à la Société, qu'elle avait d'ailleurs réduit à une seule journée par semaine.

Flavie est bien davantage troublée par la manière dont, de façon détournée, Louis Cibert l'accable. Va-t-il commérer ainsi pendant tout le reste de sa vie? Son désir de vengeance semble si tenace! Quant à l'allusion de Suzanne à propos de Bastien… Le sang de Flavie ne fait qu'un tour et elle s'oblige à respirer lentement pour se calmer.

Malgré cela, un puissant tremblement intérieur l'agite, qu'elle tente de contenir en croisant étroitement ses bras sur sa poitrine. Drapée dans sa pruderie de demoiselle, Suzanne est bien incapable d'envisager tout ce qui liait Bastien à sa blonde! Un sanglot monte à la gorge de Flavie, qu'elle ravale de toutes ses forces. *Sa blonde…*

Une horrible pensée s'insinue en elle, un souffle glacé qui fait frissonner son âme. Qui sait si Bastien n'a pas sauté sur l'occasion offerte par la mort du nouveau-né pour s'éloigner? Sans doute a-t-il été, pendant un temps, séduit par son charme exotique de fille des faubourgs populaires, mais il a fini par se rendre compte qu'il ne pouvait pas, décemment, marier une femme totalement dépourvue d'atouts pour l'aider à gravir l'échelle sociale! Peut-être même s'en est-il ouvert à Louis ou à Suzanne...

Atterrée, Flavie s'oblige néanmoins à garder les yeux fixés sur un chat allongé non loin au soleil, en plein milieu du trottoir. Cette perspective d'avoir été, sans le savoir, rejetée par Bastien est trop terrible pour qu'elle l'accepte sans une farouche lutte intérieure. Mais il est parti si brusquement, sans même l'ombre d'un regret! Ne lui écrirait-il pas s'il s'ennuyait d'elle? S'il lui portait encore une quelconque affection, ne lui ferait-il pas même le plus ténu des signes?

Le cœur chaviré, Flavie se relève pesamment, sachant qu'elle ne peut délaisser longtemps son ouvrage. Lorsqu'elle croise Euphrosine Goyer et Vénérande Rousselle, qui palabrent avec Suzanne, leurs regards courroucés dans sa direction la laissent complètement indifférente. Retournant à son travail, elle s'y absorbe avec soulagement.

Plus tard, les deux dames viennent la chercher pour un entretien et Flavie les considère avec surprise. Suzanne n'a quand même pas pu se plaindre d'un affront? C'est pourtant ce qui est arrivé et les dames patronnesses exigent des explications. Se dressant de toute sa taille, Flavie jette:

— J'ai giflé Suzanne parce qu'elle m'a profondément insultée.

Elles se regardent comme si la chose était insensée. Comme si, croit remarquer Flavie, il était inconvenant d'insinuer qu'une demoiselle puisse proférer des insultes et que seule une femme pleine de dignité, ce qui n'est à leurs yeux pas le cas de Flavie, fût justifiée de ressentir une quelconque offense…

Rouge de colère, Euphrosine Goyer lui rapporte que Suzanne leur a annoncé son intention de quitter son poste dès ce soir, puis elle lui fait comprendre qu'elle est congédiée sur-le-champ. Flavie accuse le coup, mais, serrant les dents, elle refuse de s'abaisser à plaider. Se débarrassant de son tablier, elle le laisse choir par terre, sur place, puis elle quitte prestement les lieux.

Envahie par un lourd chagrin, Flavie erre pendant des heures à travers le faubourg, jusqu'à ce que le soleil de septembre se cache derrière l'horizon. Lorsqu'elle revient enfin vers son domicile, elle constate que la galerie est encombrée par une dizaine de personnes qui, debout, discutent ferme. Rebutée, elle ralentit son allure, mais une silhouette de femme se détache du groupe, dévale les marches de la galerie et court vers elle. C'est Agathe qui, prenant Flavie complètement au dépourvu, se jette dans ses bras.

— Enfin, te voilà! Nous étions tous inquiets! Tu as marché tout ce temps?

Flavie acquiesce en silence.

— Viens, on discutait justement de ton cas…

La jeune fille arrête net.

— De moi? De cet après-midi, tu veux dire?

— Ta mère est furieuse. Elle dit que seul le conseil d'administration a le droit de remercier un employé de ses services, et encore, qu'il lui faut une saprée bonne raison. Marie-Claire est là, et Françoise… Allez, viens!

Tirant Flavie, Agathe réussit à l'entraîner jusqu'au pied des marches. Aussitôt, Marie-Claire, pleine de sollicitude, se penche vers elle et lui tend la main.

– Flavie! Il ne faut pas te mettre dans cet état! C'était une grossière erreur, qui sera réparée dès demain!

Flavie lui jette un regard étonné. Elle prend sa défense alors qu'il s'agit de l'honneur de sa propre fille? Comme si elle avait lu dans ses pensées, Marie-Claire marmonne :

– Suzanne n'a rien voulu me raconter, mais je suis persuadée que tu ne ferais pas un tel geste sans une bonne raison. Est-ce que je me trompe?

Soutenant son regard, Flavie acquiesce gravement en bégayant :

– Ses paroles m'ont fièrement blessée.

Comme si elle venait d'ouvrir les vannes, elle se met à sangloter à fendre l'âme, cachant son visage de son bras replié. Elle entend Léonie s'exclamer :

– Ma pauvre petite fille! Monte avec nous…

Sa mère agrippe sa main libre et lui fait monter les marches de la galerie tandis que Simon murmure :

– Assois-toi ici, ma fauvette…

Touchée au cœur par ce surnom de son enfance, Flavie se roule en boule sur les genoux de Simon et, le tenant par les épaules, elle cache son visage dans son cou. Comme dans un brouillard, elle entend Léonie reprocher sans ménagement à Françoise et à Marie-Claire l'arrogance des dames patronnesses qui se croient tout permis. Françoise marmonne des excuses et tente une justification maladroite, mais Flavie ne l'écoute pas.

Elle se rend bien compte que son chagrin est sans commune mesure avec la gifle malheureuse. Il vient plutôt de tout ce qu'elle a pu lire dans le regard que se sont échangé Vénérande et Euphrosine et qui, mieux qu'un interminable discours, lui prouve que les femmes ne pourront jamais se comprendre ni s'épauler mutuellement tant que la richesse et les conventions sociales se placeront entre elles. Il vient aussi de sa peine d'amour... Flavie voudrait battre Suzanne qui, d'une seule phrase assassine, a détruit ses dernières illusions. Mais peut-être est-ce mieux ainsi? Il était temps qu'elle comprenne qu'elle se nourrissait de chimères. Comme Louis, Bastien s'est servi d'elle pour passer agréablement le temps...

Bientôt, chacun se disperse et Simon oblige Flavie à se relever. En silence, Léonie entraîne sa fille vers sa chambre à l'étage, puis elle la déshabille tendrement, lissant doucement sa chemise aux épaules et dans le dos. Flavie s'étend dans son lit et Léonie rabat la courtepointe sur elle.

— La nuit sera fraîche, murmure-t-elle. Couvre-toi bien.

S'assoyant, Léonie pose une main légère sur l'épaule de Flavie, qui ferme avec soulagement ses yeux enflés. Après un temps, sa mère reprend d'un ton léger:

— Moi qui avais si hâte de t'annoncer la bonne nouvelle... Tu te souviens de la requête des professeurs de l'École de médecine et de chirurgie? Ils veulent assumer la direction de l'enseignement pratique à la Société... Eh bien, Marie-Claire a joué quitte ou double. Elle leur a dit que soit ils acceptaient les conditions actuelles, soit la Société refusait d'admettre leurs élèves. Tiens-toi bien: ils ont reculé!

Flavie réussit à faire un faible sourire et Léonie ajoute d'un ton désabusé:

— Ce n'est qu'un sursis. Les médecins ont reculé seulement parce qu'ils n'ont pas de solution de rechange. Jusqu'à maintenant, l'hospice Sainte-Pélagie leur ferme ses portes, mais notre cher évêque travaille fort pour en forcer l'entrée…

— Maman…

— Oui?

— Quand… Bastien est devenu… mon cavalier… tu avais compris que c'était seulement pour un temps, n'est-ce pas? Pas pour toujours?

— Pour un temps? Je ne te suis pas…

— Je veux dire… C'était impensable qu'un homme de son rang veuille marier une fille comme moi…

Sachant que sa fille ne la regarde pas, Léonie ne cherche pas à retenir sa moue attristée. Baissant vers Flavie un regard empli de toute la compassion qu'elle ressent pour elle, Léonie lui presse fortement l'épaule et répond avec précaution:

— Impensable, tu crois? Pourtant, ça s'est déjà vu souvent…

Flavie reste silencieuse et Léonie ajoute avec dérision:

— Tu aurais peut-être préféré que je lui interdise de mettre les pieds chez nous? Je vois d'ici ta réaction outrée! Ou alors que je t'avertisse des dangers? Mais tu les connaissais… C'est entendu que les fréquentations sont plus compliquées. Quand il s'agit d'un jeune homme du voisinage, on sait à quoi s'attendre, mais avec ces blancs-becs *ben induqués*…!

Léonie a imité la prononciation de son père et Flavie laisse échapper un sourire.

— Chaque homme est différent et je t'assure que je faisais bien plus confiance à Bastien, même s'il a été élevé dans de la soie, qu'à la plupart de ceux du faubourg que je connais. C'était… comment il te regardait et… son attitude générale…

Léonie pousse un profond soupir et, caressant la joue de sa fille, elle murmure :

— Le temps passe si vite, Flavie… Il faut profiter des moments de bonheur quand ils viennent et ne pas trop se préoccuper de l'avenir. Est-ce que tu as eu du bonheur avec Bastien ?

La tendre question de sa mère est comme un baume pour Flavie, qui opine fugacement de la tête. Léonie murmure encore :

— Je crois qu'il en a eu fièrement avec toi. Il y a des choses qui ne trompent pas… Ne laisse aucune méchante langue te faire croire le contraire.

Saisie par la perspicacité de sa mère, Flavie ouvre de grands yeux pour voir Léonie se pencher vers elle et poser un baiser sur son front.

— Repose-toi maintenant. Tu as vécu des événements bien difficiles, non seulement aujourd'hui, mais depuis le début de l'année… Mais le pire est passé. Tu es si jeune et si pleine de vie… Bonne nuit, jolie fauvette.

Léonie quitte la pièce sans bruit et Flavie s'installe confortablement, enroulant étroitement la courtepointe autour de son corps. Elle se sent rompue comme si elle avait été battue, mais son âme s'est beaucoup allégée. Bercée par les bruits familiers de la maisonnée, Flavie s'abîme tout doucement dans un sommeil sans rêves.

Pendant les semaines qui suivent, la vie de famille est passablement perturbée par le mariage imminent de Laurent. Passant presque toutes ses soirées à la maison parce que sa promise est trop occupée pour le fréquenter, le jeune homme tourne comme un lion en cage, son humeur virant subitement de la joie à la morosité. Son bagage est prêt, même s'il ne le déménagera qu'après leur voyage de noces aux Trois-Rivières chez une vieille tante Sénéchal.

Enfin, par une journée froide mais radieuse du mois d'octobre, tout le voisinage est invité à célébrer l'union des deux jeunes gens. Après la cérémonie à l'église, la noce chez les Sénéchal dure toute la nuit. Au petit matin, les jeunes mariés s'éclipsent tandis que les invités se dispersent. Flavie revient chez elle avant ses parents. Après le bruit et la fureur, la maison lui semble d'un calme surnaturel…

Elle monte d'un pas lourd à l'étage et marche jusqu'au réduit qui servait, jusqu'à la veille, de chambre à Laurent. Toutes ses affaires sont entassées sur le lit et sur le sol. Pensivement, Flavie contemple le désordre. Dorénavant, elle sera seule dans la maison avec ses parents! Cette perspective lui cause tout un choc et elle se laisse choir sur le lit de son frère, entre deux poches de linge. Peut-être que le mariage n'est pas son lot? Sans aucun doute, Simon et Léonie ne rechigneraient pas à la garder auprès d'eux et elle deviendrait, comme le dit l'expression populaire, leur bâton de vieillesse…

Rester vieille fille… Les entrailles de Flavie se contractent sous l'effet d'une subite frayeur. Pour l'instant, ses sens sont encore endormis, mais cette tranquillité ne saurait durer éternellement. La jeune fille se connaît trop bien. Bientôt, son corps va réclamer sa ration de caresses… Et puis, pour être vraiment compétente, pour comprendre intuitivement ce que ressent une femme en couches, une sage-femme ne doit-elle pas faire elle-même l'expérience de la maternité?

Léonie prétend pourtant que, de la même manière que les médecins n'ont pas besoin d'avoir eu la maladie pour tenter de la guérir, les sages-femmes célibataires peuvent accumuler assez de connaissances pour répondre adéquatement aux besoins de leurs patientes. Mais, malgré tout le savoir qu'elle a acquis et qui lui permet maintenant de présider seule à la vaste majorité des délivrances, Flavie a l'impression que quelque chose lui manque encore, et qui n'a rien à voir avec la dextérité.

Augustin est revenu veiller plusieurs fois depuis la fin des vacances, mais tous deux en sont encore à un stade uniquement amical. Flavie n'a pas vraiment envie de s'aventurer plus loin et lui, il n'exige rien. Elle ignore s'il s'agit simplement d'une grande politesse ou s'il n'est réellement pas pressé. Après tout, ils ne se fréquentent que depuis quelques mois… Flavie a découvert un jeune homme aux goûts simples mais possédant une grande culture. Il en connaît beaucoup sur la littérature et l'histoire, et Simon et lui ont eu de chaudes discussions sur les tenants et les aboutissants des Rébellions de 1837 et de 1838.

Cependant, il ignore tout de la science médiale et il a perpétuellement l'air abasourdi par le métier de Flavie. Elle hésite à lui relater ses cas parce que, même s'il ne proteste pas, le fait qu'une demoiselle cause ouvertement d'une délivrance semble le mettre très mal à l'aise. Flavie sait que, bientôt, elle devra franchement aborder ce sujet avec lui, pour lui faire comprendre ce que son métier implique, notamment une grande liberté pour parler des choses du corps. Augustin doit également comprendre qu'elle est une *professionnelle* et qu'elle n'a pas l'intention d'abandonner son métier, sauf si de jeunes enfants la retiennent à la maison.

Poussant un long soupir, Flavie réalise qu'elle doit maintenant cesser de considérer Augustin comme un bon ami. S'il vient veiller si souvent, c'est qu'il souhaite certainement autre chose et il est plus que temps que tous deux mettent les choses au clair, pour ne pas se bercer trop longtemps d'illusions… Si Augustin n'est pas celui qu'il lui faut, Flavie voudrait bien entrebâiller la porte devant celui qui l'a tant fait danser cet été et qui, comme il lui a signifié, aimerait occuper la place de son actuel cavalier. Elle veut prendre le temps de bien connaître celui pour lequel elle devra, à son corps défendant, abdiquer une bonne partie de son indépendance.

Au mois de décembre, Léonie remet les diplômes à la nouvelle promotion de l'École de sages-femmes de Montréal. Cette deuxième année, les élèves étaient originaires de toutes les parties de la ville et Léonie souligne avec une grande satisfaction, au cours de la cérémonie, que presque tous les faubourgs sont maintenant dotés de sages-femmes professionnelles. Le mouvement ne semble pas près de s'inverser : neuf élèves, soit trois matrones, cinq jeunes filles et une veuve, sont inscrites pour l'année suivante.

La nouvelle s'est rapidement répandue, dans le faubourg, que Flavie peut maintenant assister seule les femmes en couches et, pendant tout l'automne, un nombre croissant de voisines font appel à ses services. Comme Marie-Barbe a également ouvert sa pratique, toutes deux font généralement équipe, se soutenant mutuellement si des difficultés surviennent et se relayant si la délivrance est longue.

Marie-Barbe est intuitive et fort adroite, bien plus que Flavie qui en a encore beaucoup à apprendre. De plus, la fille de la guérisseuse en connaît long sur le pouvoir des simples. Elle prescrit souvent à ses clientes des thérapeutiques qui, si elles ne guérissent pas nécessairement, ont du moins la vertu d'apporter un soulagement certain.

Au fil des mois, les deux jeunes filles sont devenues des silhouettes familières dans le quartier et elles n'hésitent jamais à se déplacer la nuit, même seules, pour une délivrance. Vu leur mince expérience, elles ne demandent qu'une faible rétribution, qui est souvent augmentée d'un cadeau comme une jolie pièce de tissu ou de fines victuailles. À deux reprises seulement, elles ont dû faire appel à une sage-femme plus expérimentée, Léonie la première fois et Magdeleine la suivante.

Si les sages-femmes formées par Léonie sont recherchées dans les faubourgs populaires, les choses se passent autrement dans les quartiers Saint-Jacques et Saint-Antoine, où Marguerite a installé sa pratique. La jeune fille a de grandes difficultés à se faire admettre dans les maisons des futures accouchées, même si Léonie, lorsqu'elle est sollicitée par l'une de ses anciennes clientes, la recommande chaudement.

Tous les jeunes médecins sont en train d'accaparer la clientèle aisée et Marguerite est constamment contrariée par ces hommes souvent arrogants, qui la traitent soit comme une femme plutôt vulgaire et avide de sensations fortes, soit comme une ignorante. Même si de nombreuses futures mères disent préférer se faire suivre par une femme, l'engouement pour la jeune science médicale est tellement fort et le réflexe d'appeler un médecin à son chevet est déjà si bien ancré qu'elles se soumettent sans protester à cette mode.

C'est alors que Marguerite, incapable de se résigner à une confortable mais inutile existence d'épouse, conçoit un plan terriblement audacieux dont elle vient discuter avec Flavie par un après-midi de la fin du mois de décembre. Assise près du poêle et sirotant le thé que Flavie vient de lui verser, elle explique de sa voix égale :

– Quand l'idée m'est venue, je l'ai repoussée aussi loin que possible. J'ai beau vouloir consacrer ma vie au redressement moral de la société, je ne vais pas sciemment au-devant des plus grandes difficultés ! Mais j'ai finalement compris qu'il n'y avait pas d'autre solution. Je dois devenir médecin licencié.

Soufflée, Flavie fixe son amie, assise très droite sur la chaise, la taille bien serrée dans sa robe de couleur marron. Elle connaît la détermination de la nièce de Nicolas Rousselle, mais jamais elle n'aurait imaginé que sa résolution de sauver l'humanité, et plus particulièrement les femmes, de la déchéance causée par l'assouvissement de leurs passions les plus viles l'entraînerait à emprunter un tel chemin ! Flavie est persuadée que son amie envisage déjà clairement tous les obstacles, dont le moindre n'est pas le refus des écoles de médecine d'accepter les étudiantes. Après un moment de silence, Marguerite reprend :

– Les médecins vont prendre une place de plus en plus grande auprès des femmes en couches et la tendance est irréversible. Pour l'instant, ils négligent les femmes moins fortunées, mais regardez-les venir !

– Comment ferez-vous pour obtenir votre licence ?

— Je n'ai pas encore vraiment songé à cela. Pour commencer, il me faut convaincre mes parents, ce qui ne sera pas une mince affaire.

Marguerite fait une grimace éloquente dans laquelle Flavie devine une grande fragilité. Poussée par son idéal, la jeune fille donne l'impression d'avoir des nerfs d'acier, mais Flavie a compris depuis longtemps à quel point elle doit faire violence à sa nature profonde.

— Il m'a fallu des mois pour leur faire accepter l'idée que je devienne sage-femme. Et encore, mon père est toujours persuadé qu'il s'agit pour moi d'une distraction, fort étrange certes, mais une distraction tout de même avant mon inévitable mariage. J'ai la chance d'avoir des parents qui m'écoutent sans me juger. Mais combien de nos connaissances ne se sont pas gênées pour nous faire savoir qu'elles trouvaient le métier outrageusement incompatible avec la délicatesse d'une jeune fille de bonne famille !

— Et votre oncle Rousselle ? Ne pourrait-il pas vous aider ?

— Un sacré misogyne, oui !

Amusée par ce juron inusité dans la bouche de Marguerite, Flavie éclate de rire. L'imitant malgré elle, Marguerite précise :

— C'est rendu que j'évite les réunions de famille lorsqu'il est présent ! Lui et son fils médecin, deux des hommes les plus suffisants que je connaisse, s'amusent à se moquer des matrones, qu'ils décrivent comme de vieilles femmes très grosses ou très maigres, uniquement intéressées à se faire offrir un petit verre et un bon repas par les familles des accouchées ! Si on se fie à leurs dires, elles sont de véritables pique-assiettes ! Même lorsque je suis devenue sage-femme, il n'a pas cessé ses railleries! Quel goujat!

Le feu du poêle crépite et Flavie, qui se berce doucement, finit par demander avec précaution:

— Est-ce que Paul-Émile... est au courant de vos projets?

Baissant la tête, Marguerite fait un signe de dénégation. Lorsqu'elle relève les yeux, une étrange lueur y luit.

— Vous savez quoi, Flavie? Je commence à croire que mes espoirs pour l'avenir ne sont pas compatibles avec le mariage. Il serait trop facile de me laisser distraire... De plus, bien peu d'hommes m'accepteraient telle que je suis...

Sur le point de poursuivre, Marguerite se ravise. C'est Flavie qui l'entraîne sur la voie des confidences:

— Vous et moi, nous ne sommes pas faites du même bois. Vous pourrez vous passer aisément, il me semble, d'un homme à vos côtés.

Son interlocutrice rougit légèrement et Flavie s'étonne, encore une fois, de la facilité avec laquelle les demoiselles s'embarrassent. Marguerite répond néanmoins:

— Vous croyez? C'est possible... Je m'enthousiasme facilement, mais, après avoir côtoyé pendant un certain temps le jeune homme en question, il me semble généralement beaucoup moins attrayant...

Elle n'en dit pas plus et Flavie n'insiste pas. Pendant que le soleil descend sur l'horizon, illuminant bellement la cuisine, les deux jeunes filles discutent avec passion des projets de Marguerite.

Flavie ose à peine se l'avouer, mais l'exemple de son amie l'inspire au plus haut point. Elle est fascinée par la médecine et ses procédés thérapeutiques, qu'elle aurait bien envie d'approfondir même si certains, comme la saignée, lui semblent parfois farfelus.

Si l'on considère la théorie des humeurs, il est compréhensible que les médecins y recourent constamment pour soulager diverses afflictions. Toutefois, Flavie a du mal à admettre qu'il soit nécessaire de perdre du sang pour guérir. Le corps a développé de puissants mécanismes précisément pour freiner la perte de sang, cette précieuse substance qui en irrigue continuellement toutes les parties !

Dans le cas des femmes enceintes, et Léonie est parfaitement d'accord avec sa fille, la saignée lui semble un acte diabolique. L'hémorragie n'est-elle pas l'une des principales causes de décès chez les femmes en couches ? Heureusement, les médecins la pratiquent de moins en moins, mais à deux reprises, sous le regard indigné de Flavie, Provandier puis Rousselle ont saigné une patiente sous prétexte de la soulager de la pléthore qui l'encombrait.

Écoutant Marguerite, Flavie grimace intérieurement. Pour apprendre la médecine, il faudrait d'abord qu'elle sache le latin, dont Simon lui a enseigné seulement quelques rudiments, et le grec, qu'elle ignore. Il faudrait ensuite qu'un médecin l'accepte comme apprentie ou une école, comme étudiante, ce qu'il est littéralement impossible de faire sans compromettre sa réputation.

Qui plus est, le Collège des médecins et le Bureau des examinateurs n'accepteront pas de bonne grâce d'accorder une licence à une femme. Et que dire de la réaction de la population, qui entend depuis si longtemps toutes sortes de rumeurs sur l'incapacité des femmes à occuper une position qui exige une grande force de caractère ?

Le chemin qui mène les femmes à la médecine semble semé d'obstacles insurmontables, mais, courageusement, Marguerite envisage la possibilité d'aller étudier à l'étranger si toutes les portes lui sont fermées au Bas-Canada. À Paris, l'État subventionne de nombreux cours publics auxquels les femmes sont admises et, aux États-Unis, une école vient d'accepter parmi ses élèves une jeune Américaine, Elizabeth Blackwell. Marguerite affirme à Flavie, qui en vibre d'une espérance secrète, qu'elle a la ferme intention d'explorer toutes les possibilités avant de s'avouer vaincue…

Ce soir-là, quand Patrice se présente rue Saint-Joseph pour offrir d'avance à Flavie ses souhaits pour la nouvelle année, elle le reçoit avec sa chaleur coutumière. Tous deux restent pendant un bon moment dans la cuisine, puis, comme à chaque fois, ils passent dans la salle de classe où, enfin seuls, ils s'étreignent et s'embrassent. Le mois dernier, Flavie a éconduit Augustin Briac. Il lui semblait que leurs rapports devenaient de plus en plus contraints, de plus en plus affectés. Loin de se rapprocher à mesure que les semaines passaient, le jeune homme prenait visiblement ses distances et il a accepté la décision de Flavie sans se plaindre. La jeune fille a réalisé qu'il commençait à réellement dédaigner ses manières, son métier et son monde…

Le jeune Patrice Lafranchise a aussitôt occupé la place libre. Avec lui, les choses sont simples et claires. Peu doué pour la conversation, il couve cependant Flavie d'un regard plein de convoitise. La jeune fille jouit intensément de ses baisers fougueux et de ses mains avides. Sur ce chapitre, tous deux sont bien accordés et Flavie retrouve avec soulagement l'attitude si directe des hommes de son entourage. Pour eux, le désir pour une femme est, comme manger et boire, un besoin naturel qu'il serait malsain de réprimer… Flavie sent tout son corps revivre, ranimé par l'ardeur mâle dont Patrice l'entoure. Pour l'instant, elle n'en demande pas davantage. Peu lui chaut si le jeune vendeur de poissons ne sait pas grand-chose sur sa vie et ses goûts. Sa fièvre seule la rassasie…

Un soir, un Laurent essoufflé et habillé comme un ours fait irruption dans la cuisine. Il a pris l'habitude de surgir ainsi après sa journée de travail, s'accordant quelques minutes pour discuter avec eux avant de retourner rejoindre sa femme et ses beaux-parents. Depuis le début de l'année 1849, retenu au Parlement pour préparer la session, le jeune homme passe en coup de vent. L'ouverture de la session avait lieu cet après-midi, le 18 janvier, et, comme à l'accoutumée, le gouverneur général, lord Elgin, arrivé en carrosse et suivi par son état-major au grand complet, s'est rendu jusqu'au porche entre deux rangées de sa garde d'honneur au son de la musique.

Allant au-devant de son fils, Simon demande avec anxiété :

— Et alors ? Il l'a fait ?

— Il l'a fait ! répond triomphalement Laurent. Elgin a prononcé le discours du trône en anglais et en français. Pour dire vrai, un français très correct !

Mais Simon ne se préoccupe pas de la qualité de la langue du gouverneur. Le gouvernement impérial a enfin révoqué les clauses de l'Acte d'Union qui imposaient des restrictions à l'usage de la langue française dans la législature du Canada-Uni et cette mesure est beaucoup moins symbolique qu'elle n'y paraît au premier abord. Elle témoigne du réel esprit d'ouverture qui anime le gouvernement anglais concernant la démocratisation du pouvoir.

Bien entendu, une véritable égalité entre les deux groupes ethniques est loin d'être atteinte, mais la tendance est claire. Le gouverneur est de plus en plus fermé aux récriminations des Anglais de Montréal, qui se démènent maintenant comme des diables dans l'eau bénite. Il faut dire qu'ils ont de quoi s'agiter, vu les graves problèmes économiques de la colonie.

Loin de stimuler l'économie locale, les changements législatifs apportés par Londres concernant les lois de la navigation et le libre-échange favorisent plutôt les États-Unis. Au lieu de transiter par Montréal, les céréales du continent s'acheminent plutôt vers le port de New York, en voie de devenir la métropole des échanges commerciaux. En ce début d'année 1849, les hommes d'affaires et les commerçants anglais du Bas-Canada dénoncent avec une ardeur renouvelée l'abandon par la Grande-Bretagne de ses politiques protectionnistes.

Dans ce contexte, les victoires apparentes des « Jean-Baptiste », comme les tories ont surnommé les Canadiens, suscitent des élans de colère et de hargne. Un député anglophone se moque du *grand progrès* que constitue l'introduction de la langue française en Chambre, ajoutant que, puisque la population du pays est également composée de Teutons et d'Écossais, le discours de l'année prochaine sera sans doute lu en allemand et en *broad scotch*...

Dans ce climat d'échauffement des esprits, un projet de loi présenté par Louis-Hippolyte Lafontaine quelques jours plus tard passe relativement inaperçu. Ni Léonie ni Flavie n'en auraient eu connaissance n'eussent été les relations presque quotidiennes dont Laurent les gratifie... Le 22 janvier, le premier ministre propose d'enlever définitivement aux femmes le droit de vote aux élections de comtés et de districts municipaux, et les députés l'appuient presque à l'unanimité.

Flavie et sa mère accueillent la nouvelle avec fatalisme. Ce n'était qu'une question de temps pour qu'au Canada-Uni on corrige ce qui devenait une «anomalie»... Déjà, en 1834, les députés avaient statué «qu'aucune fille, femme ou veuve ne pourra voter à aucune élection dans aucun Comté, Cité ou Bourg de cette province». Le processus électoral, estimaient alors les députés, dégénérait souvent en un véritable tumulte dans lequel il n'était pas séant de plonger les femmes. Mais le pays se dirigeait alors vers une crise politique et la loi avait été abrogée en 1836.

Toutes celles qui ont conçu de grands espoirs à la suite de la révolution de l'année précédente, en France, ont rapidement dû déchanter. Pour Marie-Claire et Françoise, qui marchaient alors sur un nuage, la chute a été dure. Le suffrage universel a été révoqué et les députés ont écarté d'un geste ennuyé les multiples requêtes pour accorder le droit de vote aux femmes. Par ordre de l'Assemblée nationale, de nombreux clubs d'opinion ont dû se dissoudre. Les deux dames dirigent maintenant leurs espérances vers les États-Unis, où les féministes du pays entier se sont réunies, en 1848, pour réclamer des droits plus étendus!

Une semaine plus tard, les débats se corsent à la législature : Louis-Hippolyte Lafontaine propose de former un comité général de la Chambre pour régler la question des pertes subies par les Canadiens en 1837 et 1838. Bien qu'une mesure semblable ait déjà été votée en 1845 pour le Haut-Canada, les députés tories ne veulent rien entendre.

Ébahi et outré, Laurent rapporte à sa jeune femme, à ses beaux-parents et aux membres de sa famille les protestations enflammées du député Sherwood et, surtout, de l'homme d'affaires Allan MacNab, qui dénonce avec véhémence l'influence française sur la politique canadienne. Il soutient que, si l'Union a été instaurée pour le seul motif de réduire les Canadiens sous la domination anglaise, un effet contraire a été obtenu et que « ceux en faveur de qui l'Union a été faite sont les serfs des autres ».

D'après lui, la marche actuelle du gouvernement est propre à jeter le peuple du Haut-Canada dans le désespoir et à lui « faire sentir que, tant qu'à être dominé par les étrangers, il lui sera bien plus avantageux d'être gouverné par un peuple voisin et de même race, que par ceux avec qui il n'a rien de commun ni par le sang, ni par la langue, ni par les intérêts ».

Un tel mépris fait bondir tous ceux qui, ce soir-là, sont réunis dans la cuisine des Sénéchal pour écouter Laurent. Les tories qualifient d'étrangers les Canadiens, qui pourtant étaient installés au pays deux siècles avant eux ! Simon est proprement anéanti par une telle mauvaise foi et le débat en Chambre qui suit la proposition de Lafontaine confirme ses pires craintes.

C'est le solliciteur général du Haut-Canada, William Blake, qui répond d'abord à MacNab, déclarant que les vrais rebelles sont les tories qui piétinent depuis cinquante ans les intérêts du peuple. Il ajoute : « Vous avez ri de ses plaintes, vous vous êtes moqués de ses réclamations, vous avez été rebelles à ses désirs les plus légitimes ! »

MacNab demande à Blake de se rétracter, ce qu'il refuse. Le public, qui a envahi les galeries, s'agite et une bataille finit par éclater. Le président de la Chambre réussit à faire évacuer la foule… La pression populaire, déjà forte, vient d'augmenter encore d'un cran. Les journaux tories se jettent dans la lutte, deux députés manquent de s'affronter en duel et, le 17 février 1849, une grande assemblée de protestation, organisée par MacNab, le plus enflammé des députés tories, réunit au marché Bonsecours plus de mille personnes opposées au projet d'indemnisation des victimes des rébellions patriotes. Des résolutions sont adoptées, exigeant du gouverneur la dissolution du Parlement et la tenue d'une consultation populaire au sujet du projet de loi. Les protestataires se rendent ensuite à la place d'Armes où ils pendent et brûlent Lafontaine en effigie.

En Chambre, le débat s'éternise. Le 27 du même mois, les députés adoptent une série de résolutions pour réduire la portée de la future loi. Les personnes qui ont été convaincues du crime de haute trahison après le 1er novembre 1837 et celles qui ont été déportées ne seront pas indemnisées. Comme les libéraux sont majoritaires en Chambre, le projet de loi subit avec succès l'épreuve de la troisième lecture, le 9 mars, et, peu après, il est adopté par une mince majorité au Conseil législatif.

Lorsque les tories constatent que leurs protestations ne réussissent pas à infléchir le processus démocratique, leur colère, plutôt que de s'apaiser, se transporte sur la place publique. La question de l'indemnisation des victimes des Rébellions est en discussion depuis sept ou huit ans et si aucune loi n'a jamais été adoptée, c'est parce que les tories, avec l'aide du gouverneur, ont toujours réussi à la mettre en échec!

Mais lord Elgin semble moins enclin que les précédents gouverneurs à empiéter sur le pouvoir légitime des élus canadiens. Il semble sourd aux doléances des tories, qui lui demandent d'opposer son veto légitime à la loi et de la soumettre, même dûment adoptée par la législature, à l'approbation de la reine d'Angleterre.

Des pétitions affluent, proposant même la dissolution de la Chambre et du Conseil, et les journaux anglophones de Montréal multiplient les appels à la violence. Simon, qui passe de longues heures dans la salle des nouvelles de l'Institut canadien, raconte que la plupart d'entre eux encouragent sans détour la sédition.

Il a pris soin de traduire et de transcrire la prose incendiaire, qu'il récite à Léonie et à Flavie: «Apprenez à un ministère tyrannique que la mesure de l'iniquité peut s'emplir jusqu'à renverser, mais que, lorsque vous n'aurez plus d'autres moyens, vous posséderez le droit sacré de la résistance; montrez-lui que vous avez encore le courage qui vous animait en 1837 pour écraser vos oppresseurs. Vous vous êtes battus alors pour votre reine. Si votre reine, par son représentant, vous repousse maintenant, ne pouvez-vous pas vous protéger?»

Et une autre: «Il vaudrait mieux pour la population britannique du Canada qu'elle subît douze mois de bataille et perdît cinq mille vies, que de se soumettre pendant dix années encore au mauvais gouvernement introduit en ce pays par la domination française.» Même la presse du Haut-Canada fait écho à celle de Montréal et le spectre de l'annexion aux États-Unis refait surface : n'importe quoi plutôt que de subir le règne de la «crapule française». Le souvenir encore vif des Rébellions se ravive. Préoccupé et sombre, Simon passe son temps à arpenter la cuisine en vitupérant contre l'inconscience des agitateurs tories qui sont sur le point de précipiter le pays dans une nouvelle crise politique.

Un dimanche matin de la fin du mois de mars, plongé dans son journal qu'il lit du début à la fin depuis l'ouverture de la session parlementaire, Simon pousse une exclamation de surprise :

— Flavie, viens voir !

La jeune fille s'essuie les mains sur son tablier, mais Simon, brusquement empourpré, marmonne :

— Euh… Ce n'est rien. Je me suis trompé. Je croyais…

Son attitude éveille les soupçons de Flavie, qui s'impatiente :

— Mais montre-moi ! C'était à quel sujet ?

— Je t'assure, ce n'est rien…

Doucement mais fermement, Flavie retire le journal des mains de son père qui, embarrassé, évite son regard. Pendant quelques minutes, elle parcourt les colonnes en petits caractères et, bientôt, le titre d'un encadré attire son attention : «Le Docteur Renaud.» Incrédule, elle poursuit avec un émoi croissant la lecture du texte de la publicité : «…prend la liberté d'informer les citoyens de la ville de Montréal qu'il vient de rouvrir son bureau du 332 de la rue Saint-Denis, au-dessus de l'officine de l'apothicaire Trudeau. De retour après une formation en hydrothérapie dans une clinique réputée des États-Unis, le docteur Renaud est en mesure d'offrir à sa clientèle les plus récents traitements à l'eau froide, expérimentés avec grande satisfaction par les Américains et les Européens de plusieurs pays. Apprenti du réputé docteur Marcel Provandier, gradué de l'École de médecine et de chirurgie de Montréal, le docteur Renaud accueillera le public tous les jours de la semaine, entre 10 heures du matin et 6 heures du soir. »

Lentement, Flavie referme le journal et le dépose sur les genoux de son père. Bastien est revenu ! Comme assommée, elle se détourne et reprend son ouvrage avec des gestes tremblants, ignorant le regard de son père qu'elle sent dans son dos. Il est revenu, mais il ne lui a même pas donné signe de vie ! Aussitôt, elle est secouée par un accès de colère si vif qu'il lui coupe le souffle. Il s'est enfui sans aucune considération pour ses sentiments et maintenant qu'il est de retour, il n'ose même pas se présenter devant elle ! Un tel homme ne mérite pas une seule de ses pensées !

Simon grommelle avec colère :

— Cet agrès-là est bien mieux de ne pas se présenter ici… Il va voir de quel bois je me chauffe !

— Il ne viendra pas, s'empresse d'affirmer Flavie, très froidement. Je t'assure qu'il ne viendra pas.

— Parce que je vais le recevoir *secquement*, prends-en ma parole ! Après ce qu'il t'a fait endurer…

— Oublie ça, papa, marmonne Flavie. N'en parle plus, s'il te plaît. C'est du passé…

Patrice viendra sans doute ce soir, se persuade-t-elle avec force, sinon au plus tard demain. Il ne peut pas passer plus de trois jours sans lui faire une visite, qu'il est cependant parfois obligé d'écourter… Oui, il viendra ce soir et Flavie voudrait déjà être dans ses bras, enserrée de toutes parts par son étreinte vigoureuse. Patrice réussit à la transporter dans un autre monde et, enivrée par ses caresses, Flavie repose son esprit où d'ordinaire les pensées s'agitent comme des moutons affamés dans leur enclos…

CHAPITRE XXXIII

Pendant les premières semaines du printemps 1849, la ville entière retient son souffle parce que la loi sur l'indemnisation pour les victimes des Rébellions attend toujours d'être paraphée par lord Elgin. Mais en cet après-midi du 25 avril, lorsque Flavie, sa journée à la Société compatissante terminée, traverse la place d'Youville, elle constate qu'une agitation inusitée règne près du Parlement. Plusieurs dizaines de curieux se sont amassés devant la porte de l'édifice et, en les écoutant palabrer en anglais entre eux, Flavie comprend que le gouverneur Elgin, après avoir quitté la ville tout à l'heure en direction de sa résidence de Monklands, sur la montagne, est subitement revenu au Parlement. Sa garde personnelle était plus nombreuse qu'à l'accoutumée…

Que se passe-t-il donc? Elgin ne peut quand même pas avoir l'intention de donner aujourd'hui la sanction royale aux lois adoptées par les députés! Normalement, le public en est avisé d'avance et, au moment de la signature, des soldats font une parade devant le Parlement et tirent une salve d'honneur.

Curieuse, observant avec intérêt le spectacle de cette petite foule agitée, Flavie se place à l'écart, non loin. Soudain, les portes du Parlement s'ouvrent à la volée et, vociférant, des messieurs s'élancent au dehors. Comme une traînée de poudre, la rumeur se répand que lord Elgin vient de signer toutes les lois déposées devant lui, même celle qui concerne l'indemnisation des victimes des Rébellions!

Des invectives et des menaces fusent lorsque, à son tour, Son Excellence franchit le seuil. Aussitôt, la foule forme une double haie sur son passage et une tempête de sifflements, de grognements et d'injures l'accueille. Elgin saute dans sa voiture à temps; à peine la portière s'est-elle refermée que chacun puise dans ses provisions ou se penche vers le sol pour lancer en sa direction des morceaux de glace, des pierres et des œufs. Courbant les épaules, le cocher fouette son attelage, mais le pauvre aide de camp assis dehors, à l'arrière, est blessé par la pluie de projectiles qui s'abat sur lui.

Médusée par cet éclat de violence qui n'a duré que quelques minutes, Flavie reste sagement dissimulée jusqu'à ce que la foule, toujours indignée, commence néanmoins à se disperser. Elle considère un moment la possibilité d'entrer dans le Parlement et d'aller assister aux débats de la Chambre, mais elle se dit que l'agitation populaire y règne sans doute encore et, par ailleurs, elle est pressée de se rendre rue Saint-Joseph pour mettre Simon au courant des événements dont elle vient d'être témoin. Il sera ravi par le courage de lord Elgin!

Alternant la marche et la course, Flavie reprend son chemin. Les rues sont encombrées de badauds qui discutent entre eux et l'excitation populaire est à son comble. Elle sursaute lorsque, même si aucun panache de fumée ne monte vers le ciel, les cloches des stations de feu se mettent à sonner le tocsin, mais elle poursuit sa route sans s'arrêter.

La rumeur de la colère tory l'a précédée rue Saint-Joseph et tout le monde est dans la rue. La jeune fille cesse sa course à proximité d'un groupe formé par Simon, Léonie et plusieurs de leurs voisins, dont Agathe et ses parents. Essoufflée, Flavie s'empresse néanmoins de leur décrire le geste du gouverneur et sa fuite précipitée. Comme Simon, tous sont partagés entre la fierté et la crainte. Enfin, un gouverneur qui se tient debout devant les prétentions de la vieille caste anglaise de Montréal, laquelle refuse obstinément de comprendre que la Grande-Bretagne a installé au Canada un régime parlementaire et que les droits légitimes des Canadiens ont été trop longtemps bafoués!

Comme l'heure du souper approche, chacun finit par rentrer chez soi. Cependant, le calme est de courte durée. Une cloche à la main, un homme parcourt la rue, annonçant pour le soir une assemblée devant le Parlement. Tous se massent pour le regarder passer et quelques familles anglaises, excitées, se promettent d'y être. Simon murmure:

— Tout ça ne me dit rien qui vaille...

Tous trois reviennent avaler leur soupe sans s'étonner le moins du monde que ni les forces policières ni les troupes armées ne semblent vouloir intervenir pour faire régner l'ordre. L'armée n'est-elle pas constituée de soldats britanniques qui sympathisent avec leurs compatriotes? Quant à la police, elle est noyautée par les anglophones... Empilant leurs bols sans ménagement, Léonie dit sourdement:

— Notre gouverneur n'est pas seulement courageux, il est drôlement téméraire! N'a-t-il même pas songé que si la ville est livrée à la racaille anglaise, les Canadiens seraient sans défense?

— N'oublie pas qu'il est au Bas-Canada depuis quelques années seulement, fait remarquer Simon. Il n'a pas idée des prétentions de certains de nos Anglais…

— Simon, Léonie ! appelle une voix de l'extérieur. Venez voir !

Tous trois se précipitent de nouveau sur la galerie. Cléophas Sénéchal, l'air fort agité, leur tend sous le nez un feuillet, un *Extra* de la *Montreal Gazette* imprimé avec une promptitude ahurissante. Simon en traduit l'essentiel pour le bénéfice de Cléophas et des voisins qui les entourent. Le tract est coiffé du titre « La disgrâce de la Grande-Bretagne consommée : le Canada vendu et abandonné. »

Simon lève les yeux et échange un regard atterré avec Cléophas. D'une voix forte, il explique que les événements de l'après-midi au Parlement y sont décrits. L'article proclame : « Anglo-Saxons ! Vous devez vivre pour l'avenir ; votre sang, votre race seront désormais votre loi suprême. Vous serez Anglais, dussiez-vous n'être plus britanniques ! » Après avoir annoncé le rassemblement du soir sur la place d'Armes, l'auteur conclut : « Au combat, votre heure est venue ! »

Un silence de mort accueille ce véritable appel à l'insurrection, puis Appolline Tremblay se détache du groupe et lance à travers la rue :

— Rosette ! Il faut rentrer, tout de suite !

Aussitôt, des voix féminines retentissent comme un écho tandis que les mères tentent de rassembler leurs enfants. Après avoir échangé des regards entendus, les hommes se séparent et chacun rentre chez soi, décidé à n'en plus sortir avant le lendemain matin.

La noirceur est tombée depuis un certain temps et Flavie et sa mère sont sur le point de monter se coucher lorsqu'un cri résonne dans la nuit, bientôt relayé par d'autres voix : «Au feu ! Le Parlement brûle ! » Incrédules, Simon et les deux femmes se précipitent sur la galerie et ils constatent avec effroi qu'à l'horizon, vers l'est, une lueur jaune embrase le ciel. Léonie s'écrie :

— Sûrement que les députés ne siégeaient plus, n'est-ce pas, Simon ?

Sans attendre la réponse, elle se précipite dans la rue et Simon lui emboîte immédiatement le pas, suivi par Flavie. Tous trois arrivent à la hauteur de la maison des Sénéchal, qui sont rassemblés dans la rue, tenant quelques chandelles. Hagarde, Agathe se précipite vers eux :

— Laurent n'est pas encore rentré !

Simon pâlit comme si le sang se retirait d'un seul coup de son visage. Léocadie Sénéchal répète d'une voix aiguë, avec effroi :

— C'est pas Dieu possible, le Parlement ! Les Anglais ont mis le feu au Parlement ! Ils sont malins comme sept fois le diable !

Imaginant l'immense édifice en feu, songeant à tous les bâtiments qui l'environnent, dont l'hôpital des sœurs grises, Flavie est glacée d'épouvante. Agathe se tourne vers son père et s'égosille en le secouant par la chemise :

— Laurent est peut-être en danger ! Il faut aller le secourir !

Léonie, comme vissée au sol, fixe les reflets de l'incendie en couvrant sa bouche de ses deux poings serrés. Autour d'eux, des hommes, et même des femmes, les jupes retroussées, les dépassent en courant. D'un geste brutal, Simon délivre Cléophas de l'étreinte de sa fille et, sans dire un mot, se tenant par le bras, tous deux se mettent à courir vers la ville. Flavie a envie de s'élancer à son tour, mais elle se retient de justesse, tâchant de se persuader qu'il serait complètement absurde de risquer ainsi sa vie et qu'elle ne pourrait rien faire de plus que les hommes.

En silence, Agathe blottie entre les bras de sa mère et Flavie caressant doucement les cheveux de la petite Clémence, les femmes et les enfants restent debout dans la rue, les yeux fixés sur la lueur qui, leur semble-t-il, grandit encore. Après ce qui leur paraît une éternité, Léocadie invite Flavie et sa mère à rentrer et, lorsque les deux enfants se sont endormis, roulés en boule sur un tapis tressé par terre près du poêle, elle leur sert du thé. Agathe, assise toute raide dans une berçante, garde sa tasse sur ses genoux tandis que Léonie, debout près de la fenêtre, le sirote uniquement pour faire plaisir à leur hôtesse. Tout son être est tendu vers la place d'Youville et vers Laurent qu'elle refuse de croire en danger. Les députés n'auront pas été inconscients au point de siéger encore, malgré le rassemblement belliqueux de la place d'Armes?

Après une longue attente, un fracas fait sursauter les quatre femmes : la porte s'ouvre et trois silhouettes d'hommes font leur entrée, charriant avec eux une forte odeur de bois brûlé. Tremblante de soulagement, Agathe se précipite dans les bras de Laurent qui vacille sous le choc. Cléophas lance en riant :

— Du calme, ma poulette ! Ton mari est suffisamment ébranlé comme ça !

Mais l'accès de joie est de courte durée. Après avoir étanché leur soif, les hommes racontent, vibrants d'indignation, l'horrible soirée qui vient de se dérouler. Le Parlement du Canada-Uni est bel et bien réduit en cendres et c'est un miracle qu'on ne déplore aucune victime. Laurent s'écrie d'une voix enrouée :

— Toutes les archives, tous les livres! Envolés en fumée! Mais qu'est-ce qui lui a pris, à cette foule en furie?

— La populace est comme la mer, dit Léonie, et se déchaîne parfois de manière imprévisible!

— De manière imprévisible? riposte Simon, outré. Il y avait parmi la populace, comme tu dis, de fieffés agitateurs! Depuis des mois, voire des années, on répète que les Anglais sont maltraités, non seulement par les Canadiens, mais par l'Angleterre! Je te jure qu'il y en a qui savent échauffer une foule jusqu'à ce qu'elle fasse éruption! Ils montent les petites misères en épingle et manipulent l'humeur populaire selon leur volonté! Ils méritent d'être déportés en Australie, comme les Patriotes! Ne viennent-ils pas de se soulever contre un gouvernement légitimement élu?

— Simon, calme-toi! intervient Léonie fermement. Ici, tu n'as personne à convaincre.

Simon ne reprend sa maîtrise de lui-même qu'au prix d'un effort visiblement démesuré. Peu à peu, les femmes sont en mesure de comprendre la trame des événements. Imperturbables ou inconscients, les députés siégeaient pendant qu'au moins un millier de personnes se rassemblaient à la place d'Armes, écoutant des discours contre le gouvernement et contre Elgin. Pendant qu'on lisait une pétition à la reine, un commerçant anglais, également chef des pompiers de la ville, a éteint la torche, hurlant que le temps des pétitions était passé et qu'il fallait se porter au Parlement!

Lorsque la procession y est parvenue, l'endroit se trouvait sans aucune protection. Avec des hurlements sauvages, les tories se sont mis à lancer des pierres à travers les carreaux, brisant presque tous les luminaires à gaz de la Chambre d'assemblée. Certains députés se sont enfuis vers la bibliothèque, d'autres se sont regroupés autour du président pendant que les clercs ramassaient hâtivement leurs affaires les plus précieuses.

Pendant un moment, on a cru que les violences étaient terminées, mais, en moins de temps qu'il n'a fallu pour le dire, les meneurs sont entrés au Parlement, se bousculant jusqu'à l'étage. Entrant dans la Chambre d'assemblée, ils ont tout détruit sur leur passage, pupitres, chaises, livres, tableaux au mur… Le chef des pompiers, Alfred Perry, a lancé des pierres sur le cadran de l'horloge située en haut du fauteuil du président de la Chambre, puis un autre y a pris place en hurlant *le Parlement français est dissous!*

Les émeutiers ont lancé des balles de papier enflammées et un incendie a éclaté dans la salle du Conseil législatif. Alimenté par les tuyaux de gaz brisés, il s'est propagé avec une extrême rapidité. Les députés, rangés gravement deux par deux derrière le président toujours affublé de son costume solennel, ont descendu l'escalier et ont franchi la grande porte. Si les plus violents des émeutiers étaient encore occupés à l'intérieur, la foule a réussi à battre l'un des députés tandis que les autres étaient copieusement hués.

L'incendie, néanmoins, retenait l'attention générale. Aux alentours, quelques bâtiments commençaient à fumer pendant que quelques foyers d'incendie prenaient naissance chez les sœurs grises. Le bruit courant depuis un certain temps que les tories en avaient non seulement contre les Canadiens et leur démocratie, mais aussi contre la religion catholique et ses représentants les plus zélés, des Irlandais montaient chez les sœurs grises une garde constante, en prévision de troubles éventuels. Appelant leurs concitoyens à l'aide, ils se sont mis à combattre les flammes avec ardeur.

Les quelques pompiers qui auraient voulu actionner leurs pompes n'ont pu qu'assister, impuissants, au spectacle : les émeutiers leur ont barré le chemin après avoir sectionné les boyaux des machines et dételé les chevaux. Toute la place d'Youville était livrée à une populace en délire qui dansait et chantait autour du brasier. Laurent, qui avait réussi à sauver quelques livres de l'incendie, a été obligé de les remettre à des tories, qui se sont empressés de les lancer dans les flammes.

Les militaires avaient été appelés plusieurs heures auparavant, mais ils ne sont arrivés, sous le commandement du général Gore, que lorsque le toit de l'édifice s'écroulait dans une gigantesque nuée d'étincelles. Sous la protection des soldats, les pompiers ont pu enfin s'approcher des maisons enflammées de la rue Craig. Se signant avec ferveur, Léocadie murmure que c'est un miracle si l'incendie est resté confiné à la place d'Youville.

Assommé par la fatigue et par le désarroi, prostré, Laurent fait peine à voir. Léonie fait signe à Simon qu'il est temps de partir et, après avoir jeté un coup d'œil circonspect dans la rue, calme et déserte, tous trois filent prestement se barricader dans leur maison. Il faut un long moment à Flavie pour s'endormir au son de la voix de ses parents qui discutent dans leur chambre.

Quand elle se réveille, peu après le lever du soleil, elle se sent encore plus maussade et chiffonnée qu'après une nuit blanche occasionnée par une délivrance. Ses parents dorment encore et elle n'a qu'une seule envie : se rendre sur les lieux de l'incendie. Elle s'habille en vitesse et ne prend même pas le temps de refaire ses tresses avant de coiffer son bonnet. Dehors, la rue est d'un calme inhabituel, mais la vie quotidienne a quand même repris son cours : la charrette du livreur d'eau apparaît dans le lointain et, en face, Marquis est en train d'ouvrir ses volets.

Mais le répit est de courte durée : la brise matinale transporte jusqu'à la rue Saint-Joseph des échos lointains. Flavie échange avec Marquis un regard inquiet et, lorsque la rumeur des voix semble se rapprocher, le gros homme fait à la jeune fille de grands signes l'intimant à rentrer chez elle, puis il referme ses volets en toute hâte.

À contrecœur, Flavie rebrousse chemin, prenant soin de verrouiller la porte d'entrée. Bientôt, une procession de tories qui lancent des invectives de leurs voix éraillées passe devant la maison. Flavie l'observe entre les fentes des volets de la salle de classe, notant une bonne quantité de messieurs bien habillés parmi le peuple… Assis dans une charrette, un homme fait jouer entre ses mains, menaçant, une masse que Flavie reconnaît comme étant celle du président de l'Assemblée et dont il se servait jusqu'à hier soir pour ramener un peu d'ordre parmi ses députés !

Simon et Léonie, encore tout endormis, prennent place à ses côtés. La procession vient tout juste de dépasser la maison lorsque les meneurs décident abruptement de faire demi-tour. Après un grand mouvement désordonné, chacun reprend la direction du centre-ville et, bientôt, le silence retombe sur la rue Saint-Joseph.

Tous trois sont en train de déjeuner lorsqu'on tambourine à la porte qui donne sur le jardin. C'est Laurent, dont la tempe droite s'orne maintenant d'une magnifique ecchymose légèrement enflée. Il rejette avec impatience la sollicitude de Léonie et il leur apprend qu'il est sur la route depuis l'aube.

Léonie lui place d'autorité un grand bol de soupe sous le nez, qu'il avale goulûment mais machinalement tout en les informant que les députés vont siéger plus tard ce matin dans la grande salle du marché Bonsecours. Un registre sera placé au château Ramezay pour que les citoyens viennent y apposer leur signature signifiant leur soutien au gouverneur général ; Flavie et ses parents conviennent de s'y rendre à la première heure, avec les Sénéchal.

Simon suppose à voix haute que l'activité sera au point mort aujourd'hui, ce que confirme Laurent : toutes les devantures commerciales sont demeurées fermées, comme les bureaux et les manufactures. Inutile d'attendre les élèves de l'École de sages-femmes aujourd'hui. De même, aucun parent n'oserait éloigner de lui ses enfants pour les envoyer à l'école…

Laurent s'éclipse sitôt sa dernière bouchée avalée et, peu après, Agathe surgit, les avertissant qu'ils sont prêts à se rendre en ville. Léonie hésite encore : les émeutiers se promènent encore librement… Mais ils en veulent seulement aux représentants politiques réformistes et, de plus, s'ils se présentent en masse en ville, les Canadiens auront pour eux la force du nombre. Léonie n'est pas longue à convaincre. Il faut affirmer clairement, d'une manière ou d'une autre, que les Montréalais ne se laisseront pas intimider longtemps !

La rumeur court que les tories arpentent les rues commerciales de la ville, mais de nombreux habitants ont pris la même résolution que les Montreuil et les Sénéchal, qui se retrouvent à marcher parmi une foule de plus en plus compacte se dirigeant vers la place d'Youville. Les soldats de la garnison de Montréal qui patrouillent reçoivent de tous ceux qui les croisent des regards méprisants pour leur comportement si lâche de la nuit précédente.

Étonnamment silencieuse, la place est encombrée de curieux qui se promènent lentement, observant avec de grands yeux stupéfaits les monceaux de débris et les grands murs de pierre qui tiennent encore debout du parlement du Canada-Uni. Tandis que des exclamations d'indignation et de tristesse résonnent autour d'elle, Flavie contemple longuement la tour centrale aux fenêtres devenues comme de grands trous béants, navrée par cet incroyable gâchis causé par la bêtise humaine.

— Flavie? murmure une voix familière.

Elle se tourne, surprise, pour découvrir Augustin, le visage fatigué comme s'il n'avait pas dormi, ses cheveux mal coiffés, le col de travers… Léonie s'exclame:

— Monsieur Briac! Vous n'êtes pas blessé?

Tous entourent le jeune homme défait et lui murmurent des paroles de soutien et d'encouragement, ce qui lui tire un sourire de reconnaissance et semble lui redonner un peu d'énergie. Lorsque l'attention générale se reporte sur le squelette du bâtiment, Flavie prend la main d'Augustin et pose un baiser sur sa joue râpeuse. Il articule:

— Vous y comprenez quelque chose, vous? Au nom de quelle liberté a-t-on le droit de commettre un tel crime?

Peut-être au nom de la lutte contre l'esclavage, songe Flavie, ou contre l'absolutisme… mais certainement pas au nom des pseudo-droits dont les Anglais, les plus privilégiés d'entre eux tous, s'estiment lésés! Outrageusement gâtés par les richesses et les faveurs, ils trouvent pourtant le moyen d'agir en victimes ! Secouant longuement la tête devant cette situation difficilement compréhensible, elle s'informe :

– Vous avez passé la nuit debout, Augustin ?

Il acquiesce, précisant qu'il a dormi quelques heures dans une encoignure, non loin… Flavie lui suggère de se rendre au marché Bonsecours où se trouve déjà Laurent. Le pas traînant, les épaules voûtées, le jeune homme s'éloigne.

Au château Ramezay, des centaines de Montréalais font déjà la queue pour aller signer le fameux registre, mais personne ne manifeste la moindre impatience et les informations, parfois sérieuses, parfois farfelues, circulent d'un bout à l'autre de la file. On apprend que, sitôt réuni, le conseil de ville a écrit à lord Elgin pour lui exprimer le regret des citoyens devant l'outrage subi. Il semblerait aussi que la police vient de procéder à l'arrestation d'une vingtaine de personnes, dont les meneurs, cinq tories qui seront accusés de l'incendie du Parlement : les marchands Perry et Montgomery, le journaliste Ferris, l'avocat Mack et l'homme d'affaires Howard.

Lorsque les Montreuil sortent finalement du château, ils prennent congé des Sénéchal et se dirigent sans tarder vers la Société compatissante. Léonie craint fort que les patientes et la concierge ne soient livrées à elles-mêmes, mais elle avait eu tort de s'inquiéter : Françoise est arrivée peu après l'aube. Les femmes, dont certaines craignent pour la vie de leurs proches, sont néanmoins fort agitées.

Simon prend le temps de les regrouper dans le salon et de leur raconter en détail tous les événements, pendant que, réunies dans le petit bureau, les trois femmes et

Marie-Zoé font un conseil de guerre. Il y a fort à craindre que, pendant encore plusieurs jours, il soit impossible de circuler la nuit. Comme plusieurs patientes sont à la veille d'accoucher, il faut donc qu'une sage-femme vienne s'installer sur les lieux pour la nuit. Ce sera Léonie ce soir, puis Flavie le lendemain soir, et ensuite Sally et Magdeleine; ces tours de vieille seront ensuite repris si nécessaire.

Après le dîner, chacun s'absorbe dans ses tâches, y compris Simon qui donne un sérieux coup de main pour le ménage alors que plusieurs patientes reçoivent la visite de membres de leurs familles, comme il est de coutume tous les après-midi. Vers cinq heures, Simon insiste pour ramener Flavie à la maison et, bientôt, tous deux quittent les lieux, de même que Françoise, qui embarque dans sa voiture. Derrière eux, Léonie ferme à double tour.

Lorsque Flavie et son père passent devant la maison des Sénéchal, Cléophas les hèle et leur annonce que les tories en colère entourent le marché Bonsecours, attendant la sortie des députés. À la tombée de la nuit, les émeutiers prennent de nouveau la ville en otage. Le lendemain matin, Simon et Flavie apprennent par Laurent que, lorsque les députés ont quitté le marché à la fin de leur journée, ils ont été assaillis et l'un d'entre eux a été sérieusement blessé. Il a fallu l'intervention des troupes pour libérer le premier ministre Lafontaine, qui est régulièrement la cible, depuis la veille, de menaces de mort...

La foule s'est ensuite portée vers la prison de la rue Notre-Dame, où Alfred Perry se faisait conduire en fiacre de la police. L'attelage a reçu une volée de briques, de pierres, de morceaux de plâtre et de bois alors qu'une brigade de pompiers fonçait sur les soldats pour tenter de libérer l'accusé! Ce dernier a hurlé à la foule de se tenir calme et, au milieu de soldats bienveillants, il a tranquillement marché vers la prison. Comme le shérif était un tory, il a placé Perry et les autres accusés dans la partie la plus confortable de l'immeuble, les autorisant à se faire servir leurs repas par le meilleur chef cuisinier de la ville!

Devant ce récit digne de la scène burlesque, Simon est pris d'un tel accès de fureur que Flavie craint pendant un bref instant qu'il ne se venge sur la vaisselle.

– Quand les Patriotes étaient emprisonnés au Pied-du-Courant, ce n'étaient pas des chefs cuisiniers qui venaient les nourrir, mais des dames charitables qui avaient pitié des conditions inhumaines dans lesquelles on les tenait! Il y a dix ans, les rebelles étaient jugés comme des traîtres et des renégats, alors qu'aujourd'hui ceux qui attaquent un gouvernement *légitime* sont traités en héros! Quand serons-nous débarrassés de ces tories qui noyautent l'administration et qui se croient tout permis? Des profiteurs de la pire espèce, oui, des arrogants, des… des…

À court de mots, essoufflé, Simon se laisse tomber dans la berçante et Laurent en profite pour poursuivre son récit. Car ce n'est pas tout: en quittant les alentours de la prison, après s'être amusés à faire la chasse à un innocent magistrat, les émeutiers ont rejoint un autre rassemblement sur le champ de Mars et ils ont décidé de s'en prendre aux réformistes et à la *domination française*. Ils ont fracassé les fenêtres du journal *The Pilot*, sympathique au gouvernement, résistant à l'envie d'y mettre le feu uniquement parce qu'un immeuble voisin appartient à des tories!

Les résidences de deux parlementaires ont ensuite été prises d'assaut, puis, rue Saint-Antoine, une taverne et une maison de pension où logent plusieurs députés. Les émeutiers ont brisé les vitres et démoli le mobilier… Au cri de *To Lafontaine's!* la foule s'est ensuite dirigée vers la résidence du premier ministre, située à proximité, au milieu d'un verger. Acquise l'hiver précédent seulement, encore inoccupée, elle était cependant superbement meublée…

Très froidement, avec délibération, les émeutiers ont tenté à trois ou quatre reprises d'y mettre le feu, sans y parvenir cependant grâce à l'intervention de quelques messieurs. Les fenêtres ont été brisées, les portes forcées et tout a été méthodiquement détruit, la porcelaine fine, les miroirs, le cellier, les tables, les chaises, les couvre-lits, les matelas de plumes…

Frustrés de ne pas voir la maison descendre en flammes, les tories se sont vengés en incendiant les écuries et en abattant quelques pommiers. Comme les soldats sympathisent avec les émeutiers, ces derniers étant ceux qui, dix ans plus tôt, se sont battus contre les Patriotes, ils ne sont pas intervenus, sauf pour, encore une fois, laisser passer les pompes à incendie afin de protéger les propriétés avoisinantes. Encore assoiffée de destruction, la foule s'est finalement portée vers la maison du docteur Wolfred Nelson, un autre libéral, dont les volets ont été arrachés et les vitres brisées, puis vers celle de Lewis Drummond, où un gardien armé a cependant repoussé l'assaut.

Atterrée par cette rage destructrice qui semble ne pas avoir de fin, Flavie se place derrière son père et lui presse les épaules. Aussitôt, Simon étreint sa main si vigoureusement qu'elle fait une grimace involontaire. Laurent repart en toute hâte pour le marché Bonsecours et tous deux, machinalement, se consacrent à diverses occupations.

Après le dîner, Simon reconduit Flavie jusqu'à la Société compatissante et il repart avec Léonie. Peu après, Marie-Claire et Françoise arrivent au refuge, venues en fiacre, mais néanmoins essoufflées comme si elles avaient couru. De nouveau, les tories sont en train de se rassembler sur le champ de Mars et leur attelage a dû faire un large détour pour parvenir jusqu'à Griffintown. Fort excitée, Marie-Claire apprend à Flavie que des miliciens de Sorel traversent le fleuve pour venir prêter main-forte aux soldats et que des milliers de Canadiens sont en train de se rassembler pour offrir leurs services au gouverneur Elgin et aux députés.

Réconfortée par cette nouvelle, Flavie envoie au marché Marie-Zoé, en remplacement de la cuisinière qui ne s'est pas pointé le bout du nez depuis deux jours, puis elle distribue les tâches parmi les patientes qui caquettent et virevoltent malgré leurs grosses bedaines. L'après-midi passe à la vitesse de l'éclair, Françoise et Marie-Claire partent, puis Flavie chasse les derniers visiteurs. Aidée par quelques patientes, elle sert un frugal souper agrémenté par les victuailles apportées par la parenté et que les femmes partagent généreusement, puis elle sort fermer les volets du rez-de-chaussée. Après un dernier coup d'œil aux alentours paisibles, elle enferme toute la maisonnée à l'intérieur.

La soirée est plutôt joyeuse : réunies dans le salon, la plupart des patientes ainsi que Marie-Zoé et sa petite fille bavardent, chantent et parfois dansent. Entre deux tâches, Flavie s'assoit parmi elles, faisant mine d'ignorer qu'un petit flacon circule subrepticement même si les règlements de la maison interdisent formellement l'alcool sur les lieux. Elle interviendra si les femmes abusent…

Soudain, des coups sonores retentissent à la porte et le brouhaha est remplacé par un lourd silence. Flavie se lève lentement et se rend à l'entrée, suivie par Marie-Zoé qui lui murmure avec effroi qu'il ne faut pas ouvrir, que ce sont peut-être de méchants tories… Se raclant la gorge, Flavie assure sa voix avant de crier :

— Qui est là ?

Pendant un long moment, personne ne répond et Flavie espère que l'intrus s'est résolu à quitter les lieux lorsqu'une voix masculine lance avec vigueur :

— Ouvre, Flavie ! C'est moi, Bastien !

Comme frappée par la foudre, Flavie reste pétrifiée. Que fait-il dehors, seul, alors que l'obscurité est tombée et que la ville est mise à sac par une foule incendiaire ? Son sang ne fait qu'un tour et, fébrilement, elle débarre la porte et l'ouvre toute grande. La lampe à huile que Marie-Zoé tient à bout de bras éclaire une silhouette familière et Flavie, se sentant chavirer, recule de plusieurs pas.

Vivement, Bastien entre, puis referme derrière lui. Il se retourne ensuite lentement, visiblement intimidé. Avec une avidité qu'elle tente vainement de dissimuler, Flavie l'examine, notant qu'il est vêtu, comme un ouvrier, d'un vieux pantalon, d'une chemise sale et d'une veste sans manches. Ses cheveux courts sont ébouriffés et il arbore une barbe d'au moins trois jours. Ses joues se sont creusées depuis…

Honteuse de la manière dont elle le couve des yeux, Flavie se tourne vers Marie-Zoé et lui prend la lampe d'entre les mains, grommelant qu'elle peut retourner avec les autres. La domestique obéit et les deux jeunes gens se retrouvent seuls, face à face. Une rage froide prend lentement possession de Flavie, cette rage bienfaisante qui a remplacé son lourd chagrin. Elle lance sans ménagement :

– Qu'est-ce que tu fais ici ?

Il balbutie :

– Je voulais… Je pensais…

Avalant sa salive avec difficulté, il inspire profondément pour reprendre la maîtrise de lui-même. S'adossant à la porte, il marmonne :

– Je suis allé chez toi. Je voulais savoir si… si tu te portais bien. Ta mère m'a dit que tu étais ici, seule… Alors je me suis dit… que peut-être tu aurais besoin d'aide.

Il est passé rue Saint-Joseph pour s'informer d'elle ? À l'intérieur de Flavie, les émotions s'entrechoquent. Se bardant contre l'attendrissement, elle répond :

– Je me débrouille très bien, merci. Tu n'aurais pas dû venir.

Trois femmes enceintes entourent soudain Flavie et demandent à être présentées au visiteur. À contrecœur, elle obtempère et les patientes, saisissant Bastien par le bras, le tirent jusqu'au salon, lui faisant une belle place sur le canapé parmi elles. Aussitôt installé, le jeune homme est bombardé de questions sur ce qui se passe en ville. Il répond de bonne grâce, racontant que, cet après-midi, les tories ont voté une adresse à la reine lui demandant de rejeter la loi et de démettre Elgin de ses fonctions et que, ce soir encore, les émeutiers se promènent dans la ville avec le dessein de s'attaquer aux propriétés des parlementaires.

Certainement, la ville est maintenant protégée par les miliciens canadiens ? Bastien répond avec chagrin que lui-même aurait voulu faire partie de ces volontaires, mais que le Parlement a refusé leur aide sous prétexte « d'empêcher l'affrontement entre les races ». Certains hommes ne l'entendent pas de cette oreille et plusieurs centaines d'entre eux, armés de bâtons, collent de près les émeutiers dans le but de les empêcher de faire davantage de ravages.

Sans bruit, Flavie s'est retirée dans le petit bureau, qui est plongé dans l'obscurité. L'arrivée subite et inattendue de Bastien la laisse complètement démunie, ballottée par des élans contradictoires de tout son être. Un moment, elle voudrait lui sauter dans les bras et, l'instant suivant, l'envoyer aux enfers. Une question lancinante la hante : pourquoi diable vient-il soudainement l'importuner, après l'avoir laissée sans nouvelles pendant une année complète ?

Furieuse tout à coup, elle marche à grandes enjambées vers le salon et lance d'une voix forte :

— La soirée est terminée, mesdames. Il est temps de monter !

Un concert de protestations s'ensuit : « On commençait tout juste à s'amuser », « laissez-nous veiller encore », « ce monsieur est si gentil »… Au bord des larmes, Flavie murmure d'une voix tremblante :

— Je vous en prie, montez…

Constatant son émoi, les femmes s'apaisent d'un seul coup et s'échangent des regards entendus. L'une d'entre elles susurre :

— Votre mère serait peut-être fort marrie qu'on vous laisse seule avec monsieur, entendu que la nuit est tombée et que…

Bastien, qui gardait obstinément les yeux baissés, se redresse soudain, protestant :

— Mme Montreuil me connaît très bien et elle sait que je suis ici.

Marie-Zoé saisit sa fille endormie et se dirige vers les escaliers. Peu à peu, les patientes lui emboîtent le pas et, bientôt, le silence du rez-de-chaussée est seulement rompu par les rires et les exclamations des femmes, à l'étage. Sans regarder Bastien, Flavie jette, en indiquant la porte :

— Je voudrais que tu partes, toi aussi.

— Mais…

— Je veux que tu partes !

Flavie entend les ressorts du canapé grincer et il passe lentement près d'elle, murmurant :

— Flavie, s'il te plaît…

— Sors ! crie-t-elle d'une voix qui tremble à la fois de colère et de désarroi.

À l'étage, les femmes se taisent pendant un moment, puis elles reprennent leur bavardage en chuchotant. Flavie songe brusquement qu'elle est peut-être sur le point de livrer le jeune homme à des tories fous furieux. Désespérée, elle le regarde du coin de l'œil marcher vers la porte et, lorsqu'il va tirer le verrou, elle lance :

— Attends ! C'est trop dangereux, tu ne peux pas…

— Je ne crains rien, réplique-t-il en se retournant. Je sais comment rentrer chez moi sans me faire inquiéter.

— Mais les tories attaquent les maisons des notables du faubourg Saint-Antoine…

— Laisse-moi rester ! supplie-t-il soudain en revenant vers elle. Je me coucherai dans un coin et je ne te dérangerai pas de la nuit, je te le jure.

Incapable de supporter sa proximité, Flavie tourne les talons et va se laisser choir dans l'un des fauteuils du salon. Bien enfoncée, protégée par le siège profond et les hauts accoudoirs, elle se pelotonne, remontant ses genoux sous sa jupe et cachant sa tête dans ses bras repliés. Elle redoute d'entendre le bruit du verrou, mais le silence s'étire et, après un long moment, elle risque un œil. Adossé contre le mur, les yeux fermés, Bastien est assis à même le sol à l'entrée du salon. Elle grommelle furieusement :

— Tu es têtu comme une mule !

Il sourit pour la première fois depuis son arrivée et les traits de son visage s'adoucissent de façon si touchante que Flavie enfouit de nouveau sa tête dans ses bras, respirant profondément pour calmer le papillon affolé qui tournoie en elle. Humiliée, elle est bien obligée de constater que la présence du jeune homme soulève en elle un torrent d'émotions, colère et désir, chagrin et espoir… un torrent de tout, sauf de cette indifférence dont elle croyait, jusqu'à maintenant, s'être fait une carapace. Elle s'en veut terriblement de cet attachement illusoire. Depuis un an, elle se répète pourtant que l'amour de Bastien n'était que superficiel puisqu'il a réussi à s'en débarrasser d'un seul coup d'épaule lorsqu'il a décidé de partir !

Elle sursaute quand le jeune homme, d'une voix très gentille, la félicite de sa nouvelle qualité de sage-femme, ajoutant qu'il a lu l'annonce dans les journaux. Surprise, Flavie redresse la tête :

— Tu es revenu depuis si longtemps ?

S'empourprant soudain, il bégaye :

— Non… Je suis rentré en mars. Mais maman… avait gardé la coupure de journal.

De plus en plus étonnée, Flavie assimile cette information avant de répliquer avec acidité :

— Moi aussi, j'ai vu ta publicité.

Son visage se ferme et il reste muet. Après un temps, curieuse malgré tout, Flavie l'interroge sur son stage à Boston. D'une voix égale, il lui raconte comment il s'est fait engager par l'un des plus célèbres hydrothérapeutes de tout le continent, à condition qu'il travaille à la clinique pour pouvoir payer au maître ses émoluments. Pendant six mois, Bastien a donc suivi des cours chaque matin, en plus de soigner les patients à la clinique et de s'activer plusieurs heures par jour à une multitude de tâches, parfois très instructives, mais parfois bassement triviales, comme vider les pots de chambre ou passer la vadrouille à la grandeur lorsque la garde-malade ou la domestique étaient débordées.

Il se tait et Flavie demande encore :

— Tu y crois donc ?

— Au traitement par l'eau ? Oui et non. Pour certaines affections chroniques, j'ai vu des guérisons spectaculaires. L'eau froide est souveraine contre les fièvres et je suis maintenant persuadé que c'est la première chose à faire en cas d'épidémie comme le choléra ou le typhus. Mais pour des maladies plus aiguës… ça ne réussit pas vraiment.

— Il y a quelque chose qui réussit ? demande Flavie d'un ton dubitatif.

— La chirurgie, de plus en plus… Là-bas, j'ai vu des choses qui sont encore impensables ici. L'utilisation de l'éther et du chloroforme permet au chirurgien d'oser des interventions très délicates. J'en suis arrivé à croire qu'en médecine il ne faut rejeter aucun traitement sous prétexte qu'il n'est pas orthodoxe ou qu'il ne s'inscrit pas dans la tradition qu'on nous enseigne. La seule chose qui importe, ce sont les résultats. Si un traitement réussit à guérir un bon nombre de patients, que ce soit par les médicaments traditionnels, par l'eau froide, par la chirurgie, par le magnétisme ou par l'homéopathie, il faut l'adopter.

– Difficile, pour un seul homme, de posséder toutes ces sciences…

– Exact. Chacun doit se spécialiser selon ses affinités, mais chacun devrait également être capable de déterminer quel serait le meilleur traitement et ensuite avoir l'humilité d'envoyer, si nécessaire, son patient à un autre. Moi, j'ai choisi l'hydrothérapie parce que je crois que cette thérapeutique, alliée à une bonne hygiène de vie, peut soulager l'immense majorité des maladies.

– Une bonne hygiène de vie! s'exclame Flavie sans cacher son mépris. Ça m'horripile quand je vois des bourgeois faire la morale aux pauvres! Qui donc fait travailler tous ces gens dans des ateliers et des fabriques, du matin au soir? Au port, comme des mulets, à décharger des navires? Ou dans les caves des auberges et des hôtels? Une jeune fille m'a raconté qu'elle lavait la vaisselle d'une salle à manger. On ne lui confiait que le plus sale et elle restait debout pendant dix heures d'affilée, même si elle était grosse jusqu'aux yeux! Son bébé a survécu quelques heures seulement…

Essoufflée, Flavie se tait, subitement consciente de son ton vindicatif et, surtout, des grands yeux de Bastien qui la fixent. Il finit par répondre avec un calme détachement:

– Tu as raison sur toute la ligne. La pauvreté est un grave problème social devant lequel tous les riches ferment les yeux parce qu'ils profitent de cette main-d'œuvre à bon marché.

D'une voix mal assurée, elle demande encore:

– Mais ta clinique… Tu n'as quand même pas pu l'installer rue Saint-Denis?

— Chez moi, répond-il laconiquement. Mon père me loue deux pièces de la maison. Pour l'instant, ce n'est vraiment pas rentable.

Brusquement, elle ne peut plus y tenir et, sans oser croiser son regard, elle souffle :

— J'aurais tellement préféré… ne pas te revoir. Il m'a fallu du temps pour t'oublier, parce que moi, je… Alors tu comprends…

Se propulsant avec ses mains, il se lève d'un seul mouvement et il vient s'asseoir plus près, à l'extrémité du canapé. La regardant intensément, le visage défait, il articule :

— Je suis sincèrement désolé. Je n'ai pas pu faire autrement, je t'assure.

— Même m'écrire, c'était impossible ?

Il accuse le coup et balbutie :

— Je voulais… te laisser libre. Comme j'ignorais tout de mon avenir…

Ressentant encore cruellement la blessure infligée par son silence d'une année, Flavie se détourne pour lui cacher l'expression de son visage. Cependant, elle s'enquiert encore timidement :

— Et tes reproches à toi-même, est-ce qu'ils ont disparu ?

Le silence dure si longtemps qu'elle tourne la tête pour le regarder. Le visage fermé, la bouche serrée, il contemple ses mains jointes devant lui. Elle grommelle avec une intense dérision :

— Ça a tout l'air que non…

Sans bouger, il se racle la gorge :

— Je suis venu aussi pour te dire que… si ma proposition d'affaires t'intéresse encore, je la maintiens.

Après un moment d'égarement, Flavie réalise qu'il évoque leur projet d'association et, abasourdie, elle réplique :

— Tu envisagerais quand même… ?

— J'ose croire encore que tu en tirerais un grand profit, l'interrompt-il.

— Quant à toi, persifle-t-elle, tu pourrais éviter les délivrances qui, sans doute, te font bien peur…

Il tique et Flavie s'en veut un peu de cette allusion méchante qui, cependant, lui fait un grand bien… Il rétorque sourdement :

— Si c'était seulement pour ça, j'irais voir Marguerite. D'après ce que j'ai entendu dire, elle rame fort… Sincèrement, je souhaite surtout t'aider. Peut-être que je pourrai ainsi réparer un peu…

Elle ne soutient son regard qu'un court instant avant de se détourner tandis qu'une douleur sourde lui bat les tempes. Après un temps, il murmure :

— J'ai entendu dire… que tu avais un cavalier ?

Comme mue par un ressort, Flavie se tourne vers lui, les yeux agrandis.

— Tu as entendu dire ? Par qui ?

De nouveau empourpré, Bastien balbutie :

— Eh bien… les choses se disent…

Flavie darde sur lui un regard si intense qu'il jette :

— J'avais demandé à… à Suzanne de me donner des nouvelles…

— À Suzanne ? s'exclame Flavie, atterrée. Mais comment as-tu pu te fier à elle ?

— Elle était ton amie, non ? réplique-t-il, piqué. C'est vrai qu'à la fin elle semblait bien refroidie…

— Je n'ai plus aucune confiance en Suzanne, ajoute Flavie farouchement. Pas seulement parce qu'elle va marier Louis. Elle est devenue une vraie tête de linotte.

— Alors je n'aurais pas dû la croire? s'enquiert Bastien avec un détachement forcé. Tu n'as pas de cavalier?

La gorge trop serrée pour répondre tout de suite, Flavie frotte ses yeux aux paupières lourdes et brûlantes de fatigue. Elle finit par murmurer avec lassitude :

— Pour le sûr, Suzanne, avec Louis qui lisait par-dessus son épaule, ne t'a épargné aucun détail. Augustin, mon cavalier de l'été passé, et puis maintenant Patrice, un simple marchand de poissons du marché Sainte-Anne…

Incapable de supporter davantage la présence du jeune homme, Flavie rassemble ses dernières bribes d'énergie et, avec effort, elle se lève en balbutiant :

— Je vais me coucher en haut. Tu peux utiliser le canapé.

Elle s'enfuit, montant les escaliers à toute vitesse. L'étage est plongé dans l'obscurité complète, mais Flavie, qui connaît les lieux comme sa poche, marche sans trébucher jusqu'au seul lit libre sur lequel elle se laisse tomber sans même se déchausser. La plupart des femmes dorment, mais elle sait que quelques-unes sont attentives à ses gestes. Elle se couche sur le côté et remonte ses genoux vers son ventre, serrant étroitement ses bras contre sa poitrine. Il lui faut un temps infini pour tomber dans un sommeil agité.

Au matin, Marie-Zoé se réveille la première et, entre ses cils, Flavie la voit descendre seule l'échelle qui conduit à son petit appartement, au grenier. Engourdie par un demi-sommeil, elle suit vaguement sa progression jusqu'en bas, elle l'entend échanger quelques phrases avec Bastien et puis la porte d'entrée s'ouvre et se referme. Profondément soulagée par le départ du jeune homme, elle se laisse de nouveau couler dans l'univers des songes.

CHAPITRE XXXIV

L'après-midi est avancé lorsque Flavie reprend le chemin de la rue Saint-Joseph, après avoir laissé les patientes de la Société compatissante aux bons soins de Sally Easton. La ville lui semble plus calme, mais les rues sont encombrées de débris qui compliquent la marche et surtout la progression des attelages. Quelques boutiquiers ont rouvert les volets de leur commerce et, au marché, comme la veille, plusieurs marchands se tiennent derrière les comptoirs.

Même si elle préférerait de beaucoup monter à sa chambre sans rien dire, Flavie signale son arrivée à ses parents qui s'activent dans la cour arrière. Aussitôt, Léonie vient la rejoindre dans la cuisine. L'examinant avec attention, elle lui demande si tout s'est bien passé et Flavie acquiesce silencieusement. Jetant un coup d'œil en direction du jardin, Léonie reprend :

— Et... tu n'as pas eu de la visite, hier soir ?

Vibrante d'indignation, Flavie s'écrie :

— Qu'est-ce qui t'a pris d'aller lui dire que j'étais là ?

Après un temps, Léonie explique avec précaution :

— J'ai cru qu'une présence masculine ne serait pas de trop. Je m'en voulais de t'avoir laissée seule là-bas. Il avait l'air sincèrement préoccupé par ton bien-être...

– Je ne veux plus le revoir, maman, c'est clair ? Plus jamais, jamais…

Léonie murmure doucement, avec tendresse :

– Tu l'aimes encore, n'est-ce pas ?

Complètement désarmée par le ton affectueux et par le regard franc que sa mère pose sur elle, Flavie prend un long moment avant de bégayer avec un désespoir tranquille :

– Qu'est-ce que ça peut bien faire ? Lui ne m'aime plus…

Léonie hoche lentement la tête d'un air dubitatif. Si Flavie avait pu voir le trouble avec lequel Bastien se débattait tandis que, debout devant elle sur la galerie, il justifiait sa présence avec un embarras touchant ! Serrant le bras de sa fille, Léonie lui murmure :

– Ton père ignore que Bastien est allé à la Société et il vaut mieux qu'il ne le sache pas.

Flavie couvre sa mère d'un regard étonné et Léonie hésite un moment avant de préciser :

– Simon l'a reçu comme un chien dans un jeu de quilles.

À la fois ulcérée et remplie d'un étrange contentement, Flavie presse sa mère de s'expliquer. Simon et Léonie étaient en train de bavarder avec plusieurs de leurs voisins en plein milieu de la rue lorsque le jeune homme s'est approché d'eux. Léonie l'a entraîné vers la galerie, à l'abri des oreilles indiscrètes, espérant que Simon, dont elle a senti tout de suite la colère, ne les suivrait pas. Mais il s'est empressé de grimper sur la galerie et l'a copieusement engueulé, lui reprochant de s'être enfui comme un poltron en causant à Flavie un grand chagrin. Raide comme un piquet, Bastien l'a écouté sans sourciller. Léonie a réussi à pousser Simon dans la salle de classe alors qu'il interdisait au jeune médecin de remettre les pieds chez eux, au risque de débouler en bas de la galerie.

Comme Simon, hors de lui, s'est immédiatement dirigé vers les latrines, Léonie a pu causer quelques minutes avec le jeune homme, lui expliquant à quel point son mari avait les nerfs à fleur de peau à la suite des violences perpétrées par les tories. Elle lui a ensuite indiqué où se trouvait Flavie et Bastien lui a demandé la permission de s'y rendre.

Sur ces entrefaites, Simon entre dans la cuisine et les deux femmes se taisent. Il serre les lèvres sans rien dire et, pour faire diversion, Flavie s'enquiert des provocations des Anglais depuis la veille. Son père lui apprend qu'à Montréal la nuit dernière a été moins agitée et que les violences se sont déplacées aux Trois-Rivières et à Québec, où il y a eu des manifestations et des bagarres.

Avec satisfaction, il lui confirme que les députés ont fait parvenir une lettre à lord Elgin l'assurant de leur soutien pour maintenir la paix publique de quelque manière que ce soit. L'évêché a également envoyé une délégation au gouverneur pour l'assurer des sympathies du clergé et il a publié une circulaire pour que les curés encouragent parmi le peuple la fidélité au « bon gouvernement ». Simon s'emporte encore :

— C'est bien beau, tout ça, mais on interdit aux Canadiens de se défendre avec des armes ! Le gouverneur semble décidé à attendre que ces damnés Anglais s'écroulent d'épuisement !

Flavie fait mine de s'intéresser à la situation politique, mais, pour dire vrai, elle est obsédée malgré elle par la visite de Bastien. Elle lui en veut terriblement d'avoir rouvert cette plaie encore douloureuse et, en même temps, elle tremble du désir de le retrouver comme avant, si avenant, si chaleureux…

Ce combat intérieur la garde éveillée une bonne partie de la nuit. Épuisée, elle s'endort finalement d'un lourd sommeil dont elle sort très tard en maugréant. Elle erre sans but à travers la maison et le jardin, puis elle rend visite à Agathe, qui lui raconte avec humour comment son fonctionnaire de mari rentre bien après la noirceur, comment il avale sa soupe tel un automate puis se laisse tomber dans son lit, terrassé par la fatigue, et enfin comment il se relève à l'aube, lui posant un baiser sur le front pour ensuite décamper vers le marché Bonsecours…

Après le dîner, Léonie quitte la maison pour son quart de veille à la Société, accompagnée pendant une courte partie du trajet par sa fille et sa bru qui se rendent au marché et rue Notre-Dame faire d'indispensables emplettes. N'osant confier son désarroi à son amie, Flavie parle peu, se contentant d'écouter gentiment son bavardage.

Lorsque toutes deux reviennent chez les Sénéchal, Léocadie informe sa fille que Simon la fait demander immédiatement à l'école de la paroisse. Pâlissant, Agathe murmure :

— Tu crois que c'est à cause… ?

Sa mère fait une grimace d'ignorance et Agathe, après avoir déposé ses paquets sur la table de la cuisine, sort aussitôt. Léocadie révèle à Flavie que le directeur de l'école s'élève contre le fait qu'Agathe, même mariée, veuille conserver son poste.

— Il prétend qu'elle vole l'emploi d'un père de famille ou d'une jeune fille qui aurait peut-être davantage besoin de gagner cet argent. Tu imagines, Flavie ? Agathe en est toute chamboulée… Ton père la défend auprès de ce monsieur, qui menace d'en appeler aux marguilliers qui, eux, auront encore moins de scrupules!

— Par ces temps troublés, on croirait qu'ils auraient bien d'autres chats à fouetter, murmure Flavie, navrée.

Elle tente du mieux qu'elle peut de réconforter Léocadie, puis, chargée de ses victuailles, elle retourne à son logis. Ruminant le douloureux dilemme devant lequel Agathe se trouve, Flavie passe le début de l'après-midi à faire du rangement et du lavage. Elle est en train de se reposer en se berçant lorsque des coups retentissent à la porte et la jeune femme, ouvrant la porte, reconnaît Archange Renaud.

Le visage de Flavie se décompose et, avec une moue d'excuse, la mère de Bastien articule à toute vitesse:

— Je suis désolée de vous importuner… Il fallait que je vous voie. Vous permettez? Quelques minutes seulement…

Résignée, Flavie invite Mme Renaud à la suivre jusqu'au jardin, où elle lui fait prendre place sur le banc. Incapable de s'asseoir à ses côtés, elle s'adosse, muette, au pommier. Après avoir jeté un coup d'œil au jardin à peine libéré de sa couverture de neige, Archange Renaud reprend d'une voix contrainte:

— J'entre tout de suite dans le vif du sujet. Il y a quelque chose que vous ignorez et je crois important de vous mettre au courant. Sachez pour commencer que mon fils n'est pas au courant de ma présence ici. Je me suis décidée à venir parce que j'ai le cœur trop gros de voir Bastien tourner comme un ours en cage. Il ne peut se résoudre à manquer à sa promesse et à vous confier le secret qui l'a obligé à partir. Il le faut pourtant, si vous me jurez de le garder uniquement pour vous.

Faisant un pauvre sourire, Flavie remarque :

— Vous me placez devant un choix impossible. Vous vous doutez bien que je brûle d'être mise au courant…

— Vous promettez de garder le silence ?

— Je n'ai guère le choix. Je vous le promets.

— Alors voilà. Marcel Provandier a menti à la famille de Mme Leriche et à votre mère. Il a inventé le prétexte du bassin trop étroit pour cacher la vérité. Quelque chose d'horrible s'est passé… Isidore et Bastien ont tiré sur le bébé avec tant de vigueur qu'ils lui ont arraché le bras. En fait, c'était surtout Isidore le coupable…

Il faut un certain temps à Flavie, d'abord très distante, pour réaliser la signification de ces paroles. Le bébé prisonnier de la matrice… Le bras arraché… Elle considère avec effroi son interlocutrice qui, bouleversée par le récit de ce triste événement, enlève soudain son joli chapeau et s'en sert comme éventail. Elle s'empresse de reprendre d'une voix sourde :

— D'après ce que Bastien m'a raconté, le bébé se présentait par le flanc et tout ce qu'Isidore a réussi à agripper, c'est son bras.

Après un long moment de silence, Archange Renaud poursuit avec lassitude :

— Après, le docteur Provandier a emmené Isidore et Bastien chez lui et tous trois ont tricoté cette explication. Enfin… J'ai compris plus tard que Bastien était tellement choqué qu'il a laissé son ancien maître et son ami décider à sa place. Le lendemain seulement, il s'est débattu contre ce mensonge mais… M. Dugué a usé de toute sa force de persuasion pour le faire changer d'idée et je dois avouer que nous aussi…

Une vive expression de souffrance marque les traits de la dame qui fixe le sol en parlant.

– Nous aussi, nous avons insisté auprès de Bastien pour que la vérité soit tue. Nous avons insisté pendant deux jours entiers jusqu'à ce qu'il plie enfin. Si vous saviez comme, par la suite, je l'ai regretté… J'ai eu amplement le temps d'y songer, pendant son année d'exil.

Suspendue à ses lèvres, Flavie n'ose pas même battre des paupières pour ne pas interrompre le fil de son récit.

– Ce n'est pas uniquement pour cela qu'il est parti. Vous n'avez pas idée, Flavie, à quel point mon fils a été éprouvé par la scène d'horreur qu'il a eue sous les yeux. Les médecins sont censés protéger la vie, n'est-ce pas ? Ils ne sont pas censés faire du mal… Mais lui-même s'est laissé entraîner dans une spirale infernale. Il m'a raconté ensuite qu'il s'était senti glisser comme dans un immense entonnoir de plus en plus étroit, où il tombait de plus en plus vite, jusqu'à perdre tout sens de la mesure. Il leur a fallu seulement dix minutes pour commettre l'irréparable…

Tandis que la mère de Bastien poursuit son récit d'une voix monocorde derrière laquelle se devine aisément un puissant remords, Flavie a l'impression que le temps a arrêté de s'écouler et que même la planète a cessé son mouvement perpétuel.

– Bastien a perdu toutes ses illusions, non seulement sur la noblesse de sa profession, mais sur l'intégrité morale des personnes qui l'entouraient. Isidore et son père, Marcel Provandier et même nous, ses parents, nous étions prêts à travestir la vérité pour sauver les apparences et l'honneur de la famille ! Bastien voulait s'accuser et offrir réparation, mais aucun d'entre nous ne souhaitait perdre la face. Parce que, dans notre monde, c'est ainsi : la gloire comme la honte rejaillissent sur tout l'entourage.

Levant enfin vers Flavie un regard ardent, elle plaide :

— Sur mon âme, je vous jure que les choses se sont passées comme je vous le raconte !

Flavie hoche faiblement la tête. Quelques mouches à peine dégelées bourdonnent autour d'Archange Renaud qui les chasse machinalement d'un coup de chapeau. D'une voix très basse, elle reprend :

— Avec vous, Bastien était condamné au mensonge, même s'il était déchiré entre sa loyauté envers vous et sa promesse envers nous. Il y était condamné parce que… vous êtes sage-femme, Flavie, et fille de Léonie Montreuil. Il était persuadé que vous ne lui pardonneriez jamais cette erreur. Il se détestait tellement qu'il lui semblait impossible qu'une femme puisse encore l'aimer, surtout une femme telle que vous, dont il se sentait indigne.

— Il ne m'a laissé aucune chance, murmure Flavie, de lui prouver le contraire.

Avec tristesse, son interlocutrice acquiesce. Réalisant ensuite la portée des paroles de la jeune femme, elle la considère avec espoir, interrogeant avec précaution :

— Parce que… ainsi, vous ne l'avez pas détesté ?

Après un temps, Flavie balbutie :

— C'est uniquement parce qu'il est parti que je l'ai détesté.

La mère de Bastien se lève pesamment et vient à elle. Appuyant sa tête contre une branche de l'arbre, elle confie encore dans un murmure :

— Pour mon fils, le monde s'est écroulé. Il était trahi par sa profession, par ses amis… Il était dégoûté de tout. Je vous dis des choses très dures, Flavie, mais c'est la stricte vérité. J'ai eu très peur qu'il perde la raison ou qu'il soit accablé au point de croire que seule la mort le délivrerait…

Bouleversée par les larmes qui coulent sur les joues de Mme Renaud, Flavie lui donne impulsivement une accolade. Après un moment de surprise, la mère de Bastien l'étreint vivement, puis les deux femmes, un peu embarrassées, s'écartent l'une de l'autre. Ravalant son chagrin, Archange Renaud esquisse un bien faible sourire.

— Dans ses lettres, Bastien m'a toujours demandé de vos nouvelles. Il ne m'a pas fait de confidences depuis son retour, mais je suis persuadée qu'il n'est attaché à personne… à personne d'autre que vous.

La jeune fille tressaille et veut riposter, mais Mme Renaud pose fugacement sa main gantée sur sa bouche, la réduisant ainsi au silence.

— Croyez-moi, Flavie, à ce sujet, une mère ne se trompe pas. Si vous estimez encore Bastien…

Elle a un grand mouvement du corps et, soudain gênée, elle murmure :

— Mais j'ai déjà trop abusé de votre temps. Merci de m'avoir écoutée, Flavie. À bientôt, j'espère. Laissez, je connais le chemin.

Sa visiteuse s'éloigne prestement et, s'agrippant à la branche du pommier de ses deux mains, Flavie appuie son visage contre l'écorce rugueuse. Elle a le tournis comme sur la traverse de Longueuil par mauvais temps. Le tragique événement lui apparaît enfin avec clarté et un immense ressentiment, décuplé par sa rancune contre Bastien, l'envahit tout entière. Ces jeunes hommes présomptueux et imbus d'eux-mêmes ont agi en tortionnaires, en bouchers ! Parce que la profession médicale leur assure une situation sociale enviée, ils s'y précipitent comme des loups affamés sur leur proie, sans envisager réellement la lourde responsabilité qui leur échoit ensuite ! Plutôt que de soigner avec compassion et humilité, ils ne songent qu'au montant de leurs gages et à leurs prétendus privilèges, quitte à écraser tous ceux qui se placent en travers de leur chemin !

Après un long moment à ruminer ainsi, Flavie s'apaise progressivement à mesure que sa colère reflue. Si Bastien est coupable d'un acte d'une grande violence, il l'a chèrement payé, bien plus qu'Isidore qui a poursuivi sa pratique comme si de rien n'était ! Flavie ne peut s'empêcher de croire encore qu'il aurait dû se confier à elle, mais le dilemme quasi insoluble dans lequel il se trouvait lui apparaît clairement. Imaginant l'ampleur de son tourment, elle étreint l'arbre comme si elle consolait Bastien de toute la vigueur de ses bras.

Essoufflée comme si elle avait couru des lieues, elle flatte le pommier jusqu'à ce que, avec un profond soupir, elle s'en détourne pour revenir vers la maison. Mme Renaud vient de mettre en son cœur un immense espoir, un espoir absurde, sans doute, et qui sera déçu parce que, malgré tout, Flavie n'arrive pas à concevoir qu'il ait pu lui infliger une telle peine, s'il l'aimait encore…

Après avoir écrit un mot à son père, après avoir changé de corsage, Flavie se met en route, marchant rapidement jusqu'au bureau de Bastien, rue Saint-Denis. L'enseigne est la même qu'avant son séjour aux États-Unis, mais il y a fait ajouter, à la hâte, ses nouvelles compétences. Effrayée à l'idée qu'il ait quitté les lieux, elle sonne, puis, comme il est écrit de monter, elle tourne la poignée et, à son grand soulagement, la porte s'ouvre.

Lentement, ayant l'impression de sombrer plutôt que de s'élever, Flavie grimpe les marches. Elle ouvre la porte du haut et sursaute en voyant une dame assez âgée assise dans la salle d'attente. La gratifiant d'un sourire hésitant, elle prend place sur l'une des autres chaises. Elle est totalement insensible au décor, son attention fixée sur la porte qui sépare la salle d'attente du bureau de Bastien.

Sa voix étouffée lui parvient et elle se dit que, s'il ne sort pas d'ici quelques minutes, elle n'aura jamais le courage d'attendre davantage et elle prendra ses jambes à son cou ! La porte s'ouvre et le jeune médecin apparaît. Sur le point de l'accueillir comme une nouvelle patiente, il écarquille les yeux et reste ainsi, stupide, sans voix. Pour rompre le lourd silence, Flavie articule :

— Bonjour, docteur.

— Bonjour, mademoiselle, répond-il faiblement. Je suis à vous dans quelques minutes. Venez, madame Aubertin. Votre mari vous attend.

Il fait passer la dame devant lui et referme la porte. Épuisée, Flavie renverse la tête et ferme les yeux. Quand tout cela sera fini, comme elle dormira longtemps ! La porte s'ouvre de nouveau et Bastien reconduit le vieux couple jusqu'à l'escalier. Il se tourne ensuite vers elle, passant son doigt dans son cou pour desserrer le nœud de son col, qu'il défait finalement avec une brusque impatience. Venant s'asseoir en face de Flavie, il s'enquiert froidement :

— J'imagine que tu n'es pas venue pour une consultation ?

Sans attendre la réponse de Flavie, il ajoute :

— J'ai eu trois patients aujourd'hui. C'est décourageant… D'accord, ces jours-ci, les gens ont d'autres préoccupations que leur petite santé, mais j'ai hâte que les affaires reprennent…

Avec un sourire plein de dérision, il ajoute :

— Les affaires… Je parle comme mon père. Je croyais que tu ne voulais plus jamais me revoir ?

Désarçonnée par sa franche question, Flavie rassemble ses idées avant de répondre qu'elle vient tout juste de recevoir la visite de sa mère qui lui a dit la vérité sur la tragédie qui a entraîné son départ. Choqué, il s'exclame avec agitation :

— Mais pourquoi a-t-elle fait ça ? C'était un secret qu'il ne fallait…

— Je suis contente qu'elle soit venue, l'interrompt tranquillement Flavie, et de savoir enfin… En fait, il y a bien longtemps que tu aurais dû me mettre au courant.

— Ça aurait changé quelque chose ? réplique-t-il, défiant.

Déroutée, Flavie prend un moment pour réfléchir avant de répondre avec hésitation :

— Peut-être que tu serais parti quand même. Mais peut-être aussi que… Sur le coup, je t'en aurais voulu, pour le sûr. Peut-être même que je t'aurais donné l'impression d'être trop fâchée pour… t'estimer encore. Mais je connais bien ta valeur…

Flavie a l'impression de s'empêtrer dans ses phrases. Il en profite pour laisser faiblement tomber :

— Je ne pouvais rien te raconter. Moi, je connais la force de ton indignation. Tu n'aurais pas accepté le mensonge.

Sans relever la remarque, Flavie poursuit avec une détermination renouvelée :

– Je ne suis pas venue ici pour te faire des reproches. Je veux savoir… Quand tu m'as dit que jamais tu ne m'emmènerais avec toi, même si tu étais riche…

De manière saisissante, il saute sur ses pieds et se précipite à la fenêtre où il s'appuie des deux mains, posant ensuite son front sur la vitre. Le cœur dans la gorge, Flavie reste parfaitement immobile jusqu'à ce qu'il se retourne lentement et demande, presque suppliant :

– Est-ce que tu pourras me pardonner un jour ? Cette phrase-là est devenue mon pire cauchemar.

Flavie baisse les yeux et, après un temps, elle murmure :

– Peut-être que… dans le fond, tu étais content de partir. Peut-être que tu étais lassé de moi…

Il jette avec force :

– Mon départ n'avait rien à voir avec toi, Flavie. Est-ce que tu peux le comprendre ? Je sais que… tu avais sans doute raison de te poser bien des questions, mais crois-moi, je suis parti parce que c'était mon seul moyen de… de guérir.

Flavie laisse échapper :

– C'est Suzanne qui…

Elle se mord les lèvres. Bastien lui demande impérativement :

– Suzanne ? Qu'est-ce qu'elle vient faire là-dedans ?

Inspirant profondément, Flavie jette sans le regarder :

– D'après elle, tu t'es servi de ce prétexte pour te débarrasser de moi. Parce que toi aussi, comme Louis, tu as fini par être rebuté par… mes manières…

Quittant l'appui de la fenêtre, Bastien franchit la distance qui les sépare en deux rapides enjambées et il s'accroupit à ses pieds. Prenant appui sur les accoudoirs de sa chaise, il articule avec colère, la regardant intensément :

— Comment as-tu pu en croire un traître mot ? Tu as oublié tout ce qui s'est passé entre nous ?

Désespérée, Flavie secoue fortement la tête. Instantanément radouci, il marmonne :

— Pardonne-moi. Je suis bien le dernier à pouvoir te faire des reproches…

Se remettant debout, il fait quelques pas dans la pièce, puis il se tourne brusquement vers elle. Croisant son regard, il s'y accroche comme à une bouée et il dit, butant sur chaque mot comme s'il l'arrachait péniblement des tréfonds de son être :

— Chaque jour, là-bas, j'ai pensé à toi. Chaque jour, depuis que je suis revenu, je pense à toi. Je t'aime comme avant, Flavie.

Stupéfiée par cette révélation, Flavie pousse un cri de joie étranglé qui se transforme en une exclamation de colère. Se levant d'un bond, elle se précipite sur lui et le pousse violemment, de ses deux mains, contre le mur. Avec une fureur sauvage, elle s'écrie :

— Je te déteste, Bastien Renaud ! Tu as compris ? Je te déteste ! Tout ce temps-là, moi, je… j'ai cru que tu ne voulais plus de moi ! Tu ne m'as jamais écrit ! Tu as fait comme si tout était fini entre nous ! Tu n'avais pas le droit ! Tu es un goujat de la pire espèce, un saligaud, un… un… le pire sans-dessein que la terre ait jamais porté !

Une lueur d'amusement passe sur le visage de Bastien mais il se garde bien de rire. La colère de Flavie la quitte aussi soudainement qu'elle était venue, remplacée par un lourd chagrin. La voix enrouée, elle balbutie :

— Je devrais te planter là, c'est tout ce que tu mérites.

— Pardonne-moi, bégaye-t-il encore.

— J'aurais tant voulu t'aider, Bastien, murmure-t-elle en le regardant intensément. Tu aurais dû me laisser t'aider…

Il fait une grimace impuissante et, après un temps, Flavie s'enquiert :

— Est-ce que tu as retrouvé le goût de soigner ?

— Je l'avais pas vraiment perdu, je crois. J'ai plutôt envisagé tout ce qu'il me restait à apprendre… J'ai aussi appris bien des choses sur la nature humaine et j'ai compris que, si beaucoup d'hommes étaient égoïstes et sans scrupule, ils ne l'étaient pas tous, heureusement.

Après un moment de silence, s'éloignant de quelques pas, il ajoute en lui tournant le dos :

— C'est difficile pour moi de t'avoir tout près sans pouvoir te toucher. Alors, si tu n'as plus rien à me dire, j'aimerais que tu partes.

Te toucher… Flavie reste pétrifiée, parcourue par un courant chaud, de la racine des cheveux jusqu'à l'extrémité des doigts. Sa tristesse et sa révolte refluent encore et elle balbutie :

— Patrice… je veux dire mon nouveau cavalier… eh bien… ce n'est pas vraiment sérieux.

— Ah non ?

— Non. Comme je croyais que… tu m'avais bien oubliée…

Il tressaille comme s'il venait de recevoir un coup douloureux, mais il ne proteste pas. Elle ajoute encore, immensément soulagée de ne pas avoir son regard à soutenir :

— J'ai essayé très fort de t'oublier, moi aussi. J'ai cru que j'avais réussi… Mais pas du tout. Je ne sais pas comment tu as fait, mais tu t'es installé à demeure dans mon cœur.

Bouleversée par cet aveu qu'elle se fait enfin à elle-même, Flavie laisse les larmes déborder de ses yeux. La main de Bastien tâtonne et saisit la sienne, et, lentement, elle lève la tête vers lui. Il a les yeux agrandis par la surprise et par l'exaltation, mais, d'une voix blanche, il s'enquiert cependant :

— Est-ce que… tu m'en veux encore beaucoup ?

— Beaucoup, souffle-t-elle.

Fébrilement, elle essuie du revers de sa main les larmes qui coulent abondamment. Il arrête son geste en disant avec tendresse :

— Cesse donc… Tu es déjà toute rouge.

Il la fait asseoir et il prend place face à elle, à une certaine distance, la considérant d'un air soucieux. Flavie renifle et se tamponne les yeux avec ses manches, puis elle pousse un profond soupir. Posant les yeux sur Bastien, elle le caresse du regard, osant enfin, de nouveau, se laisser toucher par la vue de ses cheveux dont les boucles ondulent comme les vagues du fleuve, de ses yeux magnifiques maintenant soulignés par de fines rides, de sa bouche qu'elle connaît si bien…

Attirée comme par un aimant, elle se penche, tend le bras et appuie délicatement ses doigts sur sa joue. Il ferme les yeux et elle reste ainsi un bon moment, savourant intensément la sensation, puis elle fait glisser sa main vers sa bouche. Comme elle avait envie de toucher ses lèvres pleines et moelleuses…

Le jeune homme saute sur ses pieds et, obligeant Flavie à se lever, il l'attire contre lui avec un gémissement de bête blessée, l'étreignant avec tant de violence qu'elle en perd le souffle. Il la soulève légèrement du sol et, chancelant, il tourne lentement sur lui-même, puis il la dépose en chuchotant à son oreille un flot si décousu et si attendrissant de mots d'amour qu'elle ne peut s'empêcher de rire. Il s'exclame :

— Ton rire, Flavie ! Comme je m'ennuyais de ton rire ! Tu m'aimes encore un peu, alors ? Même un peu, je m'en contenterais…

— Grand bêta… Il paraît que mon père t'a foutu la frousse ?

— La frousse ? s'indigne-t-il. Jamais de la vie ! Je l'ai laissé dire, un point c'est tout !

— Il m'a un peu vengée, susurre-t-elle, et je n'en suis pas fâchée…

— Alors nous sommes quittes ? demande-t-il avec espoir.

Elle recule brusquement et, désemparé, il laisse ses bras retomber contre lui.

— Je veux que tu ne recommences plus jamais. Si, plus tard, tu subis une nouvelle épreuve, je veux que tu me fasses confiance. Le sentiment que j'ai pour toi, Bastien… il ne vire pas sous le vent comme une girouette.

Attirant doucement Flavie contre lui, le jeune homme pose longuement ses lèvres sur sa tempe, puis il murmure :

— Parfois, je m'étonne tant que… tu puisses m'aimer même si je suis médecin. Compte tenu de ce que ma profession fait endurer aux sages-femmes…

Narquoise, Flavie réplique :

— Moi aussi, je m'étonne grandement de ce que tu éprouves pour moi. Je ne me contenterai jamais d'être tout bonnement une épouse. Je ne sais pas comment organiser une réception et je déteste les toilettes compliquées, surtout ces horribles corsets raides comme des armures. Aucun homme de ta qualité ne pourrait *vraiment* songer à me prendre pour femme. D'ailleurs, aucun médecin ne peut *vraiment* songer à marier une sage-femme ignorante qui lui vole sa clientèle!

— J'ai compris, murmure-t-il en l'étreignant fortement. On cesse tous les deux, d'accord?

Appuyant sa tête contre son épaule, Flavie ferme les yeux et elle dit avec tendresse:

— J'aime que tu sois médecin parce que je peux causer avec toi de tout ce qui me passionne. Mais si tu décidais sur-le-champ d'être fossoyeur, je t'aimerais quand même. Parce que tu es bon et généreux. Parce que ton esprit est libre comme le vent. Parce que je ne peux pas supporter de vivre sans toi…

Comme s'il était inscrit à jamais dans sa chair, Flavie ressent encore avec acuité le grand choc du départ de Bastien et de l'année de solitude qui s'est ensuivie. Le sentant, il l'enveloppe de ses bras et la presse étroitement contre lui. Peu à peu, une chaleur bienfaisante remplace son désarroi. Soudain consciente du contact de ses formes contre les siennes, elle redresse la tête et supplie:

— Embrasse-moi, s'il te plaît…

Il glisse ses doigts dans ses cheveux et, lorsqu'il se penche, elle agrippe ses avant-bras et se hisse à sa rencontre, soudant avidement sa bouche à la sienne. Ce baiser semble effacer, comme par magie, l'année terrible qui vient de s'écouler et, avec une joie sauvage, Flavie retrouve enfin, intact et magnifique, l'homme qu'elle aime. Ses émotions menacent de la submerger et, à bout de souffle, Flavie se pelotonne de nouveau contre lui. Elle reste ainsi de longues minutes, sans bouger, les yeux fermés, tandis

qu'il flatte tout son corps de ses mains avec des grognements de satisfaction. Il s'exclame :

— Je revis… Grâce à toi, Flavie, je revis !

— Moi aussi…, soupire-t-elle. Je n'avais pas senti que
c'était le printemps…

— Sûrement que ce Patrice…, grommelle-t-il, sans
oser aller plus loin cependant.

Flavie se dégage légèrement pour observer son visage. Il tente de paraître détaché, mais elle voit qu'il lutte
contre un puissant accès de jalousie. Frondeuse, elle
lance :

— Tu espérais peut-être que je m'enferme dans un
couvent pour le restant de mes jours ?

La boutade le laisse de glace et il réplique farouchement :

— Oui, je le voulais ! Je voulais que plus aucun homme
ne pose ses yeux sur toi et surtout que tu…

S'interrompant, il lève son visage vers le ciel et il
déglutit avec difficulté à plusieurs reprises. Baissant enfin
vers elle un regard attendri, il murmure :

— Mais on n'enferme pas un chat sauvage, n'est-ce
pas ? Pas plus qu'on n'empêche la vie de circuler dans ses
veines… J'étais là-bas, à Boston, et je t'imaginais en train
de te promener avec ce garçon qui était ton cavalier. En
train de te laisser caresser, dans ce bois où nous sommes
allés plusieurs fois…

— Je n'y suis jamais retournée, pas même seule, le
coupe-t-elle sèchement en se dégageant. Je ne pouvais
pas.

— Pardonne-moi, lance-t-il.

— Oui, je te pardonne ! s'écrie-t-elle avec exaspération. Vas-tu cesser de t'excuser ainsi ?

Lui prenant la main d'un air contrit, il dit :

— Je sais bien que tu n'avais aucune raison de te priver. C'est moi qui suis parti comme un grossier personnage ! Mais c'était vraiment dur, toutes ces pensées qui m'obsédaient.

— Et toi ? s'enquiert-elle en scrutant son visage. Pendant un an, aucune femme ne t'a fait tourner la tête ?

Il ne répond pas tout de suite et Flavie réalise qu'il lui cache quelque chose. Plantée bien droite devant lui, elle noue ses mains derrière son dos et le regarde fixement. Il sourit avec une douce ironie.

— Même si je voulais te mentir... N'aie crainte, si on se réconciliait, j'avais bien l'intention de tout te dire. Peut-être pas au moment même, mais enfin... Pendant les cinq premiers mois, je suis resté... parfaitement vertueux. Je n'aurais pas eu à me confesser de rien, je t'assure... sauf des pensées qui me tourmentaient. Puis, à la clinique, j'ai rencontré une dame, une patiente. Après son traitement, qui a réussi, elle m'a invité chez elle. Et j'y suis allé, parce qu'elle me plaisait bien et parce que j'avais vraiment besoin de... C'était purement hygiénique, tu peux me croire.

— Hygiénique, répète Flavie avec une moue moqueuse. J'adore ce mot.

— J'ai fréquenté Carolyn pendant quelques mois. Elle était gentille. Ce n'était pas la première fois qu'elle trompait son mari.

— Elle était âgée ?

— Plutôt, oui... Au moins quarante ans.

À ce moment précis, une image s'anime dans l'esprit de Flavie, celle des filles de joie qui se tiennent, la nuit, sous les lampadaires ou qui sont enfermées dans des maisons closes, sous l'autorité absolue des tenancières et des maquereaux. Depuis que Flavie les côtoie à la Société compatissante, ces pauvres femmes ne sont plus uniquement de vagues silhouettes aperçues par hasard. Elles ont acquis à ses yeux une humanité terrible et Flavie ne peut supporter l'idée que Bastien…

Le regardant gravement, elle demande :

— Dis-moi, Bastien… À Boston, si tu n'avais pas rencontré cette dame… Est-ce que tu serais allé avec une prostituée ?

Déconcerté par la question inattendue, il répond après un long moment :

— Je n'ai pas vraiment eu l'occasion d'y songer.

Avec agitation, elle demande encore :

— Est-ce que, pour toi, c'est normal de payer une femme pour ce… service ?

Impatient soudain, il réplique :

— Mais quel intérêt ? Nous venons de nous retrouver et tu…

Devant l'expression obstinée de Flavie, il s'interrompt et, après un silence, elle explique farouchement :

— Je voudrais tant que tous les hommes comprennent à quel point ils s'avilissent en fréquentant ces femmes ! Ils ont peut-être l'impression que c'est un échange de gré à gré, un simple marchandage, mais c'est faux ! Ces femmes se font violence pour les accueillir ! Est-ce que tu comprends ?

— En tout cas, je t'entends parfaitement, rétorque-t-il avec mauvaise humeur.

— Est-ce que tu sais aussi, poursuit Flavie vivement, que ces pauvres filles font ça uniquement pour l'argent dont elles ont grand besoin ? Est-ce que tu sais que c'est de l'exploitation, de l'esclavage même, et que les hommes qui se servent d'elles sont des êtres immoraux ?

— J'en prends bonne note. Il faut que tu comprennes à ton tour que, parmi nous, une rumeur circule qui dit que ces femmes ne font que se laisser aller à une dévorante envie de luxure.

— C'est complètement idiot, riposte Flavie, et ça ne prend pas la tête à Papineau pour s'en rendre compte !

— Je commence à voir, dit-il en souriant, où tu veux en venir…

— Je ne te demanderai pas si, comme tous les jeunes bourgeois, paraît-il, tu t'es initié avec une prostituée. Mais ne t'avise jamais, tant que tu seras avec moi, d'en fréquenter une.

— Jamais, sur mon honneur, acquiesce-t-il d'un ton apaisant. Calme-toi, maintenant. Tu en es toute remuée… Si tu veux bien, on en jasera un autre jour et tu prendras le temps de m'instruire. Parce que, si tu négliges encore de t'occuper de moi, Dieu sait où va me mener mon envie de luxure…

Devant la mine offensée de Flavie qui se laisse enlacer à contrecœur, il éclate de rire :

— Allez, viens ici…

Retrouvant presque aussitôt son sérieux, il s'enquiert :

— Tu es très fâchée à cause de Carolyn ? Tu sais, j'ai découvert que les femmes mûres sont loin d'être froides.

— Mais qu'est-ce que tu t'imaginais ? maugrée-t-elle avec humeur.

— Et j'ai appris quelques petits trucs que je serai ravi de partager avec toi…

Se penchant vers elle, il pose ses lèvres sur les siennes, sans forcer, avec une pudeur si aguichante que Flavie se radoucit d'un seul coup. La bouche contre son oreille, il murmure ensuite :

— Ne la déteste pas trop. Elle m'a aidé à voir clair en moi, d'abord concernant mon avenir, et puis… Parce que, Flavie, j'ai essayé très fort, moi aussi, de me détacher de toi. C'était tellement pénible de t'aimer encore en croyant que tous mes espoirs étaient perdus… Alors j'ai voulu te chasser de mon cœur. Tous les préjugés en vogue, je les ai utilisés contre toi…

Flavie a un mouvement de recul, mais Bastien la tient plaquée contre lui.

— Ne me laisse pas… Avec toi dans mes bras, je suis au paradis.

— D'autres diraient en enfer, réplique-t-elle avec désespoir.

La saisissant par les épaules, il la fait reculer brutalement :

— Pas moi ! Je ne suis pas fait de ce bois-là !

Plus doucement, il prend la main de Flavie et la porte à sa joue. Il dit encore, les yeux fermés :

— J'ai utilisé toutes les armes possibles pour te détester. Je me suis dit qu'en t'épousant je me créerais d'énormes embêtements. C'est à ce moment-là que j'ai cédé aux avances de Carolyn. Je me croyais alors libre de toute attache et je voulais m'établir là-bas, ne plus jamais revenir.

Même si chacune des phrases de Bastien lui transperce le cœur, Flavie s'oblige à rester immobile et attentive. La couvrant d'un regard à la fois grave et ardent, il ajoute avec un abandon saisissant :

— Mais quand je faisais l'amour à Carolyn…, c'est à toi que je pensais. Au début, j'ai tenté de ne pas y faire attention. Mais tu t'es attachée à moi, ma douce Flavie, pour ne plus me lâcher… J'ai bien fini par comprendre. Quelle bêtise d'avoir peur que ton appétit pour les hommes me rende cocu! Quelle prétention que de vouloir qu'en société une femme se comporte d'une telle façon et pas d'une autre! Quel mirage que les foutues bonnes manières! J'ai été tellement soulagé, si tu savais! Comme si je quittais une vieille peau sale qui sentait le moisi.

Il attire de nouveau Flavie contre lui.

— Alors j'ai tout laissé et je suis revenu.

Flavie demande d'une petite voix:

— Même si tu savais que j'avais un cavalier?

— Pas seulement un, réplique-t-il avec malice, mais deux, comme Suzanne a bien pris soin de m'en informer. D'après elle, entre eux, ton cœur balançait…

— C'est un mensonge! s'écrie Flavie, outrée. Tu ne l'as pas crue, n'est-ce pas?

Il hausse les épaules et l'embrasse dans le cou, puis, glissant ses mains sous sa croupe, il la presse contre lui avec un appétit qui la galvanise. Elle répond avec ardeur à ses caresses et, bientôt, tous deux sont emportés dans une valse lente qui les fait trébucher contre les fauteuils et les chaises. Le bruit d'une porte qui s'ouvre et, se referme réussit cependant à attirer leur attention et, lorsqu'un pas pesant se fait entendre dans l'escalier, tous deux retrouvent hâtivement leur aplomb. Flavie se laisse choir dans un siège tandis que Bastien, après avoir prestement reboutonné sa redingote, ouvre la porte précisément au moment où l'homme allait mettre la main sur la poignée.

— Bienvenue, monsieur. C'est pour une consultation?

Jetant un coup d'œil à Flavie, l'homme hoche la tête et Bastien l'invite à entrer, disant:

– Venez tout de suite, mademoiselle n'est pas pressée…

Avant de disparaître dans son bureau, il fait un clin d'œil à Flavie et lui chuchote :

– Tu m'attends ? Je ferme ensuite et je te raccompagne. Je veux m'entretenir avec ton père…

Une demi-heure plus tard, les deux jeunes gens pressent le pas jusqu'au faubourg Sainte-Anne. Assise sur les marches de la galerie à surveiller ses jeunes frères et sœurs qui jouent dans la rue, Agathe les voit approcher et en reste médusée. Flavie lui envoie une salutation pleine d'allégresse tandis qu'avec gêne Bastien lui fait un léger signe de la main. Entraînant Bastien à sa suite, Flavie franchit les derniers pieds en courant. Essoufflés, tous deux montent les marches au moment précis où Simon ouvre la porte pour aller prendre le frais, la pipe à la bouche. Tous trois se figent littéralement sur place et, l'expression fort peu amène, Simon fixe le jeune homme qui, très rouge, reste stupide et muet. Flavie le rappelle gentiment à l'ordre :

– Bastien ?

Courageusement, il fait un pas, tend la main à Simon et débite d'un seul trait :

– Bonsoir, monsieur Montreuil. Flavie et moi, nous venons de nous raccommoder et je viens vous dire que j'aimerais beaucoup épouser votre fille.

Flavie en est estomaquée. Elle qui croyait que Bastien voulait seulement se faire accepter de nouveau comme son cavalier par son père ! Acceptant enfin, du bout des doigts, la poignée de mains du jeune homme, Simon demeure stupéfait, la bouche grande ouverte, puis ses yeux se plissent dangereusement et il rétorque :

— Vraiment, jeune blanc-bec ? Vous *aimeriez* marier Flavie ?

— En fait, se hâte de préciser Bastien en jetant un coup d'œil à Flavie, je viens vous demander la permission de l'épouser le plus tôt possible.

— Ce qui veut dire ?

— Euh… hésite-t-il avec un mince sourire. Demain matin ?

Flavie éclate de rire et se jette au cou de Bastien, qui vacille sous le choc. Contre toute attente, levant son visage vers le ciel, Simon se laisse emporter lui aussi par un accès d'hilarité sonore. S'essuyant les yeux, il s'exclame ensuite :

— À ce que je vois, ma fille, tu n'es pas contre ! Venez me raconter tout ça. Parce que moi, je crois que j'en ai perdu des bouts…

Prenant les deux jeunes gens par les épaules, Simon est sur le point de les pousser vers l'intérieur de la maison quand une exclamation retentit dans la rue :

— Bonsoir, Flavie ! Bonsoir, monsieur Simon !

Flavie se retourne lentement. À grandes enjambées, Patrice suit le sentier qui mène à leur maison. L'expression figée de la jeune femme et celle de Simon, plutôt embarrassée, lui mettent immédiatement la puce à l'oreille et il lance à Bastien un regard suspicieux. Sans tergiverser, Simon s'avance vers lui.

— Bonsoir, Patrice. Laisse-moi te présenter le docteur Bastien Renaud, un… euh, un ancien cavalier de Flavie.

Bastien incline sèchement la tête dans sa direction tandis que Patrice réussit à articuler à l'intention de Flavie :

— Je ne suis pas venu depuis une escousse à cause des troubles en ville, mais je venais m'assurer que tu étais en bonne santé.

— Je vais très bien, je te remercie, répond Flavie plaisamment.

Descendant la première marche de l'escalier, elle prend son courage à deux mains :

— Je ne veux pas te faire des accroires, Patrice… Bastien revient tout juste d'un long voyage et… nous allons nous marier bientôt. Je ne savais pas, je me croyais libre, mais… la vie a de ces retournements, parfois…

Blêmissant, le jeune homme considère Flavie avec incrédulité. Il ouvre la bouche pour protester, mais aucun son n'en sort et, abruptement, il fait demi-tour et détale comme un lièvre. Désolée, elle le suit du regard. Il croit sans doute qu'elle s'est jouée de lui… Un jour, peut-être, quand la blessure à son orgueil se sera cicatrisée, elle aura l'occasion de lui expliquer.

Flavie secoue la tête avec regret, puis elle tressaille parce que, tout contre son oreille, Bastien murmure :

— Viens, ma belle blonde. Ton père nous attend…

Elle accepte la main qu'il lui tend et tous trois, silencieux, entrent dans la maison.

Chapitre XXXV

Chargé d'effluves marins, l'air fouette le visage de Flavie qui remonte le col de son manteau. Debout tout contre elle, Bastien lui entoure les épaules de son bras et, appuyés au bastingage, les deux jeunes mariés admirent en silence la rive du fleuve qui défile sous leurs yeux, tandis que le navire à vapeur les entraîne vers la ville de Québec.

En ce milieu du mois d'octobre 1849, les arbres qui montent la garde au bord du rivage sont encore parés de leur feuillage multicolore et, parmi les chênes roux, les érables aux couleurs flamboyantes jettent un dernier éclat avant de se dénuder pour l'hiver. Lentement, les villages se succèdent, surmontés par les flèches des églises dont les cloches sonnent l'angélus en chœur… Ravie, Flavie écoute, par-dessus le bruit des chaudières, les tintements se rejoindre sans entraves sur le Saint-Laurent. Sur les coteaux, les maisons de ferme se dressent avec fierté, gardiennes des champs voisins qui exhibent béatement une terre noire fraîchement remuée.

Tout à fait détendue maintenant, Flavie jouit sans retenue du spectacle. En grimpant à bord, elle était bien davantage crispée, songeant à ces explosions de bouilloires si fréquentes sur les navires à vapeur qui font la liaison entre Montréal et Québec. À cause de la compétition entre les différentes compagnies, on force les machines et plus d'un passager a été horriblement ébouillanté! Mais Édouard Renaud, qui leur a offert ce court voyage de noces, lui a assuré qu'il avait choisi la compagnie la plus sécuritaire, celle qui fait passer la qualité du service avant la rapidité.

Comme le temps est assez froid, tous deux sont presque seuls sur le pont et Bastien en profite pour l'embrasser, mais la manœuvre, rendue périlleuse par le tangage du navire, se termine dans un grand éclat de rire et tous deux doivent s'accrocher fermement au bastingage. L'estomac légèrement dérangé par la houle, Flavie inspire profondément. Ni l'un ni l'autre, heureusement, ne sont trop sensibles au mal de mer.

Elle tire Bastien vers l'un des sièges adossés au mur de la cabine et, à l'abri du vent, ils y prennent place, refermant étroitement leurs manteaux sur leurs jambes et se pelotonnant l'un contre l'autre. Ils sont partis ce matin et ils arriveront en fin d'après-midi, un peu avant le coucher du soleil. La chambre d'un petit hôtel leur est réservée pour deux jours et deux nuits. À cette pensée, Flavie est plongée dans le ravissement. Des vacances à l'hôtel, sans rien à faire, pas même les repas!

Elle pose sa tête contre l'épaule de son mari et ferme les yeux un moment, saoulée par l'air du large et par la fatigue de la noce. Toute la nuit, les deux familles et leurs invités ont festoyé rue Saint-Joseph. Sophronie, Jean-Baptiste, Catherine, les cousins et cousines, puis les Renaud, dont quelques oncles et tantes avec leurs enfants, la famille d'Agathe et celle du couple d'épiciers Marquis et Apolline…

Quelle belle fête ce fut! Comme Flavie s'est amusée de voir Archange Renaud, sous l'effet combiné de la boisson et de la nourriture, perdre progressivement sa dignité et se mettre à jacasser et à rire avec tout un chacun! Comme elle a profité du spectacle de son nouveau beau-père dansant énergiquement avec Léonie ou avec l'une ou l'autre des tantes! Même Julie Renaud, si réservée d'habitude, s'est laissé entraîner dans plusieurs quadrilles...

Vers quatre heures du matin, épuisée, Flavie est allée s'allonger seule dans son lit. Malgré le bruit ambiant, elle a réussi à somnoler jusqu'à ce que sa mère, à la barre du jour, vienne la réveiller parce qu'il était l'heure d'aller prendre le vapeur... Soudain très grave, évitant de la regarder, Léonie a aidé sa fille à s'habiller chaudement au milieu des quolibets et des farces grivoises des invités dont plusieurs vacillaient sur leurs jambes et n'allaient pas tarder soit à prendre congé, soit à se laisser tomber sur la première couche libre.

Le cœur soudain horriblement serré, Flavie s'est accrochée au cou de sa mère, longuement, jusqu'à ce que Simon vienne les séparer. L'installation prochaine d'Agathe et de Laurent à sa place, dans sa chambre, a cependant mis un baume sur son âme si triste à l'idée de laisser ses parents fin seuls...

Après de nombreuses embrassades, les jeunes mariés ont pris place, avec leur léger bagage, dans le grand cabriolet d'Édouard Renaud et le cocher, loué pour l'occasion, les a conduits jusqu'au port. Vaincu par le bercement, Bastien a eu le temps de plonger dans un profond sommeil dont il a eu quelque difficulté à sortir...

Au milieu du magnifique lac Saint-Pierre, où le fleuve se calme, Bastien propose à Flavie de descendre casser la croûte dans la toute petite salle à manger et elle accepte parce qu'elle a grand besoin de se réchauffer. À l'intérieur, le bruit est moins assourdissant et tous deux s'assoient à la dernière des tables libres. Avec curiosité, Flavie considère les autres passagers, ceux qui sont assez fortunés pour, comme eux, se faire servir un repas. Il y a plusieurs hommes d'affaires qui mangent seuls, d'autres qui, réunis, discutent en levant leurs fourchettes, et une seule famille, un couple et deux jeunes enfants.

Bastien dévore son plat, mais Flavie picore, l'estomac encore plein du festin de la veille. Tous deux parlent peu, mais se regardent en souriant. Flavie note le teint blême et les cernes de son cavalier – non, de son mari – et elle se dit qu'elle-même doit avoir tout aussi mauvaise mine... Édouard a voulu leur réserver une cabine, ce que Flavie a farouchement refusé parce qu'elle tenait à admirer le paysage du début à la fin. Jamais, jusqu'à ce jour, elle n'a dépassé le faubourg Québec, l'extrémité est de Montréal...

Leur repas terminé, tous deux vont s'installer dans le petit salon attenant. Bastien bâille à quelques reprises et, se calant contre Flavie, il s'endort presque instantanément malgré les enfants qui jouent parfois bruyamment. Contemplant le paysage à travers les hublots, la jeune femme lutte contre sa propre fatigue avec une volonté farouche. Mais ses yeux se ferment et, bientôt, elle s'assoupit à son tour.

C'est Bastien qui la réveille, lui disant que Québec approche et que la vue est magnifique. Lorsqu'ils sortent sur le pont, Flavie pousse une exclamation d'enthousiasme. Le Saint-Laurent élargi est littéralement majestueux. Ce ne sont plus les coteaux paisibles et verdoyants des environs de Montréal, mais des escarpements sauvagement découpés et des falaises qui plongent dans l'eau.

Tous deux se placent à la proue du navire et, malgré les éclaboussures qui les fouettent, ils observent l'ancienne capitale de la Nouvelle-France se révéler au détour d'un méandre du grand fleuve. Escaladant courageusement le cap Diamant, la petite ville s'étage avec joliesse et l'alignement sage des maisons est parfois rompu par la splendeur des bâtiments conventuels et administratifs. Le port est encombré de vapeurs, de voiliers et de ces billots liés en radeaux que les cageux font descendre jusqu'à Québec, un grand centre de construction navale. Jusqu'à la dernière seconde, Flavie se repaît de ce spectacle à la fois si semblable à celui de sa ville et si différent...

Portant leurs sacs en bandoulière, Bastien et Flavie mettent pied à terre avec gratitude et marchent lentement le long des quais, n'ayant pas assez de leurs deux yeux pour observer les multiples tableaux pittoresques qui se déroulent simultanément, marchandes ambulantes qui offrent nourriture ou babioles, débardeurs qui s'enguirlandent, soldats qui déambulent, matelots qui s'activent, enfants déguenillés qui courent partout...

Main dans la main, le jeune couple quitte le port et s'enfonce dans le dédale de la vieille ville. L'étroitesse des rues dépasse tout ce que Flavie connaît de Montréal et elle considère avec étonnement l'alignement des maisons en pierre de taille, si serrées et si hautes qu'elles se rejoignent presque en plein milieu de la rue, au niveau du toit.

– C'est ici, dit Bastien, essoufflé par la montée, un papier chiffonné à la main.

Son père leur a réservé une chambre dans la petite auberge pimpante, adossée à la falaise, où il loge généralement lorsqu'il fait ses voyages d'affaires. Plein de déférence, l'aubergiste insiste pour débarrasser Flavie de son bagage et il leur montre le chemin vers leur chambre, deux étages plus haut.

Ne se permettant aucune allusion à leur nuit de noces, au grand soulagement de Flavie, il les introduit dans une vaste pièce, leur expliquant fièrement qu'il s'agit de la plus grande de son établissement et qu'elle offre une vue imprenable sur la ville en contrebas. Joignant le geste à la parole, l'aubergiste ouvre les volets et Flavie s'émerveille du magnifique panorama sur le petit village et les falaises de Lévis, éclairés par les derniers rayons du soleil couchant, de l'autre côté du fleuve.

Tandis que Flavie se perd en contemplation, l'aubergiste informe Bastien des habitudes de la maison, puis il s'incline légèrement en direction de Flavie et sort. Bastien prend le temps de tisonner les bûches qui flambent dans l'âtre, puis il vient rejoindre Flavie à la fenêtre, dénoue son manteau et glisse ses mains à l'intérieur. Fixant lui aussi le paysage, il pousse un profond soupir de satisfaction, puis il murmure :

— Il faudra fermer bientôt. D'après moi, il va geler cette nuit. Savais-tu qu'ici l'hiver arrive deux semaines plus tôt qu'à Montréal ?

— Puisque le froid conserve, les Québécois doivent avoir une santé à toute épreuve !

Tous deux pouffent de rire. Dans l'état second où ils se trouvent, même la plus mauvaise blague leur semblerait fort drôle… Il fait chaud dans la pièce et, se dégageant, Flavie se débougrine pendant que Bastien referme les deux battants de la fenêtre à carreaux. Considérant les poutres solides et grossièrement équarries qui soutiennent le plafond, puis l'âtre immense dans lequel elle pourrait presque tenir debout, Flavie dit :

— Pour moi, cette maison était construite bien avant que les Anglais débarquent ici…

— Sur le fronton, c'est gravé 1698, précise Bastien avec superbe, comme si tout le mérite lui en revenait.

Flavie rit de nouveau tout en posant enfin les yeux sur le lit adossé au mur. Il lui paraît immense, bien plus grand que celui de ses parents, et la douillette fleurie qui le recouvre lui semble le comble du luxe. Elle y presse sa main et s'exclame, ravie :

— C'est un matelas de plumes !

— Qu'est-ce que tu croyais ? Vas-y, essaie-le…

Un peu intimidée par le regard de Bastien chargé de sous-entendus, elle secoue la tête.

— Pas tout de suite. Je vais défaire mon bagage avant…

Elle ouvre une grande armoire, presque vide sauf pour quelques couvertures de laine pliées sur la tablette du haut. Venant derrière elle, Bastien l'observe tandis qu'elle ouvre son sac et en tire un peigne, un savon, une débarbouillette, des bas chauds… Lorsqu'elle sort son nécessaire pour les règles, Bastien lui retient la main et exige des explications. Elle obtempère, marmonnant ensuite :

— J'aurais déjà dû les avoir. Mais les préparatifs du mariage…

— Quelle plaie, porter ces chiffons entre les jambes !

— C'est bien moins pire que toi, remarque-t-elle malicieusement. Je ne sais pas comment tu fais pour supporter ce que tu as à cet endroit…

— Et toi, ce que tu as ici, comment fais-tu ? réplique-t-il en posant la main sur un de ses seins.

L'attirant de son autre main contre lui, il l'embrasse lascivement. Flavie s'abandonne, savourant intensément sa toute nouvelle liberté, celle de pouvoir se laisser cajoler à son goût par son homme, aussi longtemps qu'elle le souhaite, sans réticence… Elle se dégage en souriant avec espièglerie.

— Je n'ai pas fini de vider mon sac. Voudrais-tu voir la chemise de nuit que maman m'a cousue ?

Il acquiesce et Flavie l'extirpe avec précaution, la dépliant tendrement. Flattant le tissu très blanc, elle murmure :

— Je n'ai jamais eu quelque chose d'aussi joli. Regarde, elle a mis de la dentelle ici, au collet. Je n'oserai jamais la porter…

Accompagnée par le rire moqueur de Bastien, Flavie va déposer le précieux vêtement sur le lit. Revenant à son sac, elle sort des pantalons, neufs aussi, qu'il lui retire des mains pour flatter la dentelle toute simple qui orne l'extrémité des jambes. Lorsqu'il les lui remet, il a les traits altérés par la convoitise et Flavie, incapable de résister à un tel appel, l'embrasse à son tour, se pressant fortement contre son torse. Mais de nouveau, elle se dégage de son étreinte et pivote pour ranger le vêtement dans la grande armoire.

— C'est ton tour, maintenant, lui ordonne-t-elle, désignant son sac à lui, notablement plus chargé que le sien.

Obéissant, il l'ouvre et en sort d'abord une chemise, que Flavie place dans l'armoire, puis une paire de bas, un caleçon, un peigne, une brosse à dents… Étonnée par cet objet inusité, Flavie le retourne dans tous les sens, passant son doigt à plusieurs reprises sur les poils de soie. Il lui tend ensuite un petit sac, expliquant que c'est son nécessaire à rasage, puis quatre pommes et un quignon de pain enveloppé dans un linge.

— C'est tout ? s'étonne-t-elle. Ton sac est bien vide ? Je croyais…

Il glisse en rigolant sa main à l'intérieur de la poche de sa redingote et en sort un sachet en tissu. À plusieurs reprises, tous deux ont discuté de leur souhait mutuel de repousser de quelques années la venue d'enfants. Divers moyens combinés permettent un tel choix, mais le plus fiable, qui consiste, pour l'homme, à se retirer, plonge Bastien dans un abîme d'incertitude. Encore hanté par le souvenir des jumeaux d'Anne, servante chez la famille Clarke, et dont il est peut-être le père, il craint fort, avec Flavie, de ne pas rester maître de lui-même.

Constatant sa nervosité à ce sujet, Flavie a cru plus sage de lui donner le temps de s'exercer et elle a acquiescé à sa demande d'utiliser la dispendieuse capote anglaise. C'est un engin étranger aux mœurs des faubourgs et elle suit Bastien d'un regard circonspect tandis qu'il va déposer les précieux objets sur la petite table de chevet. Flavie résiste à l'envie d'aller les examiner, plutôt soulagée de pouvoir lui dire qu'elle ne juge pas l'emploi de ces drôles de trucs nécessaire pour cette fois-ci.

— Et pourquoi ça ? demande-t-il, interloqué.

— Parce que j'ai déjà des traces de mes règles. Et pendant les règles, il n'y a pas de danger.

Flavie a abondamment réfléchi au déroulement de leur nuit de noces. Si Bastien est mal à l'aise avec le coït interrompu, elle l'est presque autant avec l'usage de ce préservatif en boyau d'animal. Il a tenté de la rassurer avec moult farces grivoises, mais, à mesure que les dernières semaines avant le mariage s'égrenaient, Flavie a été envahie par un espoir croissant en calculant la coïncidence du grand jour avec l'arrivée de ses fleurs.

Bastien fronce les sourcils et s'assoit au bout du lit.

– Comment peux-tu être si sûre de toi ? Les médecins sont partagés à ce sujet et…

– C'est l'avis de ma mère, répond-elle après avoir bu de l'eau qu'elle s'est puisée à la cruche. Je lui ai posé bien des questions… Ce qui se dit entre femmes depuis longtemps, et que plusieurs livres indiquent également, c'est que la femme est fertile plusieurs jours après ses règles. En fait, le sang, c'est le nid du bébé qui sort… Tu sais, Agathe suit les conseils de maman et elle n'a pas encore conçu, depuis le temps. Mais tu es au courant de tout ça, on en a déjà bien parlé.

– De mon côté, comme je t'ai dit, j'ai fouillé dans quelques livres. Rien de concluant… Je n'ai pas le choix que de te faire confiance.

Elle lui jette un regard interrogateur et il hausse les épaules en souriant.

– S'il est un domaine dans lequel il faudrait laisser une entière gouvernance aux femmes, c'est bien celui de l'enfantement…

Flavie hoche plaisamment la tête même si, malgré toutes les certitudes de sa mère, elle ne peut se débarrasser d'un léger doute. Le savoir séculaire s'avère parfois erroné… Même si elle concevait, Léonie pourrait l'aider à s'en délivrer d'avance… À cette idée, Flavie est parcourue d'un frisson d'angoisse et, pendant un long moment, silencieuse, elle fixe le feu dans l'âtre.

L'obscurité est tombée et seule la lueur des flammes éclaire la pièce. Flavie tourne lentement la tête et elle aperçoit son tout nouveau mari, toujours assis au bord du lit, dont les yeux posés sur elle brillent d'un éclat inusité. Un élan de joie la traverse de part en part, mais, sans se presser, elle franchit la distance qui les sépare, extrêmement conscient de sa propre démarche. Elle s'assoit à ses côtés et, lui prenant la main, elle la caresse un instant avant de murmurer :

— Est-ce que tu as faim ? Pour le souper, je veux dire.

— Pas vraiment, répond-il sur le même ton. Et toi ?

Elle secoue la tête. Après un moment, elle souffle :

— Tu veux bien fermer les volets ?

Bastien obtempère sans prendre la peine de lui faire remarquer que leur chambre est plus haute que tous les bâtiments environnants, puis il revient, mais, plutôt que de se rasseoir, il s'agenouille à ses pieds, les mains posées sur ses hanches. Tous deux se regardent gravement. Il entreprend de déboutonner son corsage, qu'il fait ensuite glisser de ses épaules. L'invitant à se lever, il fait descendre sa jupe à ses pieds, révélant sa chemise et ses pantalons.

Se relevant de sa position agenouillée, il s'assoit à son tour sur le bout du lit et attire Flavie, debout, entre ses jambes ouvertes. Un long moment, il caresse ses seins libres sous le léger tissu, traçant leur forme et pinçant les mamelons. Les entourant de sa bouche, il les réchauffe de son haleine. Les mains posées sur ses épaules, les yeux fermés, Flavie se soumet avec délices, sombrant peu à peu dans le monde enchanté de ses sens qui s'aiguisent et qui chassent toute fatigue de son corps.

Incapable d'attendre davantage, Bastien l'encourage à se dénuder complètement et, le souffle précipité, il promène ses mains sur tout son corps. Possédée par la même exigence, Flavie l'oblige à se lever et, à son tour, avec hâte, elle le dévêt. Tous deux restent d'abord debout l'un devant l'autre, sans se toucher. Complètement séduite par ce magnifique corps masculin, qu'elle a déjà contemplé ainsi plusieurs fois, mais qui se charge ce soir d'une promesse toute nouvelle, Flavie l'enlace de toutes ses forces, savourant la sensation de leurs peaux qui se touchent de bas en haut et de partout. Quelle beauté, songe-t-elle en l'embrassant sauvagement, que ce désir si intensément partagé! Il s'en est fallu de si peu pour qu'elle soit privée de lui pendant d'autres longues, longues années...

Comme s'il ressentait la même chose, Bastien l'enserre avec une telle vigueur que tous deux chancellent, puis se laissent choir sur la couche. Ni les éclats de voix qui leur parviennent parfois de la rue ou de la chambre voisine ni les craquements du plancher au-dessus d'eux ou dans le corridor de l'autre côté de la porte ne viennent percer la bulle dans laquelle ils se retranchent progressivement. Le monde extérieur et le temps qui passe n'ont plus de prise sur eux deux, qui exécutent ensemble une danse animale instinctive, mais pleine de toutes les émotions dont jusqu'ici leur courte existence s'est remplie.

Flavie sent bien qu'une envie précise taraude son amoureux, mais il prend le temps de la cajoler longuement de ses doigts et de sa bouche. Enfin, il s'allonge tout contre elle et Flavie, tremblante de désir, se tourne vers lui et ouvre largement les jambes, cherchant fébrilement son sexe bien droit qui, peu à peu, se fraie un chemin à l'intérieur d'elle...

La déchirure est légère et aussitôt oubliée. Ainsi soudés, ils font une pause. La respiration presque coupée, Bastien lui chuchote qu'elle est douce et chaude et qu'il aimerait bien lui faire l'amour toute la nuit et tout le jour suivant et, joignant le geste à la parole, il se met à bouger lentement. Flavie est littéralement envoûtée par ce glissement d'une sensualité irrésistible et, malgré leur envie de le faire durer aussi longtemps que possible, tous deux sont incapables de résister à la montée de la jouissance.

La première, Flavie s'y abandonne dans une lente et délicieuse pluie d'étoiles. Quelques secondes plus tard, après l'avoir labourée avec une intensité farouche, Bastien explose à son tour, ne pouvant retenir un cri d'extase qui se répercute à travers la pièce. Il se laisse tomber sur elle, l'empêchant presque de respirer, mais elle n'en a cure et, lui caressant le dos, elle enfouit son visage dans son cou, humant son odeur mâle.

Grommelant indistinctement, il se redresse sur ses coudes, l'embrasse doucement sur les lèvres et se retire d'elle avec un glissement qui la chatouille et la fait glousser de rire. Il se laisse retomber sur le dos et elle porte sa main à son entrejambe qui lui semble si mouillé qu'elle craint de tacher la douillette. Avec précaution, elle s'arrache au confort du lit et va s'installer en frissonnant sur la chaise percée, placée derrière un paravent. Après un temps, elle se relève et se décide à se laver avec sa débarbouillette.

— J'ai froid sans toi ! se plaint Bastien d'une voix pleine de sommeil.

— J'arrive. Le temps de remettre des bûches dans le feu…

Lorsqu'elle revient, il dort déjà, terrassé par la fatigue, et Flavie doit le secouer pour l'obliger à se glisser sous les couvertures. Blotti contre elle, le jeune homme se rendort aussitôt. De son côté, Flavie se sent parfaitement réveillée. Les yeux grands ouverts, elle observe le ciel étoilé qui se devine à travers les carreaux, puis son regard glisse vers celui qui ronfle paisiblement à ses côtés. Comme il semble jeune ainsi, doux et vulnérable… Le cœur gonflé d'amour, Flavie l'embrasse à plusieurs reprises sur la joue, puis elle se cale à son aise dans l'oreiller pour le contempler.

Plus tard dans la nuit, sa vessie outrageusement pleine la réveille et c'est d'un pas de somnambule qu'elle va se soulager, constatant vaguement que Bastien a dû se lever avant elle puisque le feu est encore bien alimenté. Flavie se rendort instantanément et, lorsqu'elle ouvre de nouveau les yeux, une aube déjà claire s'est installée sur la ville.

Elle n'a aucune envie d'émerger du pays des rêves, mais elle est rapidement stimulée par l'étrangeté des lieux et la proximité de ce grand et chaud corps d'homme endormi. Elle sent le froid sur son visage. Il ne doit rester du feu que des braises… Mais elle ne peut se résoudre à repousser tout de suite les couvertures.

Enchantée de la douceur des draps sur son corps nu et du matelas si moelleux, elle pousse un profond soupir de bonheur en regardant Bastien qui, couché sur le flanc, lui offre la vision de ses épaules larges et de la ligne de son dos jusqu'à ses hanches. Elle distingue sous la peau les côtes et quelques muscles dont elle aurait envie de suivre le parcours avec son doigt…

Craignant qu'il ne prenne froid, elle tire avec précaution les couvertures sur lui et s'installe confortablement à proximité, sans le toucher, cependant, pour ne pas le déranger. Encore une fois, un peu malgré elle, Flavie se met à envisager la vie nouvelle qui l'attend. Comme le mariage engage irrémédiablement une femme, et comme cela lui semble parfois effrayant!

Au fond d'elle-même, Flavie aurait vraiment préféré faire vie commune avec Bastien sans passer par l'église. Un contrat notarié suffit amplement à assurer un juste équilibre de l'économie du ménage et à offrir des garanties à l'épouse lorsque des enfants naissent. Pour quelles raisons un couple devrait-il donc s'engager pour la vie entière, puisqu'une désunion des cœurs et des âmes peut fort bien survenir un jour? Parce que la loi de Dieu est ainsi faite, lui a-t-on répondu, et que personne ne peut rien y changer!

À plusieurs reprises, Flavie en a discuté ouvertement avec Bastien. D'abord rebuté par une pensée si novatrice, il a bien fini par convenir, après analyse, qu'en effet l'indissolubilité du mariage était déraisonnable et illogique. De surcroît, pour les femmes qui se plaçaient littéralement sous l'autorité de leur mari, ce sacrement était lourd de conséquences et personne ne pouvait ignorer les cas d'abus dont certains hommes se rendaient coupables envers leurs épouses.

Bastien a fini par lui avouer que la perspective de lier son sort au sien et, surtout, celle d'avoir la possibilité de la gouverner comme il l'entendait le titillaient plutôt... même si pour rien au monde il n'aurait voulu lui faire de tort. Le mariage, en avait donc conclu Flavie, convenait particulièrement bien à l'orgueil masculin!

Accompagnés par leurs pères respectifs, les deux jeunes gens s'étaient rendus chez le notaire, où ils avaient signé un contrat qui protégeait Flavie à bien des égards. Mais la loi du Bas-Canada, celle qui plaçait l'épouse sous la tutelle juridique de son mari, ne pouvait être contournée. La jeune femme perdait la liberté de s'engager seule dans tout genre de transaction légale.

Distraite par son estomac qui gargouille, Flavie se souvient des pommes de Bastien déposées dans l'armoire. Mais elle a beau regarder intensément le meuble, aucun fruit ne vole jusqu'à elle… Son mari lâche un léger pet et elle se mord les lèvres pour ne pas rire.

Songeant ensuite au déménagement qui l'attend à son retour à Montréal, Flavie redevient grave. Elle aurait bien voulu continuer à habiter chez ses parents, mais, compte tenu de l'espace libre chez les Renaud, compte tenu aussi de la petite clinique d'hydrothérapie qui occupe Bastien de plus en plus, la chose aurait été plutôt absurde… Dans quelques années, ils s'installeront dans leur propre maison, mais, pour l'instant, Archange leur a offert l'usage de deux pièces à l'étage, une chambre et un petit salon, où ils pourront se retirer à loisir.

De plus en plus, Flavie apprécie ses beaux-parents, avec lesquels elle a eu l'occasion de discuter à quelques reprises lors de soupers du dimanche. Mais elle les connaît si peu! Peut-être sera-t-elle incapable de se conformer à leur style de vie tellement plus bourgeois que le sien, tellement plus contraignant? Toutefois, les choses se sont révélées plus simples que Flavie ne l'aurait cru tout d'abord. Dans l'intimité, les Renaud sont bien moins guindés qu'en public. Ils s'habillent confortablement et sans recherche, ils se taquinent et s'invectivent, et le déroulement de leurs repas est bien peu compliqué…

Têtue certes, mais ayant bon cœur, Archange lui a rapidement fait une grande place au sein de sa famille. Elle ne lui a pas caché que, jusqu'au départ précipité de Bastien, l'affection que ce dernier lui portait la contrariait plutôt… Avec candeur, la mère du jeune homme lui a confié que la crise qu'a vécue son fils, et qui s'est répercutée sur toute la famille, lui a fait réaliser que sa propre vanité lui cachait la qualité du lien qui unissait les deux jeunes gens. Une qualité dont son mari, lui, avait eu l'intuition dès les premières confidences de Bastien et dont il avait été convaincu après la visite inopinée de Flavie pendant la terrible épidémie.

En soupirant, Archange a ajouté :

— Par l'éducation, par les conventions, on force les dames de mon rang à se complaire dans le paraître. La vision, parfois, en devient toute brouillée…

— Vous aviez bien le droit de vous poser des questions, lui a répondu Flavie gentiment. Chez nous aussi, de même, on se méfie des unions dépareillées !

— Vos parents aussi s'y opposaient tout d'abord ?

— C'était le contraire de vous : mon père aurait bien davantage préféré un jeune homme du voisinage tandis que ma mère, elle, a vite été conquise par Bastien !

— Il faut dire que j'étais un peu déroutée par… vos habitudes, a bafouillé Mme Renaud. La liberté qui vous était laissée pour le fréquenter…

— Ça se sent vite, quand un homme n'est pas une brute…

Trop intimidée pour décrire à voix haute la valeur du sentiment que Bastien lui portait, ce mélange de respect et d'amour qu'elle trouvait proprement irrésistible, Flavie s'est éloignée en prétextant une quelconque occupation.

Après cette conversation, Mme Renaud a entrepris, très subtilement, de lui inculquer les quelques bonnes manières dont elle jugeait l'acquisition indispensable. Par ailleurs, elle s'est mise à accepter sans broncher de sa future belle-fille même les opinions les plus radicales, se contentant le plus souvent d'opiner placidement du bonnet !

Pour sa part, Édouard Renaud est un homme affable et très discret. À l'évidence pourvu d'une très grande force de caractère, il est cependant fort discret, préférant écouter l'avis des autres plutôt que de donner le sien. Flavie a tout de suite compris que c'était à ce mélange d'énergie et de réserve qu'il devait ses succès en affaires... Même si la jeune fille a cru deviner qu'il était son allié le plus sûr, il évitait, manifestement intimidé, de croiser son chemin quand elle était en visite chez lui. Il lui a néanmoins ouvert toutes grandes les portes de sa bibliothèque, prenant la peine de lui indiquer quelques livres qu'il croyait susceptibles de l'intéresser.

Quant à Julie Renaud, Flavie est encore incapable de la cerner vraiment. La jeune fille ne l'approche guère et Flavie ignore encore si sa tranquillité correspond à sa personnalité réelle ou si elle dissimule plutôt d'inavouables pensées... Occupée par la vie conventionnelle des jeunes filles de bonne famille, mais sans véritable enthousiasme, comme Flavie en a eu l'impression, elle va d'un bal à l'autre et d'un thé à l'autre. À sa place, ainsi ensevelie sous les frivolités, Flavie mourrait d'ennui... Elle consacre cependant quelques heures de sa semaine aux bonnes œuvres, soit un cercle de couture, et autant à ses oraisons. Bref, toutes deux partagent fort peu de champs d'intérêt!

Avec un tressaillement, Bastien se réveille et, aussitôt, Flavie se colle contre son dos, glissant ses bras autour de sa taille et nichant son visage dans son cou. Il grogne en enserrant ses mains dans les siennes. Après un moment de silence, il murmure que la température semble belle, dehors, et qu'il sera fort agréable d'aller se promener plus tard en ville. Sans répondre, Flavie ferme les yeux, apaisée par son contact.

Son esprit gambade, parcourant en un éclair toutes les années de sa jeunesse. Elle revoit son père lui sourire ou s'emporter, sa mère discuter ou lui faire les yeux doux... Elle revoit Laurent si proche mais parfois étranger, et Cécile, sa farouche petite sœur, qui mène la vie rude des pionniers et qui doit avoir tant changé. Et puis Bastien, qu'elle revoit comme si c'était hier, même si quatre années ont passé depuis, penché avec elle sur la valise de Marcel Provandier... Leur première rencontre s'est durablement inscrite dans sa mémoire comme si Flavie avait déjà conscience, malgré les apparences, de la place qu'il occuperait dans sa vie.

Grâce à lui, son existence va prendre un cours très différent de ce à quoi elle aurait pu prétendre si elle avait épousé un homme du voisinage. Songeant au duo inusité de praticiens que tous deux formeront, Flavie est envahie par l'excitation, un sentiment aussitôt modéré par le scepticisme. Encore faudra-t-il qu'ils aient suffisamment de clientèle et que la profession ne leur mette pas des bâtons dans les roues ! Mais pourquoi les confrères de Bastien s'insurgeraient-ils ? Leur association ne va-t-elle pas procurer aux patientes les meilleurs soins possible ?

Le projet de faire de Flavie son associée, dès qu'elle se sera installée dans sa nouvelle existence de femme mariée, est devenu essentiel à la survie de Bastien en tant que médecin. Aussitôt qu'il a repris sa pratique, au retour de son année d'exil, il s'est senti accablé, en présence de parturientes, par une intense nervosité.

Il a réussi à dominer sa frayeur grâce au stage à la Société compatissante qu'il s'est imposé et grâce à l'habitude qu'il a prise d'accompagner Flavie lors de délivrances. Mais son assurance fragile menace de se désintégrer à la moindre complication. La présence de Flavie à ses côtés lui est d'une aide souveraine, prétend-il, pour garder la tête froide.

Grâce à l'exemple offert par l'autre, tous deux réussiront à acquérir des compétences qui, autrement, leur seraient restées inaccessibles. Peu à peu, se persuade Flavie, Bastien deviendra aussi capable qu'une sage-femme tandis qu'elle, lentement mais sûrement, s'initiera à la science médicale. Depuis que sa collègue Marguerite Bourbonnière lui a confié ses ambitions pour l'avenir, elle ne peut s'empêcher de croire qu'elle aussi, peut-être...

Cette aspiration profonde, Flavie la garde bien secrète. Pour tout le monde, autant les femmes que les hommes, la perspective de se faire soigner par une *doctoresse* est d'une absurdité risible. Même les deux hommes de sa propre famille, qui sont pourtant ouverts aux idées nouvelles, n'arrivent pas à l'envisager sans rigoler, pas plus qu'ils ne peuvent imaginer une femme conductrice de charrette ou élue député à la législature.

Nourrie par sa propre expérience avec les étudiants en médecine, Flavie a longuement réfléchi au problème, mais elle n'a pas encore trouvé la source du malaise masculin. Pourquoi les hommes répugnent-ils autant non seulement à côtoyer professionnellement les femmes, mais à leur ouvrir les portes de tous les métiers? Pourquoi leur est-il si crucial de croire que les deux sexes ont des rôles très différents à jouer dans la grande marche du monde?

Même à Bastien, Flavie n'a pas osé confier son rêve, de crainte qu'il en vienne à la dédaigner. À maintes reprises, elle a éprouvé sa confiance et sa largeur d'esprit, mais elle est incapable de franchir ce dernier pas. Seules deux femmes de son entourage sont au courant. Marguerite, bien entendu, qui partage le même désir que Flavie, même si ses motivations sont bien différentes. Discrètement, sa collègue amasse quantité d'informations à ce sujet et, sans trop en avoir l'air, elle questionne tous les médecins qui croisent sa route. La présence de cette alliée emplit Flavie d'un doux bonheur et décuple la puissance de sa résolution. À deux, espère-t-elle, les barricades seront plus aisément renversées!

Étrangement craintive d'une possible réaction négative, Flavie s'est ensuite confiée à Léonie avec des trémolos dans la voix. Elle avait tort de s'en faire : visiblement ravie par une vision d'avenir si vaste et si prometteuse, sa mère l'a encouragée tout en la prévenant des nombreuses difficultés qui l'attendent. Interrompant ses mises en garde, Flavie s'est gentiment moquée d'elle, qui rencontrera de bien pires écueils en tentant de professionnaliser le métier d'accoucheuse! Conscientes de partager un semblable destin, elles ont joint leurs mains avec gravité et, sur le visage de Léonie, Flavie a lu une vive mais fugace émotion.

Bastien grommelle en se tournant légèrement vers elle:

— Excuse-moi, chérie, mais la chaise percée m'appelle.

— Réchauffe-la pour moi. D'ailleurs, il fait un peu froid dans la pièce, tu ne trouves pas?

Avec un soupir résigné, il s'extirpe du lit et se précipite vers l'armoire d'où il tire une couverture dans laquelle il s'emmitoufle. Quelques minutes plus tard, après avoir remis des bûches sur les braises et rouvert les volets, il couvre de la couverture les épaules de Flavie qui prend sa place. Avant de revenir se plonger dans le lit, elle attrape les pommes au passage et tous deux les dévorent sous la douillette.

Le soleil grimpe dans le ciel, glissant ses rayons à travers les carreaux de la fenêtre. Le brouhaha de la ville et, du port leur parvient distinctement et, avec un sourire béat, Bastien soliloque à haute voix sur son bonheur à paresser au lit alors que les autres s'activent dans la froidure du petit matin. Attirant Flavie contre lui, il ajoute :

— Je crois que je tirerais un plaisir pervers à te faire l'amour maintenant, sous leur nez. S'ils savaient, tous en crèveraient de jalousie !

— On pourrait ouvrir la fenêtre, suggère-t-elle. Comme ça, quand les commères du voisinage vont entendre ton cri, elles aussi vont se pâmer !

— Très drôle ! réplique-t-il avec une dignité offensée.

Pendant l'échange de caresses qui s'ensuit, il demande doucement :

— Pas de mauvais rêves, cette nuit ?

Elle secoue la tête en lui faisant une légère grimace. Non, pas de mauvais rêves... mais une crainte au creux du ventre qu'elle porte constamment depuis quelques semaines et qui, même ce matin, lui rappelle qu'elle s'embarque pour un long et peut-être périlleux voyage, celui de la vie commune avec un homme auquel se joignent des beaux-parents, une belle-sœur et, qui sait, éventuellement, d'autres membres de sa famille...

Elle qui rêvait d'aventure ! N'est-elle pas sur le point de découvrir une contrée aux mœurs étranges, celle des riches bourgeois ? Le voyage risque d'être fort instructif ! Cependant, Flavie troquerait allègrement tout le confort matériel des Renaud et du faubourg Saint-Antoine contre un intérieur simple et familier. Lorsqu'elle lui confie ses craintes, Bastien se moque gentiment, incapable d'envisager dans toute son étendue la largeur du fossé que Flavie, en le prenant pour époux, devra franchir.

Dire qu'à seize ans elle entrevoyait ainsi son existence future : trouver un homme, fonder un foyer, avoir des enfants et, plus tard, exercer le métier de sage-femme. Mais les balises qui encadrent l'existence des femmes, et qui tracent un chemin étroit, lui sont rapidement apparues contraignantes. Quel défi impossible à l'intelligence que de trouver un réel contentement au milieu de tant de conventions et de préjugés !

Parfois, considérant l'agitation des humains autour d'elle, Flavie est prise d'un étourdissement sans fin. Tant de femmes qui acceptent leur sort sans rechigner, tant d'hommes qui en profitent sans remords ! Comment se fait-il que si peu de gens voient ce qui saute pourtant aux yeux ? Elles sont quand même nombreuses, celles qui aspirent à élargir leurs horizons…

Embrassant Bastien avec fougue, elle lui déclare, le cœur gros :

— Une chance que tu es là. Sans toi… Tu le sais que j'aurais préféré vivre accotée. Mais puisqu'il a fallu que je me marie, je n'aurais pas voulu choisir un autre époux que toi !

— Ravi de te l'entendre dire. Parce que, parfois, honnêtement, j'étais dans le doute…

Elle lui tire la langue, puis elle se love contre lui, l'enlaçant comme un serpent autour d'une branche. Peu à peu, son trouble disparaît, remplacé par un doux bien-être qui apaise son âme et ravit son corps. Elle voudrait tant combler son homme de cet amour si entier qu'elle ressent pour lui ! Contemplant le vaste monde, elle sent généralement sa poitrine se gonfler de l'énergie conquérante d'un chevalier à l'assaut d'un château fort. Mais à certains moments, elle est parfois si fragile et si démunie qu'elle a un grand besoin de se blottir dans la chaleur de Bastien, comme un chaton tout contre sa mère…

Vibrante d'un élan puissant de passion charnelle, elle l'embrasse et, la guidant avec une force toute empreinte de douceur, il la fait lentement grimper sur lui. Lascivement, elle serre les cuisses autour de son membre dressé. Pendant un court moment, elle a la tentation audacieuse et immorale d'aller effleurer son sexe de ses lèvres. Plus tard, peut-être… pour le moment, elle a trop envie d'éprouver encore la sensation délectable de la veille au soir.

S'assoyant sur lui, Flavie le fait glisser en elle, si profondément que le mouvement provoque une douleur subite mais fugace. Elle en tire une conclusion scientifique qui l'étonne et l'amuse en même temps : l'extrémité arrondie s'est appuyée fortement sur le col de la matrice, lequel a émis quelques protestations… Prenant appui sur la poitrine de Bastien et s'installant confortablement, la jeune femme se laisse conduire par son désir. Une vague d'énergie rayonne en elle jusqu'à la plus lointaine extrémité de ses membres et jusqu'au centre de son corps, où s'accumule un désir d'étreinte aussi suave que violent.

En Flavie, soudain, se répercute l'écho de paroles accablantes. Dieu n'a pas créé la femme forte comme l'homme, mais beaucoup plus faible, ce qui l'astreint à solliciter la protection masculine. C'est donc Dieu lui-même qui a instauré cette dépendance ! Secouant farouchement la tête pour faire taire ces voix discordantes, Flavie s'immobilise et ferme les yeux, le haut du corps bien tendu vers le ciel. Tant d'interdits qu'elle brûle et craint tout à la fois de transgresser !

À commencer par celui, plus prosaïque, qui concerne la position qu'elle adopte en cet instant même, dans ce lit, en compagnie de son mari qui l'enivre avec ses regards concupiscents et ses cajoleries enfiévrées... Lors de l'instruction au mariage, le vicaire a débité un long discours sur la seule finalité du coït, c'est-à-dire la transmission de la vie. Cette contingence impose des comportements obligés comme, entre autres, la position sexuelle dans laquelle la femme est couchée sous l'homme. La luxure, a-t-il doctement professé, est un péché dont chacun aura à répondre devant l'Être suprême!

Ouvrant de grands yeux, Flavie coule un regard langoureux vers Bastien, son ange à elle... La part de joie que, comme elle en est convaincue, la vie terrestre lui doit, la trouvera-t-elle ailleurs que dans ses bras? Se mettant à bouger voluptueusement, Flavie voue aux enfers tous les constipés et les empêcheurs de tourner en rond de la planète, savourant son audace comme si elle s'emplissait la bouche de sirop d'érable frais, tout juste bouilli, à la saveur exquise de sève, de bois et de printemps.

La science et le parfum de l'Histoire

Si je n'avais pu puiser à loisir dans la somme documentaire rassemblée au Québec et ailleurs par des générations de chercheurs et de chercheuses en histoire, le roman de Flavie et de Léonie Montreuil en serait probablement resté à un stade brouillon…

Il ne m'apparaît pas pertinent, dans le cadre de ce roman, de citer mes sources en entier. Je tiens cependant à signaler les principales recherches qui m'ont nourrie et à en remercier sincèrement leurs artisans, pour m'acquitter d'une partie de ma dette envers eux. Le pont que j'estime bâtir avec mon roman entre leurs savants travaux et le public lecteur comblera, je le souhaite, l'autre partie.

L'étude pionnière qui a permis à ce récit qui fermentait en moi de s'incarner est celle d'Hélène Laforce, *Histoire de la sage-femme dans la région de Québec*. Grâce à deux mémoires de maîtrise, j'ai pu poursuivre l'enquête : *The Montreal Maternity, 1843-1926 : Evolution of a Hospital*, de Rhona Richman Kenneally, et *Femmes, savoirs et naissances : étude sur l'élimination de la sage-femmerie au Québec*, de Daphné Morin.

Si l'histoire des sages-femmes au Québec reste encore à faire, le défrichement a davantage progressé dans d'autres pays. Je suis redevable aux auteurs suivants et à leurs ouvrages : *L'arbre et le fruit* et *La sage-femme et le médecin*, du Français Jacques Gélis ; *Lying-In : A History of Childbirth in America*, de Richard W. Wertz et Dorothy C. Wertz ; *La femme et les médecins*, d'Yvonne Knibiehler et Catherine Fouquet ; et enfin *La femme et l'accouchement à la Maternité de Paris, 1800-1850*, de Caroline Harts.

Bien des témoignages et des parcelles d'écrits d'anciennes sages-femmes, en tout ou en partie, ont été glanés au fil de mes lectures, mais, parmi les rares rééditions accessibles de leurs livres, celui de la sage-femme néerlandaise Catharina Schrader (*Mother and Child Were Saved*, traduit et annoté par Hilary Marland) m'a permis de faire connaissance avec un savoir quasiment oublié.

Il m'est littéralement impossible de mentionner toutes mes lectures concernant le vaste et passionnant sujet du féminisme, mais il me faut citer celles qui m'ont directement inspirée pour ce roman : *Histoire du féminisme français*, de Maïté Albistur et Daniel Armorgathe ; *Les femmes et le vote au Bas-Canada de 1792 à 1849*, de Nathalie Picard ; et enfin *Pauvreté, charité et morale à Londres au XIXᵉ siècle : une sainte violence*, de Françoise Barret-Ducrocq.

La vie fascinante du docteur Elizabeth Blackwell se retrouve principalement dans ces deux ouvrages : *Pioneer Work in Opening the Medical Profession to Women*, d'Elizabeth Blackwell ; et *Lone Woman*, de Dorothy Clarke Wilson.

Du côté de l'histoire de la médecine et surtout de ses institutions, j'ai une dette envers *La médecine au Québec*, de Jacques Bernier, ainsi qu'envers *Histoire de la faculté de médecine de l'Université de Montréal, 1843-1993*, et *Histoire du Collège des médecins du Québec*, tous deux de Denis Goulet. Les publications de plusieurs médecins du XIXᵉ siècle, comme Joseph Morrin (*Discours d'inauguration de l'École de médecine de Québec*), Édouard Moreau (*Introductions sur l'art des accouchemens*) et Robert Hunter (*Hydrotherapeutics*) m'ont bien servi.

Quelques dépouillements de fonds d'archives, surtout le fond *BM17* (Archives de la Ville de Montréal), m'ont également été utiles pour me familiariser avec les « hommes de l'art » et leur langage, tandis que le fond *VM45* (Archives de la Ville de Montréal), m'a renseignée sur les épidémies de choléra et de typhus. Enfin, les principaux écrits liés à la « querelle gynécologique » du milieu du XIXᵉ siècle aux États-Unis ont été réunis sous le titre de *Sex, Marriage and Society*, par Charles Rosenberg et Carroll Smith-Rosenberg.

La question de la place de la religion dans la société québécoise du XIXᵉ siècle a stimulé de nombreux chercheurs et la moisson s'est révélée fort abondante. Parmi le lot de biographies et d'études, il me faut souligner *Plaisirs d'amour et crainte de Dieu : sexualité et confession au Bas-Canada*, de Serge Gagnon, et *La prédication à Montréal de 1800 à 1830 : approche religiologique*, de Louis Rousseau. Je remercie également père Moreau, dont les nombreux nombreux sermons, prononcés au début du XIXe siècle et rassemblés en un livre par la congrégation des Pères de Sainte-Croix (*Sermons du Très Révérend Père Basile-Antoine Moreau*), ont été particulièrement instructifs. Dans une veine moins dévote, le *Petit bréviaire des vices de notre clergé*, de Louis-Antoine Dessaulles, fut également très inspirant.

Je dois une fière chandelle au chroniqueur et apothicaire Romuald Trudeau, qui a tenu pendant la première moitié du XIXe siècle un journal personnel relatant les événements publics les plus significatifs à ses yeux (Archives nationales du Québec à Montréal, P26).

Les archaïsmes qui parsèment ce livre m'ont été soufflés par deux érudits du XIXe siècle, Jacques Viger et Ross Cuthbert. Leurs compilations ont été éditées par Suzelle Blais sous le titre *Néologie canadienne ou Dictionnaire des mots créés en Canada…*

La vie quotidienne et l'histoire événementielle de la période 1840-1850 m'ont été révélées, entre autres, dans les ouvrages suivants : *Histoire populaire du Québec*, de Jacques Lacoursière ; *Atlas historique de Montréal*, de Jean-Claude Robert ; *Le marché Sainte-Anne, le parlement de Montréal et la formation d'un état moderne*, d'Alain Roy ; *Une capitale éphémère*, de Gaston Deschênes ; *La vie quotidienne dans la vallée du Saint-Laurent, 1790-1835*, de Jean-Pierre Hardy ; *Montreal*, de William Henry Atherton ; *L'approvisionnement en eau à Montréal : du privé au public, 1796-1865*, de Dany Fougères ; *Histoire sociale de Montréal, 1837-1871 : l'assistance aux pauvres*, d'Huguette Lapointe-Roy.

Les renseignements sur l'Institut canadien de Montréal viennent principalement des ouvrages d'Yvan Lamonde, tandis que l'histoire de l'éducation a été mise en lumière par Andrée Dufour et Jean-Pierre Charland. Enfin, les mœurs vestimentaires bourgeoises des débuts de l'ère victorienne sont bien décrites dans *Les dessus et les dessous de la bourgeoisie*, de Philippe Perrot.

Enfin, il me reste à remercier mon oncle, Pierre Sicotte, un passionné de recherches généalogiques, qui a bien voulu mettre à ma disposition ses listes de noms et de prénoms en usage à l'époque.